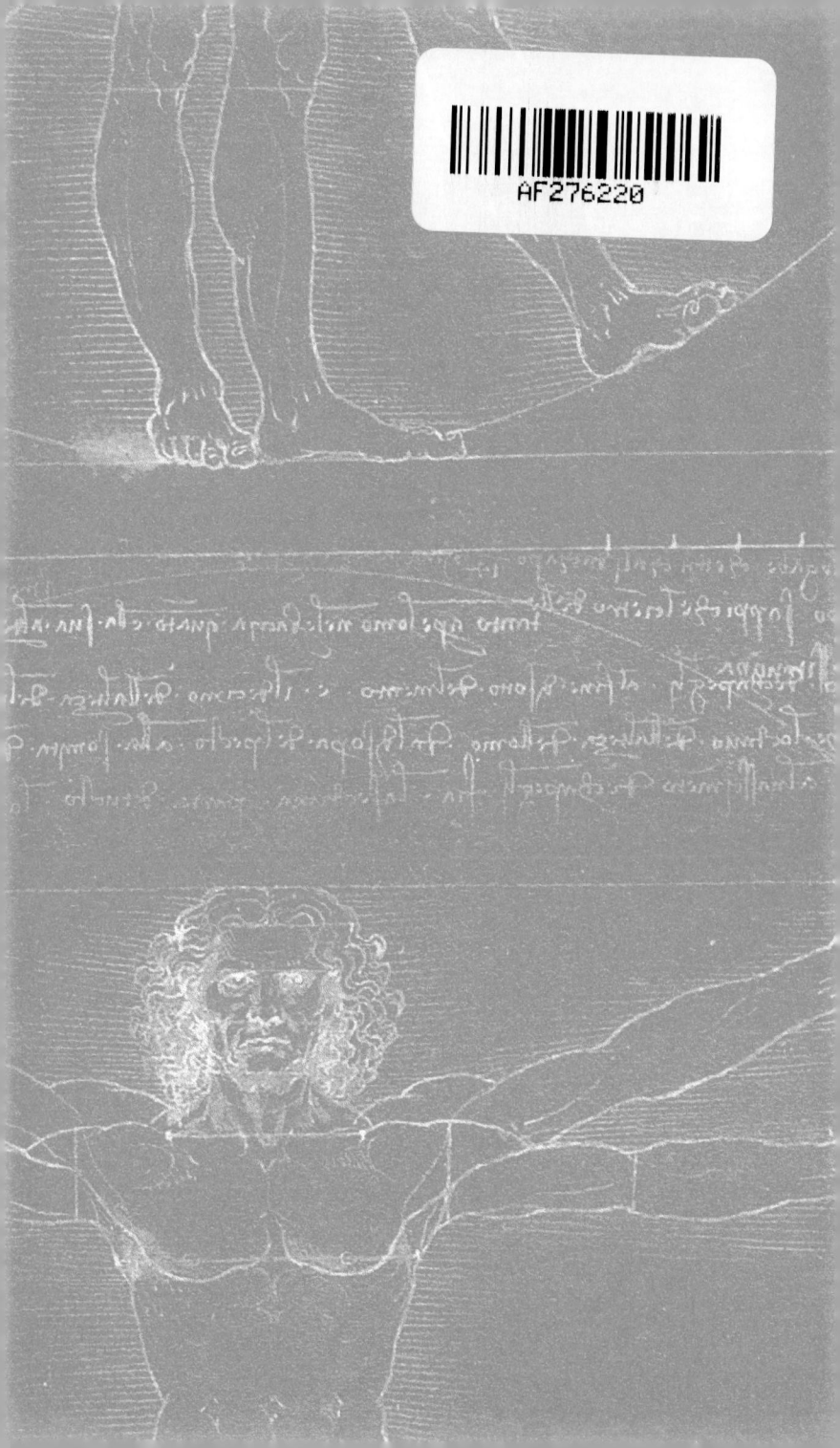

DAN BROWN

Biblioteca Dan Brown

DAN BROWN

EL CÓDIGO DA VINCI

Firmado digitalmente por Dan Brown

Traducción de Claudia Conde y M.ª José Díez

Planeta

PEFC Certificado

Este libro procede de
bosques gestionados
de forma sostenible

PEFC

PEFC/14-38-00305   www.pefc.es

Título original: *The Da Vinci Code*

© Dan Brown, 2003
© por la traducción, Claudia Conde y M.ª José Díez, 2010
© Editorial Planeta, S. A., 2010, 2017
    Avda. Diagonal, 662-664, 08034 Barcelona (España)
    www.planetadelibros.com

Revisión del texto: Lourdes Martínez López
Diseño de la cubierta: Booket / Área Editorial Grupo Planeta
Fotografía de la cubierta: © Stockbym / Adobe Stock y Shutterstock
Primera edición en Colección Booket: julio 2010
Primera edición en esta presentación: noviembre de 2025

Depósito legal: B. 14.080-2025
ISBN: 978-84-08-30793-8
Impreso en España

Biografía

Dan Brown es el autor de ocho novelas que se han convertido en grandes *bestsellers* internacionales, entre las que se incluyen *El código Da Vinci*, uno de los libros más vendidos de todos los tiempos, así como *Origen*, *Inferno*, *El símbolo perdido* y *Ángeles y demonios*. También es autor del exitoso libro infantil *La sinfonía de los animales*. Las novelas de Dan Brown han vendido más de 250 millones de ejemplares en 56 idiomas.

Mi historia de amor con España empezó cuando tenía quince años. Corría el año 1979 y fui seleccionado para asistir a unos cursos de español en el extranjero, impartidos en la pequeña ciudad norteña de Gijón. Como nunca había salido de nuestras fronteras, hice las maletas con cierta inquietud; después de todo, iba a pasar dos meses en casa de una familia que no hablaba inglés y yo sólo había estudiado un año de español. Cuando mi familia española me recibió en el aeropuerto, me apresuré a recitar una frase que había escrito y ensayado durante el vuelo, con la esperanza de no parecer nervioso.

Con mi mejor acento español, quise decirles que agradecía su hospitalidad y que esperaba no avergonzar a nadie con mi torpeza. Lo malo es que, por una desafortunada similitud entre el verbo inglés «*embarrass*» («avergonzar») y el español «embarazar», dije en realidad: «Muchas gracias por vuestra hospitalidad. Espero no *embarazar* a nadie con mi torpeza».

Como primera impresión, no fue la ideal.

Aun así, la familia me llevó a su casa y empezó mi aventura. Mi hermana Leticia, de ocho años, hablaba español a tal velocidad que por un momento temí que nunca sería capaz de entender siquiera a los niños. Con el tiempo, sin embargo, fui adquiriendo soltura con el idioma («hablar en cristiano», decían ellos), y empecé a hablar más, a entender mejor y a coger cada vez más cariño a mi familia española. Mis anfitriones me llevaron a conocer Oviedo y Santander, me enseñaron a escanciar la sidra con el brazo en alto, como los lugareños, y a apreciar el chorizo y los calamares en su tinta. Incluso me hicieron valorar la forma física y la habilidad de los toreros.

Aunque entonces no lo sabía, aquella familia, con su cariño y generosidad, cambió para siempre el curso de mi vida. Gracias a ellos, me enamoré de España y me vi impulsado a volver una y otra vez: cuatro veces, para ser exactos, en el transcurso de los ocho años siguientes, para explorar diferentes partes del país y su cultura. Me hice fan de la música pop española, que seguía escuchando cuando volvía a Estados Unidos. Aprenderme las letras de memoria me ayudó a progresar en el manejo del idioma. Siempre digo que aprendí a conjugar el futuro gracias al *Amante bandido* de Miguel Bosé. Otros cantantes que recuerdo bien son Víctor Manuel (*Ay, amor* sigue siendo para mí la canción de amor por excelencia), Joan Manuel Serrat (que me hizo entender la poesía de Antonio Machado) y Miguel Ríos (*Rock and Ríos* todavía está en mi iPod), sin olvidar, desde luego, a Mecano... Mecano siempre y en todas partes.

Finalmente, en 1985, decidí viajar a España para estudiar historia del arte en la Universidad de Sevilla. Mi año de estudios allí alimentó todavía más mi creciente pasión por la arquitectura y las bellas artes. Cuando no había clase, cogía un tren y me iba a descubrir con mis propios ojos la extraordinaria variedad de arte y arquitectura que hay en España, desde la avanzada geometría de la Alhambra hasta los primeros bosquejos del *Guernica* de Picasso.

En mis ratos de ocio, hacía lo posible por sumergirme en la cultura del país. Me compré una moto española, tenía amigos españoles, cocinaba platos españoles y hasta aprendí a bailar sevillanas.

Años más tarde, cuando empecé a escribir mi primera novela sobre la Agencia Nacional de Seguridad, me di cuenta de que me apetecía hablar de España, por lo que ambienté la mitad del libro en Sevilla, con accidentes de tráfico en el barrio de Santa Cruz, intriga en la grandiosa catedral sevillana, una batalla en lo alto de la Giralda e incluso una escena en un bar de copas que solía frecuentar, llamado El Embrujo.

En otras novelas, volví a sorprenderme entretejiendo experiencias de mis estancias en España. La primera vez que vi la obra de El Bosco fue en el museo del Prado. Su electrizante *Jardín de las delicias* aparece en *El código Da Vinci*. Un viaje a Barcelona me descubrió la magnífica Sagrada Familia de Gaudí y su famoso cuadrado mágico, que aparece en las páginas de *El símbolo perdido*. Presenciar los rituales místicos de la Semana Santa hizo crecer mi fascinación por el catolicismo y alimentó mis deseos de escribir *Ángeles y demonios*.

En un plano más personal, uno de los personajes más importantes de *El código Da Vinci* deriva en parte del tiempo que pasé en las playas españolas en mi adolescencia. Como tengo la piel muy blanca, siempre destacaba entre mis bronceados amigos españoles, que a menudo se reían de mi palidez. Decían que parecía un fantasma, y a mí me daba mucha vergüenza. Quienes hayan leído *El código Da Vinci* recordarán quizá que al albino Silas también lo llamaban «fantasma» de niño para burlarse de él.

Después de la temporada en Sevilla, regresé a Estados Unidos, pero eché mucho de menos España. Hice lo posible por preparar los platos que tanto me gustaban, y si bien conseguí imitar bastante bien el gazpacho y los bocadillos de queso manchego, debo reconocer que mi intento por dar la vuelta a una tortilla de patatas en la cocina de mis padres casi termina en incendio. Aun así, me sigue encantando la comida española, sigo escuchando música española, veo cine español y, sí, ¡por supuesto!, también animé a España en el reciente Mundial de fútbol. Fue realmente emocionante.

Tengo numerosos recuerdos bonitos del tiempo que pasé en España pero, al final, lo que más perdura en la memoria es la gente maravillosa que conocí. Ahora que han pasado tantos años, me emociona saber que tengo muchos lectores en un país tan querido para mí. Posiblemente no habría escrito mis novelas de no haber sido por el tiempo que pasé en vuestro mágico país, a una edad particularmente impresionable. Y eso es algo que siempre agradeceré.

Para Blythe... de nuevo.
Más que nunca

LOS HECHOS

El priorato de Sion, la sociedad secreta europea fundada en 1099, es una organización real. En 1975 en la Biblioteca Nacional de Francia, ubicada en París, se descubrió una serie de pergaminos conocidos como *Les dossiers secrets* en los que se identificaba a numerosos miembros del priorato de Sion, incluidos sir Isaac Newton, Sandro Botticelli, Victor Hugo y Leonardo da Vinci.

La prelatura del Vaticano conocida como Opus Dei es una institución católica profundamente devota que recientemente ha sido objeto de controversia debido a denuncias de lavado de cerebro y coacción, así como de una peligrosa práctica denominada «mortificación corporal». El Opus Dei acaba de finalizar la construcción de su sede nacional en Nueva York, en el número 243 de Lexington Avenue, cuyo coste asciende a cuarenta y siete millones de dólares.

Todas las descripciones de obras de arte y arquitectónicas, documentos y rituales secretos que figuran en esta novela son rigurosas.

PRÓLOGO

Museo del Louvre, París
22.46 horas

Jacques Saunière, el célebre conservador del museo, avanzó tambaleándose por el abovedado pasaje de la Gran Galería. Una vez allí, arremetió contra el primer cuadro que vio, un Caravaggio. Tras agarrar el dorado marco, Saunière, de setenta y seis años, tiró de la obra maestra hasta separarla de la pared y cayó hacia atrás con el lienzo encima.

Tal y como había previsto, no muy lejos de allí se activó con estrépito una reja de hierro que impedía la entrada al lugar. La madera del suelo se estremeció. A cierta distancia comenzó a sonar una alarma.

El conservador permaneció un instante tendido en el suelo, jadeante, evaluando la situación. «Sigo vivo.» A continuación salió de debajo del lienzo y escrutó el tenebroso espacio en busca de un escondite.

Entonces oyó una voz, escalofriantemente próxima.

—No se mueva.

El anciano, a gatas, se quedó petrificado. Volvió la cabeza despacio.

A menos de cinco metros, al otro lado de la reja, la imponente silueta de su agresor lo miraba a través de los barrotes de hierro.

Era alto y corpulento, la tez cadavérica y un cabello blanco que empezaba a ralear. Tenía los iris rosados y las pupilas de un rojo oscuro. El albino sacó una pistola del abrigo e introdujo el cañón entre los barrotes, apuntando directamente al conservador.

—No debería haber salido huyendo. —Era difícil ubicar su acento—. Ahora dígame dónde está.

—Ya se lo he dicho —balbució el anciano, de rodillas e indefenso en la galería—. No sé de qué me habla.

—Miente. —El otro clavó la vista en él, absolutamente inmóvil a excepción del brillo en sus espectrales ojos—. Usted y sus hermanos tienen algo que no les pertenece.

Saunière sintió una descarga de adrenalina. «¿Cómo sabe eso?»

—Esta noche les será devuelto a sus guardianes legítimos. Dígame dónde lo esconden y lo dejaré vivir. —El hombretón apuntó al conservador a la cabeza—: ¿Está dispuesto a morir para guardar el secreto?

Saunière no podía respirar.

El albino ladeó la cabeza y miró el cañón del arma.

Saunière levantó las manos en un gesto defensivo.

—Espere —respondió despacio—. Le diré lo que quiere saber. —El anciano pronunció las siguientes palabras con cautela. La mentira que contó la había ensayado en multitud de ocasiones, cada una de ellas rezando para que no tuviera que recurrir a ella nunca.

Cuando hubo terminado de hablar, su atacante esbozó una sonrisa de suficiencia.

—Sí, es exactamente lo que me han dicho los otros.

Saunière reculó. «¿Los otros?»

—También di con ellos —se mofó el gigante—. Con los tres. Y me confirmaron lo que acaba de decir usted.

«No puede ser.» La verdadera identidad del conservador, al igual que la de sus tres senescales, era casi tan sagrada como el antiguo secreto que protegían. Entonces Saunière cayó en la cuenta de que sus *sénéchaux*, obedeciendo un estricto protocolo, habían contado la misma patraña antes de morir. Formaba parte del procedimiento.

El agresor volvió a dirigir el arma hacia él.

—Cuando usted haya desaparecido, yo seré el único que estará en posesión de la verdad.

«La verdad.» De súbito el conservador comprendió lo realmente terrible de la situación. «Si muero, la verdad se perderá para siempre.» Trató de ponerse a cubierto por instinto.

Entonces se oyó un disparo, y el anciano sintió un calor abrasador cuando la bala se alojó en su estómago. Cayó hacia delante, luchando contra el dolor. Lentamente Saunière se volvió y miró a su atacante a través de los barrotes.

Éste ahora apuntaba a su cabeza.

El conservador cerró los ojos, sus pensamientos un remolino vertiginoso de miedo y pesar.

En la galería resonó el clic de una recámara vacía.

Saunière abrió los ojos deprisa.

El otro miró la pistola, daba la impresión de que casi se divertía. Luego metió la mano en el bolsillo en busca de otro cargador, pero acto seguido pareció cambiar de opinión. Sonrió tranquilamente al ver el estómago del anciano.

—Mi trabajo aquí ha terminado.

El conservador bajó la vista y reparó en el orificio de bala que se abría en su camisa de lino blanca, rodeado de un pequeño círculo de sangre a escasos centímetros por debajo del esternón. «El estómago.» Casi era cruel que el proyectil no le hubiese acertado en el corazón. Como veterano que era de la guerra de Argelia, el anciano había sido testigo en numerosas ocasiones del suplicio que suponía morir así. Sobreviviría durante quince minutos, mientras los ácidos estomacales invadían su cavidad torácica y lo iban envenenando lentamente desde dentro.

—El dolor es bueno, monsieur —afirmó el albino, y se fue.

Una vez a solas, Jacques Saunière observó de nuevo la reja de hierro: estaba atrapado, y las puertas no podrían volver a abrirse hasta dentro de al menos veinte minutos. Para cuando alguien lo encontrara, ya habría muerto. Aun así, el miedo que lo asaltó en ese instante era mucho mayor que el que le inspiraba su propia muerte.

«Debo transmitir el secreto.»

Poniéndose en pie a duras penas, recordó a sus tres hermanos asesinados. Pensó en las generaciones precedentes, en la misión que se les había encomendado.

«Una cadena de saber ininterrumpida.»

De repente, ahora, a pesar de todas las precauciones, a pesar de todas las medidas de seguridad, Jacques Saunière era el único eslabón que quedaba, el único custodio de uno de los secretos más poderosos jamás guardados.

Se levantó, temblando.

«Tengo que dar con la manera...»

Se hallaba atrapado en la Gran Galería, y sólo había una persona en la faz de la Tierra a la que podía pasar el testigo. El anciano alzó la cabeza y contempló las paredes de su opulenta prisión: algunos de los lienzos más famosos del mundo parecían sonreírle como si fuesen viejos amigos.

Componiendo una mueca de dolor, reunió todas sus facultades y sus fuerzas. Sabía que la titánica tarea que lo aguardaba requeriría cada segundo de lo que le quedaba de vida.

CAPÍTULO 1

Robert Langdon despertó con parsimonia.

En la oscuridad sonaba un teléfono, un ruido metálico, desconocido. Buscó a tientas la lámpara de la mesilla de noche y la encendió. Al escrutar la estancia con los ojos entornados, vio una lujosa habitación renacentista con mobiliario Luis XVI, paredes con frescos pintados a mano y una colosal cama de caoba con dosel.

«¿Dónde demonios estoy?»

El albornoz de jacquard que colgaba de una de las columnas de la cama lucía un monograma: «Hotel Ritz París».

Poco a poco, la niebla comenzó a disiparse.

Langdon cogió el teléfono.

—¿Sí?

—¿Señor Langdon? —inquirió una voz de hombre—. Espero no haberlo despertado.

Aturdido, miró el reloj de la mesilla: eran las 0.32. Sólo había dormido una hora y estaba hecho unos zorros.

—Soy el recepcionista, señor. Le pido disculpas por la intromisión, pero tiene usted visita. E insiste en que es urgente.

Langdon aún se sentía confuso. «¿Visita?» A continuación reparó en una arrugada tarjeta que descansaba en la mesilla.

LA UNIVERSIDAD NORTEAMERICANA DE PARÍS
tiene el honor de presentar
UNA VELADA CON ROBERT LANGDON,
PROFESOR DE SIMBOLOGÍA RELIGIOSA
DE LA UNIVERSIDAD DE HARVARD

Langdon soltó un gruñido. La conferencia de esa tarde —una disertación con diapositivas sobre el simbolismo pagano oculto en las piedras de la catedral de Chartres— posiblemente hubiese molestado al público más conservador. Lo más probable era que algún experto en religión lo hubiese seguido hasta el hotel para buscar pelea.

—Lo siento —se excusó—, pero estoy muy cansado y...

—*Mais, monsieur* —insistió el recepcionista, ahora en un susurro apremiante—. Su invitado es un hombre importante.

A Langdon no le cabía la menor duda. Sus libros sobre pintura y simbología religiosas lo habían convertido, muy a su pesar, en una celebridad dentro del mundo del arte, y el año anterior su notoriedad se había visto centuplicada tras verse involucrado en un incidente en el Vaticano que había tenido una gran repercusión mediática. Desde entonces, la avalancha de historiadores prepotentes y aficionados al arte que llamaban a su puerta parecía interminable.

—Si es usted tan amable —propuso Langdon, procurando no perder la educación—, ¿le importaría anotar el nombre y el número de teléfono de ese hombre y decirle que intentaré llamarlo antes de que me vaya de París el martes? Gracias. —Colgó antes de que el otro pudiera poner objeciones.

Ahora incorporado, Langdon frunció el ceño al ver el libro que descansaba sobre la mesilla. Se trataba del *Libro de oro* del hotel, cuya cubierta alardeaba: «Duerma como un niño en la Ciudad de la Luz. Sueñe en el Ritz de París». Volvió la cabeza y miró con cansancio el espejo de cuerpo entero que había al otro lado de la estancia. El hombre que le devolvía la mirada era un extraño, despeinado y exhausto.

«Necesitas unas vacaciones, Robert.»

El año anterior le había pasado factura, pero no le hacía ninguna gracia ver la prueba de ello en el espejo. Esa noche sus ojos, por lo común de un azul intenso, estaban opacos y ojerosos. Una oscura barba incipiente le cubría la poderosa mandíbula y el mentón, en el que se distinguía un hoyuelo. Por las sienes avanzaban las canas, adentrándose cada vez más en su mata de grueso cabello negro. Aunque sus compañeras aseguraban que las canas no hacían sino acentuar su atractivo de ratón de biblioteca, Langdon no opinaba lo mismo.

«Si me vieran ahora los del *Boston Magazine*...»

El mes anterior, para bochorno suyo, la revista *Boston Magazine* lo había incluido en su lista de las diez personas más misteriosas de la ciudad, un dudoso honor que lo convirtió en el blanco de un sinfín de burlas por parte de sus compañeros de Harvard. Esa tarde, a casi cinco mil kilómetros de su casa, dicha distinción había resurgido para atormentarlo en la charla que había dado.

—Señoras y caballeros... —anunció la anfitriona ante la multitud que abarrotaba el pabellón Dauphine, en la Universidad Norteamericana de París—. Nuestro invitado de esta tarde no precisa de presentación. Es el autor de numerosos libros, como *La simbología de las sectas secretas*, *El arte de los illuminati* o *El lenguaje perdido de los ideogramas*. Y si les digo que escribió el Libro, con mayúscula, sobre iconografía religiosa, no lo digo por decir. Muchos de ustedes utilizan en clase sus libros de texto.

Los estudiantes que habían acudido al acto asintieron con entusiasmo.

—Esta tarde pensaba presentarlo compartiendo con ustedes su impresionante currículum, sin embargo... —lanzó una mirada traviesa a Langdon, que estaba sentado en el estrado—, uno de los asistentes acaba de pasarme un material mucho más... enigmático, por decirlo de alguna manera.

La mujer sostuvo en alto un ejemplar del *Boston Magazine*.

Langdon no sabía dónde meterse. «¿De dónde demonios lo habrá sacado?»

A continuación, la anfitriona comenzó a leer pasajes extraídos de aquel artículo inane, y Langdon sintió que se hundía más y más en su asiento. Treinta segundos después, el público sonreía, y la mujer no daba muestras de ir a detenerse.

—Y la negativa del señor Langdon a comentar públicamente el inusitado papel que desempeñó en el cónclave que se celebró el año pasado en el Vaticano sin duda hace que sume puntos en nuestro enigmatómetro. —La mujer espoleó al público asistente—. ¿Les gustaría oír más?

La multitud aplaudió.

«Que alguien la pare», rogó Langdon mientras ella volvía a meterse de lleno en el artículo.

—Aunque es posible que al profesor Langdon no se lo considere un monumento, a diferencia de algunos de nuestros galardonados más jóvenes, este intelectual cuarentón posee su buena ración de atractivo. Su subyugadora presencia se ve realzada por una voz de barítono inusitadamente grave y potente que, según sus estudiantes femeninas, es como «terciopelo en los oídos».

La sala prorrumpió en una sonora carcajada, y Langdon sonrió torpemente. Sabía lo que iba a continuación: una ridícula frase sobre «Harrison Ford con *tweed* de Harris», y dado que esa tarde había imaginado que por fin podría volver a llevar su traje de *tweed* de la isla de Harris y su jersey de cuello alto de Burberry, decidió tomar medidas.

—Gracias, Monique —intervino mientras se ponía de pie antes de tiempo y la apartaba del atril—. Es evidente que a los responsables del *Boston Magazine* se les da bien la ficción. —Se volvió hacia el público exhalando un suspiro incómodo—. Si descubro quién de ustedes ha sido el que ha facilitado el artículo, haré cuanto esté en mi mano para que el consulado lo deporte.

La multitud prorrumpió en carcajadas.

—En fin, como todos ustedes saben, estoy aquí esta tarde para hablar del poder de los símbolos...

El teléfono del hotel rasgó una vez más el silencio.

Refunfuñando, sin dar crédito, Langdon lo cogió.

—¿Sí?

Tal y como era de esperar, se trataba del recepcionista.

—Señor Langdon, le pido disculpas de nuevo. Llamo para informarlo de que su visita va de camino a su habitación. Pensé que debía avisarlo.

Ahora estaba completamente despierto.

—¿Lo ha enviado a mi habitación?

—Mis disculpas, señor, pero un hombre así... No me he atrevido a impedírselo.

—Pero ¿de quién se trata?

Sin embargo, el hombre ya había colgado.

Casi en el acto, un pesado puño descargó su fuerza en la puerta de Langdon.

Inseguro, éste se levantó de la cama, sintiendo que sus pies se hundían profundamente en la alfombra de Savonnerie. Se puso el albornoz del hotel y se dirigió a la puerta.

—¿Quién es?

—¿Señor Langdon? Tengo que hablar con usted. —El hombre hablaba un inglés con acento, un vozarrón áspero y autoritario—. Soy el teniente Jérôme Collet, de la Dirección General de la Policía Judicial.

Langdon vaciló. «¿La policía judicial?» La DGPJ venía a ser el equivalente del FBI estadounidense.

Sin retirar la cadena de seguridad, abrió un tanto la puerta. El rostro que vio era delgado y pálido; el hombre al que correspondía, extraordinariamente flaco, vestía un uniforme azul que parecía oficial.

—¿Puedo pasar? —inquirió.

Langdon titubeó, inseguro, mientras los amarillentos ojos del extraño lo escudriñaban.

—¿Qué es lo que ocurre?

—Mi jefe necesita su ayuda en un asunto privado.

—¿Ahora? —consiguió decir él—. Es más de medianoche.

—Si no me equivoco, usted tenía pensado reunirse con el conservador del Louvre esta noche. ¿Es así?

Langdon sintió una repentina desazón. Él y el venerado conservador Jacques Saunière iban a verse esa noche, después de la conferencia, para tomar una copa, pero el anciano no se había presentado.

—Sí. ¿Cómo lo sabe?

—Encontramos su nombre en su agenda.

—¿Sucede algo?

El policía suspiró profundamente y deslizó una Polaroid por la estrecha abertura de la puerta.

Cuando Langdon vio la foto, todo su cuerpo se tensó.

—Esta fotografía fue tomada hace menos de una hora. En el Louvre.

Mientras contemplaba la extraña imagen, la repugnancia y la conmoción que sintió en un principio dieron paso a un repentino acceso de ira.

—¿Quién ha podido hacer esto?

—Esperábamos que usted pudiera ayudarnos a responder a esa pregunta, habida cuenta de sus conocimientos de simbología y de su intención de reunirse con monsieur Saunière.

Langdon clavó la vista en la instantánea, el horror ahora teñido de miedo. La imagen era truculenta y profundamente extraña, y generó en él una inquietante sensación de *déjà vu*. Hacía poco más de un año, Langdon había recibido la fotografía de un cadáver junto con una petición similar de ayuda. Veinticuatro horas más tarde había estado a punto de perder la vida en la Ciudad del Vaticano. La que tenía delante era una foto completamente distinta y, sin embargo, algo en ella le resultaba desconcertantemente familiar.

El teniente consultó su reloj.

—Mi jefe nos espera, señor.

Langdon apenas lo oyó, sus ojos seguían fijos en la imagen.

—Este símbolo de aquí, y el cuerpo en esa extraña...

—¿Postura? —propuso el policía.

Langdon asintió; un escalofrío le recorrió la espalda cuando alzó la cabeza.

—Soy incapaz de imaginar quién puede haber hecho algo así.

El policía se demudó.

—Me parece que no lo entiende, señor Langdon. Lo que ve en esta fotografía... —Hizo una pausa—. Se lo hizo el propio monsieur Saunière.

CAPÍTULO 2

A menos de dos kilómetros de allí, el enorme albino llamado Silas cruzó cojeando la verja de la lujosa residencia de la rue La Bruyère. El cinturón con pinchos que llevaba sujeto al muslo le hería la carne y, sin embargo, su alma cantaba satisfecha las alabanzas al Señor.

«El dolor es bueno.»

Sus ojos rojos escrutaron el vestíbulo al entrar: desierto. Subió la escalera sin hacer ruido, pues no quería despertar a los otros numerarios. La puerta de su cuarto permanecía abierta: allí estaban prohibidos los cerrojos. Entró y cerró tras de sí.

La habitación era espartana: suelo de madera, una cómoda de pino y una estera que hacía las veces de cama en un rincón. Esa semana se alojaba allí en calidad de visitante, y durante muchos años había tenido la suerte de contar con un santuario parecido en Nueva York.

«El Señor me ha dado refugio y ha dotado de sentido mi vida.»

Esa noche, por fin, Silas tenía la sensación de que había empezado a saldar su deuda. Tras ir directamente hasta la cómoda sacó el móvil, oculto en el cajón inferior, y efectuó una llamada.

—¿Sí? —repuso una voz de hombre.

—Maestro, ya he vuelto.

—Habla —exigió la voz, a la que parecía agradar tener noticias suyas.

—Los cuatro están fuera de juego, los tres senescales... y el gran maestre.

Se produjo un momento de silencio, como si el otro orase.

—En tal caso imagino que tienes la información.

—Los cuatro me dijeron lo mismo. Cada uno por su lado.

—Y ¿los creíste?

—Lo que me revelaron era demasiado importante como para que se tratase de una mera coincidencia.

Se oyó una respiración agitada al otro lado del teléfono.

—Excelente. Temía que la fama de hermetismo de la hermandad se impusiera.

—Enfrentarse a la muerte es un gran acicate.

—Bien, discípulo, dime, pues, lo que debo saber.

Silas era consciente de que la información que había recabado de sus víctimas conmocionaría a su maestro.

—Maestro, los cuatro confirmaron la existencia de la *clef de voûte*..., la legendaria clave de bóveda.

Oyó que su interlocutor contenía la respiración al otro lado del aparato y notó su entusiasmo.

—La clave. Justo como sospechábamos.

Según la leyenda, la hermandad había creado un mapa de piedra —una *clef de voûte*, o clave de bóveda—, una dovela que desvelaba el paradero definitivo del mayor secreto de la hermandad, una información tan poderosa que la mera existencia de dicho grupo tenía por finalidad su protección.

—Cuando tengamos la clave, sólo estaremos a un paso —aseguró el Maestro.

—Estamos más cerca de lo que cree. La clave se encuentra aquí, en París.

—¿En París? Increíble. Casi parece demasiado sencillo.

Silas relató lo acaecido hacía unas horas, cómo sus cuatro víctimas, poco antes de morir, habían intentado comprar desesperadamente su pecaminosa vida utilizando el secreto como moneda de cambio. Todos ellos le habían dicho exactamente lo mismo: que la clave se hallaba a buen recaudo en una de las antiguas iglesias de París, en la iglesia de Saint-Sulpice.

—¡En la casa del Señor! —exclamó el Maestro—. Qué manera de burlarse de nosotros.

—Como llevan siglos haciendo.

El Maestro enmudeció, como para asimilar el triunfo del momento, y al cabo dijo:

—Has prestado un servicio inestimable a Dios. Llevamos siglos esperando esto. Ahora tienes que traerme esa piedra. Inmediatamente. Esta noche. Ya sabes lo que hay en juego.

Obviamente Silas sabía lo mucho que había en juego; sin embargo, lo que el Maestro le pedía parecía imposible.

—Pero esa iglesia es un lugar inexpugnable. Sobre todo de noche. ¿Cómo voy a entrar?

Con la seguridad del que se sabe influyente, el Maestro explicó lo que había que hacer.

Cuando colgó, el albino sintió un hormigueo en la piel.

«Una hora», se dijo, agradecido porque el Maestro le hubiese dado tiempo para hacer la necesaria penitencia antes de entrar en la casa de Dios. «Debo purgar mi alma de los pecados de hoy.» El propósito de los pecados que había cometido ese día había sido sagrado. Durante siglos se habían librado acciones de guerra contra los enemigos del Señor; el perdón estaba asegurado.

Aun así, Silas sabía que la absolución exigía sacrificio.

Tras bajar las persianas, se despojó de la ropa y se arrodilló en medio del cuarto. A continuación bajó la vista y examinó el cilicio que llevaba al muslo. Todos los verdaderos seguidores de *Camino* utilizaban dicho cinturón: una correa de cuero sembrada de puntiagudos pinchos metálicos que laceraban la carne para no olvidar nunca el sufrimiento de Cristo. El dolor que ocasionaba, asimismo, servía para refrenar las pasiones de la carne.

Aunque ese día ya lo había llevado más de las dos horas de rigor, sabía que ése no era un día como los demás. Así pues, cogió la hebilla y apretó un poco más la correa, haciendo una mueca de sufrimiento cuando los pinchos se le clavaron más aún en la carne. Tras expulsar el aire despacio, saboreó el ritual purificador del dolor.

«El dolor es bueno», musitó, repitiendo el sagrado mantra del padre José María Escrivá, maestro de maestros. Aunque Escrivá había muerto en 1975, sus sabias palabras perduraban, susurradas aún por miles de fieles seguidores en todo el mundo cuando se postraban de rodillas y llevaban a cabo la sagrada práctica conocida como «mortificación corporal».

Después Silas centró la atención en una cuerda con nudos que descansaba en el suelo, a su lado, debidamente enrollada. «Las disciplinas.» Los nudos estaban recubiertos de sangre coagulada. Ansioso por experimentar los purificadores efectos de su propia agonía, pronunció una oración deprisa y corriendo y, a continuación, tras agarrar un extremo del flagelo, cerró los ojos y se golpeó con fuerza la espalda, sintiendo el azote de los nudos. Luego repitió la operación, hiriendo su carne una y otra vez.

«*Castigo corpus meum.*»

Finalmente notó que la sangre empezaba a manar.

CAPÍTULO 3

El vivificante aire de abril entraba por la ventanilla bajada del Citroën ZX mientras circulaba a toda velocidad junto al teatro de la Ópera y cruzaba la place Vendôme en dirección sur. En el asiento del acompañante, Robert Langdon veía desfilar la ciudad ante sus ojos y trataba de aclararse las ideas. La ducha rápida y el afeitado lo habían dejado con un aspecto bastante presentable, pero no habían conseguido aliviar su nerviosismo. No lograba deshacerse de la estremecedora imagen del cuerpo del conservador.

«Jacques Saunière ha muerto.»

Langdon no pudo evitar experimentar una profunda sensación de pérdida con la muerte del anciano. A pesar de la fama de solitario de Saunière, su reconocida dedicación a las artes lo convertía fácilmente en una figura digna de veneración. Sus escritos sobre los códigos secretos ocultos en las obras de Poussin y Teniers eran algunos de los libros de texto preferidos de Langdon. La de esa noche era una cita muy esperada por éste, y se llevó una gran decepción cuando el conservador no se presentó.

La imagen de su cuerpo volvió a asaltarlo. «¿Que Jacques Saunière se hizo eso?» Volvió la cabeza y miró por la ventanilla para expulsar la imagen.

Al otro lado, la ciudad comenzaba a aflojar el ritmo: vendedores ambulantes que empujaban carritos de almendras garrapiñadas, camareros que sacaban bolsas de basura a la acera, una pareja de amantes noctámbulos que se abrazaban para no quedarse fríos con la brisa perfumada de jazmín. El Citroën sorteaba el caos con autoridad, la disonante sirena bitonal hendiendo el tráfico como si de un cuchillo se tratara.

—Al capitán le agradó saber que aún seguía usted en París —comentó el policía, hablando por vez primera desde que habían salido del hotel—. Una feliz coincidencia.

Langdon se sentía de todo menos feliz, y no acababa de fiarse de las coincidencias. Tras pasarse la vida estudiando la interrelación oculta de símbolos e ideologías dispares, para él el mundo era como una red de historias y acontecimientos estrechamente unidos. «Puede que las relaciones sean invisibles —solía decir en sus clases de simbología de Harvard—, pero siempre están ahí, escondidas bajo la superficie.»

—Supongo que la Universidad Norteamericana de París les informó de mi paradero, ¿no? —quiso saber.

El conductor negó con la cabeza.

—La Interpol.

«La Interpol —pensó él—. Claro.» Había olvidado que la petición, aparentemente inofensiva, de todos los hoteles europeos de presentar el pasaporte al registrarse era más que una curiosa formalidad: era un requisito legal. En una noche cualquiera, en cualquier lugar de Europa, los funcionarios de la Interpol podían determinar con precisión dónde dormía cualquier persona. Dar con él en el Ritz probablemente no debía de haberles llevado más de cinco segundos.

Mientras el coche aceleraba hacia el sur por la ciudad, divisó la silueta de la torre Eiffel iluminada, erguida hacia el cielo a la derecha, a lo lejos. Al verla Langdon pensó en Vittoria, y recordó la animada promesa que se habían hecho un año antes de reunirse cada seis meses en un lugar romántico del mundo. Supuso que la torre Eiffel habría formado parte de esa lista. Por desgracia, la última vez que había besado a Vittoria había sido hacía más de un año, en un ruidoso aeropuerto de Roma.

—¿Ha subido? —le preguntó el policía, volviendo el rostro hacia él.

Langdon levantó la cabeza, convencido de que no lo había entendido bien.

—¿Cómo dice?

—Es preciosa, ¿no? —El hombre señaló la torre por la ventanilla—. ¿Ha subido?

Langdon revolvió los ojos.

—No, no he subido a la torre.

—Es el símbolo de Francia. A mí me parece perfecta.

Él asintió con aire distraído. Los expertos en simbología solían observar que un país como Francia —famoso por su machismo, sus donjuanes y sus líderes bajitos e inseguros, como Napoleón y Pipino *el Breve*— no podría haber elegido un emblema nacional mejor que un falo de trescientos metros de altura.

Cuando llegaron al cruce de la rue de Rivoli el semáforo estaba en rojo, pero el Citroën no se detuvo. El policía enfiló la vía y se internó a toda velocidad en una zona arbolada de la rue Castiglione, que hacía las veces de entrada norte a los famosos jardines de las Tullerías, la versión parisina de Central Park. La mayor parte de los turistas pensaba que los jardins des Tuileries debían su nombre a los miles de tulipanes que florecían allí, pero en realidad la palabra «tuileries» era una referencia literal a algo mucho menos romántico: en su día, el parque había sido una enorme mina contaminada de la que los contratistas parisinos extraían el barro para fabricar las célebres tejas rojas de la ciudad, o *tuiles*.

Al entrar en los desiertos jardines, el oficial introdujo la mano bajo el salpicadero y apagó la atronadora sirena. Langdon suspiró aliviado, saboreando la repentina calma. Fuera, el haz blanquecino de los faros halógenos barría la gravilla del sendero, el áspero ronroneo de las ruedas entonaba un ritmo hipnótico. Para Langdon las Tullerías siempre habían sido un lugar sagrado. Ésos eran los jardines en los que Claude Monet había experimentado con la forma y el color, dando vida literalmente al movimiento impresionista. Sin embargo, esa noche, allí se respiraba un aire extraño cargado de presagios.

El coche viró bruscamente a la izquierda, dirigiéndose al oeste por la avenida principal del parque. Tras rodear un estanque circular, el conductor atajó por un paseo desolado y salió a un amplio espacio cuadrado. Langdon vio el final de los jardines, señalizado por un enorme arco de piedra: el arc du Carrousel.

Pese a los rituales orgiásticos que se celebraban antaño en ese arco, los aficionados al arte veneraban el lugar por una razón muy distinta: desde la explanada que se abría donde finalizaban las Tullerías podían verse cuatro de los más importantes museos de arte del mundo..., uno en cada punto cardinal.

Por la ventanilla derecha, en dirección sur, y al otro lado del Sena y del Quai Voltaire, Langdon reparó en la teatral iluminación de la fachada de la antigua estación de ferrocarril, ahora el reverenciado Musée d'Orsay. A la izquierda distinguió la parte superior del modernísimo Centro Pompidou, que albergaba el Museo Nacional de Arte Moderno. A sus espaldas, hacia el oeste, Langdon sabía que el antiguo obelisco de Ramsés descollaba sobre los árboles, señalando el Musée du Jeu de Paume.

Sin embargo, en línea recta, hacia el este y al otro lado del arco, vio el monolítico palacio renacentista que se había convertido en el museo de arte más famoso del mundo.

El museo del Louvre.

Langdon experimentó una familiar sensación de asombro cuando sus ojos efectuaron la inútil intentona de abarcar todo el edificio. Al otro lado de una plaza tremendamente extensa, la imponente fachada del Louvre se recortaba como una ciudadela contra el cielo de París. Con forma de inmensa herradura, el Louvre era la construcción más alargada de Europa: tres veces más que la torre Eiffel medido de extremo a extremo. Ni siquiera los casi cien mil metros cuadrados de la plaza que se abría entre las alas del museo podía desafiar la majestuosidad de la ingente fachada. En una ocasión, Langdon había recorrido el perímetro entero, una increíble caminata de casi cinco kilómetros.

Pese a que se calculaba que se tardaría unas cinco semanas en admirar debidamente las 65.300 obras de arte que albergaba el edificio, la mayoría de los turistas optaba por una visita reducida a la que Langdon denominaba «el Louvre *light*», una carrera por el museo para ver sus tres piezas más afamadas: la *Mona Lisa*, la *Venus de Milo* y *La victoria alada de Samotracia*. En una ocasión, el humorista estadounidense Art Buchwald se había jactado de haber visto las tres obras maestras en cinco minutos y cincuenta y seis segundos.

El conductor cogió la radio y dijo en un francés atropellado:

—*Monsieur Langdon est arrivé. Deux minutes.*

Por toda respuesta obtuvo un crepitar indescifrable.

El policía guardó el aparato y se volvió hacia su acompañante.

—Se reunirá con el capitán en la entrada principal.

Acto seguido, haciendo caso omiso de las señales que prohibían circular por la plaza, aceleró y se subió a la acera. La entrada principal del Louvre ahora quedaba visible, se alzaba con osadía a lo lejos, rodeada de siete fuentes triangulares de las que brotaban surtidores iluminados.

«La pyramide.»

La nueva entrada había cobrado casi tanta fama como el propio museo. La vanguardista y polémica pirámide de cristal diseñada por I. M. Pei, arquitecto estadounidense oriundo de China, seguía siendo objeto de mofa por parte de los tradicionalistas, en cuya opinión el añadido envilecía la solemnidad del patio renacentista. Goethe había descrito la arquitectura como «música congelada», y los críticos de Pei definían la pirámide como «el chirrido de unas uñas arañando una pizarra». No obstante, cada vez eran más quienes alababan la pirámide transparente de más de veinte metros de Pei por fusionar de manera deslumbrante una estructura de la Antigüedad con un método de construcción moderno —una unión simbólica entre lo viejo y lo nuevo—, y contribuir así a que el Louvre entrase en el nuevo milenio.

—¿Le gusta nuestra pirámide? —quiso saber el teniente.

Langdon frunció el ceño: por lo visto, a los franceses parecía encantarles formular esa pregunta a los estadounidenses. Era una pregunta trampa, naturalmente. Si uno admitía que le gustaba, se convertía en un norteamericano sin gusto; si le disgustaba, ofendía a los franceses.

—Mitterrand fue un hombre audaz —replicó, escurriendo el bulto.

Decían que el que había sido presidente de Francia, el mismo que mandó construir la pirámide, adolecía de un complejo de faraón. Único responsable de inundar París de obeliscos, obras de arte y artefactos egipcios, François Mitterrand sentía una pasión tan abrasadora por la cultura egipcia que los franceses aún seguían llamándolo *la Esfinge*.

—¿Cuál es el nombre del capitán? —preguntó Langdon para cambiar de tema.

—Bezu Fache —respondió el policía mientras se aproximaba a la entrada principal de la pirámide—. Lo apodamos *le Taureau*.

Langdon lo miró y se preguntó si a todos los franceses se les darían esos curiosos sobrenombres animales.

—¿Llaman «toro» a su capitán?

El hombre enarcó las cejas.

—Su francés es mejor de lo que dice, monsieur Langdon.

«Mi francés es un asco —pensó él—, pero la iconografía zodiacal se me da bastante bien.» Tauro era el toro, y la astrología siempre estaba presente en la simbología del mundo entero.

El teniente detuvo el vehículo y señaló una gran puerta en un lateral de la pirámide, entre dos fuentes.

—Ésa es la entrada. Buena suerte, monsieur.

—¿Usted no viene?

—Tengo orden de dejarlo aquí. Debo ocuparme de otros asuntos.

Langdon profirió un suspiro y se bajó del coche. «Si usted lo dice...»

El policía arrancó y se alejó a toda velocidad.

Allí plantado, a solas, mientras observaba los faros traseros perdiéndose en la distancia, se dio cuenta de que podía reconsiderar la situación, salir del patio, coger un taxi y volver a la cama. Sin embargo, algo le dijo que probablemente fuera una pésima idea.

Conforme avanzaba hacia la bruma de las fuentes, lo asaltó la inquietante sensación de estar cruzando un umbral imaginario que lo separaba de otro mundo. Volvía a rodearlo el halo onírico de esa noche. Hacía veinte minutos dormía en la habitación de su hotel, y ahora se hallaba delante de una pirámide transparente construida por la Esfinge, esperando a un policía al que apodaban *el Toro*.

«Estoy atrapado en un cuadro de Salvador Dalí», pensó.

Se dirigió a la entrada, una enorme puerta giratoria. Al otro lado, el vestíbulo estaba tenuemente iluminado y desierto.

«¿Será necesario que llame?»

Langdon se preguntó si alguno de los célebres egiptólogos de Harvard habría llamado alguna vez a la puerta de una pirámide esperando obtener respuesta. Levantó la mano dispuesto a golpear el cristal, pero de la oscuridad surgió una figura que subía a buen paso por la sinuosa escalera. Era un hombre fornido y moreno, casi Neandertal, enfundado en un traje oscuro cruzado que parecía quedarle pequeño en la ancha espalda. Avanzaba con una autoridad inconfundible, las piernas fuertes y cortas, e iba hablando por el móvil. Nada más llegar arriba, puso fin a la llamada y le indicó a Langdon que entrase.

—Soy Bezu Fache —se presentó mientras Langdon empujaba

la puerta—. Capitán de la Dirección General de la Policía Judicial. —El tono le hacía justicia, un retumbo gutural, como una tormenta inminente.

Él le tendió la mano.

—Robert Langdon.

La enorme palma del policía rodeó su mano con una fuerza aplastante.

—He visto la foto —afirmó Langdon—. Su hombre me ha dicho que fue el propio Saunière quien...

—Señor Langdon —los ojos de Fache, negros como el ébano, se clavaron en él—, lo que se ve en la fotografía no es más que una pequeña parte de lo que hizo Saunière.

CAPÍTULO 4

El capitán Bezu Fache se conducía como un buey airado, la ancha espalda echada hacia atrás y el mentón hundido en el pecho. Llevaba el oscuro cabello engominado, lo que acentuaba el pico, similar a una flecha, que dividía su prominente frente y lo precedía como la proa de un acorazado. A medida que caminaba, sus oscuros ojos parecían asolar la tierra, irradiando una claridad feroz que hacía intuir su reputación de severidad imperturbable en todos los asuntos.

Langdon bajó tras él la famosa escalera de mármol que conducía al atrio que se abría bajo la pirámide de cristal. Al hacerlo pasaron entre dos agentes de la policía judicial que empuñaban sendos subfusiles. El mensaje era claro: esa noche, allí no entraba ni salía nadie sin la bendición del capitán Fache.

A medida que avanzaba bajo tierra, Langdon tuvo que luchar contra una creciente inquietud. La presencia de Fache era de todo salvo cordial, y a esas horas el Louvre en sí tenía un aire casi sepulcral. La escalera, como el pasillo de una sala de cine a oscuras, se hallaba iluminada por una sutil luz que surgía de los peldaños. Langdon oía sus propios pasos reverberando en el cristal más arriba. Al levantar la cabeza vio que los hilillos de agua iluminada que manaban de las fuentes iban apagándose al otro lado del transparente techo.

—¿Le gusta? —preguntó Fache mientras señalaba hacia arriba con el ancho mentón.

Langdon suspiró, demasiado cansado para aquel jueguecito.

—Sí, su pirámide es magnífica.

El capitán dejó escapar un gruñido.

—Una cicatriz en el rostro de París.

«*Strike* uno.» Langdon presintió que su anfitrión era un hombre difícil de contentar. Se preguntó si Fache sabría que esa pirámide, a petición expresa del presidente Mitterrand, constaba exactamente de 666 cristales, una extraña exigencia que siempre había sido objeto de acaloradas discusiones entre los defensores de las conspiraciones, que aseguraban que el 666 era el número de Satán.

Langdon decidió no sacarlo a colación.

Cuando se hubieron internado más en el subterráneo vestíbulo, de las sombras fue surgiendo poco a poco el amplio espacio. Con sus casi siete mil metros cuadrados, el nuevo atrio del museo, construido a unos veinte metros bajo el nivel del suelo, se extendía como una gruta interminable. De un cálido mármol ocre, para que no desentonara con la piedra de color miel de la fachada del Louvre, la sala subterránea solía estar repleta de luz natural y turistas. Sin embargo, esa noche estaba desierta y a oscuras, lo que confería al espacio un aire de frialdad que lo asemejaba a una cripta.

—¿Y el personal de seguridad del museo? —preguntó Langdon con interés.

—*En quarantaine* —contestó Fache, como si Langdon estuviera cuestionando la integridad del equipo del capitán—. Es evidente que esta noche alguien ha burlado la seguridad. Todos los vigilantes nocturnos del Louvre se encuentran en el ala Sully y están siendo interrogados. Esta noche son mis agentes los que se encargan de la seguridad del museo.

Langdon asintió, caminando deprisa para seguir el ritmo del policía.

—¿Conocía usted bien a Jacques Saunière? —preguntó éste.

—La verdad es que no: ni siquiera llegué a conocerlo.

Fache parecía sorprendido.

—¿Iban a conocerse esta noche?

—Sí. Teníamos previsto vernos en la recepción que iba a celebrarse en la Universidad Norteamericana después de la conferencia, pero no acudió a la cita.

El capitán garabateó algo en un pequeño cuaderno. Mientras andaban, Langdon vislumbró la pirámide menos conocida del Louvre, la *pyramide inversée*, una enorme pirámide invertida que pendía del techo como una estalactita en una sección contigua del entresuelo. Fache guio al profesor por un breve tramo de escalera que desembocaba en un túnel abovedado sobre el cual rezaba en un letrero: DENON. El ala Denon era la más famosa de las tres secciones principales del Louvre.

—¿De quién fue la idea de citarse esta noche? —preguntó el capitán de súbito—. ¿Suya o de él?

Una pregunta extraña.

—Del señor Saunière —contestó Langdon mientras entraban en el túnel—. Su secretaria me envió un correo electrónico hace algunas semanas. Decía que el conservador se había enterado de que yo iba a dar una charla en París este mes y quería hablar de algo conmigo aprovechando mi estancia aquí.

—Hablar, ¿de qué?

—No lo sé; de arte, me imagino. Nuestros intereses son similares.

Fache puso cara de escepticismo.

—¿No tiene idea de cuál era motivo de la reunión?

Langdon no la tenía. En su momento le picó la curiosidad, pero no le pareció buena idea pedir detalles. No era ningún secreto que el venerado Jacques Saunière valoraba su intimidad y concedía muy pocas entrevistas, de modo que estaba agradecido sólo por tener la oportunidad de conocerlo.

—Señor Langdon, ¿podría decirme al menos qué cree usted que quería comentarle Saunière la noche en que ha sido asesinado? Podría sernos de ayuda.

La mordacidad de la pregunta incomodó al profesor.

—La verdad es que no se me ocurre nada. No se lo pregunté. Para mí ya era un honor que se hubiera puesto en contacto conmigo. Soy un admirador del trabajo del señor Saunière, a menudo utilizo sus textos en mis clases.

Fache anotó la observación en el cuaderno.

Ahora los dos hombres se hallaban hacia la mitad del túnel de entrada del ala Denon, y al fondo Langdon veía las dos escaleras mecánicas, ambas detenidas.

—De manera que tenían intereses comunes, ¿es así? —inquirió el capitán.

—Pues sí. A decir verdad, pasé gran parte del año pasado escribiendo el borrador de un libro que se ocupa de la especialidad del señor Saunière. Tenía muchas ganas de exprimirle el cerebro.

Fache alzó la mirada.

—¿Cómo dice?

Por lo visto, la expresión era intraducible.

—Tenía ganas de saber lo que pensaba sobre el tema.

—Comprendo. Y ¿cuál es el tema?

Langdon vaciló, no sabía cómo verbalizarlo.

—Básicamente el manuscrito trata de la iconografía del culto a las diosas, el concepto del carácter sagrado de lo femenino y el arte y los símbolos que van asociados a ello.

El policía se pasó una mano rolliza por el cabello.

—Y ¿Saunière sabía del tema?

—Más que nadie.

—Comprendo.

Langdon tuvo la sensación de que no comprendía nada en absoluto. Jacques Saunière era considerado el mayor experto del mundo en iconografía de diosas. No sólo era un apasionado de las reliquias relacionadas con la fertilidad, los cultos a diosas, la brujería y las deidades femeninas, sino que además, a lo largo de sus veinte años como conservador, había contribuido a que el Louvre amasara la mayor colección de arte relacionada con las diosas del planeta: hachas dobles de las sacerdotisas del templo griego más antiguo de Delfos, caduceos de oro, centenares de cruces egipcias similares a pequeños ángeles en pie, sistros utilizados por los antiguos egipcios para ahuyentar a los malos espíritus y un increíble despliegue de esculturas de Horus amamantado por la diosa Isis.

—Tal vez Jacques Saunière tuviera conocimiento de su manuscrito —aventuró el policía—, y concertara la cita para ofrecerle su ayuda.

Langdon negó con la cabeza.

—Lo cierto es que nadie sabe nada aún del manuscrito. Todavía es un bosquejo, y no se lo he enseñado a nadie aparte de a mi editor.

Fache guardó silencio.

Langdon no añadió el motivo por el cual no se lo había enseñado a nadie todavía: las trescientas páginas en bruto —tituladas provisionalmente *Símbolos perdidos de la deidad femenina*— ofrecían algunas interpretaciones muy poco convencionales de iconos religiosos arraigados, las cuales, sin duda, serían controvertidas.

Cuando se aproximaba a las inmóviles escaleras mecánicas, se detuvo un instante tras caer en la cuenta de que Fache no seguía a su lado. Al volverse, vio que el policía se hallaba unos metros más atrás, junto al montacargas.

—Cogeremos el ascensor —propuso cuando se abrieron las puertas—. Como sin duda sabrá, la galería es bastante larga para recorrerla a pie.

Aunque Langdon sabía que el ascensor salvaría más aprisa los dos pisos que los separaban del ala Denon, no se movió.

—¿Ocurre algo? —El capitán sujetaba la puerta con aire impaciente.

Langdon expulsó aire y miró anhelante las escaleras abiertas. «No, no ocurre nada», se mintió a sí mismo mientras se dirigía al ascensor. De pequeño había caído a un pozo abandonado y había estado a punto de morir, los pies sumergidos en el agua durante horas en el angosto espacio antes de que lo rescataran. Desde entonces tenía fobia a los espacios cerrados: ascensores, metros, pistas de squash. «El ascensor es un aparato de lo más seguro —se decía sin cesar, aunque no lo creía—. ¡Es una caja metálica minúscula que cuelga dentro de un hueco cerrado!» Contuvo la respiración y subió, sintiendo una familiar descarga de adrenalina cuando las puertas se cerraron.

«Dos pisos. Diez segundos.»

—Usted y el señor Saunière —observó Fache cuando el ascensor comenzó a moverse—, ¿no llegaron a hablar? ¿Nunca se cartearon? ¿Nunca se enviaron nada por correo?

Más preguntas extrañas. Langdon cabeceó.

—No, nunca.

El capitán ladeó la cabeza como si anotara mentalmente ese dato. Sin decir nada, fijó la vista en las puertas cromadas.

Mientras subían, Langdon trató de pensar en cualquier otra cosa que no fueran las cuatro paredes que lo rodeaban. En el reflejo de la reluciente puerta vio el alfiler de la corbata del policía: un crucifijo de plata con trece piedrecitas de ónice negro. Se le antojó un tanto sorprendente. El símbolo era la *crux gemmata,* una cruz con trece gemas engastadas, el ideograma cristiano de Jesús y sus doce apóstoles. Por alguna razón, Langdon no esperaba que el capitán de la policía francesa anunciara sus creencias religiosas tan abiertamente. Pero no podía olvidar que se encontraba en Francia, un lugar donde el cristianismo no era tanto una religión como un legado.

—Es una *crux gemmata* —explicó Fache de pronto.

Sobresaltado, Langdon alzó la vista y vio que el policía lo miraba en el reflejo.

El ascensor se detuvo finalmente y las puertas se abrieron.

Langdon salió deprisa al pasillo, impaciente por verse en el amplio espacio abierto que le conferían los famosos techos altos de las galerías del Louvre. No obstante, el mundo al que emergió no era en modo alguno lo que esperaba.

Sorprendido, se detuvo en seco.

Fache lo miró.

—Me da la impresión de que nunca ha estado usted en el Louvre fuera del horario de visitas —dijo.

«Creo que no», pensó Langdon al tiempo que intentaba orientarse.

Por regla general perfectamente iluminadas, esa noche las galerías del museo estaban oscuras como boca de lobo. En lugar de la habitual luz blanca sin matices procedente del techo, un apagado resplandor rojizo parecía emanar de los rodapiés, manchas intermitentes de luz roja que se derramaba en el embaldosado.

Al recorrer con la vista el tenebroso corredor, Langdon comprendió que debería haber previsto la escena. Prácticamente todos los museos de renombre utilizaban iluminación roja de noche: luces bajas colocadas estratégicamente, no agresivas, que permitían al personal vagar por los pasillos al tiempo que las pinturas se mantenían en la penumbra para frenar el pernicioso efecto que ejercía la sobreexposición a la luz. Esa noche en el museo se respiraba un aire casi opresivo: había sombras alargadas por todas partes y el abovedado techo, por lo común vertiginoso, se asemejaba a un vacío oneroso y negro.

—Por aquí —dijo Fache al tiempo que torcía bruscamente a la derecha y enfilaba una serie de galerías intercomunicadas.

Langdon echó a andar tras él, sus ojos se iban adaptando poco a poco a la oscuridad. A su alrededor comenzaron a tomar forma óleos de gran formato como si fuesen fotos que se revelaran delante de él en un inmenso cuarto oscuro. Saboreó el familiar y penetrante olor a museo —una atmósfera árida, desionizada con un leve aroma a carbono—, producto de los deshumidificadores industriales con filtro de carbón que funcionaban las veinticuatro horas para contrarrestar el corrosivo dióxido de carbono que exhalaban los visitantes.

Instaladas en lo alto de las paredes, las cámaras de seguridad enviaban un mensaje claro a los asistentes: «Os estamos vigilando. No toquéis nada».

—¿Alguna es de verdad? —quiso saber Langdon mientras señalaba las cámaras.

El policía negó con la cabeza.

—Por supuesto que no.

A Langdon no lo sorprendió. La vigilancia por cámaras en museos de esas dimensiones resultaba prohibitiva. Con miles de metros de galerías que controlar, el Louvre requeriría varios cientos de técnicos sólo para revisar las grabaciones. En la actualidad la mayoría de los grandes museos utilizaban medidas de seguridad de contención. En lugar de impedir que entraran los ladrones, lo que había que hacer era impedir que salieran. Los dispositivos de contención se activaban una vez finalizado el horario de visitas, y si un intruso retiraba una obra de arte, en torno a la galería en cuestión se sellaban salidas compartimentadas, y el ladrón se veía tras unos barrotes antes incluso de que llegara la policía.

El sonido de unas voces resonó más allá, en el corredor de mármol. El ruido parecía proceder de un amplio espacio que se abría ante ellos, a la derecha. Una viva luz iluminaba el pasillo.

—El despacho del conservador —aclaró el capitán.

Cuando se aproximaban, Langdon echó un vistazo al lujoso despacho de Saunière: cálida madera, obras maestras de la pintura clásica y una enorme mesa antigua sobre la que descansaba una figura de unos cincuenta centímetros de un caballero con la armadura al completo. Un puñado de agentes de policía se movían por la habitación, hablando por teléfono y tomando notas. Uno de ellos se hallaba sentado al escritorio de Saunière, tecleando en un ordenador portátil. Por lo visto, esa noche el despacho del conservador había pasado a ser el improvisado puesto de mando de la DGPJ.

—*Messieurs* —dijo el capitán, y los hombres volvieron la cabeza—, *ne nous dérangez pas sous aucun prétexte. Entendu?*

Los policías asintieron.

Langdon había colgado bastantes letreros de *Ne pas déranger* en la puerta de numerosas habitaciones de hotel para captar la esencia de la orden del capitán: no debían molestarlos bajo ninguna circunstancia.

Tras dejar atrás al pequeño grupo de agentes, Fache siguió guiando al profesor por el sombrío corredor. A unos treinta metros de distancia se veía la entrada a la sección más popular del Louvre, la *Grande Galerie*, un pasillo interminable que albergaba las obras maestras italianas más valiosas. Langdon ya se había dado cuenta de que allí era donde se hallaba el cuerpo de Saunière: en la Polaroid se distinguía, sin lugar a dudas, el famoso suelo de parqué de la Gran Galería.

A medida que se acercaban, reparó en que la entrada estaba cerrada por una inmensa reja de acero parecida a las utilizadas en los castillos medievales para mantener a raya a los ejércitos enemigos.

—Seguridad de contención —explicó Fache al acercarse a la reja.

Incluso en la oscuridad, el dispositivo daba la impresión de poder frenar un tanque. Una vez allí Langdon observó entre los barrotes el cavernoso espacio, tenuemente iluminado, de la Gran Galería.

—Pase usted primero, señor Langdon —dijo el francés.

El aludido se dio la vuelta. «Primero, ¿adónde?»

El capitán señaló la base de la reja, y Langdon bajó la mirada: en medio de aquella oscuridad no había reparado en que la barricada se encontraba elevada alrededor de medio metro, de manera que se podía pasar a duras penas por debajo.

—El personal del Louvre aún tiene restringido el acceso a esta zona —afirmó Fache—. Mi equipo de la UCICT, la Unidad Central de Investigación Científica y Técnica, acaba de terminar. —Apuntó al suelo—. Por favor, pase usted.

Langdon observó el angosto espacio que tenía a los pies y después la sólida reja de hierro. «Debe de estar de broma.» Aquella barrera se asemejaba a una guillotina a la espera de intrusos.

Fache refunfuñó algo en francés y consultó su reloj. A continuación se arrodilló y deslizó su voluminoso cuerpo bajo la reja. Una vez al otro lado, se puso de pie y miró a Langdon.

Éste profirió un suspiro y, tras apoyar las manos en el lustroso parqué, se tumbó boca abajo y se arrastró. Al hacerlo, el cuello de su chaqueta de *tweed* se enganchó en la reja, y él se golpeó en la cabeza con el hierro.

«Tranquilo, Robert», pensó mientras reptaba torpemente y por fin conseguía pasar al otro lado. Al levantarse, le dio en la nariz que iba a ser una noche muy larga.

CAPÍTULO 5

Murray Hill Place, la nueva sede mundial y palacio de congresos del Opus Dei, se encuentra en el número 243 de Lexington Avenue, en la ciudad de Nueva York. Con un coste que asciende a más de cuarenta y siete millones de dólares, esta torre de más de doce mil metros cuadrados es de ladrillo rojo y caliza de Indiana. Diseñado por May & Pinska, el edificio alberga más de un centenar de dormitorios, seis comedores, bibliotecas, salones, salas de reuniones y despachos. En las plantas segunda, octava y decimosexta hay capillas, ornadas con madera y mármol. La planta decimoséptima es puramente residencial. Los hombres entran en el edificio por la puerta principal, en Lexington Avenue; las mujeres, por un callejón, y en el interior permanecen fuera de la vista y el oído de los hombres en todo momento.

Esa misma tarde, en el refugio que le proporcionaba su ático, el obispo Manuel Aringarosa había preparado una pequeña bolsa de viaje y se había enfundado una sotana negra tradicional. Normalmente se habría ceñido un cíngulo púrpura a la cintura, pero esa noche viajaría rodeado de gente y prefería que el alto cargo que ocupaba no llamara la atención. Sólo los más perspicaces repararían en su anillo de obispo: oro de catorce quilates con una amatista morada, grandes diamantes y una mitra con su báculo labrados a mano. Tras echarse la bolsa al hombro, rezó una oración en silencio y salió de su apartamento. A continuación bajó al vestíbulo, donde su conductor aguardaba para llevarlo al aeropuerto.

Ahora, acomodado en un avión comercial que se dirigía a Roma, Aringarosa miró por la ventanilla el oscuro océano Atlántico. El sol ya se había puesto, pero el obispo sabía que su estrella estaba en alza. «Esta noche se ganará la batalla», pensó, asombrado de que tan sólo unos meses antes se hubiese sentido impotente frente a quienes amenazaban con destruir su imperio.

Como prelado del Opus Dei, el obispo Aringarosa se había pasado los últimos diez años de su vida difundiendo el mensaje de la «Obra de Dios», que era lo que significaba literalmente Opus Dei. La congregación, fundada en 1928 por el sacerdote español José María Escrivá, propugnaba la vuelta a los valores católicos conservadores y alentaba a sus miembros a realizar importantes sacrificios en su vida para llevar a cabo la Obra de Dios.

En un principio, la filosofía de corte tradicional del Opus Dei arraigó en España antes de que se instaurara el régimen franquista, pero tras la publicación en 1934 de la guía espiritual de Escrivá, *Camino* —novecientos noventa y nueve aforismos para llevar a cabo la Obra de Dios en la propia vida—, el mensaje del sacerdote se extendió por el mundo entero. En la actualidad, con más de cuatro millones de ejemplares en circulación de *Camino* en cuarenta y dos idiomas, el Opus Dei era un peso pesado mundial. Sus residencias, centros de enseñanza e incluso universidades podían hallarse en casi todas las principales metrópolis del planeta. El Opus Dei era la organización católica más sólida desde el punto de vista económico y con mayor crecimiento del mundo. Por desgracia Aringarosa había aprendido que, en una era de cinismo religioso, sectas y telepredicadores, la riqueza y el poder de la Obra, cada vez mayores, atraían la sospecha como un imán.

—Hay quien dice que el Opus Dei es una institución catequizadora —pinchaban a veces los periodistas—. Otros afirman que son ustedes una sociedad secreta cristiana ultraconservadora. ¿Qué son en realidad?

—El Opus Dei no es ninguna de esas dos cosas —respondía

pacientemente el obispo—. Somos una Iglesia católica, una congregación de fieles que hemos escogido seguir la doctrina católica con el máximo rigor posible en nuestra vida diaria.

—¿Obliga la Obra a hacer voto de castidad, pagar diezmos y expiar los pecados mediante la autoflagelación y el cilicio?

—Dichas acciones afectan únicamente a un reducido grupo de los miembros del Opus Dei —contestaba Aringarosa—. Existen muchos niveles de implicación. Hay miles de miembros del Opus Dei que están casados, tienen familia y llevan a cabo la Obra de Dios dentro de su propia comunidad. Otros deciden llevar una vida de ascetismo en nuestras residencias. Esas elecciones son personales, pero en el Opus Dei todo el mundo comparte un objetivo: mejorar el mundo realizando la Obra de Dios, una meta que, sin duda, es admirable.

Sin embargo, la razón rara vez se imponía. Los medios siempre tendían a centrarse en el escándalo, y el Opus Dei, como la mayor parte de las grandes organizaciones, contaba entre sus filas con un puñado de almas descaminadas que ensombrecía al resto del grupo.

Dos meses antes habían pillado a algunos miembros de la Obra en una universidad del Medio Oeste drogando con mescalina a nuevos afiliados con el objeto de provocarles un estado de euforia que los neófitos percibirían como una experiencia religiosa. Un estudiante de otra universidad había empleado el cilicio durante más de las dos horas recomendadas al día y se había causado una infección que había estado a punto de costarle la vida. En Boston, no hacía mucho, un joven analista de inversiones desencantado había cedido los ahorros de toda su vida al Opus Dei antes de intentar suicidarse.

«Ovejas descarriadas», pensó Aringarosa, en el fondo sintiendo pena por ellos.

Naturalmente la última campanada la había dado un juicio que había recibido amplia cobertura mediática, el del agente del FBI Robert Hanssen, el cual, además de destacado miembro del Opus

Dei, había resultado ser un pervertido sexual: en el juicio se demostró que había instalado cámaras de vídeo ocultas en su propio dormitorio para que sus amigos pudieran verlo retozando con su mujer. «Cuesta creer que ése sea el pasatiempo de un católico devoto», observó el juez.

Por desgracia, todos esos sucesos habían contribuido a la creación de un nuevo grupo conocido como ODAN, Red de Alerta sobre el Opus Dei. El popular sitio web de dicha formación —www. odan.org— recogía espeluznantes historias de antiguos miembros de la Obra que advertían de los peligros de afiliarse a ella. Ahora, los medios de comunicación llamaban al Opus Dei «la mafia de Dios» y «la secta de Cristo».

«Tememos todo aquello que no entendemos», pensaba Aringarosa, y se preguntaba si quienes volcaban esas críticas sabían cuántas vidas había enriquecido el Opus Dei, una institución que gozaba del respaldo y la bendición sin reservas del Vaticano. «El Opus Dei es una prelatura personal del propio papa.»

No obstante, la Obra se había visto recientemente amenazada por una fuerza infinitamente más poderosa que los medios de comunicación, un enemigo inesperado del que Aringarosa no podía esconderse. Hacía cinco meses alguien había hecho girar el caleidoscopio del poder, y el obispo aún se estaba recuperando del golpe.

—No saben cuál es el alcance de la guerra que han desatado —musitó para sí mientras contemplaba la negrura del océano por la ventanilla del avión.

Durante un instante sus ojos se detuvieron en el reflejo de su propio rostro, un rostro difícil: moreno y alargado, dominado por una nariz chata y corva que le destrozaron de un puñetazo en España cuando era un joven misionero; una imperfección física en la que apenas se fijaba ahora, pues Aringarosa habitaba el mundo del espíritu, no de la carne.

Cuando el aparato sobrevolaba el litoral portugués, el móvil del obispo comenzó a vibrar en su sotana. A pesar de que la normativa aérea prohibía el uso de teléfonos móviles durante los vuelos, Aringarosa sabía que debía coger esa llamada. Sólo un hombre tenía ese número, el mismo hombre que le había enviado el teléfono por correo.

Nervioso, contestó en tono quedo:

—¿Sí?

—Silas ha localizado la clave —anunció el otro—. Se encuentra en París, en la iglesia de Saint-Sulpice.

El obispo sonrió.

—Entonces estamos cerca.

—Podemos hacernos con ella de inmediato, pero necesitamos su ayuda.

—Desde luego. Dígame qué tengo que hacer.

Cuando Aringarosa apagó el móvil, el corazón le latía a un ritmo frenético. Observó de nuevo la nada, sintiéndose eclipsado por los hechos que había puesto en movimiento.

A menos de mil kilómetros de allí, Silas, el albino, se inclinaba sobre un pequeño lavabo lleno de agua y se retiraba la sangre de la espalda, viendo cómo bailoteaban en la superficie los dibujos que formaba la sangre. «¡Rocíame con hisopo, y seré puro; lávame, y seré más blanco que la nieve!», rezó, citando los Salmos.

Silas sentía un entusiasmo y un nerviosismo que no había vuelto a experimentar desde que abandonó su anterior vida. Algo que se le antojaba sorprendente y electrizante a un tiempo. Durante la última década se había guiado por las máximas de *Camino*, expiando sus pecados, reconduciendo su vida, borrando la violencia del pasado. Esa noche, no obstante, todo eso había vuelto a asaltarlo. El odio que tanto se había esforzado en enterrar volvía a estar presente. Lo había asustado la rapidez con que había resurgido el pasado. Y, con él, como era lógico, habían vuelto sus resabios: oxidados pero útiles.

«El mensaje de Jesús es de paz, de no violencia, de amor.» Eso era lo que le habían enseñado a Silas desde el principio, lo que atesoraba en su corazón. Pero ése también era el mensaje que ahora los enemigos de Cristo amenazaban con aniquilar. «Quienes amenacen a Dios por la fuerza serán respondidos por la fuerza. Inamovible y firme.»

Durante dos milenios, los soldados cristianos habían defendido su fe de quienes trataban de desplazarla. Esa noche Silas había sido llamado a la lucha.

Después de secarse las heridas se puso el hábito, que le llegaba por los tobillos y estaba provisto de una capucha; una prenda lisa, de lana oscura, que acentuaba la blancura de su piel y su cabello. Tras anudarse el cordón a la cintura, se subió la capucha y dejó que sus rojos ojos contemplaran la imagen que le devolvía el espejo. «El engranaje se ha puesto en marcha.»

CAPÍTULO 6

Después de pasar a duras penas por debajo de la reja, Robert Langdon se hallaba justo a la entrada de la Gran Galería, de cara a la boca del largo y profundo cañón. A ambos lados del corredor, sobrios muros se alzaban a casi diez metros de altura, perdiéndose en la oscuridad. El resplandor rojizo de la iluminación apuntaba hacia arriba, proyectando una luz antinatural sobre una asombrosa colección de Da Vincis, Tizianos y Caravaggios que colgaban del techo suspendidos de cables. Bodegones, escenas religiosas y paisajes junto a retratos de nobles y políticos.

Aunque la Gran Galería albergaba la colección de arte italiano más famosa del Louvre, muchos visitantes opinaban que la estrella indiscutible del ala era su famoso parqué. Formando un deslumbrante diseño geométrico de tablillas de roble sesgadas, el suelo creaba una efímera ilusión óptica: una red multidimensional que hacía que los visitantes tuviesen la sensación de flotar por la galería en una superficie que cambiaba a cada paso que daban.

Cuando los ojos de Langdon comenzaron a escudriñar la madera, se detuvieron en seco en un objeto inesperado que se hallaba a tan sólo unos metros a su izquierda, precintado por la policía. Se volvió hacia Fache.

—Eso que hay en el suelo..., ¿es un Caravaggio?

El capitán asintió sin mirar siquiera.

El lienzo, supuso Langdon, debía de valer más de dos millones de dólares y, sin embargo, estaba tirado en el piso como un póster del que uno quisiera desembarazarse.

—¿Qué demonios está haciendo en el suelo?

Fache lo miró ceñudo, a todas luces impasible.

—Aquí se ha cometido un crimen, señor Langdon. No hemos tocado nada. Fue el conservador quien arrancó el cuadro de la pared, así activó el sistema de seguridad.

El profesor miró la reja, intentando hacerse una idea de lo que había ocurrido.

—El conservador fue atacado en su despacho, se refugió en la Gran Galería y activó la barrera de seguridad retirando ese cuadro de la pared. La reja cayó en el acto, impidiendo así el acceso al corredor. Ésta es la única forma de entrar o salir de la galería.

Langdon estaba confuso.

—Entonces Saunière atrapó a su agresor en la galería, ¿es eso?

Fache negó con la cabeza.

—La reja de seguridad lo separó de su agresor. El asesino quedó aislado ahí fuera, en el pasillo, y disparó a Saunière a través de los barrotes. —El policía señaló una etiqueta anaranjada que colgaba de uno de los barrotes de la reja que acababan de salvar—. La UCICT ha encontrado restos de pólvora de un arma de fuego. Disparó a través de los barrotes. Saunière murió aquí, solo.

Langdon recordó la fotografía del cadáver del anciano. «Antes han dicho que se lo había hecho él solo.» Acto seguido observó el corredor que se extendía ante ellos.

—Entonces, ¿dónde está el cuerpo?

El policía se enderezó el prendedor con forma de crucifijo y echó a andar.

—Como probablemente sepa usted, la Gran Galería es bastante larga.

La longitud, si Langdon no recordaba mal, era de más de cuatrocientos cincuenta metros, el equivalente a tres veces la altura del Monumento a Washington. La anchura del lugar resultaba igual de imponente, pues podría acomodar sin problemas dos trenes de pasajeros colocados en paralelo. En el centro, el pasillo estaba salpicado de esculturas o enormes vasijas de porcelana, una buena forma de dividir el espacio con gusto y guiar los pasos de los visitantes en un sentido u otro.

Ahora Fache guardaba silencio, caminaba con paso enérgico por la derecha del corredor, la vista al frente. A Langdon casi le parecía una falta de respeto pasar a toda velocidad por delante de tantas obras maestras sin tan siquiera detenerse a echarles una ojeada.

«Aunque con esta luz no podría ver nada», pensó.

Por desgracia, la tenue iluminación rojiza le traía a la memoria su última experiencia en los archivos secretos del Vaticano, la segunda analogía inquietante esa noche con la aventura de Roma, en la que casi perdió la vida. Volvió a recordar a Vittoria, que hacía meses que no rondaba sus sueños. Langdon no podía creer que lo de Roma hubiese sido hacía tan sólo un año, pues daba la impresión de que habían pasado décadas. «Otra vida.» La última vez que había tenido noticias de Vittoria había sido en diciembre: una postal que lo informaba de que se dirigía al mar de Java para proseguir sus investigaciones en el campo de la física cuántica, algo relacionado con el empleo de satélites para seguir las migraciones de las mantas raya. Langdon nunca había albergado ilusiones acerca de que una mujer como Vittoria Vetra pudiera ser feliz viviendo con él en un campus universitario, pero su encuentro en Roma despertó en él un deseo que jamás había imaginado que podría sentir. De alguna manera su gusto por la soltería, cultivado durante toda su vida, y los sencillos placeres que ésta le deparaba se habían visto zarandeados, sustituidos por un vacío inesperado que parecía haberse agrandado a lo largo del último año.

Siguieron andando con brío, pero Langdon no veía cuerpo alguno.

—¿Jacques Saunière recorrió todo este trecho?

—El señor Saunière recibió un impacto de bala en el estómago, su muerte fue muy lenta, tal vez tardara más de quince o veinte minutos en fallecer. Es evidente que era un hombre con una gran fortaleza.

Langdon se volvió, consternado.

—¿El personal de seguridad tardó quince minutos en llegar aquí?

—Naturalmente que no. El equipo de seguridad del Louvre respondió de inmediato al oír la alarma, y descubrió que la Gran Galería estaba sellada. Al otro lado de la reja oyeron que alguien se movía al fondo del corredor, pero no pudieron ver quién era. Gritaron pero no recibieron respuesta. Suponiendo que sólo podía tratarse de un delincuente, activaron el protocolo y llamaron a la policía judicial. Nosotros ocupamos el edificio en menos de quince minutos. Cuando llegamos, levantamos la barrera lo bastante para poder pasar por debajo, y envié dentro a una docena de agentes armados, que barrieron toda la galería para acorralar al intruso.

—¿Y?

—Dentro no encontraron a nadie. Salvo a... —Señaló más adelante—. Él.

Langdon alzó la mirada y siguió el dedo del policía. En un principio creyó que apuntaba a una gran estatua de mármol que se hallaba en mitad del pasillo, pero conforme avanzaban pudo ver más allá. A unos treinta metros, un único foco sobre un pie portátil alumbraba el suelo, creando una descarnada isla de luz blanca en la oscura galería carmesí. En el centro del haz, como un insecto situado bajo un microscopio, yacía el cadáver desnudo del conservador en el suelo de parqué.

—Ya ha visto la fotografía —observó Fache—, así que no debería sorprenderse.

Un escalofrío recorrió a Langdon cuando se acercaron al cuerpo. Delante tenía una de las imágenes más extrañas que había visto en su vida.

El cadáver blanquecino de Jacques Saunière yacía en el suelo de madera exactamente como se veía en la foto. Cuando Langdon lo miró, entornando los ojos debido a la intensa luz, se recordó, para su sorpresa, que el anciano había pasado los últimos minutos de su vida disponiendo su cuerpo en aquella extraña postura.

El conservador parecía bastante en forma para su edad, y toda su musculatura quedaba a la vista. Se había despojado de toda la ropa, que había dejado en el suelo con esmero, y se había tumbado boca arriba en medio del amplio corredor, perfectamente alineado con el eje longitudinal del espacio. Tenía los brazos y las piernas completamente abiertos, como los de un niño haciendo el ángel en la nieve o, mejor dicho, tal vez, como un hombre al que hubiese atraído y descuartizado una fuerza invisible.

Justo debajo del esternón, una mancha ensangrentada señalaba el lugar donde la bala le había atravesado la carne. La herida no había sangrado mucho, y tan sólo había dejado un pequeño charco ennegrecido.

El índice izquierdo también presentaba restos de sangre: por lo visto Saunière se lo había llevado a la herida para recrear el aspecto más inquietante de aquel macabro lecho de muerte. Utilizando su propia sangre a modo de tinta y el propio abdomen desnudo a modo de lienzo, el anciano conservador había trazado un sencillo símbolo en la piel: cinco líneas rectas que se cruzaban para formar una estrella de cinco puntas.

«El pentáculo.»

La ensangrentada estrella, cuyo centro era el ombligo de Saunière, confería al cuerpo un claro aire macabro. La fotografía que Langdon había visto ya era bastante espeluznante, pero ahora que tenía delante la escena, no pudo por menos que sentir un creciente desasosiego.

«Y se lo hizo él mismo.»

—¿Señor Langdon? —Los oscuros ojos de Fache descansaron de nuevo en él.

—Es un pentáculo —aclaró el aludido, la voz hueca en el inmenso espacio—. Uno de los símbolos más antiguos del mundo; ya se empleaba más de cuatro mil años antes de Cristo.

—Y ¿qué significa?

Langdon siempre vacilaba cuando le hacían esa pregunta. Explicarle a alguien lo que significaba un símbolo era como decirle qué debería sentir con una canción determinada: algo distinto dependiendo de la persona. Un capirote blanco del Ku Klux Klan evocaba imágenes de odio y racismo en Estados Unidos y, en cambio, esa misma prenda era sinónimo de fe católica en España.

—Los símbolos tienen distinto significado según el contexto —contestó—. Ante todo, el pentáculo es un símbolo religioso pagano.

El policía asintió.

—Satánico.

—No —corrigió Langdon, cayendo en la cuenta de inmediato de que tendría que haber escogido mejor sus palabras.

En la actualidad, el término «pagano» había acabado asociándose con el culto al diablo, lo cual era un flagrante error. Etimológicamente la palabra procedía del latín *paganus*, que significaba «campesino». Literalmente, los paganos eran personas que vivían en el campo y no habían sido evangelizadas, que rendían culto a la naturaleza. A decir verdad el miedo de la Iglesia de quienes vivían en las villas era tal, que la palabra «villano», por aquel entonces inocua, pasó a designar a alguien capaz de cometer acciones innobles.

—El pentáculo —puntualizó Langdon— es un símbolo precristiano que guarda relación con el culto a la naturaleza. Los antiguos dividían su mundo en dos mitades: la masculina y la femenina. Sus dioses y diosas pugnaban por mantener el equilibrio. Yin y yang. Cuando la balanza de lo masculino y lo femenino estaba equilibrada, en el mundo reinaba la armonía; en caso contrario, reinaba el caos. —Señaló el estómago de Saunière—. Este pentáculo representa la mitad femenina de todas las cosas, un concepto que los historiadores expertos en religión denominan «deidad femenina» o «diosa divina». Saunière, por fuerza, debía de saberlo.

—¿Saunière se dibujó en el estómago el símbolo de una diosa?

El profesor hubo de admitir que sonaba extraño.

—En su interpretación más específica, el pentáculo simboliza a Venus, la diosa del amor sexual y la belleza.

Fache observó al hombre desnudo y profirió un gruñido.

—La religión primitiva se basaba en el orden divino de la naturaleza. La diosa Venus y el planeta Venus eran lo mismo. La diosa tenía un lugar en el nocturno cielo y recibía numerosos nombres: Venus, el lucero del alba, Ishtar, Astarté..., todas ellas poderosas nociones femeninas vinculadas a la naturaleza y la Madre Tierra.

Ahora Fache parecía más preocupado, como si de alguna manera prefiriese la idea del culto satánico.

Langdon resolvió no compartir con él la característica más asombrosa del pentáculo: el origen gráfico de sus lazos con Venus. Cuando era un joven estudiante de astronomía, se quedó anonadado al enterarse de que el planeta Venus dibujaba un pentáculo perfecto en la eclíptica cada ocho años. El pasmo de los antiguos al observar dicho fenómeno fue tal que Venus y su pentáculo se convirtieron en símbolos de perfección, belleza y las cualidades cíclicas del amor sexual. Como tributo a la magia de Venus, los griegos se sirvieron de ese ciclo de ocho años para organizar sus juegos olímpicos. En la actualidad eran pocos los que sabían que la organización cuatrienal de las olimpiadas modernas aún seguía rigiéndose por los medios ciclos de Venus, y menos aún los que conocían el dato de que la estrella de cinco puntas había estado a punto de ser el símbolo olímpico oficial, si bien fue objeto de modificaciones de última hora y sus cinco puntas fueron reemplazadas por cinco aros entrelazados a fin de reflejar mejor el espíritu de los juegos de inclusión y armonía.

—Señor Langdon —dijo de pronto el policía—, es evidente que el pentáculo también ha de estar relacionado con el mal: las películas de terror estadounidenses no dejan lugar a dudas.

Langdon frunció el entrecejo.

«Gracias, Hollywood.» La estrella de cinco puntas era un lugar común en las películas sobre asesinos en serie satánicos, por lo general garabateada en la pared del piso del seguidor de Satán junto con otros símbolos supuestamente demoníacos. Langdon siempre se sentía frustrado cuando veía dicho símbolo en ese contexto, ya que los verdaderos orígenes del pentáculo eran más bien divinos.

—Le aseguro —afirmó— que, a pesar de lo que se ve en las películas, la interpretación demoníaca del pentáculo no es precisa desde el punto de vista histórico. El significado femenino original es correcto, pero el simbolismo del pentáculo ha sido distorsionado a lo largo de los siglos, en este caso mediante el derramamiento de sangre.

—No sé si lo sigo.

Langdon miró el crucifijo de Fache, sin saber a ciencia cierta cómo expresar lo que quería decir.

—La Iglesia, señor. Los símbolos son muy resistentes, pero el pentáculo fue modificado por la Iglesia católica, apostólica y romana de los primeros tiempos. Como parte del ataque que emprendió el Vaticano para erradicar las religiones paganas y convertir a las masas al cristianismo, la Iglesia lanzó una campaña de difamación contra los dioses y las diosas paganos, tachando sus símbolos divinos de maléficos.

—Continúe.

—Eso es algo muy habitual en épocas turbulentas —prosiguió Langdon—. Un nuevo poder emergente sustituye los símbolos existentes y los va degradando a lo largo del tiempo en una tentativa de borrar su significado. En la batalla entre los símbolos paganos y la simbología cristiana perdieron los paganos. El tridente de Poseidón pasó a ser el símbolo de Satán; el sombrero puntiagudo de las hechiceras, el de las brujas, y el pentáculo de Venus, el emblema del diablo. —Hizo una pausa—. Por desgracia, el ejército de Estados Unidos también ha corrompido el pentáculo, pues ahora es nuestro símbolo bélico más destacado: lo pintamos en todos nuestros cazas y lo prendemos en los hombros de nuestros generales. «Ése es el trato que ha recibido la diosa del amor y la belleza.»

—Interesante. —El francés señaló con la cabeza el cadáver—. ¿Y la postura del cuerpo? ¿Qué opina usted al respecto?

Langdon se encogió de hombros.

—La postura sencillamente refuerza la alusión al pentáculo y la deidad femenina.

El rostro del capitán se ensombreció.

—¿Cómo dice?

—Réplica. Repetir un símbolo es la forma más sencilla de reforzar su significado. Saunière se situó formando una estrella de cinco puntas. «Si un pentáculo es bueno, dos son aún mejores.»

Los ojos de Fache siguieron las cinco puntas que formaban los brazos, las piernas y la cabeza del conservador mientras volvía a pasarse la mano por el lacio cabello.

—Un análisis interesante. —Guardó silencio un segundo—. ¿Y la desnudez? —La palabra sonó como un gruñido, como si le produjese rechazo ver el cuerpo de un anciano—. ¿Por qué se quitó la ropa?

«Muy buena pregunta», pensó Langdon. Había estado preguntándose eso mismo desde que vio la foto. La mejor explicación que podía dar por el momento era que un cuerpo humano desnudo no hacía sino reforzar a Venus, la diosa de la sexualidad. Aunque la cultura moderna había eliminado gran parte de la asociación de Venus con la unión física entre lo masculino y lo femenino, los versados en etimología aún podían identificar un vestigio del significado original de Venus en el adjetivo «venéreo», si bien Langdon decidió no seguir por ahí.

—Señor Fache, es evidente que no puedo decirle por qué el señor Saunière se dibujó ese símbolo ni por qué adoptó esa postura, pero lo que sí puedo asegurarle es que para un hombre como Jacques Saunière el pentáculo era el símbolo de la divinidad femenina. La correlación existente entre este símbolo y la deidad femenina es de sobra conocida por historiadores del arte y expertos en simbología.

—Muy bien. Y ¿qué hay del hecho de que usara su propia sangre a modo de tinta?

—Está claro que no tenía ninguna otra cosa con la que escribir.

El capitán guardó silencio un instante.

—A decir verdad, yo creo que utilizó la sangre para que la policía empleara ciertos procedimientos forenses.

—Me temo que no lo entiendo.

—Mire su mano izquierda.

Los ojos de Langdon siguieron el blanco brazo del conservador hasta llegar a su mano izquierda, pero no vieron nada. Vacilante, rodeó el cuerpo y se puso en cuclillas: al hacerlo se percató, sorprendido, de que el hombre empuñaba un gran rotulador.

—Lo tenía en la mano cuando lo encontramos —informó el policía, que dejó a Langdon y se apartó unos metros hasta una mesa portátil repleta de herramientas de investigación, cables y diversos dispositivos electrónicos—. Como ya le he dicho —continuó mientras revolvía en la mesa—, no hemos tocado nada. ¿Conoce estos rotuladores?

Langdon se arrodilló para ver lo que decía: «*Stylo de lumière noire*».

Alzó la vista impresionado.

El rotulador de tinta ultravioleta era un lápiz de punta de fieltro concebido en un principio para que museos, restauradores y la policía científica pudiesen incluir marcas invisibles en diversos elementos. El rotulador utilizaba una tinta fluorescente no corrosiva a base de alcohol que únicamente resultaba visible si se situaba bajo la denominada «luz negra». En la actualidad el personal de mantenimiento de las pinacotecas llevaba dichos rotuladores en sus rondas diarias para poner marcas invisibles en los marcos de cuadros que necesitaban ser restaurados.

Cuando Langdon se puso en pie, Fache se acercó al foco y lo apagó. De repente la galería se sumió en la negrura.

Momentáneamente cegado, cuando el profesor levantó la cabeza sintió una incertidumbre que iba en aumento. Luego vio la silueta del policía, bañada en un resplandor púrpura, que se acercaba con una linterna que lo envolvía en una bruma violácea.

—Como tal vez sepa usted —dijo, con los ojos luminiscentes por el resplandor violeta—, la policía utiliza la luz negra para buscar sangre y otras pruebas forenses en la escena de un crimen. Así que puede imaginarse la sorpresa que nos llevamos cuando... —Se interrumpió y dirigió el haz de luz hacia el cuerpo.

Langdon bajó la vista y, conmocionado, dio un respingo.

El corazón le latía deprisa cuando asimiló el extraño espectáculo que tenía delante, en el parqué. En el suelo, despidiendo un tenue brillo púrpura junto al cuerpo, se podían leer las últimas palabras del conservador, escritas a mano en letra fluorescente. Con la vista clavada en el fosforescente texto, Langdon sintió que la niebla que envolvía la noche se tornaba más densa.

Tras leer el mensaje de nuevo, miró a Fache.

—¿Qué demonios significa esto?

Los blancos y brillantes ojos del francés le devolvieron la mirada.

—Eso, monsieur, es precisamente lo que queremos que nos diga usted.

No muy lejos, en el despacho de Saunière, el teniente Collet había vuelto al Louvre y se inclinaba sobre un equipo de audio instalado en la enorme mesa del conservador. A excepción del inquietante caballero medieval, similar a un robot, que parecía mirarlo desde el rincón de la mesa, Collet se sentía a gusto. Se ajustó los auriculares AKG y comprobó el sonido del sistema de grabación informatizado. Todo perfecto. Los micrófonos funcionaban a las mil maravillas, y la calidad del sonido era impecable.

«Le moment de vérité», pensó.

Sonriendo, cerró los ojos y se puso cómodo para disfrutar del resto de la conversación que se estaba desarrollando en la Gran Galería y que, a partir de ese momento, también se grababa.

CAPÍTULO 7

La modesta vivienda que formaba parte de la iglesia de Saint-Sulpice se encontraba en la segunda planta de la propia construcción, a la izquierda de la galería del coro. Las dos habitaciones de que constaba el espacio, con el suelo de piedra y escaso mobiliario, habían sido el hogar de la hermana Sandrine Bieil durante más de una década. En realidad, su residencia oficial era el convento cercano, pero ella prefería la quietud de la iglesia y, con su cama, su teléfono y su hornillo, arriba se sentía a sus anchas.

En calidad de *conservatrice d'affaires*, la hermana Sandrine era responsable de supervisar todos los aspectos no religiosos que tenían que ver con la iglesia: el mantenimiento, la contratación de personal de apoyo y guías, el cierre del edificio una vez finalizado el horario de visitas, y la reposición de elementos tales como el vino y las hostias de la eucaristía.

Esa noche, dormida en su pequeña cama, despertó al oír el estridente sonido del teléfono. Fatigada, cogió el aparato.

—*Sœur Sandrine. Église Saint-Sulpice.*

—Hola, hermana —dijo el hombre en francés.

La aludida se incorporó. «Pero ¿qué hora es?» Aunque reconoció la voz de su superior, en los quince años que llevaba allí éste nunca la había despertado. El abate era un hombre profundamente piadoso que se iba a la cama justo después de misa.

—Lo siento si la he despertado, hermana —se disculpó el religioso, su propia voz somnolienta y crispada—. Debo pedirle un favor. Acabo de recibir la llamada de un influyente obispo estadounidense. Tal vez lo conozca usted, Manuel Aringarosa.

—¿La cabeza del Opus Dei?

«Pues claro que lo conozco, ¿quién no, dentro de la Iglesia?» La conservadora prelatura de Aringarosa había ido cobrando importancia a lo largo de los últimos años. La gracia les había sido concedida meteóricamente en 1982, cuando el papa Juan Pablo II les concedió inesperadamente el título de prelatura personal de la Iglesia católica, sancionando oficialmente todas sus prácticas. Resultaba un tanto sospechoso que dicho honor le hubiera llegado al Opus Dei el mismo año en que, al parecer, el acaudalado grupo transfirió casi mil millones de dólares al Instituto para las Obras de Religión —normalmente conocido como Banco Vaticano—, evitándole así una embarazosa bancarrota. En una segunda maniobra que recibió miradas suspicaces, el papa colocó al fundador de la Obra en la vía rápida hacia la santificación, reduciendo un período de espera que solía durar siglos a tan sólo veinte años. La hermana Sandrine no podía evitar sentir que la buena reputación de que gozaba el Opus Dei en Roma era sospechosa, pero con la Santa Sede no se discutía.

—El obispo Aringarosa me ha llamado para pedirme un favor —explicó el abate, el nerviosismo se reflejaba en su voz—. Uno de sus numerarios se encuentra esta noche en París...

Mientras la hermana Sandrine escuchaba la extraña petición, experimentó una profunda perplejidad.

—Perdone, pero ¿dice usted que ese numerario del Opus Dei no puede esperar a mañana?

—Me temo que no. Su avión sale muy temprano, y siempre ha soñado con ver Saint-Sulpice.

—Pero la iglesia es mucho más interesante de día. Lo que hace que el templo sea único son los rayos del sol que entran por el rosetón, las sombras progresivas en el gnomon.

—Hermana, estoy de acuerdo con usted y, sin embargo, si le permitiera la entrada esta noche, lo consideraría un favor personal. Puede estar ahí a... digamos a la una, es decir, dentro de veinte minutos.

La religiosa frunció el ceño.

—Desde luego. Será un placer.

El abate le dio las gracias y colgó.

Perpleja, la hermana Sandrine permaneció un instante disfrutando del calor de la cama, tratando de sacudirse las telarañas del sueño. A sus sesenta años, no despertaba con la misma rapidez de antes, aunque la llamada de esa noche sin duda la había espabilado. El Opus Dei siempre la inquietaba. Aparte de la observancia por parte de la prelatura del arcano ritual de la mortificación corporal, sus puntos de vista sobre las mujeres eran, como poco, medievales. Le había sorprendido enterarse de que las numerarias se veían obligadas a limpiar las residencias de los hombres sin recibir retribución alguna mientras ellos estaban en misa; las mujeres dormían directamente sobre el suelo de madera, mientras que los hombres lo hacían en esteras; y a las mujeres se las obligaba a soportar métodos de mortificación corporal adicionales, un castigo extra debido al pecado original. Por lo visto, el mordisco que Eva le dio a la manzana del árbol de la ciencia era una deuda que las mujeres estaban condenadas a saldar eternamente. Por desgracia, mientras que la mayor parte de la Iglesia católica poco a poco avanzaba en la dirección adecuada con respecto a los derechos de las mujeres, el Opus Dei amenazaba con revertir dicho progreso. Aun así, para la hermana Sandrine una orden era una orden.

Tras sacar las piernas de la cama, se puso en pie despacio, congelándose cuando los desnudos pies tocaron la fría piedra. Junto con el escalofrío le llegó un temor inesperado.

«¿Intuición femenina?»

Esclava del Señor, la hermana Sandrine había aprendido a hallar la paz en las tranquilizadoras voces de su propia alma. Esa noche, sin embargo, esas voces guardaban el mismo silencio que la desierta iglesia en la que se hallaba.

CAPÍTULO 8

Langdon no podía apartar los ojos del fosforescente texto púrpura que se leía en la madera. No le cabía en la cabeza que ése fuera el último mensaje de Jacques Saunière.

El mensaje rezaba así:

13-3-2-21-1-1-8-5
Diavoli en Dracon,
lis anómala

Aunque Langdon no tenía ni la menor idea de lo que significaba, sí supo entender que Fache instintivamente creyera que el pentáculo tenía algo que ver con algún culto satánico.

«Diavoli en Dracon.»

Saunière había dejado tras de sí una referencia literal al mal. Y la serie numérica resultaba igual de desconcertante.

—Parte de él parece un mensaje en clave.

—Sí —convino el capitán—. Nuestros criptógrafos ya se han puesto manos a la obra. Creemos que tal vez esos números sean la clave que nos conduzca al asesino. Quizá nos lleven hasta una centralita o algún documento de identificación. ¿Significan algo para usted desde el punto de vista de la simbología?

Langdon volvió a mirarlos, presintiendo que tardaría horas en extraer algún significado de ese tipo. «Eso suponiendo que lo tenga.» En su opinión, la secuencia parecía aleatoria. Estaba acostumbrado a ver progresiones simbólicas que aparentemente tenían sentido, pero todo aquello —el pentáculo, el texto, los números— parecía de lo más dispar.

—Antes ha dicho usted que todo cuanto ha hecho Saunière aquí tenía por objetivo enviar un mensaje —comentó Fache—, relacionado con el culto a la deidad femenina o algo por el estilo. ¿Cómo encajaría el mensaje dentro de ese contexto?

Langdon sabía que la respuesta era retórica. Era evidente que aquel extraño mensaje no encajaba en modo alguno con su teoría del culto a la divinidad.

«¿"Diavoli en Dracon"? ¿"Lis anómala"?»

—Este texto da la impresión de ser una acusación —apuntó el policía—; ¿está usted de acuerdo?

Langdon trató de imaginar los últimos minutos de vida del conservador atrapado a solas en la Gran Galería, consciente de que iba a morir. Parecía lógico.

—Supongo que lo de acusar a su asesino tiene sentido.

—Mi trabajo, claro está, consiste en ponerle nombre a esa persona. Permítame que le haga una pregunta, señor Langdon. A su modo de ver, aparte de los números, ¿qué es lo más extraño de este mensaje?

«¿Lo más extraño?» Un hombre moribundo se había encerrado en la galería, se había pintado un pentáculo y había garabateado una misteriosa acusación en el suelo. ¿Qué no era extraño de todo aquello?

—Tal vez la palabra «Dracon» —dijo, lo primero que se le ocurrió. Estaba casi seguro de que era poco probable que un agonizante aludiera a Dracón, el despiadado político del siglo VII a. J.C.—. «Diavoli en Dracon» parece una extraña elección de palabras.

—¿Dracon? —Ahora el tono de Fache estaba teñido de impaciencia—. Que parezca o no una extraña elección de palabras no creo que sea lo más importante.

71

El profesor no estaba seguro de lo que pensaba el capitán, pero empezaba a sospechar que Dracón y él no se habrían llevado nada mal.

—Saunière era francés —afirmó Fache con aire prosaico—, vivía en París, y sin embargo decidió escribir este mensaje...

—En italiano —razonó Langdon, cayendo en la cuenta de lo que quería decir el policía.

Fache asintió.

—*Précisément*. ¿Tiene idea de por qué?

Langdon sabía que Saunière hablaba italiano perfectamente, pero el motivo de que hubiese elegido esa lengua para redactar su mensaje de despedida se le escapaba. Se encogió de hombros.

Fache señaló de nuevo el pentáculo dibujado en el abdomen del conservador.

—Conque nada que ver con un culto satánico, ¿eh? ¿Está seguro?

Langdon ya no estaba seguro de nada.

—La simbología y el texto no parecen coincidir. Siento no poder serle de más ayuda.

—Puede que esto le sirva de algo. —Fache se apartó del cuerpo y volvió a coger la luz negra, dejando que el haz iluminara un espacio más amplio—. ¿Y ahora?

Para asombro de Langdon, en torno al cuerpo del anciano brillaba un círculo dibujado de cualquier manera. Por lo visto Saunière se había tumbado y había trazado varios arcos a su alrededor con la idea de introducirse en un círculo.

De pronto supo lo que significaba.

—*El hombre de Vitrubio* —dijo asombrado. Saunière había creado una réplica de tamaño natural del dibujo más famoso de Leonardo da Vinci.

Considerado el mejor dibujo de su época desde el punto de vista anatómico, *El hombre de Vitrubio* se había convertido en un icono de la modernidad y aparecía en pósteres, alfombrillas de ordenador y camisetas del mundo entero. El célebre dibujo era un círculo perfecto dentro del cual había un varón desnudo... con los brazos y las piernas completamente extendidos.

«Da Vinci.» El asombro hizo estremecer a Langdon. La claridad de las intenciones de Saunière era innegable. Cuando su vida tocaba a su fin, el conservador se había quitado la ropa y había dispuesto su cuerpo a imagen y semejanza de *El hombre de Vitrubio*.

El círculo era la pieza clave que faltaba, un símbolo femenino de protección. El círculo en torno al desnudo cuerpo del anciano completaba el mensaje que pretendía transmitir Da Vinci: la armonía entre lo masculino y lo femenino. Sin embargo, ahora la cuestión era por qué Saunière había querido imitar el famoso dibujo.

—Señor Langdon —dijo Fache—, no me cabe la menor duda de que un hombre como usted es consciente de que Leonardo da Vinci sentía inclinación por las ciencias ocultas.

A Langdon le sorprendió el conocimiento que el policía tenía de Da Vinci, lo que, desde luego, explicaba en gran medida sus sospechas en relación con el culto al demonio. Da Vinci siempre había constituido un escollo para los historiadores, sobre todo para los de la tradición cristiana. A pesar de ser un genio visionario, no ocultaba su homosexualidad ni la adoración que sentía por el orden divino de la naturaleza, y ambas cosas lo convertían en un pecador irredento contra Dios. Además, había que admitir que las inquietantes excentricidades del artista tenían un algo demoníaco: Da Vinci exhumaba cadáveres para estudiar la anatomía humana, llevaba misteriosos diarios ilegibles, escritos al revés, creía poseer el poder alquímico para convertir el plomo en oro e incluso engañar a Dios con un elixir para posponer la muerte. Por si eso fuera poco, entre sus invenciones había terribles ingenios bélicos e instrumentos de tortura nunca vistos hasta entonces.

«Los malentendidos engendran desconfianza», pensó Langdon.

Incluso la vasta obra de impresionante arte cristiano del genio no había hecho sino extender la fama del artista de hipocresía espiritual. Da Vinci, que aceptó cientos de lucrativos encargos del Vaticano, pintaba temática religiosa no como expresión de sus propias creencias, sino más bien por motivos económicos, como medio para financiar su tren de vida. Por desgracia, Leonardo era un bromista que solía divertirse mordiendo solapadamente la mano que lo alimentaba, y en muchos de sus cuadros de temática sacra introducía símbolos ocultos que eran de todo menos cristianos: homenajes a sus propias creencias y una sutil burla a la Iglesia. En una ocasión Langdon incluso había impartido una conferencia en Londres, en la National Gallery, titulada: «La vida secreta de Leonardo: simbolismo pagano en el arte cristiano».

—Entiendo su preocupación —aseguró—, pero Da Vinci nunca practicó el ocultismo. Era un hombre sumamente espiritual, aunque estuviese en permanente conflicto con la Iglesia. —Según pronunciaba esas palabras, le vino algo a la mente. Volvió a mirar el mensaje del suelo: «Diavoli en Dracon, lis anómala».

—¿Sí? —inquirió Fache.

Langdon sopesó con cuidado sus palabras.

—Sólo pensaba que, desde el punto de vista espiritual, Saunière tenía mucho en común con Da Vinci, incluida su preocupación por que la Iglesia erradicara todas las deidades femeninas de la religión moderna. Es posible que, al imitar un famoso dibujo de Leonardo, Saunière sólo pretendiera hacerse eco de alguna de las frustraciones que compartían con respecto a la demonización de las diosas por parte de la Iglesia.

El capitán endureció la mirada.

—¿Cree que Saunière está llamando a la Iglesia «lis anómala» y «diavoli en Dracon»?

Langdon hubo de admitir que resultaba descabellado y, sin embargo, el pentáculo parecía respaldar la idea en cierto modo.

—Lo único que digo es que el señor Saunière consagró su vida al estudio de la historia de las diosas, y nadie ha hecho más para eliminar esa historia que la Iglesia católica. Tiene sentido que Saunière decidiera manifestar su decepción en su despedida del mundo.

—¿Decepción? —repitió el policía, ahora con hostilidad—. Este mensaje suena más furibundo que decepcionado, ¿no cree?

A Langdon empezaba a agotársele la paciencia.

—Capitán, usted me ha pedido mi opinión sobre lo que intenta decir Saunière, y eso es lo que le estoy dando.

—¿Que se trata de una crítica a la Iglesia? —La mandíbula de Fache se tensó al mascullar la pregunta—. Señor Langdon, debido a mi profesión, he visto muchas muertes, así que permítame que le diga algo: cuando un hombre es asesinado por otro hombre, no creo que lo último en lo que piense sea escribir un críptico mensaje espiritual que nadie va a entender. A mi juicio, sólo tiene en mente una cosa —la susurrante voz del capitán hendió el aire—: *la vengeance*. Creo que Saunière escribió este texto para decirnos quién lo mató.

Langdon lo miró con fijeza.

—Pero eso no tiene ningún sentido.

—¿Ah, no?

—No —espetó él, exhausto y frustrado—. Usted me dijo que a Saunière lo atacó en su despacho alguien al que al parecer había invitado.

—Sí.

—Así que podría deducirse que el conservador conocía a su atacante.

Fache asintió.

—Continúe.

—De manera que, si Saunière conocía a su asesino, ¿qué clase de acusación es ésta? —Señaló el suelo—. ¿Códigos numéricos? ¿Lises anómalas? ¿Diablos en Dracón? ¿Pentáculos en el estómago? Todo es demasiado críptico.

Fache frunció el ceño, como si aquello no se le hubiese ocurrido.

—Tiene razón.

—Habida cuenta de las circunstancias —añadió Langdon—, yo diría que si Saunière quería revelar quién lo mató, habría escrito un nombre.

Al oír esas palabras, por primera vez en toda la noche a los labios de Fache afloró una sonrisa de suficiencia.

—*Précisément* —afirmó—. *Précisément.*

—Estoy presenciando el trabajo de un genio —musitó el teniente Collet mientras efectuaba unos leves ajustes en su equipo de audio y escuchaba la voz de Fache por los auriculares. El *agent supérieur* sabía que eran instantes como ése los que habían encumbrado al capitán a lo más alto dentro de las fuerzas de seguridad francesas.

«Fache hace lo que nadie más se atreve a hacer.»

El sutil arte de *cajoler* era una destreza que había desaparecido de los cuerpos de seguridad modernos, una para la cual era necesario mantener un gran aplomo bajo presión. Pocos hombres poseían la indispensable sangre fría para llevar a cabo esa clase de operación, pero en Fache parecía algo innato. Su autocontrol y su paciencia hacían que se asemejase a un robot.

Esa noche la única emoción que manifestaba el policía parecía ser una resolución inquebrantable, como si, de alguna manera, esa detención fuese algo personal. La información que el capitán había facilitado a sus agentes una hora antes había sido inusitadamente breve y autoritaria: «Sé quién ha matado a Jacques Saunière —aseguró Fache—. Ya saben lo que tienen que hacer. No quiero errores esta noche».

Y hasta el momento no se había cometido ninguno.

Collet desconocía cuáles eran las pruebas que confirmaban la culpabilidad del sospechoso según Fache, pero desde luego no era quién para cuestionar el instinto del Toro. La intuición de su superior a veces parecía sobrenatural. «Dios le susurra al oído», aseguró un agente tras un despliegue especialmente impresionante del sexto sentido de Fache. Collet había de admitir que, si existía Dios, Bezu Fache era uno de sus hijos predilectos. El capitán iba a misa y se confesaba con escrupulosa regularidad: infinitamente más que el resto de los funcionarios, que acudían tan sólo en las festividades señaladas para dar buena imagen. Cuando el papa visitó París hacía unos años, Fache se sirvió de toda su influencia para que le fuese concedido el honor de una audiencia. Ahora, en su despacho podía verse una foto del capitán con su santidad. Los agentes lo llamaban entre sí «*el Toro del Papa*».

A Collet se le antojaba irónico que una de las escasas veces que Fache se había pronunciado públicamente en los últimos años hubiera sido para condenar abiertamente el escándalo de los casos de pedofilia en el seno de la Iglesia católica. «A esos curas habría que colgarlos dos veces —aseveró—. Una por atentar contra los niños y otra por ensuciar el buen nombre de la Iglesia católica.» Collet intuía vagamente que era eso último lo que más enojaba a Fache.

Centrándose de nuevo en su ordenador portátil, Collet se ocupó del otro trabajo que debía realizar esa noche: el sistema de localización por GPS. En pantalla tenía un detallado plano del ala Denon, una representación esquemática que había descargado de la oficina de seguridad del Louvre. Tras escrutar el laberinto de galerías y pasillos, encontró lo que buscaba.

En el corazón de la Gran Galería parpadeaba un diminuto punto rojo.

«*La marque.*»

Esa noche Fache mantenía a raya a su presa. Y con razón, pues Robert Langdon había demostrado ser un tipo difícil.

CAPÍTULO 9

Con el objeto de asegurarse de que su conversación con el señor Langdon no fuese interrumpida, Bezu Fache había apagado el móvil. Por desgracia se trataba de un caro modelo equipado con un dispositivo de radio que ahora, desoyendo sus órdenes, uno de sus agentes estaba utilizando para ponerse en contacto con él.

—*Capitaine?* —El teléfono crepitó como si fuese una radio y Fache apretó los dientes enrabietado. No se le ocurría nada lo bastante importante como para que Collet interrumpiese su *surveillance cachée*, y menos aún en un momento tan crítico.

Dirigió a Langdon una mirada serena a modo de disculpa.

—Perdóneme. —Recuperó el teléfono de su cinturón y presionó el botón adecuado—. *Oui?*

—*Capitaine, un agent du Département de Cryptographie est arrivé.*

El humor del policía cambió momentáneamente. «¿Un criptógrafo?» A pesar de la inoportunidad, probablemente fuese una buena noticia. Tras descubrir el críptico texto que Saunière había escrito en el suelo, Fache envió fotografías de toda la escena del crimen a la sección de Criptografía con la esperanza de que alguien de allí pudiera informarlo de qué demonios trataba de decir Saunière. Si ahora había llegado un criptógrafo, lo más probable era que alguien hubiese descifrado el mensaje del conservador.

—Estoy ocupado —informó Fache; su tono no dejaba lugar a

dudas de que su subordinado había metido la pata—. Pídale al criptógrafo que espere en el puesto de mando. Hablaré con él cuando haya terminado.

—Con ella... —corrigió la voz—. Se trata de la agente Neveu.

A Fache le hacía cada vez menos gracia la llamada. Sophie Neveu era uno de los mayores errores de la DGPJ. Hacía dos años, al capitán le había sido impuesta la joven *déchiffreuse* parisina, que había estudiado criptografía en Inglaterra, en la Royal Holloway, como parte de la tentativa por parte del ministerio de incorporar más mujeres a las fuerzas de seguridad. En opinión del capitán, la incursión del ministerio en lo políticamente correcto estaba debilitando al departamento. Las mujeres no sólo carecían de la fuerza física necesaria para realizar el trabajo policial, sino que además su mera presencia suponía una peligrosa distracción para los agentes. Tal y como Fache se había temido, Sophie Neveu estaba consiguiendo ese objetivo mucho mejor que la mayoría.

A sus treinta y dos años, poseía una determinación porfiada que rayaba en la terquedad. Su entusiasta adherencia a los nuevos métodos de criptoanálisis británicos exasperaba a sus superiores franceses. Y, sin lugar a dudas, lo más inquietante en opinión de Fache era la inexorable verdad universal según la cual en un despacho de hombres de mediana edad una mujer joven y atractiva siempre era un motivo de distracción.

Su hombre advirtió por radio:

—La agente Neveu ha insistido en hablar con usted de inmediato, capitán. Intenté detenerla, pero va de camino a la galería.

Fache no daba crédito.

—¡De ninguna manera! Creo haber dejado muy claro que...

Por un instante Robert Langdon pensó que a Bezu Fache le estaba dando un ataque. Su mandíbula dejó de moverse y los ojos se le salieron de las órbitas en mitad de la frase. Sus feroces ojos parecían clavados en algo situado a espaldas de Langdon. Antes de que éste pudiera volver la cabeza para ver de qué se trataba, oyó una voz de mujer.

—*Excusez-moi, messieurs.*

Langdon se volvió y vio que se acercaba una joven. Avanzaba hacia ellos por el corredor con pasos largos y elásticos... con una seguridad aplastante. Vestida de manera informal con un largo jersey beis hasta las rodillas y unos leggings negros, era atractiva y parecía rondar la treintena. Su denso cabello de color rojizo le caía con libertad por los hombros, enmarcando un rostro cordial. A diferencia de las rubias clónicas y aniñadas que adornaban los dormitorios de Harvard, esa mujer tenía un aspecto saludable y una belleza natural y auténtica que irradiaba una impresionante confianza.

Para su sorpresa, la mujer fue directamente hacia él y le tendió la mano con educación.

—Monsieur Langdon, soy la agente Neveu, de la DGPJ, sección de Criptografía —informó con su aterciopelado acento anglofrancés—. Encantada de conocerlo.

Langdon estrechó la suave mano y se sintió momentáneamente preso de su intensa mirada. Tenía unos ojos verde oliva penetrantes y cristalinos.

Fache, por su parte, soltó un bufido furibundo, a todas luces preparándose para echarle a la chica un buen rapapolvo.

—Capitán —se adelantó ella—, se lo ruego, disculpe la interrupción, pero...

—*Ce n'est pas le moment* —farfulló el policía.

—He intentado llamarlo —repuso Sophie en inglés, por deferencia hacia Langdon—, pero tenía el teléfono desconectado.

—Si lo he desconectado, será por algo —escupió Fache—. Estoy hablando con el señor Langdon.

—Es que he descifrado el código numérico —dijo ella sin más.

Langdon se entusiasmó. «¿Ha desentrañado el código?»

Vacilante, Fache no sabía qué contestar.

—Antes de que se lo explique, tengo un mensaje urgente para el señor Langdon —añadió Sophie.

Al oír eso, el rostro del capitán reflejó una preocupación que iba en aumento.

—¿Para el señor Langdon?

Ella asintió y se dirigió al estadounidense.

—Debe ponerse en contacto con la embajada norteamericana, señor Langdon. Tienen un mensaje para usted de Estados Unidos.

A Langdon le sorprendió la afirmación, su entusiasmo dando paso a una repentina inquietud. «¿Un mensaje de Estados Unidos?» Trató de imaginar quién podría querer localizarlo. Sólo unos cuantos colegas sabían que se hallaba en París.

La ancha mandíbula de Fache se tensó al oír la noticia.

—¿La embajada norteamericana? —repitió receloso—. ¿Cómo iban a saber que el señor Langdon se encuentra aquí?

Sophie se encogió de hombros.

—Por lo visto llamaron a su hotel y el recepcionista les informó de que al señor Langdon había ido a buscarlo un agente de la DGPJ.

Fache parecía perplejo.

—¿Y la embajada se puso en contacto con la sección de Criptografía de la DGPJ?

—No, señor —negó Sophie con firmeza—. Cuando llamé a la central de la DGPJ para intentar ponerme en contacto con usted, tenían un mensaje para el señor Langdon y me pidieron si podía transmitírselo en caso de que pudiera hablar con usted.

El policía frunció la frente en señal de confusión. Abrió la boca para decir algo, pero Sophie ya se había vuelto hacia el profesor.

—Señor Langdon —empezó, al tiempo que se sacaba del bolsillo un papelito—, éste es el número del servicio de mensajes de su embajada. Llame cuanto antes. —Le ofreció la nota mientras lo miraba con fijeza—. Puede hacer la llamada mientras le explico el código al capitán.

Langdon observó el papel: un número de teléfono de París y una extensión.

—Gracias —contestó, ahora preocupado—. ¿Dónde hay un teléfono?

Sophie hizo ademán de sacar su móvil del bolsillo del jersey, pero Fache se lo impidió. Parecía el Vesubio a punto de entrar en erupción. Sin apartar los ojos de Sophie, sacó su propio teléfono y se lo ofreció a Langdon.

—Esta línea es segura, puede utilizarla.

Langdon estaba desconcertado con la ira que el capitán dirigía hacia la joven. Incómodo, aceptó el móvil del policía. Acto seguido éste se llevó aparte a Sophie y comenzó a reprenderla en voz baja. Langdon, a quien el capitán le caía cada vez peor, se apartó para no tener que oír el extraño enfrentamiento y encendió el teléfono. Tras comprobar el papel que le había dado Sophie, marcó el número.

El teléfono empezó a sonar.

Una..., dos..., tres veces...

Finalmente alguien lo cogió.

Langdon esperaba oír la voz de un operador de la embajada; sin embargo, cuál no sería su sorpresa al oír un contestador automático. La voz de la grabación le resultaba familiar: era la de Sophie Neveu.

—*Bonjour, vous êtes bien chez Sophie Neveu* —informaba la voz—. *Je suis absente pour le moment, mais...*

Confuso, se volvió hacia Sophie.

—Lo siento, señorita Neveu, pero creo que me ha dado...

—No, el número es ése —lo cortó ella deprisa, como si previera la confusión de Langdon—. La embajada tiene un sistema de mensajes automatizado. Ha de marcar un código de acceso para acceder a sus mensajes.

Langdon clavó la vista en ella.

—Pero...

—Es el código de tres cifras que figura en el papel que le he dado.

Langdon abrió la boca para explicar el curioso error, pero Sophie le lanzó una mirada que duró tan sólo un instante pero bastó para hacerlo callar. Sus verdes ojos le enviaron un mensaje más que claro: «No haga preguntas; obedezca».

Desconcertado, Langdon marcó la extensión que indicaba el papel: 454.

El mensaje del contestador de Sophie se interrumpió en el acto y una voz electrónica anunció en francés: «Tiene un mensaje nuevo». Por lo visto, 454 era el código de Sophie para acceder a sus mensajes cuando no estaba en casa.

«¿Voy a escuchar los mensajes de esta mujer?»

Langdon oyó que la cinta se rebobinaba. Cuando por fin paró y el aparato entró en funcionamiento de nuevo, se oyó el mensaje: de nuevo era la voz de Sophie.

—Señor Langdon —decía en un temeroso susurro—, no haga nada al oír este mensaje, tan sólo escuche con atención: se encuentra usted en peligro. Siga mis instrucciones al pie de la letra.

CAPÍTULO 10

Silas se hallaba al volante del Audi negro que el Maestro le había proporcionado, contemplando la gran iglesia de Saint-Sulpice. Iluminada desde abajo por infinidad de focos, sus dos campanarios se alzaban como fornidos centinelas, descollando sobre el alargado cuerpo del edificio. A ambos lados, una imprecisa hilera de elegantes contrafuertes se asemejaba a las costillas de un hermoso animal.

«Los infieles utilizaron la casa del Señor para esconder la clave.» De nuevo la hermandad confirmaba su legendaria reputación de falsedad y engaño. Silas estaba deseando encontrar la clave y dársela al Maestro para así poder recuperar lo que la hermandad había robado tanto tiempo antes a los fieles.

«Cuánto poder le dará al Opus Dei.»

Tras aparcar el coche en la desierta place Saint-Sulpice, Silas exhaló un suspiro y se dijo que debía despejarse para llevar a cabo el cometido que se avecinaba. La ancha espalda aún le dolía por la mortificación que había soportado hacía un rato y, sin embargo, el dolor no era nada en comparación con lo que había sufrido en su vida antes de que el Opus Dei lo salvara.

Aun así, los recuerdos lo atormentaban.

«Destierra tu odio —se ordenó—. Perdona a quienes pecaron contra ti.»

Al mirar las pétreas torres de Saint-Sulpice, Silas luchó contra esa fuerza familiar..., ese algo que solía impulsarlo a que se remontara en el tiempo, encerrándolo de nuevo en la prisión que había sido su mundo cuando era joven. Los recuerdos del purgatorio lo asaltaron como siempre, como una tempestad que azotara sus sentidos: el tufo a col podrida, el hedor de la muerte, los orines y las heces humanas. Los gritos desesperados al aullador viento de los Pirineos y los quedos sollozos de hombres que habían sido olvidados.

«Andorra», pensó, y sintió que sus músculos se agarrotaban.

Por increíble que pudiera resultar, fue en aquel principado árido y dejado de la mano de Dios situado entre España y Francia, tiritando en su celda de piedra y deseando morir, donde Silas encontró su salvación.

Aunque por aquel entonces no se diera cuenta.

«El rayo llegó mucho después que el trueno.»

Entonces no se llamaba Silas, aunque no recordaba el nombre que le habían puesto sus padres. Se había ido de casa con siete años. Su padre, un estibador borracho y corpulento, enfurecido por el nacimiento de un hijo albino, molía a su madre a palos con regularidad, culpándola del lamentable padecimiento del hijo. Cuando el muchacho intentaba defenderla, también salía escaldado.

Una noche se produjo una pelea tremenda, y su madre ya no se levantó más. El chico se inclinó sobre el cuerpo sin vida de su madre y experimentó un insoportable sentimiento de culpa por haber permitido que sucediera.

«Es culpa mía.»

Como si un demonio se hubiese apoderado de su cuerpo, se dirigió a la cocina y agarró un cuchillo de carnicero. A continuación, como si estuviese en trance, fue al dormitorio, donde su padre yacía en la cama completamente ebrio. Sin decir palabra, el muchacho lo apuñaló en la espalda. Su padre lanzó un grito de dolor e intentó darse la vuelta, pero él le clavó el cuchillo una y otra vez hasta que en la habitación reinó el silencio.

Luego huyó de casa, pero las calles de Marsella se le antojaron igual de hostiles. Su extraño aspecto lo convertía en un marginado entre los demás golfillos, y se vio obligado a vivir solo en el sótano de una fábrica en ruinas, comiendo fruta y pescado crudo que robaba en el puerto. Su única compañía se la proporcionaban las manoseadas revistas que encontraba en la basura, las mismas con las que aprendió a leer. Con el tiempo se hizo fuerte. Cuando tenía doce años otra oveja descarriada, una muchacha que le doblaba la edad, se burló de él en la calle e intentó robarle la comida, motivo por el cual él le propinó una paliza que a punto estuvo de enviarla a la tumba. Cuando las autoridades lo apartaron de la chica, le dieron un ultimátum: o dejaba Marsella o iba directo al correccional.

El muchacho se dirigió a Tolón y, con el tiempo, las miradas de lástima que recibía en las calles empezaron a ser de miedo. Ahora el chico era un joven fuerte. Cuando la gente pasaba a su lado, él la oía musitar. «Es un fantasma —decían con los ojos muy abiertos, atemorizados, al ver su blanca tez—. Un fantasma con ojos de demonio.»

Y así se sentía él, como un fantasma..., transparente, vagando de puerto en puerto.

Era como si no existiese.

A los dieciocho años, cuando trataba de robar una caja de jamones de un carguero en una ciudad portuaria, lo pillaron dos marineros. Los hombres, que comenzaron a molerlo a palos, apestaban a cerveza, igual que su padre. El miedo y el odio afloraron como si fuesen sendos monstruos surgidos de las profundidades. El joven le partió el cuello a uno de los marineros con sus propias manos, y sólo la llegada de la policía impidió que el otro corriera la misma suerte.

Dos meses después, encadenado, fue a parar a una prisión de Andorra.

«Eres blanco como un fantasma —dijeron los otros presos riéndose de él cuando lo llevaron los carceleros, desnudo y arrecido—. Mira el espectro. Igual el fantasma hasta atraviesa las paredes.»

A lo largo de los doce años que siguieron, su cuerpo y su espíritu se marchitaron de tal modo que llegó a saberse transparente.

«Soy un fantasma.

»Soy ingrávido.

»Soy un espectro..., pálido como un fantasma, caminando por este mundo a solas.»

Una noche el fantasma despertó al oír los gritos de otros presos. No sabía qué fuerza invisible sacudía el suelo sobre el que dormía ni tampoco qué mano hacía temblar la argamasa de su celda de piedra, pero nada más ponerse en pie un enorme pedrusco cayó justo donde antes dormía él. Al levantar la cabeza para ver de dónde había salido, descubrió un hueco en el trémulo muro y, al otro lado, algo que no veía desde hacía más de diez años: la luna.

Mientras la tierra temblaba, el fantasma se sorprendió gateando por un angosto túnel, saliendo a un espacio amplio y yendo a parar a un bosque tras caer por la árida ladera de una montaña. Estuvo corriendo toda la noche, siempre hacia abajo, muerto de hambre y agotamiento.

A punto de traspasar los límites de la consciencia, al amanecer se vio en un claro donde las vías del tren atravesaban el bosque. Avanzó siguiendo los raíles, como si estuviese soñando. Al ver un vagón de carga vacío, se subió a él para resguardarse y descansar. Cuando despertó, el tren se movía. «¿Cuánto tiempo llevará en marcha? ¿Qué distancia habré recorrido? —El estómago le dolía—. ¿Me estaré muriendo?» Volvió a dormirse, y la siguiente vez que despertó alguien que le gritaba lo molió a golpes y lo echó del vagón. Ensangrentado, vagó por las afueras de una pequeña población buscando comida, en vano. Al cabo, demasiado débil para dar un paso más, se tumbó junto a la carretera y se sumió en la inconsciencia.

La luz se hizo poco a poco, y el fantasma se preguntó cuánto llevaría muerto: «¿Un día? ¿Tres?». Daba lo mismo. Su cama era mullida como una nube, y en el aire flotaba un dulzón aroma a velas. Allí estaba Jesús, mirándolo. «Estoy aquí —dijo Jesús—. La piedra ha sido apartada y tú has vuelto a nacer.»

Se durmió y volvió a despertar. La niebla ofuscaba sus pensamientos. Él nunca había creído en el cielo y, sin embargo, allí estaba Jesús, velando por él. Vio algo de comida junto a la cama, y el fantasma se la comió, casi sintiendo cómo la carne volvía a recubrir sus huesos. Volvió a dormirse y cuando despertó Jesús seguía sonriéndole, le hablaba. «Estás salvado, hijo mío. Bienaventurados los que siguen mi camino.»

Se quedó dormido de nuevo.

Del sueño lo arrancó un grito angustiado. El fantasma se levantó de la cama de un salto y enfiló con paso tambaleante un pasillo en dirección a los gritos. Al entrar en una cocina, vio a un grandullón que pegaba a un hombre menudo. Sin saber por qué, el fantasma cogió al primero y lo lanzó de espaldas contra una pared. El hombre salió corriendo, dejando al fantasma inclinado sobre el cuerpo de un joven vestido de sacerdote. Tenía la nariz rota. Tras levantarlo del suelo, lo llevó hasta un sofá.

—Gracias, amigo mío —dijo el cura en un torpe francés—. El dinero del cepillo es una tentación para los ladrones. Hablas francés en sueños. ¿También hablas español?

El fantasma negó con la cabeza.

—¿Cómo te llamas? —chapurreó el sacerdote en francés.

El fantasma no recordaba el nombre que le habían puesto sus padres; lo único que oía eran las mofas y los insultos de los carceleros.

El clérigo sonrió.

—No pasa nada. Yo me llamo Manuel Aringarosa y soy misionero, de Madrid. Me han enviado aquí a construir una iglesia para la Obra de Dios.

—¿Dónde estoy? —La voz de Silas sonó hueca.

—En Oviedo, en el norte de España.

—¿Cómo he llegado hasta aquí?

—Alguien te dejó ante mi puerta. Estabas enfermo y te di de comer. Llevas aquí muchos días.

El fantasma estudió a su joven cuidador. Hacía años que alguien no se mostraba amable con él.

—Gracias, padre.

El sacerdote se tocó el labio ensangrentado.

—Soy yo quien te está agradecido, amigo mío.

Cuando el fantasma despertó por la mañana, su mundo era más claro. Miró el crucifijo que había en la pared, sobre su cama. Aunque éste ya no le hablaba, su presencia le proporcionaba consuelo. Tras incorporarse, le sorprendió encontrar un recorte de periódico en la mesilla de noche. El artículo, en francés, era de hacía una semana. Cuando lo hubo leído, lo asaltó el pánico. Hablaba de un terremoto que había sacudido las montañas, derruido una cárcel y liberado a multitud de delincuentes peligrosos.

El corazón empezó a acelerársele. «Ese cura sabe quién soy.» Y sintió algo que llevaba mucho tiempo sin sentir: vergüenza, culpa, además del miedo a que lo atraparan. Se levantó de la cama de un salto. «Y ahora, ¿adónde voy?»

—Los Hechos de los Apóstoles —dijo una voz en la puerta.

Atemorizado, el fantasma volvió la cabeza.

El joven sacerdote sonrió al entrar. Llevaba un aparatoso vendaje en la nariz y sostenía una vieja Biblia.

—Te he encontrado una en francés y te he señalado el capítulo.

Sin saber qué hacer, el albino cogió la Biblia y echó un vistazo al capítulo que había marcado el sacerdote.

«Hechos de los Apóstoles, 16.»

Los versículos hablaban de un prisionero llamado Silas que yacía desnudo y apaleado en su celda, cantando himnos al Señor. Cuando llegó al versículo 26, se quedó boquiabierto.

«De repente se produjo un gran terremoto, hasta conmoverse los cimientos de la cárcel, y al instante se abrieron las puertas.»

Sus ojos buscaron al sacerdote, que sonreía con cordialidad.

—A partir de ahora, amigo mío, si no tienes otro nombre, te llamaré Silas.

El fantasma asintió con cara inexpresiva. «Silas.» Ahora era de carne y hueso. «Me llamo Silas.»

—Es hora de desayunar —anunció el sacerdote—. Tendrás que reponer fuerzas si vas a ayudarme a construir esta iglesia.

A más de cinco mil metros de altura sobre el Mediterráneo, el vuelo 1618 de Alitalia atravesaba una zona de turbulencias, haciendo que los pasajeros se movieran con nerviosismo en sus asientos. El obispo Aringarosa apenas se daba cuenta, absorto como estaba en el futuro del Opus Dei. Impaciente por saber cómo iba todo en París, se moría de ganas de hablar con Silas, pero no podía utilizar el teléfono. Órdenes del Maestro.

—Es por su propia seguridad —le explicó éste, que hablaba inglés con acento francés—. Sé lo bastante de telecomunicaciones para ser consciente de que las llamadas se pueden interceptar, lo cual podría ser desastroso para usted.

Aringarosa sabía que tenía razón. El Maestro parecía un hombre sumamente cauteloso. No había desvelado su identidad, y sin embargo había demostrado ser alguien a quien valía la pena obedecer. Después de todo se las había arreglado para conseguir información confidencial: «Los nombres de los cuatro líderes de la hermandad». Ése había sido uno de los golpes de efecto que habían convencido al obispo de que el Maestro era más que capaz de hacerse con el increíble premio que afirmaba poder desenterrar.

—Ilustrísima —añadió el Maestro—, lo tengo todo dispuesto. Para que mi plan pueda llevarse a cabo, tendrá que dejar que Silas responda únicamente ante mí durante unos días. Ustedes dos no se pondrán en contacto. Yo me comunicaré con él por canales seguros.

—¿Lo tratará con respeto?

—Un hombre de fe se merece lo mejor.

—Estupendo. En tal caso, lo comprendo. Silas y yo no hablaremos hasta que esto haya terminado.

—Lo hago para proteger su identidad, la de Silas y mi inversión.

—¿Su inversión?

—Ilustrísima, si su impaciencia por estar al tanto de los progresos lo llevara a la cárcel, no podría pagarme mis honorarios.

El aludido sonrió.

—Muy cierto. Nuestros deseos son los mismos. Que Dios lo bendiga.

«Veinte millones de euros —pensó el obispo, que ahora miraba por la ventanilla del avión. Una suma más o menos equivalente en dólares estadounidenses—. Una miseria a cambio de algo tan trascendental.»

Tenía plena confianza en que el Maestro y Silas no fallarían. El dinero y la fe eran dos poderosos motores.

CAPÍTULO 11

—*Une plaisanterie numérique?* —Bezu Fache estaba pálido mientras miraba a Sophie Neveu con odio e incredulidad. «¿Una broma?»—. Así que su opinión profesional es que el código de Saunière es una especie de chiste matemático, ¿no?

El policía no podía comprender cómo la mujer tenía ese descaro. No sólo acababa de presentarse allí sin permiso, sino que además ahora intentaba convencerlo de que al conservador, en sus últimos minutos de vida, le había dado por legar a la posteridad una broma matemática.

—Este código —explicó Sophie atropelladamente en francés— de tan simplista resulta absurdo. Jacques Saunière debía de saber que caeríamos en ello en el acto. —Se sacó un papel del bolsillo del jersey y se lo ofreció a Fache—. Aquí lo tiene decodificado.

El capitán miró el papel.

1-1-2-3-5-8-13-21

—¿Esto es todo? —espetó—. ¡Lo único que ha hecho ha sido disponer los números en orden ascendente!

Sophie aún tuvo las agallas de esbozar una sonrisa de satisfacción.

—Exactamente.

Fache bajó la voz hasta convertirla en un gruñido gutural.

—Agente Neveu, no tengo ni idea de adónde demonios quiere ir a parar con esto, pero le sugiero que se dé prisa. —Miró con nerviosismo a Langdon, que se hallaba no muy lejos con el teléfono pegado a la oreja, al parecer escuchando el mensaje que le había dejado la embajada de su país. A juzgar por lo pálido que se veía, las noticias no debían de ser buenas.

—Capitán —terció Sophie, el tono peligrosamente desafiante—, da la casualidad de que la secuencia de números que tiene en la mano es una de las progresiones matemáticas más famosas de todos los tiempos.

Fache ni siquiera era consciente de que existiera una progresión matemática que pudiera calificarse de famosa, y sin duda detestaba el tono displicente de la mujer.

—Se trata de la secuencia de Fibonacci —afirmó ella mientras señalaba con el mentón el papel que el policía sostenía en la mano—. Una progresión en la que cada número es la suma de los dos anteriores.

El capitán estudió los números: ciertamente era así, cada uno la suma de los dos anteriores y, sin embargo, era incapaz de imaginar qué relación podía guardar todo aquello con la muerte de Saunière.

—El matemático Leonardo Fibonacci dio con esta sucesión numérica en el siglo XIII. Es evidente que no puede ser casualidad que todos los números que Saunière escribió en el suelo formen parte de esa famosa secuencia.

Fache escudriñó a la joven unos instantes.

—De acuerdo, si no es ninguna casualidad, ¿le importaría decirme por qué decidió hacer esto Jacques Saunière? ¿Qué pretendía decir? ¿Qué significa?

Ella se encogió de hombros.

—Nada en absoluto, eso es lo que quería decirle. Se trata de una simplista broma criptográfica. Como coger las palabras de un poema célebre y descolocarlas al azar para ver si alguien se da cuenta de qué es lo que tienen en común.

El policía dio un amenazador paso adelante, situándose a escasos centímetros de Sophie.

—Espero por su bien que tenga una explicación mucho más satisfactoria que ésta.

Los delicados rasgos de la chica se endurecieron de manera sorprendente cuando repuso:

—Capitán, considerando lo que hay en juego esta noche, creía que tal vez le gustaría saber que es posible que Jacques Saunière lo esté mareando. Por lo visto no es así, de manera que notificaré al director de mi sección que ya no necesita nuestros servicios.

Y, con esas palabras, giró sobre sus talones y se fue por donde había llegado.

Pasmado, Fache la vio desaparecer en la oscuridad. «¿Es que se ha vuelto loca?» Sophie Neveu acababa de redefinir la expresión *suicide professionnel*.

El capitán se volvió hacia Langdon, que seguía pegado al móvil y parecía más preocupado que antes mientras escuchaba su mensaje con atención. «La embajada estadounidense.» Eran muchas las cosas que Bezu Fache despreciaba, pero pocas desataban más su furia que la embajada estadounidense.

Fache y el embajador discutían a menudo por asuntos de Estado comunes: el campo de batalla más habitual, el cumplimiento de la ley por parte de los norteamericanos. Prácticamente a diario la DGPJ detenía a estudiantes de intercambio estadounidenses por posesión de drogas, a hombres de negocios estadounidenses por solicitar los servicios de prostitutas menores de edad, a turistas estadounidenses por robar o arremeter contra la propiedad privada. Legalmente la embajada estadounidense podía intervenir para extraditar a los culpables a Estados Unidos, donde no recibían más que un tirón de orejas.

Y eso era exactamente lo que acostumbraba a hacer la embajada.

Fache lo llamaba «*l'émasculation de la police judiciaire*». *Paris Match* había publicado recientemente una viñeta en la que el capitán era un perro policía que intentaba morder a un delincuente norteamericano, pero no podía porque estaba encadenado a la embajada estadounidense.

«Esta noche no —se dijo—, hay demasiado en juego.»

Cuando Robert Langdon colgó, tenía muy mala cara.

—¿Va todo bien? —se interesó Fache.

Langdon sacudió débilmente la cabeza.

«Habrá recibido malas noticias de casa», presintió el policía, y se percató de que Langdon sudaba un tanto cuando él recuperó su teléfono.

—Un accidente —balbució Langdon al tiempo que miraba a Fache con una extraña expresión—. Un amigo... —Titubeó—. Tendré que volar a casa a primera hora de la mañana.

A Fache no le cabía la menor duda de que la cara de susto de Langdon era genuina y, sin embargo, también intuía otra emoción, como si a los ojos del americano de pronto aflorase un temor lejano.

—Lo lamento —contestó el capitán mientras observaba atentamente a su presa—. ¿Quiere sentarse? —Señaló uno de los bancos de la galería.

El aludido asintió con aire distraído y dio unos pasos hacia el banco, pero después se detuvo, pareciendo más confuso a cada instante.

—A decir verdad, me gustaría ir al servicio.

Fache frunció el ceño para sí debido al retraso que ello ocasionaría.

—Al servicio. Desde luego. Descansaremos unos minutos. —Señaló el largo pasillo por el que habían llegado—. Los aseos están a la altura del despacho del conservador.

Langdon vaciló y señaló el otro extremo de la Gran Galería.

—Creo que los de ahí están más cerca.

El policía se dio cuenta de que tenía razón. Habían recorrido las dos terceras partes del pasillo, y la galería moría en los aseos.

—¿Quiere que lo acompañe?

Langdon rehusó el ofrecimiento mientras echaba a andar.

—No será necesario. Creo que me gustaría estar unos minutos a solas.

A Fache no le entusiasmaba la idea de dejarlo solo por la galería, pero le consoló pensar que la única salida se hallaba en el otro extremo: la reja por la que habían pasado. Aunque la legislación francesa en materia de incendios exigía que hubiese varias salidas de emergencia para un espacio tan amplio, dichas salidas habían quedado selladas automáticamente cuando Saunière activó el sistema de seguridad. Cierto, dicho sistema volvía a estar operativo, con lo que las escaleras habían sido desbloqueadas, pero no importaba: las puertas de fuera, si se abrían, dispararían las alarmas antiincendios y, además, al otro lado había apostados agentes de la DGPJ. Era imposible que Langdon abandonara el edificio sin que Fache se enterase.

—He de volver un instante al despacho del señor Saunière —informó éste—. Vaya a buscarme allí. Hay más cosas de las que tenemos que hablar.

Langdon hizo un gesto de aquiescencia con la mano mientras desaparecía en la negrura.

Por su parte, el capitán dio media vuelta y echó a andar en dirección contraria. Al llegar a la reja, pasó por debajo y salió de la Gran Galería, enfiló el pasillo e irrumpió en el puesto de mando, instalado en el despacho del conservador.

—¡¿Quién ha dejado entrar a Sophie Neveu?! —bramó nada más entrar.

Collet fue el primero en responder.

—Les dijo a los agentes de fuera que había descifrado el código.

Fache echó un vistazo en derredor.

—¿Se ha ido?

—¿No está con usted?

—Se fue. —Miró el oscuro pasillo. Por lo visto, Sophie no estaba de humor para pararse a charlar con los otros agentes al salir.

Por un instante el capitán se planteó llamar por radio a los agentes del entresuelo para pedirles que detuvieran a Sophie y la llevaran hasta él antes de que saliera del edificio, pero luego cambió de opinión. Eso era dejarse llevar por su orgullo, querer tener la última palabra. Esa noche ya había habido bastantes distracciones.

«Ya me ocuparé de la agente Neveu más tarde», se dijo, deseoso de despedirla.

Tras apartar a Sophie de su cabeza, clavó la vista un momento en el caballero en miniatura de la mesa de Saunière. Después centró la atención en Collet.

—¿Lo tiene?

Collet asintió con sequedad y giró el portátil de cara a Fache. El punto rojo se veía con suma claridad en el plano, parpadeando debidamente en una habitación marcada como «*Toilettes publiques*».

—Bien —aprobó Fache al tiempo que se encendía un cigarrillo y salía al corredor—. Tengo que hacer una llamada. Más le vale que se asegure de que Langdon no se mueve del servicio.

CAPÍTULO 12

Robert Langdon se sentía aturdido mientras se dirigía al extremo de la Gran Galería. No paraba de oír mentalmente el mensaje telefónico de Sophie. Al final del pasillo unos letreros iluminados en los que se distinguían los esquemáticos símbolos internacionales de los aseos lo guiaron por una laberíntica serie de paneles divisorios con dibujos italianos que ocultaban los inodoros.

Tras dar con la puerta del servicio de caballeros, Langdon entró y encendió la luz.

No había nadie.

Se acercó al lavabo, se echó agua fría en el rostro e intentó espabilarse. En los desnudos azulejos se reflejaba la cruda luz fluorescente, y el cuarto olía a amoníaco. Cuando se estaba secando las manos, la puerta se abrió a su espalda y él se volvió.

Era Sophie Neveu, el miedo reflejado en sus verdes ojos.

—Gracias a Dios que ha venido. No disponemos de mucho tiempo.

Langdon se hallaba junto a los lavabos, mirando perplejo a la criptógrafa de la DGPJ. Hacía escasos minutos, había escuchado su mensaje telefónico pensando que la recién llegada experta debía de estar loca. Y, sin embargo, cuanto más escuchaba, mayor era su sensación de que Sophie Neveu hablaba en serio. «No haga nada al oír este mensaje, tan sólo escuche con atención: se encuentra usted en peligro. Siga mis instrucciones al pie de la letra.» Presa de la incertidumbre, Langdon había decidido hacer exactamente lo que la joven le indicaba. Le dijo a Fache que el mensaje lo informaba de un amigo que había resultado herido en su país y después pidió ir al servicio que se encontraba al fondo de la Gran Galería.

Ahora tenía delante a Sophie, la respiración aún acelerada tras haber vuelto al lavabo sobre sus pasos. A la luz de los fluorescentes, a Langdon le sorprendió ver que en realidad la fuerza de la joven emanaba de unos rasgos inusitadamente delicados. Tan sólo su mirada era dura, y la yuxtaposición evocaba imágenes de un retrato de Renoir, donde podían apreciarse multitud de capas, veladas pero nítidas, con una osadía que de algún modo conservaba un halo de misterio.

—Quería prevenirlo, señor Langdon... —empezó Sophie, todavía sin aliento— de que está usted *sous surveillance cachée*. Está usted bajo vigilancia. —Al hablar, su inglés con acento reverberaba en los azulejos de las paredes, haciendo que su voz sonara hueca.

—Pero... ¿por qué? —preguntó él. Sophie ya le había dado una explicación por teléfono, pero él quería oírla de su boca.

—Porque el principal sospechoso de este asesinato es usted —respondió ella al tiempo que se le acercaba.

Langdon estaba preparado para oír esas palabras y, sin embargo, seguían sonándole tremendamente ridículas. Según Sophie, lo habían hecho ir al Louvre esa noche no en calidad de experto en simbología, sino de sospechoso, y estaba siendo involuntariamente el blanco de uno de los métodos de interrogatorio preferidos de la DGPJ: la *surveillance cachée*, una triquiñuela mediante la cual la policía invitaba tranquilamente a un sospecho a acudir a la escena del crimen y lo interrogaba con la esperanza de que se pusiera nervioso y acabara inculpándose sin querer.

—Mire en el bolsillo izquierdo de la chaqueta —pidió ella— y encontrará la prueba de que lo están vigilando.

Langdon sintió que su temor aumentaba. «¿Que mire en el bolsillo?» Era como una especie de truco de magia malo.

—Usted mire.

Perplejo, metió la mano en el bolsillo izquierdo de la chaqueta de *tweed*, uno que nunca utilizaba. Rebuscó y no encontró nada. «¿Qué demonios esperabas?» Empezó a preguntarse si, después de todo, Sophie no estaría loca. Pero entonces sus dedos rozaron algo inesperado, pequeño y duro. Tras cogerlo, lo sacó y lo miró estupefacto: se trataba de un disco metálico con forma de botón, del tamaño de la pila de un reloj. No lo había visto en su vida.

—Pero ¿qué...?

—Es un dispositivo de seguimiento por GPS —explicó la joven—. Informa continuamente de su ubicación a un satélite, que a su vez envía la información a un sistema de posicionamiento global que puede controlar la DGPJ. Los utilizamos para seguir a las personas y tiene un margen de error de medio metro en cualquier lugar del planeta. Lo mantienen a usted a raya electrónicamente. El agente que fue a buscarlo al hotel se lo metió en el bolsillo antes de que saliera usted de la habitación.

Langdon recordó lo sucedido en la habitación: se dio una ducha rápida, se vistió, y el agente de la DGPJ le ofreció amablemente la chaqueta de *tweed* cuando se disponían a abandonar la estancia. «Fuera hace frío, señor Langdon —le dijo—. La primavera en París no es exactamente como la de la canción.» Él le dio las gracias y se puso la prenda.

Los ojos verde oliva de Sophie lo miraban con atención.

—Antes no le dije lo del dispositivo porque no quería que lo comprobase delante de Fache. Él no debe saber que lo ha encontrado.

Langdon no sabía qué decir.

—Le han puesto ese dispositivo porque pensaron que tal vez huyera usted. —Hizo una pausa—. A decir verdad, esperaban que lo hiciera: de ese modo sus argumentos tendrían más peso.

—Y ¿por qué iba yo a huir? —inquirió él—. ¡Soy inocente!

—No es eso lo que piensa Fache.

Enfadado, Langdon fue directo a la papelera para deshacerse del dispositivo de seguimiento.

—¡No! —Sophie lo agarró por el brazo y se lo impidió—. Déjelo en el bolsillo. Si lo tira, la señal dejará de moverse y ellos sabrán que ha encontrado usted el dispositivo. La única razón por la que el capitán lo ha dejado solo es porque puede controlar lo que hace... —Sophie no terminó la frase. Le arrebató el disco metálico y volvió a metérselo en el bolsillo de la chaqueta—. Déjelo ahí. Al menos por el momento.

Langdon estaba perdido.

—¿Por qué demonios iba a pensar Fache que yo maté a Jacques Saunière?

—Tiene algunos motivos bastante convincentes para sospechar de usted. —La expresión de Sophie era adusta—. Existe una prueba que usted no ha visto aún. Fache se ha encargado de que así sea.

Langdon la miraba con fijeza.

—¿Recuerda lo que Saunière escribió en el suelo?

Langdon asintió. Tenía grabados en la memoria los números y las palabras.

Sophie bajó la voz hasta convertirla en un susurro.

—Por desgracia, lo que vio usted no era el mensaje íntegro. Había una cuarta línea que Fache fotografió y después borró antes de que usted llegara.

Aunque Langdon sabía que la tinta invisible podía eliminarse fácilmente, no acertaba a comprender por qué el capitán querría borrar una prueba.

—Fache no quería que usted viera la última línea del mensaje —siguió Sophie. Y, tras hacer una pausa, añadió—: Al menos no hasta que hubiese acabado con usted.

La joven se sacó del bolsillo del jersey una copia impresa de una fotografía y la desplegó.

—Antes el capitán envió algunas imágenes de la escena del crimen a Criptografía con la esperanza de que averiguásemos qué trataba de decir el mensaje de Saunière. Ésta es una foto del mensaje completo. —Se la ofreció a Langdon.

Él, desconcertado, la cogió. El primer plano dejaba ver el fosforescente mensaje en la madera. Al leer la última línea sintió como si le asestaran una patada en el estómago.

13-3-2-21-1-1-8-5
Diavoli en Dracon,
lis anómala
P. S. Encontrar a Robert Langdon

CAPÍTULO 13

Durante unos segundos Langdon miró estupefacto la posdata de Saunière que mostraba la fotografía: «P. S. Encontrar a Robert Langdon». Fue como si el suelo se abriera bajo sus pies. «¿Saunière dejó una posdata en la que me mencionaba?» Langdon era absolutamente incapaz de dar con la razón.

—¿Entiende ahora por qué Fache ordenó que acudiera usted hoy aquí y por qué es el principal sospechoso? —inquirió Sophie con ojos apremiantes.

Lo único que él entendía en ese instante era por qué el capitán le había dirigido una mirada tan petulante cuando él sugirió que Saunière habría escrito el nombre de su asesino.

«Encontrar a Robert Langdon.»

—¿Por qué iba a escribir eso Saunière? —quiso saber él; su confusión daba paso al enfado—. ¿Por qué iba a querer yo matar a Jacques Saunière?

—A Fache aún le falta el móvil, pero ha estado grabando toda la conversación de esta noche con la esperanza de que usted le proporcionara uno.

Langdon abrió la boca, pero de ella no salió palabra alguna.

—Lleva un micrófono minúsculo conectado a un transmisor que guarda en el bolsillo y transfiere la señal al puesto de mando —aclaró Sophie.

—No puede ser —balbució él—. Tengo una coartada. Después

de la conferencia fui directo al hotel. Puede preguntar en recepción.

—Ya lo hizo Fache, y su informe indica que pidió usted la llave en recepción a eso de las diez y media. Por desgracia, la hora en que se cometió el asesinato se sitúa en torno a las once, de manera que usted pudo perfectamente salir de su habitación sin que nadie lo viera.

—Eso es una locura. Fache carece de pruebas.

Sophie abrió unos ojos como platos, como diciendo: «¿Que carece de pruebas?»

—Señor Langdon, su nombre está escrito en el suelo junto al cadáver, y la agenda de Saunière indica que estuvo usted con él aproximadamente a la hora en que lo mataron. —Se detuvo un instante—. Fache tiene pruebas más que suficientes para detenerlo y someterlo a un interrogatorio.

De pronto Langdon presintió que necesitaba un abogado.

—No he sido yo.

Sophie profirió un suspiro.

—Esto no es la televisión estadounidense, profesor. En Francia la ley protege a la policía, no a los delincuentes. Por desgracia en este caso también hay que tener en cuenta a los medios de comunicación. Jacques Saunière era una figura destacada y muy querida en París, y su asesinato aparecerá en las noticias de la mañana. A Fache lo presionarán en el acto para que haga una declaración, y él se siente mucho mejor teniendo a un sospechoso detenido. Tanto si es usted culpable como si no, casi con toda seguridad será retenido por la DGPJ hasta que averigüen qué sucedió en realidad.

Langdon se sentía como un animal enjaulado.

—¿Por qué me cuenta todo esto?

—Porque creo que es inocente. —Sophie desvió la vista un instante y después volvió a mirarlo a los ojos—. Y también porque en parte es culpa mía que usted se encuentre en apuros.

—¿Cómo dice? ¿Es culpa suya que Saunière intente incriminarme?

—Saunière no intentaba incriminarlo. Se trata de un error. El mensaje del suelo iba dirigido a mí.

Langdon tardó un minuto en procesar esa información.

—¿Cómo dice?

—El mensaje no iba destinado a la policía, sino a mí. Creo que se vio obligado a hacer algo con tanta premura que no se paró a pensar en cómo lo interpretaría la policía. —Sophie hizo una pausa—. El código numérico no significa nada. Saunière lo escribió para asegurarse de que en la investigación participaran criptógrafos y, de esa forma, que yo supiera cuanto antes lo que le había ocurrido.

Langdon sintió que perdía facultades deprisa. Llegados a ese punto, aún quedaba por decidir si Sophie Neveu estaba o no loca de atar, pero por lo menos ahora él entendía por qué intentaba ayudarlo. «P. S. Encontrar a Robert Langdon.» Por lo visto ella creía que el conservador le había dejado una críptica posdata en la que le pedía que diera con él.

—Pero ¿por qué cree que el mensaje era para usted?

—*El hombre de Vitrubio* —se limitó a decir ella—. Ese dibujo en concreto siempre ha sido mi obra preferida de Da Vinci. Esta noche la utilizó para llamar mi atención.

—Un momento. ¿Dice usted que el conservador sabía cuál era su obra de arte preferida?

Ella asintió.

—Lo siento. Tendría que haber empezado por el principio. Jacques Saunière y yo...

La voz de Sophie se quebró, y Langdon percibió una repentina melancolía, un pasado doloroso que acechaba bajo la superficie. Al parecer Sophie y Jacques Saunière mantenían una relación especial. Langdon escrutó a la bella joven que tenía delante, consciente de que en Francia los hombres de cierta edad a menudo tenían amantes jóvenes. Aun así, Sophie Neveu no acababa de encajar en el papel de mantenida.

—Hace diez años nos peleamos —continuó ella, la voz ahora convertida en un susurro—. Desde entonces apenas volvimos a hablar. Esta noche, cuando informaron a mi sección de que lo habían asesinado y vi las imágenes de su cuerpo y el texto del suelo, caí en la cuenta de que intentaba enviarme un mensaje.

—¿Por lo de *El hombre de Vitrubio*?

—Sí. Y por lo de «P. S.».

—¿*Post scriptum*?

Ella negó con la cabeza.

—P. S. son mis iniciales.

—Pero usted se llama Sophie Neveu.

La joven desvió la mirada.

—P. S. es como me llamaba cuando vivía con él. —Se sonrojó—. *Princesse Sophie*.

Langdon no dijo nada.

—Ridículo, lo sé —observó ella—. Pero fue hace años, cuando yo era pequeña.

—¿Lo conocía usted desde pequeña?

—Bastante bien —contestó Sophie; los ojos se le humedecieron debido a la emoción—. Jacques Saunière era mi abuelo.

CAPÍTULO 14

—¿Dónde está Langdon? —inquirió Fache tras expulsar la última bocanada de humo mientras caminaba arriba y abajo en el puesto de mando.

—Sigue en el servicio, señor. —El teniente Collet esperaba que le hiciera esa pregunta.

—Ya veo que se lo toma con calma —rezongó el capitán. Acto seguido, miró la señal del GPS por detrás de Collet, y éste casi pudo oír cómo bullía el cerebro de su superior.

Fache pugnaba por reprimir el impulso de ir a ver a Langdon. Lo ideal era que al sujeto vigilado se le concedieran todo el tiempo y la libertad posibles, inspirándole así una falsa sensación de seguridad. Langdon tenía que volver cuando quisiera. Aun así, habían pasado casi diez minutos.

«Demasiado.»

—¿Hay alguna posibilidad de que sospeche de nosotros? —inquirió Fache.

Collet negó con la cabeza.

—Aún vemos pequeños movimientos en el servicio de caballeros, así que es evidente que todavía lleva el dispositivo encima. Puede que se sienta indispuesto. Si lo hubiese encontrado, se habría deshecho de él y habría intentado huir.

Fache consultó su reloj.

—Bien.

De todas formas, parecía preocupado. Collet llevaba toda la noche notando una intensidad atípica en su capitán. Por regla general frío y distante cuando se hallaba bajo presión, esa noche Fache parecía involucrado emocionalmente, como si aquello fuese algo personal.

«No es de extrañar —pensó Collet—. Fache necesita efectuar esta detención como sea.» No hacía mucho el Consejo de Ministros y los medios de comunicación se habían mostrado más críticos con las agresivas tácticas del capitán, sus encontronazos con importantes embajadas extranjeras y sus excesos presupuestarios debido a su afición a las nuevas tecnologías. Esa noche la detención de un prominente estadounidense, llevada a cabo con la ayuda de una tecnología puntera, contribuiría en gran medida a acallar las críticas y, por consiguiente, ayudaría a Fache a conservar el puesto unos años más, hasta que pudiera jubilarse con una buena pensión. «Sabe Dios que la necesita», pensó Collet. La pasión de Fache por la tecnología lo había perjudicado tanto profesional como personalmente. Corría el rumor de que, hacía unos años, el capitán había invertido todos sus ahorros durante el *boom* tecnológico y se había quedado en camisa. «Y Fache sólo lleva las mejores camisas.»

Esa noche aún había mucho tiempo por delante. La extraña interrupción de Sophie Neveu, aunque desafortunada, tan sólo había sido un tropiezo sin importancia. Ahora ella se había ido, y Fache aún se guardaba algún que otro as en la manga. Todavía no le había dicho a Langdon que su nombre estaba escrito en el suelo, junto a la víctima. «P. S. Encontrar a Robert Langdon.» Y cuando el estadounidense tuviera conocimiento de esa prueba, sin duda su reacción sería reveladora.

—¿Capitán? —dijo uno de los agentes desde la otra punta del despacho—. Creo que será mejor que coja esta llamada. —Sostenía en alto un teléfono con cara de preocupación.

—¿Quién es? —quiso saber Fache.

El agente frunció el ceño.

—El director de la sección de Criptografía.

—¿Y?

—Se trata de Sophie Neveu, señor. Algo no va bien.

CAPÍTULO 15

Había llegado el momento.

Silas se sentía con fuerzas cuando salió del Audi negro, la brisa nocturna agitaba su holgado hábito. «El cambio está en el aire.» Sabía que el cometido que se avecinaba requeriría más maña que fuerza, de modo que dejó la pistola en el coche. La Heckler & Koch calibre USP 40 con cargador de trece balas se la había facilitado el Maestro.

«Un instrumento de muerte no tiene cabida en la casa del Señor.»

La plaza que se extendía delante de la gran iglesia se hallaba desierta a esa hora; las únicas personas que se veían en el otro extremo de la place Saint-Sulpice eran un par de prostitutas adolescentes que mostraban su mercancía a los turistas que frecuentaban el lugar a tan tardía hora. Sus jóvenes cuerpos despertaron un deseo familiar en la entrepierna de Silas, cuyo muslo se dilató instintivamente, haciendo que el puntiagudo cilicio se hundiera dolorosamente en su carne.

La lujuria se desvaneció en el acto. Llevaba ya diez años renunciando escrupulosamente a todo placer sexual, incluida la autocomplacencia. Obedeciendo los preceptos de *Camino*. Sabía que había hecho muchos sacrificios por seguir al Opus Dei, pero lo que había recibido a cambio era mucho más. El voto de celibato y la renuncia a todos los bienes personales difícilmente parecían un sacrificio. Teniendo en cuenta la pobreza en la que había vivido y la barbarie sexual que había soportado en la cárcel, el celibato constituía un grato cambio.

Ahora, tras haber vuelto a Francia por primera vez desde que fue detenido y encarcelado en Andorra, Silas sentía que su tierra natal lo ponía a prueba, removiendo violentos recuerdos en su alma redimida. «Has vuelto a nacer», se recordó. El servicio que había prestado a Dios ese día había requerido que cometiera el pecado de matar, un sacrificio con el que sabía que tendría que cargar calladamente en su corazón para toda la eternidad.

«La medida de tu fe es la del dolor que estás dispuesto a soportar», le había dicho el Maestro. Silas conocía el dolor y estaba deseoso de demostrar su valía al Maestro, el hombre que le había asegurado que sus actos se hallaban regidos por un poder superior.

—Hago la Obra de Dios —musitó mientras avanzaba hacia la entrada de la iglesia.

Tras detenerse a la sombra de la sólida puerta, respiró profundamente. En ese preciso instante fue realmente consciente de lo que estaba a punto de hacer y lo que le aguardaba dentro.

«La clave. Lo que nos llevará hasta el destino final.»

Alzó su espectral puño y llamó tres veces.

Poco después, los cerrojos de la inmensa puerta de madera empezaron a moverse.

CAPÍTULO 16

Sophie se preguntó cuánto tardaría Fache en averiguar que no había salido del edificio. Al ver a Langdon tan abrumado, se cuestionó si habría hecho bien acorralándolo, en el servicio de caballeros.

«¿Qué otra cosa podía hacer?»

Recordó el cuerpo sin vida de su abuelo, desnudo y tendido en el suelo. Hubo un tiempo en que lo era todo para ella y, sin embargo, esa noche a Sophie le sorprendió que apenas se sintiera entristecida. Ahora, Jacques Saunière era un extraño para ella. Su relación murió en un instante una noche de marzo, cuando ella tenía veintidós años. «Hace diez años.» Unos días antes de lo previsto, Sophie había regresado de la universidad inglesa en la que estudiaba y había visto sin querer a su abuelo haciendo algo que a todas luces no debería haber visto. Era una imagen a la que casi seguía sin poder dar crédito.

«Si no lo hubiese visto con mis propios ojos...»

Demasiado avergonzada y aturdida para enfrentarse a los desconsolados intentos de su abuelo de darle una explicación, Sophie se mudó de inmediato, cogió el dinero que tenía ahorrado y se trasladó a un pequeño piso compartido. Se juró no hablar nunca con nadie de lo que había visto. Su abuelo trató por todos los medios de ponerse en contacto con ella, le envió tarjetas y cartas, le suplicó que se reuniera con él para que pudiera explicárselo todo. «¿Cómo explicar aquello?» Sophie tan sólo le respondió una vez:

para prohibirle que la llamara o intentase verla en público. Tenía miedo de que la explicación fuese más aterradora que el incidente en sí.

Por increíble que pudiera parecer, Saunière nunca se dio por vencido, y ahora Sophie tenía una década de correspondencia por abrir en el cajón de una cómoda. A favor de su abuelo había que decir que había respetado la petición que le había hecho su nieta y no la había llamado ni una sola vez.

«Hasta esta tarde.»

—¿Sophie? —Su voz sonaba sorprendentemente envejecida en el contestador—. He cumplido tus deseos durante mucho tiempo... y me duele tener que llamar, pero he de hablar contigo. Ha sucedido algo horrible.

En la cocina de su piso parisino, a Sophie se le heló la sangre al volver a oír a su abuelo después de tantos años. Su suave voz le llevó una oleada de bonitos recuerdos de su infancia.

—Sophie, por favor, escucha. —Le hablaba en inglés, como hacía siempre cuando ella era pequeña. «Practica el francés en el colegio y el inglés en casa»—. El enfado no puede durarte toda la vida. ¿Es que no has leído las cartas que te he enviado en todos estos años? ¿Es que aún no lo entiendes? —Hizo una pausa—. Tenemos que hablar de inmediato. Te lo ruego, concédele este deseo a tu abuelo. Llámame al Louvre cuanto antes. Creo que tú y yo corremos un grave peligro.

Sophie clavó la vista en el contestador. «¿Peligro?» ¿De qué le estaba hablando?

—Princesa... —La voz de su abuelo se tiñó de una emoción que Sophie no entendió—. Sé que te he ocultado cosas y sé que ello me ha costado tu amor, pero lo hice por tu propia seguridad. Ahora ha llegado el momento de que conozcas la verdad. Te lo ruego, debo contarte la verdad sobre tu familia.

De pronto Sophie oyó los latidos de su corazón. «¿De mi familia?» Los padres de Sophie habían muerto cuando ella sólo tenía cuatro años. Su coche salió volando por un puente y fue a parar a unas aguas turbulentas. Su abuela y su hermano menor también se hallaban en el coche, de manera que la familia entera de Sophie desapareció en un abrir y cerrar de ojos. En su poder tenía una caja llena de recortes de periódico que lo confirmaban.

Las palabras de su abuelo despertaron en ella un inesperado sentimiento de añoranza. «¡Mi familia!» En ese instante fugaz, Sophie recordó imágenes del sueño que la había despertado infinidad de veces cuando era pequeña: «¡Mi familia vive! ¡Va a volver a casa!». Pero, al igual que sucedía en el sueño, las imágenes se desvanecieron.

«Tu familia está muerta, Sophie. No va a volver a casa.»

—Sophie... —su abuelo seguía hablándole al contestador—. Llevo años esperando decírtelo. Esperando el momento adecuado, pero ahora el tiempo se agota. Llámame al Louvre en cuanto escuches esto. Esperaré aquí toda la noche. Me temo que ambos podemos estar en peligro. Hay muchas cosas que debes saber.

Así finalizaba el mensaje.

En medio del silencio, Sophie permaneció temblorosa lo que se le antojaron minutos. Tras sopesar el mensaje de su abuelo, cayó en la cuenta de que sólo había una posibilidad que tuviera sentido, y entonces supo cuáles eran sus verdaderas intenciones: se trataba de un anzuelo.

Estaba claro que su abuelo quería verla a toda costa y, para ello, cualquier excusa era buena. La repugnancia que le inspiraba aumentó. Sophie se preguntó si no tendría una enfermedad terminal y había decidido probar con todo lo que se le ocurriera para que su nieta fuese a verlo una única vez. De ser así, la baza que había jugado era buena.

«Mi familia.»

Ahora, en la oscuridad del aseo de caballeros del Louvre, Sophie oía ecos del mensaje telefónico de esa tarde: «Llámame... Me temo que ambos podemos estar en peligro».

No lo había llamado. Ni siquiera había pensado hacerlo. Pero ahora su escepticismo se hallaba en tela de juicio. A su abuelo lo habían asesinado en su propio museo. Y había escrito un mensaje cifrado en el suelo.

Para ella. De eso estaba segura.

Pese a no entender el significado del mensaje, estaba convencida de que lo críptico de su naturaleza constituía una prueba adicional de que las palabras iban destinadas a ella. La pasión y el talento de Sophie para la criptografía eran el resultado de haber crecido con Jacques Saunière, un fanático de las claves, los juegos de palabras y los acertijos. «¿Cuántos domingos pasamos resolviendo los criptogramas y los crucigramas de los periódicos?»

A los doce años Sophie era capaz de terminar el crucigrama de *Le Monde* sin ayuda, y gracias a su abuelo pasó a los crucigramas en inglés, los acertijos matemáticos y los cifrados de sustitución. Sophie lo devoraba todo y, al cabo, terminó haciendo de su pasión su profesión y entró a trabajar en la sección de Criptografía de la policía judicial.

Esa noche Sophie, la criptógrafa, no podía por menos que respetar la eficacia con la que su abuelo se había servido de un sencillo código para unir a dos completos desconocidos: Sophie Neveu y Robert Langdon.

La cuestión era por qué.

Desgraciadamente, a juzgar por la expresión de desconcierto en los ojos de Langdon, Sophie presentía que el estadounidense tampoco sabía por qué los había unido su abuelo.

Probó de nuevo.

—Usted y mi abuelo tenían previsto verse esta noche. ¿Puede decirme para qué?

El profesor parecía genuinamente perplejo.

—Su secretaria concertó la cita y no dio ninguna razón concreta, ni yo tampoco pregunté. Supuse que se había enterado de que iba a dar una conferencia sobre la iconografía pagana de las catedrales francesas, el tema le interesaba y pensó que no estaría mal quedar después para tomar algo.

Sophie no se lo tragó: el argumento era poco sólido. Su abuelo sabía más de iconografía pagana que nadie en el mundo. Además, era un hombre muy reservado, alguien que no charlaría porque sí con un profesor estadounidense a menos que hubiese un motivo de peso.

Respiró profundamente y continuó sondeando.

—Mi abuelo me llamó esta tarde para decirme que él y yo corríamos un grave peligro. ¿Le dice eso algo?

La preocupación empañó los azules ojos de Langdon.

—No, pero a juzgar por lo que ha sucedido...

Sophie asintió. A tenor de los acontecimientos de esa noche, habría sido una insensata si no hubiera estado asustada. Sintiéndose agotada, se acercó hasta la pequeña ventana que se abría al fondo del aseo y miró en silencio a través del cristal protegido. La altura no era ninguna broma: más de diez metros.

Tras proferir un suspiro, levantó la cabeza y contempló la deslumbrante ciudad: a su izquierda, al otro lado del Sena, la torre Eiffel iluminada; enfrente, el arco de Triunfo, y a la derecha, coronando la pendiente de Montmartre, la elegante cúpula con arabescos del Sacré-Cœur; la lustrosa piedra desprendía un brillo blanco como un resplandeciente santuario.

Allí, en el extremo más occidental del ala Denon, la carretera norte-sur de la place du Carrousel discurría prácticamente pegada al edificio, tan sólo una estrecha acera la separaba del muro exterior del Louvre. Abajo se distinguía la caravana habitual de furgonetas de reparto que operaban por la noche y que esperaban a que cambiara el semáforo, el parpadeo de las luces como burlándose de Sophie.

—No sé qué decir —admitió Langdon, que se había unido a ella—. Es evidente que su abuelo intentaba comunicarnos algo. Lamento serle de tan poca ayuda.

Sophie se apartó de la ventana, y percibió un pesar sincero en la grave voz de él. A pesar del aprieto en que se encontraba, estaba claro que quería echarle una mano. «Su vena de profesor», se dijo, pues había leído el informe sobre el sospechoso que había preparado la DGPJ. El hombre era un estudioso que a todas luces desdeñaba la ignorancia.

«En eso coincidimos», pensó ella.

Sophie se ganaba la vida haciendo que datos aparentemente sin sentido cobraran significado. Esa noche todo lo que se le ocurría era que Robert Langdon, tanto si él lo sabía como si no, poseía una información que ella necesitaba a toda costa. «Princesa Sophie, encontrar a Robert Langdon.» El mensaje no podía ser más claro. Sophie necesitaba pasar más tiempo con él. Para pensar. Para que pudieran resolver el misterio juntos. Por desgracia, el tiempo se agotaba.

Tras mirar a Langdon, probó con lo único que se le ocurrió.

—Bezu Fache va a detenerlo de un momento a otro. Yo puedo sacarlo del museo, pero hay que actuar de inmediato.

Langdon abrió unos ojos como platos.

—¿Quiere que me dé a la fuga?

—Es lo mejor que podría hacer. Si deja que Fache lo detenga, se pasará semanas en una cárcel francesa mientras la DGPJ y la embajada estadounidense discuten dónde será procesado. Pero si conseguimos sacarlo de aquí y llegar a la embajada, su gobierno velará por sus derechos mientras usted y yo demostramos que no tuvo nada que ver con este asesinato.

Langdon no parecía ni remotamente convencido.

—Olvídelo. Fache ha apostado agentes armados en todas las salidas. Aunque lográramos escapar sin que nos pegaran un tiro, huir sólo hará que parezca culpable. Tiene que decirle al capitán que el mensaje del suelo iba dirigido a usted y que, al mencionar mi nombre, su abuelo no pretendía acusarme.

—Lo haré —se apresuró a responder ella—, pero después de

que se encuentre a salvo en su embajada. Sólo está a un kilómetro y medio de aquí, y tengo aparcado el coche a la puerta del museo. Tratar con Fache aquí es un riesgo, ¿es que no lo entiende? Esta noche se ha propuesto demostrar que es usted culpable. El único motivo por el que ha pospuesto su detención es montar este circo con la esperanza de que usted haga algo que refuerce sus argumentos.

—Exactamente, como darme a la fuga.

De pronto el teléfono de Sophie, que llevaba en el bolsillo del jersey, empezó a sonar. «Probablemente sea Fache.» Lo cogió y lo apagó.

—Señor Langdon —añadió deprisa y corriendo—, debo hacerle una última pregunta. —«Y es posible que su futuro dependa de ella»—. Está claro que el mensaje del suelo no demuestra su culpabilidad y, sin embargo, Fache les dijo a los nuestros que está seguro de que es usted su hombre. ¿Se le ocurre alguna otra razón por la que esté convencido de su culpabilidad?

Él guardó silencio unos segundos.

—No, ninguna.

Sophie suspiró. «Lo que significa que Fache miente.» Sophie no acertaba a imaginar por qué, pero eso era irrelevante en ese momento. Lo cierto era que el capitán estaba decidido a meter entre rejas a Robert Langdon esa noche, a toda costa. Sophie necesitaba a Langdon, un dilema para el que sólo dio con una conclusión lógica.

«Debo llevarlo a la embajada estadounidense.»

Tras volverse hacia la ventana, miró hacia abajo por el cristal protegido, unos diez metros vertiginosos. Saltar desde esa altura haría que Langdon se rompiera ambas piernas. En el mejor de los casos.

Aun así, Sophie tomó una decisión.

Robert Langdon estaba a punto de fugarse del Louvre, tanto si lo quería como si no.

CAPÍTULO 17

—¿Cómo que no lo coge? —Fache no daba crédito—. La está llamando al móvil, ¿no? Sé que lo lleva encima.

Collet llevaba varios minutos tratando de encontrar a Sophie Neveau.

—Puede que se haya quedado sin batería. O que le haya quitado el sonido.

Fache parecía angustiado desde que había hablado por teléfono con el director de Criptografía. Después de colgar había ido directo a Collet y había exigido que localizara a la agente Neveu. El teniente no lo había conseguido, y Fache daba vueltas por el despacho como un león enjaulado.

—¿Por qué llamaron de Criptografía? —se atrevió a preguntar Collet.

Fache se volvió hacia él.

—Para decirnos que no habían encontrado referencia alguna a «diablos en Dracón» ni «lises anómalas».

—¿Es todo?

—Y para informarnos de que acababan de averiguar que el código numérico era la secuencia de Fibonacci, pero sospechaban que la serie no tenía sentido.

Collet estaba confuso.

—Pero para eso ya han enviado a la agente Neveu.

Fache cabeceó.

—No la han enviado ellos.

—¿Cómo dice?

—Según el director, al recibir mis órdenes reunió a todo el equipo para que examinaran las imágenes que le había enviado. Cuando llegó la agente Neveu, echó un vistazo a las fotos de Saunière y al código y salió de la oficina sin mediar palabra. El director dijo que no cuestionó su comportamiento porque era comprensible que las fotos le hubieran afectado.

—¿Afectado? ¿Pero es que nunca ha visto usted la foto de un cadáver?

Fache guardó silencio un instante.

—Yo desconocía el dato, y al parecer el director también hasta que un colaborador se lo dio, pero por lo visto Sophie Neveu es la nieta de Jacques Saunière.

Collet se quedó atónito.

—El director afirmó que ella nunca le había hablado de Saunière, y él supuso que era porque no quería recibir un trato de favor por el hecho de tener un abuelo famoso.

«No me extraña que le afectaran las imágenes.» Collet apenas era capaz de concebir que una desafortunada casualidad hiciese que una joven tuviera que descifrar un código escrito por un familiar muerto. Con todo, sus actos carecían de lógica.

—Pero es evidente que supo que se trataba de la secuencia de Fibonacci, porque vino aquí a decírnoslo. No entiendo por qué se fue de la oficina sin decir a nadie que lo sabía.

A Collet sólo se le ocurría una hipótesis que explicara los preocupantes acontecimientos: Saunière había escrito un código numérico en el suelo con la esperanza de que Fache llamara a los criptógrafos y, por tanto, su propia nieta tomara parte en la investigación. En cuanto al resto del mensaje, ¿estaría Saunière comunicándose con ella? De ser así, ¿qué le decía en el mensaje? Y ¿qué pintaba Langdon en todo aquello?

Antes de que el teniente pudiera seguir con sus cavilaciones, una alarma rompió el silencio del desierto museo. El sonido parecía provenir de la Gran Galería.

—*Alarme!* —gritó uno de los agentes al ver la información que llegaba del centro de seguridad del Louvre—. *Grande Galerie! Toilettes messieurs!*

Fache se encaró con Collet.

—¿Dónde está Langdon?

—Sigue en el servicio. —El agente señaló el punto rojo, que parpadeaba en el plano—. Debe de haber roto la ventana. —Collet sabía que Langdon no llegaría muy lejos. Aunque las leyes de prevención de incendios parisinas exigían que las ventanas que se hallaran a una altura superior a quince metros en edificios públicos pudieran romperse en caso de incendio, salir por una ventana desde la segunda planta del Louvre sin ayuda de un garfio y una escala equivaldría a un suicidio. Además, en el extremo occidental del ala Denon no había árboles ni hierba que amortiguaran la caída. Justo debajo de la ventana de ese servicio, a escasos metros del muro exterior del museo, discurrían los dos carriles de la place du Carrousel—. ¡Dios mío! —exclamó tras ver la pantalla—. ¡Langdon está saliendo por la ventana!

Pero Fache ya se había puesto en marcha. Después de sacar de la pistolera que llevaba al hombro su revólver Manurhin MR-93, el capitán salió corriendo del despacho.

Collet observaba perplejo la pantalla. El punto parpadeante había llegado a la ventana y había hecho algo completamente inesperado: se había salido del perímetro del edificio.

«¿Qué está pasando? —se preguntó—. ¿Estará Langdon en un saliente o...?

»¡Santo cielo!» Collet se puso en pie de un salto cuando el punto se separó de la pared. La señal pareció vibrar un instante y, a continuación, el punto se detuvo de pronto a unos diez metros del perímetro del edificio.

Manejando con torpeza las teclas, el teniente buscó un callejero de París y volvió a calibrar el GPS. Acto seguido el zoom le permitió ver la ubicación exacta de la señal.

Ya no se movía.

Se había detenido en mitad de la place du Carrousel.

Langdon había saltado por la ventana.

CAPÍTULO 18

Fache enfiló a la carrera la Gran Galería mientras la voz de Collet en su radio se imponía a la distante alarma.

—¡Ha saltado! —chillaba el agente—. La señal está fuera, en la place du Carrousel. Bajo la ventana del servicio. ¡Y no se mueve! Dios mío, creo que Langdon se ha suicidado.

El capitán oyó las palabras, pero no les encontró sentido. Siguió corriendo por el interminable pasillo. Al dejar atrás el cuerpo de Saunière, vio las mamparas al fondo del ala Denon. Ahora la alarma cobraba intensidad.

—¡Un momento! —vociferó nuevamente Collet—. ¡Se está moviendo! Dios mío, está vivo. ¡Langdon se está moviendo!

Sin parar de correr, Fache maldecía a cada paso la longitud del corredor.

—¡Langdon se mueve más aprisa! —gritaba Collet por radio—. Baja por Carrousel. Un momento..., ¡coge velocidad! Va demasiado deprisa.

Al llegar a las mamparas, Fache las fue sorteando y, cuando vio la puerta del servicio, se dirigió hacia ella corriendo.

Ahora la radio apenas se oía debido al estrépito de la alarma.

—Debe de estar en un coche. Creo que está en un coche. No me lo...

Finalmente el capitán irrumpió en el aseo de caballeros con el arma en ristre y la alarma engulló las palabras de Collet. Haciendo

123

una mueca de dolor por la estridencia del sonido, escudriñó la zona.

En los cubículos no había nadie, aquello estaba vacío. Los ojos de Fache se centraron en el acto en la ventana rota del fondo. Corrió hacia ella y echó un vistazo. A Langdon no se lo veía por ninguna parte, pero al policía no le cabía en la cabeza que alguien se arriesgara a cometer semejante locura. Si había saltado desde esa altura, no cabía duda de que estaría gravemente herido.

La alarma finalmente enmudeció, y la voz de Collet volvió a dejarse oír por la radio.

—... se dirige al sur... más deprisa... está cruzando el Sena por el pont du Carrousel.

Fache miró hacia la izquierda: el único vehículo que se veía en ese puente era un enorme camión con doble remolque que avanzaba hacia el sur alejándose del Louvre. El remolque iba cubierto de una lona vinílica que se parecía vagamente a una hamaca gigante. A Fache lo invadió el temor. Hacía tan sólo unos instantes ese camión probablemente se hubiese detenido ante un semáforo en rojo justo debajo de la ventana del servicio.

«Una auténtica locura», se dijo. Langdon no podía saber qué llevaba el tráiler bajo la lona. ¿Y si transportaba acero? ¿O cemento? ¿O incluso basura? ¿Saltar desde más de diez metros? Una temeridad.

—El punto está girando —informó Collet—. Ha doblado a la derecha por el pont des Saints-Pères.

Seguramente el tráiler, tras cruzar el puente, estaba frenando y torciendo a la derecha para entrar en el puente. «Qué se le va a hacer», pensó Fache. Atónito, vio cómo el vehículo desaparecía de su vista. Collet ya estaba avisando por radio a los agentes de fuera, ordenándoles que abandonaran el perímetro y subieran a sus coches patrulla para perseguir al camión, todo ello mientras informaba de la cambiante posición del vehículo como si estuviese retransmitiendo paso a paso un extraño encuentro deportivo.

«Se acabó», concluyó Fache. Sus hombres rodearían el tráiler en cuestión de minutos. Langdon no iría a ninguna parte. Tras enfundarse el arma, salió del aseo y llamó por radio a Collet.

—Que traigan mi coche. Quiero estar presente cuando lo detengamos.

Mientras el policía recorría a la inversa la Gran Galería, se preguntó si Langdon habría sobrevivido a la caída.

No es que importara.

«Langdon se ha dado a la fuga, luego está claro que es culpable.»

A escasos quince metros de los aseos, Langdon y Sophie se habían refugiado en la oscuridad de la Gran Galería, pegados a una de las grandes mamparas que ocultaban los servicios. Apenas habían tenido tiempo de esconderse cuando Fache pasó ante ellos como una flecha, empuñando el revólver, y desapareció en el servicio.

Los últimos sesenta segundos habían sido caóticos.

Langdon se hallaba en el aseo de caballeros, negándose a huir de la escena de un crimen que no había cometido, cuando Sophie comenzó a observar la ventana y a escrutar el cristal protegido. Luego echó un vistazo a la calle, como si calculara la caída que había.

—Con un poco de puntería, podrá salir de aquí —comentó.

«¿Puntería?» Inquieto, Langdon miró por la ventana.

En la calle, más arriba, un enorme tráiler avanzaba hacia el semáforo que había bajo la ventana. Una lona azul un tanto floja cubría la inmensa plataforma de carga. Langdon esperó que la joven no estuviera pensando lo que parecía estar pensando.

—Sophie, no tengo la menor intención de saltar...

—Deme el dispositivo de seguimiento.

Desconcertado, él metió la mano en el bolsillo hasta dar con el minúsculo disco metálico. Sophie lo cogió y se acercó al lavabo. Luego agarró una gruesa pastilla de jabón, colocó encima el dispositivo y lo hundió con ayuda del dedo gordo. Una vez dentro del blando jabón, cerró el orificio, dejando el disco bien incrustado.

Acto seguido le pasó la pastilla a Langdon y se hizo con una pesada papelera cilíndrica que había bajo los lavabos. Antes de que él pudiera objetar, Sophie corrió hacia la ventana y, a modo de ariete, estrelló contra ella el contenedor y rompió el cristal.

Sobre su cabeza saltaron las ensordecedoras alarmas.

—¡Deme el jabón! —chilló la joven sin que apenas se la oyera.

Langdon hizo lo que le pedía.

Con la pastilla en la mano, Sophie se asomó por la ventana y vio el tráiler, parado debajo. El blanco era muy grande —una inmensa lona inmóvil— y se encontraba a unos tres metros más allá del edificio. Cuando el semáforo estaba a punto de cambiar a verde, Sophie respiró profundamente y lanzó el jabón a la negrura.

La pastilla fue directa al camión, aterrizó en el borde de la lona y se deslizó hacia dentro justo cuando el semáforo se puso en verde.

—Enhorabuena —lo felicitó ella mientras tiraba de Langdon hacia la puerta—. Acaba de escapar usted del Louvre.

Tras salir del servicio de caballeros, se cobijaron en las sombras justo cuando Fache pasaba ante ellos.

Ahora, con la alarma antiincendios apagada, Langdon oía las sirenas de la policía alejándose del museo. «Un éxodo policial.» Fache también había salido corriendo, dejando la Gran Galería desierta.

—Hay una salida de emergencia a unos cincuenta metros de la Gran Galería —afirmó Sophie—. Ahora que los agentes han abandonado el perímetro podemos salir.

Langdon decidió que no volvería a abrir la boca en toda la noche. Estaba claro que Sophie Neveu era mucho más lista que él.

CAPÍTULO 19

Se dice que la iglesia de Saint-Sulpice tiene la historia más rocambolesca de todos los edificios de París. Erigida sobre las ruinas de un antiguo templo egipcio dedicado a la diosa Isis, desde el punto de vista arquitectónico es capaz de hacer sombra a Notre-Dame. En ella se bautizaron el marqués de Sade y Baudelaire, y contrajo matrimonio Victor Hugo. El seminario contiguo cuenta con una historia bien documentada de heterodoxia, y en su día fue punto de reunión clandestino de numerosas sociedades secretas.

Esa noche, la cavernosa nave de Saint-Sulpice estaba silente como una tumba; el único indicio de vida era el tenue olor a incienso que aún flotaba en el aire, recuerdo de la misa celebrada por la tarde. Silas notó el desasosiego de la hermana Sandrine cuando lo dejó entrar. No le sorprendió: estaba acostumbrado a que su apariencia incomodara a la gente.

—¿Es usted norteamericano? —se interesó la religiosa.

—Francés de nacimiento —repuso Silas—. Sentí la vocación en España y ahora estudio en Estados Unidos.

La hermana Sandrine asintió. Era una mujer menuda de ojos serenos.

—¿Y nunca ha estado en Saint-Sulpice?

—Soy consciente de que casi es un pecado.

—Es más bonita de día.

—Estoy seguro. Aun así, le agradezco que me haya dado la oportunidad de visitarla esta noche.

—Así lo solicitó el abate. Es evidente que tiene usted amigos poderosos.

«No lo sabe usted bien», pensó Silas.

Mientras seguía a la hermana Sandrine por el pasillo central, le sorprendió la austeridad del lugar. A diferencia de Notre-Dame, con sus vistosos frescos, los dorados del altar y la cálida madera, Saint-Sulpice era sencilla y fría, y tenía un algo descarnado que recordaba a los austeros templos españoles. La ausencia de adornos hacía que el interior pareciese aún más amplio, y cuando Silas alzó la vista a la imponente bóveda nervada, imaginó que se hallaba bajo el casco de un inmenso barco al revés.

«Una imagen apropiada», pensó. El barco de la hermandad estaba a punto de zozobrar para siempre. Impaciente por ponerse manos a la obra, Silas deseó que la hermana Sandrine lo dejara a solas. Era una mujer menuda, a la que Silas podía dejar fuera de combate con facilidad, pero se había jurado no emplear la fuerza a menos que fuese absolutamente necesario. «Es una religiosa, y ella no tiene la culpa de que la hermandad escogiera su iglesia para ocultar la clave. No debería ser castigada por los pecados de otros.»

—Me incomoda que la hayan despertado por mi causa, hermana.

—No importa. Dado que no va a pasar mucho tiempo en París, no debería perderse Saint-Sulpice. ¿Qué le interesan más, los aspectos arquitectónicos o los religiosos?

—Lo cierto, hermana, es que mis intereses son espirituales.

Ella dejó escapar una risa agradable.

—Eso por descontado. Sólo me preguntaba por dónde empezar la visita.

Silas contempló el altar.

—No será preciso. Ha sido usted muy amable, no hace falta que se moleste.

—No es molestia —aseguró ella—. Ya que estoy despierta.

Silas se detuvo. Habían llegado a la altura del primer banco y el altar se hallaba a unos quince metros. Volvió su corpachón hacia la monja y notó su rechazo cuando lo miró a los rojos ojos.

—No quiero parecer grosero, hermana, pero no estoy acostumbrado a entrar en la casa del Señor y limitarme a verla. ¿Le importaría que rezara unos instantes a solas antes de echar un vistazo?

La religiosa vaciló.

—No, desde luego. Lo esperaré en la parte de atrás.

Silas le puso una pesada mano en el hombro con delicadeza y le dijo:

—Hermana, ya me siento culpable por haberla despertado. Pedirle que se quede sería demasiado. Se lo ruego, vuelva a la cama. Me deleitaré contemplando su iglesia y luego me iré.

Ella pareció intranquila.

—¿Está seguro de que no se sentirá desamparado?

—En absoluto. La oración es una dicha solitaria.

—Como quiera.

Silas retiró la mano.

—Que descanse, hermana, y la paz del Señor sea con usted.

—Y con usted. —La religiosa se dirigió a la escalera—. Por favor, asegúrese de cerrar bien la puerta al salir.

—No se apure.

Silas la observó desaparecer escalera arriba y, a continuación, se volvió y se arrodilló en el banco, notando que el cilicio se le clavaba en la carne.

«Dios mío, te ofrezco la obra de hoy...»

Agazapada en las sombras del coro, justo encima del altar, la hermana Sandrine observaba en silencio tras la balaustrada a aquel extraño monje que se había arrodillado a solas. El repentino temor que había anidado en su alma hacía que le costara permanecer inmóvil. Durante un breve momento se preguntó si el misterioso visitante no sería el enemigo del que le habían hablado, y si esa noche no tendría que ejecutar las órdenes que le habían dictado hacía tantos años. Decidió permanecer al amparo de la oscuridad y vigilar los movimientos de aquel hombre.

CAPÍTULO 20

Tras salir de las sombras, Langdon y Sophie recorrieron con sigilo la Gran Galería hacia la salida de emergencia.

Mientras caminaba, el profesor tenía la sensación de que debía tratar de completar un rompecabezas a oscuras. La última novedad del misterio que los envolvía era más que preocupante: «El capitán de la policía judicial quiere acusarme de asesinato».

—¿Cree que pudo ser Fache quien escribió el mensaje en el suelo? —musitó.

Sophie ni siquiera se volvió.

—Imposible.

Langdon no estaba tan seguro.

—Parece bastante resuelto a hacerme parecer culpable. Puede que se planteara que escribir mi nombre en el suelo reforzaría sus argumentos.

—¿Y la secuencia de Fibonacci? ¿Y lo de «P. S.»? ¿Y la alusión a Da Vinci y la deidad femenina? Todo eso tuvo que ser obra de mi abuelo.

Él sabía que tenía razón. El engranaje del simbolismo de las pistas era demasiado perfecto: el pentáculo, *El hombre de Vitrubio*, Da Vinci, la diosa e incluso la secuencia de Fibonacci. «Un conjunto de símbolos coherente», como dirían los expertos en iconografía. Una unión sin fisuras.

—Y la llamada de esta tarde —añadió ella—. Mi abuelo dijo

que tenía que contarme algo. Estoy segura de que el mensaje del Louvre fue un último esfuerzo para comunicarme algo importante, algo que él creía que usted me ayudaría a entender.

Langdon arrugó la frente. «Diavoli en Dracon, lis anómala.» Ojalá comprendiera el mensaje, tanto por el bien de Sophie como por el suyo propio. No cabía duda de que las cosas habían empeorado desde que había visto las crípticas palabras. Y el simulacro de salto por la ventana del baño no iba a hacerle sumar puntos precisamente con Fache. Algo le decía que el capitán de la policía francesa no le vería la gracia al hecho de perseguir y detener una pastilla de jabón.

—La puerta no está lejos —aseguró Sophie.

—¿Cree que hay alguna posibilidad de que las cifras del mensaje de su abuelo sean la clave para entender las otras líneas?

En una ocasión Langdon había trabajado en una serie de manuscritos de Bacon que contenían claves epigráficas en las que determinadas líneas cifradas eran pistas para entender las demás líneas.

—Llevo toda la noche pensando en esos números; sumas, cocientes, productos. Y no veo nada. Matemáticamente están dispuestos al azar. Es un galimatías criptográfico.

—Y, sin embargo, forman parte de la secuencia de Fibonacci. No puede tratarse de una coincidencia.

—Y no lo es. Mi abuelo utilizó esa secuencia para hacerme otra señal, igual que escribió el mensaje en inglés o se colocó emulando mi obra de arte preferida o se dibujó un pentáculo. Con ello quería llamar mi atención.

—¿El pentáculo le dice algo?

—Sí. No he tenido ocasión de decírselo, pero era un símbolo especial entre mi abuelo y yo cuando vivía con él. Solíamos jugar al tarot para divertirnos, y la primera carta que me salía siempre era del palo de los pentáculos. Estoy segura de que mi abuelo lo amañaba, pero los pentáculos acabaron siendo nuestra broma privada.

Él sintió un escalofrío. «¿Jugaban al tarot?» Esas cartas medievales, cuyo origen se situaba en Italia, estaban tan llenas de símbolos heréticos que, en su nuevo manuscrito, Langdon le había dedicado un capítulo entero. Los veintidós naipes que conformaban la baraja tenían nombres como La Papisa, La Emperatriz o La Estrella. En un principio el tarot fue concebido como un medio secreto para transmitir ideologías prohibidas por la Iglesia. En la actualidad, las modernas pitonisas se hacían eco de las cualidades místicas de los naipes.

«El palo del tarot que representa la deidad femenina es el de los pentáculos», pensó Langdon, y cayó en la cuenta de que, si Saunière había estado manipulando la baraja de su nieta para divertirse, los pentáculos eran una acertada broma privada.

Llegaron a la salida de emergencia y Sophie abrió con cuidado la puerta. No se activó ninguna alarma. A ésta sólo estaban conectadas las de fuera. La joven guio a Langdon por un laberinto de sinuosas escaleras hacia la planta baja, cobrando velocidad a medida que avanzaban.

—Su abuelo —dijo él mientras descendía a toda prisa tras ella—, cuando le habló del pentáculo, ¿mencionó el culto a las diosas o algún resquemor hacia la Iglesia católica?

Sophie negó con la cabeza.

—Me interesaba más el aspecto matemático: la divina proporción, phi, las secuencias de Fibonacci, esa clase de cosas.

Langdon no ocultó su sorpresa.

—¿Su abuelo le enseñó el número phi?

—Desde luego. La divina proporción. —Sophie parecía sentirse violenta—. A decir verdad, solía bromear diciendo que yo era medio divina..., ya sabe, por lo de las letras de mi nombre.

Langdon se paró a pensar un instante y suspiró.

«S-o-*phi*-e.»

Sin detenerse, centró la atención en phi. Empezaba a comprender que las pistas de Saunière eran más coherentes aún de lo que había imaginado en un principio.

«Da Vinci..., los números de Fibonacci..., el pentáculo.»

Por increíble que pudiera parecer, todas esas cosas estaban relacionadas con un concepto tan fundamental para la historia del arte que Langdon a menudo le dedicaba más de una clase.

«Phi.»

De pronto se sintió de vuelta en Harvard, delante de su clase de simbolismo en el arte, escribiendo su número preferido en la pizarra.

1,618

Langdon se volvió para enfrentarse a la multitud de rostros impacientes.

—¿Quién puede decirme qué es este número?

Al fondo, un estudiante de matemáticas larguirucho levantó la mano.

—El número phi —respondió, pronunciándolo «fi».

—Muy bien, Stettner —alabó él—. Les presento a phi.

—Que no hay que confundir con pi —puntualizó el mismo alumno, risueño. Y acto seguido hizo una broma al respecto que nadie salvo Langdon pilló, lo que lo dejó cariacontecido.

—El número phi —continuó el profesor—, uno coma seis, uno, ocho, es un número muy importante en el arte. ¿Quién sabría decirme por qué?

Stettner procuró reparar su error.

—¿Por ser tan bonito?

Todo el mundo rompió a reír.

—Lo cierto es que Stettner ha vuelto a acertar —repuso Langdon—. Por regla general, se considera que phi es el número más bello del universo.

Las risas cesaron de pronto, y Stettner no pudo ocultar su regocijo.

Mientras preparaba el proyector, Langdon explicó que el número phi derivaba de la secuencia de Fibonacci, una progresión famosa no sólo porque la suma de las dos cifras precedentes daba como resultado el número siguiente, sino también porque el cociente de dos cifras precedentes poseía la asombrosa propiedad de aproximarse a 1,618, es decir, phi.

Pese a sus orígenes aparentemente místicos y matemáticos, explicó, lo verdaderamente alucinante de phi era el papel estelar que desempeñaba en la naturaleza. Las dimensiones de plantas, animales e incluso seres humanos se ajustaban con inquietante exactitud a la razón de phi a 1.

—Es evidente que la omnipresencia de phi en la naturaleza —continuó Langdon mientras apagaba las luces— va más allá de la mera casualidad, de modo que los antiguos creían que este número debía de haber sido establecido por el Creador del universo. Los primeros científicos llamaron a este número la «divina proporción».

—Pero yo estudio biología y nunca he visto esa divina proporción en la naturaleza —objetó una joven de la primera fila.

—¿Ah, no? —Langdon sonrió—. ¿Ha estudiado la relación entre las abejas macho y hembra en una colmena?

—Claro. El número de hembras siempre es superior al de machos.

—Exacto. ¿Y sabía que si divide el número de hembras entre el de machos de cualquier colmena del mundo siempre se obtiene el mismo número?

—¿Ah, sí?

—Ajá: phi.

La chica se quedó boquiabierta.

—No puede ser.

—Pues sí —aseveró Langdon, y sonrió al tiempo que proyectaba la diapositiva de la concha de un molusco—. ¿Sabe qué es esto?

—Un nautilo —respondió la estudiante—. Un cefalópodo que llena de gas las cámaras interiores del caparazón para controlar la flotabilidad.

—Exacto. Y ¿a que no adivina cuál es la proporción existente entre el diámetro de cada espiral y el siguiente?

La muchacha pareció vacilar mientras contemplaba los arcos concéntricos de la espiral del molusco.

El profesor asintió.

—Phi. La divina proporción. Uno coma seiscientos dieciocho a uno.

La estudiante estaba pasmada.

Langdon mostró la siguiente diapositiva, un primer plano de la cabeza de un girasol.

—Las semillas del girasol se distribuyen en espirales que giran en distinto sentido. ¿A que no adivinan cuál es la proporción existente entre los diámetros?

—¿Phi? —dijeron todos.

—Bingo.

Langdon inició un bombardeo de diapositivas —piñas de pino dibujando espirales, hojas distribuidas en tallos, anillos de insectos—; todas ellas acataban sin rechistar la divina proporción.

—Es increíble —observó alguien.

—Ya —apuntó alguien más—, pero ¿qué tiene que ver con el arte?

—¡Ajá! —repuso Langdon—. Me alegro de que lo pregunte. —Proyectó otra diapositiva, un pergamino amarillento en el que se veía el famoso varón desnudo de Leonardo da Vinci, *El hombre de Vitrubio*, llamado así en honor a Marco Vitrubio, el brillante arquitecto romano que ensalzó la divina proporción en su obra *De architectura*—. Nadie comprendió mejor que Da Vinci la estructura divina del cuerpo humano. De hecho, Da Vinci exhumaba cadáveres para medir las proporciones exactas de su estructura ósea. Él fue el primero en demostrar que el cuerpo humano está compuesto literalmente por elementos cuyas proporciones siempre equivalen a phi.

La clase al completo lo miró con reservas.

—¿No me creen? —los desafió él—. La próxima vez que se duchen, lleven consigo una cinta métrica.

Un par de jugadores de fútbol soltaron una risita.

—No sólo los musculitos inseguros —espetó Langdon—, todos ustedes. Chicos y chicas. Hagan la prueba. Midan la distancia que hay desde la parte más alta de su cabeza hasta el suelo y dívidanla entre la distancia que hay del ombligo al suelo. Adivinen qué número se obtiene.

—No puede ser —soltó uno de los deportistas con incredulidad.

—Pues sí, phi —respondió Langdon—. Uno coma seis, uno, ocho. ¿Quieren otro ejemplo? Midan la distancia que hay del hombro a la punta de los dedos y dívidanla entre la que hay del codo a la punta de los dedos. Nuevamente phi. ¿Otro? La de la cadera al suelo dividida entre la de la rodilla al suelo. Phi. Las falanges de los dedos de las manos y los pies, las divisiones de la columna vertebral. Phi, phi y phi. Amigos míos, cada uno de ustedes es un tributo andante a la divina proporción.

Incluso en la oscuridad, Langdon vio que todos estaban estupefactos, y lo invadió una reconfortante sensación. Ésa era la razón de que se dedicara a la enseñanza.

—Amigos míos, como pueden ver, en el caos del mundo subyace el orden. Cuando los antiguos descubrieron phi, estuvieron seguros de que se habían topado con la medida con la que Dios había creado el mundo, y de ahí se derivó su adoración a la naturaleza. Y no es muy difícil entender la razón. La mano de Dios es evidente en la naturaleza e incluso a día de hoy hay religiones paganas que idolatran a la madre tierra. Muchos de nosotros festejamos la naturaleza al igual que hacían los paganos y ni siquiera lo sabemos. El primero de mayo es un ejemplo perfecto, la celebración de la primavera..., la tierra que vuelve a la vida para dar frutos. El misterioso componente mágico inherente a la divina proporción se escribió en el principio de los tiempos. El hombre se limita a seguir las leyes de la naturaleza, y dado que el arte es el intento del hombre de imitar la belleza de la mano del Creador, ya se imaginarán que es posible que este semestre veamos un montón de ejemplos de la divina proporción en el arte.

A lo largo de la media hora siguiente, Langdon proyectó diapositivas de obras de arte de Miguel Ángel, Alberto Durero, Leonardo da Vinci y muchos otros, y demostró la adherencia, intencional y rigurosa, de cada uno de los artistas a la divina proporción en sus composiciones. El profesor les descubrió a phi en las dimensiones del Partenón griego, las pirámides de Egipto e incluso el edificio de las Naciones Unidas de Nueva York. Phi aparecía en las estructuras organizativas de las sonatas de Mozart, en la *Quinta sinfonía* de Beethoven y en obras de Bartók, Debussy y Schubert. El número phi, les contó Langdon, incluso fue utilizado por Stradivarius para calcular la posición exacta de las efes en sus famosos violines.

—Para concluir —dijo, al tiempo que se acercaba a la pizarra—, volveremos a los símbolos. —Dibujó cinco líneas que se entrecruzaban formando una estrella de cinco puntas—. Este símbolo es una de las imágenes más poderosas que verán este semestre. Conocido formalmente como «pentagrama» (o «pentáculo», como lo llamaban los antiguos), son numerosas las culturas que consideran este símbolo divino y mágico a la vez. ¿Alguien puede decirme a qué podría deberse?

Stettner, el estudiante de matemáticas, levantó la mano.

—Porque si dibuja un pentagrama, las líneas se dividen automáticamente en segmentos que guardan la divina proporción.

Langdon asintió orgulloso con la cabeza.

—Muy bien. Sí, la proporción existente entre todos los segmentos de un pentáculo es equivalente a phi, con lo cual este símbolo pasa a ser la expresión por antonomasia de la divina proporción. Por este motivo, la estrella de cinco puntas siempre ha simbolizado la belleza y la perfección asociadas a las diosas y las deidades femeninas.

Las alumnas esbozaron una sonrisa radiante.

—Una puntualización. Hoy sólo hemos tocado de pasada a Da Vinci, pero lo trataremos en profundidad este semestre. Leonardo era un adepto bien informado de todo lo relacionado con las deidades femeninas. Mañana les enseñaré *La última cena*, un fresco que constituye uno de los homenajes mayores y más asombrosos a la deidad femenina.

—Es broma, ¿no? —observó alguien—. Yo creía que el protagonista de *La última cena* era Jesús.

Langdon guiñó un ojo.

—Hay símbolos ocultos en lugares que uno ni siquiera imaginaría.

—Vamos —susurró Sophie—. ¿Qué ocurre? Ya casi hemos llegado. Dese prisa.

Langdon alzó la cabeza y volvió al presente. Cayó en la cuenta de que estaba parado en mitad de la escalera, paralizado por una revelación repentina.

«Diavoli en Dracon, lis anómala.»

Sophie lo miraba.

«No puede ser tan simple», pensó él.

Y, sin embargo, sabía que lo era.

Allí, en las entrañas del Louvre, con imágenes de phi y Da Vinci revoloteando en su cabeza, Robert Langdon acababa de descifrar, súbita e inesperadamente, el código de Saunière.

—«Diavoli en Dracon, lis anómala» —dijo—. Es un código de lo más sencillo.

Sophie se había detenido más abajo y lo miraba confusa. «¿Un código?» Ella había estado dando vueltas a las palabras toda la noche y no había visto ningún código. Y menos aún uno sencillo.

—Usted misma lo dijo. —La voz de Langdon sonó entusiasmada—. La secuencia de Fibonacci sólo tiene sentido en el debido orden; de lo contrario, es un galimatías matemático.

Sophie no sabía de qué estaba hablando. «¿La secuencia de Fibonacci?» Estaba segura de que con esos números su abuelo únicamente pretendía involucrar esa noche a la sección de Criptografía. «¿Tienen otra finalidad?» Se metió la mano en el bolsillo y, tras sacar la página impresa, volvió a estudiar el mensaje de su abuelo.

13-3-2-21-1-1-8-5
Diavoli en Dracon,
lis anómala

«¿Qué pasa con los números?»

—La secuencia de Fibonacci es una pista —aseguró Langdon, arrebatándole la hoja—. Los números nos indican cómo descifrar el resto del mensaje. Su abuelo escribió la secuencia desordenada para decirnos que apliquemos esa misma idea al texto. ¿«Diavoli en Dracon»? ¿«Lis anómala»? Esas locuciones carecen de sentido, no son más que letras desordenadas.

Sophie sólo tardó un instante en asimilar lo que quería decir Langdon, que de tan sencillo parecía ridículo.

—¿Cree que el mensaje es... *une anagramme*? —Lo miró fijamente—. ¿Como esos pasatiempos de los periódicos?

Langdon vio que la joven parecía escéptica, cosa comprensible. Pocas personas eran conscientes de que los anagramas, a pesar de ser un trillado pasatiempo moderno, poseían una rica historia de simbolismo sagrado.

Las enseñanzas místicas de la Cábala recurrían en gran medida a los anagramas, reorganizando los caracteres de palabras hebreas para obtener nuevos significados. Durante el Renacimiento, los monarcas franceses estaban tan convencidos de que los anagramas tenían poderes mágicos, que nombraban a reales expertos en la materia para que los ayudasen a tomar decisiones más acertadas mediante el análisis de palabras en documentos importantes. De hecho, los romanos llamaban *ars magna* —arte mayor— al estudio de los anagramas.

Langdon miró a Sophie a los ojos.

—Durante todo este tiempo hemos tenido delante lo que quería decirnos su abuelo, y para ello nos ha dejado pistas más que suficientes.

Sin decir más, sacó una pluma del bolsillo de su chaqueta y reorganizó las letras de las dos líneas.

Diavoli en Dracon,
lis anómala

eran sendos anagramas perfectos:

Leonardo da Vinci
La *Mona Lisa*

CAPÍTULO 21

«La *Mona Lisa*.»

Durante un instante, parados allí, en mitad de la escalera, a Sophie se le olvidó que debían intentar salir del museo.

La sorpresa ocasionada por el anagrama sólo era equiparable a la vergüenza que sentía por no haber descifrado ella misma el mensaje. Su experiencia con complejos análisis criptográficos había hecho que pasara por alto los sencillos juegos de palabras y, sin embargo, sabía que debería haberlo visto. Después de todo, los anagramas no le eran ajenos, y menos en inglés.

Cuando era pequeña, su abuelo solía utilizarlos para que puliera su ortografía en ese idioma. En una ocasión escribió en inglés la palabra «planetas», «*planets*», y le dijo a Sophie que con esas mismas letras podían formarse nada menos que noventa y dos palabras de distinta longitud. Ella se pasó tres días consultando un diccionario de inglés hasta dar con todas.

—No acierto a imaginar cómo pudo idear su abuelo un anagrama tan complicado minutos antes de morir —comentó Langdon mientras observaba la hoja.

Sophie sabía cuál era la explicación, y eso la hizo sentir aún peor. «Debería haberlo visto.» Recordó que, de joven, su abuelo —aficionado a los juegos de palabras y amante del arte— se entretenía formando anagramas con famosas obras de arte. A decir verdad, uno de ellos hizo que se metiera en un lío cuando Sophie era pequeña. En una entrevista que concedió a una revista de arte norteamericana, Saunière manifestó su aversión al movimiento cubista afirmando que la obra maestra de Picasso, *Las señoritas de Aviñón*, era un anagrama perfecto de «Vi interesado las ñoñas». A los seguidores de Picasso no les hizo mucha gracia.

—Es probable que a mi abuelo se le ocurriera el anagrama de la *Mona Lisa* hace tiempo —aventuró Sophie mientras miraba a Langdon.

«Y esta noche se ha visto obligado a utilizarlo a modo de código improvisado.» La voz de su abuelo gritaba desde el más allá con escalofriante precisión.

«Leonardo da Vinci.»

«La *Mona Lisa*.»

Sophie no sabía por qué las últimas palabras que le dedicaba su abuelo hacían referencia al famoso cuadro, pero sólo se le ocurría una posibilidad. Inquietante.

«Ésas no fueron sus últimas palabras...»

¿Tendría que ir a ver la *Mona Lisa*? ¿Le habría dejado su abuelo un mensaje allí? La idea parecía absolutamente plausible. Después de todo, el famoso cuadro se exhibía en la salle des États, un recinto privado accesible únicamente desde la Gran Galería. A decir verdad, ahora que lo pensaba, las puertas de dicha sala se hallaban a tan sólo veinte metros de donde habían encontrado muerto a su abuelo.

«Podría haber ido a ver el cuadro fácilmente antes de morir.»

Sophie miró hacia la escalera y no supo qué hacer. Era consciente de que debía sacar a Langdon del museo cuanto antes, y, sin embargo, su instinto la conminaba a hacer lo contrario. Al recordar la primera vez que acudió al Denon, de pequeña, cayó en la cuenta de que, si su abuelo quería desvelarle un secreto, pocos lugares en el mundo resultaban más apropiados para la cita que junto al lienzo de Da Vinci.

—Ya falta poco —musitó su abuelo, que llevaba de la diminuta mano a Sophie mientras la conducía por el desierto museo fuera del horario de visitas.

La niña tenía seis años y se sentía pequeña e insignificante al mirar los altísimos techos y el mareante suelo. El museo vacío la asustaba, aunque no estaba dispuesta a admitirlo ante su abuelo. Apretó la mandíbula con fuerza y se soltó.

—Ahí delante está la salle des États —informó Saunière a medida que se aproximaban a la sala más famosa del Louvre.

A pesar del evidente entusiasmo que mostraba su abuelo, Sophie quería irse a casa. Había visto fotografías de la *Mona Lisa* en libros y no le gustaba nada. No podía entender a qué venía tanto interés.

—*C'est ennuyeux* —rezongó.

—Aburrida —corrigió su abuelo—. El francés en el colegio y el inglés en casa.

—*Le Louvre, ce n'est pas chez moi* —objetó ella.

Su abuelo rio con cansancio.

—Muy cierto. Entonces hablemos en inglés sólo para divertirnos.

Sophie hizo un mohín y siguió caminando. Cuando entraron en la salle des États, sus ojos escudriñaron la angosta sala y se detuvieron en el evidente lugar de honor: el centro de la pared derecha, donde un único retrato colgaba tras un cristal blindado. Su abuelo se detuvo junto a la puerta y le señaló el cuadro.

—Adelante, Sophie. No son muchos los que pueden verla a solas.

Desterrando el miedo, la niña avanzó despacio por la habitación. Después de todo lo que había oído de la *Mona Lisa*, era como si se acercara a un miembro de la realeza. Una vez delante del cristal protector, contuvo la respiración y levantó la cabeza para contemplar el cuadro.

No estaba segura de lo que esperaba sentir, pero sin duda no fue aquello. Ni pizca de asombro, ni el más mínimo pasmo. El famoso rostro era tal y como aparecía en los libros. Permaneció en silencio lo que le pareció una eternidad, esperando a que pasara algo.

—¿Y bien? ¿Qué opinas? —musitó su abuelo cuando se unió a ella—. Guapa, ¿no?

—Es demasiado pequeña.

Saunière sonrió.

—Tú eres pequeña y guapa.

«Yo no soy guapa», pensó ella. Sophie odiaba su cabello pelirrojo y sus pecas, y era más alta que todos los chicos de su clase. Volvió a mirar el cuadro y sacudió la cabeza.

—Es incluso peor que en los libros. Tiene la cara... *brumeuse*.

—Borrosa —insistió su abuelo.

—Borrosa —repitió ella, a sabiendas de que la conversación no continuaría hasta que ella hubiese repetido la nueva palabra.

—Ese estilo pictórico se llama *sfumato* —le dijo él—, y es muy complicado. Leonardo da Vinci lo dominaba mejor que nadie.

A Sophie seguía sin gustarle el cuadro.

—Es como si supiera algo..., como cuando los niños del colegio tienen un secreto.

Su abuelo rompió a reír.

—Ése es en parte el motivo de que sea tan famosa. A la gente le gusta intentar adivinar por qué sonríe.

—¿Tú sabes por qué sonríe?

—Es posible. —Su abuelo le guiñó un ojo—. Ya te lo contaré algún día.

Sophie estampó un pie contra el suelo.

—Ya te he dicho que no me gustan los secretos.

—Princesa —sonrió él—, la vida está llena de secretos. Es imposible conocerlos todos.

—Voy a subir —afirmó Sophie, la voz resonando en la escalera.

—¿A ver la *Mona Lisa*? —Langdon reculó—. ¿Ahora?

Ella sopesó los riesgos.

—Yo no soy sospechosa de asesinato, me arriesgaré. Tengo que averiguar qué intentaba decirme mi abuelo.

—¿Qué hay de la embajada?

Sophie se sentía culpable por haber hecho de Langdon un fugitivo para luego abandonarlo a su suerte, pero no veía otra alternativa. Al fondo de la escalera, señaló una puerta metálica.

—Salga por ahí y siga los letreros iluminados. Mi abuelo solía traerme aquí. Los letreros lo llevarán hasta un torniquete de seguridad que sólo se abre hacia fuera. —Le dio las llaves de su coche—. Es un Smart rojo, en el aparcamiento para empleados. Nada más salir. ¿Sabe llegar a la embajada?

Él asintió mientras miraba las llaves.

—Escuche —añadió ella, dulcificando su actitud—, creo que mi abuelo podría haberme dejado un mensaje en la *Mona Lisa*, alguna pista que lleve hasta su asesino o que me diga por qué me encuentro en peligro. —«O qué le sucedió a mi familia»—. Tengo que ir a echar un vistazo.

—Pero si quería decirle por qué estaba usted en peligro, ¿por qué no lo escribió sin más en el suelo, donde murió? ¿Por qué ese complicado juego de palabras?

—Sea lo que fuere lo que intentaba decirme mi abuelo, no creo que quisiera que lo supiese nadie más. Ni siquiera la policía. —Era evidente que su abuelo había hecho lo imposible para enviarle un mensaje confidencial a ella. Lo había cifrado e incluido sus iniciales secretas y le había pedido que diera con Robert Langdon, una petición sensata, teniendo en cuenta que ese estadounidense experto en simbología había descifrado el mensaje—. Por extraño que pueda parecer —añadió ella—, creo que quiere que vaya a ver la *Mona Lisa* antes que nadie.

—Iré con usted.

—¡No! No sabemos cuánto tiempo estará desierta la Gran Galería. Tiene que marcharse.

Langdon parecía vacilar, como si su propia curiosidad intelectual amenazase con imponerse al sentido común y empujarlo hacia Fache.

—Váyase ya. —Sophie le dedicó una sonrisa de agradecimiento—. Lo veré en la embajada, señor Langdon.

Él parecía contrariado.

—Me reuniré allí con usted con una condición —repuso con gravedad.

—¿Cuál? —inquirió ella asustada.

—Que deje de llamarme «señor Langdon».

Sophie reparó en que a los labios de él afloraba una leve sonrisa y se sorprendió sonriendo a su vez.

—Buena suerte, Robert.

Cuando llegó al final de la escalera, a Langdon lo asaltó el inconfundible olor a aceite de linaza y polvillo de yeso. Delante había un letrero iluminado —*Sortie/Exit*—, con una flecha que señalaba un largo pasillo.

Langdon salió al corredor.

A su derecha se abría un tenebroso estudio de restauración desde el que acechaba un ejército de esculturas en distintos estados de reparación. A la izquierda vio una serie de estudios que se asemejaban a las aulas de bellas artes de Harvard: hileras de caballetes, cuadros, paletas, herramientas para enmarcar; una cadena de montaje de obras de arte.

Mientras caminaba por el pasillo se preguntó si de un momento a otro no se despertaría sobresaltado en su cama de Cambridge. La noche entera había sido como un extraño sueño. «Estoy a punto de salir del Louvre... como un fugitivo.»

Aún daba vueltas al inteligente anagrama de Saunière, y se preguntó qué encontraría Sophie en la *Mona Lisa*, si es que encontraba algo. La chica parecía estar segura de que su abuelo quería que fuera a ver el famoso cuadro una vez más. Por plausible que pudiese parecer dicha interpretación, a Langdon lo atormentaba una inquietante paradoja.

«P. S. Encontrar a Robert Langdon.»

Saunière había escrito su nombre en el suelo para que Sophie diera con él. Pero ¿por qué? ¿Tan sólo para que la ayudase a resolver un anagrama?

Se le antojaba poco probable.

Después de todo, el anciano no tenía ningún motivo para pensar que a Langdon se le dieran especialmente bien los anagramas. «Si ni siquiera nos conocíamos.» Y, lo que era más importante, la propia Sophie había manifestado que debería haber resuelto el anagrama ella sola. Había sido ella quien había visto la secuencia de Fibonacci, y no cabía la menor duda de que con un poco más de tiempo habría descifrado el mensaje sin ayuda de Langdon.

«Se suponía que Sophie debía resolver el anagrama sola.» De pronto estaba más seguro a ese respecto y, sin embargo, la conclusión abría una enorme brecha en la lógica de las acciones de Saunière.

«¿Por qué yo —se preguntó Langdon mientras enfilaba el pasillo—. ¿Por qué el último deseo de Saunière fue que su nieta, de la que se había distanciado, me localizara? ¿Qué es lo que Saunière creía que sé?»

Sobresaltado, se detuvo en seco. Con los ojos muy abiertos, se metió la mano en el bolsillo y sacó la página impresa. A continuación clavó la vista en la última línea del mensaje del conservador.

«P. S. Encontrar a Robert Langdon.»

Centró la atención en dos letras.

«P. S.»

En ese preciso instante sintió que empezaba a comprender la desconcertante mezcla de simbolismo que había empleado Saunière. Ahora, con cierto retraso, recogía los frutos de toda una carrera consagrada a la simbología y la historia. Todo cuanto Jacques Saunière había hecho esa noche tenía sentido.

Langdon se estrujaba el cerebro tratando de calibrar las consecuencias que acarreaba todo aquello. A continuación, giró sobre sus talones y miró en la dirección por la que había llegado.

«¿Tendré tiempo?»

Sabía que eso era lo de menos.

Sin vacilar, echó a correr hacia la escalera.

CAPÍTULO 22

De rodillas en el primer banco, Silas fingía rezar mientras escudriñaba la disposición de la iglesia. La planta de Saint-Sulpice, al igual que la de la mayoría de las iglesias, tenía forma de gigantesca cruz latina. La alargada sección central —la nave— conducía directamente al altar mayor, donde era atravesada por un tramo más corto, conocido como «transepto». La intersección de la nave y el transepto se hallaba justo debajo de la cúpula principal, un lugar que era considerado el corazón del templo, el punto más sagrado y místico.

«No así esta noche —pensó Silas—. Saint-Sulpice oculta sus secretos en otra parte.»

Tras volver la cabeza a la derecha echó un vistazo al transepto sur, hacia el espacio que se abría allí donde finalizaban los bancos, hacia el objeto que le habían descrito sus víctimas.

«Ahí está.»

Incrustada en suelo de granito gris se veía una fina franja de latón bruñido, una línea dorada que recorría la piedra de la iglesia. Dicha línea presentaba marcas graduadas, como las de una regla. A Silas le habían contado que se trataba de un gnomon, un instrumento astronómico pagano similar a un reloj de sol. Turistas, científicos, historiadores e infieles del mundo entero acudían a Saint-Sulpice a contemplar la famosa línea.

«La línea de la rosa.»

Lentamente dejó que sus ojos recorrieran la franja de latón, que discurría de derecha a izquierda, dibujando un extraño ángulo frente a él y rompiendo por completo la simetría de la iglesia. Partiendo en dos el propio altar mayor, a Silas la línea le parecía un tajo en una cara bonita. La tira dividía el comulgatorio y luego cruzaba la iglesia entera a lo ancho para acabar en un rincón del transepto norte, en la base de una estructura absolutamente inesperada.

Un colosal obelisco egipcio.

Allí, la resplandeciente línea de la rosa describía un giro vertical de noventa grados y subía por la superficie del obelisco, alzándose unos diez metros hasta la punta del vértice de la pirámide, donde finalmente moría.

«La línea de la rosa —pensó Silas—. La hermandad escondió la clave en la línea de la rosa.»

Esa misma noche, cuando Silas le había dicho al Maestro que la clave del priorato se encontraba en Saint-Sulpice, éste no le había ocultado su escepticismo. Sin embargo, cuando Silas añadió que todos los hermanos le habían proporcionado una ubicación precisa, con relación a una línea de latón que atravesaba la iglesia, el Maestro profirió un grito ahogado.

—Me estás hablando de la línea de la rosa.

El Maestro se apresuró a poner al corriente a Silas de la famosa particularidad arquitectónica de Saint-Sulpice: una tira de latón que dividía el templo en un perfecto eje norte-sur. Se trataba de una especie de antiguo reloj de sol, un vestigio del templo pagano que en su día se alzó en ese mismo lugar. Los rayos del sol, que entraban por el rosetón del muro meridional, recorrían la línea a diario, indicando el paso del tiempo, de solsticio a solsticio.

A esa franja norte-sur se la conocía como «línea de la rosa». Durante siglos el símbolo de la rosa se había asociado a los mapas y al hecho de mostrar el camino. La rosa de los vientos —que figuraba en casi todos los mapas— señalaba el norte, el este, el sur y el oeste. Llamada también «rosa náutica», indicaba los treinta y dos rumbos o vientos en que se divide el horizonte: ocho enteros, ocho medios y dieciséis cuartas. Si se insertaban en un círculo, las treinta y dos puntas de la estrella se asemejaban a una rosa de treinta y dos pétalos. A día de hoy, a esta herramienta esencial para la navegación aún se la conoce por esos nombres, y en ella el norte todavía sigue señalándolo una punta de flecha o, con mayor frecuencia, el símbolo de la flor de lis.

En un globo terráqueo, la línea de la rosa —asimismo denominada «meridiano» o «longitud»— era cualquier línea imaginaria trazada desde el polo norte hasta el polo sur. Como es natural, existía un número infinito de líneas de la rosa, dado que por cada punto del globo podía trazarse una longitud que conectara los polos norte y sur. Para los primeros navegantes la cuestión sería a cuál de esas líneas llamar «*la* línea de la rosa» —el meridiano cero—, la línea a partir de la cual se midieran las demás longitudes de la Tierra.

En la actualidad dicha línea se hallaba en Greenwich, Inglaterra.

Pero no siempre había sido así.

Mucho antes de que Greenwich se convirtiese en el meridiano cero, la longitud cero pasaba por París, exactamente por la iglesia de Saint-Sulpice. La tira de latón de dicha iglesia servía para recordar cuál había sido el primer meridiano cero del mundo, y aunque Greenwich le había arrebatado el honor a París en 1888, la línea de la rosa original todavía podía verse en la actualidad.

—De manera que la leyenda es cierta —le dijo el Maestro a Silas—. Corría el rumor de que la clave del priorato se hallaba «bajo el signo de la rosa».

Ahora, todavía arrodillado en el banco, Silas observaba la iglesia y aguzaba el oído para cerciorarse de que no había nadie allí. Por un instante creyó oír algo en la galería del coro. Volvió la cabeza y alzó la vista unos segundos. Nada.

«Estoy solo.»

Una vez de pie, se situó de cara al altar e hizo tres genuflexiones. Después giró hacia la izquierda y siguió la línea de latón en dirección norte, directo al obelisco.

En ese preciso instante, en el aeropuerto internacional Leonardo da Vinci, en Roma, la sacudida del avión al tocar la pista de aterrizaje arrancó al obispo Aringarosa de su sueño.

«Me he quedado traspuesto», pensó, y le impresionó haber estado lo bastante relajado para dormir.

«*Benvenuti a Roma*», anunció una voz.

Aringarosa se incorporó, se alisó la negra sotana y se permitió esbozar una sonrisa, algo poco habitual en él. Se alegraba de hacer ese viaje. «Llevo demasiado tiempo a la defensiva.» Esa noche, sin embargo, las reglas habían cambiado. Hacía tan sólo cinco meses el obispo había temido por el futuro de la fe. Ahora, como por voluntad de Dios, la solución había aparecido sola.

«Intervención divina.»

Si esa noche todo salía según lo previsto en París, Aringarosa no tardaría en estar en posesión de algo que lo convertiría en el hombre más poderoso de toda la cristiandad.

CAPÍTULO 23

Sophie llegó sin aliento a las grandes puertas de madera de la salle des États, la galería que albergaba la *Mona Lisa*. Antes de entrar miró sin querer al pasillo, unos veinte metros más allá, hasta el punto donde aún yacía el cuerpo de su abuelo bajo el foco.

De pronto sintió fuertes remordimientos, una repentina tristeza no exenta de culpa. El hombre le había tendido la mano numerosas veces a lo largo de los diez últimos años y, sin embargo, ella se había mantenido inflexible, dejando sin abrir sus cartas y sus paquetes en un cajón y rechazando sus tentativas de verla. «Me mintió. Guardaba terribles secretos. ¿Qué podía hacer yo?» De manera que lo apartó de su vida. Por completo.

Ahora su abuelo había muerto y le hablaba desde la tumba.

«La *Mona Lisa*.»

Extendió el brazo y empujó las enormes puertas de madera, que cedieron y se abrieron. Sophie permaneció en el umbral un instante, escrutando la gran sala rectangular, que también estaba bañada en una tenue luz roja. La salle des États era uno de los pocos callejones sin salida habituales del museo, y la única estancia que se abría en el centro de la Gran Galería. Esas puertas, el único acceso a la sala, se hallaban frente a un imponente Botticelli de casi cinco metros. Debajo, centrado en el suelo de parqué, un inmenso asiento octogonal destinado a contemplar la obra maestra permitía un merecido descanso a miles de visitantes mientras admiraban el tesoro más valioso del Louvre.

Sin embargo, antes incluso de entrar, Sophie cayó en la cuenta de que le faltaba algo. «Una luz negra.» Miró a lo lejos, hacia el lugar donde su abuelo yacía bajo la luz, rodeado de aparatos electrónicos. Si había escrito algo allí, casi con toda seguridad habría utilizado el rotulador invisible.

Tras respirar profundamente, Sophie fue corriendo hasta la iluminada escena del crimen. Incapaz de mirar a su abuelo, se centró únicamente en las herramientas de la UCICT. Encontró una pequeña linterna de luz ultravioleta, que se metió en el bolsillo del jersey, y regresó a toda prisa a las puertas de la salle des États.

Dobló la esquina y cruzó el umbral, pero al hacerlo percibió el inesperado sonido de unos pasos amortiguados que se dirigían hacia ella desde el interior de la sala. «¡Ahí dentro hay alguien!» De pronto, una figura espectral cobró forma en la bruma rojiza. Sophie retrocedió.

—Menos mal. —El bronco susurro de Langdon hendió el aire cuando su silueta se detuvo delante de ella.

El alivio que sintió la joven tan sólo fue momentáneo.

—Robert, te dije que salieras de aquí. Si Fache...

—¿Dónde estabas?

—Fui a buscar una linterna —musitó al tiempo que se la enseñaba—. Si mi abuelo me dejó un mensaje...

—Sophie, escucha. —Langdon contuvo la respiración mientras sus ojos la miraban fijamente—. Las letras P. S., ¿te dicen alguna otra cosa? ¿Lo que sea?

Temerosa de que sus voces pudieran resonar en el pasillo, Sophie metió a Langdon en la sala y después cerró las enormes puertas sin hacer ruido.

—Ya te dije que son las iniciales de *Princesse Sophie*.

—Lo sé, pero ¿alguna vez las has visto en alguna otra parte?

155

¿Alguna vez las empleó de otra forma tu abuelo? ¿A modo de monograma, o en papel timbrado o en algún objeto personal?

La pregunta la asustó. «¿Cómo iba a saber eso Robert?» Sí, Sophie había visto las iniciales P. S. una vez, en una especie de monograma. Fue la víspera de su noveno cumpleaños. Estaba peinando la casa con sigilo, en busca de regalos escondidos. Ni siquiera entonces podía soportar que le ocultaran secretos. «¿Qué me habrá comprado *grand-père* este año?» Buscó en armarios y cajones. «¿Me habrá comprado la muñeca que quería? ¿Dónde la habrá escondido?»

Al no encontrar nada en la casa, Sophie reunió el valor necesario para curiosear en el dormitorio de su abuelo, una habitación que le estaba prohibida. Pero su abuelo dormitaba abajo, en el sofá.

«Sólo echaré un vistazo.»

Tras cruzar de puntillas un suelo de madera que crujía, la niña abrió el armario y miró en los estantes, tras la ropa. Nada. Después, bajo la cama. Nada. Luego probó suerte con el secreter, donde abrió los cajones uno por uno y fue rebuscando cuidadosamente. «Tiene que haber algo para mí.» Cuando llegó al cajón inferior, aún no había encontrado ni rastro de la muñeca. Abatida, abrió el último cajón y apartó unas prendas negras que nunca había visto llevar a su abuelo. Estaba a punto de cerrarlo cuando sus ojos vislumbraron algo dorado al fondo. Parecía una leontina, pero ella sabía que su abuelo no la utilizaba. El corazón amenazó con salírsele del pecho al caer en la cuenta de lo que debía de ser.

«¡Un collar!»

Sacó la cadena con cautela. Para su sorpresa, en un extremo brillaba una llave dorada, pesada y reluciente. La sostuvo en alto embelesada. No se parecía a ninguna otra llave que hubiera visto. La mayoría eran planas y dentadas, pero ésa era triangular y estaba salpicada de pequeños orificios. La gran cabeza dorada tenía forma de cruz, pero no de una cruz normal: en ese caso, los brazos eran del mismo tamaño, como un signo más. En medio de la cruz se veía un extraño símbolo: dos letras entrelazadas en una especie de motivo floral.

—P. S. —musitó ella; frunció el ceño mientras las leía. «¿Qué será esto?»

—¿Sophie? —la llamó su abuelo desde la puerta.

Asustada, dio media vuelta y la llave cayó ruidosamente al suelo. La pequeña clavó la vista en ella, temerosa de mirar a su abuelo.

—Estaba..., buscaba mi regalo de cumpleaños —arguyó con la cabeza gacha, a sabiendas de que había traicionado la confianza de su abuelo.

Durante lo que se le antojó una eternidad, éste permaneció en silencio en la puerta. Al cabo exhaló un largo suspiro de preocupación.

—Coge la llave, Sophie.

Ella obedeció, y su abuelo entró en la habitación.

—Sophie, tienes que respetar la intimidad de los demás. —Se arrodilló despacio y recuperó la llave—. Esta llave es muy especial. Si la hubieses perdido...

La voz queda de su abuelo hizo que la pequeña se sintiera aún peor.

—Lo siento, *grand-père*, de veras. —Hizo una pausa—. Creí que era un collar por mi cumpleaños.

Él la miró unos segundos.

—Te lo voy a decir otra vez, Sophie, porque es importante: has de aprender a respetar la intimidad de los demás.

—Sí, *grand-père*.

—Ya hablaremos de esto en otro momento. Ahora hay que quitar las hierbas del jardín.

Sophie salió corriendo para cumplir con su obligación.

A la mañana siguiente no recibió ningún regalo de cumpleaños de parte de su abuelo. Tampoco era que lo esperara, no después de lo que había hecho. Pero él ni siquiera la felicitó en todo el día. Esa noche subió a acostarse entristecida. Sin embargo, al ir a meterse en la cama descubrió una tarjeta sobre la almohada. En ella había un sencillo acertijo. Antes incluso de resolverlo, ya sonreía. «Ya sé lo que es.» Su abuelo le había hecho eso mismo las pasadas Navidades.

«La búsqueda del tesoro.»

Nerviosa, se volcó en el acertijo hasta resolverlo. La solución la llevó hasta otra parte de la casa, donde encontró otra tarjeta y otra adivinanza, que también resolvió y la condujo hasta la siguiente tarjeta. Corriendo sin parar de un lado a otro de la casa, saltando de pista en pista, finalmente dio con la clave que la llevó de vuelta a su habitación. Subió la escalera a toda velocidad, entró en su cuarto como un huracán y se detuvo en seco. Allí, en medio de la estancia, había una reluciente bicicleta roja con un lazo anudado al manillar. Sophie dio un grito de alegría.

—Sé que querías una muñeca —explicó su abuelo, que sonreía desde un rincón—, pero creí que esto sería mejor aún.

Al día siguiente su abuelo le enseñó a montar en ella, corriendo a su lado por el camino de entrada a la casa. Cuando Sophie se metió en el denso césped y perdió el equilibrio, ambos cayeron al suelo, donde rodaron entre risas.

—*Grand-père* —dijo la niña abrazada a él—, siento mucho lo de la llave.

—Lo sé, cariño. Estás perdonada. No puedo enfadarme contigo. Los abuelos y las nietas siempre se perdonan.

Sophie sabía que no debía preguntar, pero no pudo evitarlo.

—¿De dónde es? Nunca he visto una llave así. Era muy bonita.

—De una caja —repuso él—. Donde guardo muchos secretos.

Ella hizo un mohín.

—Odio los secretos.

—Lo sé, pero éstos son secretos importantes. Y algún día aprenderás a apreciarlos tanto como yo.

—Vi las letras de la llave, y una flor.

—Sí, se trata de mi flor preferida, la flor de lis. Las tenemos en el jardín, son blancas; también las llamamos «lirios».

—¡Ésas sí sé cuáles son! También son mis preferidas.

—En tal caso haré un trato contigo. —Su abuelo enarcó las cejas como siempre hacía cuando estaba a punto de plantearle un reto—. Si me guardas el secreto de la llave y no vuelves a hablar de ella, ni conmigo ni con nadie, algún día te la daré.

Sophie no podía creer lo que estaba oyendo.

—¿Me la darás?

—Te lo prometo. Cuando llegue el momento, la llave será tuya. Lleva tu nombre.

Sophie lo miró ceñuda.

—No es verdad. Pone P. S., y yo no me llamo P. S.

Su abuelo bajó la voz y miró en derredor para asegurarse de que nadie lo oía.

—Muy bien, Sophie, te lo diré: P. S. es una clave, tus iniciales secretas.

La pequeña abrió mucho los ojos.

—¿Tengo iniciales secretas?

—Claro. Las nietas siempre tienen iniciales secretas que sólo conocen sus abuelos.

—¿P. S.?

Él le hizo cosquillas.

—*Princesse Sophie.*

Ella soltó una risita.

—Yo no soy una princesa.

—Lo eres, para mí —repuso su abuelo, guiñándole un ojo.

A partir de ese día no volvieron a mencionar la llave. Y ella pasó a ser su Princesa Sophie.

En la salle des États, Sophie guardaba silencio mientras soportaba el agudo dolor de la pérdida.

—Las iniciales —musitó Langdon, mirándola extrañado—. ¿Las habías visto antes?

Ella oyó los susurros de su abuelo en los pasillos del museo: «No vuelvas a hablar de esta llave, Sophie, ni conmigo ni con nadie». Ella sabía que le había fallado al no perdonarlo, y se preguntó si podía traicionar su confianza de nuevo. «P. S. Encontrar a Robert Langdon.» Su abuelo quería que Langdon le echara una mano, de modo que Sophie asintió.

—Sí. Vi esas iniciales una vez, cuando era muy pequeña.

—¿Dónde?

Ella titubeó.

—En algo que era muy importante para él.

Langdon la miró con fijeza.

—Sophie, esto es crucial. ¿Puedes decirme si las iniciales aparecían acompañadas de un símbolo? ¿Una flor de lis?

La aludida se quedó estupefacta.

—Pero... ¿cómo puedes saber tú eso?

Langdon soltó un suspiro y bajó la voz.

—Estoy casi seguro de que tu abuelo era miembro de una sociedad secreta. Una antiquísima hermandad encubierta.

A Sophie se le hizo un nudo en el estómago. Ella también estaba segura. Llevaba diez años intentando olvidar el incidente que le confirmó tan horripilante hecho. Lo que presenció fue inconcebible. «Imperdonable.»

—La flor de lis —prosiguió Langdon—, junto con las iniciales P. S., constituyen el símbolo oficial de la hermandad, su escudo de armas, su emblema.

—Y tú ¿cómo lo sabes? —Sophie rezó para que Robert no le dijese que él también era miembro.

—He escrito acerca de ese grupo —respondió, con voz trémula debido a la emoción—. Investigar la simbología de las sociedades secretas es mi especialidad. Se hacen llamar el «*prieuré de Sion*», el priorato de Sion. Su sede se encuentra aquí, en Francia, y entre sus filas cuenta con poderosos miembros de toda Europa. A decir verdad, se trata de una de las sociedades secretas más antiguas que aún existen en el mundo.

Sophie no había oído hablar de ella.

Ahora Langdon hablaba atropelladamente.

—Entre los miembros del priorato se hallan algunos de los individuos más cultivados de la historia, hombres como Botticelli, sir Isaac Newton, Victor Hugo. —Se detuvo un instante, la voz rozaba ahora un entusiasmo académico—. Y Leonardo da Vinci.

Sophie clavó los ojos en él.

—¿Da Vinci pertenecía a una sociedad secreta?

—Da Vinci presidió el priorato entre 1510 y 1519 en calidad de gran maestre, lo que podría explicar la pasión de tu abuelo por la obra de Leonardo. Ambos comparten un vínculo fraternal histórico. Y todo ello encaja perfectamente con la fascinación que les inspiraba la iconografía de las diosas, el paganismo, las deidades femeninas y el desprecio por la Iglesia. El priorato posee una historia bien documentada de veneración de la deidad femenina.

—¿Me estás diciendo que ese grupo es una secta que venera a diosas paganas?

—Más bien *la* secta que venera a diosas paganas. Pero lo más importante es que se dice que son los guardianes de un antiguo secreto, un secreto que les otorgó un enorme poder.

A pesar de la absoluta convicción que reflejaban los ojos de Langdon, Sophie reaccionó instintivamente con una profunda incredulidad. «¿Una secta pagana secreta? ¿Dirigida en su día por Leonardo da Vinci?» Todo sonaba de lo más absurdo. Y, sin embargo, al mismo tiempo que lo desechaba, sintió que retrocedía diez años en el tiempo, hasta la noche en que sorprendió sin querer a su abuelo y presenció algo que seguía sin poder aceptar. «¿Explicaría eso...?»

—La identidad de los miembros vivos del priorato se mantiene en absoluto secreto —explicó Langdon—, pero esas iniciales y la flor de lis que viste de pequeña son la prueba de ello. Es imposible que no hagan referencia al priorato.

Sophie se dio cuenta de que el estadounidense sabía mucho más de su abuelo de lo que ella había imaginado en un principio. Era evidente que tenía un montón de cosas que contarle, pero ése no era el lugar.

—No puedo permitir que te cojan, Robert. Tenemos mucho de que hablar. Debes irte.

Langdon tan sólo oyó el suave murmullo de su voz. No iba a ir a ninguna parte. Ahora estaba perdido en otro lugar, un lugar donde los antiguos secretos emergían a la superficie, un lugar donde historias olvidadas salían a la luz.

Poco a poco, como si se moviera bajo el agua, volvió la cabeza y observó la *Mona Lisa* a través de la luz rojiza.

«La flor de lis..., la flor de Lisa..., la *Mona Lisa*.»

Todo guardaba relación, una silente sinfonía que se hacía eco de los secretos mejor guardados del priorato de Sion y Leonardo da Vinci.

A algunos kilómetros de allí, en la ribera del otro lado de Les Invalides, el desconcertado conductor de tráiler permanecía parado a punta de pistola mientras veía que el capitán de la policía judicial dejaba escapar un iracundo bramido gutural y lanzaba una pastilla de jabón a las crecidas aguas del Sena.

CAPÍTULO 24

Silas contempló el obelisco de Saint-Sulpice, que abarcaba en toda su longitud el sólido monumento de mármol. El regocijo tensaba sus músculos. Echó una ojeada a la iglesia, una vez más, para asegurarse de que estaba solo y acto seguido se arrodilló junto a la base de la estructura, no en señal de reverencia, sino movido por la necesidad.

«La clave está escondida bajo la línea de la rosa.

»En la base del obelisco de Saint-Sulpice.»

Todos los hermanos habían dicho lo mismo.

Una vez de rodillas, pasó las manos por el pétreo suelo. No notó ranura ni marca alguna que le indicasen que alguna losa se podía mover, de manera que procedió a dar golpecitos en el suelo con los nudillos. Avanzando por la línea en dirección al obelisco, fue tanteando todas las losas a un lado y a otro de la línea de latón. Finalmente una sonó de un modo distinto.

«Hay un espacio hueco bajo el suelo.»

Silas sonrió: sus víctimas le habían dicho la verdad.

Tras ponerse de pie inspeccionó la iglesia en busca de algo con lo que romper la piedra.

Más arriba, en la galería, la hermana Sandrine ahogó un grito. Sus peores temores acababan de confirmarse: el visitante no era quien decía ser. El misterioso monje del Opus Dei había ido a Saint-Sulpice con otro propósito.

Un propósito secreto.

«No eres el único que guarda secretos», pensó la religiosa.

La hermana Sandrine Bieil era algo más que la guardiana de esa iglesia: era una centinela. Y esa noche los antiguos engranajes se habían puesto en marcha. La llegada de ese extraño que se hallaba junto al obelisco era una señal que enviaba la hermandad.

«Una muda voz de alarma.»

CAPÍTULO 25

La embajada estadounidense de París es un complejo compacto situado en la avenue Gabriel, al norte de los Campos Elíseos. Dicho complejo, de poco más de una hectárea, se considera territorio estadounidense, lo que significa que a todos aquellos que se encuentran en él los amparan las mismas leyes que si se hallaran en Estados Unidos.

La operadora de guardia de la embajada estaba leyendo la edición internacional de la revista *Time* cuando la interrumpió el teléfono.

—Embajada estadounidense —respondió.

—Buenas noches —saludó alguien que hablaba inglés con acento francés—, necesito su ayuda. —A pesar de las educadas palabras del hombre, su tono era brusco y oficial—. Me han dicho que tenían un mensaje para mí en su sistema automatizado. Me llamo Langdon. Por desgracia, he olvidado los tres dígitos del código de acceso. Si pudiera ayudarme, le estaría sumamente agradecido.

La mujer se paró a pensar un instante, confusa.

—Lo lamento, señor, pero su mensaje debe de ser bastante antiguo. Ese sistema desapareció hace dos años por motivos de seguridad, y además los códigos de acceso tenían cinco dígitos. ¿Quién le dijo que había un mensaje para usted?

—Entonces ¿no tienen un sistema telefónico automatizado?

—No, señor. Los mensajes van por escrito y se encuentran en el Departamento de Servicios. ¿Cómo ha dicho que se llama?

Pero el hombre ya había colgado.

Mudo de asombro, Bezu Fache daba vueltas por la ribera del Sena. Estaba seguro de haber visto a Langdon marcar un número local, introducir un código de tres dígitos y escuchar una grabación. «Pero si Langdon no telefoneó a la embajada, ¿adónde demonios llamó?»

En ese mismo instante, al ver su móvil, cayó en la cuenta de que tenía las respuestas en su propia mano. «Langdon usó mi teléfono para efectuar esa llamada.»

Después de acceder al menú del teléfono, Fache desplegó un listado de llamadas recientes y dio con la que había hecho Langdon.

Un número de París seguido del código de tres dígitos 454.

Marcó dicho número y se mantuvo a la espera.

Al cabo respondió una voz de mujer. «*Bonjour, vous êtes bien chez Sophie Neveu* —decía la grabación—. *Je suis absente pour le moment, mais...*»

A Fache le hervía la sangre cuando marcó los números 4... 5... 4.

CAPÍTULO 26

A pesar de su gran fama, la *Mona Lisa* tan sólo medía unos ochenta por cincuenta centímetros, más pequeña incluso que las láminas del cuadro que vendían en la tienda de regalos del Louvre. Acaparaba la pared noroeste de la salle des États, protegida tras un cristal blindado de cinco centímetros de grosor. Pintada sobre una tabla de madera de álamo, su aire etéreo, brumoso, se atribuía al dominio de Da Vinci de la técnica del *sfumato*, gracias a la cual las formas parecen fundirse unas con otras.

Desde que se había asentado en el Louvre la *Mona Lisa*, también conocida como la «*Gioconda*», había sido robada en dos ocasiones, la más reciente en 1911, cuando desapareció de la «*salle impénétrable*» del museo, el *salon* Carré. Los parisinos salieron a llorar a las calles y escribieron artículos en los periódicos suplicando a los ladrones que devolvieran el lienzo. Dos años después, la *Mona Lisa* fue encontrada en el doble fondo de un baúl, en la habitación de un hotel de Florencia.

Tras dejarle claro a Sophie que no tenía intención de irse, Langdon cruzó con ella la salle des États. El cuadro aún estaba a unos veinte metros cuando ella encendió la linterna y la medialuna de luz azulada se dibujó en el suelo, ante ellos. A continuación fue barriendo la superficie con el haz, como si fuese un dragaminas, en busca de tinta fluorescente.

Caminando a su lado, Langdon ya sentía el hormigueo que

acompañaba sus reencuentros cara a cara con las grandes obras de arte. Forzó la vista para ver más allá de la purpúrea luz que emanaba de la linterna que Sophie sostenía en la mano. A su izquierda distinguió el asiento octogonal, cual oscura isla en medio del desierto mar de parqué.

Luego empezó a ver el panel de cristal oscuro de la pared. Sabía que, tras él, en los confines de su propia celda privada, colgaba el cuadro más célebre del mundo.

Langdon sabía que el hecho de que la *Mona Lisa* fuese considerada la obra de arte más famosa del planeta no tenía nada que ver con su enigmática sonrisa, ni tampoco con las misteriosas interpretaciones que le atribuían numerosos historiadores del arte y adeptos a las conspiraciones. La *Mona Lisa* era famosa sencillamente porque Leonardo da Vinci afirmó que era su mayor logro. Llevaba el cuadro consigo allá adonde iba y, si le preguntaban por qué, respondía que le costaba separarse de su muestra más sublime de la belleza femenina.

Aun así, muchos historiadores del arte sospechaban que la veneración que Leonardo sentía por su *Mona Lisa* no guardaba relación con su maestría artística. En realidad el cuadro era un retrato normal y corriente pintado con la técnica del *sfumato*. La pasión de Da Vinci por esa obra, según afirmaban muchos, nacía de algo mucho más profundo: un mensaje oculto entre las capas de pintura. A decir verdad, la *Mona Lisa* era una de las bromas privadas más estudiadas del mundo. El documentado *collage* de dobles sentidos y alusiones maliciosas del cuadro había sido expuesto en la mayoría de los libros sobre historia del arte y, sin embargo, por increíble que pudiera parecer, el público en general aún pensaba que la sonrisa de la *Gioconda* era un gran misterio.

«De misterio nada —pensó Langdon mientras seguía avanzando y veía que los tenues contornos del cuadro empezaban a tomar forma—. De misterio nada.»

No hacía mucho había compartido el secreto de la *Mona Lisa* con un grupo un tanto atípico: una docena de presos de la cárcel del condado de Essex. El seminario que Langdon impartía en la prisión formaba parte de un programa auspiciado por la Universidad de Harvard que trataba de introducir la educación en el sistema de prisiones: «cultura para convictos», como gustaban de llamarlo los compañeros del profesor.

De pie junto a un retroproyector en la oscurecida biblioteca de la penitenciaría, Langdon compartió el secreto de la *Mona Lisa* con los internos que asistían a sus clases, unos hombres a los que encontró sumamente entregados: duros pero astutos.

—Tal vez se hayan fijado en que el fondo, detrás del rostro, es desigual —les dijo mientras se dirigía a la pared de la biblioteca donde se proyectaba la imagen y señalaba la evidente discrepancia—. Da Vinci pintó la línea del horizonte de la izquierda mucho más baja que la de la derecha.

—¿La cagó? —preguntó uno de los presos.

Langdon rio.

—No. Da Vinci no solía meter la pata. Lo cierto es que se trata de un pequeño truco del pintor: al pintar el paisaje de la izquierda más bajo, logró que la *Mona Lisa* pareciera mucho mayor desde el lado izquierdo que desde el derecho. Una bromita privada de Leonardo. Históricamente, a la noción de lo masculino y lo femenino siempre se le ha asignado un lado concreto: el izquierdo es femenino y el derecho masculino. Como Da Vinci era un gran defensor de los principios de la mujer, hizo que la *Mona Lisa* pareciera más majestuosa vista desde la izquierda que desde la derecha.

—Yo he oído que era marica —dijo un hombre menudo con perilla.

Langdon hizo una mueca de disgusto.

—Los historiadores no acostumbran a decirlo así, pero es cierto: Leonardo era homosexual.

—¿Por eso le iba tanto lo femenino?

—A decir verdad Da Vinci creía en el equilibrio entre lo masculino y lo femenino. Creía que el ser humano no podía avanzar a menos que poseyera elementos tanto masculinos como femeninos.

—¿Como una tía con polla? —sugirió alguien, y el comentario cosechó unas sonoras carcajadas.

Langdon se planteó ofrecer una explicación etimológica de la palabra «hermafrodita» y su relación con Hermes y Afrodita, pero algo le dijo que allí caería en saco roto.

—Eh, señor Langdon —dijo un tipo musculoso—. ¿Es verdad que la *Mona Lisa* es Da Vinci travestido? He oído que era verdad.

—Es bastante posible —repuso él—. Da Vinci era un bromista, y un análisis realizado por ordenador tanto del cuadro como de diversos autorretratos del pintor confirma algunas coincidencias en ambos rostros que llaman la atención. Fuera lo que fuese lo que tramaba Leonardo —añadió—, su *Mona Lisa* no es ni masculina ni femenina, sino que transmite un sutil mensaje de androginia. Es una fusión de ambas cosas.

—¿Está seguro de que todo eso no son gilipolleces de Harvard para decir que es más fea que Picio?

Langdon se echó a reír.

—Puede que tenga razón, pero la verdad es que Da Vinci dejó una muy buena pista para indicarnos que se suponía que el cuadro era andrógino. ¿Alguien ha oído hablar de un dios egipcio llamado Amón?

—Anda, pues sí —respondió el grandullón—. Era el dios de la fertilidad.

Langdon se quedó atónito.

—Lo pone en las cajas de condones Amón. —El hombre esbozó una gran sonrisa—. Hay un tío con cabeza de carnero que dice que es el dios egipcio de la fertilidad.

Langdon no conocía la marca, pero le alegraba saber que los fabricantes de profilácticos habían hecho los deberes.

—Muy bien. Sí, a Amón se lo representa como un hombre con cabeza de carnero, y su promiscuidad y los cuernos enroscados guardan relación con un término moderno que alude a la sexualidad: «cornudo».

—¡Es coña!

—Pues no —afirmó él—. Y ¿saben quién era el equivalente femenino de Amón, la diosa egipcia de la fertilidad?

A la pregunta siguieron unos instantes de silencio.

—Era Isis —contestó Langdon mientras cogía un lápiz graso—. Así que tenemos al dios Amón —lo escribió— y a la diosa Isis, cuyo pictograma en su día era L'ISA.

Terminó de escribir y se apartó del proyector.

AMON L'ISA

—¿A alguien le dice algo? —inquirió.

—*Mona Lisa...* ¡Joder! —dijo alguien.

Langdon asintió.

—Caballeros, el rostro de la *Mona Lisa* no sólo parece andrógino, sino que además su nombre es un anagrama resultante de la unión divina entre lo masculino y lo femenino. Y ése, amigos míos, es el secretillo de Da Vinci y el motivo de que la *Mona Lisa* esboce esa sonrisa de complicidad.

—Mi abuelo estuvo aquí —aseguró Sophie, que de repente se arrodilló, ahora a tan sólo tres metros del cuadro. Vacilante, alumbró con la linterna un punto del parqué.

Al principio Langdon no vio nada, pero luego, cuando se arrodilló a su lado, distinguió una minúscula gota de líquido seco fosforescente. «¿Tinta?» De pronto recordó para qué se utilizaba la luz negra. «Sangre.» Se estremeció. Sophie tenía razón: Jacques Saunière había ido a visitar la *Mona Lisa* antes de morir.

—No habría venido hasta aquí porque sí —musitó ella al tiempo que se levantaba—. Sé que me ha dejado un mensaje.

Recorriendo deprisa los últimos pasos que la separaban del cuadro, iluminó el suelo frente a él, moviendo la luz a un lado y a otro del parqué.

—Aquí no hay nada.

En ese preciso instante Langdon vio un leve destello púrpura en el cristal protector. Agarró a Sophie por la muñeca y alumbró despacio el cuadro.

Ambos se quedaron helados.

En el cristal, garabateadas justo sobre el rostro de la *Mona Lisa*, se leían cuatro palabras purpúreas.

CAPÍTULO 27

El teniente Collet, sentado a la mesa de Saunière con el teléfono pegado a la oreja, no daba crédito a lo que oía. «¿Habré oído bien?»

—¿Una pastilla de jabón? Pero ¿cómo iba a saber Langdon lo del dispositivo de seguimiento?

—Sophie Neveu —repuso Fache—. Ella se lo dijo.

—¿Qué? ¿Por qué?

—Una muy buena pregunta, pero acabo de escuchar una grabación que lo confirma.

Collet estaba atónito. «¿En qué estaba pensando Neveu?» ¿Fache tenía pruebas de que Sophie había interferido en una operación de la DGPJ? A esa chica no sólo iban a despedirla, sino que además la meterían en la cárcel.

—Pero, capitán..., entonces ¿dónde está Langdon ahora?

—¿Se ha activado ahí alguna alarma?

—No, señor.

—Y ¿ha cruzado alguien la reja de la Gran Galería?

—No. Tenemos apostado a un guardia de seguridad del Louvre junto a ella, como usted ordenó.

—Bien, pues Langdon debe de seguir en la Gran Galería.

—¿En la Gran Galería? Y ¿qué está haciendo?

—¿Va armado el guardia de seguridad del museo?

—Sí, señor, es el jefe.

—Dígale que entre —ordenó Fache—. Tardaré unos minutos

en llegar con mis hombres y no quiero que Langdon escape. —El policía hizo una pausa—. Y será mejor que le diga al guardia que con él probablemente esté la agente Neveu.

—Creía que la agente Neveu se había marchado.

—¿Acaso la vio usted salir?

—No, señor, pero...

—Ni usted ni nadie. Sólo la vieron entrar.

Collet estaba estupefacto con la bravata de Sophie Neveu. «¿Sigue en el edificio?»

— Ocúpese de todo —espetó Fache—. Para cuando llegue, quiero a Langdon y a Neveu a punta de pistola.

Cuando el camión se hubo alejado, el capitán Fache reunió a sus hombres. Esa noche Robert Langdon había resultado ser un hombre escurridizo, y con la agente Neveu de su parte tal vez fuese más complicado acorralarlo.

Fache decidió no correr riesgos.

Para cubrirse las espaldas ordenó que la mitad de sus hombres regresara al perímetro del Louvre, mientras que a la otra mitad la envió al único lugar de París donde Robert Langdon podría refugiarse.

CAPÍTULO 28

En la salle des États, Langdon miraba atónito las cuatro palabras del cristal. El texto parecía flotar en el espacio, arrojando una sombra dentada sobre la enigmática sonrisa de la *Mona Lisa*.

—El priorato —musitó Langdon—. Esto demuestra que tu abuelo formaba parte de él.

Sophie lo miró confusa.

—¿Es que lo entiendes?

—Es perfecto —comentó él, y asintió mientras se devanaba los sesos—. Es la proclamación de uno de los principios filosóficos fundamentales del priorato.

La joven pareció desconcertada al ver el resplandeciente mensaje sobre el rostro de la *Mona Lisa*.

En selva gris lacrado

—Sophie —dijo Langdon—, la tradición del priorato de perpetuar el culto a las diosas se basa en la creencia de que hombres poderosos dentro de la Iglesia cristiana de los primeros tiempos propagaron mentiras que fueron una lacra para el mundo y lo sumieron en una selva gris de confusión e ignorancia, al devaluar lo femenino y desequilibrar la balanza en favor de lo masculino.

Ella permanecía en silencio, sin dejar de mirar las palabras.

—El priorato cree que Constantino y sus sucesores convirtieron el paganismo matriarcal en cristianismo patriarcal iniciando una campaña propagandística que demonizaba a las deidades femeninas y pretendía eliminar para siempre a las diosas de la religión moderna.

Sophie seguía sin saber qué pensar.

—Mi abuelo me ha traído hasta aquí para que diera con esto, así que debía de estar intentando decirme algo más.

Langdon entendía lo que quería decir: «Cree que es otro mensaje cifrado». No podía determinar sin más si la locución encerraba algún significado oculto. Aún le daba vueltas a la clara idea de Saunière.

«En selva gris lacrado», pensó.

Nadie podía negar el bien que hacía la Iglesia moderna en los difíciles tiempos que corrían y, sin embargo, esa misma Iglesia tenía un pasado repleto de engaños y violencia. Las brutales cruzadas, cuyo objeto era reeducar a las religiones paganas y que rendían culto a las diosas, duraron tres siglos, y sus métodos eran tan inspirados como espeluznantes.

La Inquisición publicó un libro que, como arguyen algunos, podría considerarse el más sanguinolento de la historia de la humanidad. El *Malleus maleficarum* —o *El martillo de las brujas*— aleccionaba al mundo acerca de «los peligros de las mujeres librepensadoras» y enseñaba al clero cómo localizarlas, torturarlas y aniquilarlas. Entre aquellas a las que la Iglesia consideraba brujas se encontraban todas las estudiosas, sacerdotisas, gitanas, místicas, naturalistas, herbolarias y cualquiera que se hallase «sospechosamente en sintonía con el mundo natural». También mataban a las comadronas por la práctica herética de servirse de sus conocimientos de medicina para aliviar el dolor del parto, un sufrimiento que, según la Iglesia, era el justo castigo de Dios por que Eva hubiese comido el fruto del árbol de la ciencia del bien y del mal, que dio lugar al pecado original. Durante los trescientos años que duró la caza de brujas, la Iglesia quemó en la hoguera nada menos que a cinco millones de mujeres.

La propaganda y el derramamiento de sangre funcionaron.

El mundo actual era la prueba viviente de ello.

Las mujeres, un día celebradas como mitad fundamental de la iluminación espiritual, habían sido desterradas de los templos del mundo. No había mujeres rabino ortodoxas ni mujeres sacerdote católicas ni mujeres imán islámicas. El acto, antaño permitido, del *hierós gamos* —la unión sexual natural entre el hombre y la mujer mediante el cual ambos alcanzaban la compleción espiritual— había sido tachado de vergonzoso. Los hombres santos que antes ensalzaban la unión sexual con sus equivalentes femeninas para lograr la comunión con Dios temían ahora sus impulsos sexuales naturales por considerarlos obra del demonio, que colaboraba con su cómplice preferida: la mujer.

Ni siquiera la asociación femenina con el lado izquierdo pudo escapar a la difamación de la Iglesia. En Francia, Italia o España la palabra «izquierda» —*gauche, sinistra* y siniestra— tenía connotaciones profundamente negativas, mientras que «derecha» transmitía la idea de rectitud, destreza y corrección. En la actualidad un pensamiento radical se consideraba de izquierdas, si alguien mostraba un comportamiento insensato izquierdeaba, y lo malintencionado era siniestro.

Los días de las diosas habían terminado; el péndulo se había desplazado al otro extremo. La Madre Tierra se había convertido en un mundo de hombres, y los dioses de la destrucción y la guerra se cobraban sus víctimas. El ego masculino llevaba dos milenios campando por sus respetos, sin el freno de su equivalente femenino. El priorato de Sion creía que esta aniquilación de las deidades femeninas en la vida moderna había provocado lo que los indios hopi denominaban «*koyanisquatsi*» —vida en desequilibrio—, una situación inestable caracterizada por guerras avivadas por la testosterona, multitud de sociedades misóginas y una creciente falta de respeto a la Madre Tierra.

—¡Robert! —susurró Sophie; la voz lo arrancó de sus reflexiones—. Alguien viene.

Él oyó unos pasos que se aproximaban por el pasillo.

—¡Por aquí! —Ella apagó la linterna y pareció desvanecerse ante los ojos de Langdon.

Por un instante éste quedó cegado. «Por aquí, ¿por dónde?» Cuando finalmente pudo ver, distinguió a Sophie, que corría hacia el centro de la estancia y se escondía detrás del asiento octogonal. Estaba a punto de seguir su ejemplo cuando un vozarrón lo hizo parar en seco.

—*Arrêtez!* —le ordenó un hombre desde la puerta.

El guardia jurado del Louvre entró en la salle des États, la pistola apuntaba al pecho de Langdon.

El instinto le hizo levantar los brazos.

—*Couchez-vous!* —exclamó el guardia—. ¡Al suelo!

Langdon se colocó boca abajo en cuestión de segundos, y el hombre se acercó a él y le separó las piernas con los pies.

—*Mauvaise idée, monsieur Langdon* —afirmó mientras le hundía el arma con fuerza en la espalda—. *Mauvaise idée.*

Con la cara contra el suelo de parqué, los brazos y las piernas extendidos, a Langdon no le hizo ni pizca de gracia la ironía de la posición. «*El hombre de Vitrubio* —pensó—. Sólo que boca abajo.»

CAPÍTULO 29

En el interior de Saint-Sulpice, Silas llevó el pesado candelero votivo de hierro del altar al obelisco. El utensilio serviría perfectamente de ariete. Al ver la losa de mármol gris que cubría el supuesto hueco del suelo, cayó en la cuenta de que no podría romperla sin hacer un ruido considerable.

Hierro contra mármol: resonaría en las bóvedas.

¿Lo oiría la monja? A esas alturas ya debía de estar dormida. Aun así, prefería no arriesgarse. Miró alrededor en busca de algún trapo para envolver el extremo del candelero, pero no vio nada salvo el mantel de lino del altar, y no estaba dispuesto a profanarlo. «Mi hábito», pensó. A sabiendas de que se hallaba solo en la gran iglesia, Silas se desató el cordón y se quitó el hábito. Al hacerlo notó una punzada de dolor cuando la lana le rozó las heridas abiertas de la espalda.

Desnudo a excepción de la prenda que cubría sus partes pudendas, rodeó el extremo del candelero de hierro con el hábito y, a continuación, apuntando al centro de la losa, lo dejó caer pesadamente. Se oyó un ruido sordo amortiguado, pero la piedra no se rompió. Repitió la operación y nuevamente se oyó un golpe sordo, esta vez acompañado de un chasquido. A la tercera, la losa finalmente se hizo añicos y algunas esquirlas cayeron a la oquedad que se abría bajo el suelo.

«¡Una cavidad!»

Despejando deprisa la abertura, Silas miró el hueco, el corazón acelerado mientras se arrodillaba. Luego alargó el blanquecino brazo y metió la mano dentro.

En un principio no dio con nada: el fondo de la cavidad era de piedra lisa. Después, metió más la mano hasta situar el brazo bajo la línea de la rosa; tocó algo: una gruesa placa de piedra. Introdujo los dedos por los bordes, la agarró y la levantó con cuidado. Al ponerse en pie y examinar su hallazgo, reparó en que sostenía una piedra toscamente labrada en la que se distinguían unas palabras grabadas. Por un instante se sintió un moderno Moisés.

Las palabras que leyó le causaron sorpresa. Esperaba que la clave fuese un mapa o una serie de complejas instrucciones, tal vez incluso en código. Pero no, en la piedra sólo había una sencilla inscripción: «Job 38, 11».

«¿Un versículo de la Biblia?» Silas se quedó anonadado con tamaña simplicidad diabólica. ¿La ubicación secreta de lo que buscaban desvelada en un versículo bíblico? Desde luego, la hermandad hacía cualquier cosa para mofarse de los justos.

«Job, capítulo treinta y ocho, versículo once.»

Aunque Silas no recordaba con exactitud ese versículo, sabía que el libro de Job relataba la historia de un hombre cuya fe en Dios era puesta a prueba repetidas veces. «Apropiado», se dijo, apenas capaz de contener su entusiasmo.

Tras volver la cabeza, miró la reluciente línea de la rosa y no pudo evitar sonreír. Allí, sobre el altar mayor, abierta en un atril dorado, había una enorme Biblia encuadernada en piel.

Arriba, en el coro, la hermana Sandrine temblaba. Hacía unos instantes había estado a punto de salir corriendo a cumplir las órdenes que le habían sido dadas, pero de repente el hombre se había quitado el hábito. Cuando vio aquella piel de alabastro se quedó perpleja, horrorizada: la blanquecina y fornida espalda estaba llena de cortes sanguinolentos. Incluso desde allí arriba se veía que las heridas eran recientes.

«¡A ese hombre lo han azotado sin piedad!»

También vio el cilicio en torno al muslo, y la herida que sangraba debajo. «¿Qué clase de Dios querría que un cuerpo recibiese semejante castigo?» La hermana Sandrine sabía que los rituales del Opus Dei eran algo que escapaba a su entendimiento, pero eso difícilmente le preocupaba en ese momento. «El Opus Dei está buscando la clave.» La religiosa no era capaz de concebir cómo tenían conocimiento de ella, aunque sabía que no disponía de tiempo para pensar.

Ahora el monje lacerado volvía a ponerse el hábito y sostenía en las manos su premio mientras se dirigía al altar, a la Biblia.

En medio de un silencio absoluto, la religiosa abandonó la galería y echó a correr por el pasillo que conducía hasta sus habitaciones. A gatas, metió la mano bajo la cama de madera y sacó un sobre cerrado que había escondido allí hacía años.

A continuación lo abrió y vio cuatro números de teléfono de París.

Temblorosa, empezó a marcar.

Abajo, Silas dejó la piedra en el altar y puso las nerviosas manos en la Biblia de piel. Sus largos dedos blancos, ahora sudorosos, pasaron las páginas. Allí, en el Antiguo Testamento, dio con el libro de Job y, acto seguido, localizó el capítulo treinta y ocho. Mientras recorría con el dedo la columna de texto, saboreaba las palabras que estaba a punto de leer.

«Ellas nos mostrarán el camino.»

Tras dar con el versículo once, Silas lo leyó. Tan sólo seis palabras. Confuso, las leyó de nuevo, presintiendo que algo había ido mal. El versículo decía así:

HASTA AQUÍ LLEGARÁS Y NO PASARÁS

CAPÍTULO 30

El guardia de seguridad Claude Grouard, a punto de estallar de ira, se hallaba sobre su prisionero, delante de la *Mona Lisa*. «Este cabrón mató a Jacques Saunière.» El conservador había sido como un padre para Grouard y su equipo de seguridad, alguien a quien todos querían.

Lo que más le apetecía era apretar el gatillo y meterle una bala en la espalda a Robert Langdon. Al ser el jefe de seguridad, Grouard era uno de los pocos guardias que llevaban un arma cargada. Sin embargo, se recordó que matar a Langdon sería un acto de generosidad en comparación con lo que le harían sufrir Bezu Fache y el sistema penitenciario francés.

El guardia cogió la radio de su cinturón para pedir refuerzos, pero lo único que oyó fue ruido estático. El sistema de seguridad electrónico adicional de la sala siempre interfería con las comunicaciones de los guardias. «Tendré que acercarme a la puerta.» Sin dejar de apuntar a Langdon, Grouard empezó a retroceder despacio en dirección a la entrada. Al tercer paso vio algo que lo hizo frenar en seco.

«¿Qué coño es eso?»

Aproximadamente en el centro de la estancia estaba tomando forma un espejismo inexplicable, una silueta. ¿Había alguien más en la sala? Una mujer avanzaba a buen paso en la oscuridad, hacia el extremo más alejado de la pared izquierda. Delante oscilaba un haz de luz purpúrea, como si la mujer buscara algo con una linterna coloreada.

—*Qui est là?* —preguntó Grouard, sintiendo una descarga de adrenalina por segunda vez en los últimos treinta segundos. De pronto no sabía adónde apuntar o hacia dónde ir.

—UCICT —contestó con tranquilidad la mujer, sin dejar de barrer el suelo con la luz.

«La Unidad Central de Investigación Científica y Técnica. —Grouard había empezado a sudar—. Creía que todos los agentes se habían ido.» Ahora se dio cuenta de que la luz purpúrea era ultravioleta, lo que encajaba con la UCICT, y sin embargo no entendía por qué la DGPJ buscaba pruebas allí.

—*Votre nom!* —exigió el guardia; el instinto le decía que algo iba mal—. *Répondez!*

—*C'est moi!* —contestó la voz en francés, sin inmutarse—. Sophie Neveu.

El nombre le sonaba vagamente. «¿Sophie Neveu?» Así se llamaba la nieta de Saunière, ¿no? Solía acudir allí de pequeña, pero de eso hacía muchos años. «No puede ser ella.» Y aunque lo fuese, difícilmente podía confiar en la joven, ya que Grouard había oído rumores del doloroso distanciamiento entre el conservador y su nieta.

—Usted me conoce —aseguró ella—. Le aseguro que Robert Langdon no ha matado a mi abuelo.

Grouard no estaba dispuesto a creer aquello a pies juntillas. «Necesito refuerzos.» Probó de nuevo con la radio, pero sólo oyó interferencias. La entrada estaba a unos veinte metros a su espalda, y el guardia empezó a retroceder poco a poco y optó por seguir apuntando al hombre. Mientras reculaba vio que la mujer levantaba la luz y escrutaba un cuadro de grandes dimensiones que colgaba al fondo de la salle des États, en el extremo opuesto a la *Mona Lisa*.

Grouard profirió un grito ahogado al identificar el lienzo.

«Pero... ¿qué diablos está haciendo?»

Al otro lado de la habitación, Sophie Neveu notó que un sudor frío le perlaba la frente. Langdon aún seguía en el suelo. «Aguanta, Robert. Ya casi estoy.» Consciente de que el guardia no les dispararía, volvió a centrar la atención en la tarea que tenía entre manos, barrer toda la zona que rodeaba a otra obra maestra en concreto, otro Da Vinci. Sin embargo, la luz ultravioleta no desveló nada especial. Ni en el suelo ni en las paredes ni en el lienzo en sí.

«Tiene que haber algo.»

Sophie estaba completamente segura de saber cuáles eran las intenciones de su abuelo.

«¿De qué otra cosa podría tratarse?»

El cuadro que estaba examinando era un lienzo de alrededor de un metro y medio de altura. La extraña escena que Da Vinci había pintado incluía a una Virgen María sentada junto al Niño Jesús en una singular pose, a san Juan Bautista y al arcángel Uriel descansando precariamente en unas piedras. Cuando Sophie era pequeña, ninguna visita a la *Mona Lisa* estaba completa sin que su abuelo la llevara al otro extremo de la habitación para ver ese otro cuadro.

«*Grand-père*, estoy aquí, pero no lo veo.»

Tras ella, Sophie oyó que el guardia intentaba pedir ayuda por radio.

«¡Piensa!»

Recordó el mensaje del cristal que protegía a la *Mona Lisa*: «En selva gris lacrado». El lienzo que tenía delante no estaba protegido por ningún cristal sobre el que pudiera escribirse un mensaje, y Sophie sabía que su abuelo jamás afearía esa obra de arte pintando encima. Hizo una pausa. «Al menos, no delante.» Levantó la cabeza y vio los largos cables que pendían del techo y sostenían el lienzo.

«¿Será eso?» Agarró el tallado marco de madera por el lado izquierdo y tiró del cuadro. El lienzo era grande, y el soporte se dobló cuando lo separó de la pared. Sophie metió la cabeza y los hombros detrás y alzó la linterna para inspeccionar la trasera.

Sólo le llevó unos segundos darse cuenta de que su instinto le había fallado: allí no había nada de nada, ningún texto púrpura, tan sólo el reverso marrón jaspeado del viejo cuadro y...

«Un momento.»

Sus ojos se posaron en el incongruente destello metálico de un bruñido objeto alojado cerca de la esquina inferior del bastidor de madera. Era algo pequeño, embutido parcialmente entre el lienzo y el armazón. De él colgaba una brillante cadena de oro.

Para mayor sorpresa de Sophie, la cadena iba unida a una llave dorada que no le era desconocida. La ancha cabeza labrada tenía forma de cruz y llevaba grabado un sello que no veía desde los nueve años: una flor de lis con las iniciales P. S. En ese instante Sophie notó que el fantasma de su abuelo le susurraba al oído: «Cuando llegue el momento, la llave será tuya». Sintió que algo le atenazaba la garganta al darse cuenta de que su abuelo, incluso muerto, había mantenido su promesa. «La llave abre una caja donde guardo muchos secretos», le decía la voz.

Sophie comprendió que el verdadero propósito del juego de palabras de esa noche había sido llegar hasta esa llave. Su abuelo la llevaba consigo cuando lo asesinaron y, como no quería que cayese en manos de la policía, la escondió detrás del cuadro. Después ideó una ingeniosa gincana para asegurarse de que sólo la encontrase Sophie.

—*Au secours!* —chilló el guardia.

Sophie cogió la llave y se la metió en el bolsillo junto con la linterna. Al asomar la cabeza por detrás del cuadro, vio que el guardia jurado seguía intentando ponerse en contacto desesperadamente con alguien por radio. Se dirigía a la entrada, sin dejar de apuntar a Langdon.

—*Au secours!* —repitió.

Interferencias.

«No puede comunicarse», comprendió Sophie, y recordó que los turistas a menudo se sentían frustrados allí cuando intentaban llamar a casa por el móvil para presumir de que estaban viendo la *Mona Lisa*. La seguridad adicional hacía que resultara prácticamente imposible establecer una comunicación a menos que uno saliera al pasillo. Ahora el guardia se dirigía a buen paso hacia las puertas, y Sophie supo que tenía que actuar deprisa.

Después de observar el gran cuadro tras el que tenía medio cuerpo, cayó en la cuenta de que, por segunda vez esa noche, Leonardo da Vinci iba a acudir en su ayuda.

«Unos metros más», se dijo Grouard, el arma en ristre.

—*Arrêtez! Ou je la détruis!* —amenazó la mujer.

El guardia la miró y se detuvo.

—*Mon Dieu, non!*

A través de la luz rojiza vio que la mujer había descolgado el cuadro de los cables y lo había apoyado en el suelo, ante ella. Con su metro y medio de altura, casi ocultaba por completo su cuerpo. Lo primero que pensó Grouard fue por qué no habían saltado las alarmas, pero, claro, esa noche aún no funcionaban los sensores de los cables. «¿Qué demonios está haciendo?»

Cuando lo vio, se le heló la sangre.

El lienzo comenzó a abombarse en el centro, los delicados contornos de la Virgen María, el Niño Jesús y san Juan Bautista empezaron a deformarse.

—*Non!* —chilló el hombre, horrorizado e inmóvil mientras veía cómo se tensaba el valioso Da Vinci: la mujer había hundido la rodilla en medio y empujaba por detrás—. *Non!*

Grouard giró sobre sus talones y la encañonó, pero supo en el acto que se trataba de una amenaza que no podría llegar a cumplir: el lienzo no era más que tela, pero resultaba absolutamente impenetrable, pues los seis millones de dólares que valía constituían un poderoso blindaje.

«¡No puedo agujerear un Da Vinci!»

—Suelte el arma y la radio —ordenó la mujer en francés sin alterarse—. De lo contrario, le clavo la rodilla. Creo que ya sabe lo que opinaría mi abuelo al respecto.

El vigilante estaba aturdido.

—Por favor..., no. Es *La Virgen de las rocas*. —Dejó el arma y la radio y alzó las manos por encima de la cabeza.

—Gracias —contestó ella—. Ahora haga exactamente lo que yo le diga y todo irá bien.

Momentos después Langdon aún tenía acelerado el pulso mientras corría junto a Sophie por la escalera hacia la planta baja. Ninguno de los dos había dicho nada desde que dejaron al tembloroso guardia tendido en la salle des États. Ahora era Langdon quien sostenía con firmeza la pistola del hombre, aunque se moría de ganas de deshacerse de ella. El arma era pesada y se le antojaba peligrosamente ajena.

Bajando los peldaños de dos en dos, se preguntó si Sophie conocía el valor del cuadro que había estado a punto de destrozar. La obra de arte que había elegido parecía sobrecogedoramente oportuna para la aventura de esa noche, ya que el Da Vinci que había cogido, a semejanza de la *Mona Lisa*, era conocido por los historiadores del arte por la multitud de símbolos paganos que escondía.

—Elegiste un rehén valioso —observó sin dejar de correr.

—*La Virgen de las rocas* —respondió ella—. Pero no fui yo quien lo eligió, sino mi abuelo. Me dejó algo detrás del cuadro.

Langdon la miró, sobresaltado.

—¿Qué? Pero ¿cómo supiste que era ése el cuadro? ¿Por qué *La Virgen de las rocas*?

—«En selva gris lacrado.» —Le dirigió una sonrisa triunfal—. Los dos primeros anagramas se me escaparon, Robert, pero no estaba dispuesta a que se repitiera con el tercero.

CAPÍTULO 31

—Han muerto —balbució la hermana Sandrine al teléfono en sus habitaciones de Saint-Sulpice. Estaba dejando un mensaje en un contestador automático—. Se lo ruego, cójalo. ¡Han muerto todos!

Los tres primeros números de la lista habían arrojado un resultado desolador: una viuda histérica, un detective que hacía horas extras en la escena de un crimen y un sombrío sacerdote que confortaba a una familia desconsolada. Los tres contactos habían muerto. Y ahora, cuando llamaba al cuarto y último número —un número que se suponía que no debía marcar a menos que no pudiese localizar a los tres anteriores—, le saltaba un contestador. La grabación no mencionaba nombre alguno, tan sólo pedía al que llamaba que dejara su mensaje.

—¡Ha roto la losa! —explicó—. Los otros tres han muerto.

La hermana Sandrine no sabía quiénes eran los cuatro hombres a los que protegía, pero los números de teléfono que guardaba bajo la cama sólo podían utilizarse con una condición.

«Si alguna vez llegara a romperse esa losa —le había advertido el mensajero sin rostro—, ello significará que el último nivel está en peligro. Uno de nosotros ha sido amenazado de muerte y se ha visto obligado a contar una mentira a la desesperada. Marque esos números y prevenga a los demás. No nos falle.»

Era una voz de alarma muda, infalible en su sencillez. El plan le había parecido admirable cuando lo oyó: si la identidad de un hermano se veía comprometida, éste contaría una mentira que pondría en marcha un mecanismo que advertiría al resto. No obstante, esa noche, al parecer se había visto comprometida más de una identidad.

—Por favor, coja el teléfono —susurró atemorizada—. ¿Dónde está?

—Cuelgue —ordenó una voz grave desde la puerta.

Al volver la cabeza, despavorida, vio al enorme monje, en las manos el pesado candelero de hierro. Temblando, la religiosa obedeció.

—Han muerto —afirmó el monje—. Los cuatro. Y me han tomado por tonto. Dígame dónde está la clave.

—No lo sé —aseguró ella, en honor a la verdad—. Son otros los que guardan ese secreto. —«Otros que han muerto.»

El hombre avanzó hacia ella, las blancas manos sujetaban el objeto de hierro.

—Usted, que es miembro de la Iglesia, ¿está a su servicio?

—Jesús sólo difundió un mensaje —respondió ella en tono desafiante—. Y no lo veo en el Opus Dei.

A los ojos del monje asomó un arrebato de ira. Acto seguido arremetió contra ella y la golpeó con el candelero como si fuera un garrote. Cuando la hermana Sandrine cayó, la asaltó un presentimiento abrumador.

«Los cuatro han muerto.

»La preciada verdad se ha perdido para siempre.»

CAPÍTULO 32

La alarma del extremo oeste del ala Denon hizo que las palomas de las cercanas Tullerías alzaran el vuelo cuando Langdon y Sophie salieron del edificio a la carrera y se adentraron en la noche parisina. Mientras cruzaban la plaza para llegar hasta el coche de Sophie, Langdon oyó el lejano ulular de las sirenas de la policía.

—Es ése de ahí —dijo ella al tiempo que señalaba un chato biplaza rojo que estaba aparcado enfrente.

«Está de broma, supongo.» El vehículo probablemente fuera el coche más pequeño que Langdon había visto en su vida.

—Un Smart —aclaró ella—. Consume un litro cada cien kilómetros.

Langdon apenas se había acomodado en el asiento del acompañante cuando Sophie arrancó, se subió a un bordillo y enfiló por un espacio divisorio de grava. Él se agarró al salpicadero mientras el coche se metía por una acera y salía a la pequeña rotonda del Carrousel du Louvre.

Durante un instante Sophie pareció plantearse atajar por la rotonda yendo en línea recta, atravesando el seto que bordeaba la mediana y el gran espacio verde del centro.

—¡No! —exclamó Langdon, que sabía que los setos del Carrousel du Louvre se hallaban allí para ocultar la peligrosa sima que se abría en el medio (*la pyramide inversée*), la pirámide invertida que había visto antes desde el interior del museo. Era lo bastante grande para engullir de golpe el Smart. Por suerte, Sophie decidió tomar la ruta más convencional: dio un volantazo a la derecha y siguió debidamente la rotonda, luego giró a la izquierda y se situó en el carril que se dirigía al norte, acelerando hacia la rue de Rivoli.

Las sirenas policiales cobraban intensidad a sus espaldas, y Langdon vio las luces en el retrovisor. El motor del Smart emitió un gemido de protesta cuando Sophie lo obligó a ganar velocidad para alejarse del Louvre. A unos cincuenta metros, el semáforo de la rue de Rivoli se puso en rojo. La joven profirió una imprecación entre dientes y continuó hacia él sin aminorar la marcha. Langdon notó que su cuerpo se tensaba.

—¿Sophie?

Tras frenar ligeramente al llegar al cruce, Sophie hizo un cambio de luces y echó una ojeada a derecha e izquierda antes de pisar a fondo el acelerador y virar bruscamente a la izquierda por el desierto cruce para entrar en la rue de Rivoli.

Tras haber enderezado el rumbo, Langdon volvió la cabeza y estiró el cuello para mirar por la luna trasera en dirección al Louvre. Por lo visto, no los perseguían. El mar de luces azules se estaba congregando en el museo.

Con el ritmo cardíaco estabilizándose al fin, Langdon se volvió de nuevo hacia el frente.

—Eso ha sido interesante.

Sophie no parecía escuchar, tenía los ojos fijos en la carretera. La embajada se hallaba a menos de un kilómetro, y Langdon se puso cómodo.

«En selva gris lacrado.»

La agilidad mental de Sophie había sido impresionante.

La Virgen de las rocas.

Sophie había dicho que su abuelo le había dejado algo tras el cuadro. «¿Un último mensaje?» Langdon no pudo por menos que admirar el brillante escondite elegido por Saunière. *La Virgen de las rocas* era un eslabón más que encajaba a la perfección en la cadena de símbolos entrelazados esa noche. Por lo visto, el conservador no hacía más que reforzar su pasión por el lado oscuro y malicioso de Leonardo da Vinci.

Fue una organización conocida como la cofradía de la Inmaculada Concepción, que necesitaba un cuadro para la tabla central del tríptico del altar de su iglesia de San Francesco, en Milán, la que encomendó a Da Vinci *La Virgen de las rocas*. Las monjas indicaron a Leonardo las medidas específicas y el tema del cuadro: la Virgen María, san Juan Bautista de niño, el arcángel Uriel y el Niño Jesús al amparo de una cueva. Aunque Da Vinci hizo lo que le habían pedido, cuando entregó la obra las religiosas se quedaron consternadas: había inundado la pintura de detalles explosivos e inquietantes.

En el cuadro se veía a la Virgen María, con un manto azul, sentada y rodeando con un brazo a un pequeño, probablemente el Niño Jesús. Frente a ella se hallaba sentado Uriel, asimismo con un infante, posiblemente san Juan Bautista. Sin embargo, en lugar de ser Jesús quien bendecía a Juan, era el pequeño Juan el que bendecía a Jesús..., ¡y éste se doblegaba a su autoridad! Pero lo que resultaba más preocupante aún era que María tenía una mano levantada sobre la cabeza de Juan en un ademán claramente amenazador: sus dedos parecían unas garras de águila que apresaran una cabeza invisible. Por último, la imagen más obvia y aterradora: justo bajo los encogidos dedos de María, Uriel hacía un extraño gesto con una mano, como si le rebanara el cuello a la cabeza invisible que sostenía la Virgen.

A los estudiantes de Langdon siempre les divertía saber que al final Da Vinci apaciguó a la cofradía pintando una segunda versión edulcorada de *La Virgen de las rocas*, en la que todos los elementos aparecían dispuestos de forma más ortodoxa. Esa segunda versión se hallaba en la National Gallery de Londres, aunque Langdon seguía prefiriendo la original, más fascinante.

Mientras Sophie circulaba a toda prisa por los Campos Elíseos, él preguntó:

—El cuadro, ¿qué había detrás?

Ella seguía sin apartar los ojos del pavimento.

—Te lo mostraré cuando estemos a salvo en la embajada.

—¿Me lo mostrarás? —Langdon estaba sorprendido—. ¿Es que te dejó algo físico?

Sophie asintió.

—Algo que tiene una flor de lis y las iniciales P. S.

Langdon no daba crédito.

«Lo conseguiremos», pensó Sophie mientras doblaba a la derecha, dejando atrás bruscamente el lujoso Hôtel de Crillon y entrando en el arbolado barrio diplomático. Ahora la embajada estaba a poco más de medio kilómetro de distancia, y ella por fin sentía que podía volver a respirar con normalidad.

Ni siquiera mientras iba conduciendo podía dejar de pensar en la llave que tenía en el bolsillo, sus recuerdos del día que la había visto, tantos años antes, la dorada cabeza con forma de cruz con los brazos iguales, el cuerpo triangular, las hendiduras, el sello con la flor y las letras P. S.

Aunque apenas había pensado en la llave a lo largo de todos esos años, gracias a su trabajo en los servicios secretos había adquirido muchos conocimientos dentro del campo de la seguridad, y ahora la peculiar llave ya no se le antojaba tan desconcertante. «Una matriz variable creada por láser, imposible de duplicar.» En lugar de unos dientes que accionaban un pestillo, la compleja serie de incisiones realizadas por láser de esa llave era analizada por una célula fotoeléctrica. Si dicha célula determinaba que el espaciado, la disposición y la rotación de las marcas hexagonales eran correctos, la cerradura se abriría.

Sophie era incapaz de imaginar qué podía abrir semejante llave, pero presintió que Robert podría decírselo. Después de todo, le había descrito el sello que llevaba grabado sin haberlo visto nunca. La cabeza cruciforme implicaba que la llave pertenecía a alguna organización cristiana y, sin embargo, Sophie no sabía de ninguna iglesia que utilizara llaves matrices creadas por láser.

«Además, mi abuelo no era cristiano...»

Sophie lo había visto con sus propios ojos hacía diez años. Por irónico que pudiera parecer, había sido otra llave —mucho más normal— la que le había revelado la verdadera naturaleza de su abuelo.

La tarde era calurosa cuando aterrizó en el aeropuerto Charles de Gaulle y se dirigió a casa en taxi. «*Grand-père* se llevará una buena sorpresa cuando me vea», pensó. De vuelta antes de tiempo de la facultad inglesa en la que estudiaba para pasar unos días de vacaciones en primavera, Sophie se moría de ganas de verlo para hablarle de los métodos de encriptación que estaba estudiando.

Sin embargo, cuando llegó a su casa de París su abuelo no estaba. Decepcionada, sabía que, como él no la esperaba, probablemente estuviese trabajando en el Louvre. «Pero es sábado», pensó, cayendo en la cuenta. Y él rara vez trabajaba los fines de semana. Los fines de semana solía...

Sophie corrió al garaje, sonriendo. Claro, el coche no estaba. Era fin de semana. Jacques Saunière detestaba conducir por la ciudad y sólo tenía coche para ir a un único lugar: su residencia de Normandía, al oeste de París. Tras meses viviendo las aglomeraciones de Londres, Sophie estaba deseosa de disfrutar de los olores de la naturaleza y comenzar sus vacaciones de inmediato. Todavía no era de noche, de manera que decidió salir en el acto para darle una sorpresa. Le pidió prestado el coche a un amigo y se dirigió al oeste, adentrándose en las desiertas colinas bañadas por la luz de la luna próximas a Creully. Llegó poco después de las diez, y enfiló el largo camino privado que llevaba hasta el refugio de su abuelo. El acceso medía casi dos kilómetros, y hacia la mitad divisó la casona

entre los árboles: un descomunal castillo de piedra antiguo encla-
vado en el bosque, en la ladera de una colina.

Con la hora que era, a Sophie no le habría extrañado mucho
encontrar a su abuelo dormido, de manera que se entusiasmó al
ver la casa iluminada. Sin embargo, su deleite se tornó sorpresa
cuando al llegar vio un sinfín de coches aparcados: Mercedes,
BMW, Audi y Rolls-Royce.

Sophie los miró un instante y rompió a reír. «Mi *grand-père*, el
famoso recluso.» Por lo visto, Jacques Saunière era mucho menos
dado a recluirse de lo que quería aparentar. A todas luces celebraba una fiesta mientras Sophie estaba fuera y, a juzgar por los auto-
móviles, habían asistido algunas de las personas más influyentes
de París.

Deseosa de sorprenderlo, se dirigió a la puerta principal a la
carrera. Pero al llegar descubrió que estaba cerrada. Llamó. Nada.
Perpleja, rodeó la casa y probó con la puerta trasera: también cerrada. Nadie respondía.

Confusa, aguzó el oído un instante: lo único que se oía era
el grave gemido del vivificante aire de Normandía recorriendo el
valle.

Ni música.

Ni voces.

Nada.

En medio del silencio del bosque, Sophie se dirigió hasta un
lateral de la casa, se encaramó a un montón de leña y pegó el rostro
a la ventana del salón. Lo que vio no tenía ningún sentido.

—No hay nadie.

Toda la planta baja parecía vacía.

«¿Dónde se ha metido la gente?»

Con el corazón acelerado, fue hasta la leñera y cogió la llave
que su abuelo escondía bajo el cajón de las astillas. Acto seguido
volvió a la puerta principal y entró en la casa. Nada más poner el
pie en el vestíbulo, la luz roja del panel de control del sistema de

seguridad comenzó a parpadear, advirtiendo al que entraba que disponía de diez segundos para introducir el código adecuado antes de que saltara la alarma.

«¿Tiene activada la alarma en una fiesta?»

Sophie tecleó el código deprisa y desactivó el sistema.

Después entró y vio que la casa entera estaba desierta. También arriba. Cuando bajaba de nuevo al vacío salón, permaneció un instante en medio del silencio, preguntándose qué podría estar pasando.

Entonces lo oyó.

Unas voces apagadas, que parecían provenir de debajo, aunque no acertaba a comprender de dónde. Se agachó, pegó la oreja al suelo y escuchó con atención. Sí, no cabía duda de que el sonido procedía de abajo. Las voces parecían entonar un cántico o... ¿una salmodia? Se asustó. Casi más inquietante que el sonido en sí era la idea de que la casa ni siquiera tenía sótano.

«Al menos, que yo sepa.»

A continuación dio media vuelta y, al recorrer el salón con la mirada, reparó en el único objeto de toda la casa que parecía no estar en su sitio: la antigüedad preferida de su abuelo, un tapiz Aubusson de generosas dimensiones. Por regla general, colgaba de la pared oriental, junto a la chimenea, pero esa noche lo habían corrido en su barra de latón, dejando al descubierto la pared de detrás.

Al aproximarse a la desnuda pared de madera, Sophie notó que los cánticos cobraban intensidad. Vacilante, aplicó la oreja al panel: ahora las voces eran más nítidas. No cabía duda de que salmodiaban, entonaban unas palabras que Sophie no era capaz de entender.

«Aquí detrás hay un espacio hueco.»

Al pasar los dedos por el borde de los paneles, dio con una discreta muesca: «Una puerta corredera». Con el corazón desbocado, introdujo un dedo en la ranura y tiró. La pesada pared se deslizó hacia un lateral con silenciosa precisión. Al otro lado, desde la negrura, resonaron las voces.

Sophie entró y se sorprendió en una tosca escalera de piedra que bajaba en espiral. Había ido a esa casa desde que era pequeña y, sin embargo, no sabía que existiese esa escalera.

A medida que descendía, el aire era más frío y las voces más claras. Ahora oía a hombres y mujeres. La estructura en espiral le impedía ver gran cosa, pero ya se acercaba al último peldaño. Más allá distinguió parte del suelo del sótano, la piedra iluminada por un titilante resplandor anaranjado.

Conteniendo la respiración, bajó los últimos escalones y se agachó para echar un vistazo. Tardó varios segundos en asimilar lo que veía.

La habitación era una gruta, una basta cámara que parecía haber sido excavada en la colina de granito. La única luz procedía de unas teas afianzadas en las paredes. Al resplandor de las llamas, alrededor de una treintena de personas formaban un círculo en el centro de la estancia.

«Estoy soñando —se dijo Sophie—. Es un sueño. ¿Qué otra cosa podría ser?»

Todo el mundo llevaba máscara. Las mujeres lucían vaporosas túnicas blancas y zapatos dorados. Sus máscaras también eran blancas, y en las manos sostenían sendos globos terráqueos dorados. Los hombres vestían largas túnicas negras, las máscaras asimismo negras. Parecían piezas en un gran tablero de ajedrez. Todo el mundo en el círculo se mecía adelante y atrás y entonaba con veneración un cántico dirigido a algo que tenían delante, en el suelo..., algo que Sophie no podía ver.

Los cánticos se volvieron cadenciosos, más arrebatados, intensos, veloces. Los participantes dieron un paso hacia delante y se arrodillaron. En ese preciso momento Sophie finalmente vio lo que presenciaba el resto. Según se tambaleaba, horrorizada, supo que la imagen se había grabado para siempre en su memoria. Sintió náuseas y giró sobre sus talones, aferrándose a los pétreos muros mientras subía como podía la escalera. Luego cerró la puerta, salió corriendo de la desierta mansión y regresó a París llorosa y confusa.

Esa noche se sintió decepcionada y traicionada, recogió sus cosas y se fue de casa. Sobre la mesa del comedor dejó una nota:

HE IDO A LA CASA.
NO INTENTES PONERTE EN CONTACTO CONMIGO

Junto a la nota depositó la vieja llave que había encontrado en la leñera del castillo.

—¡Sophie! —oyó decir a Langdon—. ¡Para! ¡Para!

Dejando atrás los recuerdos, Sophie pisó el freno, derrapó y se detuvo.

—¿Qué? ¿Qué pasa?

Langdon señaló la larga calle que se extendía ante ellos.

Al verlo, a Sophie se le heló la sangre: a un centenar de metros, un par de coches patrulla de la DGPJ atravesados bloqueaban el cruce, sus intenciones manifiestas. «Han cortado la avenue Gabriel.»

Con el gesto adusto, Langdon profirió un suspiro.

—Creo que no vamos a poder entrar en la embajada esta noche.

Más adelante los dos agentes de policía que permanecían junto a los coches miraban en su dirección, al parecer extrañados de que aquellas luces se hubiesen detenido tan bruscamente al verlos.

«Muy bien, Sophie, da media vuelta despacio.»

A continuación metió la marcha atrás e hizo un cambio de sentido con tres maniobras. Mientras se alejaba oyó un chirriar de neumáticos tras ellos. Unas sirenas.

Soltó un taco y pisó a fondo el acelerador.

CAPÍTULO 33

El Smart enfiló el barrio diplomático, dejando atrás embajadas y consulados para, finalmente, meterse por una bocacalle, girar a la derecha y salir a la enorme avenida de los Campos Elíseos.

Langdon iba aterrorizado en el asiento del acompañante, volvía la cabeza para ver si los seguía la policía. De pronto deseó no haber decidido huir. «No fuiste tú», recordó. Sophie tomó la decisión por él al tirar el dispositivo de seguimiento por la ventana del baño. Ahora, mientras se alejaban a toda velocidad de la embajada, esquivando el escaso tráfico que circulaba por los Campos Elíseos, Langdon sintió que se quedaba sin opciones. Aunque Sophie parecía haber dado esquinazo a la policía, al menos por el momento, él dudaba que su suerte fuera a durar mucho.

Al volante, Sophie buscaba algo en el bolsillo del jersey. Sacó un pequeño objeto metálico que le ofreció a él.

—Robert, será mejor que le eches un vistazo. Esto es lo que me dejó mi abuelo detrás de *La Virgen de las rocas*.

Emocionado y expectante, Langdon cogió el objeto y lo examinó. Era pesado y tenía forma de cruz. Lo primero que le vino a la cabeza era que sostenía una *pieu* funeraria, una versión en miniatura de las cruces conmemorativas de los cementerios. Pero después reparó en que el cuerpo de la llave era un prisma triangular que presentaba cientos de minúsculas incisiones hexagonales de factura precisa, dispuestas aleatoriamente.

199

—Es una llave hecha con láser —le explicó ella—. Los hexágonos los lee una célula fotoeléctrica.

«¿Una llave?» Langdon no había visto nunca nada parecido.

—Mira por detrás —le sugirió ella mientras cambiaba de carril y atravesaba un cruce.

Cuando Langdon le dio la vuelta, se quedó boquiabierto. Allí, repujadas en el centro de la cruz, se veía una estilizada flor de lis y las iniciales P. S.

—Sophie —observó él—, éste es el sello del que te he hablé. El símbolo oficial del priorato de Sion.

Ella asintió.

—Como ya te dije, vi la llave hace mucho tiempo, y mi abuelo me pidió que no volviera a hablar de ella.

Langdon no podía apartar los ojos de la llave. La tecnología puntera y el vetusto simbolismo constituían una inquietante fusión de antigüedad y modernidad.

—Me dijo que la llave pertenecía a una caja donde guardaba muchos secretos.

Langdon se estremeció al imaginar qué clase de secretos podría guardar un hombre como Jacques Saunière. Desconocía por qué una antigua hermandad se hallaba en posesión de una llave futurista. La existencia del priorato respondía a un único propósito: proteger un secreto. Un secreto increíblemente poderoso. ¿Tendría esa llave algo que ver? La idea era abrumadora.

—¿Sabes qué abre?

—Esperaba que me lo dijeras tú —repuso Sophie con aire de decepción.

Langdon le daba vueltas a la llave en la mano, examinándola en silencio.

—Parece cristiana —aventuró ella.

Pero él no estaba tan seguro. La cabeza de la llave no tenía el tradicional brazo vertical largo de una cruz latina, sino que más bien era cuadrada, los cuatro travesaños de idéntica longitud, lo que la situaba mil quinientos años antes de la aparición del cristianismo. Esa clase de cruz carecía de las connotaciones cristianas de crucifixión que se asociaban a la cruz latina, ideada por los romanos como instrumento de tortura. A Langdon siempre le sorprendía el hecho de que fuesen tan pocos los cristianos que al mirar el crucifijo cayeran en la cuenta de que la violenta historia de ese símbolo se veía reflejada incluso en el propio nombre: tanto «cruz» como «crucifijo» derivaban del verbo latino *cruciare*, «torturar».

—Sophie —comentó—, lo único que puedo decirte es que las cruces cuyos brazos son todos iguales, como ésta, se consideran símbolos de paz. Al ser cuadradas no resultan prácticas para la crucifixión, y el equilibrio de los travesaños horizontales y verticales alude a la unión natural de lo masculino y lo femenino, todo lo cual hace que desde el punto de vista simbólico sean coherentes con la filosofía del priorato.

Ella lo miró con cansancio.

—No tienes ni idea, ¿no?

Langdon arrugó el entrecejo.

—Ni la más mínima.

—Vale, tenemos que salir de las calles. —Sophie miró por el retrovisor—. Necesitamos un lugar seguro para poder pensar qué es lo que abre la llave.

Langdon pensó con nostalgia en su cómoda habitación del Ritz, una opción que, a todas luces, había que descartar.

—¿Y si recurrimos a los organizadores de la conferencia, a la Universidad Norteamericana de París?

—Demasiado obvio: Fache irá a verlos.

—Piensa tú en alguien, vives aquí.

—Fache examinará mis llamadas telefónicas y mis correos electrónicos y hablará con mis compañeros. Con mis contactos no estaremos a salvo, y meternos en un hotel tampoco es buena idea, porque tendremos que identificarnos.

Langdon volvió a preguntarse si no habría sido mejor correr el riesgo y que el capitán lo hubiera detenido en el Louvre.

—Llamemos a la embajada. Puedo explicar la situación y pedir que envíen a alguien para que se reúna con nosotros donde sea.

—¿Que se reúna con nosotros? —Sophie ladeó la cabeza y lo miró como si estuviera loco—. Robert, tú sueñas. La embajada sólo tiene jurisdicción dentro de su propiedad. Enviar a alguien para que venga a buscarnos se consideraría ayudar a un fugitivo de la justicia francesa. No lo harán. Una cosa es entrar en la embajada por tu propio pie y solicitar asilo temporal, y otra muy distinta pedirles que se enfrenten a las fuerzas de seguridad francesas. —Cabeceó—. Si llamas a la embajada, te dirán que te entregues a Fache para evitar males mayores. Luego te prometerán que harán uso de los canales diplomáticos para que tengas un juicio justo. —Observó los elegantes escaparates que se sucedían en los Campos Elíseos—. ¿Cuánto dinero llevas encima?

Langdon sacó la cartera.

—Cien dólares y algunos euros. ¿Por qué?

—¿Tarjetas de crédito?

—Claro.

Cuando Sophie aceleró, él presintió que tramaba algo. Más adelante, al final de los Campos Elíseos, se erguía el arco de Triunfo —un monumento de cincuenta metros de altura que era el tributo de Napoleón a su propio ejército—, inscrito en la mayor rotonda del país, ni más ni menos que de nueve carriles.

Al aproximarse a ella, Sophie miró de nuevo por el retrovisor.

—Por ahora los hemos perdido —afirmó—, pero no duraremos ni cinco minutos si seguimos dentro de este coche.

«Pues robemos uno —se planteó Robert—, ya que somos delincuentes...»

—¿Qué piensas hacer?

Sophie fue directa a la rotonda.

—Confía en mí.

Langdon no dijo nada. Esa noche no había llegado muy lejos con la confianza. Se subió la manga de la chaqueta para consultar su reloj de Mickey Mouse, una pieza de coleccionista que sus padres le regalaron por su décimo cumpleaños. Aunque la infantil esfera solía atraer miradas de extrañeza, Langdon nunca había tenido otro reloj. Los dibujos animados de Disney le habían abierto las puertas al mundo de la magia y el color, y ahora Mickey servía para recordarle a diario que no dejara nunca de ser un niño. En ese instante, sin embargo, los brazos del ratón dibujaban un ángulo inoportuno, lo que era indicativo de que también la hora era inoportuna.

Las 2.51.

—Un reloj interesante —comentó ella tras mirarle la muñeca y entrar en la ancha rotonda en sentido contrario a las agujas del reloj.

—Es una larga historia —contestó él, bajándose la manga.

—Ya me lo figuro. —Sophie le dirigió una breve sonrisa, salió de la rotonda y se dirigió al norte, alejándose del centro de la ciudad.

Dejando atrás dos semáforos en verde a punto de cambiar, llegó al tercer cruce, donde giró bruscamente a la derecha por el boulevard Malesherbes. Habían abandonado las calles ricas y arboladas del barrio diplomático en favor de un distrito industrial más sombrío. Sophie viró rápidamente a la izquierda y poco después Langdon supo dónde se encontraban.

En la gare du Nord.

Frente a ellos, la estación de trenes con el techo de cristal se asemejaba a un singular cruce entre un hangar y un invernadero. Las estaciones de ferrocarril europeas no dormían nunca. Incluso a esa hora, cerca de la entrada principal había media docena de taxis. Los vendedores empujaban carritos con sándwiches y agua mineral mientras mochileros desaseados salían de la estación restregándose los ojos y mirando a su alrededor como si intentasen recordar en qué ciudad estaban. Más arriba, en la calle, una pareja de municipales daba indicaciones en la acera a turistas confusos.

Sophie se situó tras la hilera de taxis y aparcó el Smart en una zona prohibida, a pesar de que al otro lado de la calle había un sinfín de plazas de aparcamiento. Antes de que Langdon tuviera ocasión de preguntar de qué iba todo aquello, ella ya se había bajado del coche. Corrió hasta el primer taxi y se puso a hablar con el taxista por la ventanilla.

Cuando Langdon salió del vehículo, vio que la joven le entregaba al conductor un abultado fajo de billetes. Éste asintió y, acto seguido, para asombro de Langdon, arrancó sin ellos.

—¿Qué ha pasado? —quiso saber él, al tiempo que se reunía con ella en la acera cuando el taxi ya se había ido.

Pero Sophie ya había echado a andar hacia la estación.

—Ven, vamos a comprar dos billetes para el próximo tren que salga de París.

Langdon apretó el paso para no quedarse rezagado. Lo que había comenzado como una carrera de poco más de un kilómetro hasta la embajada estadounidense se había convertido en una huida en toda regla de París, una idea que a Langdon cada vez le hacía menos gracia.

CAPÍTULO 34

El conductor que debía recoger al obispo Aringarosa en el aeropuerto internacional Leonardo da Vinci se detuvo en un pequeño y discreto Fiat negro. Aringarosa recordaba los días en que el parque móvil del Vaticano estaba compuesto por vehículos grandes y lujosos que exhibían emblemas en la parrilla y banderas engalanadas con el sello de la Santa Sede. «Esos días han terminado.» Ahora los coches del Vaticano eran menos ostentosos y casi nunca mostraban distintivo alguno. El Vaticano afirmaba que era para recortar costes y, de ese modo, servir mejor a las diócesis, pero Aringarosa sospechaba que se trataba más bien de una medida de seguridad. El mundo se había vuelto loco, y en numerosas partes de Europa pregonar el amor a Jesucristo era como pintar una diana en el techo del coche.

Recogiéndose la negra sotana, el obispo se subió al asiento de atrás y se puso cómodo para afrontar el largo trayecto hasta Castelgandolfo, el mismo que había emprendido hacía cinco meses.

«El viaje del año pasado a Roma —suspiró—. La noche más larga de mi vida.»

Cinco meses antes, el Vaticano lo había llamado para pedirle que acudiera de inmediato a la ciudad. No le dieron explicación alguna. «Tiene los billetes en el aeropuerto.» La Santa Sede se esforzaba por mantener un halo de misterio, incluso frente a sus clérigos de más alto rango.

Aringarosa se olía que la misteriosa cita probablemente tuviera por objeto organizar una sesión fotográfica con el papa y otros funcionarios del Vaticano para sacar baza del reciente éxito público del Opus Dei: la finalización de su sede de Nueva York. El *Architectural Digest* había afirmado que dicho edificio era un «resplandeciente faro de catolicismo que se integraba a la perfección en el moderno entorno», y últimamente el Vaticano parecía sentirse atraído por todo aquello que incluyese la palabra «moderno».

Aringarosa no tuvo más remedio que aceptar la invitación, aunque fuese a regañadientes. El obispo, que no era partidario del actual pontificado, al igual que la mayoría del clero conservador, había observado con gran preocupación el primer año de ejercicio del nuevo papa. Su santidad, un hombre liberal, algo sin precedentes, se había asegurado el pontificado en uno de los cónclaves más polémicos e insólitos de la historia del Vaticano. Ahora, en lugar de la humildad que debería haber ido aparejada a su inesperada subida al poder, el santo padre había empezado a demostrar el poderío asociado al máximo cargo de la cristiandad sin pérdida de tiempo. Aprovechando el preocupante clima de liberalismo que se vivía en el Colegio de Cardenales, el papa afirmaba que su misión era «rejuvenecer la doctrina vaticana y poner al día el catolicismo de cara al tercer milenio».

Aringarosa sospechaba que ello se traducía en que el hombre era lo bastante arrogante para creer que podía reescribir las leyes divinas y ganarse el corazón de quienes sentían que las exigencias del verdadero catolicismo se habían vuelto muy poco prácticas en un mundo moderno.

El obispo había estado utilizando toda su influencia política —considerable, teniendo en cuenta la cantidad de miembros y los recursos económicos del Opus Dei— para convencer al papa y a sus consejeros de que suavizar las leyes de la Iglesia no sólo era desleal y cobarde, sino además un suicidio político. Les recordó que, la última vez que se intentó —el fiasco que supuso el Concilio

Vaticano II—, el legado fue devastador: la asistencia a misa era más baja que nunca, las donaciones disminuían y ni siquiera había bastantes sacerdotes católicos para ponerse al frente de sus iglesias.

«La gente necesita que la Iglesia le proporcione una estructura y la guíe —insistía Aringarosa—, no que la consienta y sea indulgente con ella.»

Aquella noche, meses antes, cuando el Fiat abandonó el aeropuerto, a Aringarosa le sorprendió comprobar que no se dirigían a la Ciudad del Vaticano, sino que habían puesto rumbo al este por una sinuosa carretera de montaña.

—¿Adónde vamos? —le preguntó al chófer.

—A las colinas Albanas —repuso éste—. Su cita es en Castelgandolfo.

«¿La residencia de verano del papa?» Aringarosa nunca había estado allí ni tampoco sentía el menor interés por verla. Además de ser el lugar donde el pontífice pasaba los meses de verano, la ciudadela, del siglo XVI, albergaba el Specula Vaticana o, lo que era lo mismo, el Observatorio Vaticano, uno de los observatorios astronómicos más avanzados de Europa. Al obispo nunca le habían gustado los históricos devaneos de la Santa Sede con la ciencia. ¿Para qué fundir ciencia y fe? A la ciencia, basada en la objetividad, no podía dedicarse nadie que tuviera fe en Dios, y la fe tampoco tenía necesidad de confirmar físicamente sus creencias.

«Sea como fuere, ahí está», pensó cuando surgió ante sus ojos Castelgandolfo, que se recortaba contra el estrellado cielo de noviembre. Desde el camino de acceso, el castillo parecía un gran monstruo de piedra planteándose un salto suicida. Encaramado al borde mismo de un risco, el lugar se asomaba a la cuna de la civilización italiana: el valle donde se enfrentaron los clanes curiacios y horacios mucho antes de que se fundara Roma.

Incluso desde la distancia, Castelgandolfo era todo un espectáculo: un increíble ejemplo de arquitectura defensiva dispuesta en varios niveles que redoblaba la fuerza del impresionante marco en que se asentaba. Sin embargo, a Aringarosa le entristeció ver que el Vaticano había destrozado la construcción erigiendo dos inmensas cúpulas de aluminio sobre el tejado para ubicar los telescopios, lo que hacía que el que en su día fue un edificio majestuoso ahora pareciera un guerrero orgulloso con un par de gorros de fiesta.

Cuando bajó del coche, un joven sacerdote jesuita salió a su encuentro y lo saludó.

—Bienvenido, ilustrísima. Soy el padre Mangano, astrónomo.

«Pues mejor para usted.» Aringarosa refunfuñó un «hola» y siguió a su anfitrión hasta el vestíbulo del castillo, un amplio espacio cuya decoración era una torpe mezcla de arte renacentista e imágenes astronómicas. A continuación siguió a su acompañante por la ancha escalera de mármol travertino, a lo largo de la cual el obispo vio letreros indicativos de salones de actos, aulas de ciencia y servicios de información turística. Le asombró pensar que el Vaticano no fuera capaz de proporcionar unas pautas de crecimiento espiritual coherentes y estrictas y, sin embargo, sacara tiempo para dar charlas de astrofísica a los turistas.

—Dígame, ¿cuándo empezó a ir el mundo al revés? —le preguntó al joven sacerdote.

Éste le dirigió una mirada de extrañeza.

—¿Cómo dice?

El obispo le restó importancia con un gesto de la mano, decidiendo no lanzar esa ofensiva de nuevo esa noche. «El Vaticano se ha vuelto loco.» Como un padre indolente a quien le resultara más sencillo satisfacer los caprichos de un hijo malcriado que mantenerse en sus trece y enseñarle unos valores, la Iglesia no paraba de ablandarse, procurando reinventarse para complacer a una cultura que había perdido el norte.

El pasillo de la última planta, amplio y suntuoso, llevaba a un único sitio: unas enormes puertas de roble en las que se distinguía una placa de latón.

Aringarosa había oído hablar de ese sitio, del que decían que albergaba más de veinticinco mil volúmenes, entre los que se incluían importantes obras de Copérnico, Galileo, Kepler, Newton y Secchi. Supuestamente también era el lugar donde los más altos consejeros del papa celebraban reuniones privadas, las que preferían no celebrar dentro de los muros del Vaticano.

Conforme se aproximaba a la puerta, Aringarosa jamás habría imaginado la sobrecogedora noticia que estaban a punto de comunicarle, como tampoco la mortífera cadena de acontecimientos que ésta pondría en marcha. No fue capaz de asimilar las devastadoras consecuencias hasta que hubo salido de la reunión, una hora después, anonadado. «Seis meses a partir de ahora —pensó—. Que Dios nos asista.»

Ahora, acomodado en el Fiat, el obispo Aringarosa se percató de que tenía los puños apretados sólo de pensar en aquella primera reunión. Abrió las manos y se obligó a respirar profundamente, relajando los músculos.

«Todo va a salir bien —se dijo mientras el automóvil se adentraba en las montañas. Con todo, deseaba que su móvil sonase—. ¿Por qué no me ha llamado el Maestro? A estas alturas, Silas ya debería haberse hecho con la clave.»

Tratando de tranquilizarse, el obispo reflexionó sobre la amatista púrpura de su anillo. Al tocar la mitra y el báculo y las facetas de los diamantes, recordó que ese anillo simbolizaba un poder mucho menor del que no tardaría en conseguir.

CAPÍTULO 35

El interior de la gare du Nord era como el de cualquier otra estación de trenes de Europa: una enorme caverna por la que pululaban los mismos de siempre: sin techo con cartones escritos, hordas de colegiales con cara de sueño dormitando sobre su mochila y aislados con su MP3 portátil y grupos de mozos de estación vestidos de azul fumando cigarrillos.

Sophie alzó la vista al enorme panel de salidas. Las tablillas blancas y negras se reorganizaban, desplegándose hacia abajo a medida que se actualizaba la información. Cuando la operación hubo finalizado, Langdon echó una ojeada a las opciones. La primera de ellas rezaba:

«*Lille – Rapide – 3.06*».

—Ojalá saliera antes —comentó Sophie—, pero tendrá que ser Lille.

«¿Antes?» Langdon consultó su reloj: las 2.59. El tren salía al cabo de siete minutos y ellos ni siquiera tenían los billetes.

Sophie llevó a Langdon hasta la ventanilla.

—Saca dos billetes con una tarjeta de crédito —le dijo.

—Creía que se podía seguir el rastro de las tarjetas de crédito...

—Ésa es la idea.

Langdon decidió no volver a intentar adelantarse a Sophie Neveu. Adquirió dos billetes a Lille con la Visa y se los dio a ella.

A continuación ésta se dirigió a los andenes, donde se oía un sonsonete familiar y el sistema de megafonía anunciaba la última llamada para los viajeros con destino a Lille. Ante ellos se extendían dieciséis andenes. En el número tres, a cierta distancia a la derecha, el tren con destino a Lille bufaba y resoplaba, listo para partir, pero Sophie ya se había cogido del brazo de Langdon y lo llevaba justo en la dirección contraria. Atravesaron a buen paso una sala de espera lateral, dejaron atrás un café abierto las veinticuatro horas y finalmente salieron por una puerta secundaria a una tranquila calle del lado oeste de la estación.

Un taxi solitario aguardaba no muy lejos.

Al ver a Sophie, el taxista encendió las luces.

Ella se subió a la parte de atrás, y Langdon hizo lo propio.

Mientras el vehículo se alejaba de la estación, Sophie se sacó del bolsillo los recién adquiridos billetes y los partió en pedazos.

Langdon profirió un suspiro. «Setenta dólares bien empleados.»

Hasta que el coche inició el monótono traqueteo en dirección norte por la rue de Clichy, Langdon no tuvo la sensación de que de verdad hubieran escapado. A su derecha, por la ventanilla, veía Montmartre y la hermosa cúpula del Sacré-Cœur, una imagen que se vio interrumpida por el destello de unas luces de policía que pasaron a toda velocidad en sentido contrario.

Langdon y Sophie agacharon la cabeza; las sirenas se debilitaban.

Sophie sólo le había dicho al taxista que saliera de la ciudad y, a juzgar por la tensión de su mandíbula, Langdon notó que la joven trataba de calcular su próximo movimiento.

Él examinó de nuevo la llave cruciforme, sosteniéndola en alto junto a la ventanilla y acercándosela a los ojos con el objeto de hallar alguna marca que pudiera indicarle dónde se había fabricado. A la tenue luz intermitente de las farolas que iban dejando atrás no distinguió señal alguna salvo el sello del priorato.

—No tiene sentido —afirmó al cabo.

—¿Qué exactamente?

—Que tu abuelo se molestara tanto en entregarte una llave con la que tú no supieras qué hacer.

—Eso mismo pienso yo.

—¿Estás segura de que no escribió nada más al dorso del cuadro?

—Lo miré todo bien, y esto es lo único que había: esta llave sujeta al bastidor. Vi el sello del priorato, me metí la llave en el bolsillo y luego nos fuimos.

Langdon frunció el ceño mientras escudriñaba el romo extremo del cuerpo triangular. Nada. A continuación entornó los ojos, se acercó la llave a la cara y examinó el borde. Nada tampoco.

—Creo que la han limpiado no hace mucho.

—¿Por qué?

—Porque huele a alcohol.

—¿Cómo dices? —inquirió Sophie, al tiempo que se volvía hacia él.

—Es como si alguien hubiese utilizado un producto de limpieza. —Langdon se llevó la llave a la nariz y la olió—. Huele más por el otro lado. —Le dio la vuelta—. Sí, algún producto con alcohol, como si alguien le hubiera pasado un paño o... —Se detuvo.

—¿O qué?

Situó la llave a contraluz y observó la lisa superficie de uno de los anchos brazos. Parecía brillar en algunas zonas..., como si estuviese húmeda.

—¿Miraste bien la llave antes de metértela en el bolsillo?

—¿Cómo? No, lo cierto es que no. Tenía prisa.

Langdon volvió la cabeza hacia ella.

—¿Aún tienes la linterna?

Sophie metió la mano en el bolsillo y sacó el utensilio de luz ultravioleta. Él lo cogió y lo encendió, apuntando con el haz el dorso de la llave, que se tornó luminiscente en el acto. Allí había algo escrito, con letra apresurada pero legible.

—Bien —comentó él risueño—, creo que ya sabemos a qué huele.

Sophie miró asombrada las letras púrpura que se veían en el reverso de la llave.

Rue Haxo, 24

«¡Una dirección! Mi abuelo anotó una dirección.»

—¿Dónde está? —quiso saber Langdon.

Sophie no lo sabía, pero volvió la vista al frente, se inclinó hacia delante y le preguntó con nerviosismo al conductor:

—*Connaissez-vous la rue Haxo?*

El taxista se paró a pensar un instante y asintió. Le dijo a Sophie que estaba hacia el oeste, cerca de las pistas de tenis de las afueras de París, y ella le pidió que los llevara allí de inmediato.

—La forma más rápida de llegar es por el bois de Boulogne —comentó el hombre en francés—. ¿Le parece bien?

Ella lo miró ceñuda. Se le ocurrían rutas mucho menos escandalosas, pero esa noche no iba a ponerse quisquillosa.

—*Oui.*

«El estadounidense se va a escandalizar.»

Sophie volvió a mirar la llave y se preguntó qué se encontrarían en el número 24 de la rue Haxo. «¿Una iglesia? ¿La sede del priorato?»

A su memoria volvieron a afluir imágenes del ritual secreto que había presenciado en el sótano de la mansión hacía diez años, y Sophie exhaló un hondo suspiro.

—Robert, tengo muchas cosas que contarte. —Hizo una pausa y lo miró a los ojos mientras el taxi se dirigía al oeste—. Pero primero quiero que me digas todo lo que sepas del priorato de Sion.

CAPÍTULO 36

Al otro lado de la salle des États, Bezu Fache echaba humo mientras Grouard, el guardia del Louvre, le explicaba cómo lo habían desarmado Sophie y Langdon. «¿Por qué demonios no le metió una bala al puñetero cuadro?»

—¿Capitán? —El teniente Collet se aproximaba a ellos desde el puesto de mando—. Capitán, acabo de enterarme de que han localizado el coche de la agente Neveu.

—¿En la embajada?

—No. En la estación de ferrocarril. Compró dos billetes. El tren acaba de salir.

Fache despidió a Grouard y llevó a Collet hasta un rincón cercano, donde le habló bajando la voz.

—¿Cuál era el destino?

—Lille.

—Probablemente se trate de un señuelo. —Fache exhaló mientras pensaba en un plan—. Muy bien, que avisen a la estación, que detengan el tren y lo registren, por si acaso. Que dejen el coche donde está y apuesten a unos policías de paisano por si decidieran volver por él. Que manden a unos hombres a recorrer las calles adyacentes a la estación por si han huido a pie. ¿Salen autobuses de esa estación?

—A esta hora no, señor. Sólo hay taxis.

—Bien. Que pregunten a los taxistas, a ver si han visto algo, y luego que se pongan en contacto con la central y les faciliten las descripciones. Yo llamaré a la Interpol.

Collet parecía sorprendido.

—¿Lo va a hacer público?

Fache lamentaba el posible bochorno, pero no veía otra alternativa.

«Estrechar el cerco y deprisa.»

La primera hora era crítica. Los fugitivos resultaban predecibles durante la hora que seguía a su huida, ya que siempre necesitaban lo mismo: transporte, alojamiento, dinero. La Santísima Trinidad. Y la Interpol podía anular esas tres cosas en un santiamén. Al enviar por fax la fotografía de Langdon y Sophie a los medios de transporte, hoteles y bancos parisinos, la Interpol no les dejaría ninguna opción: ni forma de abandonar la ciudad ni lugar donde esconderse ni manera de retirar efectivo sin que quedara constancia de ello. Por regla general, los fugitivos se dejaban llevar por el pánico y cometían alguna estupidez, como robar un coche, atracar un establecimiento o utilizar una tarjeta de crédito a la desesperada. Fuera el que fuese el error, no tardaban en desvelar su paradero a las autoridades locales.

—Sólo va a dar parte de Langdon, ¿no? —inquirió Collet—. No de Sophie Neveu. Es de los nuestros.

—Naturalmente que voy a dar parte de ella —espetó el capitán—. ¿Qué sentido tendría dar parte de Langdon si ella puede hacer todo el trabajo sucio? Voy a revisar la ficha de Neveu: amigos, familia, contactos personales. Cualquiera a quien pueda recurrir. No sé qué cree que está haciendo, pero le va a costar mucho más que el empleo.

—¿Me quiere al teléfono o en la calle?

—En la calle. Vaya a la estación y coordine al equipo. Está usted al mando, pero no haga nada sin consultarlo antes conmigo.

—Sí, señor. —Collet salió corriendo.

Allí, en el rincón, Fache se sentía rígido. Al otro lado de la ventana se veía la pirámide de cristal iluminada, su reflejo rizándose en las fuentes azotadas por el viento. «Han escapado por los pelos», pensó, y se dijo que debía relajarse.

Ni siquiera a un agente entrenado le sería fácil resistir la presión que la Interpol estaba a punto de ejercer.

«¿Una criptógrafa y un profesor?»

No llegarían al amanecer.

CAPÍTULO 37

El arbolado parque conocido como bois de Boulogne recibía muchos nombres, pero los parisinos enterados lo llamaban «el jardín de las delicias». Dicha denominación, a pesar de sonar halagüeña, era más bien todo lo contrario. Todo el que había visto el escandaloso cuadro del mismo nombre de El Bosco lo entendía: el lienzo, al igual que el bosque, era oscuro y retorcido, un purgatorio para bichos raros y fetichistas. De noche sus serpenteantes caminos se llenaban de centenares de cuerpos brillantes a la venta, delicias terrenales para satisfacer los deseos más oscuros de hombres, mujeres y demás sexos.

Mientras Langdon ordenaba sus ideas para hablarle a Sophie del priorato de Sion, el taxi cruzó la verde entrada del parque y enfiló hacia el oeste por el adoquinado. A Langdon le costaba concentrarse, pues algunos de los nocturnos residentes empezaban a salir de las sombras exhibiendo su mercancía a la luz de los faros. Delante, dos adolescentes en *topless* dirigían provocativas miradas al vehículo. Tras ellas un hombre negro aceitado en tanga se volvió y les mostró las nalgas. A su lado, una rubia imponente se levantó la minifalda y les descubrió que en realidad no era una mujer.

«Madre de Dios.» Langdon dejó de mirar y respiró profundamente.

—Háblame del priorato de Sion —pidió Sophie.

Él asintió, incapaz de imaginar un telón de fondo más incongruente para la leyenda que estaba a punto de referir. No sabía por dónde empezar. La historia de la hermandad abarcaba más de un milenio y era una crónica pasmosa plagada de secretos, chantajes, traiciones e incluso tortura brutal a manos de un papa airado.

—El priorato de Sion —empezó— lo fundó en 1099 en Jerusalén un rey francés llamado Godofredo de Bouillon justo después de conquistar la ciudad.

Sophie asintió sin apartar los ojos de él.

—Supuestamente el rey Godofredo guardaba un poderoso secreto, uno que llevaba en posesión de su familia desde los tiempos de Cristo. Temiendo que dicho secreto se perdiera al morir, fundó una hermandad secreta, el priorato de Sion, a la que encomendó que lo custodiara transmitiéndolo de generación en generación. Durante los años que estuvieron en Jerusalén, el priorato supo de unos documentos ocultos que habían sido enterrados bajo las ruinas del templo de Herodes, que a su vez había sido levantado sobre un templo anterior, el de Salomón. La hermandad creía que dichos documentos corroboraban el poderoso secreto de Godofredo y eran de una naturaleza tan explosiva que la Iglesia no se detendría ante nada para apoderarse de ellos.

Sophie le dirigió una mirada inquisitiva.

—El priorato juró que, tardara lo que tardase, haría cuanto pudiera por recuperar dichos documentos del templo y protegerlos para siempre, de forma que la verdad no muriera nunca. Con el objeto de recuperar los documentos de las ruinas el priorato creó un brazo armado: un grupo de nueve caballeros llamado Orden de los Pobres Caballeros de Cristo y del Templo de Salomón. —Langdon hizo una pausa—. Más conocidos como caballeros templarios.

Ella alzó la cabeza con cara de sorpresa.

Langdon había dado bastantes charlas sobre los templarios para saber que casi todo el mundo había oído hablar de ellos, al menos a grandes rasgos. Para los estudiosos, la historia de los templarios era un universo precario donde los hechos, la leyenda y la desinformación se hallaban tan entremezclados que resultaba casi imposible conocer la verdad. A esas alturas Langdon ni siquiera sabía si mencionar a los templarios cuando impartía clase, ya que eso siempre daba como resultado un aluvión de enrevesadas preguntas sobre diversas teorías centradas en conspiraciones.

Sophie parecía recelosa.

—¿Estás diciendo que los templarios fueron fundados por el priorato de Sion para recuperar unos documentos secretos? Yo creía que la Orden del Temple se creó para proteger Tierra Santa.

—Un malentendido habitual. La idea de proteger a los peregrinos fue el pretexto del que se sirvieron los templarios para llevar a cabo su misión. Su verdadero objetivo en Tierra Santa era recuperar los documentos que se ocultaban bajo las ruinas del templo.

—Y ¿los encontraron?

Langdon sonrió.

—Nadie lo sabe a ciencia cierta, pero en lo que todos los estudiosos coinciden es en que los caballeros descubrieron algo allí debajo..., algo que los dotó de una riqueza y un poder inimaginables.

A continuación le dio a Sophie una explicación somera de los templarios, le contó que los caballeros se hallaban en Tierra Santa durante la segunda cruzada y aseguraron al rey Balduino II que estaban allí para proteger a los peregrinos cristianos en los caminos. Aunque no recibían paga alguna y habían hecho voto de pobreza, los templarios le dijeron al soberano que necesitaban un sitio donde alojarse y le pidieron permiso para ocupar las caballerizas que había bajo las ruinas del templo. El rey Balduino accedió a su petición, y los caballeros se instalaron precariamente en el interior del asolado templo.

Tan extraña elección, aclaró Langdon, fue todo menos aleatoria: los templarios creían que los documentos del priorato se encontraban enterrados bajo las ruinas, debajo del sanctasanctórum, una cámara sagrada donde se creía que residía el propio Dios. Literalmente el epicentro de la fe judía. Durante casi una década los nueve caballeros vivieron en las ruinas, excavando a escondidas en la sólida roca.

Sophie lo miró.

—Y ¿dices que descubrieron algo?

—Eso sin duda —aseveró Langdon, que pasó a explicar que les llevó nueve años, pero al final los caballeros encontraron lo que buscaban. Sacaron el tesoro del templo y regresaron a Europa, donde su influencia pareció afianzarse de la noche a la mañana.

Nadie estaba seguro de si los templarios chantajearon al Vaticano o de si la Iglesia sencillamente trató de comprar el silencio de los caballeros, pero el papa Inocencio II promulgó de inmediato una bula sin precedentes que otorgaba a los caballeros templarios un poder ilimitado y los declaraba «la ley»: un ejército autónomo e independiente de reyes y prelados, tanto religiosa como políticamente.

Con esta nueva carta blanca del Vaticano, los caballeros templarios crecieron a un ritmo vertiginoso tanto en número como en poder político, y acumularon vastas propiedades en más de una docena de países. Comenzaron a conceder crédito a casas reales en bancarrota y a cobrar intereses, sentando las bases de la banca moderna e incrementando aún más su riqueza y su influencia.

En el siglo xiv, gracias a la sanción del Vaticano, los caballeros habían acumulado tanto poder que el papa Clemente V decidió que había que hacer algo. En connivencia con el rey francés Felipe IV, el pontífice concibió una ingeniosa estratagema para aplastar a los templarios y hacerse con sus tesoros, apoderándose de este modo de los secretos con los que controlaban el Vaticano. Con una maniobra militar digna de la CIA, el papa Clemente dictó unas órdenes secretas selladas que debían abrir simultáneamente todos sus soldados desplegados por Europa el viernes 13 de octubre de 1307.

El día decimotercero, al amanecer, los documentos fueron abiertos y se supo cuál era su atroz contenido. En su carta Clemente aseguraba que había tenido una visión en la que Dios lo prevenía de que los caballeros templarios eran unos herejes y los acusaba de rendir culto al diablo, practicar la homosexualidad y la sodomía, profanar la cruz y demás comportamientos blasfemos. Dios había pedido a Clemente que limpiara la tierra reuniendo a los templarios y torturándolos hasta que confesaran sus delitos contra Él. La maquiavélica operación del papa se ejecutó con la precisión de un reloj. Ese día infinidad de caballeros fueron capturados, torturados sin piedad y finalmente quemados en la hoguera por herejía. En la cultura moderna aún se conservaban vestigios de la tragedia: el viernes trece seguía considerándose funesto.

Sophie parecía confusa.

—¿Borraron del mapa a los caballeros templarios? Yo creía que todavía existían hermandades de templarios.

—Y así es, con distintos nombres. A pesar de las falsas acusaciones de Clemente y de sus esfuerzos por erradicarlos, los caballeros contaban con aliados poderosos, y algunos lograron escapar de las purgas vaticanas. El verdadero objetivo de Clemente era el gran tesoro hallado por los templarios, los documentos que al parecer les habían proporcionado el poder, pero se le escapó de las manos. Dichos documentos habían sido confiados hacía tiempo a los misteriosos artífices de los templarios, al priorato de Sion, cuya naturaleza secreta lo había mantenido a salvo de la arremetida del Vaticano. Cuando Roma estrechó el cerco, una noche el priorato trasladó los documentos de París a las naves templarias fondeadas en La Rochelle.

—¿Adónde fueron a parar los documentos?

Langdon se encogió de hombros.

—La respuesta a ese misterio sólo la conoce el priorato de Sion. Dado que incluso hoy en día dichos documentos siguen siendo objeto de continuas investigaciones y especulaciones, se cree que han cambiado de escondite varias veces. Hay quien afirma que en la actualidad se hallan en el Reino Unido.

Sophie puso cara de preocupación.

—Este secreto ha suscitado leyendas que se han transmitido a lo largo de mil años —prosiguió él—. Dichos documentos, su poder y el secreto que encierran han acabado recibiendo un nombre: el Sangreal. Se han escrito cientos de libros al respecto, y pocos enigmas han despertado tanto interés entre los historiadores como el Sangreal.

—¿El Sangreal? ¿Tiene algo que ver con la palabra francesa «*sang*», «sangre»?

Langdon asintió. La sangre era la piedra angular del Sangreal, pero no del modo que probablemente imaginaba Sophie.

—La leyenda es complicada, pero lo que no hay que olvidar es que el priorato tiene en su poder la prueba y supuestamente está esperando a que llegue el momento adecuado en la historia para desvelar la verdad.

—¿Qué verdad? ¿Qué secreto podría ser tan poderoso?

Langdon respiró profundamente y miró el lado oscuro de París, que acechaba entre las sombras.

—Sophie, «Sangreal» es una palabra antigua que a lo largo de los años ha evolucionado y ha pasado a ser otra, más moderna. —Se detuvo—. Cuando te diga cuál es te darás cuenta de que ya sabías muchas cosas al respecto. A decir verdad, casi todo el mundo conoce la historia del Sangreal.

La joven le dirigió una mirada escéptica.

—Pues yo no tengo ni idea.

—Te equivocas. —Langdon sonrió—. Sólo es que tú lo llamas Santo Grial.

CAPÍTULO 38

En la parte trasera del taxi, Sophie miró fijamente a Langdon. «Me está tomando el pelo.»

—¿El Santo Grial?

Él asintió con gravedad.

—Santo Grial es lo que significa literalmente «Sangreal», un término que deriva de la palabra francesa *«Sangraal»*, que evolucionó hasta convertirse en Sangreal. Finalmente ésta se dividió en dos: Santo Grial.

«El Santo Grial.» A Sophie le sorprendió no haber visto en el acto la relación lingüística. Aun así, a su juicio, lo que decía Langdon seguía sin tener sentido.

—Yo creía que el Santo Grial era una copa, pero acabas de decirme que el Sangreal es una recopilación de documentos que desvela un oscuro secreto.

—Sí, pero los documentos del Sangreal son sólo la mitad del tesoro que constituye el Santo Grial. Están enterrados con el Grial en sí, y revelan el verdadero significado de éste. Esos documentos dieron tanto poder a los templarios porque sus páginas encerraban la verdadera naturaleza del Grial.

«¿La verdadera naturaleza del Grial?» Ahora Sophie estaba incluso más confusa. Creía que el Santo Grial era el cáliz del que había bebido Jesús en la Última Cena, y en el que más tarde José de Arimatea recogió Su sangre en la crucifixión.

—El Santo Grial es el cáliz de Cristo —aseguró—. ¿Podría ser más sencillo?

—Sophie —musitó Langdon, ahora inclinándose hacia ella—, según el priorato de Sion, el Santo Grial no es ninguna copa. Ellos afirman que la leyenda del Grial, la del cáliz, no es más que una alegoría a la que le echaron inventiva. Es decir, que la historia del Grial utiliza el cáliz como metáfora de otra cosa, algo mucho más poderoso. —Hizo una pausa—. Algo que encaja perfectamente con todo lo que tu abuelo lleva intentando decirnos esta noche, incluidas todas sus referencias simbólicas a las deidades femeninas.

Aún titubeante, Sophie notó en la paciente sonrisa de Langdon que comprendía su perplejidad, y sin embargo su mirada seguía siendo seria.

—Pero si el Santo Grial no es una copa, ¿qué es? —quiso saber la joven.

Él se esperaba la pregunta y, aun así, todavía no sabía exactamente cómo responder. Si no enmarcaba la respuesta en el contexto histórico adecuado, a Sophie la embargaría una vacía sensación de desconcierto, la misma expresión que él había visto reflejada en el rostro de su editor hacía unos meses, cuando le entregó un borrador del manuscrito en el que estaba trabajando.

—¿Que el manuscrito dice qué? —inquirió su editor, que se atragantó y soltó la copa de vino. Miró fijamente a Langdon por encima de su plato a medio terminar y añadió—: No lo dirás en serio.

—Lo bastante para haberme pasado un año investigando.

El destacado editor neoyorquino Jonas Faukman se tocó nerviosamente la perilla. No cabía duda de que a lo largo de su dilatada carrera había oído algunas ideas descabelladas en las que basar un libro, pero al parecer ésa lo había dejado estupefacto.

—Robert —dijo al cabo Faukman—, no me malinterpretes. Me encanta lo que haces, y llevamos mucho tiempo trabajando juntos, pero si accedo a publicar una idea semejante, tendré que soportar durante meses manifestaciones a la puerta de la oficina. Además, tu reputación se verá menoscabada. Eres historiador en Harvard, por el amor de Dios, no un escritorzuelo de tres al cuarto que busca hacer dinero fácil. ¿Dónde vas a encontrar pruebas fidedignas que respalden semejante teoría?

Esbozando una sonrisa serena, Langdon se sacó un papel del bolsillo de su chaqueta de *tweed* y se lo entregó a Faukman. El pliego era un listado bibliográfico de más de cincuenta títulos —libros de conocidos historiadores, contemporáneos unos, otros centenarios—, muchos de ellos éxitos de ventas dentro del mundo académico. Todos los títulos partían de la misma premisa que acababa de establecer Langdon. Mientras leía la lista, Faukman parecía un hombre que acabara de descubrir que la Tierra en realidad era plana.

—Conozco a algunos de estos autores. Son... historiadores serios.

Langdon sonrió.

—Como puedes ver, Jonas, no se trata únicamente de mi teoría, sino que la idea ya lleva tiempo circulando; yo tan sólo la recojo. Ahora mismo no hay ningún libro que haya explorado la leyenda del Santo Grial desde un punto de vista simbólico. Las pruebas iconográficas que me estoy encontrando y que respaldan la teoría son tremendamente convincentes, la verdad.

Faukman seguía con la vista clavada en el papel.

—Dios mío, si uno de estos libros lo ha escrito sir Leigh Teabing, real historiador de la Corona británica.

—Teabing se ha pasado gran parte de su vida estudiando el Santo Grial. Nos conocemos; de hecho, ha sido una gran fuente de inspiración. Y cree en ello, Jonas, junto con todos los que figuran en esa lista.

—¿Me estás diciendo que todos esos historiadores creen...? —Faukman tragó saliva, al parecer incapaz de pronunciar las palabras.

Langdon volvió a sonreír.

—Se podría decir que el Santo Grial es el tesoro más buscado en la historia de la humanidad. Ha dado lugar a leyendas, guerras y búsquedas que han durado toda una vida. ¿De verdad tiene sentido que tan sólo sea una copa? En tal caso no cabe duda de que otras reliquias deberían suscitar un interés similar o mayor (la corona de espinas, la cruz de la crucifixión, el rótulo de la cruz) y, sin embargo, no es así. A lo largo de la historia el Santo Grial ha sido la más relevante. —Langdon esbozó una sonrisa—. Ahora ya sabes por qué.

Faukman seguía cabeceando.

—Pero con todos los libros que se han escrito al respecto, ¿por qué no es más conocida esta teoría?

—Esos libros no pueden competir con siglos de historia arraigada, en particular cuando esa historia viene refrendada por el bombazo literario de todos los tiempos.

El editor abrió los ojos como platos.

—No me digas que en realidad *Harry Potter* versa sobre el Santo Grial.

—Me refería a la Biblia.

Faukman se encogió.

—Ya lo sabía.

—*Laissez-le!* —Los gritos de Sophie resonaron en el taxi—. Suéltela.

Langdon dio un respingo cuando ella se echó hacia delante en el asiento y le chilló al taxista. Vio que el hombre sostenía la radio y hablaba por ella.

A continuación Sophie se volvió y metió la mano en el bolsillo de la chaqueta de Langdon. Antes de que éste supiera lo que había pasado, la joven sacó la pistola, la empuñó y se la puso en la cabeza al taxista, que soltó en el acto la radio y levantó la mano que tenía libre.

—Sophie —dijo Langdon—, ¿qué demonios...?

—*Arrêtez* —ordenó ella al conductor.

Temblando, éste obedeció y detuvo el coche.

Entonces fue cuando Langdon oyó la metálica voz de la central desde el salpicadero: «*... qui s'appelle agent Sophie Neveu...* —crepitaba la radio—. *Et un américain, Robert Langdon...*».

Sus músculos se tensaron. «¿Ya nos han encontrado?»

—*Descendez* —espetó Sophie.

El tembloroso taxista seguía con los brazos en alto cuando bajó del vehículo y retrocedió varios pasos.

Sophie había bajado la ventanilla y apuntaba a través de ella al desconcertado conductor.

—Robert, ponte al volante —pidió con suma tranquilidad—. Tú conduces.

Langdon no estaba dispuesto a llevarle la contraria a una mujer que blandía un arma, de manera que se bajó del coche y ocupó el asiento del conductor. El taxista profería imprecaciones, los brazos todavía en alto.

—Robert, creo que ya has visto bastante de nuestro bosque mágico, ¿no? —preguntó Sophie desde la parte de atrás.

Él asintió. «Más que de sobra.»

—Bien, pues sácanos de aquí.

Langdon echó un vistazo al vehículo y vaciló. «Mierda.» Agarró el cambio de marchas y apoyó el pie en el embrague.

—Igual sería mejor que...

—¡Arranca! —ordenó ella.

Fuera varias prostitutas empezaban a acercarse para ver lo que estaba ocurriendo, y una mujer estaba haciendo una llamada por el móvil. Langdon pisó el embrague y metió lo que esperaba que fuese primera. A continuación dio unos toquecitos al acelerador a modo de prueba.

Al soltar el embrague, las ruedas chirriaron y el taxi dio una sacudida, coleó frenéticamente e hizo que el gentío se quitara de en medio. La mujer que hablaba por teléfono se refugió en el bosque, evitando por los pelos que la arrollara.

—*Doucement!* —pidió Sophie; el coche daba tumbos por el camino—. ¿Qué estás haciendo?

—¡Es lo que quería decirte! —chilló él para hacerse oír por encima del rechinar de las marchas—. Mi coche es automático.

CAPÍTULO 39

Aunque la espartana habitación de la rue La Bruyère había sido testigo de grandes sufrimientos, Silas dudaba que algo pudiera igualar la angustia que atenazaba su pálido cuerpo. «Me han engañado. Todo se ha perdido.»

Se habían burlado de él. Los hermanos habían mentido, habían preferido morir a desvelar el verdadero secreto. Silas no tenía fuerzas para llamar al Maestro. No sólo había matado a las cuatro únicas personas que sabían dónde estaba escondida la clave, sino que además había acabado con la vida de una monja en una iglesia. «Estaba en contra de Dios, menospreciaba la obra del Opus Dei.»

Había sido un crimen impulsivo, y la muerte de la mujer complicaba las cosas sobremanera. Quien había efectuado la llamada gracias a la cual Silas entró en Saint-Sulpice había sido el obispo Aringarosa. ¿Qué pensaría el abate cuando descubriera a la monja muerta? Aunque la había tendido en la cama, la herida de la cabeza era evidente. Luego había intentado volver a colocar las losas rotas en el suelo, pero los daños también resultaban demasiado obvios. Sabrían que alguien había estado allí.

Silas tenía pensado ocultarse en el Opus Dei cuando su misión hubiera finalizado. «El obispo Aringarosa me protegerá.» No imaginaba mayor dicha que llevar una vida de meditación y oración dentro de los muros de la sede del Opus en Nueva York. No volvería a salir de allí. Todo cuanto necesitaba estaba en ese santuario.

«Nadie me echará en falta.» Silas sabía que, por desgracia, alguien tan prominente como el obispo Aringarosa no podría desaparecer así como así.

«He puesto en peligro al obispo.» Clavó en el suelo unos ojos inexpresivos y se planteó quitarse la vida. Después de todo, había sido Aringarosa quien se la había dado, en aquella pequeña rectoría del norte de España, proporcionándole una educación y un sentido a su existencia.

—Amigo mío, naciste siendo albino —le dijo Aringarosa—. No permitas que nadie haga que te avergüences por ello. ¿Es que no ves que eso te convierte en alguien especial? ¿Acaso no sabías que el mismísimo Noé era albino?

—¿Noé, el del arca? —Silas no lo sabía.

Aringarosa sonreía.

—El mismo, el del arca. Era albino. Al igual que tú, tenía la piel blanca como un ángel. Piensa en esto: Noé salvó toda la vida del planeta. Tú estás destinado a hacer cosas grandes, Silas. Si el Señor te ha liberado es por algo. Has sentido la llamada. El Señor necesita tu ayuda en Su Obra.

Con el tiempo Silas aprendió a verse de otra manera. «Soy puro, blanco, bello. Como un ángel.»

Sin embargo, en ese momento, en su cuarto de la residencia, fue la voz de su padre, teñida de decepción, la que acudió desde el pasado para susurrarle: «*Tu es un désastre. Un spectre*».

Arrodillado en el suelo de madera, rezó pidiendo perdón y, después, tras despojarse del hábito, volvió a echar mano de las disciplinas.

CAPÍTULO 40

Forcejeando con el cambio de marchas, Langdon logró llevar el taxi del que se habían apoderado hasta el final del bois de Boulogne; se le caló tan sólo dos veces. Por desgracia lo cómico de la situación se vio ensombrecido por la central de taxis, que no paraba de llamar por radio al vehículo.

—*Voiture cinq-six-trois. Où êtes-vous? Répondez!*

Cuando llegó a la salida, Langdon se tragó su orgullo masculino y pisó el freno.

—Será mejor que conduzcas tú.

Sophie puso cara de alivio al sentarse al volante. En cuestión de segundos, el coche avanzaba suavemente en dirección al oeste por la allée de Longchamp, dejando atrás el jardín de las delicias.

—¿Por dónde se va a la rue Haxo? —preguntó él mientras veía que el indicador de velocidad superaba los cien kilómetros por hora.

Sophie no perdía de vista el asfalto.

—El taxista dijo que está cerca del estadio Roland Garros; conozco la zona.

Langdon se sacó de nuevo la llave del bolsillo, sintiendo el peso en la mano. Le daba en la nariz que se trataba de un objeto de enorme trascendencia, posiblemente la llave de su propia libertad.

Antes, mientras le hablaba a Sophie de los templarios, Langdon había caído en la cuenta de que, además de contar con el sello del

231

priorato, la llave presentaba un vínculo más sutil con el priorato de Sion: la cruz con los brazos iguales simbolizaba el equilibrio y la armonía, pero también representaba a los templarios. Todo el mundo había visto los cuadros en que los caballeros vestían túnicas blancas engalanadas con una cruz roja cuyos travesaños eran iguales. Cierto, los brazos de la cruz de los templarios se ensanchaban en los extremos, pero su longitud era idéntica.

«Una cruz cuadrada, como la de esta llave.»

Langdon se dio cuenta de que estaba echando a volar la imaginación con lo que podían encontrar. «El Santo Grial.» Casi rompió a reír al comprender cuán absurdo era. Se creía que el Santo Grial se hallaba en algún lugar de Inglaterra, enterrado en una cámara oculta bajo una de las numerosas iglesias de la orden, donde llevaba escondido desde al menos el año 1500.

«La época del gran maestro Da Vinci.»

Con objeto de poner a buen recaudo sus poderosos documentos, el priorato se había visto obligado a cambiarlos de sitio numerosas veces a lo largo de los primeros siglos. Los historiadores ahora barajaban al menos seis ubicaciones distintas para el Grial desde que éste llegó a Europa procedente de Jerusalén. La última vez que se había visto había sido en 1447, cuando numerosos testigos presenciales describían un incendio que se declaró y estuvo a punto de engullir los documentos antes de que fuesen trasladados a un lugar seguro en cuatro enormes arcas, cada una de las cuales portaba seis hombres. Después nadie volvió a afirmar haber visto el Grial de nuevo. Tan sólo corría el rumor de que estaba escondido en Gran Bretaña, la tierra del rey Arturo y sus caballeros de la Mesa Redonda.

Fuera cual fuese su paradero, había dos datos importantes:

«Leonardo sabía dónde estaba el Grial en su época.

»Probablemente el escondite sigue siendo el mismo hoy en día».

Por ese motivo, los entusiastas del Grial continuaban estudiando la obra y los diarios de Da Vinci con la esperanza de dar con una pista oculta que condujera hasta su ubicación actual. Algunos aseguraban que el montañoso telón de fondo de *La Virgen de las rocas* encajaba con la topografía de una serie de colinas infestadas de cuevas en Escocia. Otros insistían en que el sospechoso emplazamiento de los discípulos en *La última cena* era una suerte de clave. Otros afirmaban que las radiografías de la *Mona Lisa* revelaban que en un principio había sido pintada luciendo un colgante de Isis de lapislázuli, detalle este que supuestamente Da Vinci decidió borrar más tarde. Langdon nunca había visto prueba alguna de la existencia de dicho colgante ni tampoco imaginaba cómo podía desvelar el paradero del Santo Grial y, sin embargo, había quien seguía repitiendo la misma cantinela hasta la saciedad en foros y chats de internet.

«A todo el mundo le encantan las conspiraciones.»

Y esas conspiraciones no tenían fin. La más reciente había sido el trascendental descubrimiento de que la célebre *Adoración de los Magos* ocultaba un oscuro secreto bajo sus capas de pintura. El experto italiano Maurizio Seracini dio a conocer la inquietante verdad, que el suplemento dominical de *The New York Times* publicó con el título de «La tapadera de Leonardo».

Seracini demostró sin lugar a dudas que, si bien el bosquejo en tonos verdes y grises que ocultaba el lienzo ciertamente era obra de Da Vinci, el cuadro en sí, no. La verdad era que un pintor anónimo rellenó el esbozo de Da Vinci años después de su muerte. Sin embargo, lo que resultaba mucho más preocupante era lo que había debajo del cuadro del impostor. La reflectografía infrarroja y los rayos X apuntaban a que el tramposo pintor, mientras rellenaba el original de Da Vinci, aprovechó para desviarse sospechosamente del esbozo, como para subvertir las verdaderas intenciones de Leonardo. Fuera cual fuese la auténtica naturaleza del boceto, aún no se había hecho pública. Aun así los abochornados responsables de la florentina Galería de los Uffizi relegaron el cuadro de inmediato a un almacén que había al otro lado de la calle. Ahora, quienes visitaban la sala de Leonardo del museo se encontraban con una placa engañosa y escueta donde antes colgaba la *Adoración*.

**ESTA OBRA ESTÁ SIENDO SOMETIDA
A PRUEBAS DE DIAGNÓSTICO
PREVIAS A SU RESTAURACIÓN**

En el extraño universo de los modernos buscadores del Grial, Leonardo da Vinci seguía siendo el gran enigma. Su obra parecía impaciente por desvelar un secreto y, sin embargo, fuera cual fuese éste, permanecía oculto, tal vez bajo una capa de pintura, tal vez en clave y a la vista de todos, tal vez en ninguna parte. Quizá la abundancia de tentadoras pistas que dejó Da Vinci no fuese sino una promesa huera destinada a frustrar a los curiosos y provocar una sonrisa de satisfacción en su cómplice *Mona Lisa*.

—¿Podría ser que la llave que tienes en la mano abra el lugar donde se oculta el Santo Grial? —La pregunta de Sophie sacó a Langdon de su ensimismamiento.

Su risa sonó forzada incluso a sus oídos.

—Lo dudo mucho, la verdad. Además, se cree que el Grial está en algún lugar del Reino Unido, no en Francia. —Puso a Sophie rápidamente en antecedentes.

—Pero el Grial parece la única conclusión lógica —porfió ella—. Tenemos una llave de seguridad con el sello del priorato de Sion que nos ha sido entregada por un miembro del priorato, una hermandad que, como acabas de decirme, es la guardiana del Santo Grial.

Langdon sabía que la hipótesis era lógica, pero la intuición le decía que resultaba inaceptable. Corría el rumor de que el priorato se había comprometido a devolver algún día el Grial a Francia para que descansase en su última morada, pero no existía ninguna prueba histórica que indicara que esto había sucedido. Aunque el priorato se las hubiese arreglado para llevar el Grial a Francia, el número 24 de la rue Haxo, cerca de un estadio de tenis, difícilmente parecía una última morada noble.

—Sophie, lo cierto es que no sé qué podría tener que ver esta llave con el Grial.

—¿Porque se supone que el Grial se encuentra en Inglaterra?

—No sólo por eso. La ubicación del Santo Grial es uno de los secretos mejor guardados de la historia. Los miembros del priorato han de pasar décadas demostrando que son dignos de confianza antes de ocupar los cargos más altos de la hermandad y saber dónde está el Grial. El secreto se protege mediante un intrincado sistema de conocimientos fragmentados, y aunque la hermandad del priorato es muy numerosa, tan sólo cuatro miembros saben al mismo tiempo dónde se halla el Grial: el gran maestre y sus tres senescales. La probabilidad de que tu abuelo fuese una de esas cuatro personas es mínima.

«Mi abuelo era una de ellas», pensó Sophie mientras pisaba el acelerador. Tenía una imagen grabada en la memoria que confirmaba la prominencia de su abuelo en la hermandad sin lugar a dudas.

—Además, aunque tu abuelo formase parte de la cúpula, jamás le sería permitido desvelar nada a nadie que no perteneciera a la hermandad. Resulta inconcebible que te introdujera en el círculo de los más allegados.

«Estuve en él», pensó ella al tiempo que recordaba el ritual del sótano. Se preguntó si había llegado el momento de referirle a Langdon lo que había visto aquella noche en el castillo de Normandía. La vergüenza pura y dura le había impedido contárselo a nadie en diez años. Sólo con pensar en ello se estremecía. A lo lejos se oyeron unas sirenas, y Sophie sintió que la fatiga se apoderaba de ella.

—Ahí está —observó Langdon con nerviosismo al ver el mastodóntico estadio Roland Garros.

Sophie se dirigió hacia él. Tras efectuar varias maniobras dieron con el cruce de la rue Haxo y se internaron en la calle en busca de los números más bajos. A medida que avanzaban, la calle se volvía más industrial, festoneada de empresas.

«Necesitamos el número veinticuatro —se dijo Langdon, y se percató de que en el fondo escrutaba el horizonte en busca de las agujas de una iglesia—. No seas ridículo. ¿Una iglesia de la orden olvidada en este vecindario?»

—Ahí está —apuntó Sophie.

Los ojos de Langdon localizaron la estructura que ella señalaba. «Pero ¿qué demonios...?»

Se trataba de un edificio moderno, una ciudadela achaparrada con una gigantesca cruz de neón con los brazos iguales coronando la fachada. Bajo la cruz se podía leer:

BANCO DEPOSITARIO DE ZÚRICH

Langdon dio gracias por no haber compartido con Sophie sus esperanzas de encontrarse una iglesia templaria. Uno de los riesgos a los que se enfrentaban los expertos en simbología a lo largo de su carrera era la tendencia a extraer significados ocultos de situaciones que carecían de ellos. En este caso, Langdon había olvidado por completo que la pacífica cruz de brazos iguales constituía el símbolo perfecto adoptado para la bandera de la neutral Suiza.

Al menos, el misterio estaba resuelto.

Tenían en su poder la llave que abría una caja de seguridad de un banco suizo.

CAPÍTULO 41

En Castelgandolfo, una corriente ascendente de aire de montaña azotó la cima del despeñadero y el elevado risco, haciendo que el obispo Aringarosa sintiera un escalofrío al bajarse del Fiat. «Debería haberme abrigado más», pensó mientras pugnaba por no tiritar. Esa noche sólo le faltaba parecer débil o temeroso.

El castillo estaba a oscuras a excepción de las ventanas de la parte superior, que despedían un resplandor inquietante. «La biblioteca —pensó—. Están despiertos, esperándome.» Agachó la cabeza para protegerse del viento y siguió caminando sin dignarse mirar las cúpulas del observatorio.

El sacerdote que aguardaba en la puerta tenía cara de sueño. Era el mismo que lo había recibido hacía cinco meses, aunque esa noche la bienvenida fue mucho menos hospitalaria.

—Estábamos preocupados por usted, ilustrísima —afirmó el sacerdote al tiempo que consultaba el reloj, con la expresión más perturbada que preocupada.

—Le pido disculpas. Últimamente las líneas aéreas no son nada fiables.

El sacerdote farfulló algo inaudible y a continuación dijo:

—Lo esperan arriba. Lo acompañaré.

La biblioteca era una inmensa estancia cuadrada recubierta por entero de madera oscura y rodeada de imponentes estanterías llenas de volúmenes. El suelo era de un mármol ambarino ribeteado de basalto negro, un bello recuerdo de que en su día el lugar había sido un palacio.

—Bienvenido, ilustrísima —saludó una voz desde el otro extremo de la habitación.

El obispo intentó ver quién había hablado, pero la luz era ridículamente tenue, mucho más que en su primera visita, cuando todo estaba vivamente iluminado. Esa noche los hombres se hallaban sumidos en las sombras, como si los avergonzase lo que estaba a punto de suceder.

Aringarosa entró despacio, casi regiamente. Distinguió tres bultos sentados a una larga mesa al fondo de la estancia. La silueta del que estaba en el medio era fácil de reconocer: el obeso secretario de Estado del Vaticano, jefe supremo de todos los asuntos legales de la Santa Sede. Los otros dos eran cardenales italiano de alto rango.

Aringarosa cruzó la biblioteca hacia ellos.

—Les pido disculpas por la hora. Nos regimos por distintos husos horarios. Deben de estar cansados.

—En absoluto —repuso el secretario, que tenía las manos unidas sobre la oronda barriga—. Le agradecemos que se haya desplazado hasta aquí. Lo mínimo que podemos hacer es estar despiertos para recibirlo. ¿Le apetece un café o un refresco?

—Preferiría que no fingiésemos que ésta es una visita social. He de coger otro avión. ¿Vamos al grano?

—Naturalmente —contestó el secretario—. Ha actuado usted más deprisa de lo que suponíamos.

—¿Ah, sí?

—Aún dispone de un mes.

—Ustedes expresaron su preocupación hace cinco meses —replicó Aringarosa—. ¿Por qué iba a esperar?

—Muy cierto. Estamos muy satisfechos con su diligencia.

Los ojos del obispo recorrieron la larga mesa hasta detenerse en un gran maletín negro.

—¿Es lo que solicité?

—Sí. —El secretario parecía incómodo—. Aunque debo admitir que nos preocupa dicha solicitud. Es bastante...

—Peligrosa —terció uno de los cardenales—. ¿Está seguro de que no podemos hacerle una transferencia? La suma es exorbitante.

«La libertad es cara.»

—No me preocupa mi seguridad. Dios está conmigo.

Los hombres albergaban sus dudas.

—¿Es tal y como lo solicité?

El secretario asintió.

—Títulos al portador de principal alto del Banco Vaticano canjeables por efectivo en cualquier parte del mundo.

Aringarosa se acercó al extremo de la mesa y abrió el maletín. Dentro había dos gruesos fajos de bonos, cada uno de los cuales ostentaba el sello del Vaticano y el título «*Portatore*», lo que significaba que quienquiera que los tuviese podía canjearlos.

El secretario parecía tenso.

—Debo decir, ilustrísima, que todos los presentes nos sentiríamos menos preocupados si el dinero fuese en efectivo.

«No podría cargar con tanto dinero», pensó Aringarosa mientras cerraba el maletín.

—Los bonos son canjeables por dinero. Ustedes mismos lo han dicho.

Tras intercambiar unas miradas intranquilas, uno de los cardenales finalmente observó:

—Sí, pero esos bonos remiten directamente al banco del Vaticano.

El obispo sonrió para sí: ése era precisamente el motivo de que el Maestro le hubiese sugerido que pidiera la cantidad en bonos del Banco Vaticano. Era una especie de seguro. «Ahora todos estamos en el mismo barco.»

—Se trata de una transacción legal —afirmó Aringarosa—. El

Opus Dei es una prelatura personal del Vaticano y su santidad puede prodigar dinero como mejor le parezca. No se ha infringido ninguna ley.

—Eso es cierto, pero... —El secretario se inclinó hacia delante y la silla crujió bajo su peso—. Desconocemos lo que pretende hacer con esos fondos, y si se trata de algo ilegal...

—Teniendo en cuenta lo que me están pidiendo —objetó el obispo—, lo que haga o deje de hacer con ese dinero no es de su incumbencia.

Se hizo un largo silencio.

«Saben que tengo razón», pensó Aringarosa.

—Ahora me figuro que querrán que firme algo.

Todos dieron un respingo y le pasaron con impaciencia el documento, como si desearan que se marchase de una vez.

Aringarosa miró el papel que tenía delante. Llevaba el sello papal.

—¿Es idéntico a la copia que me enviaron?

—Exacto.

Al obispo le sorprendió la poca emoción que sintió al firmar el documento. Los otros tres, sin embargo, parecieron proferir un suspiro de alivio.

—Gracias, ilustrísima —dijo el secretario—. El servicio que ha prestado a la Iglesia no caerá en el olvido.

Acto seguido el aludido cogió el maletín, cuyo peso resultaba prometedor, autoritario. Los cuatro hombres se miraron un instante como si hubiera algo más que decir, pero por lo visto no era así, de manera que Aringarosa dio media vuelta y se dirigió a la puerta.

—¿Ilustrísima? —dijo uno de los cardenales cuando él se hallaba en el umbral.

Aringarosa se detuvo y se volvió.

—¿Sí?

—¿Adónde se dirige?

El obispo presintió que la pregunta era más espiritual que geográfica, pero no tenía intención de debatir cuestiones morales a esas horas.

—A París —replicó, y cruzó el umbral.

CAPÍTULO 42

El Banco Depositario de Zúrich era una caja fuerte abierta las veinticuatro horas que ofrecía toda la serie de modernos servicios anónimos característicos de las cuentas numeradas suizas. Con delegaciones en Zúrich, Kuala Lumpur, Nueva York y París, el banco había ampliado recientemente sus prestaciones para ofrecer servicios informatizados de depósito del código fuente y soporte digitalizado desde el anonimato.

Su piedra angular era, con mucho, su servicio más antiguo y sencillo, el *anonyme Lager*: las cajas de seguridad anónimas. Los clientes que deseaban guardar algo, desde títulos de acciones hasta cuadros valiosos, podían depositar sus pertenencias de forma anónima mediante una serie de dispositivos de alta tecnología que garantizaban la privacidad y retirarlas en cualquier momento, también anónimamente.

Cuando Sophie detuvo el taxi delante de su destino, Langdon observó la severa arquitectura del edificio y presintió que el Banco Depositario de Zúrich era una empresa con escaso sentido del humor. El edificio era un rectángulo sin ventanas que parecía hecho enteramente de apagado acero. Semejante a un enorme ladrillo de metal, la construcción, apartada de la carretera, lucía en su fachada una cruz de neón de casi cinco metros de altura con los brazos iguales.

La fama suiza de confidencialidad en la banca se había convertido en una de las exportaciones más lucrativas del país. Instalaciones como ésa habían suscitado la polémica dentro del mundillo del arte, ya que constituían el lugar perfecto para que los ladrones de obras de arte ocultaran bienes robados, durante años si era preciso, hasta que se calmaran las aguas. Dado que los depósitos se hallaban a salvo de inspecciones policiales gracias a las leyes de protección de la privacidad y solían ir vinculados a cuentas numeradas y no nominales, los ladrones podían dormir tranquilos sabiendo que los artículos robados se encontraban a buen recaudo y no podían llevarlos hasta ellos.

Sophie paró ante una imponente verja que impedía la entrada al banco, una rampa de cemento que desaparecía bajo el edificio. Una cámara de videovigilancia instalada en la parte superior apuntaba directamente a ellos, y a Langdon le dio la sensación de que ese artilugio, a diferencia de los del Louvre, sí funcionaba.

Sophie bajó la ventanilla e inspeccionó la plataforma electrónica que quedaba del lado del conductor. Una pantalla líquida proporcionaba instrucciones en siete idiomas, el primero de los cuales era el inglés.

INTRODUZCA LA LLAVE

Sophie se sacó del bolsillo la dorada llave con marcas de láser y volvió a centrarse en la plataforma. Bajo la pantalla había una muesca triangular.

—Algo me dice que va a encajar —opinó Langdon.

La joven situó el cuerpo triangular de la llave sobre la muesca y lo introdujo en ella, deslizándola hasta que hubo desaparecido por completo. Por lo visto, con esa llave no hacía falta dar vueltas. La puerta comenzó a abrirse en el acto, y Sophie retiró el pie del freno y bajó hasta una segunda verja con su correspondiente plataforma. A sus espaldas se cerró la primera puerta, dejándolos atrapados como un barco en una esclusa.

A Langdon no le gustó la opresora sensación. «Esperemos que ésta también se abra.»

Las instrucciones de la segunda plataforma eran idénticas.

INTRODUZCA LA LLAVE

Cuando Sophie obedeció, la segunda verja se abrió de inmediato. Poco después bajaban la rampa hacia las entrañas del edificio.

El garaje privado era pequeño y oscuro, con espacio para alrededor de una docena de coches. Al fondo Langdon divisó la entrada principal. Una alfombra roja cubría el piso de cemento, dando la bienvenida a los visitantes hasta una enorme puerta que parecía de metal sólido.

«Hablando de mensajes contradictorios —pensó—. Bienvenido y prohibido el paso.»

Sophie aparcó el taxi cerca de la entrada y apagó el motor.

—Será mejor que dejes el arma aquí.

«Será un placer», pensó él al tiempo que metía la pistola bajo el asiento.

A continuación bajaron del coche y recorrieron la alfombra roja hasta el bloque de acero. La puerta no tenía pomo, pero a un lado, en la pared, se veía un nuevo orificio triangular, esa vez sin instrucciones.

—Para que no entren los lerdos —aventuró Langdon.

Sophie rompió a reír con nerviosismo.

—Allá vamos. —Introdujo la llave en la ranura y la puerta se abrió hacia dentro silenciosamente.

Tras intercambiar una mirada, entraron, y la puerta se cerró tras ellos con un ruido sordo.

El vestíbulo del Banco Depositario de Zúrich hacía gala de la decoración más imponente que Langdon había visto en su vida. Si la mayoría de los bancos se contentaban con los habituales mármol y granito pulido, éste había optado por el metal y los remaches.

«¿Quién lo habrá decorado? —se planteó—. ¿Una acería?»

Sophie parecía igual de intimidada mientras escrutaba el vestíbulo.

El metal gris estaba por todas partes: en el suelo, las paredes, los mostradores, las puertas; hasta las sillas parecían de hierro colado. Aun así, el efecto que causaba era impresionante; el mensaje, claro: «Está entrando usted en una cámara acorazada».

Tras el mostrador, un hombre corpulento levantó la cabeza al verlos, apagó el pequeño televisor que estaba viendo y los saludó con una agradable sonrisa. A pesar de su musculatura y del arma que llevaba, claramente visible en un costado, hablaba con la pulida gentileza de un botones suizo.

—*Bonsoir* —dijo—. ¿En qué puedo ayudarlos?

La bienvenida bilingüe era el último ardid del anfitrión europeo: no presuponía nada y dejaba a la elección del invitado responder en el idioma con el que se sintiera más cómodo.

Sophie no utilizó ni el uno ni el otro: se limitó a dejar la llave en el mostrador, delante del hombre.

Éste bajó la vista y se irguió en el acto.

—Desde luego. Su ascensor se encuentra al final del pasillo. Avisaré de que van en camino.

Sophie asintió y cogió la llave.

—¿Qué planta?

El hombre la miró con extrañeza.

—Su llave le indica la planta al ascensor.

—Ah, claro —contestó ella risueña.

El guarda vio que los recién llegados se acercaban a los ascensores, introducían la llave, subían al ascensor y desaparecían. En cuanto se hubo cerrado la puerta cogió el teléfono. No llamaba para avisar a nadie de su llegada, no era preciso. Cuando la llave del cliente se introducía fuera, en la puerta de entrada, se ponía sobre aviso automáticamente al empleado que se encontraba en la cámara acorazada.

A quien el guarda llamaba era al gerente de guardia del banco. Mientras el teléfono sonaba, encendió el televisor y clavó la vista en él. La noticia que estaba viendo antes acababa de finalizar. Daba lo mismo. Miró de nuevo los dos rostros que ocupaban la pantalla.

El gerente cogió el teléfono.

—*Oui?*

—Tenemos un problema.

—¿Qué sucede? —inquirió el gerente.

—La policía francesa está buscando a dos fugitivos.

—¿Y?

—Pues que acaban de entrar en el banco.

Al otro lado de la línea se oyó una queda imprecación.

—De acuerdo. Llamaré a monsieur Vernet ahora mismo.

El guarda colgó y efectuó otra llamada, ésta a la Interpol.

A Langdon le sorprendió notar que el ascensor bajaba en lugar de subir. No sabía cuántas plantas habían descendido bajo el Banco Depositario de Zúrich antes de que la puerta finalmente se abriera. No le importaba: se alegraba de estar fuera del ascensor.

Desplegando una impresionante presteza, allí abajo ya había alguien esperándolos, un anciano afable ataviado con un traje de franela pulcramente planchado que lo hacía parecer extrañamente fuera de lugar: un empleado de banco de la vieja escuela en un mundo tecnológico.

—*Bonsoir* —los saludó—. Buenas noches. Si tienen la amabilidad de seguirme, *s'il vous plaît.* —Y, sin esperar a que respondieran, giró sobre sus talones y echó a andar a buen paso por un estrecho pasillo metálico.

Langdon recorrió junto con Sophie una serie de pasillos, dejando atrás amplias estancias llenas de ordenadores centrales parpadeantes.

—*Voici* —anunció el hombre al llegar a una puerta de acero que procedió a abrir—. Hemos llegado.

Langdon y Sophie se adentraron en otro mundo. La pequeña habitación que tenían delante parecía la suntuosa sala de estar de un hotel de lujo. El metal y los remaches habían sido sustituidos por alfombras orientales, mobiliario de roble oscuro y sillas tapizadas. En la ancha mesa del centro descansaban dos vasos de cristal junto a una botella abierta de Perrier aún burbujeante. Al lado humeaba una cafetera de peltre.

«Como un reloj —pensó Langdon—. Cosa de los suizos.»

El hombre esbozó una sonrisa perspicaz.

—Intuyo que es la primera vez que nos visitan.

Sophie vaciló y finalmente asintió.

—Comprendo. Las llaves a menudo se dejan en herencia, y quienes las utilizan por primera vez nunca saben muy bien cuál es el protocolo. —Señaló la mesa con las bebidas—. Esta habitación es suya durante todo el tiempo que necesiten.

—Dice usted que las llaves a menudo se heredan, ¿no? —preguntó Sophie.

—Así es. Su llave es como una cuenta suiza numerada, y a menudo se transmiten a lo largo de generaciones. En nuestras cuentas oro el tiempo mínimo de alquiler de una caja de seguridad es de cincuenta años. El pago por adelantado. Así que vemos muchas caras distintas de una misma familia.

Langdon lo miró atentamente.

—¿Ha dicho «cincuenta años»?

—Como mínimo —repuso el anciano—. Naturalmente el alquiler se puede prolongar mucho más, pero a menos que se disponga lo contrario, si en la cuenta en cuestión no hay actividad a lo largo de cincuenta años, el contenido de la caja se destruye automáticamente. ¿Quieren que les explique cómo pueden acceder a su caja?

Sophie asintió.

—Por favor.

El hombre extendió un brazo abarcando el lujoso salón.

—Ésta es su sala privada. Cuando yo me haya marchado, podrán pasar en ella todo el tiempo que deseen inspeccionando y modificando el contenido de su caja, que llegará... por aquí. —Los llevó hasta la pared del fondo, donde una amplia cinta transportadora entraba en la estancia describiendo una elegante curva, vagamente parecida a las cintas de recogida de equipajes de los aeropuertos—. Se introduce la llave en esta ranura... —El hombre les indicó una gran plataforma electrónica situada frente a la cinta. En ella se veía una conocida muesca triangular—. Cuando el ordenador haya confirmado las marcas de su llave, deberán introducir su número de cuenta y la caja de seguridad subirá automáticamente desde la cámara acorazada de debajo para que puedan inspeccionarla. Cuando hayan terminado con ella, deposítenla en la cinta, introduzcan de nuevo la llave y el proceso se repetirá a la inversa. Dado que todo el sistema es automatizado, su privacidad está garantizada, incluso con respecto al personal del banco. Si necesitan cualquier cosa, no tienen más que pulsar el botón que verán en la mesa del centro.

Sophie estaba a punto de formular una pregunta cuando sonó un teléfono. El anciano, abochornado, puso cara de desconcierto.

—Discúlpenme, se lo ruego.

Se acercó al teléfono, que estaba sobre la mesa, junto al café y el agua mineral.

—*Oui?* —repuso.

Su ceño se frunció mientras escuchaba.

—*Oui..., oui..., d'accord.* —Colgó y esbozó una sonrisa incómoda—. Lo siento, pero debo dejarlos. Están en su casa. —Fue deprisa hacia la puerta.

—Disculpe —dijo Sophie—. ¿Podría aclararme algo antes de marcharse? Ha mencionado que hemos de introducir un número de cuenta.

El hombre se detuvo en la puerta demudado.

—En efecto. Al igual que la mayoría de los bancos suizos, nuestras cajas de seguridad van vinculadas a un número, en lugar de a un nombre. Disponen de una llave y de un número de cuenta personal que sólo ustedes conocen. La llave tan sólo es la mitad de la identificación; la otra mitad la constituye el número de cuenta personal. De lo contrario, si perdiera la llave, cualquiera podría utilizarla.

Sophie titubeó.

—¿Y si mi benefactor no me hubiera dado el número de cuenta?

Al empleado le dio un vuelco el corazón. «En tal caso es evidente que no se les ha perdido nada aquí.» Les dirigió una sonrisa serena.

—Llamaré a alguien para que los ayude. No tardará en llegar.

El hombre se fue, cerrando la puerta al salir y haciendo girar un pesado candado, dejándolos encerrados dentro.

Al otro lado de la ciudad, Collet se hallaba en la gare du Nord, la estación de ferrocarril, cuando sonó su teléfono.

Era Fache.

—Alguien ha llamado a la Interpol —afirmó—. Olvídese del tren. Langdon y Neveu acaban de entrar en la sucursal del Banco Depositario de Zúrich. Quiero a sus hombres allí de inmediato.

—¿Se sabe ya lo que intentaba decirles Saunière a la agente Neveu y a Robert Langdon?

El capitán respondió con frialdad:

—Si usted los detiene, teniente, podré preguntárselo personalmente.

Collet captó la indirecta.

—Número veinticuatro de la rue Haxo. Voy para allá, capitán. —Colgó y llamó por radio a sus hombres.

CAPÍTULO 43

André Vernet —director de la sucursal parisina del Banco Depositario de Zúrich— vivía en un espléndido piso sobre el banco. A pesar del lujoso alojamiento él siempre había soñado con un apartamento a orillas del río en la île Saint-Louis, donde pudiera codearse con la verdadera flor y nata, en lugar de allí, donde sólo veía a gente podrida de dinero.

«Cuando me jubile —se decía—, llenaré la bodega de los mejores burdeos, adornaré el salón con un Fragonard y tal vez un Boucher, y me pasaré los días buscando antigüedades y libros singulares por el quartier Latin.»

Esa noche Vernet sólo llevaba despierto seis minutos y medio. Aun así, mientras caminaba a paso ligero por el corredor subterráneo del banco, daba la impresión de que su sastre y su peluquero personales lo habían puesto de punta en blanco. Luciendo un impecable traje de seda, se echó un *spray* bucal para refrescar el aliento y se enderezó la corbata sin detenerse. Dado que estaba acostumbrado a que lo despertasen para atender a clientes internacionales procedentes de distintos husos horarios, Vernet imitaba los patrones de sueño de los guerreros masais, la tribu africana famosa por su capacidad para pasar del más profundo de los sueños a un estado de disposición absoluta para la lucha en cuestión de segundos.

«Listo para el combate», se dijo temiendo que la comparación pudiese resultar más que apropiada esa noche. La llegada de un cliente con una llave de oro siempre requería más atención de la habitual, pero la llegada de un cliente con una llave de oro al que buscaba la policía judicial sería sin duda un asunto extremadamente delicado. El banco ya libraba bastantes batallas contra las fuerzas de seguridad debido a los derechos de sus clientes en materia de privacidad sin que hubiese pruebas de que algunos de ellos fueran delincuentes.

«Cinco minutos —se dijo el director—. Necesito sacar a esas personas del banco antes de que llegue la policía.»

Si actuaba con rapidez, el desastre que se avecinaba podría evitarse hábilmente. Vernet podía decirle a la policía que los fugitivos en cuestión habían entrado en el banco, pero como no eran clientes y no tenían el número de cuenta habían tenido que dar media vuelta. Ojalá el condenado vigilante no hubiese llamado a la Interpol. Por lo visto, la palabra «discreción» no formaba parte del vocabulario de alguien que cobraba quince euros por hora.

Tras detenerse a la puerta, respiró profundamente y relajó los músculos. Después, obligándose a esbozar una amable sonrisa, abrió y entró en la habitación como si tal cosa.

—Buenas noches —saludó al ver a sus clientes—. Soy André Vernet. ¿En qué puedo ayu...? —El resto de la frase se quedó en algún lugar por debajo de la nuez: la mujer que tenía delante era el visitante más inesperado que había tenido en su vida.

—Perdone, ¿nos conocemos? —preguntó Sophie. Ella no sabía quién era el banquero, pero durante un instante éste parecía haber visto un fantasma.

—No... —farfulló Vernet—. No... lo creo. Nuestros servicios son anónimos. —Soltó el aire y a sus labios asomó una serena sonrisa forzada—. Mi empleado me ha dicho que tienen una llave de oro pero no saben cuál es el número de cuenta. Disculpen la pregunta, pero ¿cómo llegó a su poder esa llave?

—Me la dio mi abuelo —contestó ella mientras miraba al hombre con atención. Ahora su inquietud parecía más evidente.

—¿De veras? ¿Su abuelo le dio la llave pero no el número de cuenta?

—No creo que tuviera tiempo —respondió Sophie—. Lo han asesinado esta noche.

Sus palabras hicieron que el hombre se tambaleara.

—¿Jacques Saunière ha muerto? —quiso saber, el horror escrito en sus ojos—. Pero... ¿cómo?

Ahora fue Sophie quien acusó el impacto, y el susto la dejó paralizada.

—¿Conocía usted a mi abuelo?

André Vernet parecía igual de estupefacto, y hubo de apoyarse en una mesita auxiliar para recobrar el equilibrio.

—Jacques y yo éramos muy amigos. ¿Cuándo ha ocurrido?

—Esta misma noche, en el Louvre.

El banquero se acercó hasta una amplia silla de piel y se hundió en ella.

—Debo hacerles una pregunta muy importante. —Miró a Langdon y después nuevamente a Sophie—. ¿Alguno de ustedes ha tenido algo que ver con su muerte?

—¡No! —exclamó ella—. Desde luego que no.

Vernet, el gesto adusto, se paró a pensar un instante.

—La Interpol ha puesto en circulación su fotografía, por eso la he reconocido. Se los busca por asesinato.

Sophie se desmoronó. «Así que Fache ya ha avisado a la Interpol.» Al parecer, el capitán estaba más motivado de lo que ella había creído en un principio. A continuación pasó a referir a Vernet, a grandes rasgos, quién era Langdon y lo que había sucedido esa noche en el museo.

El hombre estaba atónito.

—¿Y su abuelo, moribundo, le dejó un mensaje pidiéndole que buscara al señor Langdon?

—Sí. Y esta llave. —Sophie dejó la dorada llave en la mesa, ante Vernet, con el sello del priorato hacia abajo.

El banquero le echó una ojeada pero no hizo además de tocarla.

—¿Sólo le dejó esta llave? ¿Nada más? ¿Ningún papel?

Sophie sabía que en el Louvre había tenido que darse prisa, pero estaba segura de no haber visto nada más tras *La Virgen de las rocas*.

—No. Sólo la llave.

Vernet dejó escapar un suspiro en señal de impotencia.

—Me temo que cada llave va unida electrónicamente a un número de cuenta de diez dígitos que hace las veces de contraseña. Sin ese número, la llave carece de valor.

«Diez dígitos. —Sophie calculó a regañadientes las probabilidades—. Diez mil millones de combinaciones posibles.» Aunque pudiera utilizar los ordenadores de la DGPJ más potentes para trabajar en paralelo, tardaría semanas en descifrar el código.

—Estoy segura, monsieur, de que teniendo en cuenta las circunstancias podrá usted ayudarnos.

—Lo siento mucho, pero no puedo hacer nada. Los clientes seleccionan sus números de cuenta mediante un terminal seguro, lo que significa que sólo el cliente y el ordenador conocen dichos números. Es una de las formas de garantizar el anonimato y la seguridad de nuestros empleados.

Sophie lo entendía. Algunos comercios hacían lo mismo: «Los empleados no tienen las llaves de la caja». Era evidente que el banco no quería correr el riesgo de que alguien robara una llave y después tomara por rehén a un empleado para obtener el número de cuenta.

Sophie se sentó junto a Langdon, miró la llave y luego a Vernet.

—¿Tiene usted idea de lo que guarda mi abuelo en su banco?

—Ni la más mínima. Eso es lo que define un banco de estas características.

—Monsieur Vernet —insistió ella—, no disponemos de mucho tiempo, así que, si me lo permite, seré directa. —Cogió la dorada llave y le dio la vuelta, sin perder de vista los ojos del hombre cuando dejó al descubierto el sello del priorato de Sion—. ¿Le dice algo este símbolo?

El director de la sucursal clavó la vista en la flor de lis y no mostró reacción alguna.

—No, pero muchos de nuestros clientes graban logotipos corporativos o iniciales en las llaves.

Sophie exhaló un suspiro, todavía mirándolo atentamente.

—Este sello es el símbolo de una sociedad secreta, el priorato de Sion.

Vernet tampoco reaccionó al oír eso.

—No tengo ni la menor idea. Su abuelo era amigo mío, pero solíamos hablar de negocios. —El hombre se enderezó la corbata, ahora nervioso.

—Monsieur Vernet —continuó Sophie con firmeza—. Mi abuelo me llamó esta tarde para advertirme de que él y yo corríamos un grave peligro. Dijo que tenía que darme algo, y me dio una llave de su banco. Ahora está muerto. Cualquier cosa que pueda decirnos sería de utilidad.

El aludido rompió a sudar.

—Debemos salir del edificio. Me temo que la policía no tardará en llegar. El vigilante se vio obligado a llamar a la Interpol.

Lo que sospechaba Sophie. Probó por última vez.

—Mi abuelo afirmó que tenía que contarme la verdad acerca de mi familia. ¿Le dice eso algo?

—Mademoiselle, su familia murió en un accidente de coche cuando usted era pequeña. Lo lamento. Sé que su abuelo la quería con locura; en varias ocasiones me mencionó lo mucho que le dolía que ustedes dos hubiesen perdido el contacto.

Al ver que Sophie no sabía qué decir, Langdon preguntó:

—El contenido de esta cuenta, ¿guarda alguna relación con el Sangreal?

Vernet lo miró extrañado.

—No sé qué es eso.

Justo entonces sonó su móvil, que liberó del cinturón. «*Oui?* —Escuchó un instante con cara de sorpresa y creciente preocupación—. *La police? Si rapidement?*» Soltó una imprecación, dio unas rápidas instrucciones en francés y aseguró que subiría al vestíbulo en el plazo de un minuto.

Después de colgar se dirigió a Sophie:

—La policía ha respondido mucho más deprisa que de costumbre. Ya están aquí.

Sophie no tenía la menor intención de marcharse con las manos vacías.

—Dígales que vinimos, pero ya nos hemos ido. Si quieren registrar el banco, exija una orden judicial. Eso les llevará tiempo.

—Escuche —contestó el director—, Jacques era un amigo y a mi banco no le viene bien esta clase de publicidad, por estos dos motivos no voy a permitir que los detengan aquí. Denme un minuto y veré qué puedo hacer para que salgan del edificio sin que nadie los vea. Más no puedo hacer. —Se levantó y fue hacia la puerta—. Quédense aquí. Volveré cuando me haya encargado de todo.

—Pero ¿y la caja? —preguntó Sophie—. No podemos irnos sin más.

—A ese respecto no puedo hacer nada —contestó Vernet mientras salía a buen paso—. Lo siento.

Sophie lo siguió con la mirada un momento, preguntándose si el número de cuenta no estaría en alguno de los innumerables paquetes y cartas que su abuelo le había enviado a lo largo de esos años y ella no había abierto.

De pronto Langdon se puso en pie y ella distinguió un inesperado brillo de alegría en sus ojos.

—Robert, ¿es eso una sonrisa?

—Tu abuelo era un genio.

—¿Cómo dices?

—¿Diez dígitos?

Ella no sabía de qué le estaba hablando.

—El número de cuenta —puntualizó él, a sus labios asomando una conocida media sonrisa—. Estoy casi seguro de que sí que nos lo dejó.

—¿Dónde?

Langdon sacó la fotografía de la escena del crimen y la puso sobre la mesa. Sophie no tuvo más que leer la primera línea para saber que su amigo tenía razón.

13-3-2-21-1-1-8-5
Diavoli en Dracon,
lis anómala
P. S. Encontrar a Robert Langdon

CAPÍTULO 44

—Diez dígitos —dijo Sophie mientras estudiaba el papel con ojos de criptógrafa.

13-3-2-21-1-1-8-5

«*Grand-père* escribió su número de cuenta en el suelo del Louvre.»

Cuando vio la secuencia de Fibonacci en el suelo, Sophie supuso que el único propósito de su abuelo era conseguir que la DGPJ llamara a sus criptógrafos y, de ese modo, ella pudiese entrar en juego. Más tarde se percató de que los números también proporcionaban la pista necesaria para desentrañar las otras líneas: «Una secuencia desordenada, un anagrama numérico». Ahora, absolutamente pasmada, veía que los números tenían un significado más importante incluso. Casi con toda probabilidad constituían la última llave para abrir la misteriosa caja de seguridad de su abuelo.

—Era el rey de los dobles sentidos —aseguró, mirando a Langdon—. Le encantaba todo lo que tuviera multitud de significados, códigos dentro de códigos.

Él ya había echado a andar hacia la plataforma electrónica que había al lado de la cinta. Sophie cogió la foto y lo siguió.

La plataforma disponía de un teclado similar al del cajero automático de un banco, y la pantalla exhibía el logotipo cruciforme de la institución. Junto al teclado se distinguía una muesca triangular.

Sin pensarlo dos veces, Sophie introdujo en ella el cuerpo de la llave.

La pantalla cambió en el acto.

NÚMERO DE CUENTA:
- - - - - - - - - -

El cursor parpadeaba, a la espera.

«Diez dígitos.» Sophie leyó en voz alta los números del papel mientras Langdon los tecleaba.

NÚMERO DE CUENTA:
1332211185

Cuando hubo introducido el último dígito, la pantalla ofreció nueva información. Apareció un mensaje en varios idiomas, el primero de los cuales era el inglés.

ATENCIÓN:
Antes de pulsar la tecla «Aceptar», compruebe
que el número de cuenta que ha introducido
es correcto.
Por su propia seguridad, en caso de que el
ordenador no reconozca su número de cuenta,
el sistema se bloqueará automáticamente.

—*Fonction terminer* —observó Sophie con el ceño fruncido—. Por lo que se ve, sólo podemos probar suerte una vez.

Los cajeros automáticos estándar permitían a los usuarios tres intentonas antes de engullir la tarjeta, pero a todas luces ése no era un dispositivo normal y corriente.

—El número está bien —confirmó Langdon mientras cotejaba con sumo cuidado lo que había tecleado con el papel. Señaló la tecla «Aceptar»—. Adelante.

Sophie acercó el índice al teclado pero vaciló, presa de un extraño presentimiento.

—Date prisa —pidió él—. Vernet no tardará en volver.

—No. —Sophie apartó la mano—. Éste no es el número.

—Pues claro que lo es. Diez dígitos. ¿Qué otro podría ser?

—Demasiado aleatorio.

«¿Demasiado aleatorio?» Langdon no podría disentir más. Todos los bancos aconsejaban a sus clientes que escogieran su pin al azar para que nadie pudiese deducir cuál era. Sin duda a los clientes de ese banco con mayor motivo les recomendarían que optasen por un número de cuenta aleatorio.

Sophie borró lo que acababan de introducir y miró a Langdon con seguridad.

—Es demasiada casualidad que con este número de cuenta supuestamente escogido al azar se pueda formar la secuencia de Fibonacci.

Langdon comprendió que tenía razón. Antes Sophie había reorganizado los números y había dado con dicha secuencia. ¿Cuáles eran las probabilidades de que se pudiera hacer algo así?

Sophie estaba de nuevo ante el teclado, introduciendo un número distinto como si se lo supiese de memoria.

—Además, con lo que le gustaban a mi abuelo los símbolos y los códigos, lo lógico es que eligiera un número de cuenta que significase algo para él, algo que pudiera recordar fácilmente. —Terminó de teclear y sonrió con picardía—. Algo que pareciera aleatorio pero no lo fuese.

Langdon miró la pantalla.

NÚMERO DE CUENTA:
1123581321

Tardó un instante, pero cuando lo vio supo que Sophie estaba en lo cierto.

«La secuencia de Fibonacci: 1-1-2-3-5-8-13-21.»

Si dicha secuencia se fundía en un número de diez dígitos, resultaba prácticamente irreconocible. «Fácil de recordar y aparentemente aleatoria a un tiempo.» Un código brillante que Saunière jamás olvidaría. Además, explicaba a la perfección por qué los números garabateados en el Louvre podían reorganizarse para formar la famosa progresión.

Sophie extendió el brazo y presionó la tecla «Aceptar».

No pasó nada.

Al menos nada que ellos pudieran ver.

En ese mismo instante, más abajo, en la tenebrosa cámara acorazada subterránea del banco, un brazo robotizado cobró vida. Deslizándose por un sistema de doble eje instalado en el techo, el brazo fue en busca de las coordenadas adecuadas. Debajo, en el piso de cemento, cientos de cajas de plástico idénticas descansaban alineadas en una enorme cuadrícula como hileras de pequeños ataúdes en una cripta bajo tierra.

Tras detenerse con un zumbido sobre el punto correcto del suelo, el gancho descendió, una célula fotoeléctrica confirmó el código de barras de la caja. Acto seguido, con suma precisión, el brazo afianzó la pesada asa y subió la caja en vertical. Después se puso en marcha un nuevo mecanismo y el brazo transportó la caja hasta el extremo de la cámara acorazada, deteniéndose sobre una cinta transportadora inmóvil.

A continuación el dispositivo depositó con suavidad la caja y se retrajo.

Sólo entonces la cinta transportadora comenzó a moverse...

Arriba, Sophie y Langdon suspiraron aliviados al ver que la cinta se movía. A su lado se sentían como viajeros fatigados junto a la cinta de equipajes a la espera de una misteriosa maleta cuyo contenido era un enigma.

La cinta entraba en la estancia por la derecha, a través de una rendija que se abría bajo una puerta retráctil. La puerta metálica subió y apareció una enorme caja de plástico que surgía de las profundidades de la inclinada cinta transportadora. La caja era negra, de pesado plástico moldeado, y mucho mayor de lo que Sophie imaginaba. Parecía un transportín para mascotas, sólo que sin respiraderos.

Deslizándose con suavidad, la caja se detuvo justo delante de ellos.

Langdon y Sophie guardaban silencio, observando el misterioso contenedor.

Al igual que todo lo demás en ese banco, la caja era industrial: cierres de metal, una pegatina con un código de barras en la parte superior y un asa resistente. Sophie pensó que se asemejaba a una caja de herramientas gigante.

Sin pérdida de tiempo, soltó las dos hebillas que quedaban frente a ella. A continuación miró a Langdon y juntos levantaron la pesada tapa y la dejaron caer hacia atrás.

Luego se acercaron y echaron un vistazo.

A primera vista Sophie creyó que estaba vacía, pero luego reparó en algo. En el fondo. Un único objeto.

El brillante cofre de madera era más o menos del tamaño de una caja de zapatos y tenía las bisagras labradas. La madera era de un lustroso púrpura subido con vetas. «Palisandro», supo Sophie, la preferida de su abuelo. En la tapa se advertía una bonita rosa taraceada. Langdon y ella se miraron con perplejidad, y Sophie se inclinó hacia delante y cogió la caja.

«Madre mía, cómo pesa.»

La llevó con cuidado hasta la gran mesa. Langdon se hallaba a su lado; ambos miraban embobados el pequeño tesoro que al parecer los había enviado a buscar Jacques Saunière.

El profesor contempló maravillado la artesanal incrustación de la tapa: una rosa de cinco pétalos. Había visto esa clase de rosa numerosas veces.

—Para el priorato, la rosa de cinco pétalos es el símbolo del Santo Grial —musitó.

Sophie se volvió y él supo lo que pensaba, ya que era lo mismo que pensaba él. Las dimensiones del cofre, el peso evidente de su contenido y el símbolo del Santo Grial para el priorato permitían extraer una conclusión insondable: «El cáliz de Cristo está en este cofre de madera». Sin embargo, Langdon se dijo que era imposible.

—El tamaño es perfecto para albergar... un cáliz —susurró ella.

«No puede ser un cáliz.»

Sophie arrastró la caja hacia sí por la mesa, dispuesta a abrirla. Sin embargo, al moverla ocurrió algo inesperado: en el cofre se oyó un extraño gorgoteo.

Langdon no daba crédito. «¿Hay líquido dentro?»

Sophie parecía igual de confusa.

—¿Has oído...?

Él asintió perdido.

—Algo líquido.

La joven extendió el brazo, abrió despacio el cierre y levantó la tapa.

Dentro había un objeto que Langdon no había visto en su vida. Sin embargo, a ninguno de los dos les cupo la menor duda de algo: estaba más que claro que aquello no era el cáliz de Cristo.

CAPÍTULO 45

—La policía ha cortado la calle —explicó André Vernet nada más entrar en la sala—. Va a ser difícil sacarlos de aquí.

Al cerrar la puerta, el banquero vio la resistente caja de plástico en la cinta transportadora y frenó en seco. «Dios mío, ¿han accedido a la cuenta de Saunière?»

Sophie y Langdon se hallaban junto a la mesa, rodeando lo que parecía un gran joyero de madera. Sophie cerró la tapa de inmediato y alzó la cabeza.

—Al final resultó que sí que teníamos el número de cuenta —aclaró.

Vernet estaba estupefacto. Aquello lo cambiaba todo. Apartó la vista de la caja en señal de respeto y se puso a pensar en lo que había que hacer. «Tengo que sacarlos del banco.» Pero, con el cordón policial, al director sólo se le ocurría una forma.

—Mademoiselle Neveu, si consigo sacarlos del banco sanos y salvos, ¿piensan llevarse ese objeto consigo o van a devolverlo a la cámara acorazada?

Sophie miró a Langdon y luego al director del banco.

—Tenemos que llevárnoslo.

Vernet asintió.

—Muy bien. En tal caso, sea lo que fuere, le aconsejo que lo envuelva en la chaqueta mientras andamos por los pasillos. Preferiría que no lo viera nadie.

Mientras Langdon se quitaba la americana, Vernet se acercó a la cinta transportadora, cerró la vacía caja e introdujo una serie de sencillos comandos. La cinta se puso en marcha de nuevo, llevándose el contenedor de plástico de vuelta a la cámara. Luego retiró la llave de la plataforma y se la entregó a Sophie.

—Por aquí, por favor. Deprisa.

Cuando llegaron a la zona de carga de la parte posterior, Vernet vio el destello de las luces de la policía, que se colaba en el garaje subterráneo. Frunció el ceño: probablemente la rampa estuviese bloqueada. «¿Saldré airoso de ésta?» Sudaba.

Señaló uno de los pequeños furgones blindados del banco. *Transport sûr* era otro de los servicios que ofrecía el Banco Depositario de Zúrich.

—Suban a la parte de atrás —pidió, al tiempo que abría la sólida puerta y señalaba el reluciente compartimento de acero—. Ahora mismo vuelvo.

Mientras Sophie y Langdon se acomodaban, Vernet se dirigió a la carrera hasta el despacho del supervisor de carga, entró y cogió las llaves del vehículo y la chaqueta y la gorra de un conductor. A continuación se quitó la americana y la corbata y se dispuso a vestirse con el uniforme. Sin embargo, antes decidió colocarse una pistolera bajo la chaqueta. Cuando salía echó mano de una de las armas que llevaban los conductores, introdujo un cargador y se metió la pistola en la funda. Después se abrochó la chaqueta. De vuelta en el furgón, el director se caló debidamente la gorra y miró a Sophie y a Langdon, que permanecían en el interior de la vacía caja de acero.

—Estarán mejor así —dijo Vernet, al tiempo que extendía el brazo y le daba a un interruptor de la pared, haciendo que en el techo se encendiera una solitaria bombilla—. Por favor, siéntense y no hagan ningún ruido cuando salgamos.

Ambos se sentaron en el suelo metálico; Langdon abrazaba el tesoro envuelto en su chaqueta de *tweed*. Tras cerrar la pesada puerta, Vernet los aprisionó dentro y, acto seguido, se puso al volante y arrancó.

Mientras el furgón blindado subía despacio por la rampa, el director notó que empezaba a sudar bajo la gorra. Vio que allí delante había muchas más luces policiales de las que pensaba. Una vez salvada la rampa, la puerta se abrió hacia dentro para franquearle el paso. El hombre avanzó y esperó a que la verja posterior se cerrara antes de reanudar la marcha y llegar hasta el siguiente sensor. La segunda puerta se abrió, la salida lo esperaba.

«A no ser por ese coche patrulla que bloquea la rampa.»

Vernet se enjugó la frente y siguió adelante.

Un agente larguirucho salió del coche y le indicó que parase a unos metros del retén. Delante había cuatro coches patrulla.

El banquero se detuvo. Calándose más aún la gorra de conductor, fingió ser todo lo rudo que le permitía su refinada educación. Sin moverse del asiento, abrió la puerta y miró al agente, cuyo cetrino rostro era grave.

—*Qu'est-ce qui se passe?* —preguntó Vernet con aspereza.

—*Je suis Jérôme Collet* —repuso el agente—. *Lieutenant de la police judiciaire.* —Señaló la trasera del furgón—. *Qu'est-ce qu'il y a là-dedans?*

—Como si yo lo supiera —contestó Vernet en un tosco francés—. Sólo soy el conductor.

Collet no parecía convencido.

—Estamos buscando a dos delincuentes.

Vernet rompió a reír.

—Pues han venido al lugar adecuado. Algunos de los cabrones para los que trabajo tienen tanto dinero que seguro que son delincuentes.

El agente le enseñó una fotografía de pasaporte de Robert Langdon.

—¿Ha estado este hombre en su banco esta noche?

El director se encogió de hombros.

—Ni idea. Mi sitio está aquí abajo, a nosotros no nos dejan acercarnos a los clientes. Tendrá que entrar y preguntar en recepción.

—No podemos entrar sin una orden de registro.

Vernet puso cara de asco.

—La administración... Será mejor que me calle.

—Abra el furgón, por favor. —Collet apuntó a la parte posterior.

El director del banco miró con fijeza al agente y soltó una odiosa risa forzada.

—¿Que abra el furgón? ¿Acaso cree que tengo las llaves? ¿Que se fían de nosotros? Debería ver la mierda que nos pagan.

El policía ladeó la cabeza, su escepticismo manifiesto.

—¿Me está diciendo que no tiene las llaves de su propio furgón?

Vernet negó con la cabeza.

—Las de la caja no, sólo la de contacto. Los supervisores se encargan de cerrarlos en la zona de carga. Luego el furgón permanece allí mientras alguien lleva las llaves a donde corresponde. Cuando nos llaman para confirmar que las llaves han llegado a manos del destinatario, puedo salir yo. Ni un segundo antes. Nunca sé qué coño llevo.

—¿Cuándo se cerró este furgón?

—Hace horas, me figuro. Esta noche tengo que ir a Saint-Thurial, y las llaves de la carga ya están allí.

El teniente no dijo nada, escudriñaba a Vernet como si quisiera leerle el pensamiento.

Al director estaba a punto de resbalarle una gota de sudor por la nariz.

—¿Le importaría quitarlo de ahí? —pidió éste al tiempo que se limpiaba la nariz con la manga y señalaba el coche que le impedía el paso—. Voy muy justo de tiempo.

—¿Todos los conductores llevan Rolex? —inquirió el policía mientras apuntaba a la muñeca de Vernet.

Éste bajó la vista y vio que la reluciente pulsera del carísimo reloj asomaba por la manga de su chaqueta. «*Merde.*»

—¿Esta mierda? Se la compré en Saint-Germain-des-Prés a un vendedor taiwanés por veinte euros. Se lo vendo por cuarenta.

El agente vaciló y finalmente se hizo a un lado.

—No, gracias. Tenga cuidado en la carretera.

Vernet no volvió a respirar hasta que el furgón estuvo a unos cincuenta metros calle abajo. Ahora tenía otro problema: la carga. «¿Adónde los llevo?»

CAPÍTULO 46

Silas yacía boca abajo en la estera de su cuarto, dejando que las heridas de la espalda se secaran al aire. Esa noche la segunda sesión con las disciplinas había hecho que sufriera un mareo y se debilitara. Todavía no se había quitado el cilicio, y sentía que la sangre le corría por la cara interna del muslo. Aun así, no encontraba justificación alguna para retirar la correa.

«He fallado a la Iglesia.

»Peor aún, he fallado al obispo.»

Se suponía que esa noche Aringarosa encontraría su salvación. Hacía cinco meses el obispo había regresado de una reunión en el Observatorio Vaticano, donde había averiguado algo que había hecho que en él se operase un profundo cambio. Abatido durante semanas, Aringarosa finalmente compartió la noticia con Silas.

—Pero ¡no puede ser! —exclamó éste—. Resulta inaceptable.

—Es verdad —confirmó el obispo—. Inconcebible, pero cierto. Dentro de tan sólo seis meses.

Las palabras de Aringarosa aterrorizaron a Silas, que se puso a rezar por la liberación y ni siquiera en esos días aciagos permitió que su fe en Dios y en *Camino* flaquease. Tan sólo un mes después, las nubes se levantaron milagrosamente y brilló la luz del porvenir.

«Intervención divina», lo llamó Aringarosa.

El obispo parecía esperanzado por vez primera.

—Silas —musitó—, Dios nos ha concedido la oportunidad de

proteger la Obra. Nuestra batalla, al igual que todas las batallas, requerirá sacrificios. ¿Estás dispuesto a ser un soldado de Dios?

El albino se postró a los pies del obispo, el hombre que le había dado una nueva vida, y contestó:

—Soy un cordero de Dios, guíeme como el corazón le dicte.

Cuando Aringarosa le explicó la oportunidad que se les había presentado, Silas supo que aquello sólo podía ser obra del Señor. «¡Menuda suerte!» Aringarosa puso a Silas en contacto con el hombre que había propuesto el plan, alguien que se hacía llamar Maestro. Aunque el Maestro y Silas no se conocían en persona, cada vez que hablaban por teléfono Silas se sentía intimidado tanto por la profunda fe como por el poder de aquel hombre. El Maestro parecía saberlo todo, alguien que tenía ojos y oídos en todas partes. Silas no sabía cómo recababa la información, pero Aringarosa había depositado una gran confianza en él y había instado a Silas a hacer lo mismo. «Haz lo que te ordene el Maestro —le había dicho—. Y saldremos victoriosos.»

«Victoriosos.» Silas miraba el desnudo suelo y se temía que la victoria se les había escapado de las manos. Habían engañado al Maestro, la clave era un tortuoso callejón sin salida. Y con el engaño se habían desvanecido las esperanzas.

El albino deseó poder llamar al obispo Aringarosa para prevenirlo, pero esa noche el Maestro había cortado sus líneas de comunicación directa. «Por nuestra seguridad.»

Al cabo, sobreponiéndose a su visible turbación, Silas se puso en pie y cogió el hábito, que estaba en el suelo. A continuación sacó el móvil del bolsillo y, con la cabeza gacha por la vergüenza, efectuó una llamada.

—Maestro —susurró—, todo se ha perdido. —Silas le ofreció un relato fiel del engaño del que había sido objeto.

—Pierdes la fe demasiado deprisa —respondió el Maestro—. Acabo de recibir una noticia de lo más inesperada y grata. El secreto vive. Jacques Saunière transmitió la información antes de morir. Te llamaré pronto. El trabajo de esta noche aún no ha terminado.

CAPÍTULO 47

Viajar en la mal iluminada caja del furgón blindado era como encontrarse en una celda de aislamiento. Langdon se vio obligado a luchar contra la familiar ansiedad que le provocaban los espacios cerrados. «Vernet ha dicho que nos llevaría fuera de la ciudad. ¿Adónde? ¿A qué distancia?»

Las piernas se le habían dormido por haber permanecido sentado en el suelo de metal con ellas cruzadas, de manera que cambió de postura, haciendo una mueca de dolor cuando la sangre volvió a circular por sus extremidades. Aún llevaba en brazos el extraño tesoro que habían rescatado del banco.

—Creo que circulamos por la autopista —musitó Sophie.

A Langdon también le daba esa impresión. Tras una enervante pausa en la rampa del banco, el furgón había reanudado la marcha, torciendo a izquierda y a derecha durante un minuto o dos, y ahora aceleraba, acercándose a lo que parecía la máxima velocidad. Debajo de ellos, los neumáticos a prueba de balas se deslizaban con suavidad por el liso asfalto. Obligándose a centrarse en el cofre de palisandro que sostenía, Langdon dejó el valioso bulto en el suelo, retiró la chaqueta, sacó la caja y se la acercó. Sophie cambió de sitio para ponerse a su lado. De pronto a Langdon le dio la sensación de que eran dos niños impacientes por abrir un regalo de Navidad.

A diferencia de los cálidos colores del cofre, la rosa taraceada era de madera clara, probablemente fresno, y resplandecía bajo la tenue luz. «La rosa.» Ejércitos y religiones habían hecho suyo ese símbolo, al igual que numerosas sociedades secretas. «Los rosacruces, los caballeros de la Orden Rosacruz.»

—Adelante —lo animó Sophie—, ábrelo.

Langdon respiró profundamente y, antes de abrirlo, admiró una vez más la intrincada labor de la madera. Después liberó el cierre y alzó la tapa, dejando a la vista el objeto que descansaba en su interior.

Había fantaseado con lo que podrían encontrarse en la caja, pero a todas luces se equivocaba de medio a medio. Perfectamente acomodado en el acolchado interior de seda carmesí del cofre había un objeto que Langdon no había visto en su vida.

Se trataba de un cilindro de lustroso mármol blanco cuyas dimensiones recordaban a una lata de pelotas de tenis. Más complicado que una simple columna de piedra, sin embargo, el cilindro parecía constar de varias piezas: cinco discos de mármol del tamaño de un donut apilados y unidos en una delicada estructura de latón. Parecía una especie de caleidoscopio tubular con diversas ruedas. Cada uno de los extremos del cilindro estaba rematado por un capuchón, asimismo de mármol, que hacía imposible ver el interior. Al haber oído líquido dentro, Langdon se figuró que el cilindro estaba hueco.

Sin embargo, tan desconcertante como el cilindro en sí, lo primero que llamó su atención fue lo que vio grabado en el tubo: en cada uno de los cinco discos se había tallado con sumo primor la misma serie insólita de letras, el alfabeto entero. El objeto le recordó a Langdon uno de los juguetes de su infancia: una especie de rulo con aros ensartados que se podían mover para formar distintas palabras.

—Increíble, ¿no? —musitó Sophie.

Él levantó la cabeza.

—Pues no lo sé. ¿Qué demonios es?

A la joven le brillaban los ojos.

—Mi abuelo solía hacerlos por hobby. Los inventó Leonardo da Vinci.

Incluso con aquella luz difusa Sophie vio la cara de sorpresa de Langdon.

—¿Da Vinci? —repitió él, mirando de nuevo el cilindro.

—Sí. Es un críptex. Según mi abuelo, su diseño se encontró en uno de los diarios secretos de Da Vinci.

—¿Para qué sirve?

A tenor de los acontecimientos de la noche, Sophie sabía que la respuesta podía tener interesantes repercusiones.

—Es una cámara acorazada —respondió—. Para guardar información secreta.

Langdon abrió los ojos todavía más.

Ella le explicó entonces que elaborar maquetas de los inventos de Da Vinci era uno de los pasatiempos preferidos de su abuelo. Hábil artesano que se pasaba horas en su taller trabajando la madera y el metal, Jacques Saunière disfrutaba emulando a los maestros: a Fabergé y a los genios del esmaltado, y a Leonardo da Vinci, menos artístico, pero mucho más práctico.

Bastaba una ojeada a los diarios de Da Vinci para saber por qué la lumbrera era tan famosa por su falta de constancia como por su brillantez. Leonardo tenía cientos de planos de inventos que jamás había construido. Una de las aficiones favoritas de Jacques Saunière consistía en dotar de vida las ideas más enrevesadas de Da Vinci: relojes, bombas de agua, críptex e incluso la figura articulada de un caballero medieval francés, que ahora descansaba con orgullo en la mesa de su despacho. Diseñada por el italiano en 1495 como producto de sus primeros estudios de anatomía y quinesiología, el mecanismo interno del robot contaba con sus articulaciones y sus tendones, y podía sentarse, agitar los brazos, mover la cabeza gracias a un cuello flexible y abrir y cerrar una mandíbula anatómicamente perfecta. Sophie siempre había creído que ese caballero armado era lo más hermoso que había construido su abuelo..., hasta que vio el críptex que encerraba el cofre de palisandro.

—Cuando era pequeña me fabricó alguno que otro —contó ella—. Pero nunca había visto ninguno tan grande y ornamentado.

Langdon seguía sin apartar los ojos de la caja.

—Nunca había oído hablar de ellos.

A Sophie no la sorprendió: la mayoría de las invenciones de Leonardo que no llegaron a materializarse no habían sido estudiadas o tan siquiera bautizadas. De hecho, el término «críptex» probablemente proviniera de su abuelo, un nombre adecuado para un objeto que se servía de la criptografía para proteger información escrita en el rollo o manuscrito que contenía.

La joven sabía que Da Vinci había sido un pionero de la criptografía, aunque rara vez se le reconocía el mérito. En la universidad los profesores de Sophie, cuando presentaban métodos de codificación por ordenador para la protección de datos, colmaban de alabanzas a criptógrafos modernos como Zimmerman y Schneier, pero no mencionaban que había sido Leonardo quien inventó una de las formas primitivas de codificación de clave pública hace siglos. A Sophie, naturalmente, había sido su abuelo quien le había contado todo eso.

Mientras el vehículo blindado avanzaba por la carretera, le explicó a Langdon que el críptex había sido la solución de Da Vinci al dilema de enviar mensajes seguros cubriendo largas distancias. En una era sin teléfonos ni correo electrónico, todo aquel que quisiera hacer llegar información confidencial a alguien a un lugar remoto no tenía otra opción que ponerla por escrito y confiarla a un mensajero. Por desgracia, si el mensajero sospechaba que el contenido de la carta era valioso, podía ganar mucho más dinero vendiendo la información a adversarios que entregando la misiva.

A lo largo de la historia muchas mentes privilegiadas habían ideado soluciones criptográficas para hacer frente al desafío que suponía la protección de datos: Julio César diseñó un sistema de escritura codificada llamado el «cifrado César»; la reina de Escocia, María Estuardo, creó un cifrado de sustitución con el que enviaba comunicados secretos desde prisión; y el brillante científico árabe Abu Yusuf Ismail al-Kindi protegía sus secretos mediante un ingenioso cifrado de sustitución polialfabética.

Da Vinci, sin embargo, renunció a las matemáticas y a la criptografía en favor de una solución mecánica: el críptex, un contenedor portátil que podía proteger cartas, mapas, diagramas o cualquier otra cosa. Una vez que la información se guardaba en el interior del artilugio, a ella sólo podía acceder el individuo que se hallara en posesión de la contraseña adecuada.

—Necesitamos la contraseña —afirmó Sophie al tiempo que señalaba los discos—. El críptex funciona más o menos como el candado con combinación de una bicicleta. Si se alinean los discos en la posición correcta, el cierre se abre. Este críptex tiene cinco aros con letras. Si se da con la secuencia apropiada, los discos internos se alinean y el cilindro se abre.

—¿Y dentro?

—Una vez abierto el cilindro, se accede a un compartimento central hueco que puede albergar un rollo de papel en el que figura la información confidencial.

Langdon parecía escéptico.

—¿Y dices que tu abuelo te los hacía cuando eras niña?

—Sí, sólo que más pequeños. En un par de ocasiones me regaló un críptex por mi cumpleaños y me propuso un acertijo. La respuesta al acertijo era la contraseña del críptex, y cuando daba con ella podía abrirlo para coger la felicitación.

—Mucho trabajo para una tarjeta de cumpleaños.

—No, en las tarjetas siempre había otra adivinanza o una pista. A mi abuelo le encantaba organizar complicadas búsquedas de tesoros por la casa, una serie de pistas que llevaban hasta el regalo en sí. Cada búsqueda constituía una prueba de carácter y mérito, servía para asegurar que me ganaba la recompensa. Y las pruebas nunca eran fáciles.

Langdon volvió a observar el dispositivo, aún incrédulo.

—Pero ¿por qué no abrirlo sin más? ¿O romperlo? El metal parece delicado y el mármol es blando.

Sophie sonrió.

—Porque Da Vinci era muy listo. Diseñó el críptex de manera que si uno intenta abrirlo por la fuerza la información se autodestruye. Observa. —Sophie metió la mano en el cofre y sacó el cilindro con cuidado—. La información de dentro se escribe en un rollo de papiro.

—¿No de vitela?

Ella negó con la cabeza.

—Papiro. Sé que la vitela era más duradera y habitual por aquel entonces, pero tenía que ser papiro. Y cuanto más fino, mejor.

—Bien.

—Antes de insertar el papiro en el compartimento del cilindro se enrollaba alrededor de un delicado frasquito de cristal. —Le dio unos golpecitos al críptex y se oyó un gorgoteo—. Un frasquito con líquido.

—¿Qué clase de líquido?

Sophie sonrió.

—Vinagre.

Langdon vaciló un instante y a continuación asintió con la cabeza.

—Brillante.

«Vinagre y papiro», pensó Sophie. Si alguien trataba de forzar el críptex, el cristal se rompía y el vinagre no tardaba en deshacer el papiro. Para cuando uno quisiera sacar el mensaje secreto, éste sería una pasta carente de sentido.

—Como puedes ver, la única forma de acceder a la información del interior es conociendo la contraseña de cinco letras —continuó—. Y cinco discos con veintiséis letras cada uno es igual a veintiséis elevado a la quinta potencia. —Comenzó a hacer un cálculo rápido de las permutaciones—. Aproximadamente doce millones de posibilidades.

—Si tú lo dices, será verdad —contestó él con cara de tener aproximadamente doce millones de preguntas rondándole la cabeza—. ¿Qué información crees que contiene?

—Sea lo que sea, es evidente que mi abuelo quería proteger el secreto a toda costa. —Hizo una pausa, durante la cual cerró la tapa del cofre y contempló la rosa de cinco pétalos taraceada. Algo le preocupaba—. Antes has dicho que la rosa es el símbolo del Grial, ¿verdad?

—Eso es. Según el simbolismo del priorato, la rosa y el Grial son sinónimos.

Sophie frunció el ceño.

—Qué extraño, porque mi abuelo siempre decía que la rosa significaba «secreto». Solía colgar una en la puerta del despacho de casa cuando atendía a una llamada confidencial y no quería que lo molestase. Me animó a hacer lo mismo.

«Cariño —decía su abuelo—, en lugar de encerrarnos en las habitaciones, podemos colgar una rosa *(la fleur des secrets)* en la puerta cuando necesitemos intimidad. De esta forma aprenderemos a respetarnos y a confiar el uno en el otro. Colgar una rosa es una antigua costumbre romana.»

—*Sub rosa* —apuntó Langdon—. Los romanos colgaban una rosa cuando celebraban sus sesiones para indicar que éstas eran confidenciales. Los asistentes daban por sentado que todo cuanto se dijese bajo la rosa (o, lo que es lo mismo, *sub rosa*) debía permanecer en secreto.

Luego explicó a grandes rasgos que la connotación de secreto de la rosa no era el único motivo por el que el priorato la utilizaba como símbolo del Grial. La *Rosa rugosa*, una de las variedades más antiguas de esta flor, tenía cinco pétalos y una simetría pentagonal, igual que el planeta Venus, lo que proporcionaba a la rosa fuertes vínculos iconográficos con lo femenino. Además, la rosa estaba muy unida a la noción de «dirección verdadera» y «encontrar el propio camino». La rosa de los vientos ayudaba a los viajeros a orientarse, al igual que las líneas rosa, las que indicaban la longitud en los mapas. Por este motivo la rosa era un símbolo que hablaba del Grial en numerosos niveles: confidencialidad, feminidad y guía, el cáliz femenino y astro guía que llevaba hasta la verdad secreta.

Cuando Langdon finalizó su exposición, su semblante se tornó más severo de pronto.

—¿Robert? ¿Te encuentras bien?

El aludido tenía la vista clavada en el cofre de palisandro.

—*Sub... rosa* —acertó a decir, su expresión entre atemorizada y perpleja—. No puede ser.

—¿Qué?

Él alzó los ojos despacio.

—Bajo el signo de la rosa —musitó—. Este críptex..., creo que sé lo que es.

CAPÍTULO 48

Langdon apenas podía creer su propia conjetura y, sin embargo, teniendo en cuenta quién les había dado ese cilindro de piedra, cómo se lo había dado y la rosa taraceada del cofre, él sólo sacaba una conclusión.

«Tengo en mis manos la clave del priorato.»

La leyenda era concreta.

«La clave de bóveda es una piedra codificada que descansa bajo el signo de la rosa.»

—¿Robert? —Sophie lo observaba—. ¿Qué es lo que pasa?

Éste necesitó unos instantes para ordenar sus pensamientos.

—¿Te habló alguna vez tu abuelo de algo llamado «*clef de voûte*»?

—¿La llave de la cámara? —tradujo Sophie.

—No, ésa es la traducción literal. «*Clef de voûte*» es un término habitual en el campo de la arquitectura. «*Voûte*» no hace referencia a la cámara acorazada de un banco, sino a la bóveda de un arco, como en un techo abovedado.

—Pero los techos abovedados no tienen llaves.

—A decir verdad, sí que las tienen. Todo arco de piedra necesita una cuña central en la parte superior que trabe las piezas y soporte el peso. En arquitectura, esta piedra se denomina «clave», que es sinónimo de «llave». —Langdon no perdía de vista los ojos de Sophie para ver si caía.

Ella se encogió de hombros mientras miraba el críptex.

—Pero está claro que esto no es una clave de bóveda, ¿no?

Langdon no sabía por dónde empezar. Las claves como técnica constructiva para ensamblar arcos de piedra habían sido uno de los secretos mejor guardados de los primeros masones. «El grado del Real Arco. Arquitectura. Claves de bóveda.» Todo estaba relacionado. El secreto de cómo utilizar una clave de bóveda embutida para levantar un arco abovedado formaba parte de los conocimientos que habían hechos ricos a los artesanos masones, y se trataba de un secreto muy bien guardado. Las claves de bóveda siempre habían estado rodeadas de misterio y, sin embargo, a todas luces el cilindro de piedra del cofre era algo muy distinto. La clave del priorato —si es que era eso lo que tenían en sus manos— no se parecía en nada a lo que Langdon había imaginado.

—La clave del priorato no es mi especialidad —admitió—. Mi interés por el Santo Grial tiene que ver fundamentalmente con el simbolismo, así que tiendo a pasar por alto la multitud de leyendas en las que figura cómo encontrarlo.

Sophie enarcó las cejas.

—¿Encontrar el Santo Grial?

Langdon asintió de mala gana y escogió con cuidado sus siguientes palabras.

—Sophie, según el priorato, la clave de bóveda es un mapa codificado..., un mapa que desvela dónde se encuentra el Santo Grial.

Ella palideció.

—Y ¿crees que es esto?

Langdon no sabía qué decir. Incluso a él le sonaba increíble, y sin embargo la clave era la única conclusión lógica que se le ocurría. «Una piedra codificada oculta bajo el signo de la rosa.»

La idea de que el críptex hubiese sido diseñado por Leonardo da Vinci, antiguo gran maestre del priorato de Sion, parecía otro tentador indicio de que ésa era la clave de la hermandad. «Un diseño de un antiguo gran maestre... resucitado siglos después por otro miembro del priorato.» La relación era demasiado palpable para descartarla.

A lo largo de la última década, los historiadores habían estado buscando la clave en iglesias francesas. Los buscadores del Grial, familiarizados con la tendencia del priorato al lenguaje críptico, habían concluido que la *clef de voûte* era una clave en el sentido literal de la palabra —una cuña arquitectónica—, una piedra grabada codificada embutida en el arco abovedado de una iglesia. «Bajo el signo de la rosa.» En arquitectura las rosas abundaban. «Rosetones por doquier.» Y, naturalmente, abundaban las *cinquefoils*, las decorativas flores de cinco pétalos que solían verse coronando los arcos, justo sobre la clave de bóveda. El escondite parecía tremendamente sencillo. El mapa que conducía hasta el Santo Grial se hallaba en lo alto de un arco de alguna iglesia olvidada, mofándose de los ciegos fieles que pasaban por debajo.

—Este críptex no puede ser la clave —arguyó Sophie—. No es lo bastante antiguo. Estoy segura de que lo hizo mi abuelo, es imposible que forme parte de una antigua leyenda sobre el Grial.

—Lo cierto es que se cree que la clave fue creada por el priorato en algún instante de las dos últimas décadas —contestó Langdon entusiasmado.

Los ojos de Sophie reflejaron incredulidad.

—Pero si este críptex revela el paradero del Santo Grial, ¿por qué me lo dio mi abuelo? No sé abrirlo ni qué hacer con él. Ni siquiera sé lo que es el Santo Grial.

Para su sorpresa, Langdon se dio cuenta de que ella tenía razón. Aún no había tenido ocasión de explicarle la verdadera naturaleza del Santo Grial. Esa historia habría de esperar. Por el momento, lo principal era la clave.

«Si de verdad es lo que es...»

Haciéndose oír por encima del zumbido de las ruedas antibalas, le contó a Sophie deprisa y corriendo todo cuanto sabía de la clave. Supuestamente durante siglos el mayor secreto del priorato —la ubicación del Santo Grial— no había sido puesto por escrito. Por motivos de seguridad, era transmitido oralmente a cada nuevo senescal en una ceremonia clandestina. Sin embargo, en el último siglo empezó a correr el rumor de que la política del priorato había cambiado. Ello tal vez se debiera a los nuevos dispositivos de escucha electrónicos, pero el priorato se juró no volver a hablar de la ubicación del sagrado escondite.

—Entonces ¿cómo transmitían el secreto? —quiso saber Sophie.

—Ahí es donde entra en juego la clave de bóveda —apuntó él—. Cuando moría uno de los cuatro miembros principales, los tres restantes escogían al siguiente candidato a *sénéchal* de entre sus filas y, en lugar de contar al nuevo senescal dónde se ocultaba el Grial, lo sometían a una prueba mediante la cual podía demostrar que era digno de saberlo.

La información pareció desconcertar a Sophie, y Langdon de pronto recordó que la joven le había mencionado que su abuelo solía organizar búsquedas de tesoros para ella: *preuves de mérite*. Había que admitir que la clave era un concepto similar, aunque las pruebas de ese estilo eran de lo más habitual en las sociedades secretas. La más conocida era la de los masones, donde sus miembros ascendían a los niveles superiores demostrando que podían guardar un secreto y llevando a cabo rituales y diversas pruebas de mérito a lo largo de muchos años. Éstas eran cada vez más complicadas y culminaban en el grado trigésimo segundo.

—Así que la clave de bóveda es una *preuve de mérite* —concluyó Sophie—. Si un futuro *sénéchal* del priorato puede abrirla, demuestra que es merecedor de conocer la información que contiene.

Langdon asintió.

—Olvidaba que tenías experiencia en esta clase de cosas.

—No sólo con mi abuelo. En criptografía se llama «lenguaje autoautorizado», es decir, que si eres lo bastante listo para leerlo, se te permite saber lo que se dice.

Él vaciló un instante.

—Sophie, ¿eres consciente de que, si ésta es la clave, el hecho de que tu abuelo tuviese acceso a ella implica que era muy poderoso dentro del priorato de Sion? Debía de ser uno de los cuatro miembros de la cúpula.

Sophie profirió un suspiro.

—Era poderoso dentro de una sociedad secreta, de eso estoy segura. Sólo me cabe suponer que se trataba del priorato.

Langdon no daba crédito.

—¿Sabías que era miembro de una sociedad secreta?

—Hace diez años vi ciertas cosas que no debería haber visto. Desde entonces no volvimos a hablar. —La joven hizo una pausa—. Mi abuelo no sólo era uno de los miembros prominentes del grupo... Creo que era el número uno.

Él no podía creer lo que acababa de oír.

—¿El gran maestre? Pero... ¿cómo ibas a saberlo tú? Es imposible.

—Preferiría no hablar de ello. —Sophie apartó la vista; mostraba una expresión tan resuelta como apenada.

Langdon estaba atónito. «¿Jacques Saunière? ¿Gran maestre?» A pesar de las increíbles repercusiones, de ser eso cierto, a Langdon le daba la inquietante sensación de que todo ello casi tenía perfecto sentido. Después de todo, otros grandes maestres del priorato también habían sido distinguidas figuras públicas con una vena artística. Hacía años se habían encontrado pruebas que lo demostraban en la Biblioteca Nacional de París, en unos documentos denominados *Les dossiers secrets*.

Todos los historiadores que estudiaban el priorato y todos los seguidores del Grial habían leído esos documentos. Catalogados con el número 4-lm1 249, *Les dossiers secrets* habían sido autenticados por numerosos especialistas, y se había confirmado de manera irrefutable lo que los historiadores habían intuido durante mucho tiempo: entre los grandes maestres del priorato se encontraban Leonardo da Vinci, Botticelli, sir Isaac Newton, Victor Hugo y, más recientemente, Jean Cocteau, el famoso artista parisino.

«¿Por qué no Jacques Saunière?»

La incredulidad de Langdon aumentó al caer en la cuenta de que esa noche debería haberse reunido con el conservador. «El gran maestre del priorato concertó una cita conmigo. ¿Por qué? ¿Para hablar de arte?» De repente se le antojó poco probable. Al fin y al cabo, si su instinto no le fallaba, el gran maestre del priorato de Sion acababa de pasarle la legendaria clave de la hermandad a su nieta y, al mismo tiempo, le había pedido que encontrase a Robert Langdon.

«Inconcebible.»

No acertaba a imaginar las circunstancias que explicarían el comportamiento del anciano. Aunque éste temiera que iba a morir, había tres senescales que también se hallaban en posesión del secreto y, por consiguiente, garantizaban la seguridad del priorato. ¿Por qué correría Saunière semejante riesgo entregando la clave a su nieta, considerando, además, que ellos dos no se hablaban? Y ¿por qué involucrar a Langdon, un completo desconocido?

«En este rompecabezas falta una pieza», pensó.

Por lo visto, las respuestas tendrían que esperar. El vehículo aminoró la marcha y ambos alzaron la cabeza. Se oyó un crujir de gravilla. «¿Cómo es que se detiene tan pronto?», se preguntó Langdon. Vernet les había dicho que los sacaría de la ciudad para que estuvieran a salvo. El furgón redujo la velocidad y se adentró en un terreno inesperadamente accidentado. Sophie dirigió a Langdon una mirada inquieta y a continuación cerró a toda prisa el cofre. Él se puso la chaqueta.

El vehículo se detuvo, dejando el motor en marcha, y se oyó el descorrer de un cerrojo. Cuando la puerta se abrió, a Langdon le sorprendió comprobar que se hallaban en una zona arbolada, apartada de la carretera. Luego apareció Vernet, con la tensión escrita en el rostro. En la mano sostenía una pistola.

—Lo siento —se disculpó—, pero no tengo elección.

CAPÍTULO 49

A todas luces resultaba evidente que André Vernet no estaba habituado a empuñar un arma, pero en sus ojos se leía una determinación que Langdon intuyó que no sería buena idea poner a prueba.

—Me temo que he de pedirles que dejen el cofre en el suelo —dijo el director del banco mientras los apuntaba con la pistola en el interior del furgón.

Sophie apretó la caja contra el pecho.

—Dijo que usted y mi abuelo eran amigos.

—Tengo el deber de proteger los bienes de su abuelo —repuso el aludido—. Y eso es exactamente lo que estoy haciendo. Suelte la caja, por favor.

—Mi abuelo me la confió —porfió Sophie.

—Haga lo que le digo —ordenó Vernet, subiendo el arma.

Ella depositó el cofre a sus pies.

Langdon vio que ahora el cañón lo apuntaba a él.

—Señor Langdon, acérqueme el cofre —lo conminó Vernet—. Y tenga en cuenta que si se lo pido es porque a usted no vacilaría en dispararle.

Él miró al banquero con cara de incredulidad.

—¿Por qué hace esto?

—¿Usted qué cree? —espetó Vernet, su inglés ahora con acento seco—. Para proteger los bienes de mi cliente.

—Ahora sus clientes somos nosotros —razonó Sophie.

Vernet los miró con frialdad, una transformación inquietante.

—Mademoiselle Neveu, no sé cómo se ha hecho usted con esa llave y con el número de cuenta esta noche, pero parece evidente que no ha sido jugando limpio. De haber sabido la gravedad de los delitos que se les imputan, jamás los habría ayudado a salir del banco.

—Ya se lo he dicho —insistió ella—, nosotros no hemos tenido nada que ver con la muerte de mi abuelo.

El banquero fijó la vista en Langdon.

—Y, sin embargo, la radio afirma que se los busca por el asesinato no sólo de Jacques Saunière, sino también de otros tres hombres.

—¡Qué! —Langdon se quedó estupefacto.

«¿Otros tres asesinatos?» La cifra lo afectó más que el hecho de que él fuera el principal sospechoso: parecía poco probable que fuese una coincidencia. «¿Los tres senescales?» Sus ojos se posaron en el cofre de palisandro. «Si los *sénéchaux* fueron asesinados, Saunière se quedó sin alternativas: debía pasarle la clave a alguien.»

—La policía se ocupará de aclarar las cosas cuando yo los entregue —aseveró Vernet—. Ya he involucrado demasiado a mi banco.

Sophie le lanzó una mirada iracunda.

—Es evidente que no tiene intención de entregarnos. De ser así, nos habría llevado de vuelta al banco en lugar de traernos aquí y retenernos a punta de pistola.

—Su abuelo me contrató por un motivo: poner a buen recaudo sus pertenencias. Sea lo que sea lo que contiene esa caja, no voy a permitir que pase a ser una prueba en una investigación policial. Entréguemela, señor Langdon.

Sophie negó con la cabeza.

—No lo hagas.

Se oyó un disparo y una bala se incrustó en la pared, por encima de él. El eco sacudió el interior del furgón al tiempo que un casquillo caía tintineando al suelo.

«Mierda.» Langdon se quedó helado.

Acto seguido el banquero habló con más firmeza.

—Señor Langdon, coja el cofre.

Él obedeció.

—Y ahora acérquemelo. —Vernet, con el arma en ristre, estaba tras el parachoques trasero, la pistola dentro del furgón.

Langdon avanzó hacia la puerta con la caja en la mano.

«Tengo que hacer algo —pensó—. Estoy a punto de entregar la clave del priorato.» Mientras se movía, se hizo más evidente la altura a la que se hallaba con respecto al suelo, y empezó a plantearse si no podría sacar partido de la situación. El arma de Vernet, aunque levantada, apuntaba a Langdon a la rodilla. «¿Una patada certera?» Por desgracia al acercarse más, el banquero pareció presentir el peligro que corría y retrocedió varios pasos, apartándose unos dos metros, fuera del alcance de Langdon.

—Deje el cofre junto a la puerta —le ordenó a continuación.

Al ver que no tenía más remedio que obedecer, Langdon se arrodilló y depositó la caja justo en el borde.

—Ahora póngase en pie.

Hizo ademán de levantarse, pero se detuvo y centró la atención en el pequeño casquillo que descansaba en el suelo, cerca de la ranura inferior de la hermética puerta.

—Levántese y apártese de la caja.

Langdon se hizo el sordo mientras observaba la ranura. Después se irguió y, al hacerlo, empujó discretamente el casquillo hasta introducirlo en la estrecha acanaladura del umbral. Una vez que se hubo incorporado por completo, retrocedió.

—Pónganse contra la pared del fondo y dense la vuelta.

Langdon hizo lo que le ordenaba el banquero.

Vernet notaba el corazón acelerado. Empuñando el arma con la mano derecha, extendió la izquierda para recuperar el cofre de madera, pero descubrió que era demasiado pesado. «Tendré que usar las dos manos.» Tras mirar de nuevo a sus cautivos, calculó los riesgos. Ambos se hallaban a unos cinco metros, al fondo del furgón, de espaldas a él. Vernet tomó una decisión: se apresuró a dejar la pistola en el parachoques, cogió la caja con ambas manos y la depositó en el suelo. Después agarró la pistola de nuevo y apuntó con ella al interior del vehículo. Sus prisioneros no se habían movido.

«Perfecto.» Ahora sólo tenía que cerrar a cal y canto la puerta. Dejando la caja donde estaba por el momento, asió la puerta de metal y se dispuso a cerrarla. Una vez en su sitio, Vernet levantó el brazo para echar el único cierre existente. La puerta se cerró con un ruido sordo, y el banquero cogió deprisa el cerrojo para tirar de él hacia la izquierda. La barra se movió unos centímetros y después, inesperadamente, se detuvo: no encajaba. «Y ahora, ¿qué pasa?» Vernet volvió a tirar, pero no hubo manera: el mecanismo no se acoplaba. «La puerta no está bien cerrada.» Presa del pánico, empujó con todas sus fuerzas, en vano. «Algo la bloquea.» Acto seguido Vernet se volvió, dispuesto a lanzarse contra ella con todo el peso de su cuerpo, pero entonces la puerta se abrió de pronto hacia fuera, golpeando al director en plena cara y haciéndolo caer al suelo con la nariz reventada. El arma salió disparada al llevarse él las manos al rostro y notar la cálida sangre que le manaba de la nariz.

Robert Langdon saltó no muy lejos de él, y Vernet intentó levantarse pero no podía ver, tenía la vista nublada y cayó hacia atrás de nuevo. Sophie Neveu chillaba. Al poco el banquero sintió que lo envolvía una nube de polvo y gases de escape. Oyó el chirriar de los neumáticos en la grava y se incorporó justo a tiempo de ver que el ancho vehículo no podía dar media vuelta. El parachoques delantero impactó contra un árbol. El motor rugió y el árbol se dobló. Finalmente fue el parachoques el que cedió, doblándose por la mitad. El furgón blindado avanzó dando tumbos con el parachoques delantero a rastras. Cuando llegó a la carretera asfaltada, una lluvia de chispas iluminó la noche; el vehículo se alejaba a toda velocidad.

Vernet miró al suelo, allí donde antes estaba aparcado el furgón. Aunque la luz que arrojaba la luna era tenue, vio que no había nada.

El cofre de madera había desaparecido.

CAPÍTULO 50

El Fiat sin distintivos que había salido de Castelgandolfo bajó serpenteando por las colinas Albanas hasta llegar al valle. En el asiento trasero, el obispo Aringarosa sonreía, sintiendo el peso de los bonos en el maletín que descansaba en su regazo y preguntándose cuándo efectuarían el intercambio él y el Maestro.

«Veinte millones de euros.»

Con esa suma Aringarosa compraría un poder mucho más valioso que el dinero.

Mientras su coche regresaba a Roma a toda velocidad, el obispo volvió a sorprenderse preguntándose por qué no se había puesto el Maestro en contacto con él todavía. Tras sacarse el móvil del bolsillo de la sotana, comprobó la señal: muy débil.

—Aquí arriba los móviles no siempre funcionan —explicó el chófer, que lo observaba por el espejo retrovisor—. Dentro de unos cinco minutos saldremos de las montañas y habrá más cobertura.

—Gracias.

De repente al obispo lo asaltó la preocupación: «¿Que no hay cobertura en las montañas?». Tal vez el Maestro hubiese estado intentando llamarlo todo ese tiempo. Tal vez algo hubiera salido mal.

Aringarosa procedió a comprobar el buzón de voz: nada. Pero entonces cayó en la cuenta de que el Maestro nunca le habría dejado un mensaje grabado, pues era un hombre muy cauteloso con las comunicaciones. Nadie mejor que él para comprender los peligros de hablar abiertamente en el mundo moderno, ya que las escuchas electrónicas habían desempeñado un importante papel a la hora de hacerse con la vasta información secreta de que disponía.

«Por eso toma tantas precauciones.»

Por desgracia, entre las medidas de cautela del Maestro se hallaba la negativa a facilitar a Aringarosa un teléfono de contacto. «Yo seré el único que establezca contacto —le había informado—, así que no se separe del móvil.» Al caer en la cuenta de que quizá su teléfono no hubiese estado funcionando debidamente, temió lo que podría pensar el Maestro si lo había estado llamando y no había obtenido respuesta alguna.

«Creerá que algo va mal.

»O que no he podido hacerme con los bonos.»

El obispo empezó a sudar.

«O peor aún..., que he salido huyendo con el dinero.»

CAPÍTULO 51

Incluso circulando a tan sólo sesenta kilómetros por hora, el parachoques delantero del furgón blindado rechinaba estrepitosamente al arañar la desierta carretera de las afueras, haciendo que saltaran chispas sobre el capó.

«Hemos de salir de la carretera», pensó Langdon.

Apenas veía hacia dónde se dirigían. El único faro del vehículo que funcionaba se había descentrado y proyectaba un haz de luz torcida hacia el bosque que bordeaba la carretera. Al parecer, el blindaje del furgón sólo afectaba a la caja, no a la cabina.

Sophie ocupaba el asiento del acompañante, y clavaba la vista en el cofre de palisandro que llevaba encima.

—¿Te encuentras bien? —se interesó Langdon.

Ella parecía impresionada.

—¿Tú qué crees?

—¿Lo de los otros tres asesinatos? Sin duda. Eso responde muchas preguntas, como la desesperación de tu abuelo por pasar la clave y el encono con el que me persigue Fache.

—No, me refería a que Vernet intente proteger su banco.

Langdon la miró.

—¿En lugar de...?

—Quedarse con la clave.

Él ni siquiera se lo había planteado.

—¿Cómo iba a saber lo que contiene la caja?

—Estaba en su banco. Y él conocía a mi abuelo. Puede que supiera cosas. Tal vez decidiera que quería el Grial.

Langdon cabeceó. Vernet no le parecía esa clase de persona.

—La experiencia me dice que sólo hay dos motivos por los que la gente busca el Grial: o se trata de ingenuos que creen estar buscando el perdido cáliz de Cristo...

—¿O?

—O es gente que conoce la verdad y se siente amenazada por ella. Numerosos grupos a lo largo de la historia han querido destruir el Grial.

El silencio que se hizo acentuó el chirrido del parachoques. Ya habían recorrido algunos kilómetros, y al observar la cascada de chispas que saltaban en la parte delantera, Langdon se preguntó si no sería peligroso. En cualquier caso, si adelantaban a algún coche sin duda llamarían la atención. Así pues, decidió cortar por lo sano.

—Voy a ver si puedo quitar el parachoques.

Y detuvo el vehículo en el arcén.

Por fin reinaba el silencio.

Mientras se situaba en la parte delantera del furgón, notó que estaba muy despierto, algo bastante sorprendente. Ver el cañón de otra pistola esa misma noche le había infundido renovadas fuerzas. Respiró profundamente el aire nocturno y trató de ordenar sus ideas. Aparte de la gravedad de ser un hombre buscado por la policía, empezaba a sentir el oneroso peso de la responsabilidad, la posibilidad de que tal vez Sophie y él tuvieran en sus manos las instrucciones codificadas para resolver uno de los misterios más persistentes de todos los tiempos.

Por si esa carga fuera poca, Langdon comprendió que la perspectiva de dar con la forma de devolver la clave al priorato se había desvanecido. Esos tres asesinatos adicionales acarreaban nefastas consecuencias. «En el priorato hay un infiltrado. Se encuentra en peligro.» A todas luces estaban vigilando la hermandad o había un topo entre sus filas. Ello parecía explicar por qué Saunière había pasado la clave a Sophie y a Langdon: gente de fuera de la hermandad, que él sabía que no estaba comprometida. «Así que no podemos devolverle la clave de bóveda a la hermandad.» Aunque Langdon tuviese alguna idea de cómo dar con un miembro del priorato, resultaba perfectamente posible que quienquiera que se ofreciese para hacerse cargo de la clave fuera el enemigo. Por el momento, al menos, la clave estaba en manos de ambos, tanto si lo querían como si no.

La delantera del furgón tenía peor aspecto de lo que pensaba. El faro izquierdo se había desprendido y el derecho parecía un ojo colgando de la cuenca. Langdon lo enderezó, pero el faro volvió a soltarse. La única buena noticia era que el parachoques prácticamente estaba arrancado. Le dio un fuerte puntapié y notó que quizá pudiera quitarlo del todo.

Mientras propinaba patadas al torcido metal, recordó la conversación que había mantenido antes con Sophie. «Mi abuelo me dejó un mensaje —le había dicho la joven—. Aseguraba que debía contarme la verdad sobre mi familia.» En su momento ello no le dijo nada, pero ahora que sabía de la participación del priorato de Sion, Langdon sintió que se abría una nueva posibilidad.

De repente el parachoques cayó ruidosamente al suelo. Él paró para coger aliento. Por lo menos el furgón ya no parecería una bengala. Acto seguido agarró el parachoques y lo llevó a rastras al bosque para hacerlo desaparecer al tiempo que se preguntaba adónde podían ir. No sabían cómo abrir el críptex ni por qué Saunière se lo había dado a ellos. Desgraciadamente, su supervivencia esa noche parecía depender de que obtuvieran la respuesta a esas dos preguntas.

«Necesitamos ayuda —decidió—. Ayuda profesional.»

En el mundo del Santo Grial y el priorato de Sion ello equivalía a un solo hombre. El desafío, desde luego, sería venderle la moto a Sophie.

En el interior del furgón blindado, mientras esperaba a que Langdon volviera, Sophie notaba el peso del cofre de palisandro en el regazo y lo acusaba. «¿Por qué me lo daría mi abuelo?» No tenía ni la menor idea de lo que hacer con él.

«Piensa, Sophie. Utiliza la cabeza. *Grand-père* intenta decirte algo.»

Abrió la caja y contempló los discos del críptex. «Una prueba de mérito.» Sabía que aquello era cosa de su abuelo. «La clave de bóveda es un mapa que sólo pueden seguir los que son dignos de él.» No podía ser más de su abuelo.

Sacó el críptex de la caja y pasó los dedos por los discos. «Cinco letras.» Fue dando vueltas a los discos uno por uno; el mecanismo se deslizaba con suavidad. A continuación los situó de forma que las letras escogidas quedasen alineadas entre las dos flechas de latón de los extremos del cilindro. Ahora los discos mostraban una palabra de cinco letras que Sophie sabía que era ridículamente obvia.

«G-R-I-A-L.»

Con sumo cuidado, sostuvo los extremos del cilindro y tiró de ellos ejerciendo presión poco a poco. El críptex no se movió. Oyó el gorgoteo del vinagre y dejó de tirar. Luego probó suerte de nuevo.

«V-I-N-C-I.»

Nada.

«C-L-A-V-E.»

Nada. El críptex permanecía sellado.

Sophie frunció el ceño, devolvió el cilindro al cofre de palisandro y cerró la tapa. Luego vio a Langdon fuera y dio gracias por que estuviese con ella esa noche. «P. S. Encontrar a Robert Langdon.» La lógica de su abuelo era aplastante: Sophie no estaba preparada para entender sus intenciones, de manera que le había asignado a Langdon de guía; era el tutor que supervisaría su educación. Por desgracia para el profesor, esa noche había resultado ser mucho más que un tutor: había acabado siendo el blanco de Bezu Fache... y de una fuerza invisible que estaba resuelta a hacerse con el Santo Grial.

«Sea lo que sea el Grial.»

Sophie se preguntó si valía la pena jugarse la vida para averiguarlo.

Cuando el furgón blindado volvió a acelerar, Langdon se sintió complacido al comprobar que el vehículo iba mucho mejor.

—¿Sabes ir a Versalles?

Sophie lo miró y le preguntó:

—¿Quieres hacer turismo?

—No. Tengo un plan. Conozco a un historiador experto en religión que vive cerca de Versalles. No me acuerdo exactamente de dónde, pero podemos probar. He estado en su casa unas cuantas veces. Se llama Leigh Teabing, y fue historiador de la Corona británica.

—¿Y vive en París?

—La pasión de Teabing es el Grial. Cuando hace quince años circularon los rumores de la clave del priorato, se instaló en Francia para buscar en las iglesias con la esperanza de dar con ella. Ha escrito algunos libros sobre la clave de bóveda y el Grial. Tal vez pueda ayudarnos a averiguar cómo abrir ese artefacto y qué hacer con él.

Sophie le dirigió una mirada recelosa.

—¿Confías en él?

—Que si confío, ¿en qué? ¿En que no vaya a robarnos la información?

—O a entregarnos.

—No tengo intención de decirle que nos busca la policía. Espero que pueda acogernos hasta que hayamos resuelto esto.

—Robert, ¿se te ha ocurrido pensar que a estas alturas todas las cadenas de televisión de Francia probablemente se estén preparando para difundir nuestra fotografía? Bezu Fache siempre utiliza los medios en beneficio propio. Conseguirá que no podamos dar un paso sin que alguien nos reconozca.

«Pues qué bien —pensó él—. Mi debut en la televisión francesa será en un programa de sucesos.» Al menos Jonas Faukman estaría satisfecho: siempre que Langdon aparecía en las noticias, las ventas de sus libros aumentaban.

—Ese hombre, ¿es muy amigo tuyo? —quiso saber Sophie.

Langdon dudaba que Teabing viera la televisión, y menos a esas horas, pero aun así la pregunta merecía ser tomada en consideración. Su instinto le decía que Teabing sería de total confianza. Un refugio ideal. Teniendo en cuenta las circunstancias, probablemente se desviviera por ayudarlos. No sólo le debía un favor a Langdon, sino que además era un investigador del Grial, y Sophie afirmaba que su abuelo era el gran maestre del priorato de Sion. Si Teabing oía eso, salivaría sólo de pensar en echarles una mano para desentrañar el misterio.

—Teabing podría ser un buen aliado —aseguró Langdon. «Dependiendo de la información que queramos darle.»

—Fache probablemente haya ofrecido una recompensa.

Langdon rompió a reír.

—Créeme, a mi amigo no le hace falta el dinero.

Leigh Teabing era adinerado en la medida en que lo eran los países pequeños. Descendiente del primer duque de Lancaster, había adquirido su fortuna a la vieja usanza: la había heredado. Su propiedad de las afueras de París era un palacio del siglo XVII con dos lagos privados.

Langdon había conocido a Teabing hacía unos años, a través de la BBC. Teabing había abordado a la cadena británica con una propuesta para un documental histórico en el que expondría la explosiva historia del Santo Grial a una audiencia convencional. A los productores les encantó la polémica premisa, la investigación y las credenciales del británico, pero les preocupaba que la idea fuese tan escandalosa y difícil de digerir que la reputación de periodismo de calidad de la cadena acabase viéndose perjudicada. A instancias de Teabing, la BBC resolvió su miedo a perder la credibilidad recurriendo a tres invitados especiales, tres respetados historiadores del mundo entero, los cuales corroboraron la asombrosa naturaleza del secreto del Santo Grial con sus propias investigaciones.

Langdon había sido uno de los elegidos.

La BBC se ocupó de que el profesor se desplazara hasta la residencia parisina de Teabing para la grabación, y él se sentó ante las cámaras en el opulento salón de Teabing y compartió su verdad, admitiendo el escepticismo que sintió en un principio cuando oyó la historia alternativa del Santo Grial y, después, pasando a describir que años de investigación lo habían convencido de que dicha historia era verdadera. Por último Langdon expuso parte de sus propias investigaciones: una serie de nexos simbólicos que respaldaban las aparentemente controvertidas afirmaciones.

Cuando el programa se emitió en Gran Bretaña, a pesar de los participantes y de las documentadas pruebas, la premisa levantó tantas ampollas entre los defensores del pensamiento cristiano popular que desató en el acto una tormenta de hostilidad. En Estados Unidos no llegó a emitirse, pero las repercusiones se dejaron oír al otro lado del Atlántico. Poco después Langdon recibió una postal de un viejo amigo, el obispo católico de Filadelfia. En ella sólo decía: «*Et tu, Robert?*».

—Robert, ¿estás seguro de que podemos fiarnos de ese hombre? —insistió Sophie.

—Al ciento por ciento. Somos colegas, no anda falto de dinero y casualmente sé que desprecia a las autoridades francesas. El gobierno francés lo obliga a pagar unos impuestos desorbitados por poseer un edificio histórico. No saldrá corriendo a cooperar con Fache.

Sophie clavó la vista en la oscura carretera.

—Si vamos a su casa, ¿cuánta información quieres darle?

Langdon puso cara de despreocupación.

—Créeme, Leigh Teabing sabe más del priorato de Sion y el Santo Grial que nadie en este planeta.

Ella lo miró con atención.

—¿Más que mi abuelo?

—Me refería a más que nadie que esté fuera del círculo de la hermandad.

—¿Cómo sabes que tu amigo no es miembro de la hermandad?

—Teabing se ha pasado la vida intentando difundir la verdad sobre el Santo Grial, mientras que el priorato hace voto de mantener su verdadera naturaleza oculta.

—Me suena a conflicto de intereses.

Langdon comprendía su preocupación. Saunière le había dado el críptex directamente a Sophie, y aunque ella no sabía lo que contenía o lo que se suponía que debía hacer con él, no se decidía a involucrar a un absoluto desconocido. Teniendo en cuenta la información que podía poseer, su intuición probablemente fuese buena.

—No hace falta que le hablemos de la clave al principio. Es más, ni siquiera tenemos por qué mencionarla. En su casa podremos ocultarnos y pensar, y quizá cuando hablemos con él del Grial empieces a hacerte una idea de por qué te dio esto tu abuelo.

—Nos dio esto —puntualizó ella.

Langdon sintió una punzada de humilde orgullo y, sin embargo, volvió a preguntarse por qué lo habría incluido el anciano.

—¿Sabes más o menos dónde vive el señor Teabing? —inquirió Sophie.

—En un lugar llamado «Château Villette».

Sophie lo miró con incredulidad.

—¿El Château Villette?

—Eso es.

—Tienes buenos amigos...

—¿Conoces la finca?

—He pasado por delante. Está en la zona de los castillos, a veinte minutos de aquí.

Langdon arrugó la frente.

—¿Tan lejos?

—Sí. Ello te dará el tiempo suficiente para contarme qué es realmente el Santo Grial.

Él lo pensó un instante.

—Te lo contaré en casa de Teabing —dijo al cabo—. Él y yo estamos especializados en distintos aspectos de la leyenda, así que entre los dos tendrás la historia entera. —Sonrió—. Además, para Teabing el Grial es su vida, y escuchar la historia de su boca será como oír la teoría de la relatividad contada por el propio Einstein.

—Esperemos que a Leigh no le importe recibir visitas de noche.

—Por cierto, es *sir* Leigh. —Langdon había cometido el error de omitir dicho tratamiento una única vez—. Teabing es todo un personaje. La reina le otorgó el título hace unos años, tras escribir un amplio tratado sobre la historia de la casa de York.

Sophie lo miró y preguntó:

—Estás de broma, ¿no? ¿Vamos a visitar a un caballero?

Langdon esbozó una sonrisa forzada.

—Estamos buscando el Grial, Sophie. ¿Quién mejor que un caballero para ayudarnos?

CAPÍTULO 52

El Château Villette, una propiedad de más de setenta hectáreas, se hallaba a veinticinco minutos al noroeste de París, en las inmediaciones de Versalles. Diseñado por François Mansart en 1668 para el conde de Aufflay, era una de las construcciones históricas más significativas de París. Con sus dos lagos rectangulares y unos jardines firmados por Le Nôtre, el edificio era más un castillo modesto que una mansión, y a la finca se la conocía cariñosamente como *la Petite Versailles*.

Langdon detuvo bruscamente el furgón blindado ante el camino de entrada, que medía alrededor de kilómetro y medio. Al otro lado de la imponente verja de seguridad, en una pradera a lo lejos, se alzaba la residencia de sir Leigh Teabing. De la puerta colgaba un letrero que rezaba en inglés: PROPIEDAD PRIVADA. PROHIBIDO EL PASO.

Como para declarar que su hogar era una isla británica en sí mismo, Teabing no sólo había redactado los letreros en inglés, sino que además había instalado el interfono de la puerta en el lado derecho, el del asiento del acompañante en toda Europa salvo en Inglaterra.

Sophie miró extrañada la singular ubicación del aparato.

—¿Y si alguien llega solo?

—No preguntes. —Langdon ya había discutido ese punto con Teabing—. Le gustan las cosas como en casa.

La joven bajó la ventanilla de su lado.

—Robert, será mejor que hables tú.

El aludido se inclinó por delante de ella para pulsar el botón del interfono. Al hacerlo percibió el seductor aroma del perfume de Sophie y reparó en lo cerca que estaban. Aguardó en aquella incómoda postura mientras por el pequeño altavoz se oía un teléfono.

Al cabo se oyó un crepitar seguido de una irritada voz con acento francés.

—Château Villette. ¿Quién es?

—Soy Robert Langdon —dijo él, inclinado sobre el regazo de Sophie—. Soy amigo de sir Leigh Teabing, y necesito su ayuda.

—El señor está durmiendo, igual que yo hasta hace nada. ¿De qué quiere hablar con él?

—Se trata de un asunto privado y que reviste un gran interés para él.

—En ese caso estoy seguro de que estará encantado de recibirlo por la mañana.

Langdon cambió de posición.

—Es muy importante.

—Al igual que el descanso de sir Leigh. Si es usted amigo suyo, estará al tanto de su mala salud.

Sir Leigh Teabing había enfermado de poliomielitis de pequeño y ahora se veía obligado a llevar bitutores en las piernas y caminar con muletas, pero la última vez que Langdon lo había visto lo encontró tan animado y dinámico que casi no parecía enfermo.

—Si no le importa, dígale que he descubierto nueva información relativa al Grial. Una información que no puede esperar a mañana.

Se produjo una larga pausa.

Langdon y Sophie esperaban, el motor del furgón zumbaba de fondo.

Pasó un minuto entero.

Después, alguien habló.

—Vaya, vaya, yo diría que aún te riges por el horario de Harvard. —La voz era nítida y suave.

Langdon sonrió, reconociendo el marcado acento inglés.

—Leigh, te pido disculpas por haberte despertado a esta hora tan intempestiva.

—Mi sirviente me dice que no sólo estás en París, sino que además has mencionado el Grial.

—Creí que eso te haría salir de la cama.

—Y así ha sido.

—¿Querrías abrirle la puerta a un viejo amigo?

—Quienes persiguen la verdad son más que amigos: son hermanos.

Langdon miró a Sophie y levantó la vista al cielo, acostumbrado al gusto de Teabing por lo teatral.

—Naturalmente que sí —aseguró Teabing—, pero primero he de confirmar que tu corazón es puro. Pondré a prueba tu honor. Deberás responder a tres preguntas.

Langdon soltó un gruñido y le dijo a Sophie en un susurro:

—Ten paciencia. Como te he dicho, es todo un personaje.

—La primera pregunta es: ¿café o té? —aseveró el inglés en un tono formidable.

El profesor sabía lo que pensaba su amigo acerca del fenómeno norteamericano del café.

—Té —repuso—. Earl Grey.

—Excelente. La segunda pregunta es: ¿leche o azúcar?

Langdon vaciló.

—Leche —le dijo al oído Sophie—. Creo que los ingleses toman el té con leche.

—Leche —contestó él.

Se hizo el silencio.

—¿Azúcar?

Teabing no decía nada.

«Un momento.» Langdon recordó el amargo brebaje que le habían servido durante su última visita y se percató de que era una pregunta con trampa.

—¡Limón! —exclamó—. Earl Grey con limón.

—Sí, señor. —Daba la impresión de que Teabing se estaba divirtiendo sobremanera—. Por último debo hacerte la pregunta más importante de todas. —Se detuvo un instante y después inquirió con solemnidad—: ¿Cuándo fue la última vez que un remero de Harvard venció a uno de Oxford en Henley?

Langdon no tenía ni idea, pero sólo se le ocurría un motivo para que formulara esa pregunta.

—Seguro que tal cosa no ha ocurrido nunca.

La verja se abrió con un clic.

—Tu corazón es puro, amigo mío. Puedes pasar.

CAPÍTULO 53

—¡Monsieur Vernet! —El gerente de guardia del Banco Depositario de Zúrich se sintió aliviado al oír la voz del director por teléfono—. ¿Adónde ha ido usted, señor? La policía está aquí, todos lo están esperando.

—Tengo un pequeño problema —respondió el banquero apesadumbrado—. Necesito su ayuda.

«Tiene algo más que un pequeño problema», pensó el gerente. La policía había rodeado por completo el edificio y amenazaba con enviar al propio capitán de la DGPJ con la orden que había exigido el banco.

—¿En qué puedo ayudarlo, señor?

—El furgón blindado número tres. Necesito localizarlo.

Perplejo, el gerente comprobó el parte de entregas.

—Está aquí, abajo, en la zona de carga.

—No, no está. Lo robaron los dos individuos a los que persigue la policía.

—¿Qué? Y ¿cómo lograron salir?

—No puedo darle detalles por teléfono, pero tenemos un problema que podría ser extremadamente desagradable para el banco.

—¿Qué quiere que haga, señor?

—Me gustaría que activase el transpondedor del vehículo.

Los ojos del gerente se centraron en el tablero de control del sistema LoJack, al otro lado de la estancia. Al igual que numerosos

304

vehículos blindados, cada uno de los furgones del banco iba equipado con un dispositivo de localización por radiocontrol que podía activarse desde el banco. El gerente sólo había activado el sistema en una ocasión, tras un secuestro, y el dispositivo funcionó de manera intachable, localizando el furgón y transmitiendo las coordenadas a las autoridades automáticamente. Esa noche, sin embargo, al gerente le dio la impresión de que el director esperaba que obrase con mayor prudencia.

—Señor, ¿es usted consciente de que, si activo el LoJack, el transpondedor informará simultáneamente a las autoridades de que tenemos un problema?

Vernet guardó silencio unos segundos.

—Sí, lo sé. Pero hágalo de todos modos. Furgón número tres. Me mantendré a la espera. Necesito saber la ubicación exacta del vehículo en cuanto la tenga usted.

—Desde luego, señor.

Treinta segundos después, a cuarenta kilómetros de distancia, un minúsculo transpondedor oculto en el bastidor del furgón blindado cobró vida.

CAPÍTULO 54

Mientras el furgón blindado se acercaba a la casa subiendo por el sendero flanqueado de álamos, Sophie sintió que sus músculos se relajaban. Era un alivio haber dejado atrás la carretera, y no creía que hubiera muchos lugares donde pudieran estar más a salvo que en aquella finca privada y vallada, propiedad de un extranjero benevolente.

Al alcanzar el tramo circular del sendero, el Château Villette apareció ante sus ojos, a la derecha. Era una construcción de tres plantas y al menos sesenta metros de largo, con fachada de piedra gris iluminada con focos. La tosca superficie de piedra contrastaba vivamente con los cuidados jardines y el estanque de agua cristalina.

Dentro de la casa empezaban a encenderse algunas luces.

En lugar de conducir hasta la puerta principal, Langdon desvió el vehículo hacia una zona de aparcamiento escondida entre unos arbustos.

—¿Para qué arriesgarnos a que nos descubran desde la carretera —dijo—, o a que Leigh se pregunte por qué venimos en un furgón blindado medio destrozado?

Sophie asintió.

—¿Qué hacemos con el críptex? No creo que debamos dejarlo aquí fuera; pero si Leigh lo ve, seguramente querrá saber lo que es.

—No te preocupes —dijo Langdon mientras se quitaba la chaqueta y bajaba del coche.

Envolvió el cofre en la americana de *tweed* y se lo acomodó entre los brazos como si fuera un bebé.

Sophie no parecía convencida.

—Sutil solución —comentó.

—Teabing nunca sale a abrir la puerta; prefiere hacer una entrada teatral. Ya encontraré algún lugar donde dejar esto antes de que venga a recibirnos. —Langdon hizo una pausa—. A propósito, quizá debería advertirte, antes de presentártelo, que sir Leigh tiene un sentido del humor que algunas personas encuentran un poco... raro.

Sophie dudaba de que algo más pudiera parecerle raro esa noche.

El camino que conducía a la puerta principal estaba hecho de guijarros y describía una curva hasta una puerta labrada de roble y cerezo, con llamador de bronce del tamaño de un pomelo. Antes de que Sophie tocara el llamador, la puerta se abrió hacia dentro.

Ante ellos apareció un mayordomo remilgado y elegante, que aún se estaba ajustando la pajarita blanca y el esmoquin, que por lo visto acababa de ponerse. Aparentaba unos cincuenta años, y la expresión adusta de sus finas facciones dejaba pocas dudas en cuanto a la poca gracia que le hacía la visita.

—Sir Leigh bajará dentro de un momento —declaró con un fuerte acento francés—. Se está vistiendo. Normalmente prefiere no recibir a sus invitados en camisa de dormir. ¿Quiere darme su abrigo? —preguntó, mirando con una mueca de disgusto la americana de *tweed* apelotonada entre los brazos de Langdon.

—Gracias, estoy bien así.

—Por supuesto. Síganme, por favor.

El mayordomo los condujo a través de un lujoso vestíbulo de mármol hasta un salón exquisitamente decorado, bajo una suave iluminación de veladas lámparas victorianas. El aire en el interior tenía un aroma antediluviano y en cierto modo noble, con notas de tabaco de pipa, hojas de té, jerez para cocinar y el olor térreo de la arquitectura de piedra. En la pared más alejada, entre dos relucientes armaduras con sus cotas de malla, se abría una rústica chimenea, con espacio para asar un buey entero. Tras acercarse al hogar, el mayordomo se arrodilló y aproximó una cerilla a un montón previamente dispuesto de paja y leña de roble, que de inmediato ardió y empezó a crepitar.

El hombre se incorporó y se alisó la chaqueta.

—El señor les ruega que se pongan cómodos.

Y se marchó, dejando solos a Langdon y a Sophie.

Ella no sabía en cuál de las antigüedades dispuestas junto al fuego debía sentarse, si en el diván renacentista de terciopelo, en la mecedora rústica de patas de águila o en uno de los dos bancos de piedra que parecían sustraídos de un templo bizantino.

Langdon extrajo el críptex de entre los pliegues de la americana, se acercó al diván de terciopelo y deslizó el cofre de palisandro bajo el mueble, donde quedó completamente oculto. Después sacudió la americana, volvió a ponérsela y se alisó las solapas mientras se sentaba justo encima del tesoro escondido, y miraba a Sophie con una sonrisa.

«En el diván, entonces», pensó ella, sentándose a su lado.

Mientras contemplaba el fuego cada vez más vivo y disfrutaba de su tibieza, Sophie tuvo la sensación de que a su abuelo le habría encantado la habitación. Los paneles de madera oscura que revestían las paredes estaban cubiertos de pinturas de maestros antiguos, entre los cuales reconoció a Poussin, el segundo pintor preferido de su abuelo. Sobre la repisa de la chimenea, un busto de alabastro de Isis dominaba el salón.

Bajo la diosa egipcia, en el interior del hogar, dos gárgolas de piedra hacían las veces de morillos, con bocas abiertas que dejaban entrever el hueco amenazador de la garganta. Las gárgolas siempre habían aterrorizado a Sophie de niña, hasta que su abuelo la curó del miedo, llevándola a lo alto de la catedral de Notre-Dame en medio de una tormenta.

—¡Mira qué criaturas tan tontas, princesa! —le había dicho señalando los desagües en forma de gárgola, en cuyas bocas borboteaba el agua—. ¿Oyes el ruido de peces chapoteando que sale de su garganta?

Sophie asintió, sin poder reprimir una sonrisa ante los borborigmos que producía el agua al pasarles por la boca.

—¡Están haciendo gárgaras! —le explicó su abuelo—. ¡Gárgaras! ¿Lo entiendes? ¡Por eso las llamamos «gárgolas»!

Sophie no había vuelto a tenerles miedo desde entonces.

El agradable recuerdo le produjo un aguijonazo de tristeza cuando recordó la cruda realidad del asesinato. «El abuelo ya no está.»

Imaginó el críptex debajo del diván y se preguntó si Leigh Teabing encontraría la manera de abrirlo. «Ni siquiera sé si deberíamos preguntárselo.»

Su abuelo le había indicado con sus últimas palabras que buscara a Robert Langdon. No había dicho nada de implicar a nadie más. «Necesitábamos un sitio donde escondernos», se dijo Sophie, decidida a confiar en el buen juicio de Robert.

—¡Sir Robert! —exclamó una voz estentórea a sus espaldas—. ¡Veo que viajas acompañado de una doncella!

Langdon se puso de pie, y también Sophie se incorporó de un salto. La voz procedía de una escalera de caracol que subía en espiral hasta perderse en las sombras del segundo piso. En lo alto, una forma se movía en la penumbra; sólo se distinguía su silueta.

—Buenas noches —respondió Langdon—. Sir Leigh, permíteme que te presente a Sophie Neveu.

—Es un honor —repuso Teabing, mientras pasaba de la penumbra a la luz.

—Gracias por recibirnos —dijo Sophie, que en ese momento notó que el hombre llevaba aparatos ortopédicos en las piernas y se ayudaba de unas muletas para andar, por lo que bajaba los peldaños de uno en uno—. Somos conscientes de que es un poco tarde.

—Es tan tarde, querida mía, que ya es temprano. —Él rio—. *Vous n'êtes pas américaine?*

Ella negó con la cabeza.

—*Parisienne.*

—Habla un inglés soberbio.

—Gracias. Estudié en la Royal Holloway.

—Eso lo explica todo. —Teabing seguía bajando a través de las sombras—. Quizá Robert le haya contado que yo estudié a la vuelta de la esquina, en Oxford. —Teabing miró entonces a Langdon con una sonrisa traviesa—. También había solicitado el ingreso en Harvard como segunda opción, naturalmente, por si no me admitían.

Cuando su anfitrión llegó al pie de la escalera, Sophie pensó que tenía tan poco aspecto de caballero de la Orden del Imperio Británico como sir Elton John. Corpulento y de tez sonrosada, sir Leigh Teabing tenía una frondosa cabellera rojiza y unos ojos de color avellana de mirada jovial, que parecían echar chispas mientras hablaba. Vestía pantalones de pinzas y una amplia camisa de seda bajo un chaleco con estampado de cachemira. Pese a los bitutores de aluminio que llevaba en las piernas, se movía con una firme dignidad vertical, que parecía más un resultado de su noble ascendencia que de cualquier esfuerzo consciente.

Le tendió la mano a Langdon.

—Has perdido peso, Robert.

—Y por lo que veo, tú lo has encontrado —replicó él, sonriendo.

Teabing rio de buena gana mientras se palmoteaba el vientre rotundo.

—*Touché.* En los últimos tiempos, mis únicos placeres carnales son los gastronómicos.

Se volvió hacia Sophie, le cogió la mano con suavidad, inclinó un poco la cabeza y le echó brevemente el aliento sobre los dedos mientras desviaba la vista.

—*My lady*.

Ella miró a Langdon sin saber muy bien si había retrocedido en el tiempo o había ido a parar a un manicomio.

El mayordomo que les había abierto la puerta entró entonces con el servicio para el té y lo dispuso sobre una mesa, delante de la chimenea.

—Éste es Rémy Legaludec —dijo Teabing—, mi mayordomo.

El espigado sirviente inclinó la cabeza con gesto envarado y se marchó.

—Rémy es lionés —susurró Teabing, como si hablara de una enfermedad vergonzosa—, pero prepara muy bien las salsas.

Langdon parecía divertido.

—Pensaba que importarías a la servidumbre de Inglaterra.

—¡Cielos, no! No le desearía a nadie un cocinero inglés, excepto quizá a los recaudadores de impuestos franceses. —Miró de pronto a Sophie—. *Pardonnez-moi, mademoiselle Neveu*. Le aseguro que mi sentimiento antifrancés sólo afecta a la política y los campos de fútbol. Su gobierno me roba el dinero y su selección de fútbol humilló recientemente a la nuestra.

La joven le respondió con una sonrisa.

Teabing la observó un momento y después se volvió hacia Langdon.

—Ha ocurrido algo, ¿verdad? Los dos parecéis alterados.

Él asintió.

—Hemos tenido una noche interesante, Leigh.

—No lo dudo. Te has presentado en mi casa sin anunciarte, en plena noche y hablando del Grial. Pero dime, ¿de verdad quieres hablarme del Grial, o sólo lo has mencionado porque sabes que es el único tema capaz de sacarme de la cama en medio de la noche?

«Un poco de ambas cosas», pensó Sophie, imaginando el críptex escondido bajo el sofá.

—Leigh —dijo Langdon—, nos gustaría hablar contigo del priorato de Sion.

Las pobladas cejas de Teabing se arquearon de curiosidad.

—Los guardianes. ¿De modo que realmente vienes a hablar del Grial? ¿Y es cierto que traes información? ¿Alguna novedad, Robert?

—Tal vez. No estamos seguros. Quizá podamos saberlo mejor si antes nos das tú un poco de información.

Teabing agitó el dedo índice en dirección a él.

—¡Astuto como todo buen estadounidense! ¡Una cosa a cambio de otra! Muy bien, estoy a tu disposición. ¿Qué información necesitas?

Langdon suspiró.

—He pensado que quizá tengas la amabilidad de explicar a la señorita Neveu la verdadera naturaleza del Santo Grial.

Teabing parecía atónito.

—¿No la conoce?

Él negó con la cabeza.

La sonrisa que compuso Teabing era casi obscena.

—Robert, ¿me has traído a una virgen?

Sobresaltado, Langdon miró a Sophie.

—«Virgen» es el término que utilizan los entusiastas del Grial para referirse a los que no conocen la verdadera historia —explicó.

Teabing se volvió hacia ella, impaciente por comenzar.

—¿Y bien, querida? ¿Cuánto sabe?

Sophie resumió brevemente lo que Langdon le había contado antes: el priorato de Sion, los templarios, los documentos del Sangreal y el Santo Grial, que en opinión de muchos no era un cáliz, sino algo mucho más poderoso.

—¿Eso es todo? —Teabing miró a Langdon con expresión escandalizada—. ¡Robert, te creía un caballero! ¡No te has ocupado de que esta señorita llegue al clímax!

—Lo sé, pero pensé que quizá tú y yo, entre los dos...

Se interrumpió de pronto, al caer en la cuenta de que la indecorosa metáfora estaba llegando demasiado lejos.

Pero Teabing ya había fijado en Sophie su mirada centelleante.

—Querida mía, usted es virgen en lo que respecta al Grial y, créame, nunca olvidará su primera vez.

CAPÍTULO 55

Sentada en el diván junto a Langdon, Sophie bebía el té y comía una pasta, sintiendo los efectos reparadores de la cafeína y la comida. Entusiasmado, sir Leigh Teabing iba y venía delante de la chimenea, produciendo un ruido metálico con el entrechocar de los aparatos ortopédicos sobre la piedra.

—¡El Santo Grial! —exclamó, como si estuviera predicando en una iglesia—. La mayoría de la gente sólo me pregunta dónde está. Me temo que quizá nunca pueda responderles. —Se volvió y miró directamente a Sophie—. Sin embargo, hay otra pregunta mucho más pertinente: ¿qué es el Santo Grial?

La joven percibió una creciente oleada de exaltación académica en sus dos acompañantes.

—Para comprender a fondo el Grial —prosiguió Teabing—, primero debemos entender la Biblia. ¿Qué conocimientos tiene del Nuevo Testamento?

Sophie se encogió de hombros.

—Muy pocos, a decir verdad. Fui educada por un hombre que adoraba a Leonardo da Vinci.

Teabing pareció a la vez asombrado y complacido.

—Un espíritu ilustrado. ¡Magnífico! Entonces sabrá que Leonardo fue uno de los guardianes del secreto del Santo Grial y que disimuló algunas pistas en sus obras.

—Robert me lo ha dicho, sí.

—¿Y le ha hablado de las ideas de Da Vinci acerca del Nuevo Testamento?

—No, me temo que no.

A Teabing se le alegró la mirada mientras señalaba la librería, en el otro extremo de la habitación.

—¿Te importaría, Robert? Busca en el estante más bajo *La storia di Leonardo*.

Langdon atravesó el salón y no tardó en encontrar un volumen grande de arte, que llevó consigo y colocó sobre la mesa. Tras hacer girar el libro para ponerlo delante de Sophie, Teabing abrió la pesada cubierta y señaló una serie de citas impresas en la solapa.

—Del cuaderno de Da Vinci sobre las polémicas y las especulaciones —dijo, señalando una cita en particular—. Creo que la encontrará relevante para el tema que nos ocupa.

Sophie la leyó:

> Muchos comercian con artificios y falsos milagros, y así engañan a la necia multitud.
>
> LEONARDO DA VINCI

—Aquí hay otra —dijo Teabing, señalando una cita diferente.

> La ignorancia cegadora nos lleva por el camino errado. ¡Oh, miserables mortales, abrid los ojos!
>
> LEONARDO DA VINCI

Sophie sintió un escalofrío.

—¿Aquí Da Vinci se refiere a la Biblia?

Teabing asintió.

—Los sentimientos de Leonardo respecto a la Biblia guardan relación directa con el Santo Grial. De hecho, Da Vinci pintó el verdadero Grial, que le enseñaré dentro de un momento, pero antes tenemos que hablar de la Biblia. —Sonrió—. Y todo cuanto necesita saber sobre la Biblia es lo que dijo en su día el gran doctor en derecho canónico Martyn Percy. —Teabing se aclaró la garganta y proclamó—: La Biblia no llegó por fax desde el cielo.

—¿Disculpe?

—La Biblia es un producto del hombre, querida, no de Dios. No cayó mágicamente de las nubes. La creó el hombre, para conservar la memoria histórica de unas épocas tumultuosas, y ha evolucionado a través de incontables traducciones, añadidos y revisiones. Nunca ha habido, en toda la historia, una versión definitiva del libro.

—De acuerdo.

—Jesús fue un personaje histórico de influencia arrolladora, quizá el más enigmático e inspirador de todos los líderes que ha conocido el mundo. Como Mesías anunciado por las profecías, derrocó a reyes, inspiró a millones y fundó nuevas filosofías. Como descendiente directo del rey Salomón y el rey David, era un pretendiente legítimo al trono de los judíos. Lógicamente, miles de seguidores suyos, en todas partes, dejaron constancia escrita de su vida. —Teabing hizo una pausa para beber un sorbo de té y después volvió a apoyar la taza sobre la repisa de la chimenea—. Más de ochenta evangelios pudieron formar parte del Nuevo Testamento y, sin embargo, sólo unos pocos fueron elegidos para integrar el libro, entre ellos el de Mateo, el de Marcos, el de Lucas y el de Juan.

—¿Quién eligió los evangelios que debían incluirse? —preguntó Sophie.

—¡Ajá! —exclamó Teabing con entusiasmo—. ¡He ahí la ironía fundamental del cristianismo! La Biblia, tal como la conocemos hoy, fue recopilada por el emperador romano Constantino el Grande, que era pagano.

—Yo creía que Constantino era cristiano —señaló ella.

—Nada de eso —negó Teabing con una mueca burlona—. Fue pagano toda su vida y lo bautizaron en su lecho de muerte, cuando estaba demasiado débil para oponerse. En la época de Constantino, la religión oficial de Roma era el culto al sol invencible, el *Sol invictus*, y el emperador era su sumo sacerdote. Por desgracia para él, los conflictos religiosos iban en aumento. Tres siglos después de la crucifixión de Jesús, los seguidores de Cristo se habían multiplicado exponencialmente. Cristianos y paganos empezaron a guerrear, y los enfrentamientos alcanzaron tales proporciones que amenazaban con partir en dos el imperio. Constantino pensó que era preciso hacer algo, y en el año 325 de nuestra era decidió unificar Roma bajo una sola religión: el cristianismo.

Sophie estaba asombrada.

—¿Y por qué un emperador pagano eligió el cristianismo como religión oficial?

Teabing se echó a reír.

—Constantino era un excelente hombre de negocios. Se dio cuenta de que el cristianismo estaba en ascenso y simplemente apostó por el caballo ganador. Los historiadores aún se maravillan ante la habilidad con que Constantino convirtió en cristianos a los paganos adoradores del sol. Mediante la fusión de símbolos, fechas y rituales paganos con la tradición cristiana en desarrollo, fabricó una especie de religión híbrida, que resultaba aceptable para las dos partes.

—Transmutación —intervino Langdon—. Los vestigios de la religión pagana en la simbología cristiana son evidentes. Los discos solares egipcios se convirtieron en el halo de los santos católicos; los pictogramas de Isis amamantando a su hijo Horus, milagrosamente concebido, fueron el modelo para las imágenes de la Virgen María con el Niño Jesús en el regazo, y prácticamente todos los elementos del ritual católico (la mitra, el altar, los himnos y la comunión, es decir, el acto de «comer a Dios») fueron tomados directamente de religiones mistéricas paganas ya existentes.

Teabing gruñó.

—¡Nunca deje que un experto en simbología empiece a hablar

de los símbolos cristianos, porque no parará nunca! En el cristianismo no hay nada original. El dios precristiano Mitra, a quien llamaban «el hijo de Dios» y «la luz del mundo», nació el 25 de diciembre, murió, fue sepultado en una cueva y resucitó al tercer día. Por cierto, Osiris, Adonis y Dionisos también cumplen años el 25 de diciembre. A Krishna recién nacido le regalaron oro, incienso y mirra. Incluso el día santo cristiano es pagano en origen.

—¿Qué quiere decir?

—Al principio —explicó Langdon—, los cristianos respetaban el sabbat de los judíos, que corresponde al sábado; pero Constantino trasladó la fiesta semanal para que coincidiera con el día en que los paganos adoraban al sol. —Hizo una pausa y sonrió—. Hasta hoy, muchos fieles acuden a la iglesia en domingo, sin sospechar que están ahí como consecuencia de un antiguo culto a la divinidad solar. Después de todo, «domingo» en inglés se dice «*sunday*», que literalmente significa «día del sol».

A Sophie le daba vueltas la cabeza.

—¿Y todo eso tiene que ver con el Grial?

—Muchísimo —replicó Teabing—, ya verá. Durante esa época de fusión de religiones, Constantino necesitaba fortalecer la nueva tradición cristiana, y para ello convocó una famosa reunión ecuménica, que se recuerda con el nombre de «Concilio de Nicea».

Sophie sólo había oído hablar del concilio como lugar de origen del credo niceno.

—En esa reunión —continuó Teabing—, se debatieron y se votaron muchos aspectos del cristianismo, entre ellos la fecha de la Pascua, la función de los obispos, la administración de los sacramentos y, en particular, la naturaleza divina de Jesús.

—Creo que no lo he entendido bien. ¿Su naturaleza divina?

—Hasta ese momento de la historia, querida, los cristianos consideraban a Jesús un profeta, un hombre grande y poderoso, desde luego, pero un hombre tan mortal como los demás.

—¿No lo consideraban el hijo de Dios?

—No —dijo Teabing—. Su consideración como «hijo de Dios» fue oficialmente propuesta ante el Concilio de Nicea, que votó a favor.

—Un momento. ¿Me está diciendo que la naturaleza divina de Jesús fue el resultado de una votación?

—De una votación bastante reñida, a decir verdad —añadió Teabing—. Aun así, el establecimiento de la naturaleza divina de Jesús era esencial para avanzar en la unificación del Imperio romano y reforzar la nueva base de poder del Vaticano. Al respaldar oficialmente la idea de que Jesús era el hijo de Dios, Constantino lo convirtió en una divinidad situada fuera del ámbito humano, una entidad de poder incuestionable. De ese modo, no sólo prevenía futuros asaltos paganos contra el cristianismo, sino que además imponía a los seguidores de Cristo un único canal para la redención: el cauce oficial y establecido de la Iglesia católica de Roma.

Sophie miró a Langdon y él asintió para expresar su acuerdo.

—Todo fue un asunto de poder —prosiguió Teabing—. La confirmación de Cristo como Mesías era esencial para el funcionamiento de la Iglesia y el Estado. Muchos estudiosos sostienen que la Iglesia de los primeros tiempos robó literalmente la figura de Jesús a sus seguidores originales y se apoderó de su mensaje humano, envolviéndolo en una capa impenetrable de divinidad que utilizó para afianzar su propio poder. He escrito varios libros al respecto.

—Supongo que recibirá a diario mensajes de odio, enviados por cristianos devotos.

—¿Por qué iban a odiarme? —la contradijo Teabing—. La gran mayoría de los cristianos instruidos conocen la historia de su religión. Jesús fue un gran hombre y alguien muy poderoso, y las maniobras políticas encubiertas de Constantino no restan majestuosidad a su vida. Nadie está diciendo que Cristo fuera un fraude, ni negamos que haya vivido entre los hombres, ni que haya inspirado a millones de personas a vivir una vida mejor. Solamente afirmamos que Constantino se aprovechó de la enorme influencia de Cristo y de su gran importancia, y que, al hacerlo, configuró el cristianismo tal como lo conocemos hoy.

Sophie miró el libro de arte que tenía delante, ansiosa por ver la pintura del Santo Grial, realizada por Da Vinci.

—Lo interesante viene ahora —prosiguió Teabing, que para entonces hablaba más aprisa—. Como Constantino promovió a Jesús a la categoría de deidad casi cuatro siglos después de su muerte, ya existían para entonces miles de documentos que dejaban constancia de su vida como hombre mortal. Para reescribir los libros de historia, Constantino sabía que iba a necesitar una maniobra audaz, y ése fue uno de los momentos críticos del cristianismo. —Hizo una pausa y miró a Sophie—. El emperador encargó y financió una nueva Biblia, que omitía los evangelios donde Jesús aparecía como un ser humano y recogía aquellos que hacían hincapié en sus cualidades divinas. Los evangelios anteriores fueron proscritos, confiscados y quemados.

—Hay una nota interesante al respecto —terció Langdon—. Cualquiera que prefiriese los evangelios prohibidos a la versión de Constantino era acusado de «hereje», una palabra que se usó por primera vez precisamente en ese momento de la historia. El término latino «haereticus» significa «elección». Los que «elegían» la historia original de Cristo fueron los primeros herejes del mundo.

—Por fortuna para los historiadores —prosiguió Teabing—, algunos de los evangelios que Constantino intentó erradicar se conservaron. Los manuscritos del mar Muerto fueron hallados en los años cincuenta, ocultos en una cueva cerca de la localidad de Qumrán, en el desierto de Judea. Antes habían aparecido los manuscritos de Nag Hammadi, escritos en copto y descubiertos en 1945. Además de contar la verdadera historia del Grial, esos documentos hablan del ministerio de Cristo en términos inequívocamente humanos. Por supuesto, fiel a su tradición de desinformación, el Vaticano intentó evitar por todos los medios que el contenido de los manuscritos se hiciera público. ¿Y cómo no iba a intentarlo? Los manuscritos revelan discrepancias históricas y tergiversaciones manifiestas, lo que confirma sin lugar a dudas que la Biblia moderna fue recopilada y corregida por hombres animados por un interés político: establecer la naturaleza divina de Jesucristo y aprovechar su influencia para reforzar el poder de la Iglesia.

—Aun así —intervino Langdon—, conviene recordar que el deseo de la Iglesia moderna de suprimir esos documentos responde a una sincera creencia en el dogma establecido acerca de la naturaleza de Cristo. El Vaticano está compuesto por hombres profundamente devotos, convencidos de que esos documentos contrarios a su fe sólo pueden ser falsos testimonios.

Teabing rio entre dientes mientras se acomodaba en una butaca, frente a Sophie.

—Como puede ver, nuestro profesor es mucho más benévolo que yo con la Iglesia de Roma. En todo caso, está en lo cierto cuando dice que el clero actual cree sinceramente en la falsedad de esos documentos. Es comprensible. La Biblia de Constantino es su verdad desde hace siglos. Nadie recibe más adoctrinamiento que el propio adoctrinador.

—Lo que Leigh quiere decir —explicó Langdon— es que adoramos a los dioses de nuestros mayores.

—Lo que quiero decir —precisó Teabing— es que prácticamente todo lo que nos han enseñado nuestros mayores acerca de Cristo es falso, como lo son casi todas las historias del Santo Grial.

Sophie volvió a leer la frase de Da Vinci que tenía delante: «La ignorancia cegadora nos lleva por el camino errado. ¡Oh, miserables mortales, abrid los ojos!».

Teabing tendió la mano hacia el libro y lo abrió por el centro.

—Y, por último, antes de enseñarle cómo pintó Da Vinci el Santo Grial, me gustaría que echara un rápido vistazo a esto. —Pasó las páginas del libro hasta llegar a una ilustración a todo color que ocupaba una doble página completa—: Supongo que conocerá este fresco.

«¿Estará de broma?», pensó Sophie mientras contemplaba el fresco más famoso de todos los tiempos: *La última cena*, la legendaria composición de Da Vinci en el muro de Santa Maria delle Grazie, en Milán. La deteriorada pintura representaba a Jesús y a sus discípulos en el instante en que Jesús anuncia que uno de ellos lo traicionará.

—Sí, claro que lo conozco.

—¿Me permitirá entonces que le proponga un pequeño juego? Cierre los ojos, por favor.

Dubitativa, Sophie cerró los ojos.

—¿Dónde está sentado Jesús? —preguntó Teabing.

—En el centro.

—Bien. ¿Qué alimento comparte con sus discípulos?

—Pan.

«Obviamente», pensó ella.

—Magnífico. ¿Y qué beben?

—Vino, beben vino.

—Perfecto. Y ahora, una última pregunta: ¿cuántas copas de vino hay sobre la mesa?

Sophie hizo una pausa, consciente de que ésa era la pregunta con truco. «Después de la cena, Jesús levantó la copa y compartió el vino con sus discípulos», pensó.

—Una copa —respondió—, el cáliz.

«El cáliz de Cristo, el Santo Grial.»

—Jesús hizo circular entre sus discípulos una sola copa de vino —añadió—, como hacen los cristianos en la actualidad cuando comulgan.

Teabing suspiró.

—Abra los ojos.

Ella hizo lo que le decía. El inglés sonreía con aire de suficiencia. Sophie miró el cuadro y, para su sorpresa, comprobó que había un vaso de vino para cada uno de los presentes, incluido Cristo. Sobre la mesa no había ni una sola copa, sino únicamente trece vasos pequeños, todos de vidrio. No había ningún cáliz, ningún Santo Grial en el cuadro.

A Teabing le brillaban los ojos.

—Un poco raro, ¿no cree?, teniendo en cuenta que tanto la Biblia como la leyenda más difundida del Santo Grial señalan ese momento como la consagración definitiva del mismo. Curiosamente, parece ser que Da Vinci olvidó pintar el cáliz de Cristo.

—Seguramente los críticos de arte lo habrán observado.

—Se sorprenderá cuando conozca las anomalías que Leonardo incluyó en esta escena y que la mayoría de los estudiosos ignoran o prefieren no ver. De hecho, este fresco es la clave para comprender el misterio del Santo Grial. Da Vinci lo explica todo abiertamente en *La última cena*.

Sophie contempló la obra con ávido interés.

—¿Explica este fresco qué es en realidad el Grial?

—No explica qué es —susurró Teabing—, sino quién es. El Santo Grial no es un objeto, sino más bien... una persona.

CAPÍTULO 56

Sophie miró un buen rato a Teabing y después se volvió hacia Langdon.

—¿El Santo Grial es una persona?

Langdon asintió.

—Más concretamente, una mujer.

Por la expresión ausente de la joven, Langdon se dio cuenta de que se había perdido en la maraña de argumentos. Él había tenido una reacción similar la primera vez que había oído la historia. Sólo después de comprender la simbología que había detrás del Grial, había visto con claridad la conexión femenina.

Teabing parecía estar pensando lo mismo que él.

—Robert, ¿no crees que ha llegado el momento de que el experto en simbología aclare un poco los conceptos?

Se acercó a una mesa auxiliar, donde encontró una hoja de papel, que puso delante de Langdon.

—Sophie —dijo éste, mientras sacaba una pluma del bolsillo—, ¿conoces los símbolos modernos que indican los principios masculino y femenino?

Dibujó entonces el símbolo masculino ♂, y a continuación, el femenino ♀.

—Sí, claro —respondió ella.

—Éstos no son los símbolos originales —prosiguió él en tono pausado—. Muchos suponen erróneamente que el símbolo masculino deriva de la lanza y el escudo, mientras que el femenino representa un espejo, que refleja la belleza. En realidad, estos dos signos derivan de los antiguos símbolos astronómicos que indicaban a los planetas Marte y Venus, y a sus divinidades correspondientes. Los símbolos originales eran mucho más simples.

Langdon dibujó otra figura en el papel.

—Este símbolo es el icono original del principio masculino —explicó—: un falo rudimentario.

—Muy apropiado —comentó Sophie.

—Precisamente —dijo Teabing.

Langdon prosiguió.

—Este icono se conoce formalmente como «la espada» y representa la agresividad y la virilidad. De hecho, este mismo símbolo del falo se usa todavía en los modernos uniformes militares para indicar la graduación.

—En efecto. —Teabing sonrió—. Cuantos más penes tienes, más elevado es tu rango. Ya se sabe cómo son los chiquillos.

Langdon compuso una mueca.

—Continuemos. Como ya habrás imaginado, el símbolo femenino es justo la figura contraria. —La dibujó en la página—. La llamamos «el cáliz».

Sophie levantó la vista sorprendida.

Langdon notó que empezaba a atar cabos.

—El cáliz —dijo— es una copa o recipiente y, más importante aún, recuerda la forma del útero. Es el símbolo del principio femenino y de la fertilidad. —Miró directamente a Sophie—. Cuenta la leyenda que el Santo Grial es un cáliz, una copa. Pero, en realidad, la descripción del Grial como un cáliz es una alegoría para proteger la verdadera naturaleza del Santo Grial. La leyenda utiliza al cáliz como metáfora de algo mucho más importante.

—Una mujer —dijo Sophie.

—Exacto. —Langdon sonrió—. El Grial es literalmente el símbolo antiguo del principio femenino, y el Santo Grial representa la deidad femenina, la diosa, un aspecto que ahora se ha perdido, erradicado casi por completo por la Iglesia. El poder de la mujer y su capacidad para engendrar vida fueron en el pasado algo muy sagrado, que sin embargo suponía una amenaza para el ascenso de la Iglesia, predominantemente masculina. Por eso, la Iglesia católica demonizó la deidad femenina y la tachó de sucia. No fue Dios, sino el hombre, quien creó el concepto de «pecado original», por el cual Eva probaba la manzana y causaba la caída de la raza humana. La mujer, que hasta entonces había sido la sagrada generadora de vida, pasó a ser el enemigo.

—Debo añadir —intervino Teabing— que ese concepto de la mujer como fuente de vida era el fundamento de las religiones antiguas. El parto era un acto místico y poderoso. Por desgracia, la filosofía cristiana se apropió del poder generador de la mujer y, cerrando los ojos a la verdad biológica, hizo que el hombre fuera el creador. El Génesis nos cuenta que Eva fue creada a partir de la costilla de Adán. La mujer se convirtió en subproducto del hombre y, por si fuera poco, en subproducto pecaminoso. El Génesis fue el principio del fin del culto a la diosa.

—El Grial —prosiguió Langdon— simboliza la pérdida de la diosa. Cuando se impuso el cristianismo, las viejas religiones paganas no murieron fácilmente. Las leyendas caballerescas que hablaban de la búsqueda del Grial perdido describían en realidad la búsqueda prohibida de la deidad femenina. Los caballeros que se referían a la «búsqueda del cáliz» hablaban en realidad en clave, para protegerse de una Iglesia que había subyugado a las mujeres y proscrito a la diosa, que quemaba a los herejes y prohibía el culto pagano a la deidad femenina.

Sophie meneó la cabeza, decepcionada.

—¡Ah! Cuando has dicho que el Santo Grial era una persona, pensé que te referías a una persona en concreto.

—Y, de hecho, me refería a una persona en concreto —replicó Langdon.

—¡Y no a una persona cualquiera —terció Teabing mientras se ponía de pie, sin poder contener el entusiasmo—, sino a una mujer que guardaba un secreto tan poderoso que, de haberse revelado, habría amenazado los fundamentos mismos del cristianismo!

Sophie parecía abrumada por el asombro.

—¿Es un personaje histórico conocido?

—Mucho. —Teabing recogió sus muletas y les señaló con un gesto el pasillo—. Y si ahora pasamos al estudio, amigos míos, tendré el honor de enseñarles el retrato que le hizo Da Vinci.

A dos habitaciones de distancia, en la cocina, el mayordomo Rémy Legaludec veía de pie la televisión, en silencio. El canal de noticias estaba difundiendo las fotografías de un hombre y una mujer, los mismos individuos a los que acababa de servir el té.

CAPÍTULO 57

En la barrera policial montada delante del Banco Depositario de Zúrich, el teniente Collet se preguntaba por qué tardaba tanto Fache en volver con la orden de registro. Era evidente que los empleados de la sucursal ocultaban algo. Según ellos, Langdon y Neveu habían estado antes allí, pero habían sido rechazados por carecer de una adecuada identificación de la cuenta.

«Entonces ¿por qué no nos dejan entrar para echar un vistazo?»

Por fin sonó su teléfono móvil. Era el puesto de mando en el Louvre.

—¿Tenemos ya la orden de registro? —preguntó Collet.

—Olvide el banco, teniente —dijo el agente—. Acabamos de recibir un soplo. Sabemos exactamente dónde están escondidos Langdon y Neveu.

El policía se sentó pesadamente sobre el capó del coche.

—¿Está de broma?

—Tengo una dirección en las afueras. Un lugar cerca de Versalles.

—¿Lo sabe el capitán Fache?

—Todavía no. Está atendiendo una llamada importante.

—Voy para allá. Dígale que me llame en cuanto pueda.

Collet anotó la dirección y entró de un salto en el coche. Mientras se alejaba del banco, se dio cuenta de que había olvidado preguntar quién había revelado a la DGPJ el paradero de Langdon.

Tampoco era muy importante. Le había caído del cielo la oportunidad de redimirse de su escepticismo y de sus anteriores pifias, y estaba a punto de realizar el arresto más importante de su carrera.

Llamó por radio a los cinco coches que lo acompañaban.

—Nada de sirenas, muchachos. No queremos anunciarnos a Langdon.

A cuarenta kilómetros de distancia, un Audi negro se apartó de un camino rural y aparcó al borde de un campo. Silas se apeó y miró a través de los barrotes de la valla de hierro forjado que rodeaba la vasta finca. Recorrió con la mirada la larga cuesta iluminada por la luna que conducía hasta el castillo, a lo lejos. Todas las luces de la planta baja estaban encendidas.

«Es raro, a estas horas», pensó, con una sonrisa.

Obviamente, la información que le había proporcionado el Maestro era correcta.

«No saldré de esta casa sin la clave de bóveda —se prometió—. No les fallaré al obispo ni al Maestro.»

Tras comprobar el cargador de trece municiones de su Heckler & Koch, la pasó a través de los barrotes y la dejó caer al suelo musgoso de la finca. Después, se agarró a lo más alto de la valla, tomó impulso, se levantó y cayó al otro lado. Sin prestar atención al dolor punzante que le producía el cilicio, recogió la pistola e inició el largo ascenso por la pendiente cubierta de hierba.

CAPÍTULO 58

El «estudio» de Teabing no se parecía a ninguno de los que Sophie había visto hasta ese momento. El *cabinet de travail* del caballero, seis o siete veces más grande que el más lujoso de los despachos, parecía un desangelado híbrido de laboratorio de ciencias, biblioteca, archivo y mercadillo de ocasión. A la luz de tres arañas, jalonaban las interminables losas del suelo varias islas de mesas de trabajo, sepultadas bajo montañas de libros, obras de arte, artefactos diversos y una cantidad sorprendente de dispositivos electrónicos: ordenadores, proyectores, microscopios, fotocopiadoras y escáneres.

—He reconvertido el salón de baile —dijo Teabing con expresión traviesa mientras entraba cojeando en el recinto—. Tengo pocas ocasiones de bailar.

Sophie sintió como si toda la noche se hubiera transmutado en una especie de zona gris, donde nada era como ella esperaba.

—¿Todo esto es para su trabajo?

—Averiguar la verdad es el amor de mi vida —respondió Teabing—, y el Sangreal es mi amante favorita.

«El Santo Grial es una mujer», pensó ella, con la mente convertida en un *collage* de ideas interconectadas, sin sentido aparente.

—Ha dicho que tiene un retrato de esa mujer, que, según afirma usted, es el Santo Grial.

—Sí, pero no lo afirmo yo, sino el propio Jesús.

—¿Cuál es el cuadro? —preguntó Sophie, recorriendo las paredes con la vista.

—Mmm... —Teabing vaciló, haciendo como si lo hubiera olvidado—. El Santo Grial... El Sangreal... El Cáliz...

De pronto, giró sobre sí mismo y señaló la pared más alejada, donde había una reproducción de dos metros y medio de ancho de *La última cena*, exactamente la misma imagen que Sophie había estado mirando pocos minutos antes.

—¡Ahí está!

Sophie creyó haber entendido mal.

—Es el mismo cuadro que me ha enseñado usted hace un momento.

—Lo sé —replicó él con un guiño—, pero la ampliación lo vuelve mucho más interesante, ¿no cree?

La joven se volvió hacia Langdon.

—No lo entiendo.

Langdon sonrió.

—De hecho, el Santo Grial figura en *La última cena*. Leonardo lo situó en un lugar destacado.

—¡Un momento! —protestó Sophie—. Me han dicho que el Santo Grial es una mujer, pero en *La última cena* hay trece hombres.

—¿Eso cree? —Teabing arqueó las cejas—. Mire un poco mejor.

Dubitativa, Sophie se aproximó al cuadro y se puso a observar las trece figuras: Jesús en el centro, con seis discípulos a su izquierda y otros seis a su derecha.

—Son todos hombres —confirmó.

—¿Ah, sí? —dijo Teabing—. ¿Y qué me dice de la persona sentada en el lugar de honor, a la diestra del Señor?

Sophie se concentró en la figura situada justo a la derecha de Jesús. Mientras estudiaba su cara y su cuerpo, sintió que una oleada de asombro crecía en su interior. El personaje tenía una larga cabellera rojiza, las delicadas manos entrelazadas y la insinuación de unos senos. Era, sin lugar a dudas..., una mujer.

—¡Es una mujer! —exclamó Sophie.

El inglés se echó a reír.

—¡Qué sorpresa! No es ningún error, créame. Leonardo era muy hábil cuando se trataba de pintar las diferencias entre los sexos.

Sophie no podía quitar la vista de la mujer junto a Jesús. «Se supone que en *La última cena* tiene que haber trece hombres. ¿Quién es esa mujer?» Aunque había visto la conocida escena infinidad de veces, nunca había reparado en una discrepancia tan manifiesta.

—Nadie lo ve —dijo Teabing—. Es tal el poder de las ideas preconcebidas que nuestra mente bloquea la incongruencia y se impone a la evidencia de los sentidos.

—El fenómeno se llama «escotoma» —añadió Langdon—. Lo hace a veces el cerebro con los símbolos poderosos.

—Otra razón por la que quizá no vio antes a la mujer —señaló Teabing— es que muchas de las fotografías que se ven en los libros de arte fueron tomadas antes de 1954, cuando los detalles aún estaban ocultos bajo varias capas de suciedad y una serie de torpes restauraciones realizadas durante el siglo XVIII. Ahora, por fin, la última limpieza del fresco ha revelado la pintura original de Da Vinci. —Señaló la fotografía—. *Et voilà!*

Sophie se acercó un poco más a la imagen. La mujer a la derecha de Jesús era una joven de aspecto devoto y expresión recatada, con una hermosa cabellera rojiza y las manos serenamente entrelazadas. «¿Es ésta la mujer capaz de hacer temblar por sí sola los cimientos de la Iglesia?»

—¿Quién es? —preguntó.

—Ésta, querida —replicó Teabing—, es María Magdalena.

Sophie se volvió.

—¿La prostituta?

Teabing soltó un breve resoplido, como si la palabra lo hubiese herido personalmente.

—Magdalena no era nada de eso. Ese desafortunado error es el legado de una campaña de desprestigio orquestada por la Iglesia de los primeros tiempos. La Iglesia necesitaba difamar a María Magdalena para ocultar su peligroso secreto: su función en su calidad de Santo Grial.

—¿Su función?

—Como ya le he dicho, la Iglesia primitiva tenía que convencer al mundo de que Jesús, el profeta mortal, era en realidad un ser divino. Por tanto, se omitieron en la Biblia todos los evangelios que describían los aspectos terrenales de su vida. Por desgracia para aquellos primeros censores, había un asunto terrenal particularmente problemático, que aparecía con obstinación en todos los evangelios: María Magdalena. —Hizo una pausa—. Más concretamente, su matrimonio con Jesús.

—¿Qué?

Sophie miró primero a Langdon y después a Teabing.

—Es un hecho histórico documentado —dijo el inglés—, y sin duda Da Vinci lo conocía. *La última cena* dice prácticamente a gritos que Jesús y María Magdalena eran una pareja.

Ella volvió a mirar el fresco.

—Observe que Jesús y Magdalena están vestidos como si se reflejaran mutuamente en un espejo. —Teabing señaló a los dos personajes en el centro del fresco.

Sophie contemplaba la escena como hipnotizada. Era cierto; sus ropajes tenían los mismos colores, pero invertidos. Jesús vestía túnica roja y capa azul, y María Magdalena, túnica azul y capa roja.

«El yin y el yang.»

—Si presta atención ahora a un aspecto menos evidente —prosiguió Teabing—, verá que Jesús y su esposa parecen estar unidos por las caderas, y que se alejan mutuamente, como para marcar entre los dos un espacio negativo, claramente delineado.

Antes de que le indicara el contorno, Sophie vio la figura, el inconfundible símbolo femenino ∨ en el punto focal del cuadro.

Era el mismo símbolo que Langdon había trazado antes para hablarle del Grial, el cáliz y el útero femenino.

—Por último —dijo Teabing—, si no considera a Jesús y a María Magdalena como personas, sino como simples elementos de la composición, verá otra figura que salta a la vista. —Hizo una pausa—. Una letra del alfabeto.

Sophie la vio de inmediato. Decir que la letra saltaba a la vista era decir poco. De pronto, la joven no pudo ver nada más. Deslumbrante en el centro del cuadro, destacaba el contorno inequívoco de una enorme letra M, impecablemente trazada.

—Demasiado perfecta para ser una coincidencia, ¿no cree? —sugirió Teabing.

Ella estaba atónita.

—¿Qué hace ahí?

Teabing se encogió de hombros.

—Los teóricos de las conspiraciones le dirán que significa «matrimonio» o «María Magdalena», pero si le soy sincero, nadie lo sabe con certeza. Lo único seguro es que la M oculta no es ningún error. Innumerables obras relacionadas con el Grial contienen la letra M escondida, ya sea en la filigrana del papel, en capas ocultas de pintura o en elementos de la composición. La más patente de todas, por supuesto, engalana el altar de Nuestra Señora de París en Londres, diseñado por un antiguo gran maestre del priorato de Sion: Jean Cocteau.

Sophie sopesó la información que acababa de recibir.

—Reconozco que las emes ocultas son fascinantes, pero no creo que nadie pueda considerarlas una prueba del matrimonio de Jesús con María Magdalena.

—No, no —repuso Teabing—, como ya le he dicho, el matrimonio de Jesús con María Magdalena es un hecho histórico documentado. —Empezó a rebuscar entre los tomos de su biblioteca—. Además, la idea de Jesús como un hombre casado tiene infinitamente más sentido que nuestra imagen bíblica tradicional de un Jesús célibe.

—¿Por qué? —preguntó ella.

—Porque Jesús era judío —dijo Langdon, asumiendo el peso de la explicación mientras Teabing buscaba su libro—, y las normas sociales de la época prácticamente prohibían que un judío permaneciera soltero. Las costumbres judías condenaban el celibato, y todo padre judío tenía la obligación de encontrar una mujer adecuada para su hijo. Si Jesús no hubiese estado casado, al menos alguno de los evangelios de la Biblia lo habría mencionado y habría ofrecido alguna explicación para su antinatural soltería.

Teabing localizó un libro enorme y tiró de él a través de la mesa. La edición encuadernada en piel, de grandes dimensiones, era del tamaño de un atlas; en la cubierta podía leerse: *Los evangelios gnósticos*. Abrió la pesada tapa mientras Langdon y Sophie se acomodaban junto a él. Ella vio que el libro contenía reproducciones de lo que parecían ser pasajes ampliados de documentos antiguos, con texto manuscrito sobre maltrechos trozos de papiro. No reconoció la antigua escritura, pero en la página contigua de cada lámina figuraba la correspondiente traducción.

—Son facsímiles de los manuscritos de Nag Hammadi y del mar Muerto, que mencioné hace un momento —explicó Teabing—, los documentos cristianos más antiguos que se conocen. El problema es que no coinciden con los evangelios de la Biblia. —Pasó las páginas hasta la mitad del libro y señaló un pasaje—. El evangelio según Felipe siempre es un buen punto de partida.

Sophie leyó:

La compañera del Salvador es María Magdalena. Cristo la amaba más que a cualquiera de sus discípulos y a menudo la besaba en la boca. El resto de los discípulos se ofendieron y expresaron su disgusto. Le dijeron: «¿Por qué la amas más que a nosotros?».

Las palabras sorprendieron a Sophie, que sin embargo no las consideró una prueba concluyente.

—No dice nada de matrimonio.

—*Au contraire.* —Teabing sonrió, señalando la primera línea—. Como podría decirle cualquier estudioso del arameo, la palabra «compañera», en aquella época, significaba literalmente «esposa».

Langdon lo corroboró asintiendo con la cabeza.

Sophie leyó otra vez la primera línea: «La compañera del Salvador es María Magdalena».

Teabing siguió pasando las páginas del libro y señaló varios pasajes más, que para sorpresa de la joven insinuaban claramente una relación sentimental entre Jesús y María Magdalena. Mientras leía, Sophie recordó de pronto a un sacerdote encolerizado que se había presentado en la puerta de la casa de su abuelo cuando ella era niña.

—¿Aquí vive Jacques Saunière? —había preguntado el cura, fulminando con la mirada a la pequeña Sophie cuando ésta abrió la puerta—. Quiero hablar con él acerca del editorial que escribió.

El sacerdote agitó el periódico que llevaba en la mano.

Sophie llamó a su abuelo y los dos hombres entraron en el estudio y cerraron la puerta. «¿Mi abuelo ha publicado algo en el periódico?» De inmediato, corrió a la cocina y abrió el diario de la mañana. En la segunda página encontró un artículo firmado por su abuelo y lo leyó. Aunque no entendió todo lo que decía, se enteró de que el gobierno francés había cedido a las presiones de la Iglesia católica y había prohibido una película llamada *La última tentación de Cristo*, que hablaba de las relaciones sexuales entre Jesús y una mujer llamada María Magdalena. En su artículo, su abuelo decía que la prohibición era una arrogancia y un error por parte de la Iglesia.

«No me extraña que el cura se haya enfadado», pensó Sophie.

—¡Pornografía! ¡Sacrilegio! —gritaba el sacerdote cuando salió del estudio en dirección a la puerta principal—. ¿Cómo puede apoyar semejante horror? ¡Ese estadounidense, Martin Scorsese, es un blasfemo, y la Iglesia no permitirá que venga a predicar a Francia!

El sacerdote se marchó dando un portazo.

Cuando su abuelo entró en la cocina, vio que Sophie tenía abierto el periódico y arrugó el entrecejo.

—Eres muy rápida.

—¿Crees que Jesucristo tenía novia?

—No, cariño, lo que digo en el artículo es que la Iglesia no debería decirnos qué ideas podemos considerar o dejar de considerar.

—Pero ¿tú crees que Jesús tenía novia?

Su abuelo guardó silencio varios segundos.

—¿Sería tan malo que la hubiera tenido?

Sophie reflexionó un momento y después se encogió de hombros.

—A mí no me importaría.

Sir Leigh Teabing seguía hablando.

—No voy a aburrirla con las incontables referencias a la unión entre Jesús y María Magdalena, estudiadas hasta el cansancio por los historiadores modernos. Aun así, me gustaría señalarle otro texto —añadió, indicando un pasaje diferente—, que corresponde al evangelio de María Magdalena.

Ella no sabía que existiera un evangelio con las palabras de María Magdalena. Lo leyó:

Y Pedro dijo: «¿Realmente habló el Salvador con una mujer, sin nuestro conocimiento? ¿Hemos de volvernos y escucharla? ¿La creyó más digna que a nosotros?».

Y Leví respondió: «Pedro, siempre caes en la cólera. Te enfrentas a la mujer como si fuera un enemigo. Si el Salvador la juzgó digna, ¿quién eres tú para rechazarla? Seguramente el Salvador la conoce bien; por eso la amó más que a nosotros».

—La mujer de la que hablan —explicó Teabing— es María Magdalena. Pedro está celoso.

—¿Porque Jesús la prefería a ella?

—No sólo por eso. Había mucho más en juego que el simple afecto. En este punto de los evangelios, Jesús sospecha que pronto será capturado y crucificado, y por eso le da instrucciones a María Magdalena, para que siga adelante con su Iglesia cuando él no esté. Al enterarse, Pedro expresa su descontento por el papel secundario que le ha correspondido, detrás de una mujer. Me atrevería a decir que Pedro era bastante machista.

Sophie estaba intentando seguir el razonamiento.

—¿Estamos hablando de san Pedro, la piedra sobre la que Jesús construyó su Iglesia?

—El mismo, excepto por un pequeño detalle. Según estos evangelios, que han llegado inalterados hasta nosotros, no fue Pedro quien recibió instrucciones directas de Jesús para establecer la Iglesia cristiana, sino María Magdalena.

Sophie lo miró.

—¿Me está diciendo que la cabeza de la Iglesia cristiana iba a ser una mujer?

—Ése era el plan. Jesús fue el primer feminista. Quería dejar el futuro de su Iglesia en manos de María Magdalena.

—Y eso a Pedro no le gustaba —intervino Langdon mientras señalaba *La última cena*—. Ahí está Pedro. Es evidente que Da Vinci conocía los sentimientos de Pedro respecto a María Magdalena.

Una vez más, Sophie se quedó sin habla. En el cuadro, Pedro se inclinaba con expresión aviesa hacia María Magdalena y le hacía ademán de cortarle el cuello con la mano, ¡el mismo gesto amenazador que en *La Virgen de las rocas*!

—Y esto también —dijo Langdon mientras señalaba al grupo de discípulos junto a Pedro—. Resulta un poco siniestro, ¿no?

Mirando con atención, Sophie vio una mano que surgía entre el grupo de apóstoles.

—¿Está blandiendo un puñal?

—Sí y, curiosamente, si te fijas en los brazos, verás que esa mano... no pertenece a ninguno de ellos. No tiene cuerpo, es anónima.

Sophie empezaba a sentirse abrumada.

—Lo siento, pero todavía no entiendo cómo convierte todo esto a María Magdalena en el Santo Grial.

—¡Ajá! —volvió a exclamar Teabing—. ¡Ése es el quid de la cuestión! —Se volvió otra vez hacia la mesa y desplegó un gráfico de grandes dimensiones, que le mostró; era un complejo árbol genealógico—. Pocas personas se dan cuenta de que María Magdalena, además de ser la mano derecha de Cristo, ya era por sí misma una mujer poderosa.

Sophie vio entonces el encabezamiento del gráfico.

LA TRIBU DE BENJAMÍN

—Aquí está María Magdalena —dijo Teabing, señalando un punto en la parte alta de la genealogía.

Sophie estaba sorprendida.

—¿Era de la casa de Benjamín?

—En efecto. María Magdalena era de estirpe real.

—Pero yo creía que era pobre.

Teabing negó vigorosamente con la cabeza.

—La presentaron como una prostituta para borrar todo recuerdo de sus poderosos vínculos familiares.

Sin proponérselo, Sophie volvió a mirar a Langdon, que una vez más asintió. Después, se volvió hacia Teabing.

—Pero ¿qué podía importarle a la Iglesia primitiva que Magdalena tuviera sangre real?

El inglés sonrió.

—Querida, no era tanto su sangre real lo que preocupaba a la Iglesia como su matrimonio con Cristo, que también descendía de una estirpe de reyes. Como sabe, el libro de Mateo nos dice que Jesús pertenecía a la casa de David. Era descendiente del rey Salomón, rey de los judíos. Al emparentar por matrimonio con la poderosa casa de Benjamín, Jesús fusionó dos linajes reales y creó una poderosa unión política, con la potencialidad de aspirar legítimamente al trono y restaurar la dinastía real, tal como había existido en la época de Salomón.

Sophie se dio cuenta de que Teabing estaba llegando finalmente al nudo de su argumentación, porque parecía cada vez más entusiasmado.

—La leyenda del Santo Grial se refiere en realidad a una estirpe real, a la sangre de los reyes. Cuando la leyenda menciona el cáliz que recogió la sangre de Cristo, se refiere en realidad a María Magdalena, el vientre que perpetuó la sangre real de Jesús.

Las palabras parecieron despertar ecos en el salón de baile antes de que Sophie las asimilara por completo. «¿María Magdalena perpetuó la sangre real de Jesús?»

—Pero ¿cómo pudo perpetuar la sangre de Jesús? A menos que...

Hizo una pausa y miró a Langdon.

—A menos que tuvieran un hijo.

Sophie quedó paralizada.

—¡El mayor ocultamiento de la historia humana! —proclamó Teabing—. Cristo no sólo estaba casado, sino que además fue padre. Querida, María Magdalena fue el recipiente sagrado, el cáliz que recogió la sangre real de Jesucristo. Fue el vientre que perpetuó la estirpe real y la hiedra de la que nació el fruto sagrado.

Sophie sintió que se le ponía la carne de gallina.

—Pero ¿cómo es posible que un secreto tan grande haya estado rodeado de silencio durante todos estos años?

—¡Por todos los santos! —exclamó Teabing—. ¡Ha estado rodeado de todo menos de silencio! La estirpe real de Jesús dio pie a la leyenda más perdurable de todos los tiempos: el Santo Grial. La historia de María Magdalena se ha difundido a voces durante siglos en todos los idiomas y a través de todo tipo de metáforas. Su historia está en todas partes, cuando uno sabe verla.

—¿Y los documentos del Sangreal? —preguntó ella—. ¿Supuestamente contienen pruebas de la descendencia real de Jesús?

—Así es.

—Entonces ¿toda la leyenda del Santo Grial habla de la sangre real de Cristo?

—Literalmente —respondió Teabing—. La palabra «Sangreal» deriva de «San Greal» o «Santo Grial». Pero en su forma más antigua, la palabra «Sangreal» se dividía en otro punto.

Escribió algo en un papel y se lo enseñó.

Sophie leyó lo que había escrito.

Sang Real

Al instante, reconoció las palabras.

«*Sang real*» significaba, literalmente, «sangre real».

CAPÍTULO 59

El recepcionista en el vestíbulo de la sede del Opus Dei en Lexington Avenue, en Nueva York, se sorprendió al oír la voz del obispo Aringarosa al otro lado del teléfono.

—Buenas noches, señor.

—¿Tengo algún mensaje? —quiso saber el obispo en un tono desusadamente ansioso.

—Sí, señor. Me alegro de que haya llamado, porque no he podido encontrarlo en su apartamento. Recibió una llamada urgente hace aproximadamente una hora.

—¿Ah, sí? —El obispo parecía aliviado—. ¿Mencionó su nombre la persona que llamó?

—No, señor, sólo su número.

El recepcionista se lo transmitió.

—¿El prefijo es treinta y tres? Eso es Francia, ¿no?

—Así es, señor: París. Dijo que era muy importante que se pusiera en contacto con él cuanto antes.

—Gracias. Estaba esperando esa llamada.

Aringarosa cortó rápidamente la comunicación.

Mientras apoyaba el auricular, el recepcionista se preguntó por qué habría tantas interferencias en la línea de Aringarosa. Según su agenda diaria, el obispo se encontraba ese fin de semana en Nueva York y, sin embargo, era como si estuviera al otro lado del mundo. Se encogió de hombros. El obispo Aringarosa llevaba varios meses comportándose de forma muy extraña.

«Mi teléfono móvil debía de estar fuera de cobertura», pensó Aringarosa mientras el Fiat se acercaba a la salida de la autopista que conducía al aeropuerto Ciampino de Roma.

«El Maestro estaba ansioso por hablar conmigo.» A pesar de su preocupación por haber perdido la llamada, le resultó alentador saber que el Maestro se sentía suficientemente confiado para llamar directamente a la sede del Opus Dei. «Las cosas deben de haber marchado bien esta noche en París.»

Mientras empezaba a marcar el número, sintió crecer en su interior la ansiedad por llegar pronto a París. «Estaré allí antes del alba.» Lo aguardaba un turbohélice que había contratado para realizar el breve vuelo hasta Francia. A esas horas, no podía pensar en las líneas comerciales, sobre todo teniendo en cuenta el contenido de su maletín.

Al otro lado de la línea, el teléfono empezó a sonar.

Lo atendió una voz femenina.

—*Direction Centrale de la Police Judiciaire...*

Aringarosa dudó un momento. No se lo esperaba.

—Eh..., sí... Verá..., me han indicado que llame a este número.

—*Qui êtes-vous?* —preguntó la mujer—. ¿Su nombre?

El obispo no estaba seguro de que fuera conveniente revelarlo.

—¿Es la policía judicial francesa?

—¿Su nombre, monsieur? —insistió la mujer.

—Soy el obispo Manuel Aringarosa.

—Un momento.

Se oyó un chasquido en la línea.

Al cabo de una larga espera, un hombre de voz áspera y tono preocupado se puso al teléfono.

—¡Ilustrísima, por fin lo encuentro! Usted y yo tenemos mucho de que hablar.

CAPÍTULO 60

«Sangreal..., *sang real*..., San Greal..., sangre real..., Santo Grial.»

Todo estaba conectado.

«El Santo Grial es María Magdalena, la madre de la estirpe real de Jesucristo.»

Sophie sintió una nueva oleada de desconcierto, de pie en el silencio del salón de baile, mirando a Robert Langdon. Cuantas más piezas del rompecabezas ponían Langdon y Teabing esa noche sobre la mesa, más impredecible se volvía el resultado.

—Como ve, estimada amiga —dijo el inglés mientras se acercaba cojeando a una de las librerías—, Leonardo no es el único que ha tratado de contar al mundo la verdad sobre el Santo Grial. Muchos historiadores han escrito crónicas detalladas de la estirpe real de Jesús.

Pasó entonces un dedo por una fila de varias docenas de libros. Sophie inclinó la cabeza y recorrió la lista de títulos:

LA REVELACIÓN DE LOS TEMPLARIOS
Guardianes secretos de la verdadera identidad de Cristo

LA MUJER DE LA JARRA DE ALABASTRO
María Magdalena y el Santo Grial

LA DIOSA EN LOS EVANGELIOS
En busca del aspecto femenino de lo sagrado

—Éste quizá es el más conocido —dijo Teabing mientras sacaba del montón un maltrecho ejemplar de tapas duras y se lo daba
a Sophie.

En la cubierta podía leerse:

EL ENIGMA SAGRADO
El aclamado éxito de ventas internacional

Ella levantó la vista.

—¿Éxito internacional? Es la primera vez que lo veo.

—Es usted joven. Causó bastante revuelo en los años ochenta.
A mi juicio, los autores llegan en sus análisis a algunas conclusio-
nes poco fundamentadas, pero la premisa básica es razonable, y
tienen el mérito de haber llevado al gran público la idea de la estirpe de Cristo.

—¿Cuál fue la reacción de la Iglesia ante el libro?

—Indignación, naturalmente. Pero era previsible. Después de
todo, era un secreto que el Vaticano intentó enterrar en el siglo VI.
Las cruzadas se hicieron en parte por esa causa, para reunir y destruir información. La amenaza que suponía María Magdalena
para los hombres de la Iglesia primitiva era potencialmente catas-
trófica. No sólo era la mujer a quien Jesús había encomendado la
tarea de fundar la Iglesia, sino también la prueba física de que la
deidad que esa Iglesia acababa de proclamar había tenido descendencia mortal. Para defenderse contra el poder de Magdalena, la
Iglesia perpetuó su imagen como la de una prostituta y encubrió
las pruebas de su matrimonio con Jesús para desmentir así de an-
temano toda afirmación de que Cristo hubiese tenido descendencia y fuera un profeta mortal.

La joven miró a Langdon, que asintió.

—Sí, Sophie. Los indicios históricos que apoyan esa tesis son
sustanciales.

—Reconozco que son afirmaciones graves —dijo Teabing—,

pero debe tener en cuenta los poderosos motivos de la Iglesia para llevar a cabo ese encubrimiento. No habría sobrevivido si la noticia de la descendencia se hubiera hecho pública. Un hijo de Jesús habría socavado el concepto fundamental de la divinidad de Cristo y, por ende, a la propia Iglesia cristiana, que se presentaba como el único cauce por el cual el hombre podía acceder a lo divino y ganar el ingreso al reino de los cielos.

—La rosa de cinco pétalos —dijo Sophie, señalando de pronto el lomo de uno de los libros de Teabing.

«Exactamente el mismo motivo taraceado en el cofre de palisandro», pensó.

Teabing miró a Langdon y sonrió.

—¡Tiene buen ojo! —Se volvió hacia Sophie—. Es el símbolo utilizado por el priorato para el Grial. María Magdalena. Como la Iglesia prohibió su nombre, la gente empezó a nombrarla secretamente con muchos seudónimos: el Cáliz, el Santo Grial, la Rosa... —Hizo una pausa—. La rosa guarda relación con el pentáculo de cinco puntas de Venus y con la rosa de los vientos, que sirve de guía en la brújula. Por cierto, en numerosos idiomas, como el inglés, el francés, el alemán y otros muchos, la palabra «rosa» es idéntica: «*rose*».

—Esa misma palabra, *rose*, también es anagrama de Eros, el dios griego del amor sexual —agregó Langdon.

Sophie lo miró con sorpresa mientras Teabing proseguía.

—La rosa siempre ha sido el símbolo por excelencia de la sexualidad femenina. En los cultos primitivos a la diosa, los cinco pétalos representaban los cinco hitos de la vida de la mujer: el nacimiento, la menstruación, la maternidad, el climaterio y la muerte. Y en la época moderna, la relación entre la rosa florecida y la feminidad se considera más bien visual. —Echó una mirada a Robert—. ¿Quizá el experto en simbología lo quiera explicar?

Robert vaciló. Y perdió su oportunidad.

—¡Válgame el cielo! —resopló Teabing—. ¡Qué mojigatos son

los estadounidense! —Se volvió otra vez hacia Sophie—. Lo que a Robert le cuesta expresar es que la rosa en flor se parece a los genitales femeninos, la sublime flor por donde toda la humanidad entra en el mundo. Si alguna vez ha visto cuadros de Georgia O'Keeffe, sabrá exactamente a qué me refiero.

—La cuestión, en este caso, es que todos esos libros respaldan la misma tesis histórica —dijo Langdon, volviendo a señalar la estantería.

—Que Jesús fue padre. —Sophie aún dudaba.

—Así es —confirmó Teabing—, y que María Magdalena fue el vientre que perpetuó su real linaje. El priorato de Sion todavía rinde culto a María Magdalena como la Diosa, el Santo Grial, la Rosa y la Divina Madre.

Sophie volvió a ver en un destello el ritual en el sótano de la mansión de su abuelo.

—Según el priorato —continuó el inglés—, María Magdalena estaba embarazada en el momento de la crucifixión. Por la seguridad del hijo de Cristo aún por nacer, tuvo que huir de Tierra Santa. Con la ayuda del tío de Jesús, José de Arimatea, que gozaba de toda su confianza, María Magdalena viajó en secreto a Francia, que entonces se llamaba «Galia». Allí encontró refugio seguro en el seno de una comunidad judía. Aquí, en Francia, dio a luz a una hija. La llamó Sara.

Sophie levantó la vista.

—¿Verdaderamente se sabe el nombre de la niña?

—Mucho más que eso. Los protectores judíos de Magdalena y Sara dejaron una crónica minuciosa de sus vidas. Recuerde que la hija de Magdalena pertenecía a la estirpe de los reyes judíos, de David y Salomón. Por eso, los judíos de Francia consideraban que Magdalena pertenecía a la realeza sagrada y la veneraban por ser la madre de una estirpe de reyes. Numerosos sabios de aquella época recogieron en sus crónicas la vida de María Magdalena en Francia, así como el nacimiento de Sara y el subsiguiente árbol genealógico.

Sophie no daba crédito a sus oídos.

—¿Existe un árbol genealógico de la descendencia de Cristo?

—Claro que sí, y supuestamente es uno de los pilares de los documentos del Sangreal: una completa genealogía de los primeros descendientes de Jesús.

—Pero ¿de qué puede servir un documento con la genealogía del linaje de Cristo? —preguntó ella—. No es una prueba. Ningún historiador podría confirmar su veracidad.

Teabing rio entre dientes.

—Tampoco podría confirmar la veracidad de la Biblia.

—¿Qué quiere decir con eso?

—Que la historia siempre la escriben los vencedores. Cuando dos culturas se enfrentan, la perdedora desaparece y la vencedora escribe los libros de historia, libros que glorifican su causa y vilipendian al enemigo derrotado. Como dijo Napoleón: «¿Qué es la historia, sino una fábula sobre la que todos se han puesto de acuerdo?». —Sonrió—. Por su propia naturaleza, la historia muestra siempre una sola cara de las cosas.

Sophie nunca lo había visto de ese modo.

—Los documentos del Sangreal cuentan simplemente la otra cara de la historia de Cristo. Después, lo que cada uno crea será cuestión de fe y de exploración personal, pero al menos la información ha sobrevivido. Los documentos del Sangreal consisten en decenas de miles de páginas de información. Los testimonios de primera mano del tesoro del Sangreal señalan que está contenido en cuatro arcas enormes. Se dice que en esas cuatro arcas se encuentran los «documentos puristas», miles de páginas de textos inalterados, escritos antes de Constantino por los primeros seguidores de Jesús, que lo reverenciaban como un maestro y un profeta completamente humano. Se rumorea que también forma parte del tesoro el legendario documento Q, un manuscrito cuya posible existencia admite incluso el Vaticano. Se trata, al parecer, de un libro que recoge las enseñanzas de Jesús, escritas quizá de su puño y letra.

—¿Un texto escrito por Jesucristo?

—Por supuesto —respondió Teabing—. ¿Por qué no iba a escribir Jesús una crónica de su ministerio? Casi todos lo hacían en aquella época. Otro documento explosivo que probablemente forma parte del tesoro es un manuscrito llamado *Los diarios de la Magdalena*, la narración personal de María Magdalena de su relación con Jesús, la crucifixión y su época en Francia.

Sophie guardó silencio largo rato.

—Y esos cuatro cofres de documentos ¿son el tesoro que los templarios encontraron bajo el templo de Salomón?

—Exactamente. Son los documentos que los volvieron tan poderosos, los mismos que han sido objeto de innumerables búsquedas del Grial a lo largo de la historia.

—Pero usted ha dicho que el Santo Grial era María Magdalena. Si lo que buscan son documentos, ¿por qué dicen que buscan el Santo Grial?

Teabing la miró un momento y su expresión se suavizó.

—Porque en el escondite del Santo Grial hay un sarcófago.

Fuera, el viento aullaba entre los árboles.

El tono de Teabing se volvió más reposado.

—La búsqueda del Santo Grial es literalmente el empeño de ir a arrodillarse ante los huesos de María Magdalena, es un viaje para rezar a los pies de la proscrita, ante la perdida deidad femenina.

Sophie se sintió inesperadamente maravillada.

—El escondite del Santo Grial ¿es en realidad... una tumba?

Los ojos de color avellana de Teabing se nublaron.

—Así es. Una tumba que contiene el cuerpo de Magdalena y los documentos que cuentan la verdadera historia de su vida. En el fondo, la búsqueda del Santo Grial siempre ha sido la búsqueda de Magdalena, la reina agraviada, sepultada con las pruebas de la legítima aspiración de su familia al poder.

Sophie aguardó un momento mientras Teabing recuperaba la serenidad. Había muchas cosas de su abuelo que aún no comprendía.

—¿Los miembros del priorato se han encargado todos estos años de proteger los documentos del Sangreal y la tumba de María Magdalena? —preguntó finalmente.

—Sí, pero la hermandad tenía otra responsabilidad más importante: proteger a la propia descendencia. El linaje de Cristo estaba en perpetuo peligro. La Iglesia primitiva temía que siguiera creciendo y que algún día el secreto de Jesús y Magdalena saliera a la luz y pusiera en tela de juicio la doctrina católica fundamental, la de un Mesías de naturaleza divina que no trataba con mujeres y nunca conoció la unión sexual. —Teabing hizo una pausa—. Pese a todo, la estirpe de Cristo siguió floreciendo calladamente en Francia, en secreto, hasta que en el siglo v dio el arriesgado paso de emparentar por matrimonio con la realeza francesa, fundando de ese modo lo que hoy se conoce como «dinastía merovingia».

La noticia sorprendió a Sophie. Todos los estudiantes franceses conocían a los merovingios.

—Los merovingios fundaron París.

—Sí, ésa es una de las razones por las que la tradición del Grial es tan rica en Francia. Muchas de las búsquedas del Grial impulsadas aquí por el Vaticano fueron en realidad misiones secretas para exterminar a los miembros del linaje real. ¿Ha oído hablar del rey Dagoberto?

Sophie recordaba vagamente el nombre por un episodio truculento que había estudiado en clase de historia.

—¿No fue Dagoberto el rey merovingio al que apuñalaron en un ojo mientras dormía?

—Exacto. Asesinado por el Vaticano, en confabulación con Pipino de Heristal, hacia finales del siglo VII. Con el asesinato de Dagoberto, la dinastía merovingia fue prácticamente aniquilada. Por fortuna, uno de sus hijos, Sigisberto, escapó en secreto del ataque y pudo perpetuar la estirpe, que más adelante produjo a Godofredo de Bouillon, el fundador del priorato de Sion.

—El mismo —intervino Langdon— que envió a los templarios

a rescatar los documentos del Sangreal ocultos bajo el templo de Salomón, para proporcionar a los merovingios la prueba de ser descendientes de Cristo.

Teabing asintió mientras dejaba escapar un fuerte suspiro.

—El moderno priorato de Sion tiene un deber de enorme trascendencia. Su responsabilidad es triple. La hermandad debe proteger los documentos del Sangreal. Debe cuidar la tumba de María Magdalena. Y también, naturalmente, debe velar por la estirpe de Cristo y por su prosperidad; debe proteger a los pocos miembros de la dinastía real merovingia que han sobrevivido hasta nuestros días.

Las palabras quedaron suspendidas en el vasto espacio del salón, y Sophie sintió un estremecimiento extraño, como si sus huesos reverberaran con una verdad de una clase desconocida. «Descendientes de Jesús que han sobrevivido hasta nuestros días.» La voz de su abuelo volvió a susurrarle al oído: «Princesa, debo contarte la verdad sobre tu familia».

Un escalofrío le rasgó la carne.

«Sangre real.»

No podía imaginarlo.

«Princesa Sophie.»

—¿Sir Leigh? —Las palabras del mayordomo crepitaron en el intercomunicador de la pared y sobresaltaron a Sophie—. ¿Podría venir un momento a la cocina?

Teabing frunció el entrecejo ante la inoportuna interrupción. Se acercó al intercomunicador y pulsó el botón.

—Como sabes, Rémy, estoy ocupado con mis invitados. Si necesitamos alguna cosa más de la cocina, nos serviremos nosotros mismos. Gracias y buenas noches.

—Sólo unas palabras antes de retirarme, señor. Si me hace el favor...

Teabing gruñó y pulsó otra vez el botón.

—Sé breve, Rémy.

—Es un asunto doméstico, señor, que los invitados no tienen por qué soportar.

La expresión de Teabing era de incredulidad.

—¿Y no puede esperar hasta mañana?

—No, señor. Mi pregunta sólo le llevará un minuto.

Teabing levantó la vista al cielo y después miró a Langdon y a Sophie.

—A veces me pregunto quién está al servicio de quién. —Volvió a pulsar el botón—. Voy enseguida, Rémy. ¿Necesitas que te lleve algo?

—Sólo libertad de la opresión, señor.

—¿Te das cuenta, Rémy, de que tu solomillo a la pimienta es la única razón por la que aún conservas el trabajo en esta casa?

—Eso me ha dicho alguna vez, señor. Eso me ha dicho.

CAPÍTULO 61

«Princesa Sophie.»

Sophie se sintió hueca por dentro mientras escuchaba el golpeteo de las muletas de Teabing alejándose por el pasillo. Aturdida, se volvió para mirar a Langdon en el salón de baile abandonado. Él ya estaba negando con la cabeza, como si le hubiera leído el pensamiento.

—No, Sophie —susurró con una mirada que intentaba tranquilizarla—. La misma idea me pasó por la mente cuando comprendí que tu abuelo pertenecía al priorato, y me contaste que quería revelarte un secreto de familia. Pero es imposible. —Hizo una pausa—. Saunière no es un apellido merovingio.

Sophie no estaba segura de sentirse aliviada o defraudada. Antes, Langdon le había hecho de pasada una pregunta poco habitual acerca del apellido de soltera de su madre, Chauvel. Ahora comprendía el sentido de su curiosidad.

—¿Y Chauvel? —preguntó ansiosa.

Una vez más, Langdon negó con la cabeza.

—Lo siento. Sé que habría sido la respuesta a algunas de tus preguntas. Sólo se conservan dos linajes descendientes directos de los merovingios. Se apellidan Plantard y Saint-Clair. Las dos familias viven escondidas, protegidas probablemente por el priorato.

Sophie repitió los nombres mentalmente, en silencio, y después negó con la cabeza. No había ningún Plantard ni ningún

Saint-Clair en su familia. Una marea de desánimo empezaba a arrastrarla. Se dio cuenta de que no estaba más cerca que en el Louvre de descubrir la verdad que su abuelo había querido revelarle. Deseó que su abuelo no hubiera mencionado a su familia esa tarde, porque había abierto heridas que resultaban tan dolorosas como siempre. «Están muertos, Sophie. No volverán.» Pensó en su madre, que le cantaba por las noches para que se durmiera; en su padre, que la llevaba a caballito sobre los hombros; en su abuela y en su hermano pequeño, que le sonreía con sus fervientes ojos verdes. Todo eso se lo habían robado, y lo único que le quedaba era su abuelo. «Y ahora él también se ha ido. Estoy sola.»

Se volvió otra vez hacia *La última cena* y contempló la larga cabellera rojiza de María Magdalena y sus ojos serenos. Algo en la expresión de la mujer era el eco de la pérdida de un ser querido. Sophie también lo sentía.

—¿Robert? —dijo en voz baja.

Él se acercó.

—Ya sé que Leigh ha dicho que la historia del Grial está en todas partes, a nuestro alrededor, pero yo nunca había oído nada al respecto hasta esta noche.

Tuvo la impresión de que Langdon iba a apoyarle una mano reconfortante en el hombro, pero al final se abstuvo.

—Sí que has oído antes la historia, Sophie. Todos la hemos oído. Es sólo que, cuando la oímos, no lo notamos.

—No te entiendo.

—La historia del Grial está en todas partes, pero disimulada. Cuando la Iglesia prohibió toda mención a la vilipendiada María Magdalena, fue preciso transmitir su historia y su importancia por cauces más discretos..., por cauces que admitieran las metáforas y el simbolismo.

—¡Claro! ¡Las artes!

Él señaló *La última cena*.

—Un ejemplo perfecto. Algunas de las obras más perdurables

354

de la pintura, la literatura y la música cuentan en secreto la historia de María Magdalena y Jesús.

Brevemente, Langdon le mencionó las obras de Da Vinci, Botticelli, Poussin, Bernini, Mozart y Victor Hugo que hablaban en susurros acerca de la recuperación de la proscrita deidad femenina. Varias leyendas tradicionales, como la de Gawain y el Caballero Verde, la del rey Arturo o la de la bella durmiente del bosque, eran alegorías del Santo Grial. El *Jorobado de Notre-Dame*, de Victor Hugo, y *La flauta mágica*, de Mozart, estaban cuajados de simbolismo masónico y secretos del Grial.

—Cuando abres los ojos al Santo Grial —dijo—, lo ves por todas partes. En los cuadros, la música, los libros, e incluso en los cómics, los parques temáticos y los éxitos de taquilla.

Levantando el reloj de Mickey Mouse, le explicó que Walt Disney se había impuesto como silenciosa tarea la transmisión de la historia del Grial a las generaciones venideras. Durante toda su vida, Disney fue saludado como el Leonardo da Vinci moderno. Los dos hombres iban varias generaciones por delante de su tiempo, los dos eran artistas de talento singular, los dos pertenecían a sociedades secretas y, por encima de todo, ambos adoraban gastar bromas. Lo mismo que Leonardo, Walt Disney disfrutaba sembrando su arte de mensajes ocultos y simbolismo. Para alguien con práctica en simbología, ver una película de la primera época de Disney era como someterse a una avalancha de alusiones y metáforas.

La mayoría de los mensajes ocultos de Disney versaban sobre religión, mitos paganos e historias de la diosa subyugada. No fue casualidad que Disney recreara los cuentos de *La cenicienta*, *La bella durmiente* o *Blancanieves*, todos los cuales hablaban del confinamiento de la deidad femenina. Tampoco era preciso ser un experto en simbolismo para darse cuenta de que la historia de Blancanieves (una princesa caída en desgracia tras probar una manzana envenenada) era una clara alusión a la caída de Eva en el jardín del Edén, o de que *La bella durmiente* (con la princesa Aurora oculta en las profundidades del bosque con el nombre falso de Rosa, para protegerse contra las asechanzas de una bruja mala) era la historia del Grial contada a los niños.

Pese a su imagen empresarial, Disney aún conservaba un elemento de juguetona erudición entre sus empleados, y sus artistas todavía se divertían insertando símbolos ocultos en los productos de la factoría. Langdon nunca olvidaría el día en que uno de sus estudiantes había llevado a clase un DVD de *El rey león* y había congelado la imagen en un fotograma donde resultaba claramente visible la palabra «sexo», en inglés y en mayúsculas *(SEX)*, formada por partículas flotantes de polvo, sobre la cabeza de Simba. Aunque Langdon lo atribuyó más al afán bromista de un dibujante de humor adolescente que a cualquier tipo de alusión ilustrada a la sexualidad humana, el profesor había aprendido a no menospreciar el manejo del simbolismo en los productos de la factoría Disney. *La sirenita*, por ejemplo, era un fresco cautivante de símbolos espirituales tan específicamente relacionados con la diosa que era imposible que fueran fruto de la coincidencia.

Cuando vio *La sirenita* por primera vez, Langdon lanzó una exclamación de sorpresa al advertir que el cuadro en la pared de la casa submarina de Ariel no era otro que *La Magdalena penitente*, famoso homenaje del pintor Georges de la Tour, del siglo XVII, a la proscrita María Magdalena. No podía haber mejor decoración, ya que la película resultó ser un *collage* de noventa minutos de duración de manifiestas referencias simbólicas a la sacralidad perdida de Isis, Eva, la diosa pez Piscis y, en repetidas ocasiones, María Magdalena. Ariel, el nombre de la sirenita, poseía poderosos vínculos con la deidad femenina y, en el libro de Isaías, era sinónimo de «ciudad santa asediada». Ciertamente, la abundante cabellera rojiza del personaje tampoco era una coincidencia.

El golpeteo de las muletas de Teabing se aproximaba por el pasillo a un ritmo desusadamente rápido. Cuando su anfitrión entró en el estudio, su expresión era grave.

—Tendrás que explicarte mejor, Robert —dijo fríamente—. No has sido honesto conmigo.

CAPÍTULO 62

—He sido víctima de una encerrona, Leigh —dijo Langdon, intentando conservar la calma.

«Me conoces —pensó—. Sabes que no mataría a nadie.»

El tono de Teabing no se suavizó.

—Robert, por amor de Dios, te están sacando por televisión. ¿Sabías que te busca la policía?

—Sí.

—Entonces, has abusado de mi confianza. Me sorprende que me hayas puesto en peligro, viniendo aquí y pidiéndome que hablara del Grial, para poder esconderos en mi casa.

—Yo no he matado a nadie.

—Jacques Saunière ha muerto y la policía dice que has sido tú. —Teabing parecía entristecido—. Un mecenas de las artes como él...

—¿Señor? —El mayordomo había aparecido detrás de Teabing y estaba en la entrada del estudio, con los brazos cruzados—. ¿Les enseño dónde está la puerta?

—Déjame a mí. —Teabing atravesó el estudio cojeando, quitó el cerrojo a un juego de anchas puertas de cristal y las abrió de un empujón hacia un jardín lateral—. Os ruego que vayáis a buscar vuestro coche y que os marchéis.

Sophie no se movió.

—Tenemos información sobre la *clef de voûte*, la clave del priorato.

Teabing se la quedó mirando varios segundos y después hizo una mueca sarcástica.

—Una estratagema desesperada. Robert sabe cuánto la he buscado.

—Dice la verdad —terció Langdon—. Por eso hemos venido a verte esta noche. Para hablar contigo de la clave.

—Márchense —intervino el mayordomo—, o llamaré a la policía.

—Leigh —susurró Langdon—, sabemos dónde está.

A Teabing pareció fallarle un poco el equilibrio.

Para entonces, Rémy atravesaba el salón con actitud envarada.

—¡Márchense ahora mismo! O yo, por la fuerza...

—¡Rémy! —lo interrumpió Teabing con dureza—. Discúlpanos un momento.

El mayordomo abrió la boca asombrado.

—¿Señor? Permítame que proteste. Estas personas son...

—Yo me encargaré de esto.

Teabing le señaló el pasillo.

Al cabo de un momento de atónito silencio, Rémy se escabulló como un perro al que hubieran expulsado.

En la brisa fría de la noche que entraba por las puertas abiertas, Teabing se volvió otra vez hacia Sophie y Langdon, conservando aún la expresión de cautela.

—Será mejor que sea cierto. ¿Qué saben de la clave?

Entre los espesos arbustos fuera del estudio de Teabing, Silas apretaba la pistola mientras miraba por las puertas de cristal. Sólo unos momentos antes, había rodeado la casa y había visto a Langdon y a la mujer hablando en el amplio estudio. Antes de que pudiera entrar, se había presentado un hombre con muletas, que le había gritado a Langdon, había abierto las puertas de par en par y había exigido a sus invitados que se marcharan. Entonces, la mujer mencionó la clave y todo cambió. Los gritos se transformaron en murmullos. Los ánimos se aquietaron. Y las puertas de vidrio se cerraron rápidamente.

Ahora, acurrucado en la penumbra, Silas espiaba a través del cristal. «La clave está en algún lugar dentro de la casa.» Silas lo intuía.

Sin salir de las sombras, se acercó unos centímetros más al cristal, ansioso de oír lo que decían. Les daría cinco minutos. Si no revelaban dónde habían puesto la clave, entraría y los haría hablar por la fuerza.

En el estudio, Langdon percibía la perplejidad de su anfitrión.

—¿Gran maestre? —Teabing se atragantó, mirando a Sophie—. ¿Jacques Saunière?

Ella asintió, viendo el desconcierto en sus ojos.

—Pero ¡no es posible que usted lo sepa!

—Jacques Saunière era mi abuelo.

Teabing volvió a ponerse de pie sobre sus muletas mientras echaba un vistazo a Langdon, que asintió. Luego se volvió hacia ella.

—Señorita Neveu, me ha dejado usted sin palabras. Si es verdad lo que dice, siento profundamente su pérdida. Debo reconocer que, para mi investigación, llevaba una lista de los hombres de París que a mi entender eran buenos candidatos para pertenecer al priorato. Jacques Saunière figuraba en la lista, junto con muchos otros. Pero ¿dice usted que era el gran maestre? Es difícil de imaginar. —Teabing permaneció un momento callado y después negó con la cabeza—. Sigue sin tener sentido. Si es verdad que su abuelo era el gran maestre del priorato y el creador de la clave, jamás le habría dicho a usted cómo encontrarla. La clave revela el camino hacia el tesoro definitivo de la hermandad. Por mucho que usted fuera su nieta, no cumplía los requisitos para recibir semejante conocimiento.

—El señor Saunière se estaba muriendo cuando pasó la información —dijo Langdon—. Tenía pocas opciones.

—No necesitaba opciones —argumentó Teabing—. Hay tres senescales que también conocen el secreto. Ahí está la belleza de su sistema. Uno de ellos ascenderá a gran maestre y entonces reclutarán un nuevo senescal, al que revelarán el secreto de la clave.

—Supongo que no habrá visto las noticias completas —dijo Sophie—. Además de mi abuelo, otros tres prominentes personajes parisinos han sido asesinados hoy. Todos de forma similar. Todos parecían haber sido interrogados.

Teabing sofocó una exclamación de sorpresa.

—Y usted cree que eran...

—Los senescales —dijo Langdon.

—Pero ¿cómo? ¡El asesino no pudo averiguar la identidad de los cuatro miembros más importantes del priorato de Sion! ¡Mírenme a mí! Llevo décadas investigándolos y ni siquiera puedo nombrar a un solo miembro del priorato. Me parece inconcebible que en un solo día alguien pudiera descubrir y matar a los tres senescales y al gran maestre.

—No creo que la información se reuniera en un solo día —repuso Sophie—. Todo hace pensar en una decapitación muy bien planeada. Es una técnica que utilizamos para combatir a las organizaciones mafiosas. Si la DGPJ quiere acorralar a un determinado grupo, lo observa y escucha discretamente durante meses, identifica a todos los cabecillas y finalmente los detiene a todos al mismo tiempo. Decapita a la organización. Sin sus líderes, el grupo se sume en el caos y revela más información. Es posible que alguien observara pacientemente al priorato y después atacara, con la esperanza de que las personas más importantes revelaran la localización de la clave.

Teabing no parecía convencido.

—Pero los hermanos jamás hablarían. Han jurado guardar el secreto, incluso bajo amenaza de muerte.

—Exacto —asintió Langdon—. Eso significa que si no revelaban el secreto y eran asesinados...

El inglés se quedó sin aliento.

—En ese caso ¡la localización de la clave se perdería para siempre!

—Y con ella —prosiguió Langdon—, la del Santo Grial.

El cuerpo de Teabing pareció doblegarse bajo el peso de las palabras de su amigo. Después, como si el cansancio le impidiera permanecer de pie un segundo más, se desplomó en una silla y se puso a mirar por la ventana.

Sophie se le acercó y le habló con suavidad.

—Considerando la situación en que se hallaba mi abuelo, parece posible que en su total desesperación intentara transmitir el secreto a alguien ajeno a la hermandad, alguien en quien creía que podía confiar, alguien de su familia.

Teabing estaba pálido.

—Pero alguien capaz de un ataque semejante..., de descubrir tanto acerca de la hermandad... —Hizo una pausa, irradiando un temor nuevo—. Sólo puede ser una organización. Ese tipo de infiltración sólo puede proceder del enemigo más antiguo del priorato.

Langdon levantó la vista.

—La Iglesia católica.

—¿Quién si no? El Vaticano busca el Grial desde hace siglos.

Sophie era escéptica.

—¿Cree que la Iglesia mató a mi abuelo?

Teabing replicó:

—No sería la primera vez en la historia que la Iglesia mata para protegerse. Los documentos que acompañan al Santo Grial son explosivos y hace muchos años que Roma pretende destruirlos.

A Langdon le costaba aceptar la premisa de Teabing de que la Iglesia estuviera dispuesta a matar para conseguir los documentos. Había tenido oportunidad de conocer al nuevo papa y a muchos de los cardenales, y sabía que eran hombres profundamente espirituales que jamás justificarían el asesinato. «Sin importar lo que esté en juego», pensó.

Sophie parecía tener pensamientos similares.

—¿No es posible que esos miembros del priorato hayan sido asesinados por alguien ajeno a la Iglesia? ¿Alguien que no sepa lo que es en realidad el Grial? Después de todo, el cáliz de Cristo sería un tesoro muy tentador. Los cazadores de tesoros han matado por mucho menos.

—La experiencia me ha enseñado que el hombre llega mucho más lejos para evitar lo que teme que para conseguir lo que desea —dijo Teabing—. Intuyo desesperación en ese ataque contra el priorato.

—Leigh —intervino Langdon—, tu argumento encierra una paradoja. ¿Por qué iba a asesinar el clero católico a miembros del priorato con el fin de destruir unos documentos que de todos modos considera falsos?

Teabing rio entre dientes.

—La torre de marfil de Harvard te ha ablandado, Robert. Sí, en efecto, el clero de Roma es dueño de una fe poderosa, y gracias a ella, sus convicciones pueden capear cualquier tormenta, incluidos unos documentos que contradigan todo aquello en lo que creen. Pero ¿qué me dices del resto del mundo? ¿De los que no han sido bendecidos con la certeza absoluta? ¿De los que contemplan el mal en el mundo y se preguntan dónde está ahora Dios? ¿De los que ven los escándalos de la Iglesia y se preguntan quiénes son esos hombres que pretenden decir la verdad sobre Cristo y aun así mienten para encubrir los abusos sexuales a niños perpetrados por sus propios sacerdotes? —Hizo una pausa—. ¿Qué pasará con esa gente, Robert, si salen a la luz pruebas científicas convincentes de que la versión de la Iglesia sobre la historia de Cristo es inexacta y de que la historia más grande jamás contada es en realidad la historia más grande jamás falseada?

Langdon no respondió.

—Te diré lo que sucederá si esos documentos salen a la luz —prosiguió Teabing—. El Vaticano se enfrentará a una crisis de fe sin precedentes en sus dos milenios de historia.

Tras un largo silencio, Sophie dijo:

—Pero si la Iglesia es la responsable del ataque, ¿por qué iba a actuar ahora, después de todos estos años? El priorato tiene escondidos los documentos del Sangreal, que no suponen ninguna amenaza inmediata para la Iglesia.

Teabing dejó escapar un suspiro siniestro y miró a su amigo.

—Robert, supongo que estarás al tanto de la misión final del priorato...

La sola idea hizo que Langdon se quedase sin aliento.

—Así es.

—Señorita Neveu —continuó Teabing—, la Iglesia católica y el priorato tienen un acuerdo tácito desde hace años: la Iglesia no ataca al priorato y éste mantiene ocultos los documentos del Sangreal. —Hizo una pausa—. Sin embargo, a lo largo de su historia, el priorato siempre ha tenido un plan para desvelar el secreto. En una fecha determinada de la historia, la hermandad tiene planeado romper el silencio y alcanzar la victoria definitiva, revelando al mundo los documentos del Sangreal y gritando a los cuatro vientos la verdadera historia de Cristo.

Sophie se quedó mirando a Teabing en silencio. Finalmente, ella también se sentó.

—¿Y usted cree que esa fecha está cerca? ¿Y que la Iglesia lo sabe?

—Es sólo una especulación, pero sin duda daría al Vaticano un motivo para lanzar un ataque a fondo y encontrar los documentos antes de que sea demasiado tarde.

Langdon tenía la desagradable sensación de que la idea de Teabing era muy razonable.

—¿Crees que la Iglesia sería capaz de encontrar pruebas materiales de la fecha prevista por el priorato?

—¿Por qué no? Si estamos suponiendo que fue capaz de descubrir la identidad de los miembros del priorato, entonces ciertamente pudieron enterarse de sus planes. Y aunque no sepan la fecha exacta, puede que se estén dejando llevar por las supersticiones.

—¿Supersticiones? —preguntó Sophie.

—Según las profecías —dijo Teabing—, estamos en una época de enormes transformaciones. Con el reciente cambio de milenio, acaban de terminar los dos mil años de la era astrológica de piscis, el pez, que también es el símbolo de Jesús. Como le dirá cualquier conocedor de la simbología astrológica, el ideal pisciano afirma que el hombre ha de confiar para todos sus actos en las potencias superiores, porque no es capaz de pensar por sí mismo. La era pasada ha sido, por tanto, una época de ferviente religiosidad. Ahora, sin embargo, estamos entrando en la era de acuario, el aguador, cuyo ideal sostiene que el hombre conocerá la verdad y será capaz de pensar por sí mismo. El cambio ideológico es enorme y se está produciendo ahora mismo.

Langdon se estremeció. Las predicciones astrológicas nunca habían tenido para él mucho interés o credibilidad, pero sabía que había gente en la Iglesia que las seguía con atención.

—La Iglesia llama a este período de transición «el fin de los tiempos».

Sophie parecía escéptica.

—¿El fin del mundo? ¿El apocalipsis?

—No —replicó Langdon—. Ése es un error conceptual corriente. Muchas religiones hablan del fin de los tiempos, pero no se refieren al fin del mundo, sino al final de la era actual, la de piscis, que empezó en la época del nacimiento de Cristo, duró dos mil años y terminó con el fin del milenio. Ahora que hemos ingresado en la era de acuario, ha llegado el fin de los tiempos.

—Muchos historiadores del Grial —añadió Teabing— creen que, si el priorato realmente tiene planeado revelar esa verdad, este punto de la historia sería un momento simbólicamente idóneo. La mayoría de los estudiosos del priorato, entre ellos yo mismo, pensaban que las revelaciones de la hermandad coincidirían con el cambio de milenio. Obviamente, no fue así. Bien es verdad que el calendario romano no se ajusta a la perfección a las efemérides astrológicas, por lo que hay una zona gris en la predicción. No sé si la Iglesia dispone de información interna sobre la inminencia de una fecha concreta o si simplemente empieza a ponerse nerviosa a causa de las profecías astrológicas, pero es intrascendente que sea una u otra cosa. Cualquiera de las dos posibilidades explica el motivo de la Iglesia para lanzar un ataque preventivo contra el priorato. —Teabing arrugó el entrecejo—. Y, créame, si la Iglesia encuentra el Santo Grial, lo destruirá. Destruirá los documentos y las reliquias de la bendita María Magdalena. —Su gesto se endureció—. Entonces, querida, cuando ya no existan los documentos del Sangreal, todas las pruebas se habrán perdido. La Iglesia habrá ganado su guerra secular para reescribir la historia, y el pasado quedará borrado para siempre.

Lentamente, Sophie sacó del bolsillo del jersey la llave cruciforme y se la entregó a Teabing.

Él la recibió y se puso a estudiarla.

—¡Cielo santo! El sello del priorato. ¿De dónde ha sacado esto?

—Me la dio mi abuelo esta noche, antes de morir.

Teabing pasó los dedos por la llave en forma de cruz.

—¿La llave de una iglesia?

Sophie hizo una profunda inspiración.

—Esta llave da acceso a la clave.

Teabing levantó la cabeza como impulsado por un muelle, con la incredulidad pintada en el rostro.

—¡Imposible! ¿Qué iglesia he pasado por alto? ¡He buscado en todas las iglesias de Francia!

—No está en una iglesia —replicó ella—, sino en un banco depositario suizo.

La expresión de entusiasmo de Teabing se desvaneció.

—¿La clave está en un banco?

—En una cámara acorazada —precisó Langdon.

—¿En la cámara acorazada de un banco? —Teabing negó enérgicamente con la cabeza—. ¡Imposible! Se supone que la clave está oculta bajo el signo de la rosa.

—Y lo está —dijo Langdon—. Estaba guardada en un cofre de palisandro con una rosa de cinco pétalos taraceada.

Daba la impresión de que a Teabing lo hubiera alcanzado un rayo.

—¿Has visto la clave?

Sophie asintió.

—Estuvimos en el banco..

Teabing se les acercó, con los ojos desorbitados de pánico.

—¡Amigos míos, tenemos que hacer algo! ¡La clave corre peligro! Tenemos el deber de protegerla. ¿Y si hubiera otras llaves, robadas quizá a los senescales asesinados? Si la Iglesia puede entrar en el banco, como han hecho ustedes...

—Entonces llegará tarde —repuso Sophie—, porque nos hemos llevado la clave.

—¿Qué? ¿Han sacado la clave de su escondite?

—No te preocupes —dijo Langdon—, está bien escondida.

—¡Sumamente bien escondida, espero!

—De hecho —prosiguió el estadounidense, incapaz de disimular la sonrisa—, todo dependerá de la frecuencia con la que barras debajo del sofá.

El viento fuera del Château Villette había arreciado, y el hábito de Silas bailaba en la brisa mientras él permanecía agachado cerca de la ventana. Aunque gran parte de la conversación se le había escapado, la palabra «clave» se había filtrado en varias ocasiones a través del cristal.

«Está dentro.»

Tenía frescas en la mente las palabras del Maestro: «Entra en el Château Villette. Coge la clave. No hagas daño a nadie».

Ahora, Langdon y los otros habían pasado repentinamente a otra habitación y habían apagado las luces del estudio al salir. Sintiéndose como una pantera que acechara a su presa, Silas se arrastró hasta las puertas de cristal. Al comprobar que no estaban cerradas con cerrojo, se deslizó dentro y las cerró a su espalda sin hacer ruido. Oía voces amortiguadas en otra habitación. Sacó la pistola del bolsillo, le quitó el seguro y empezó a avanzar por el pasillo, centímetro a centímetro.

CAPÍTULO 63

Solo al pie del sendero de la casa de Leigh Teabing, el teniente Collet levantó la vista para contemplar la enorme mansión.

«Aislada, oscura... Excelente escondite.»

Miró a la media docena de agentes que se dispersaban en silencio a lo largo de la valla. Podían saltarla y rodear la casa en cuestión de minutos. Langdon no podría haber elegido lugar más idóneo para un ataque sorpresa de los hombres de Collet.

Estaba a punto de llamar a Fache cuando por fin sonó el teléfono.

El capitán no parecía ni de lejos tan complacido con los acontecimientos como Collet había imaginado.

—¿Por qué no me ha dicho nadie que teníamos una pista para encontrar a Langdon?

—Estaba usted hablando por teléfono y...

—¿Dónde está exactamente, teniente Collet?

Él le dio la dirección.

—La finca pertenece a un ciudadano británico de nombre Teabing. Langdon ha tenido que viajar bastante para llegar hasta aquí, y el vehículo ha pasado la valla de seguridad sin señales de haber forzado la entrada, por lo que todo hace pensar que conoce al propietario.

—Voy para allá —dijo Fache—. No haga nada. Quiero ocuparme de esto personalmente.

Collet quedó boquiabierto.

—Pero, señor, ¡usted está a veinte minutos de distancia! Deberíamos actuar de inmediato. Lo tenemos controlado. Tengo un total de ocho hombres, cuatro con fusiles de asalto y el resto con armas cortas.

—Espéreme.

—¿Y si Langdon ha tomado un rehén ahí dentro, señor? ¿Y si nos ve y decide marcharse a pie? ¡Tenemos que actuar ya mismo! Mis hombres han tomado posiciones y están listos.

—Teniente Collet, usted no hará nada hasta que yo llegue. Es una orden.

Fache colgó el teléfono.

Desconcertado, Collet cortó la comunicación. «¿Por qué demonios me pide Fache que espere?» Sin embargo, Collet conocía la respuesta. El olfato del capitán era famoso, pero también lo era su orgullo. «Quiere que todo el mérito del arresto sea para él.» Después de difundir la fotografía del estadounidense por todas las cadenas de televisión, Fache quería que le dedicaran a él el mismo tiempo en antena. La misión de Collet consistía simplemente en mantenerse en su puesto, hasta que llegara el jefe a cubrirse de gloria.

Mientras esperaba, pensó en una segunda posible explicación para la demora: «Control de daños». Durante la acción policial, sólo había vacilación a la hora de detener a un fugitivo cuando surgían dudas respecto a la identidad del culpable. «¿Estará pensando Fache en la posibilidad de que no sea el hombre que buscamos?» La idea era aterradora. Esa noche, el capitán había puesto en juego todo su prestigio para detener a Robert Langdon: el interrogatorio encubierto, la Interpol y ahora la televisión... Ni siquiera el gran Bezu Fache sobreviviría a las consecuencias políticas de haber difundido erróneamente por televisión la imagen de un importante ciudadano estadounidense acusándolo de asesinato. Si ahora Fache había caído en la cuenta de que había cometido un error, era perfectamente lógico que ordenara a Collet no hacer nada. Lo último que necesitaba Fache era que el teniente tomara por asalto el domicilio particular de un británico inocente y se llevara a Langdon a punta de pistola.

Collet advirtió, además, que si Langdon era inocente, entonces quedaba resuelta una de las paradojas más extrañas del caso: ¿por qué Sophie Neveu, la nieta de la víctima, había ayudado a huir a su presunto asesino? Quizá ella sabía que las acusaciones contra Langdon eran falsas. Esa noche, Fache había propuesto todo tipo de explicaciones para justificar la extraña conducta de la joven, entre ellas la de que Sophie, siendo la única heredera de Saunière, había convencido a Robert Langdon, su amante secreto, para que matara a su abuelo y así poder cobrar la herencia. Si Saunière lo sospechaba, podía haber dejado a la policía el mensaje: «P. S. Encontrar a Robert Langdon». Collet estaba bastante seguro de que no era eso lo que había sucedido. Sophie Neveu parecía una persona de carácter demasiado íntegro para verse mezclada en un asunto tan sórdido.

—¿Teniente? —Uno de los agentes se aproximaba corriendo a él—. Hemos encontrado un coche.

Collet siguió al agente unos cincuenta metros más allá del sendero. El policía le señaló el amplio arcén que se veía al otro lado de la carretera. Allí, aparcado entre la maleza, casi fuera de la vista, había un Audi negro. La matrícula era de un vehículo de alquiler. Collet puso la mano sobre el capó. Estaba tibio. O incluso podría decir que caliente.

—Así debe de haber llegado Langdon hasta aquí —dijo—. Llame a la empresa de alquiler de coches y averigüe si es robado.

—Sí, señor.

Otro agente le hizo señas a Collet para que volviera a acercarse a la valla.

—Teniente, échele un vistazo a esto —dijo mientras le pasaba unos prismáticos de visión nocturna—. Mire el bosquecillo, cerca de la cabecera del sendero.

Collet orientó los prismáticos hacia lo alto de la colina y ajustó los diales del intensificador de imagen. Poco a poco, las formas verdosas se volvieron más definidas. El teniente localizó la curva del sendero y la siguió lentamente hacia arriba hasta llegar al bosquecillo. Allí vio un furgón idéntico al que él mismo había permitido salir del Banco Depositario de Zúrich unas horas antes esa noche. Rezó para que se tratara de una extraña coincidencia, pero sabía que no podía ser.

—Parece evidente que ese furgón es el vehículo en el que Langdon y Neveu salieron del banco —señaló el agente.

Collet se había quedado sin palabras. Pensó en el conductor del furgón blindado que él había parado en el control de carretera, en el Rolex y en su impaciencia por marcharse. «No registré el compartimento de carga», pensó.

Incrédulo, comprendió que alguien en el banco había mentido a la DGPJ acerca del paradero de Langdon y Sophie, y los había ayudado a escapar. «Pero ¿quién? ¿Y por qué?»

Se preguntó si sería ésa la razón por la que Fache le había pedido que no hiciera nada todavía. Quizá el capitán había averiguado que había más personas implicadas esa noche, además de Langdon y Sophie. «Pero si Langdon y ella llegaron en el furgón blindado, ¿quién iba al volante del Audi?»

Cientos de kilómetros al sur, un Beechcraft Baron 58 alquilado sobrevolaba el mar Tirreno con rumbo norte. Aunque el cielo estaba despejado, el obispo Aringarosa apretaba en la mano una bolsa para el mareo, convencido de que en cualquier momento podía ponerse enfermo. Su conversación con París no había sido en absoluto lo que había imaginado.

Solo en la pequeña cabina, el obispo se retorcía el anillo de oro en torno al dedo mientras intentaba aliviar la abrumadora sensación de miedo y desesperación. «Todo en París ha salido terriblemente mal.»

Cerrando los ojos, rezó para que Bezu Fache tuviera en su mano los medios para arreglarlo.

CAPÍTULO 64

Sentado en el diván, Teabing acunaba sobre las rodillas el cofre de madera y admiraba el complicado taraceado de la tapa. «Esta noche ha resultado ser la más extraña y mágica de mi vida.»

—Levante la tapa —susurró Sophie, de pie a su lado, junto a Langdon.

Teabing sonrió. «Sin prisas.» Después de dedicar toda una década a la búsqueda de esa clave, quería saborear cada milisegundo del momento. Pasó la palma de la mano sobre la tapa de madera, sintiendo la textura de la flor taraceada.

—La rosa —susurró.

«La rosa es la Magdalena, es el Santo Grial. La rosa es la brújula que señala el camino.»

Se sintió tonto. Durante años había viajado a catedrales e iglesias de toda Francia, había pagado a cambio de privilegios especiales de acceso y había examinado cientos de arcos debajo de rosetones en busca de una clave de bóveda con un código. «La *clef de voûte*, una clave de bóveda bajo el signo de la rosa.»

Lentamente, abrió el cierre de la tapa y la levantó.

Cuando su mirada finalmente se posó sobre el contenido, supo en un instante que sólo podía ser la clave. Tenía ante sí un cilindro de piedra, fabricado con discos interconectados con letras grabadas. El dispositivo le resultó asombrosamente familiar.

—Diseñado a partir de los diarios de Da Vinci —explicó Sophie—. Mi abuelo los fabricaba por afición.

«¡Claro! —se dijo Teabing, que había visto los bosquejos y los planos—. La clave para encontrar el Santo Grial está dentro de esa piedra.»

Sacó el pesado críptex del cofre sujetándolo con delicadeza. Aunque ignoraba cómo abrir el cilindro, sentía que su destino estaba ahí dentro. En momentos de desazón, Teabing se había preguntado si la búsqueda de su vida tendría alguna vez su recompensa. Ahora, esas dudas se habían disipado para siempre. Le pareció oír las viejas palabras, la base misma de la leyenda del Grial: *«Vous ne trouvez pas le Saint-Graal, c'est le Saint-Graal qui vous trouve»*. «Tú no encuentras el Santo Grial, el Santo Grial te encuentra a ti.»

Y esa noche, por increíble que pudiera parecer, la clave para encontrar el Santo Grial había entrado andando por la puerta de su casa.

Mientras Sophie y Teabing seguían sentados con el críptex y hablaban del vinagre, los discos y la posible contraseña, Langdon se llevó el cofre de palisandro al otro extremo de la habitación, hasta una mesa bien iluminada donde pudiera estudiarlo mejor. No dejaba de rondarle por la cabeza algo que Teabing acababa de decir:

«La clave para encontrar el Grial está escondida bajo el signo de la rosa».

Colocó a la luz el cofre de madera y se puso a examinar el símbolo taraceado de la rosa. Aunque su familiaridad con el arte no incluía la ebanistería ni los trabajos de taraceado, recordó de pronto el famoso techo embaldosado de un monasterio español en las afueras de Madrid, cuyas losas habían empezado a desprenderse, tres siglos después de su construcción, y habían revelado textos sagrados escritos por los monjes en la escayola de debajo.

Langdon volvió a mirar la rosa.

«Bajo la rosa.

»*Sub rosa*.

»Secreto.»

Un golpe en el pasillo, a su espalda, hizo que se volviera, pero no vio nada más que sombras. Quizá hubiera sido el mayordomo de Teabing. Volvió a concentrarse en el cofre. Pasó un dedo por el borde liso del taraceado preguntándose si podría desprender la rosa haciendo palanca, pero el trabajo del artesano era perfecto. Dudaba de que fuera posible insertar siquiera una hoja de afeitar entre la rosa y la depresión cuidadosamente tallada donde estaba incrustada.

Abrió el cofre y examinó la tapa por dentro. No presentaba irregularidades. Al moverla, sin embargo, la luz incidió sobre algo que parecía un pequeño orificio en la cara interior, exactamente en el centro. Langdon cerró la tapa y observó el símbolo taraceado desde arriba. No vio ningún orificio.

«No atraviesa la madera.»

Dejó el cofre sobre la mesa y, mirando a su alrededor, vio una pila de papeles sujeta con un clip. Tomó prestado el clip, regresó al cofre, lo abrió y volvió a estudiar el orificio. Con cuidado, enderezó el alambre del clip, insertó un extremo en el agujero y empujó un poco. No tuvo que esforzarse prácticamente nada. Oyó que algo caía con un castañeteo sobre la mesa y entonces cerró la tapa para ver. Era un trozo pequeño de madera, como la pieza de un rompecabezas. La rosa se había despegado de la tapa y había caído sobre el escritorio.

Sin habla, Langdon se quedó mirando fijamente el espacio vacío donde antes estaba la rosa. Allí, grabadas sobre la madera con pulcra caligrafía, había cuatro líneas de texto en una lengua que no había visto nunca.

«Los caracteres parecen vagamente semíticos —se dijo—, pero no consigo reconocer el idioma.»

Un movimiento repentino a su espalda captó su atención. Como salido de la nada, un golpe demoledor en la cabeza lo derribó de rodillas.

Mientras caía, por un momento creyó ver flotando sobre él un fantasma pálido con una pistola en la mano. Después, todo se volvió negro.

CAPÍTULO 65

Pese a trabajar en la policía, Sophie Neveu nunca se había encontrado amenazada a punta de pistola hasta esa noche. Parecía casi inconcebible, pero el arma que ahora miraba fijamente estaba alojada en la mano pálida de un albino enorme de larga cabellera blanca. El hombre la miraba con unos ojos rojos que irradiaban una cualidad aterradora e incorpórea. Con hábito de lana y un cordón anudado a la cintura, parecía un monje medieval. Sophie no lograba imaginar quién podía ser, pero de pronto empezó a dar más crédito a las sospechas de Teabing de que la Iglesia debía de estar detrás de todo.

—Ya saben lo que vengo a buscar —dijo el monje con voz hueca.

Tanto Sophie como Teabing estaban sentados en el diván, con los brazos levantados, tal como les había ordenado su atacante. Langdon yacía en el suelo, gimiendo. La mirada del albino cayó inmediatamente sobre el críptex, que Teabing tenía encima de las rodillas.

—No serás capaz de abrirla —dijo el inglés en tono desafiante.

—Mi maestro es muy sabio —replicó el monje, acercándose centímetro a centímetro, mientras la pistola se desplazaba entre Teabing y Sophie.

La joven se preguntó dónde debía de estar el mayordomo. «¿No habrá oído el golpe, cuando Robert cayó al suelo?»

—¿Quién es tu maestro? —preguntó Teabing—. Quizá podamos llegar a un acuerdo económico.

—El Grial no tiene precio.

Se acercó un poco más.

—Estás sangrando —observó Teabing con voz serena mientras señalaba con la cabeza el tobillo del monje, por el que bajaba un hilillo de sangre—, y cojeas al andar.

—Lo mismo que usted —replicó el otro, indicando las muletas de metal junto a él—. Y ahora, deme la clave.

—¿Qué sabes de ella? —dijo Teabing, aparentemente sorprendido.

—Lo que yo sé no es asunto suyo. Levántese sin hacer gestos bruscos y démela.

—No me resulta fácil levantarme.

—Justamente. Prefiero que nadie intente ningún movimiento violento.

Teabing deslizó la mano derecha por una de las muletas y agarró el críptex con la izquierda. Tambaleándose, se puso de pie con el pesado cilindro en la mano izquierda mientras se apoyaba precariamente con el brazo derecho sobre la muleta.

El monje se acercó a poco más de un metro, apuntando directamente a la cabeza del inglés con la pistola. Sophie miraba, sintiéndose indefensa, mientras el monje tendía la mano para coger el cilindro.

—No lo conseguiréis —dijo Teabing—. Sólo quienes lo merecen pueden abrir esta piedra.

«Sólo Dios puede juzgar quién lo merece», se dijo Silas.

—Es bastante pesada —dijo el hombre de las muletas, a quien para entonces le temblaba el brazo—. Si no la coges enseguida, me temo que se me va a caer.

Se estaba tambaleando peligrosamente.

Silas se adelantó rápidamente para coger la piedra pero, mientras lo hacía, el hombre perdió el equilibrio. Una de las muletas se le deslizó bajo el cuerpo y lo hizo inclinarse hacia la derecha.

«¡No!» Silas se abalanzó para salvar la piedra y, en el proceso, bajó el arma. Pero para entonces, la clave se estaba alejando de él. Mientras el hombre caía hacia su derecha, su brazo izquierdo se movió hacia atrás y el cilindro cayó de la palma de su mano al sofá. En ese mismo instante, la muleta metálica que se había estado deslizando bajo el cuerpo del hombre pareció acelerar su movimiento y trazar un amplio arco por el aire, hacia la pierna de Silas.

Aguijonazos de dolor desgarraron el cuerpo del albino, cuando la muleta entró en contacto con el cilicio e incrustó las puntas en unas heridas que ya estaban en carne viva. Doblado sobre sí mismo, cayó de rodillas e hizo que el metal se hundiera todavía más en la carne. La pistola se disparó con un rugido ensordecedor y la bala fue a enterrarse en las tablas del suelo, al tiempo que Silas caía. Antes de que pudiera levantar el arma para volver a disparar, el pie de la mujer se le plantó con fuerza bajo la mandíbula.

Al pie del sendero, Collet oyó el disparo. La amortiguada explosión hizo que sintiera una oleada de pánico. Con Fache en camino, el teniente ya había renunciado a toda esperanza de atribuirse el mérito de haber localizado a Langdon. Pero lo que no podía permitir era que el ego de Fache lo llevara ante la junta disciplinaria del ministerio, por procedimiento policial negligente.

«¡Un arma se dispara en el interior de un domicilio particular, ¿y usted se queda esperando al pie del sendero?!»

Collet sabía que ya había pasado el momento de la aproximación sigilosa. También sabía que, si se quedaba un segundo más sin hacer nada, toda su carrera se habría ido al garete para cuando amaneciera. Contemplando el portón de hierro de la finca, tomó una decisión.

—Pasen una soga y derríbenlo —ordenó.

En los rincones distantes de su mente aturdida, Robert Langdon había oído el disparo. También había oído un grito de dolor. ¿Habría sido suyo? Un martillo neumático le estaba perforando el cráneo. Muy cerca, en algún lugar, oía gente hablando.

—¡¿Dónde diablos estabas?! —aulló Teabing.

El mayordomo entró precipitadamente.

—¿Qué ha pasado? ¡Dios mío! ¿Quién es ése? ¡Voy a llamar a la policía!

—¡Por todos los demonios! ¡No se te ocurra llamar a la policía! Muévete y tráenos algo para inmovilizar a este monstruo.

—¡Y también un poco de hielo! —añadió Sophie.

Langdon volvió a desvanecerse. Más voces. Movimiento. Ahora estaba sentado en el diván. Sophie le estaba aplicando una bolsa de hielo en la cabeza. Le dolía el cráneo. Cuando finalmente recuperó la visión, se encontró mirando fijamente un cuerpo tendido en el suelo. «¿Será una alucinación?» Un corpulento monje albino yacía en el suelo, maniatado y amordazado con cinta americana. Tenía el mentón partido y el hábito sobre el muslo derecho empapado en sangre. Él también parecía estar volviendo en sí.

Langdon se volvió hacia Sophie.

—¿Quién es ése? ¿Qué... ha pasado?

Teabing se le acercó cojeando.

—Fuiste rescatado por un caballero, que llegó blandiendo una Excalibur fabricada por Ortopedias Acme.

«¿Qué?»

Langdon intentó incorporarse.

El tacto de Sophie era tembloroso pero tierno.

—Concédete un minuto, Robert.

—Me temo —dijo Teabing— que acabo de demostrarle a tu joven amiga los desafortunados beneficios de mi condición. Parece como si todo el mundo me subestimara.

Desde su asiento en el diván, Langdon miraba al monje y trataba de imaginar lo sucedido.

—Llevaba puesto un cilicio —explicó Teabing.

—¿Un qué?

El inglés señaló una faja ensangrentada de cuero con puntas metálicas que yacía en el suelo.

—Un instrumento de mortificación. Lo llevaba atado al muslo. Apunté con cuidado.

Langdon se frotó la cabeza. Había oído hablar de los cilicios.

—Pero... ¿cómo lo sabías?

Teabing sonrió.

—El cristianismo es mi campo de estudio, Robert, y hay algunas sectas que para mí son transparentes. —Señaló con la muleta la sangre que traspasaba la túnica del monje—. Totalmente transparentes.

—El Opus Dei —susurró Langdon mientras recordaba la reciente atención mediática suscitada por varios importantes hombres de negocios de Boston, miembros de la Obra.

Unos colegas suyos, atemorizados, los habían acusado falsamente en público de llevar cilicios debajo del traje de ejecutivos. En realidad, ninguno de los tres hacía uso de tales instrumentos. Como muchas personas pertenecientes al Opus Dei, los tres eran miembros «supernumerarios» y no practicaban la mortificación física. Eran católicos devotos, buenos padres de familia y miembros responsables de la comunidad. Como era de esperar, los medios de información se limitaron a una breve referencia a su dedicación espiritual, para luego concentrarse en los aspectos más truculentos de los miembros «numerarios» de la secta, como el monje que ahora estaba tirado en el suelo, frente a él.

Teabing estaba estudiando de cerca la faja ensangrentada.

—Pero ¿por qué intenta el Opus Dei encontrar el Santo Grial?

Langdon estaba demasiado aturdido para pensar en eso.

—Robert —dijo Sophie mientras se acercaba al cofre de madera—, ¿qué es esto?

Tenía en la mano la rosa taraceada que Langdon había separado de la tapa.

—Cubría una leyenda grabada en el cofre. Creo que el texto puede decirnos cómo abrir el críptex.

Antes de que Sophie y Teabing pudieran responder, un mar de luces policiales azules y sirenas estalló al pie de la colina y empezó a subir como una serpiente los ochocientos metros del sendero.

Teabing arrugó el entrecejo.

—Amigos míos, se diría que hemos de tomar una decisión, y que hemos de tomarla cuanto antes.

CAPÍTULO 66

Collet y sus agentes irrumpieron por la puerta principal de la finca de sir Leigh Teabing con las armas desenfundadas. Se abrieron en abanico y empezaron a registrar todas las habitaciones de la planta baja. Encontraron un agujero de bala en el suelo del salón, signos de lucha, una pequeña cantidad de sangre, una extraña faja de cuero con puntas metálicas y un rollo de cinta americana parcialmente usado. La planta entera parecía desierta.

Cuando el teniente estaba a punto de dividir a sus hombres para que registraran el sótano y el jardín trasero, oyó voces en el piso superior.

—¡Están arriba!

Tras subir en tromba por la amplia escalinata, Collet y sus hombres fueron pasando de una estancia a otra de la enorme mansión, registrando pasillos y dormitorios a oscuras, a medida que se acercaban a las voces. El ruido parecía proceder del último dormitorio, al final de un pasillo excepcionalmente largo. Los agentes avanzaron centímetro a centímetro por el corredor, cerrando todas las salidas secundarias.

Cuando ya estaban cerca del último dormitorio, Collet vio que la puerta estaba abierta. El ruido de las voces se desvaneció súbitamente, reemplazado por un extraño zumbido, como de motor.

Con el arma levantada, el policía dio la señal. Tendió la mano al otro lado del marco de la puerta, encontró el interruptor de la luz y lo pulsó. Con un grito, entró de un salto en la habitación, seguido de sus hombres, y apuntó con el arma a... nada en absoluto.

Un dormitorio de invitados vacío. Impoluto.

El zumbido del motor de un automóvil salía de un panel electrónico negro, en la pared junto a la cama. Collet había visto esos mismos paneles en otros puntos de la casa; era un sistema de intercomunicadores. Se acercó corriendo. El panel tenía una docena de botones etiquetados:

ESTUDIO... COCINA... LAVANDERÍA... BODEGA...

«¿Dónde demonios estará el coche que oigo?»

DORMITORIO PRINCIPAL... SOLÁRIUM... CUADRAS...
BIBLIOTECA...

«¡Cuadras!»

Collet bajó la escalera en cuestión de segundos, en dirección a la puerta trasera, y reclutó a uno de sus agentes por el camino. Los dos hombres atravesaron la extensión de césped trasera y llegaron sin aliento a la fachada gris y desgastada de las cuadras. Antes incluso de entrar, el teniente distinguió el ruido lejano del motor de un coche. Sacó el arma, entró corriendo y encendió la luz.

El lado derecho del edificio de las cuadras era un rudimentario taller donde se acumulaban cortacéspedes, herramientas de mecánico y útiles de jardinero. Un familiar panel de intercomunicador colgaba de la pared cercana. Uno de sus botones estaba pulsado, transmitiendo:

DORMITORIO DE INVITADOS II.

Collet giró en redondo, bullendo de ira. «¡Nos han hecho subir al piso de arriba con la trampa del intercomunicador!»

Buscando en el otro lado de las cuadras, encontró una larga fila de boxes, sin ningún caballo en su interior. Aparentemente, el propietario prefería otro tipo de transporte, porque los boxes habían sido transformados en un impresionante garaje. La colección era extraordinaria: un Ferrari negro, un impecable Rolls-Royce, un Aston Martin *sports coupé* antiguo y un Porsche 356 clásico.

El último box estaba vacío.

Collet se acercó corriendo y vio manchas de aceite en el suelo.

«No pueden salir de la finca», pensó.

El sendero y el portón estaban bloqueados por dos coches patrulla, precisamente para prevenir esa eventualidad.

—¿Señor?

El agente estaba señalando el final de los boxes.

La puerta corredera trasera estaba abierta de par en par, dejando a la vista una cuesta oscura y fangosa de terreno escarpado que se perdía en la noche detrás de las cuadras. Collet corrió a la puerta y se esforzó por ver algo en la oscuridad, pero sólo consiguió distinguir la tenue sombra de un bosque a lo lejos. Ningún faro de coche. Probablemente habría en ese valle boscoso docenas de pistas forestales y sendas de cazadores que no figurarían en ningún mapa, pero Collet confiaba en que su presa no llegara al bosque.

—Ordene que varios hombres se dispersen ahí abajo. Probablemente se hayan quedado atascados aquí cerca. Esos coches deportivos de lujo no pueden con un terreno accidentado.

—Mmm, señor...

El agente señaló un tablero en la pared del que colgaban varios juegos de llaves. Sobre cada juego había una etiqueta con la marca:

DAIMLER... ROLLS-ROYCE... ASTON MARTIN... PORSCHE...

El último gancho estaba vacío.

Cuando Collet leyó la etiqueta adherida encima de él, supo que tenía un problema.

CAPÍTULO 67

El Range Rover era de color negro perlado, con tracción en las cuatro ruedas, cambio manual, faros delanteros de polipropileno de alta intensidad, faros traseros reglamentarios y volante a la derecha.

Langdon se alegró de no tener que conducirlo.

Rémy, el mayordomo de Teabing, lo estaba maniobrando de manera impresionante, siguiendo las órdenes de su patrón, a través de los campos iluminados por la luna que se extendían detrás del Château Villette. Había coronado una colina sin los faros delanteros, y ahora descendía por una larga pendiente, alejándose cada vez más de la finca. Parecía dirigirse hacia un terreno boscoso cuya silueta accidentada se adivinaba a lo lejos.

Con la clave sobre las rodillas, Langdon se volvió en el asiento delantero para mirar a Teabing y a Sophie, que viajaban detrás.

—¿Qué tal la cabeza, Robert? —preguntó ella, con preocupación en la voz.

Langdon se obligó a esbozar una sonrisa dolorida.

—Mejor, gracias.

El dolor lo estaba matando.

Junto a Sophie, Teabing miraba por encima del hombro al monje atado y amordazado que yacía en el abarrotado espacio para el equipaje, detrás del asiento trasero. Teabing llevaba la pistola del monje en el regazo y parecía la foto antigua de un cazador británico posando junto a su presa, después de un safari.

—¡Cuánto me alegro de que te hayas presentado en casa esta noche, Robert! —dijo, sonriendo como si se divirtiera por primera vez en muchos años.

—Siento haberte mezclado en esto, Leigh.

—¡Qué dices! ¡Si llevo toda la vida deseando mezclarme!

Miró más allá de Langdon, a través del parabrisas, y vio la sombra de un seto alargado. Le dio un golpecito en el hombro a Rémy, por detrás.

—Recuerda que no deben encenderse las luces de freno. Si es preciso, usa el freno de mano. Quiero entrar un poco en el bosque. No hay necesidad de arriesgarnos a que nos vean desde la casa.

Rémy redujo la marcha hasta hacer que el Range Rover casi reptara y lo guio a través de una abertura en el seto. Mientras el vehículo entraba pesadamente en la trocha invadida por la vegetación, los árboles se cerraron casi de inmediato sobre sus cabezas y bloquearon la luz de la luna.

«No veo nada», pensó Langdon, esforzándose por distinguir cualquier figura que se perfilara delante de ellos. Estaba negro como boca de lobo. Las ramas arañaron el lado izquierdo del coche y Rémy corrigió la dirección en el otro sentido. Después, con el volante más o menos firme, avanzó lentamente unos treinta metros.

—Lo estás haciendo de maravilla, Rémy —dijo Teabing—. Ya debemos de haber avanzado suficiente. Robert, ¿me harías el favor de apretar el botoncito azul que hay justo debajo de la rejilla de la ventilación? ¿Lo ves?

Langdon lo encontró y lo pulsó.

Un desvaído fulgor amarillo se desplegó a través de la trocha, delante de ellos, revelando una tupida maleza a ambos lados de la senda.

«Faros antiniebla», se dijo Langdon.

Emitían justo la luz necesaria para mantenerlos en la trocha, y ya se habían adentrado lo suficiente en el bosque para que la iluminación no los delatara.

—Bueno, Rémy —dijo alegremente Teabing—. Hemos encendido los faros y nuestras vidas están en tus manos.

—¿Adónde vamos? —preguntó Sophie.

—Esta senda se adentra unos tres kilómetros en el bosque —explicó el inglés—, atraviesa la finca y después se desvía hacia el norte. Si no encontramos agua estancada ni árboles caídos, emergeremos ilesos en el arcén de la carretera cinco.

«¿Ilesos?»

La cabeza de Langdon no estaba de acuerdo. El profesor bajó la vista y vio la clave sobre sus rodillas, sana y salva, en su cofre de madera. La rosa taraceada de la tapa volvía a estar en su sitio, y aunque sentía la cabeza embotada, Langdon no veía la hora de desprender otra vez la pieza y examinar con más detenimiento el texto grabado debajo. Abrió el cierre de la tapa, y se disponía a levantarla cuando sintió la mano de Teabing, que se apoyaba sobre su hombro por detrás.

—Ten paciencia, Robert. Hay muchos baches y está oscuro. Si rompemos algo, no tendremos perdón de Dios. Piensa que si no has reconocido el idioma a la luz, menos lo harás en la oscuridad. Concentremos nuestros esfuerzos en salir enteros de aquí, ¿quieres? Ya tendremos tiempo muy pronto para eso.

Langdon sabía que Teabing tenía razón. Con un gesto de asentimiento, volvió a asegurar la tapa.

Para entonces, el monje en el espacio trasero gemía y se debatía para liberarse de las ataduras. De pronto, empezó a golpear salvajemente con los pies.

Teabing se volvió y apuntó la pistola por encima del respaldo de su asiento.

—No imagino de qué puedes quejarte. Entraste por la fuerza en mi domicilio, donde causaste una fea herida en el cráneo a mi querido amigo. Estaría totalmente en mi derecho de pegarte un tiro aquí mismo y dejar que te pudrieras en el bosque.

El monje volvió a guardar silencio.

—¿Estás seguro de que hicimos bien en traerlo? —preguntó Langdon.

—¡Por todos los demonios! ¡Claro que sí! —exclamó Teabing—. Te buscan por asesinato, Robert. Este mal bicho es tu pasaporte a la libertad. La policía parece suficientemente empeñada en capturarte como para seguirte hasta mi casa.

—Ha sido culpa mía —intervino Sophie—. El furgón blindado probablemente llevaba un transponedor.

—No me refiero a eso —repuso Teabing—. No me sorprende que la policía los haya encontrado; lo que me asombra es que los encontrara este personaje del Opus Dei. Considerando lo que me han contado, no consigo imaginar cómo hizo este hombre para seguir su rastro hasta mi casa, a menos que tenga un contacto en la policía judicial o en el Banco Depositario de Zúrich.

Langdon se paró a pensarlo. Sin duda, Bezu Fache parecía decidido a encontrar un chivo expiatorio a quien endosarle los asesinatos de esa noche. Y Vernet se había vuelto contra ellos de forma bastante súbita; aunque teniendo en cuenta que Langdon estaba acusado de cuatro asesinatos, el cambio de humor del banquero parecía relativamente comprensible.

—Este monje no trabaja solo, Robert —dijo Teabing—, y mientras no averigües quién hay detrás, los dos estaréis en peligro. El lado bueno de todo esto, amigo mío, es que ahora tú llevas las de ganar. El monstruo que tengo detrás posee esa información, y la persona que le da las órdenes, sea quien sea, estará ahora mismo bastante nerviosa.

Cada vez más cómodo en la trocha, Rémy conducía a mayor velocidad. Atravesaron un charco levantando agua a los lados, subieron una pequeña colina y siguieron otra vez cuesta abajo.

—Robert, ¿serías tan amable de pasarme el teléfono? —dijo Teabing, señalando el aparato en el salpicadero.

Langdon se lo dio y su amigo marcó un número. Esperó mucho rato, hasta que alguien contestó.

—¿Richard? ¿Te he despertado? ¡Claro que te he despertado! ¡Qué pregunta más tonta! Lo lamento. Tengo un pequeño problema. No me siento muy bien. Tengo que ir con Rémy a las islas a recibir mi tratamiento. Bueno, a decir verdad, ahora mismo. Siento decírtelo con tan poca antelación. ¿Podrías tener lista a *Elizabeth* dentro de unos veinte minutos? Lo sé. Haz lo que puedas. Hasta pronto.

Colgó el teléfono.

—¿*Elizabeth*? —preguntó Langdon.

—Mi avioneta. Me ha costado un Perú.

Langdon giró sobre sí mismo y lo miró.

—¿Qué pasa? —protestó Teabing—. No podéis quedaros en Francia, con toda la policía judicial tras vuestro rastro. Londres será mucho más seguro.

Sophie también había vuelto la cabeza para mirar a Teabing.

—¿Cree que deberíamos salir del país?

—Amigos míos, yo soy mucho más influyente en el mundo civilizado que aquí en Francia. Además, siempre se ha dicho que el Grial está en Gran Bretaña. Si conseguimos abrir el críptex, el mapa que encontraremos nos indicará seguramente que nos hemos movido en la dirección correcta.

—Está corriendo un riesgo muy grande al ayudarnos —dijo Sophie—. Se pondrá a toda la policía francesa en su contra.

Teabing hizo un amplio gesto de desprecio.

—Francia y yo hemos terminado. Me mudé aquí para encontrar la clave de bóveda. Ahora, ese trabajo ya está hecho. No sufriré si no vuelvo a ver nunca más el Château Villette.

Sophie parecía dubitativa.

—¿Cómo vamos a pasar los controles de seguridad del aeropuerto?

Teabing rio entre dientes.

—Saldremos de Le Bourget, un aeródromo para ejecutivos a escasa distancia de aquí. Los médicos franceses me ponen nervioso; por eso, cada quince días, vuelo al norte para recibir mi tratamiento en Inglaterra. Pago aquí y allí para gozar de ciertos privilegios especiales. Cuando hayamos despegado, Robert, podrás decidir si quieres que vaya a recibirnos alguien de la embajada de Estados Unidos.

A Langdon, de pronto, ya no le importaba nada la embajada. Sólo podía pensar en la clave, la inscripción y la posibilidad de que todo ello condujera al Santo Grial. Se preguntaba si Teabing estaría en lo cierto respecto a Gran Bretaña. De hecho, casi todas las leyendas modernas situaban el Grial en algún punto del Reino Unido. Se creía incluso que la mítica isla de Ávalon del rey Arturo, rica en resonancias del Grial, era en realidad el pueblo de Glastonbury, en Inglaterra. Pero fuera cual fuese el lugar donde estuviera escondido el Santo Grial, el profesor nunca había imaginado que algún día fuese a ir en su busca.

«Los documentos del Sangreal, la verdadera historia de Jesucristo, la tumba de María Magdalena...» Se sentía como si esa noche estuviera suspendido en una especie de limbo, en una burbuja donde el mundo real no pudiera alcanzarlo.

—¿Señor —preguntó Rémy—, de verdad piensa volver definitivamente a Inglaterra?

—No tienes por qué preocuparte, Rémy —lo tranquilizó él—. El hecho de que piense regresar a los dominios de su majestad no significa que tenga intención de someterme a la tortura de las salchichas con puré de patatas por el resto de mi vida. Espero que vengas tú también, para establecerte conmigo de forma permanente. Pienso comprar una mansión espléndida en Devonshire, y pediremos que te envíen todas tus cosas de inmediato. ¡Una aventura, Rémy! ¡Una aventura!

Langdon no pudo reprimir una sonrisa. Oyendo a Teabing discurrir sobre sus planes de regreso triunfante a Gran Bretaña, se sintió arrastrado por el entusiasmo contagioso de su amigo.

Con mirada ausente, se puso a contemplar el bosque que pasaba junto a la ventana, espectralmente pálido al fulgor amarillo de los faros antiniebla. Las ramas habían desviado el espejo retrovisor, empujándolo hacia dentro, y en el reflejo vio a Sophie, sentada en silencio en el asiento trasero. Estuvo mirándola un buen rato y experimentó de pronto una inesperada sensación de bienestar. Pese a los problemas de esa noche, se sentía agradecido por haber encontrado tan buena compañía.

Al cabo de unos minutos, como si de repente hubiera sentido la mirada de Langdon, la joven se inclinó hacia delante, le apoyó las manos en los hombros y le dio un breve masaje.

—¿Estás bien?

—Sí —dijo él—, no sé por qué.

Sophie volvió a recostarse en su asiento y Langdon vio que una sonrisa serena le iluminaba brevemente los labios. Entonces, se dio cuenta de que él también estaba sonriendo.

Comprimido en el espacio trasero del Range Rover, Silas apenas podía respirar. Tenía los brazos doblados hacia atrás y amarrados con cordel de cocina y cinta americana a los tobillos. Cada bache del camino era un fogonazo de dolor en los hombros retorcidos. Al menos, sus captores le habían quitado el cilicio. Incapaz de respirar a través de la cinta que le tapaba la boca, tenía que hacerlo por las fosas nasales, que poco a poco se le estaban obturando, por la polvorienta superficie de carga donde lo habían metido. Empezó a toser.

—Creo que se está ahogando —dijo el conductor francés, que parecía preocupado.

El inglés que había derribado a Silas con la muleta se volvió y miró con frialdad al monje por encima del asiento.

—Por fortuna para ti, nosotros los británicos no juzgamos el grado de civilización de un hombre por la amabilidad con que trata a sus amigos, sino por la compasión que demuestra para con sus enemigos.

Luego tendió la mano, agarró un extremo de la cinta americana que le cubría la boca a Silas y, de un solo movimiento rápido, se la arrancó.

Silas sintió como si se le prendieran fuego a los labios, pero el aire que le entró a raudales en los pulmones fue como un regalo de Dios.

—¿Para quién trabajas? —le preguntó el inglés.

—Mi trabajo es la Obra de Dios —escupió Silas a través del dolor lacerante en la mandíbula, en el sitio donde la mujer le había dado un puntapié.

—Perteneces al Opus Dei —dijo el hombre.

No era una pregunta.

—Usted no sabe nada de mí.

—¿Para qué quiere la clave el Opus Dei?

Silas no tenía intención de responder. La clave era el eslabón que conducía al Santo Grial, y el Santo Grial era la clave para proteger la fe.

«Mi trabajo es la Obra de Dios. El *Camino* está en peligro.»

Allí, en el Range Rover, debatiéndose para soltarse de las ataduras, Silas temió haber fallado definitivamente al Maestro y al obispo. No tenía forma de ponerse en contacto con ellos para anunciarles el terrible giro que habían dado los acontecimientos. «¡Mis captores tienen la clave! ¡Llegarán al Grial antes que yo!»

En la sofocante oscuridad, el albino rezó, dejando que el dolor de su cuerpo imprimiera fuerza a sus oraciones.

«¡Un milagro, Dios mío, necesito un milagro!»

Silas no podía saber que pocas horas más tarde lo tendría.

—¿Robert? —Sophie aún lo estaba mirando—. Por un momento has puesto una cara rara.

Langdon le devolvió la mirada y cayó en la cuenta de que había apretado los dientes y de que el corazón se le había acelerado.

«¿Realmente podrá ser tan sencilla la explicación?»

—Necesito usar tu teléfono móvil, Sophie.

—¿Ahora?

—Creo que acabo de adivinar algo.

—¿Qué?

—Te lo diré dentro de un minuto. Necesito tu móvil.

La expresión de la joven fue de cautela.

—No creo que Fache lo tenga controlado, pero no hables más de un minuto, por si acaso —dijo mientras le pasaba el teléfono.

—¿Cómo lo hago para llamar a Estados Unidos?

—A cobro revertido. Mi servicio no cubre las llamadas transatlánticas.

Langdon marcó el cero, sabiendo que los sesenta segundos siguientes podían responder a una pregunta que lo había intrigado toda la noche.

CAPÍTULO 68

El editor neoyorquino Jonas Faukman acababa de meterse en la cama cuando sonó el teléfono.

«No son horas de llamar», gruñó para sus adentros mientras levantaba el aparato.

La voz de una operadora le preguntó:

—¿Acepta una llamada a cobro revertido del señor Robert Langdon?

Asombrado, Jonas encendió la luz.

—Eh..., sí, claro...

Se oyó un chasquido en la línea.

—¿Jonas?

—¿Robert? ¡Me despiertas y encima me haces pagar!

—Tendrás que disculparme, Jonas —dijo Langdon—. Seré muy breve. Necesito saber una cosa. El original que te di..., ¿lo has...?

—Lo siento, Robert. Ya sé que prometí mandarte las correcciones esta semana, pero estoy desbordado. El próximo lunes, sin falta.

—No me preocupan las correcciones. Necesito saber si has distribuido copias para conseguir reseñas, sin decírmelo.

Faukman dudó un momento. El último ensayo de Langdon —una exploración de la historia del culto a la diosa— dedicaba varios capítulos a María Magdalena que seguramente herirían algunas sensibilidades. Aunque el material estaba bien documentado y había sido tratado antes por otros autores, Faukman no tenía intención de imprimir ningún ejemplar de prueba del libro de Langdon, mientras no dispusiera de unas cuantas reseñas aprobadoras escritas por historiadores serios y expertos en arte. Jonas había elegido a diez grandes nombres del mundo del arte y les había enviado copias del original, con una amable misiva en la que les preguntaba si estaban dispuestos a escribir una breve reseña para la cubierta del libro. Por su experiencia, Faukman sabía que la mayoría de la gente aprovechaba encantada cualquier oportunidad de ver su nombre en letras de molde.

—¿Jonas? —lo apremió Langdon—. Has hecho circular mi manuscrito, ¿verdad?

Faukman frunció el ceño al percibir el disgusto de Langdon.

—Prácticamente no necesitaba correcciones, Robert, y quería sorprenderte con unas reseñas fantásticas.

Hubo una pausa.

—¿Se lo enviaste al conservador del museo del Louvre?

—¿Tú qué crees? Tu original remite varias veces a su colección; sus libros están en tu bibliografía, y el tipo es una baza sensacional para las ventas en el extranjero. No me hizo falta darle muchas vueltas para pensar en Saunière.

El silencio al otro lado de la línea duró un buen rato.

—¿Cuándo se lo mandaste?

—Hace más o menos un mes. También le mencioné que pronto irías a París y que tal vez pudierais reuniros para charlar. ¿Te ha llamado? —Faukman hizo una pausa y se frotó los ojos—. Espera un minuto. ¿No deberías estar en París esta semana?

—Estoy en París.

El editor se sentó en la cama.

—¿Me llamas a cobro revertido desde París?

—Puedes deducirlo de mis derechos de autor, Jonas. ¿Volviste a tener noticias de Saunière? ¿Sabes si le gustó el manuscrito?

—No lo sé. Todavía estoy esperando su respuesta.

—Pues no la esperes de pie. Ahora tengo que colgar, pero lo que me has dicho explica muchas cosas. Gracias.

—Robert...

Pero Langdon ya no estaba.

Faukman colgó el teléfono, meneando la cabeza con incredulidad. «¡Autores! —pensó—. Hasta los más cuerdos están locos.»

En el interior del Range Rover, Leigh Teabing dejó escapar una risotada.

—Robert, ¿me estás diciendo que escribiste un ensayo que trata en parte sobre una sociedad secreta, y que tu editor le envió una copia del original a esa misma sociedad secreta?

—Exactamente —respondió Langdon, dejándose caer en el asiento.

—Una cruel coincidencia, amigo mío.

«La coincidencia no tiene nada que ver con esto.» Langdon lo sabía. Pedir a Jacques Saunière que prestara su nombre para respaldar un libro sobre el culto a la diosa era tan natural como pedir a Tiger Woods que prestara el suyo para respaldar un libro sobre golf. Además, era prácticamente inevitable que cualquier libro sobre el culto a la diosa mencionara al priorato de Sion.

—Y ahora, la pregunta del millón de dólares —dijo Teabing, riendo todavía—. ¿Es favorable o desfavorable tu postura ante el priorato?

Langdon comprendía perfectamente el verdadero sentido de la pregunta de Teabing. Muchos historiadores cuestionaban los motivos del priorato para seguir ocultando los documentos del Sangreal, y algunos pensaban que ya iba siendo hora de que la organización compartiera su información con el resto del mundo.

—No expreso ninguna opinión respecto a la actividad del priorato.

—Querrás decir, su inactividad.

Langdon se encogió de hombros. Era evidente que Teabing pertenecía al bando de los que querían hacer públicos los documentos.

—Simplemente presento la historia de la hermandad y la describo como una sociedad moderna del culto a la diosa, una organización de guardianes del Grial y custodios de antiguos documentos.

Sophie lo miró.

—¿Mencionas la clave?

Langdon se sobresaltó. Sí, en muchas ocasiones.

—Menciono la supuesta clave de bóveda como un ejemplo de lo mucho que está dispuesto a hacer el priorato para proteger los documentos del Sangreal.

Sophie parecía asombrada.

—Supongo que eso explica el mensaje «P. S. Encontrar a Robert Langdon».

El estadounidense intuía que debía de haber sido otro aspecto del manuscrito lo que había intrigado a Saunière, pero prefería hablar al respecto cuando estuviera a solas con Sophie.

—Entonces —dijo ella—, le has mentido al capitán Fache.

—¿Qué? —Langdon se extrañó.

—Le has dicho que nunca habías mantenido correspondencia con mi abuelo.

—¡Y era cierto! Fue mi editor quien le envió el original.

—Piénsalo, Robert. Si el capitán Fache no ha encontrado el sobre en el que tu editor le mandó el original, habrá llegado a la conclusión de que se lo mandaste tú. —Hizo una pausa—. O, peor aún, de que se lo entregaste en mano y has mentido al respecto.

Cuando el Range Rover llegó al aeródromo de Le Bourget, Rémy lo condujo hasta un pequeño hangar en el extremo más alejado de la pista. Mientras se acercaban, un hombre desmelenado, con unos pantalones militares arrugados, salió corriendo del hangar, los saludó con la mano y abrió la enorme puerta de metal corredera, dejando a la vista un bruñido reactor blanco.

Langdon se quedó mirando boquiabierto el fuselaje reluciente.

—¿Eso es *Elizabeth*?

Teabing sonrió.

—Bastante mejor que el maldito Eurotúnel, ¿eh?

El hombre de los pantalones militares se acercó a ellos a paso rápido, entornando los ojos para que no lo deslumbraran los faros.

—Casi estamos listos, señor —dijo con acento británico—. Pido disculpas por el retraso, pero su llamada me ha cogido un poco por sorpresa y... —Se interrumpió bruscamente cuando el grupo empezó a apearse del vehículo. Miró a Sophie y a Langdon, y después a Teabing.

—Mis colegas y yo tenemos asuntos urgentes en Londres. No tenemos tiempo que perder. Por favor, prepara inmediatamente el despegue —pidió Teabing.

Mientras hablaba, sacó la pistola del vehículo y se la entregó a Langdon.

Los ojos del piloto casi se salieron de sus órbitas al ver el arma. Se acercó a él y le susurró:

—Tendrá que disculparme, señor, pero mi licencia diplomática de vuelo sólo los contempla a usted y a su empleado. No puedo llevar a sus invitados.

—Richard —repuso él, con una cálida sonrisa—, dos mil libras esterlinas y una pistola cargada dicen que sí puedes llevar a mis invitados. —Después señaló con un gesto el Range Rover—. Y también al desgraciado de ahí atrás.

CAPÍTULO 69

Los motores gemelos Garrett TFE-731 del Hawker 731 rugieron, impulsando el avión hacia el cielo con una fuerza que retorcía las entrañas. Por la ventana, el aeródromo de Le Bourget se alejaba y caía a una velocidad asombrosa.

«Estoy huyendo del país», pensó Sophie, sintiendo el cuerpo aplastado contra el asiento de cuero. Hasta ese momento, había pensado que era posible justificar de algún modo ante el Ministerio de Defensa su juego del gato y el ratón con Fache. «Intentaba proteger a un hombre inocente. Intentaba cumplir los deseos expresados por mi abuelo moribundo.» Pero sabía que esa puerta acababa de cerrarse. Estaba huyendo del país, sin documentación, en compañía de un hombre requerido por la justicia y transportando un rehén maniatado. Si alguna vez había existido una «frontera de lo razonable», acababa de traspasarla. «Casi a la velocidad del sonido.»

Iba sentada con Langdon y Teabing cerca del frente de la cabina, cuya disposición respondía al DISEÑO DE ÉLITE PARA EJECUTIVOS, según rezaba un medallón de oro aplicado sobre la puerta. Las mullidas sillas giratorias estaban atornilladas a unos raíles en el suelo y se podían redistribuir y situar en torno a una mesa rectangular de madera noble para convertir la cabina en una pequeña sala de juntas. Aun así, el majestuoso entorno no contribuía a disimular la poco majestuosa situación de la parte trasera del aparato, donde, pistola en mano, en un área separada cercana a los lavabos, el mayordomo de Teabing cumplía de mala gana las órdenes de su patrón de vigilar al monje ensangrentado que yacía maniatado a sus pies, como una pieza de equipaje.

—Antes de concentrar nuestra atención en la clave —dijo Teabing—, me gustaría decir unas palabras, si me lo permiten. —Parecía incómodo, como un padre que estuviera a punto de explicar a sus hijos que los niños no vienen de París—. Amigos míos, me doy cuenta de que sólo soy un invitado en este viaje, y para mí es un gran honor serlo. Aun así, tras dedicar toda mi vida a la búsqueda del Grial, considero un deber advertirles de que van a adentrarse por un camino del que no es posible regresar, por muchos peligros que surjan. —Se volvió hacia Sophie—. Señorita Neveu, su abuelo le entregó el críptex con la esperanza de que mantuviera vivo el secreto del Santo Grial.

—Así es.

—Comprensiblemente, ahora se siente obligada a seguir adelante, sin importar adónde conduzca el camino.

Sophie asintió, aunque sentía en su interior una segunda motivación que la impulsaba a continuar: «La verdad sobre mi familia».

Aunque Langdon le había asegurado que la clave de bóveda no tenía nada que ver con su pasado, Sophie aún percibía algo profundamente personal entrelazado con el misterio, como si el críptex, fabricado por su abuelo con sus propias manos, estuviera intentando hablarle y ofrecerle un alivio para el vacío que la había atormentado a lo largo de todos esos años.

—Esta noche murieron su abuelo y otros tres hombres, que dieron la vida para que la clave no cayera en manos de la Iglesia —prosiguió Teabing—. Después, el Opus Dei estuvo a punto de hacerse con ella. Espero que comprenda que eso la sitúa a usted en una posición de excepcional responsabilidad. Le ha sido entregada una antorcha, una llama que arde desde hace dos mil años. No podemos permitir que se extinga, ni que caiga en manos equivocadas. —Hizo una pausa y miró el cofre de palisandro—. Me doy cuenta de que no ha tenido elección en este asunto, señorita Neveu, pero considerando lo mucho que está en juego, debe asumir plenamente esa responsabilidad..., o bien delegarla por completo en otra persona.

—Mi abuelo me dio el críptex. Estoy segura de que me creía a la altura de esa responsabilidad.

Teabing pareció animado con la respuesta, aunque no del todo convencido.

—Bien, porque se necesita una gran fuerza de voluntad. Aun así, no sé si comprenderá que la resolución del problema planteado por la clave traerá consigo una prueba todavía más difícil.

—¿Qué?

—¡Querida! Imagine que de pronto tiene en la mano un mapa que revela la localización del Santo Grial. En ese momento, estará en posesión de una verdad capaz de alterar para siempre el curso de la historia. Será la guardiana de una verdad que el hombre busca desde hace siglos y tendrá ante sí la responsabilidad de revelarla al mundo. La persona que la revele será admirada por muchos y despreciada por muchos otros. Lo que me pregunto es si tendrá usted la fuerza necesaria para llevar a cabo esa tarea.

Sophie guardó silencio un momento.

—No creo que sea yo quien deba decidirlo.

Teabing arqueó las cejas.

—¿No? Si no debe decidirlo la poseedora de la clave, entonces ¿quién?

—La hermandad que durante todo este tiempo ha cumplido la misión de proteger el secreto.

—¿El priorato? —Teabing parecía escéptico—. ¿Cómo? La hermandad ha sido destrozada esta noche. Ha sido decapitada, como usted muy bien ha señalado. Nunca sabremos si fue objeto de escuchas o si tenía un espía infiltrado entre sus filas, pero lo cierto es que alguien consiguió descubrir la identidad de sus cuatro miembros principales. En este momento, yo no confiaría en nadie que dijera pertenecer a la hermandad.

—¿Qué sugieres, entonces? —preguntó Langdon.

—Robert, tú sabes tan bien como yo que el priorato no ha protegido la verdad durante todos estos años para verla juntar polvo por el resto de la eternidad. Ha estado esperando el momento histórico adecuado para revelar el secreto, un momento en que el mundo estuviera preparado para conocer la verdad.

—¿Y tú crees que ese momento ha llegado?

—Totalmente; no podría ser más obvio. Todos los signos históricos están presentes. Además, si el priorato no tuviera intención de revelar su secreto de forma inminente, ¿qué razón tendría la Iglesia para atacar precisamente ahora?

Sophie intervino:

—El monje no ha revelado aún cuál era su propósito.

—Su propósito es el de la Iglesia —replicó Teabing—: destruir los documentos que revelan el gran engaño. Esta noche, la Iglesia ha estado más cerca que nunca de conseguirlo, y el priorato ha depositado en usted toda su confianza, señorita Neveu. La misión de salvar el Santo Grial incluye claramente el cumplimiento de la voluntad final del priorato de revelar la verdad al mundo.

—Leigh —terció Langdon—, pedir a Sophie que tome esa decisión es poner una carga demasiado pesada sobre los hombros de alguien que hasta hace apenas una hora ni siquiera sabía de la existencia de los documentos del Sangreal.

Teabing dejó escapar un suspiro.

—Le pido disculpas por mi insistencia, señorita Neveu. Como ya habrá comprendido, siempre he creído que esos documentos deben hacerse públicos, pero la decisión definitiva es suya. Aun así, me parece importante que empiece a considerar lo que pasará si conseguimos abrir la clave.

—Caballeros —dijo Sophie con voz firme—. Les recuerdo lo

que ustedes mismos han dicho: «Tú no encuentras el Santo Grial, el Santo Grial te encuentra a ti». Confío en que el Grial me ha encontrado por una buena razón y en que sabré lo que he de hacer cuando llegue el momento.

Los dos hombres se miraron sorprendidos.

—Muy bien —dijo ella, indicando con un gesto el cofre de palisandro—. Continuemos.

CAPÍTULO 70

En el salón del Château Villette, el teniente Collet contemplaba abatido el fuego mortecino de la chimenea. El capitán Fache había llegado hacía un momento y estaba ahora en la habitación contigua, aullando al teléfono, tratando de coordinar el fallido intento de localizar el Range Rover desaparecido.

«A estas horas, podría estar en cualquier parte», pensó Collet.

Tras desobedecer las órdenes explícitas de Fache y perder a Langdon por segunda vez, Collet se alegraba de que la UCICT hubiera localizado un orificio de bala en el suelo, que al menos corroboraba su versión de que se había disparado un arma. Aun así, a Fache se lo llevaban los demonios y Collet intuía repercusiones muy graves en cuanto volviera la calma.

Por desgracia, las pistas que estaban encontrando en la casa no arrojaban ninguna luz sobre lo sucedido, ni sobre las personas implicadas. El Audi negro hallado fuera había sido alquilado con nombre falso y con falsos números de tarjeta de crédito, y las huellas dactilares en su interior no coincidían con ninguna de las que tenía la Interpol en su base de datos.

Otro agente entró corriendo en el salón, con la urgencia pintada en el rostro.

—¿Dónde está el capitán Fache?

Collet prácticamente no levantó la vista de las ascuas.

—Está al teléfono.

—Ya no estoy al teléfono —dijo secamente Fache, entrando en la habitación—. ¿Alguna novedad?

—Sí, señor —dijo el agente—. La central acaba de recibir una llamada de André Vernet, del Banco Depositario de Zúrich. Quiere hablar personalmente con usted. Ha cambiado su versión.

—¿Ah, sí? —dijo Fache.

Ahora sí que Collet levantó la vista.

—Reconoce que Langdon y Neveu estuvieron un rato en el banco esta noche.

—Eso ya lo averiguamos nosotros —repuso Fache—. ¿Por qué mintió Vernet?

—Ha dicho que sólo hablará con usted, pero ha aceptado colaborar en todo lo posible.

—¿A cambio de qué?

—A cambio de que el nombre de su banco no figure en las noticias y de que lo ayudemos a recuperar unos bienes robados. Parece que Langdon y Neveu sustrajeron algo de la caja fuerte de Saunière.

—¿Qué? — Collet se sobresaltó—. ¿Cómo?

Con la mirada fija en el agente, Fache ni siquiera parpadeó.

—¿Qué robaron?

—Vernet no ha dado detalles, pero al parecer está dispuesto a hacer cualquier cosa para recuperarlo.

Collet intentó imaginar qué había podido pasar. Quizá Langdon y Neveu habían amenazado a un empleado del banco a punta de pistola. Tal vez hubieran obligado a Vernet a abrir la caja de Saunière y a facilitarles la huida en el furgón blindado. Aunque era posible, Collet no acababa de creerse que Sophie Neveu pudiera estar involucrada en algo semejante.

Desde la cocina, otro agente le gritó a Fache:

—¡¡Capitán?! Repasando los números de marcación rápida del teléfono del señor Teabing, me he puesto en comunicación con el aeródromo de Le Bourget. Tengo malas noticias.

Treinta segundos después, Fache estaba recogiendo sus cosas para salir cuanto antes del Château Villette. Acababa de averiguar que Teabing tenía un avión privado en el cercano aeródromo de Le Bourget y que el aparato había despegado hacía media hora.

El representante del aeródromo, al teléfono, había asegurado que no sabía quién iba en el avión ni adónde se dirigía. El despegue no estaba programado y el piloto no había informado de ningún plan de vuelo, algo totalmente ilegal, incluso para un aeródromo pequeño. Aplicando la presión adecuada, Fache estaba seguro de poder obtener las respuestas que buscaba.

—¡Collet! —ladró Fache mientras se dirigía a la puerta—. No tengo más remedio que dejarlo aquí, al frente de la investigación de la UCICT. Intente hacer algo bien, para variar.

CAPÍTULO 71

Mientras el Hawker se estabilizaba en vuelo, con el morro orientado hacia Inglaterra, Langdon levantó con cuidado el cofre de palisandro, que durante el despegue había llevado sobre las rodillas, para protegerlo. Cuando lo depositó sobre la mesa, sintió que Sophie y Teabing se inclinaban hacia delante, impulsados por la expectación.

Tras soltar el cierre de la tapa y abrir el cofre, no prestó atención a los discos con letras grabadas del críptex, sino más bien al orificio diminuto en la cara interna de la tapa. Con la punta de un bolígrafo, desprendió con cuidado la rosa taraceada, dejando a la vista la leyenda que había debajo.

«*Sub rosa*», pensó.

Esperaba que una nueva mirada al texto le aclarara las ideas. Concentrando toda su energía, estudió los extraños caracteres:

Palabra antigua y sabia me abrirá

y su familia aquí se reunirá

La piedra que templarios veneraron

dará la clave a los que esta bóveda hallaron.

Al cabo de unos segundos, sintió que la frustración inicial volvía a adueñarse de él.

—No consigo situarlo, Leigh.

Desde su asiento al otro lado de la mesa, Sophie no veía aún el texto, pero la incapacidad de Langdon de reconocer inmediatamente la escritura lo sorprendió. «¿Mi abuelo dominaba una lengua tan extraña que ni siquiera un especialista en simbología es capaz de reconocer?»

Pero enseguida comprendió que no debía sorprenderse. Ya sabía que Jacques Saunière tenía más de un secreto para su nieta.

Frente a Sophie, Leigh Teabing parecía a punto de estallar. Ansioso por echar un vistazo al texto, temblaba de entusiasmo y no hacía más que inclinarse, tratando de ver por encima del hombro de su amigo, que todavía estaba encorvado sobre el cofre.

—No sé —susurró Langdon concentrado—. Al principio me pareció semítico, pero ahora no estoy seguro. La mayoría de las escrituras semíticas primarias tienen *nekudot*, pero aquí no veo ninguno.

—Tal vez sea antigua —propuso Teabing.

—¿*Nekudot*? —preguntó Sophie.

Teabing no quitaba los ojos del cofre.

—La mayoría de los alfabetos semíticos modernos carecen de vocales, pero usan *nekudot*, pequeños puntos y acentos escritos por encima o por debajo de las consonantes para indicar el sonido de las vocales que las acompañan. Desde una perspectiva histórica, los *nekudot* son añadidos relativamente recientes a la escritura.

Langdon seguía suspendido sobre el texto.

—¿Quizá una transliteración sefardí...?

Teabing no pudo contenerse más.

—Tal vez, si yo pudiera....

Tendiendo la mano, separó el cofre de Langdon y lo atrajo hacia sí. Era indudable que Langdon tenía sólidos conocimientos de las lenguas antiguas más corrientes (el griego, el latín y todas las romances); pero por el fugaz vistazo que había podido echar a esa escritura en particular, Teabing estaba convencido de que se trataba de algo más especializado, posiblemente hebreo con grafía rasí o caracteres STA'M con coronas.

Tras hacer una profunda inspiración, Teabing se regaló la vista con la leyenda grabada. No dijo nada durante un largo rato. A cada segundo que pasaba, sentía que perdía un poco más la confianza.

—Estoy perplejo —dijo finalmente—. Esta lengua no se parece a nada de lo que yo conozco.

Langdon dejó caer los hombros.

—¿Puedo mirar? —preguntó Sophie.

Teabing hizo como si no la hubiera oído.

—Robert, antes dijiste que te parecía haber visto algo similar en alguna ocasión.

La expresión de Langdon era de contrariedad.

—Eso creía, pero no estoy seguro. Aun así, la escritura me parece familiar.

—¿Leigh? —insistió Sophie, obviamente disgustada por quedar excluida de la conversación—. ¿Puedo echar un vistazo al cofre que fabricó mi abuelo?

—Por supuesto, querida —dijo Teabing, empujando el cofre hacia ella.

No pretendía parecer condescendiente, pero Sophie Neveu estaba a años luz de su nivel. Si un real historiador de la Corona británica y un experto en simbología de Harvard ni siquiera eran capaces de identificar la escritura...

—¡Ajá! —dijo ella, tras unos pocos segundos de examinar el cofre—. Debería haberlo imaginado.

Teabing y Langdon se volvieron al unísono y la miraron con incredulidad.

—Imaginar, ¿qué? —quiso saber Teabing.

Sophie se encogió de hombros.

—Que éste sería el lenguaje elegido por mi abuelo.

411

—¿Está diciendo que es capaz de leer este texto? —exclamó Teabing.

—Con bastante facilidad —canturreó Sophie, que para entonces estaba disfrutando visiblemente de la situación—. Mi abuelo me enseñó esta lengua a los seis años y ahora la manejo con fluidez. —Se inclinó sobre la mesa y fijó la mirada en Teabing, con expresión desaprobadora—. Y si he de serle franca, señor, teniendo en cuenta su condición de súbdito de su majestad, me sorprende que no la haya reconocido.

En un fogonazo, Langdon lo comprendió. «¡Ahora entiendo por qué me parecía tan condenadamente familiar la escritura!»

Varios años antes había asistido a un acto en el museo Fogg de Harvard. Bill Gates, alumno de esa universidad antes de abandonar los estudios, había vuelto a su alma máter para ofrecer en préstamo al museo una de sus propiedades más valiosas: dieciocho folios, recientemente adquiridos en la subasta de los bienes de Armand Hammer.

Su oferta ganadora: unos airosos 30,8 millones de dólares.

El autor de las láminas: Leonardo da Vinci.

Los dieciocho folios (conocidos conjuntamente como el *Códice Leicester* de Da Vinci, por el nombre de su famoso propietario, el conde de Leicester) eran lo único que se conservaba de uno de los cuadernos más fascinantes de Leonardo, con textos y dibujos que ilustraban sus avanzadas teorías sobre astronomía, geología, arqueología e hidrología.

Langdon nunca olvidaría su reacción, después de una larga cola, al ver finalmente las valiosísimas páginas: total y absoluta decepción. El texto era ininteligible. Pese a estar maravillosamente conservado y escrito en pulcra caligrafía (en tinta carmesí sobre papel crema), el códice era una sucesión de líneas incomprensibles. Al principio, pensó que no podía leerlo porque Da Vinci escribía sus notas en italiano arcaico. Pero tras estudiarlas detenidamente, descubrió que era incapaz de reconocer una sola palabra en italiano y que ni siquiera las letras le resultaban familiares.

—Pruebe con esto, señor —le había susurrado una empleada del museo, junto a la vitrina, mientras le señalaba un espejo de mano unido al aparador con una cadena.

Langdon lo cogió y examinó el texto reflejado en su superficie. Al instante, se hizo la luz.

Ansioso por examinar a fondo algunas de las ideas del gran pensador, había olvidado que uno de sus numerosos talentos artísticos era la capacidad de hacer anotaciones con una escritura en espejo que era prácticamente ilegible para todos, menos para sí mismo. Los historiadores todavía debatían si Da Vinci escribía de esa forma sólo por diversión o para evitar que los curiosos miraran sobre su hombro y le robaran las ideas, pero la controversia no tenía mucho sentido. Da Vinci hacía lo que le apetecía.

Sophie sonrió calladamente al ver que Robert la había entendido.

—Reconozco las primeras palabras —dijo—. Está escrito en nuestro idioma.

Teabing seguía farfullando.

—¿Alguien puede explicarme lo que está pasando?

—Texto invertido —dijo Langdon—. Necesitamos un espejo.

—No, nada de eso —repuso Sophie—. Apuesto a que la chapa es suficientemente delgada.

Levantó el cofre de palisandro hasta un foco empotrado en la pared y se puso a estudiar la cara inferior de la tapa. En realidad, su abuelo no sabía escribir en espejo, por lo que siempre hacía trampa y escribía de la manera normal, para luego dar la vuelta al papel y calcar el reverso de la hoja. Sophie supuso que había grabado a fuego unas líneas de texto normal sobre un bloque de madera y que después había lijado el reverso del bloque hasta conseguir una chapa finísima en la que el grabado se transparentaba a través de la madera. Luego, simplemente le había dado la vuelta y la había colocado en su sitio.

Cuando acercó la tapa a la luz, Sophie comprobó que tenía razón. El haz luminoso se filtraba a través de la fina chapa de madera y la leyenda aparecía en la cara inferior de la tapa.

Fácilmente legible.

—Pero ¡si no está escrito en ninguna lengua arcana! —exclamó Teabing, bajando la cabeza avergonzado.

En la cola del avión, Rémy Legaludec se esforzaba por oír por encima del estruendo de los motores, pero la conversación de la cabina delantera era inaudible. No le gustaba en absoluto el rumbo que estaban tomando los acontecimientos. Bajó la vista hacia el monje atado a sus pies. Para entonces, el hombre estaba completamente inmóvil, como en un trance de aceptación, o tal vez rezando en silencio por su liberación.

CAPÍTULO 72

A cuatro mil quinientos metros de altura, Robert Langdon sintió que el mundo físico se desvanecía, mientras todos sus pensamientos confluían en el poema que Saunière había escrito con caligrafía invertida, iluminado ahora a través de la tapa del cofre.

Palabra antigua y sabia me abrirá
y su familia así se reunirá
La piedra que templarios veneraron
dará la clave a los que atbash hallaron

Sophie no tardó en encontrar un papel y se apresuró a copiar el texto. Cuando hubo terminado, los tres se turnaron para leerlo. Era una especie de crucigrama arqueológico, un acertijo que prometía la clave para abrir el críptex. Langdon leyó lentamente los versos en voz alta:

—«Palabra antigua y sabia me abrirá... y su familia así se reunirá... La piedra que templarios veneraron... dará la clave a los que atbash hallaron».

Antes de pensar siquiera en la contraseña que escondían, Langdon sintió resonar en su interior algo mucho más profundo: la métrica del poema. «Pentámetro yámbico.»

A lo largo de los años, había encontrado muchas veces esa métrica mientras investigaba sociedades secretas de toda Europa. La había visto incluso el año anterior, en los archivos secretos del Vaticano. Durante siglos, el pentámetro yámbico había sido la métrica poética preferida de elocuentes hombres de letras de todo el mundo, desde el antiguo autor griego Arquíloco, hasta Shakespeare, Milton, Chaucer y Voltaire, almas audaces que escogían componer sus comentarios sociales en una métrica a la que muchos de su época atribuían propiedades místicas. Las raíces del pentámetro yámbico eran hondamente paganas.

«Yambos. Dos sílabas con acentos opuestos: átona y tónica; el yin y el yang. Parejas equilibradas, dispuestas en cadenas de cinco, que forman un pentámetro. Cinco, como el pentáculo de Venus y la deidad femenina.»

—¡Son pentámetros! —exclamó Teabing, volviéndose hacia Langdon.

Él asintió fascinado.

—Además —prosiguió Teabing—, el poema no sólo hace alusión al Grial, sino también a los templarios y a la familia dispersa de María Magdalena. ¿Qué más podemos pedir?

—La contraseña —dijo Sophie, mientras volvía a considerar el poema—. Por lo visto, necesitamos una «palabra antigua y sabia».

—¿«Abracadabra»? —arriesgó Teabing con ojos chispeantes.

«Una palabra de cinco letras», supuso Langdon, que no dejaba de pensar en la abrumadora cantidad de palabras que podían considerarse «antiguas y sabias»: fragmentos de cánticos místicos, profecías astrológicas, contraseñas de sociedades secretas, fórmulas mágicas, encantamientos egipcios, mantras paganos... La lista era interminable.

—Parece ser que la contraseña tiene algo que ver con los templarios. —Leyó en voz alta—: «La piedra que templarios veneraron...».

—Leigh —dijo Langdon—, tú eres el especialista en el Temple. ¿Alguna idea?

Teabing guardó silencio varios segundos y después suspiró.

—No sé, supongo que se refiere a la losa de una tumba, quizá una lápida venerada por los templarios en la tumba de Magdalena. Pero eso no nos sirve de mucho, porque no tenemos idea de dónde se encuentra esa tumba.

—El último verso —dijo Sophie— afirma que «atbash» dará la clave. Esa palabra, «atbash», me suena.

—No me extraña —replicó Langdon—. Probablemente la oíste en el primer curso de criptografía. El código atbash es uno de los más antiguos que se conocen.

«¡Por supuesto! —pensó ella—. ¡El famoso sistema hebreo de cifrado!»

De hecho, el código atbash figuraba en los primeros cursos de criptografía que había estudiado Sophie. El sistema se remontaba al siglo v a. J. C. y era un sencillo código de sustitución, basado en las veintidós letras del alfabeto hebreo. En el código atbash, la primera letra se sustituía por la última, la segunda por la penúltima y así sucesivamente.

—El uso del atbash resulta sublimemente apropiado —dijo Teabing—. Es posible hallar textos cifrados con ese sistema en toda la Cábala, en los manuscritos del mar Muerto e incluso en el Antiguo Testamento. Los estudiosos y místicos judíos todavía siguen encontrando significados ocultos, aplicando el atbash. Seguramente el priorato incluye el código atbash entre sus enseñanzas.

—El único problema —señaló Langdon— es que no tenemos nada que descifrar.

Teabing suspiró.

—Debe de haber una palabra en clave en la tumba. Tenemos que encontrar la piedra venerada por los templarios.

Por la expresión sombría de Langdon, Sophie comprendió que localizar la lápida de los templarios no sería tarea fácil. «Conocemos el atbash —pensó—, pero no tenemos la clave.»

Tres minutos más tarde, Teabing dejó escapar un resoplido de frustración al tiempo que sacudía la cabeza.

—Amigos míos, estoy bloqueado. Déjenme que siga reflexionando mientras busco algo para comer y veo cómo están Rémy y nuestro invitado.

Se levantó y se dirigió a la cola del avión.

Mientras lo miraba marcharse, Sophie sintió que estaba cansada.

Al otro lado de la ventana, la negrura de los momentos previos al alba era absoluta. Sophie se sentía como lanzada a través del espacio, sin saber dónde iba a aterrizar. Tras toda una infancia resolviendo los acertijos de su abuelo, tenía la incómoda sensación de que el poema ante sus ojos contenía más información de la que ellos veían. «Hay algo más —se dijo—, algo ingeniosamente oculto, pero aun así presente.»

Asimismo, la atormentaba el temor a hallar dentro del críptex algo que no fuera tan sencillo como un «mapa para dar con el Santo Grial». Aunque Teabing y Langdon parecían convencidos de que la verdad estaba dentro del cilindro de mármol, Sophie había jugado a suficientes cazas del tesoro con su abuelo para saber que Jacques Saunière no revelaba tan fácilmente sus secretos.

CAPÍTULO 73

El controlador aéreo de guardia esa noche en el aeródromo de Le Bourget estaba dormitando delante de una pantalla de radar en blanco cuando el capitán de la policía judicial irrumpió por la puerta.

—¡El avión de Teabing! —rugió Bezu Fache al entrar en la pequeña torre—. ¿Adónde ha ido?

La reacción inicial del controlador fue un tibio y balbuciente intento de proteger la intimidad de su cliente británico, uno de los usuarios más respetados del aeródromo. Pero fracasó miserablemente.

—Muy bien —dijo Fache—. Queda detenido por permitir el despegue de un avión privado sin el preceptivo plan de vuelo.

El capitán hizo un gesto a otro agente, que se acercó con unas esposas, lo que provocó un acceso de pánico en el controlador. El hombre recordó los artículos periodísticos que debatían si el jefe de la policía era un héroe o una amenaza para la seguridad pública. La pregunta acababa de encontrar respuesta.

—¡Un momento! —se sorprendió suplicando el controlador al ver las esposas—. Sólo puedo decirles lo que sé. Sir Leigh Teabing viaja con frecuencia a Londres para recibir tratamiento médico. Tiene un hangar en el aeródromo para ejecutivos de Biggin Hill, en Kent, en las afueras de Londres.

Fache le indicó al hombre de las esposas que se detuviera.

—¿Biggin Hill es su destino esta noche?

—No lo sé —respondió con franqueza el controlador—. El avión ha partido con el rumbo habitual y el último contacto por radar hace pensar en Gran Bretaña. Lo más probable es que se dirija a Biggin Hill.

—¿Había más pasajeros a bordo?

—Le juro que no tengo forma de saberlo. Nuestros clientes pueden entrar directamente en sus hangares con sus vehículos y cargar lo que les plazca. Las personas que viajan a bordo son competencia de la policía de fronteras, en el aeropuerto de destino.

Fache consultó su reloj y miró los aviones dispersos, estacionados delante de la terminal.

—Si se dirigen a Biggin Hill, ¿cuánto falta para que lleguen?

El controlador repasó los registros.

—Es un vuelo breve. El avión podría estar en tierra... hacia las seis y media. Dentro de quince minutos.

Fache frunció el ceño y se volvió hacia uno de sus hombres.

—Consiga un transporte; me voy a Londres. Y póngame con la policía local de Kent. Nada de avisar al MI5 británico; quiero la máxima discreción. Recuerde: la policía local de Kent. Dígales que autoricen el aterrizaje del avión de Teabing y que lo rodeen en la pista. ¡Que nadie baje del avión hasta que yo llegue!

CAPÍTULO 74

—Estás callada... —dijo Langdon mirando a Sophie, al otro lado de la cabina del Hawker.

—Sólo cansada —replicó ella—. Y el poema... No sé.

Langdon se sentía igual. El zumbido de los motores y el suave balanceo del avión eran hipnóticos, y aún le palpitaba la cabeza de dolor, en el punto donde lo había golpeado el monje. Teabing seguía en la cola del avión, y Langdon decidió aprovechar el momento a solas con Sophie para decirle algo que había estado pensando.

—Me parece haber descubierto una de las razones por las que tu abuelo tramó nuestro encuentro. Creo que esperaba que yo te explicara algo.

—¿La historia del Santo Grial y María Magdalena no es suficiente?

Él no sabía cómo continuar.

—Vuestro distanciamiento, el motivo por el que llevabas diez años sin hablarle... Creo que confiaba en que yo pudiera solucionarlo de alguna manera, explicándote lo que os separó.

Sophie se estremeció en el asiento.

—No te he contado lo que nos separó.

Langdon la estudió con cautela.

—Fuiste testigo de un rito sexual, ¿verdad?

Ella se sobresaltó.

—¿Cómo lo sabes?

—Sophie, me has contado que presenciaste algo que te convenció de que tu abuelo pertenecía a una sociedad secreta, y lo que viste te impresionó tanto que no volviste a dirigirle la palabra a tu abuelo desde entonces. Conozco bastante bien las sociedades secretas. No hace falta tener el cerebro de Da Vinci para adivinar lo que viste.

Sophie no dijo nada.

—¿Fue en primavera? —preguntó él—. ¿En torno a la fecha del equinoccio? ¿A mediados de marzo?

Ella desvió la vista y se puso a mirar por la ventana.

—Eran las vacaciones de primavera de la universidad. Volví a casa unos días antes de lo previsto.

—¿Quieres contármelo?

—Preferiría no hacerlo. —De pronto, se volvió hacia él, con los ojos húmedos de emoción—. No sé muy bien lo que vi.

—¿Había hombres y mujeres?

Tras un instante de duda, Sophie asintió.

—¿Vestidos de blanco y negro?

Ella se enjugó las lágrimas y volvió a asentir. Parecía un poco más dispuesta a hablar.

—Las mujeres llevaban vestidos blancos de gasa, con zapatos dorados, y tenían esferas doradas en las manos. Los hombres vestían túnicas negras y zapatos negros.

Langdon se esforzó por ocultar su emoción, porque apenas podía dar crédito a lo que estaba oyendo. Sin proponérselo, Sophie Neveu había presenciado una ceremonia sagrada de dos mil años de antigüedad.

—¿Máscaras? —preguntó, tratando de mantener serena la voz—. ¿Máscaras andróginas?

—Sí, todos llevaban máscaras idénticas: blancas las mujeres y negras los hombres.

Langdon había leído descripciones de la ceremonia y conocía sus raíces místicas.

—Se llama *hierós gamos* —dijo suavemente—. Data de hace más de dos mil años. Los sacerdotes y las sacerdotisas egipcios lo celebraban periódicamente para rendir culto al poder reproductor femenino. —Hizo una pausa y se inclinó hacia ella—. Supongo que si presencias un *hierós gamos* sin la correcta preparación para entender su significado, el efecto puede ser bastante chocante.

Sophie guardó silencio.

—«*Hierós gamos*» es una expresión griega —prosiguió él—. Significa «boda sagrada».

—El ritual que vi no era ninguna boda.

—Una boda es una unión, Sophie.

—¿Una unión sexual?

—No.

—¿No? —insistió ella, desafiándolo con sus ojos verdes.

Langdon se desdijo.

—Bueno, sí, en cierto modo. Pero no como la entenderíamos ahora.

Le explicó que si bien lo que había visto probablemente le había parecido un rito sexual, el *hierós gamos* no era un acto erótico, sino espiritual. Históricamente, el acto sexual era el medio para que el hombre y la mujer experimentaran a Dios. Los antiguos creían que el hombre estaba espiritualmente incompleto hasta que accedía al conocimiento carnal de la deidad femenina. La unión física con la mujer era el único medio por el cual el hombre podía completarse espiritualmente y acceder a la gnosis: el conocimiento de lo divino. Desde la época de Isis, los ritos sexuales se consideraban el único puente de que disponía el hombre para pasar del ámbito terrenal al celestial.

—Al unirse con la mujer —prosiguió—, el hombre podía alcanzar un instante de clímax en el que su mente quedaba totalmente en blanco y veía a Dios.

Sophie no parecía convencida.

—¿El orgasmo como forma de oración?

Langdon le respondió con un encogimiento de hombros que no negaba ni afirmaba, pero esencialmente Sophie tenía razón. Desde un punto de vista estrictamente fisiológico, el orgasmo masculino se acompañaba de una fracción de segundo de total ausencia de pensamiento, un breve vacío mental, un momento de claridad durante el cual era posible ver brevemente a Dios. Los gurús de la meditación lograban estados similares de ausencia de pensamiento sin recurrir al sexo, y a menudo describían el nirvana como un interminable orgasmo espiritual.

—Sophie —dijo en voz baja y reposada—, es importante recordar que la visión del sexo que tenían los antiguos era totalmente opuesta a la que tenemos nosotros ahora. El sexo era fuente renovada de vida, el mayor de los milagros, y los milagros sólo podían ser obra de la divinidad. La capacidad de la mujer de engendrar vida en su vientre la convertía en un ser sagrado, en una diosa. El acto sexual era la venerada unión de las dos mitades del espíritu humano, la femenina y la masculina y, gracias a él, el hombre podía completarse espiritualmente y entrar en comunión con Dios. Lo que tú viste no era un ritual sexual, sino espiritual. El ritual del *hierós gamos* no es una perversión. Es una ceremonia profundamente sacrosanta.

Sus palabras parecieron tocar una fibra. Sophie había conservado notablemente la compostura durante toda la noche, pero él notó que su aura de aplomo empezaba a resquebrajarse. Volvieron a aflorar las lágrimas a sus ojos y se las secó con la manga.

Langdon la dejó que pensara un momento. Sabía muy bien que al principio costaba asimilar el concepto del sexo como camino hacia Dios. Sus estudiantes judíos siempre quedaban anonadados cuando mencionaba por primera vez que la tradición judía antigua incluía rituales sexuales. «¡En el Templo, nada menos!» Los antiguos judíos creían que el sanctasanctórum del templo de Salomón no sólo era la morada de Dios, sino también de su poderosa homóloga femenina, Shejiná. Los hombres que aspiraban a estar espiritualmente completos acudían al Templo a visitar a las sacerdotisas, o hieródulas, con quienes hacían el amor, para experimentar a la divinidad a través de la unión física. El tetragrámaton judío YHWH (el nombre sagrado de Dios) derivaba en realidad de Yahvé, unión física andrógina entre el masculino *Jah* y *Havah*, el nombre prehebraico de Eva.

—Para la Iglesia primitiva —explicó Langdon con suavidad—, el uso del sexo como medio de experimentar directamente a Dios suponía una grave amenaza para la base del poder católico, porque dejaba fuera a la Iglesia y socavaba su pretendida condición de única vía hacia Dios. Por razones obvias, la Iglesia se empleó a fondo para demonizar el sexo y presentarlo como un acto despreciable y pecaminoso. Las otras grandes religiones siguieron su ejemplo.

Sophie guardaba silencio, pero Langdon adivinó que ya empezaba a entender mejor a su abuelo. Irónicamente, había disertado sobre el mismo tema en una de sus clases, a comienzos de ese mismo semestre.

—¿Acaso es sorprendente que tengamos sentimientos contradictorios ante el sexo? —había preguntado a sus estudiantes—. La tradición antigua y nuestra propia fisiología nos dicen que el sexo es natural y que es un camino para acceder a la realización espiritual. Sin embargo, la religión moderna lo presenta como algo vergonzoso y nos enseña a temer el deseo sexual como la obra del mismo diablo.

Para no escandalizar a sus estudiantes, Langdon prefirió no revelarles que más de una docena de sociedades secretas del mundo, muchas de ellas bastante influyentes, practicaban todavía ritos sexuales y mantenían vivas las antiguas tradiciones. El personaje de Tom Cruise en *Eyes wide shut* lo descubría por sí mismo cuando se colaba en una selecta reunión privada de la élite neoyorquina y se encontraba con un *hierós gamos*. Por desgracia, la mayor parte de los detalles estaban equivocados en la película, pero la idea básica estaba ahí: una sociedad secreta, reunida para celebrar la magia de la unión sexual.

—¿Quiere decir, profesor —había preguntado un estudiante al fondo del aula, levantando la mano con expresión esperanzada—, que en lugar de ir a la iglesia, tendríamos que practicar más el sexo?

Langdon rio entre dientes, pero no pensaba picar. Por lo que había oído de las fiestas de Harvard, aquellos chicos ya tenían más sexo del que necesitaban.

—Caballeros —dijo, sabiendo que se adentraba en terreno delicado—, voy a hacerles una sugerencia. Sin arriesgarme a justificar el sexo prematrimonial ni caer en la ingenuidad de creer que son ustedes unos ángeles de castidad, les daré un consejo para su vida sexual.

Todos los varones presentes se inclinaron hacia delante y prestaron atención.

—La próxima vez que estén con una mujer, miren en su corazón y pregúntense si son capaces de practicar la unión sexual como un acto místico y espiritual. Plantéense el reto de encontrar la chispa de divinidad que el hombre sólo puede alcanzar mediante la unión con el lado femenino de lo sagrado.

Las mujeres de la clase asintieron con una sonrisa cómplice. Ellos, por su parte, intercambiaron risitas y bromas subidas de tono.

Langdon suspiró. Los hombres de la clase todavía eran niños.

Sophie sintió frío en la frente cuando la apretó contra la ventana del avión para mirar el vacío y tratar de asimilar lo que Langdon acababa de decirle. Sentía una pena nueva en su interior.

«Diez años.»

Volvió a ver con los ojos de la mente los montones de cartas que le había enviado su abuelo, todas sin abrir.

«Se lo contaré todo a Robert.»

Sin volverse de la ventana, Sophie comenzó a hablar. Serena, pero temerosa.

Cuando empezó a relatar lo sucedido aquella noche, sintió que retrocedía en el tiempo y volvió a sentirse en el bosque, a las puertas del castillo de su abuelo en Normandía, buscando otra vez por la casa vacía, sin comprender nada, oyendo voces bajo sus pies, hasta encontrar finalmente la puerta escondida. Bajó la escalera de piedra, peldaño a peldaño, hasta la cueva del sótano. Sintió en la lengua el sabor terroso del aire, leve y frío. Era el mes de marzo. Desde las sombras de su escondite en la escalera, vio cómo unos desconocidos se balanceaban y salmodiaban a la luz anaranjada y parpadeante de las velas.

«Estoy soñando —se dijo—. Es un sueño. ¿Qué otra cosa podría ser?»

Los hombres y las mujeres se disponían alternados: negro, blanco, negro, blanco... Los espléndidos vestidos de gasa se agitaban mientras ellas levantaban las esferas doradas con la mano derecha y entonaban al unísono:

—Estuve contigo en el principio, al alba de todo lo que es sagrado; te llevé en el vientre antes del comienzo del día.

Bajaron las esferas y todos los presentes empezaron a balancearse adelante y atrás, como en trance. Parecían estar venerando algo situado en el centro del círculo.

«¿Qué estarán mirando?»

Los cánticos se aceleraron y cobraron más fuerza.

—¡La mujer que contempláis es el amor! —entonaron ellas, mientras volvían a levantar las esferas.

—¡Tiene su morada en la eternidad! —respondieron ellos.

Los cánticos se volvieron aún más veloces y atronadores, cada vez más rápidos. Los participantes dieron un paso hacia el centro y se arrodillaron.

En ese instante, Sophie pudo ver por fin lo que todos estaban mirando.

Sobre un altar bajo y ornamentado, en el centro del círculo, yacía un hombre boca arriba. Estaba desnudo y tenía puesta una máscara negra. Sophie reconoció de inmediato el cuerpo y la marca de nacimiento que su abuelo tenía en el hombro. Estuvo a punto de gritar: «*Grand-père!*». La imagen por sí sola habría sido suficiente para trastornarla, pero había más.

Montada a horcajadas sobre su abuelo se agitaba una mujer desnuda, con máscara blanca y una frondosa cabellera plateada flotando sobre la espalda. Su cuerpo entrado en carnes estaba lejos de ser perfecto y se movía al ritmo de los cánticos, copulando con su abuelo.

Sophie habría querido apartar la vista y huir, pero no pudo. Las paredes de piedra de la cueva la aprisionaban, mientras los cánticos se elevaban hasta alcanzar un timbre febril. El círculo de participantes entonaba una salmodia cada vez más parecida a una canción, cuyo tono subía en frenético *crescendo*. Con un repentino rugido, toda la sala pareció estallar en un orgasmo. Sophie no podía respirar. De pronto se dio cuenta de que estaba sollozando en silencio. Se volvió y subió la escalera tropezando. Salió de la casa y, temblando, regresó a París.

CAPÍTULO 75

El turbohélice alquilado estaba pasando sobre las luces parpadeantes de Mónaco cuando Aringarosa le colgó el teléfono a Fache por
segunda vez. Buscó una vez más con la mano la bolsa para el mareo, pero se sentía demasiado vacío para vomitar.

«¡Cuándo terminará todo esto de una vez!»

El último informe del capitán parecía incomprensible, pero esa
noche casi todo había dejado de tener sentido.

«¿Qué está pasando?»

La situación había entrado en un torbellino completamente
fuera de control.

«¿En qué he metido a Silas? ¿En qué me he metido yo mismo?»

Con las piernas temblorosas, el obispo se dirigió a la cabina de
mando.

—Tenemos que cambiar de destino.

El piloto lo miró por encima del hombro y soltó una carcajada.

—Es una broma, ¿no?

—No, tengo que ir a Londres de inmediato.

—Esto es un avión, padre, no un taxi.

—Le pagaré la diferencia, por supuesto. ¿Cuánto quiere? Londres sólo está una hora más al norte y prácticamente en la misma
dirección, así que...

—No es cuestión de dinero, padre. Hay otros problemas.

—Le daré diez mil euros. Ahora mismo.

El piloto se volvió con los ojos desorbitados.

—¿Cuánto? ¿Qué clase de cura lleva encima tanto dinero?

Aringarosa volvió hasta donde estaba su maletín negro, lo abrió y sacó uno de los bonos al portador, que entregó al piloto.

—¿Qué es esto? —preguntó el hombre.

—Un bono al portador por diez mil euros, extendido por el Banco Vaticano.

El piloto parecía dubitativo.

—Es lo mismo que dinero en efectivo.

—Sólo el dinero contante y sonante es lo mismo que el dinero en efectivo —replicó el piloto mientras devolvía el bono al obispo.

Aringarosa se sintió débil, agarrado a la puerta de la cabina de mando, para no perder el equilibrio.

—Es cuestión de vida o muerte. Tiene que ayudarme. ¡Necesito ir a Londres!

El piloto echó un vistazo al anillo de oro del obispo.

—¿Son diamantes auténticos?

Aringarosa miró el anillo.

—No podría desprenderme de esto.

El piloto se encogió de hombros, se dio la vuelta y volvió a concentrarse en el cielo.

Aringarosa se sintió invadir por una tristeza cada vez más profunda. Miró otra vez el anillo. En cualquier caso, todo lo que ese anillo representaba iba a perderse para él. Al cabo de un largo rato, se lo quitó del dedo y lo depositó suavemente sobre el panel de instrumentos.

Salió en silencio de la cabina de mando y volvió a sentarse. Quince segundos después, percibió que el piloto hacía virar el aparato unos cuantos grados hacia el norte.

Aun así, el momento de gloria de Aringarosa había saltado por los aires.

Había empezado como una causa sagrada, un plan brillantemente orquestado, y ahora se estaba desmoronando como un castillo de naipes... y el final era imposible de prever.

CAPÍTULO 76

Langdon notó que Sophie seguía alterada tras contar su experiencia con el *hierós gamos*. Por su parte, él estaba fascinado con lo que había oído. Sophie no sólo había presenciado el ritual completo, sino que además conocía al celebrante: su propio abuelo, el gran maestre del priorato de Sion, heredero de ilustres predecesores.

«Da Vinci, Botticelli, Isaac Newton, Victor Hugo, Jean Cocteau... Jacques Saunière.»

—No sé qué más puedo explicarte —le dijo suavemente.

Los ojos de la joven eran para entonces de un verde profundo y estaban inundados de lágrimas.

—Me crio como a su propia hija.

Langdon reconoció entonces la emoción que había ido creciendo en su mirada mientras hablaban. Era remordimiento, lejano y profundo. Sophie Neveu había rechazado a su abuelo y ahora lo veía bajo una luz completamente diferente.

En el exterior, el alba era cada vez más inminente, y su aura rosada ya se percibía a estribor. El terreno seguía oscuro bajo sus pies.

—Aquí traigo unas vituallas —dijo Teabing con una reverencia.

Se sentó con ellos y les puso delante varias latas de Coca-Cola y una caja de galletas viejas. Mientras las distribuía, se excusó profusamente por la escasez de las provisiones.

—Nuestro amigo el monje todavía se niega a hablar —dijo en tono despreocupado—, pero démosle tiempo.

Se llevó una galleta a la boca y echó un vistazo al poema.

—¿Alguna pista, querida? —Miró a Sophie—. ¿Qué intenta decirnos su abuelo? ¿Dónde demonios está la lápida, esa piedra que los templarios veneraron?

Sophie meneó la cabeza y permaneció en silencio.

Mientras Teabing volvía a estudiar los versos, Langdon abrió una lata y se volvió hacia la ventana con la mente invadida por imágenes de rituales secretos y códigos sin descifrar.

«La piedra que templarios veneraron...»

Bebió un largo sorbo de la lata.

«Una lápida venerada por los templarios, una piedra...»

La Coca-Cola estaba tibia.

El velo de la noche se deshacía y parecía a punto de evaporarse, y mientras Langdon contemplaba la transformación, vio el mar reverberante que se extendía debajo. «El canal de la Mancha», pensó. Ya faltaba poco.

Deseó que la luz del día también llevara consigo un tipo diferente de iluminación, pero cuanto más clara se volvía la mañana, más lejos se sentía él de la verdad. En sus oídos, con el zumbido del reactor, resonaban los ritmos del pentámetro yámbico y los cánticos del *hierós gamos* y otros ritos sagrados.

«Los templarios veneraban una piedra...»

El avión volvía a sobrevolar tierra cuando un destello de luz brilló de pronto en su mente. Langdon depositó con fuerza la lata vacía de Coca-Cola.

—No os lo vais a creer —dijo volviéndose hacia los otros dos—. La piedra de los templarios... Acabo de resolverlo.

Los ojos de Teabing estuvieron a punto de salirse de sus órbitas.

—¿Sabes dónde está la lápida?

Langdon sonrió.

—Dónde está, no. Sé lo que es.

Sophie se inclinó hacia delante, para oír mejor.

—Creo que la piedra del poema no es la lápida de una tumba —explicó él, saboreando el conocido entusiasmo del descubrimiento académico—. Es la imagen de un ídolo.

—¿De un ídolo? —se extrañó Teabing.

Sophie parecía igualmente desconcertada.

—Leigh —dijo Langdon, volviéndose hacia su amigo—, durante la Inquisición, la Iglesia acusó a los templarios de cometer un sinnúmero de herejías, ¿no es así?

—En efecto, inventaron todo tipo de cargos. Los acusaron de sodomía, de orinar sobre la cruz, de rendir culto al diablo... La lista es bastante impresionante.

—Y en esa lista también figuraba el culto a falsos ídolos, ¿verdad? Concretamente, la Iglesia acusó a los templarios de celebrar rituales clandestinos en los que adoraban una cabeza de piedra..., la cabeza de un dios pagano.

—¡Baphomet! —exclamó Teabing—. ¡Cielo santo, Robert, tienes razón! ¡Una piedra venerada por los templarios!

Langdon explicó brevemente a Sophie que Baphomet era un dios pagano de la fertilidad, asociado con la fuerza creadora de la reproducción. Baphomet se representaba con una cabeza de carnero o de macho cabrío, símbolo corriente de la procreación y la fecundidad, tallada en piedra. Para adorar a Baphomet, los templarios rodeaban una imagen de piedra y entonaban cánticos.

—¡Baphomet! —repitió Teabing, riendo—. La ceremonia celebraba la magia creadora de la unión sexual, pero el papa Clemente convenció a todo el mundo de que la representación de Baphomet simbolizaba en realidad al demonio. El papa usó la cabeza de Baphomet como prueba principal en su causa contra los templarios.

Langdon asintió. La moderna creencia en un diablo con cuernos podía rastrearse hasta Baphomet y los esfuerzos de la Iglesia por presentar al dios cornudo de la fertilidad como un símbolo del mal. Obviamente, la Iglesia había triunfado, pero no del todo. La decoración tradicional de la mesa para el día de Acción de Gracias en los hogares estadounidenses incluía aún un símbolo pagano de la fertilidad: el cuerno de la abundancia. También llamado «cornucopia», el cuerno de la abundancia era un homenaje a la fecundidad de Baphomet y una referencia al mito de Zeus, que fue amamantado por una cabra, uno de cuyos cuernos se rompió y se llenó mágicamente de fruta. Baphomet aparecía también en las fotos de grupo, cuando algún gracioso levantaba un par de dedos detrás de la cabeza de un amigo para hacerle el signo de los cuernos. Muy pocos bromistas se daban cuenta de que la burla era en realidad una manera de rendir homenaje al saludable recuento de espermatozoides de la víctima.

—¡Sí, así es! —dijo Teabing entusiasmado—. ¡El poema tiene que referirse a Baphomet! ¡Una piedra venerada por los templarios!

—De acuerdo —asintió Sophie—. Sin embargo, si Baphomet es la piedra venerada por los templarios, entonces tenemos un nuevo dilema. —Señaló los discos del críptex—. Baphomet tiene ocho letras y nosotros sólo tenemos espacio para cinco.

Teabing le dirigió una amplia sonrisa.

—¡Querida, ahí es donde entra en juego el código atbash!

CAPÍTULO 77

Langdon estaba impresionado. Teabing acababa de escribir las veintidós letras del alfabeto hebreo (el *álef-bet*), y lo había hecho de memoria. Y si bien las había sustituido por las letras latinas equivalentes, las estaba leyendo de principio a fin, con impecable pronunciación.

A B G D H V Z Ch T Y K L M N S O P Tz Q R Sh Th

—Álef, bet, guímel, dálet, he, vav, zayin, jet, tet, yod, kaf, lámed, mem, nun, sámej, ayin, pei, tsadi, kuf, resh, shin, tav. —Teabing se enjugó el sudor de la frente con gesto teatral y prosiguió—: En la escritura hebrea formal, los sonidos vocálicos no se transcriben. Por eso, cuando escribimos la palabra «Baphomet» con el alfabeto hebreo, perdemos las tres vocales en la transcripción, y nos quedan...

—¡Cinco letras! —exclamó Sophie.

Teabing asintió y se puso a escribir otra vez.

—Muy bien, aquí tenemos el nombre de Baphomet, correctamente escrito en letras hebreas. Intercalaré las vocales que se eliminan, para mayor claridad.

B a P V o M e Th

—Conviene recordar, por supuesto —añadió—, que normalmente el hebreo se escribe de derecha a izquierda, pero de este modo también podemos aplicar el código atbash sin problemas. A continuación, sólo tendremos que preparar una matriz de sustitución, para lo cual escribiremos una vez más todo el alfabeto, de atrás hacia delante, debajo del alfabeto original.

—Hay una manera más sencilla —dijo Sophie, mientras le quitaba a Teabing la pluma de la mano—. Funciona con todos los códigos reflejos de sustitución, incluido el atbash. Es un pequeño truco que aprendí en la Royal Holloway.

Escribió la primera mitad del alfabeto de izquierda a derecha y, después, justo debajo, la segunda mitad, de derecha a izquierda.

—Los criptoanalistas lo llaman «repliegue». Es la mitad de complicado y el doble de claro.

A	B	G	D	H	V	Z	Ch	T	Y	K
Th	Sh	R	Q	Tz	P	O	S	N	M	L

Teabing echó un vistazo a la obra de Sophie y soltó una risita.

—Tiene mucha razón. Me alegro de ver que los chicos de la Holloway se ganan bien el sueldo.

Mientras miraba la matriz de sustitución preparada por Sophie, Langdon sintió una creciente emoción, que debía de ser comparable —imaginó— a la que habrían experimentado los académicos que aplicaron por primera vez el código atbash para descifrar el ya famoso misterio de Sheshach. Durante años, las referencias bíblicas a una ciudad llamada «Sheshach» habían desconcertado a los estudiosos. La ciudad no figuraba en los mapas ni en ningún otro documento y, sin embargo, su nombre aparecía citado varias veces en el libro de Jeremías: el rey de Sheshach, la ciudad de Sheshach, el pueblo de Sheshach... Por fin, un estudioso aplicó el código atbash a la palabra y el resultado fue fascinante. El código reveló que Sheshach era en realidad una clave, una referencia a otra ciudad muy conocida. El proceso de desciframiento fue sencillo.

«Sheshach», en hebreo, se escribía «Sh-Sh-K».

Al pasar por la matriz de sustitución, «Sh-Sh-K» se transformaba en «B-B-L».

«B-B-L», en hebreo, es la grafía de «Babel».

Se descubrió así que la misteriosa ciudad de Sheshach era en realidad Babel, y hubo entonces un frenesí de investigación bíblica. En pocas semanas se descubrieron en el texto del Antiguo Testamento varias claves más en código atbash que revelaron una miríada de significados ocultos, cuya existencia los estudiosos ni siquiera sospechaban.

—Estamos cerca —susurró Langdon, incapaz de controlar la emoción que lo embargaba.

—A pocos centímetros, Robert —confirmó Teabing, que miró a Sophie con una sonrisa—. ¿Lista?

Ella asintió.

—Muy bien, «Baphomet» en hebreo, sin las vocales, se lee «B-P-V-M-Th». Ahora, aplicamos simplemente su matriz de sustitución con el código atbash y convertimos la palabra en nuestra contraseña de cinco letras.

Langdon sentía palpitar el corazón. «B-P-V-M-Th.» El sol ya se derramaba por las ventanas. Echó una última mirada a la matriz de sustitución preparada por Sophie y, poco a poco, empezó a hacer la conversión. «B se transforma en Sh... P, en V...»

Teabing sonreía como un niño pequeño en Navidad.

—Y el código atbash revela... —Se interrumpió en seco—. ¡Dios santo!

Se había puesto pálido.

Langdon levantó bruscamente la cabeza.

—¿Algún problema? —preguntó Sophie.

—No se lo van a creer —dijo Teabing, levantando la vista para mirarla—, sobre todo usted.

—¿Qué quiere decir? —preguntó ella.

—Es... ingenioso —susurró Teabing—, tremendamente ingenioso. —Volvió a escribir en la hoja—. ¡Un redoble de tambores, por favor! ¡Aquí está la contraseña!

Les enseñó lo que había escrito.

Sh-V-P-Y-A

Sophie hizo una mueca.

—¿Qué significa?

Tampoco Langdon reconoció la palabra.

La voz de Teabing parecía temblar de admirado respeto.

—Ésta, amigos míos, es una palabra antigua y sabia donde las haya.

Langdon volvió a leer las letras. «Palabra antigua y sabia me abrirá...» Un instante después, lo había comprendido. Nunca podría haberlo imaginado.

—¡Una palabra antigua y sabia!

Teabing reía:

—¡Literalmente!

Sophie miró la palabra y después el disco. De inmediato, cayó en la cuenta de que Langdon y Teabing no habían reparado en un grave contratiempo.

—¡Un momento! ¡Ésta no puede ser la contraseña! —argumentó—. Los discos del críptex no tienen ninguna «Sh». Los caracteres grabados son las letras del alfabeto latino.

—Lee la palabra —la animó Langdon—, pero ten en cuenta dos cosas: primero, que el símbolo para el sonido «Sh», en hebreo, también puede leerse como una «S» y, segundo, que la letra «P» también puede pronunciarse como una «F».

«¿SVFYA?», pensó ella desconcertada.

—¡Hay algo más! —añadió Teabing—. La letra vav se usa a menudo para marcar el lugar del sonido vocálico «O».

Sophie miró una vez más las letras, intentando pronunciarlas.

—S... o... f... y... a.

438

Oyendo el sonido de su propia voz, no pudo dar crédito a lo que acababa de decir.

—¿Sophia? ¿Las letras forman el nombre «Sophia»?

Langdon asintió con entusiasmo.

—¡Sí! *Sophia* significa literalmente «sabiduría» en griego. Es la raíz de tu nombre, Sophie, una «palabra antigua y sabia».

De pronto, la joven sintió que echaba muchísimo de menos a su abuelo. «¡Cifró la clave de bóveda del priorato con mi nombre!» Se le hizo un nudo en la garganta. ¡Todo parecía tan perfecto! Sin embargo, al contemplar una vez más los discos del críptex con letras grabadas, se dio cuenta de que aún persistía un problema.

—Pero..., un momento... La palabra «Sophia» tiene seis letras.

Teabing no perdió ni por un segundo la sonrisa.

—Repase otra vez el poema. Su abuelo escribió que se trataba de una palabra antigua...

—¿Y bien?

Teabing le hizo un guiño.

—En griego antiguo, «sabiduría» se escribía S-O-F-I-A.

CAPÍTULO 78

Sophie sintió que se le desbocaban las emociones cuando se puso el críptex sobre el regazo y empezó a girar los discos con letras grabadas.

«Palabra antigua y sabia me abrirá...»

Langdon y Teabing parecían contener la respiración, mientras miraban.

S... O... F...

—Con cuidado —la instó Teabing—, con muchísimo cuidado.

... I... A.

Sophie alineó el último disco.

—Muy bien —susurró, mirando a los otros—, voy a intentar abrirlo.

—Recuerda el vinagre —susurró Langdon con temerosa exaltación—. Ten cuidado.

Sophie sabía que si ese críptex era como los que ella había abierto en su infancia, lo único que necesitaba era coger el cilindro por los extremos, un poco más allá de los discos, y tirar, aplicando una presión lenta pero continuada en direcciones opuestas. Si los discos estaban alineados con la contraseña correcta, entonces uno de los extremos se deslizaría, más o menos como la cubierta de un objetivo, y ella podría acceder al interior y extraer el documento de papiro, enrollado en torno a un frasco de vinagre. Por el contrario, si la contraseña que habían formado era incorrecta, la fuerza aplicada por Sophie en los extremos se transferiría a una palanca articulada en el interior que pivotaría hacia el centro de la cavidad y haría presión sobre el frasco de vinagre, hasta romperlo si ella tiraba con suficiente fuerza.

«Tira suavemente», se dijo.

Teabing y Langdon se adelantaron expectantes mientras ella aplicaba las palmas de las manos a los extremos del cilindro. Llevada por el entusiasmo de descifrar la clave, Sophie casi había olvidado lo que esperaban encontrar dentro. «¡Ésta es la clave de bóveda del priorato!» Según Teabing, contenía un mapa para llegar al Santo Grial, un plano para encontrar la tumba de María Magdalena y el tesoro del Sangreal, el mayor tesoro de verdades ocultas.

Ahora, con el tubo de piedra entre las manos, Sophie volvió a comprobar que todas las letras estaban correctamente alineadas con el indicador. Entonces, lentamente, tiró. No pasó nada. Aplicó un poco más de fuerza. De pronto, la piedra se abrió con un movimiento deslizante, como un telescopio bien engrasado. La pesada cubierta del extremo se desprendió en su mano. Langdon y Teabing casi se pusieron de pie de un salto. Sophie sintió que el corazón se le desbocaba mientras apoyaba en la mesa la cubierta desprendida e inclinaba el cilindro para ver lo que guardaba dentro.

«¡Un rollo de papel!»

Observando por el hueco del papel enrollado, vio que envolvía un objeto cilíndrico y supuso que sería el frasco de vinagre. Curiosamente, sin embargo, el papel en torno al vinagre no era el habitual papiro, fino y delicado, sino una gruesa hoja de pergamino. «¡Qué raro! —pensó—. El vinagre no puede disolver el pergamino, fabricado con piel de cordero.»

Volvió a mirar por el hueco del pergamino enrollado y comprendió que el objeto del centro no era, después de todo, un frasco de vinagre. Era algo completamente distinto.

—¿Qué sucede? —preguntó Teabing—. ¿Por qué no extrae el rollo de papel?

Con el ceño fruncido, Sophie cogió el pergamino enrollado y el objeto que envolvía y los extrajo del tubo.

—¡Eso no es papiro! —exclamó el inglés—. Es demasiado pesado.

—Lo sé. Es relleno protector.

—¿Para qué? ¿Para el frasco de vinagre?

—No. —Sophie desplegó el pergamino y reveló lo que estaba envuelto en su interior—. Para esto.

Cuando Langdon vio el objeto que rodeaba la hoja de pergamino, sintió que el corazón le daba un vuelco.

—¡Que Dios nos asista! —murmuró Teabing desanimado—. Su abuelo era un arquitecto despiadado.

Langdon no daba crédito a sus ojos. «Es evidente que Saunière no tenía ninguna intención de ponérnoslo fácil.»

Sobre la mesa había un segundo críptex, más pequeño que el anterior, hecho de ónice negro. Alojado dentro del primero, ilustraba la pasión de Saunière por el dualismo.

«Dos críptex, la pareja, el doble sentido, el hombre y la mujer, lo negro dentro de lo blanco. —Langdon sintió que la red de simbolismos llegaba aún más lejos—. El blanco engendra al negro. Todo hombre nace de una mujer. El blanco es la mujer, y el negro, el hombre.»

Tendió la mano y levantó el críptex más pequeño. Era idéntico al primero, sólo que la mitad de grande y de color negro. En su interior se oía el familiar borboteo. Por lo visto, el vinagre que habían oído antes estaba en el interior del más pequeño.

—Bueno, Robert —dijo Teabing mientras le pasaba el pergamino—, al menos te complacerá saber que volamos en la dirección correcta.

Langdon examinó la gruesa hoja de pergamino. Escrito en ornamentada caligrafía había otro poema de cuatro versos, también en pentámetros yámbicos. El texto era críptico, pero Langdon sólo tuvo que leer las dos primeras líneas para comprender que el plan de Teabing de viajar a Gran Bretaña iba a dar buenos resultados.

YACE EN LONDRES, POR UN PAPA SEPULTADO,
CABALLERO INSPIRADOR DE ODIO SAGRADO.

El resto del poema sugería claramente que la contraseña para abrir el segundo críptex se podía obtener visitando la tumba del caballero, en algún lugar de la ciudad.

Langdon se volvió hacia Teabing con nerviosa exaltación.

—¿Tienes idea de quién es el noble al que se refiere el poema?

—Ni la más remota —sonrió su amigo—, pero sé exactamente cuál es la cripta que debemos visitar.

En ese momento, veinticinco kilómetros más adelante, seis coches de la policía de Kent bajaban por las calles empapadas por la lluvia hacia el aeródromo para ejecutivos de Biggin Hill.

CAPÍTULO 79

El teniente Collet sacó una botella de agua Perrier del frigorífico de Teabing y se dirigió de nuevo al salón. En lugar de acompañar a Fache a Londres, donde estaba la acción, había tenido que quedarse al cuidado del equipo de la UCICT disperso por todo el Château Villette.

Las pruebas materiales encontradas hasta ese momento no servían de nada: una sola bala hundida en el suelo; una hoja de papel con varios símbolos garabateados junto a las palabras «espada» y «cáliz», y una faja ensangrentada con puntas metálicas que, según le había informado la UCICT, debía de tener alguna relación con el Opus Dei, un grupo católico conservador que había causado cierto revuelo recientemente, cuando un programa informativo de televisión reveló sus agresivas prácticas de reclutamiento en París.

Collet dejó escapar un suspiro.

«Haría falta suerte para sacar algo en limpio de una mezcla tan dispar.»

Desde el lujoso pasillo, entró en el amplio salón de baile convertido en estudio, donde el investigador principal de la UCICT buscaba huellas dactilares aplicando un polvillo. Era un hombre corpulento, que usaba tirantes para sujetarse los pantalones.

—¿Alguna novedad? —preguntó Collet, entrando en la habitación.

El investigador negó con la cabeza.

—Ninguna. Muchos juegos de huellas, pero todos iguales a los del resto de la casa.

—¿Y las halladas en el cilicio?

—Las está analizando la Interpol. Les he enviado todo lo que encontramos.

Collet señaló con un gesto dos bolsas selladas que había sobre la mesa.

—¿Y eso?

El hombre se encogió de hombros.

—La fuerza de la costumbre. Meto en una bolsa todo lo que me parece extraño.

Collet se acercó para ver.

«¿Extraño?»

—Ese inglés es un tipo raro —dijo el investigador—. Eche un vistazo a esto.

Eligió una de las bolsas transparentes y se la dio a Collet.

Dentro había una foto del pórtico de una catedral gótica, con el arco tradicional que daba paso a otros arcos más pequeños, hasta llegar a una puerta diminuta.

Collet estudió un momento la foto y se volvió.

—¿Qué tiene esto de raro?

—Dele la vuelta.

En el dorso, el teniente encontró unas notas escritas en inglés que describían la larga nave hueca de la catedral como un secreto tributo pagano a la matriz femenina. Eso ya era raro de por sí, pero más extrañas todavía eran las notas que describían el pórtico de la catedral.

—¿Qué? ¿Ese tipo cree que la entrada de la catedral representa...?

El investigador asintió con la cabeza.

—Eso mismo. Con sus labios mayores y menores, y un bonito clítoris como una flor de cinco pétalos justo encima de la puerta.

—Soltó un suspiro—. Le entran a uno ganas de volver a la iglesia.

Collet cogió la segunda bolsa.

A través del plástico, vio una fotografía grande de acabado brillante de lo que parecía ser un documento antiguo. El encabezamiento rezaba: *«Les dossiers secrets, núm. 4-lm¹ 249»*.

—¿Qué es esto? —preguntó Collet.

—Ni idea. Tiene copias por toda la casa; por eso lo metí en la bolsa.

El policía examinó el documento.

PRIEURÉ DE SION - LES NAUTONIERS / GRANDES MAESTRES

JEAN DE GISORS	1188-1220
MARIE DE SAINT-CLAIR	1220-1266
GUILLAUME DE GISORS	1266-1307
ÉDOUARD DE BAR	1307-1336
JEANNE DE BAR	1336-1351
JEAN DE SAINT-CLAIR	1351-1366
BLANCHE D'EVREUX	1366-1398
NICOLAS FLAMEL	1398-1418
RENÉ D'ANJOU	1418-1480
IOLANDE DE BAR	1480-1483
SANDRO BOTTICELLI	1483-1510
LEONARDO DA VINCI	1510-1519
CONNÉTABLE DE BOURBON	1519-1527
FERDINAND DE GONZAQUE	1527-1575
LOUIS DE NEVERS	1575-1595
ROBERT FLUDD	1595-1637
J. VALENTIN ANDREA	1637-1654
ROBERT BOYLE	1654-1691
ISAAC NEWTON	1691-1727
CHARLES RADCLYFFE	1727-1746

CHARLES DE LORRAINE	1746-1780
MAXIMILIAN DE LORRAINE	1780-1801
CHARLES NODIER	1801-1844
VICTOR HUGO	1844-1885
CLAUDE DEBUSSY	1885-1918
JEAN COCTEAU	1918-1963

«¿Priorato de Sion?», se preguntó Collet.

—¿Señor? —Otro agente asomó la cabeza—. La centralita tiene una llamada urgente para el capitán Fache, pero no consigue dar con él. ¿La atiende usted?

Collet volvió a la cocina y atendió la llamada.

Era André Vernet.

El refinado acento del banquero apenas conseguía disimular la tensión de su voz.

—Creí entender que el capitán Fache iba a llamarme, pero todavía no he tenido noticias suyas.

—El capitán está muy ocupado —replicó Collet—. ¿Puedo ayudarlo en algo?

—Me aseguraron que me mantendrían al corriente de sus progresos esta noche.

Por un momento, Collet creyó reconocer el timbre de la voz, pero no consiguió situarla.

—Verá, monsieur Vernet, en este momento yo estoy al frente de la investigación en París. Soy el teniente Collet.

Hubo una larga pausa en la comunicación.

—Tendrá que perdonarme, teniente, pero tengo que atender otra llamada. Lo llamaré más tarde.

Vernet le colgó el teléfono.

Durante varios segundos Collet se quedó inmóvil, con el aparato en la mano. De pronto, lo comprendió. «¡Ya decía yo que la voz me sonaba!»

La revelación lo dejó boquiabierto.

«¡El conductor del furgón blindado! ¡El del Rolex falso!»

Ahora entendía por qué se había apresurado a colgarle el teléfono el banquero. Vernet había reconocido el nombre del teniente Collet, el oficial al que había mentido descaradamente unas horas antes.

Collet se puso a reflexionar sobre las implicaciones de tan extraño suceso. «Vernet está involucrado.» El instinto le decía que debía llamar a Fache. Emocionalmente, sin embargo, sabía que la afortunada revelación era su oportunidad para destacar.

De inmediato, llamó a la Interpol y pidió hasta el último retazo de información que pudieran encontrar acerca del Banco Depositario de Zúrich y su presidente, André Vernet.

CAPÍTULO 80

—Abróchense los cinturones, por favor —anunció el piloto de Teabing mientras el Hawker 731 descendía hacia una sombría llovizna matinal—. Tomamos tierra dentro de cinco minutos.

Teabing experimentó una jubilosa sensación de regreso a casa cuando vio extenderse las neblinosas colinas de Kent bajo el avión en descenso. Inglaterra estaba a menos de una hora de París y, aun así, a un mundo de distancia. Esa mañana, el húmedo verde primaveral de su patria le pareció particularmente acogedor.

«Mi estancia en Francia ha terminado. Regreso a Inglaterra victorioso. La clave de bóveda ha sido hallada.»

Por supuesto, aún había que averiguar adónde conduciría la clave.

«A algún lugar del Reino Unido.»

¿Adónde exactamente? Teabing no lo sabía, pero ya paladeaba la gloria.

Bajo la mirada de Langdon y Sophie, se levantó y se dirigió al otro extremo de la cabina de pasajeros, donde deslizó un tabique que dejó al descubierto una caja fuerte discretamente oculta. Marcó la combinación, abrió la puerta y extrajo dos pasaportes.

—Documentación para Rémy y para mí. —Después, sacó un grueso fajo de billetes de cincuenta libras—. Y documentación para ustedes dos.

Sophie parecía recelosa.

—¿Un soborno?

—Llámelo «diplomacia creativa». Estos aeródromos para hombres de negocios permiten tomarse ciertas libertades. Un oficial de aduanas vendrá a recibirnos en mi hangar y querrá subir a inspeccionar el avión. Pero, en lugar de dejarle que suba, le diré que viajo acompañado de una celebridad francesa que prefiere mantener en secreto su estancia en Inglaterra (por cuestiones relacionadas con la prensa, como fácilmente imaginará), y luego le ofreceré esta generosa propina en señal de gratitud por su discreción.

Langdon no salía de su asombro.

—¿Y el oficial la aceptará?

—No la aceptaría de cualquiera, pero esta gente me conoce. ¡No soy un traficante de armas, por el amor de Dios! Soy un caballero de la Orden del Imperio Británico. —Teabing sonrió—. Ser miembro del club tiene sus privilegios.

Rémy se les acercó entonces por el pasillo, con la pistola Heckler & Koch en la mano.

—¿Alguna orden, señor?

Teabing miró a su mayordomo.

—Voy a dejarte a bordo con nuestro invitado, hasta que volvamos. No podemos arrastrarlo por todo Londres con nosotros.

Sophie parecía inquieta.

—Hablaba en serio cuando le dije que la policía francesa puede localizar su avión antes de nuestro regreso.

Teabing se echó a reír.

—¡Sí, imagine su sorpresa si suben a bordo y encuentran a Rémy!

Sophie encontró sorprendente su actitud despreocupada.

—Leigh, ha transportado a un rehén maniatado a través de una frontera internacional. Esto es algo muy serio.

—También mis abogados son muy serios. —Miró con el ceño fruncido al monje, en la cola del avión—. Esa bestia irrumpió en mi casa y estuvo a punto de matarme. Es un hecho, y ahí está Rémy para confirmarlo.

—¡Pero tú lo ataste y te lo llevaste a Londres en avión! —exclamó Langdon.

Teabing levantó la mano derecha y fingió prestar juramento ante un tribunal.

—Señoría, tendrá que disculpar a este viejo caballero excéntrico por su tonto prejuicio a favor del sistema judicial británico. Me doy cuenta de que debería haber llamado a la policía gala; pero, quizá por esnobismo, no acabo de confiar en que esos franceses tan dados al *laissez-faire* apliquen la justicia con el debido rigor. Ese hombre estuvo a punto de asesinarme. Es cierto, me precipité en mi decisión de obligar a mi empleado a que me ayudara a traerlo a Inglaterra, pero me encontraba en una situación de enorme tensión. *Mea culpa, mea culpa.*

Langdon mostraba incredulidad.

—Dicho por ti, Leigh, quizá funcione.

—¿Señor? —llamó el piloto—. Acabo de recibir un mensaje de la torre de control. Tienen algún tipo de problema de mantenimiento cerca de su hangar privado y me piden que lleve el avión directamente a la terminal.

Hacía más de diez años que Teabing volaba a Biggin Hill y era la primera vez que sucedía algo semejante.

—¿Mencionaron cuál era el problema?

—El controlador no dio detalles, pero dijo algo de una fuga de carburante cerca de la estación de abastecimiento. Me ha indicado que estacione el aparato delante de la terminal y que permanezcamos todos a bordo hasta nuevo aviso, por seguridad. Ha dicho que no bajemos del avión hasta que las autoridades del aeropuerto nos comuniquen que todo está en orden.

Teabing no acababa de creérselo. «¡Menuda fuga debe de haber sido ésa!»

La estación de abastecimiento estaba casi a un kilómetro del hangar.

Rémy también parecía preocupado.

—Señor, todo esto me parece sumamente irregular.

Teabing se volvió hacia Sophie y Langdon.

—Amigos míos, tengo la desagradable sensación de que nos está esperando un comité de recepción.

Langdon suspiró resignado.

—Supongo que Fache todavía cree que soy el culpable.

—O bien eso —dijo Sophie—, o bien ha llegado demasiado lejos y no quiere reconocer su error.

Teabing no les prestaba atención. Fuera cual fuese la actitud de Fache, era preciso actuar con rapidez. «No perdamos de vista el objetivo último: el Grial. ¡Estamos tan cerca!»

Bajo sus pies, el tren de aterrizaje se desplegó con un golpe metálico.

—Leigh —dijo Langdon con remordimiento—, lo mejor será que me entregue a las autoridades y resuelva este asunto por la vía legal. No quiero mezclarte en esto.

—¡Por todos los santos, Robert! —exclamó Teabing, desechando la propuesta con un gesto—. ¿De verdad piensas que a los demás nos dejarán ir tan fácilmente? Te he hecho pasar la frontera ilegalmente. La señorita Neveu te ayudó a escapar del Louvre y llevamos un hombre atado en la cola del avión. ¡Sé un poco realista! Ya estamos mezclados.

—¿Y si intentáramos aterrizar en otro aeródromo? —propuso Sophie.

Teabing negó con la cabeza.

—Si damos la vuelta ahora, el comité de recepción que nos organicen allí donde queramos aterrizar incluirá carros de combate del ejército.

Sophie se dejó caer en el asiento descorazonada.

Teabing se daba cuenta de que, si querían aplazar la confrontación con las autoridades británicas el tiempo suficiente para encontrar el Grial, tendrían que tomar medidas drásticas.

—Concededme un minuto —dijo mientras se dirigía cojeando a la cabina de mando.

—¿Adónde vas? —preguntó Langdon.

—A una reunión de negocios —respondió Teabing, preguntándose cuánto le costaría convencer al piloto para que efectuara una maniobra completamente irregular.

CAPÍTULO 81

«El Hawker ha iniciado la maniobra de aterrizaje.»

Simon Edwards, jefe de servicios del aeródromo de Biggin Hill, iba y venía por la torre de control, mirando con nerviosismo la pista empapada por la lluvia. Nunca le había gustado que lo despertaran un sábado a primera hora de la mañana, pero lo más desagradable de todo era que lo habían llamado para que supervisara el arresto de uno de sus mejores clientes. Sir Leigh Teabing no sólo alquilaba un hangar privado en Biggin Hill, sino que además pagaba al aeródromo las abultadas tasas correspondientes a sus frecuentes aterrizajes y despegues. Por lo general, sus vuelos estaban programados con la debida antelación, y el aeródromo podía aplicar un estricto protocolo a todas sus llegadas. Así le gustaba a Teabing que se hicieran las cosas. La limusina Jaguar personalizada que esperaba en el hangar tenía que estar reluciente, con el depósito lleno y con el *The Times* del día doblado en el asiento trasero. Un oficial de aduanas aguardaba al avión en el hangar para efectuar rápidamente el control obligatorio de documentación y equipaje. De vez en cuando, los agentes de aduanas aceptaban sustanciales propinas de Teabing, a cambio de hacer la vista gorda ante el transporte de ciertos artículos orgánicos inofensivos, por lo general alimentos de lujo, como caracoles franceses, roquefort sin pasteurizar o determinadas frutas. En cualquier caso, muchos de los reglamentos de aduanas eran absurdos, y si Biggin Hill no complacía a sus clientes, seguramente lo harían los aeródromos de la competencia. Teabing conseguía lo que quería en Biggin Hill, y los empleados cosechaban los beneficios.

Edwards tenía los nervios a flor de piel mientras contemplaba la aproximación del reactor. Se preguntó si la inclinación de Teabing por distribuir su riqueza lo habría metido en algún lío. La policía francesa parecía tremendamente ansiosa por detenerlo. Aún no le habían dicho a Edwards cuáles eran los cargos, pero era evidente que debía de tratarse de algo muy grave. A instancias de las autoridades francesas, la policía de Kent había ordenado al controlador aéreo de Biggin Hill que llamara por radio al piloto del Hawker para indicarle que no se dirigiera al hangar después del aterrizaje, sino a la terminal. El piloto había accedido, ya que aparentemente se había creído la inverosímil historia de la fuga de carburante.

Aunque los agentes de la policía británica no solían portar armas, la gravedad de la situación había exigido el despliegue de un equipo armado. En ese momento, ocho policías provistos de armas cortas apostados dentro del edificio de la terminal aguardaban el instante en que se apagaran los motores del avión. Cuando así fuera, un auxiliar de pista pondría cuñas de seguridad bajo los neumáticos para que el avión no pudiera moverse más. Entonces, la policía local se dejaría ver y mantendría bajo control a los ocupantes del aparato, hasta que llegara la policía francesa para encargarse de todo.

El Hawker ya volaba bajo, casi rozando las copas de los árboles a la derecha de la terminal. Simon Edwards bajó la escalera para ver el aterrizaje a pie de pista. Los agentes de la policía de Kent seguían escondidos y el auxiliar de mantenimiento esperaba con las cuñas en la mano. En la pista, el morro del Hawker se levantó y los neumáticos entraron en contacto con el asfalto, despidiendo un penacho de humo. En su carrera de desaceleración, el avión pasó de derecha a izquierda delante del edificio de la terminal, con el fuselaje blanco reluciente en la mañana lluviosa. Pero en lugar de frenar y girar en dirección a la terminal, el aparato pasó tranquilamente por delante de la pista de acceso y siguió de largo, hacia el hangar de Teabing, que se veía a lo lejos.

Todos los policías se volvieron y miraron a Edwards.

—¿No había dicho que el piloto estaba de acuerdo en venir a la terminal?

Edwards estaba desconcertado.

—¡Y así era!

Al cabo de unos segundos se encontró metido a presión en un coche de policía, circulando a toda velocidad por el asfalto, en dirección al hangar lejano. El convoy aún estaba a unos quinientos metros de distancia cuando el Hawker de Teabing ya entraba lentamente en el hangar privado, hasta desaparecer de la vista. En cuanto llegaron los patrulleros y se estacionaron delante de la puerta abierta del hangar, sus ocupantes saltaron de su interior con las armas desenfundadas.

También Edwards salió precipitadamente del coche.

El ruido era ensordecedor.

Los motores del Hawker seguían rugiendo, mientras el reactor finalizaba su rotación habitual dentro del hangar y se situaba con el morro orientado hacia la puerta, en preparación para una ulterior salida. En cuanto el avión completó su giro de ciento ochenta grados y avanzó unos metros hacia el frente del hangar, Edwards distinguió la cara del piloto, que comprensiblemente parecía sorprendido y temeroso, al ver el despliegue de coches de policía.

El piloto detuvo el avión en su posición definitiva y apagó los motores. Entonces, la policía irrumpió en el hangar y tomó posiciones alrededor del aparato. Edwards se situó junto al inspector jefe de la policía de Kent, que empezó a avanzar cautelosamente hacia la escotilla. Al cabo de unos segundos, la puerta del fuselaje se abrió con un golpe metálico.

En el hueco de la puerta apareció Leigh Teabing, mientras la escalerilla del avión se desplegaba con suavidad. Tras observar el mar de armas apuntadas contra él, el británico se apoyó en las muletas y se rascó la cabeza pensativo.

—Simon —dijo—, ¿he ganado la lotería de la policía mientras estaba fuera?

Por el tono de su voz, parecía más asombrado que preocupado.

Simon Edwards dio un paso al frente mientras se aclaraba la garganta.

—Buenos días, señor. Siento la confusión, pero hemos tenido una fuga de carburante y su piloto dijo que iba a dirigirse a la terminal.

—Sí, pero yo le ordené que viniera aquí de todos modos. Tengo una cita y voy con retraso. Pago por este hangar, y todas esas tonterías de evitar una fuga de carburante me parecieron un exceso de prudencia.

—Me temo que su llegada nos ha tomado un poco por sorpresa, señor.

—Lo sé. Este viaje no estaba programado. Entre usted y yo, le diré que la nueva medicación me hace orinar constantemente. He pensado que tal vez necesito un ajuste de la dosis.

Los policías se miraron y Edwards hizo una mueca de contrariedad.

—Me parece muy bien, señor.

—Señor —dijo el inspector jefe de Kent, dando un paso al frente—, voy a tener que pedirle que permanezca a bordo una media hora más.

Teabing parecía muy poco dispuesto a obedecer, mientras bajaba cojeando la escalerilla.

—Lo siento, pero es imposible. Tengo cita con el médico —dijo llegando al pie de la escalera—, y no puedo perderla.

El inspector jefe se situó en un punto donde bloqueaba el avance de Teabing e impedía que se alejara del avión.

—Estoy aquí por orden de la policía judicial francesa. Dicen que lleva prófugos de la justicia a bordo.

Teabing se quedó un buen rato mirando fijamente al inspector de policía y después estalló en una sonora carcajada.

—¿Qué es esto? ¿Uno de esos programas de cámara oculta? ¡Cielo santo!

El inspector jefe no se inmutó.

—Esto es muy serio, señor. La policía francesa sostiene, además, que posiblemente transporta un rehén a bordo.

En ese momento, Rémy, el mayordomo de Teabing, apareció en lo alto de la escalerilla.

—A veces me siento como un rehén trabajando a las órdenes de sir Leigh, pero él me asegura que puedo marcharme cuando quiera. —Consultó su reloj—. Se nos está haciendo muy tarde, señor.

Señaló con un gesto la limusina Jaguar extralarga que aguardaba en el rincón más alejado del hangar.

—Traeré el coche —añadió mientras bajaba la escalera.

—Me temo que no podemos permitir que se marchen —dijo el inspector jefe—. Por favor, vuelvan al avión los dos. En breve llegarán los representantes de la policía francesa.

Teabing volvió entonces la vista hacia Simon Edwards.

—¡Por Dios, Simon, esto es ridículo! No llevamos a nadie más a bordo. Sólo viajamos los de siempre: Rémy, el piloto y yo. ¿Tal vez tú podrías hacer de intermediario? Entra, echa un vistazo y confirma que el avión está vacío.

Edwards se sintió atrapado entre la espada y la pared.

—Sí, señor. Echaré un vistazo.

—¡Ni lo sueñe! —exclamó el inspector jefe de la policía de Kent, que al parecer sabía lo suficiente sobre directivos de aeródromos para sospechar que Simon Edwards quizá estuviera dispuesto a mentir respecto a los ocupantes del aparato, con tal de conservar a Teabing como cliente de Biggin Hill—. Iré a ver yo mismo.

Teabing hizo un gesto negativo.

—Nada de eso, inspector. Esto es propiedad privada y, a menos que tenga una orden judicial, no se acercará a mi avión. Le estoy proponiendo un arreglo razonable. El señor Edwards puede realizar la inspección.

—No hay trato.

La actitud de Teabing se volvió glacial.

—Me temo, señor inspector, que no tengo tiempo que perder con sus jueguecitos. Se me hace tarde y me marcho. Si para usted es tan importante detenerme, tendrá que dispararme.

Teabing y Rémy rodearon sin más al inspector jefe y se encaminaron hacia la limusina aparcada en el otro extremo del hangar.

El inspector jefe de Kent experimentó un profundo desprecio por Leigh Teabing mientras el hombre pasaba cojeando por su lado con expresión desafiante. Los miembros de las clases privilegiadas siempre se creían por encima de la ley.

«Pero no lo están.»

El inspector jefe se volvió y apuntó a la espalda de Teabing.

—¡Deténgase o disparo!

—¡Adelante! —dijo Teabing, sin alterar el ritmo de la zancada ni mirar atrás—. Mis abogados se comerán sus testículos en tortilla para el desayuno. Y después se servirán el bazo, si se atreve a entrar en mi avión sin una orden judicial.

Al inspector jefe no le eran ajenos los juegos de poder y no se dejó impresionar. Técnicamente, Teabing tenía razón cuando decía que la policía necesitaba una orden judicial para registrar su avión; sin embargo, puesto que el vuelo se había originado en Francia y el poderoso Bezu Fache lo había instado a intervenir, el inspector jefe de Kent sentía que el futuro de su carrera saldría beneficiado si averiguaba lo que había en el interior del aparato, que Teabing parecía tan ansioso por ocultar.

—Deténgalos —ordenó el inspector—. Voy a registrar el avión.

Sus hombres corrieron, blandiendo las armas, e impidieron físicamente que Teabing y su empleado llegaran a la limusina.

Entonces, Teabing se volvió.

—¡Inspector, se lo advierto por última vez! ¡No entre en ese avión o lo lamentará!

Sin prestar atención a la amenaza, el inspector jefe empuñó la pistola y subió por la escalerilla del aparato. Al llegar a la escotilla, se asomó al interior y, al cabo de un momento, entró en la cabina.

«¿Qué demonios...?»

A excepción del piloto, que lo miraba con expresión temerosa en la cabina de mando, la nave estaba vacía, totalmente desprovista de vida humana. En un rápido registro del lavabo, los asientos y los depósitos de equipaje, el inspector no encontró el menor indicio de ninguna persona escondida, ni mucho menos de varias.

«¿En qué diablos estaría pensando ese Bezu Fache?»

Parecía que Leigh Teabing había dicho la verdad.

A solas en la desierta cabina de pasajeros, el inspector jefe de Kent tragó saliva.

«¡Mierda!»

Con las mejillas arreboladas, salió de nuevo a la escalerilla y miró a Leigh Teabing y a su mayordomo, al otro lado del hangar, inmovilizados a punta de pistola junto a la limusina.

—Suéltenlos —ordenó el inspector—. La información que recibimos era mala.

La mirada de Teabing era amenazadora incluso desde el otro extremo del hangar.

—Tendrá noticias de mis abogados. Y, en lo sucesivo, recuerde que la policía francesa no es de fiar.

A continuación, el mayordomo de Teabing abrió una de las puertas traseras de la larguísima limusina y ayudó a su incapacitado patrón a acomodarse en el asiento. Después, recorrió toda la longitud del vehículo, se sentó al volante y encendió el motor. Los policías se dispersaron mientras el Jaguar salía a toda velocidad del hangar.

—Buena actuación, muchacho —comentó alegremente Teabing desde el asiento trasero, al tiempo que la limusina aceleraba para salir del aeropuerto.

Después, volvió la vista hacia la parte delantera del espacioso interior, tenuemente iluminada.

—¿Todo el mundo a gusto? —preguntó.

Langdon asintió débilmente. Sophie y él seguían agachados en el suelo, junto al albino maniatado y amordazado.

Momentos antes, cuando el Hawker entró en el hangar vacío, Rémy había abierto la escotilla mientras el avión se detenía a mitad de su vuelta en redondo. Con la policía acercándose rápidamente, Langdon y Sophie habían arrastrado al monje por la escalerilla hasta bajar a tierra, y lo habían ocultado detrás de la limusina. Después, los motores habían vuelto a rugir y el avión había completado su rotación, mientras los coches de la policía entraban derrapando en el hangar.

Ahora, cuando la limusina rodaba por la carretera en dirección a Kent, Langdon y Sophie pasaron a la parte trasera del largo interior del vehículo, dejando al monje atado en el suelo, y se sentaron en el amplio asiento frente a Teabing. El inglés los miró con una sonrisa maliciosa y abrió el mueble bar.

—¿Les apetece algo de beber? ¿Bocaditos, patatas fritas, nueces? ¿Agua con gas?

Sophie y Langdon dijeron que no.

Teabing sonrió y cerró el mueble bar.

—Entonces, respecto a la tumba de ese caballero...

CAPÍTULO 82

—¿Fleet Street? —preguntó Langdon, mirando a Teabing en la parte trasera de la limusina. «¿Hay una cripta en Fleet Street?»

Hasta ese momento, Leigh había mantenido una juguetona reserva respecto al lugar donde pensaba que podían encontrar la tumba del caballero, que según el poema les proporcionaría la contraseña para abrir el críptex más pequeño.

Teabing sonrió y se volvió hacia Sophie.

—Señorita Neveu, ¿quiere enseñarle otra vez el poema al colega de Harvard?

Sophie buscó en el bolsillo y sacó el críptex negro, envuelto en el pergamino. Entre todos habían decidido dejar en la caja fuerte del avión el cofre de palisandro y el críptex más grande, y llevar sólo lo que necesitaban: el críptex negro, mucho más discreto y transportable. Sophie desplegó el pergamino y entregó la hoja a Langdon.

Aunque Langdon había leído varias veces el poema a bordo del reactor, no había conseguido deducir ninguna localización concreta. Mientras volvía a leer las palabras, las procesó más lentamente y con más cuidado, con la esperanza de que la cadencia pentamétrica le revelara un significado más claro, ahora que estaba en tierra.

Yace en Londres, por un papa sepultado,
caballero inspirador de odio sagrado.

> Buscad la esfera que en su tumba falta;
> de un vientre fecundo y una piel rosada habla.

El lenguaje parecía suficientemente simple y directo. Había un caballero enterrado en Londres cuyas obras habían despertado la ira de la Iglesia y en cuya tumba faltaba una esfera, que debería haber estado presente. Las referencias finales al vientre fecundo y a la piel rosada eran claras alusiones a María Magdalena, la rosa que llevó en el vientre la simiente de Jesús.

Pese a la aparente sencillez de los versos, Langdon no tenía la menor idea de quién podía ser el caballero ni dónde estaba enterrado. Además, si conseguían localizar la tumba, todo hacía pensar que tendrían que localizar un objeto ausente. ¿«La esfera que en su tumba falta»?

—¿Ninguna idea? —cloqueó Teabing defraudado, aunque Langdon intuía que el real historiador de la Corona estaba disfrutando por haber adivinado el sentido del poema antes que él—. ¿Y usted, señorita Neveu?

Ella negó con la cabeza.

—¿Qué harían los dos sin mí? —dijo Teabing—. Muy bien, los guiaré para que lo descubran ustedes mismos. En realidad, es bastante simple. Los dos primeros versos son la clave. ¿Quieres leerlos, Robert, por favor?

Langdon leyó en voz alta:

—«Yace en Londres, por un papa sepultado, caballero inspirador de odio sagrado».

—Precisamente, un noble caballero sepultado por un papa. —Teabing lo miró—. ¿Qué significa eso para ti?

Él se encogió de hombros.

—¿Un noble sepultado por un papa? ¿Un caballero cuyo funeral fue oficiado por un papa?

Su amigo estalló en carcajadas.

—¡Ah, qué bueno! ¡Tú siempre optimista, Robert! Mira el segundo verso; obviamente, el caballero hizo algo que le valió la ira sagrada de la Iglesia. Piensa un poco más. Considera la dinámica entre la Iglesia y los templarios. ¿Un noble caballero enterrado por un papa?

—¿Un caballero asesinado por un papa? —sugirió Sophie.

Teabing sonrió y le dio una palmadita en la rodilla.

—Bien pensado, querida. Cuando el poema habla de un caballero «por un papa sepultado», quiere decir que el papa lo mató.

Langdon pensó en la infame redada de los templarios en el año 1307, un infausto viernes y trece, cuando el papa Clemente mató y enterró a cientos de caballeros templarios.

—Pero debe de haber infinidad de tumbas de «caballeros por un papa sepultados».

—¡No, no tantas! —replicó Teabing—. Muchos fueron ejecutados en la hoguera y arrojados sin ceremonias a las aguas del Tíber. Pero ¡el poema habla de un sepulcro! ¡Una tumba en Londres! Muy pocos caballeros fueron enterrados en Londres. —Se interrumpió un momento, mirando a Langdon, como a la espera de que se hiciera la luz en su mente—. ¡Robert, por el amor del cielo! Piensa en la iglesia construida en Londres por el brazo militar del priorato, ¡por los caballeros templarios, ni más ni menos!

—¿La iglesia del Temple? —preguntó Langdon, sofocando una exclamación de asombro—. ¿Tiene una cripta?

—Con diez de las tumbas más espeluznantes que hayas visto en tu vida.

Langdon nunca había visitado la iglesia del Temple, pero la había encontrado en numerosas referencias, en su investigación sobre el priorato. Epicentro en épocas pasadas de las actividades de los templarios y del priorato en Gran Bretaña, se llamaba así por el templo de Salomón, de donde también habían tomado su nombre los templarios, y donde habían encontrado los documentos del Sangreal, que les habían otorgado influencia sobre Roma. Circulaban infinidad de historias sobre extraños ritos secretos, celebrados por los caballeros en el inusual santuario de la iglesia del Temple.

—¿La iglesia del Temple está en Fleet Street?

—En realidad, está a pocos pasos de Fleet Street, sobre Inner Temple Lane. —La expresión de Teabing era maliciosa—. Pero quería verte sudar un poco más antes de revelártelo.

—Gracias.

—¿Ninguno de ustedes dos la ha visitado?

Sophie y Langdon negaron con la cabeza.

—No me sorprende —replicó Teabing—. Actualmente la iglesia queda oculta detrás de otros edificios mucho más grandes. Poca gente sabe que está ahí. Es un lugar antiguo y fantasmagórico, de arquitectura pagana hasta los tuétanos.

Sophie parecía sorprendida.

—¿Pagana?

—¡Panteónicamente pagana! —exclamó el inglés—. ¡Es una iglesia redonda! Los templarios hicieron caso omiso de la planta cruciforme tradicional y construyeron una iglesia perfectamente circular para rendir homenaje al sol. —Sus cejas parecían practicar una danza endiablada—. Fue una manera muy poco sutil de poner en un aprieto a los muchachos de Roma, como resucitar Stonehenge en pleno centro de Londres.

Sophie miró a Teabing.

—¿Y el resto del poema?

La jovialidad del historiador se disipó.

—No estoy seguro; es difícil de decir. Tendremos que inspeccionar con cuidado las diez tumbas. Con suerte, notaremos la ausencia de una esfera en una de ellas.

Langdon cayó en la cuenta de lo cerca que estaban. Si la esfera ausente revelaba la contraseña, entonces podrían abrir el segundo críptex. Le costaba imaginar lo que encontrarían dentro.

Volvió a mirar el poema. Era como la pista para resolver un antiguo crucigrama: «Palabra de cinco letras asociada con el Grial».

A bordo del avión, ya habían probado las contraseñas más obvias —Grial, Graal, Grail, Venus, María, Jesús, Sarah—, pero el cilindro no se había movido.

«Demasiado obvias.»

Tenía que haber otra referencia de cinco letras al vientre fecundo de la rosa; pero el hecho de que un especialista como Leigh Teabing no hubiera podido encontrarla todavía, significaba para Langdon que no figuraba entre la alusiones al Grial más corrientes.

—¿Sir Leigh? —preguntó Rémy por encima del hombro, mientras los miraba por el espejo retrovisor, a través del tabique divisorio abierto—. ¿Ha dicho que Fleet Street está cerca del puente Blackfriars?

—Sí, ve por Victoria Embankment.

—Lo siento, pero no sé muy bien dónde queda eso. Normalmente vamos sólo al hospital.

Teabing levantó los ojos al cielo y soltó un gruñido, mirando a Langdon y a Sophie.

—¡Les aseguro que a veces es como cuidar a un niño pequeño! Un momento, por favor. Mientras tanto, sírvanse algo de beber y de picar.

Los dejó entonces, para acercarse torpemente al tabique divisorio abierto y hablar con Rémy.

Sophie se volvió hacia Langdon y le habló en voz baja.

—Robert, nadie sabe que tú y yo estamos en Inglaterra.

Él se dio cuenta de que era así. La policía de Kent le diría a Fache que el avión estaba vacío, y Fache tendría que deducir que aún estaban en Francia.

«Somos invisibles.»

El pequeño truco de Leigh les había ganado un montón de tiempo.

—Fache no se rendirá tan fácilmente —dijo Sophie—. Se ha implicado demasiado en este arresto.

Langdon había estado tratando de no pensar en Fache. Sophie le había prometido que haría cuanto estuviera a su alcance para exculparlo cuando todo hubiera terminado, pero él empezaba a temer que quizá diera lo mismo. «Fache podría estar implicado en esta trama.» Aunque Langdon no podía imaginar que la policía judicial estuviera involucrada en la búsqueda del Santo Grial, observaba demasiadas coincidencias esa noche para descartar a Fache como posible cómplice. «El capitán es un hombre religioso y está intentando endosarme esos asesinatos.» Aun así, Sophie había argumentado que quizá Fache simplemente estaba decidido a practicar el arresto, costara lo que costase. Después de todo, las pruebas contra Langdon eran sustanciales. Además de su nombre trazado en el suelo del Louvre y escrito en la agenda de Saunière, ahora parecía que había mentido acerca del manuscrito de su libro y se había fugado. «Por iniciativa de Sophie.»

—Robert, siento haberte involucrado tanto —dijo ella, apoyándole una mano sobre la rodilla—, pero me alegro de que estés aquí.

La afirmación parecía más práctica que romántica, pero Langdon sintió un inesperado chispazo de atracción entre los dos. La miró con una sonrisa cansada.

—Soy mucho más divertido cuando he dormido bien.

Ella guardó silencio varios segundos.

—Mi abuelo me pidió que confiara en ti. Me alegro de haberlo escuchado por una vez.

—Tu abuelo ni siquiera me conocía.

—Aun así, no dejo de pensar que has hecho todo lo que él habría querido que hicieras. Me ayudaste a encontrar la clave de bóveda, me hablaste del Sangreal, me explicaste el ritual del sótano... —Hizo una pausa—. De alguna manera, hoy me siento más cerca de mi abuelo que en todos estos años, y sé que él estaría contento.

A lo lejos, el contorno urbano de Londres comenzaba a materializarse entre la llovizna matinal. Dominado antiguamente por el

Big Ben y el Tower Bridge, ahora el horizonte se extendía bajo el Ojo de Londres, una noria colosal y ultramoderna que alcanzaba ciento cincuenta metros de altura y ofrecía unas vistas incomparables de la ciudad. Langdon había intentado montar una vez, pero las cápsulas para pasajeros le recordaron demasiado a unos sarcófagos herméticamente cerrados, por lo que prefirió mantener los pies en el suelo y disfrutar de la vista desde los aireados muelles del Támesis.

Un pellizco en la rodilla llamó su atención, y sintió los ojos verdes de Sophie, que lo miraban. Se dio cuenta de que la joven le había estado hablando.

—¿Qué crees que deberíamos hacer con los documentos del Sangreal, si los encontramos? —susurró.

—Lo que yo crea es irrelevante —respondió él—. Tu abuelo te confió el críptex y tú debes hacer con él lo que te diga tu instinto que él habría hecho.

—Te estoy pidiendo tu opinión. Obviamente, escribiste algo en ese manuscrito que hizo que mi abuelo confiara en tu juicio. Concertó una cita para verte en privado. No lo hacía a menudo.

—Tal vez quería decirme que me había equivocado de medio a medio.

—¿Por qué iba a pedirme que te buscara, si no le gustaban tus ideas? En tu original, ¿apoyabas la idea de hacer públicos los documentos del Sangreal o afirmabas que debían permanecer ocultos?

—No me decantaba por ninguna de las dos posibilidades. Mi obra trata de la simbología de la deidad femenina y repasa su iconografía a lo largo de la historia. Te aseguro que no presumí de saber dónde estaba escondido el Grial, ni opiné sobre la necesidad de revelar sus secretos.

—Y, sin embargo, escribiste un libro al respecto, por lo que obviamente te parece necesario difundir la información.

—Hay una enorme diferencia entre exponer hipotéticamente una historia alternativa de Cristo y...

Se interrumpió.

—¿Y qué?

—Y exhibir al mundo miles de documentos antiguos como prueba científica de que el Nuevo Testamento presenta un falso testimonio.

—Pero ¡tú mismo me has dicho que las historias del Nuevo Testamento son invenciones!

Langdon sonrió.

—Sophie, todas las religiones del mundo se basan en invenciones. Es la definición de la fe: aceptar como cierto lo que suponemos verdadero pero no podemos probar. Todas las religiones describen a Dios a través de la metáfora, la alegoría y la exageración, desde los antiguos egipcios hasta la catequesis dominical. Las metáforas ayudan a nuestra mente a procesar lo improcesable. Los problemas surgen cuando empezamos a creer literalmente en nuestras propias metáforas.

—Entonces ¿estás a favor de que los documentos del Sangreal permanezcan sepultados para siempre?

—Soy historiador. Me opongo a la destrucción de documentos y me gustaría que los estudiosos de las religiones tuvieran más información para reflexionar sobre la excepcional vida de Jesucristo.

—Estás defendiendo los dos lados de la discusión.

—¿Ah, sí? La Biblia constituye un punto de referencia fundamental para millones de personas en todo el planeta, del mismo modo que el Corán, la Torá y el Canon Pali sirven de guía a gente de otras religiones. Si tú y yo pudiéramos sacar a la luz documentos que contradijeran la historia sagrada de la fe islámica, judaica o budista, ¿deberíamos hacerlo? ¿Deberíamos agitar nuestra bandera y decir a los budistas que tenemos pruebas de que Buda no salió de una flor de loto? ¿O de que Jesús no nació literalmente de una virgen? Los que realmente entienden su fe saben que todas esas historias son metáforas.

Sophie no parecía convencida.

—Mis amigos cristianos devotos creen que Cristo caminó literalmente sobre el agua, que transformó literalmente el agua en vino y que nació literalmente de una virgen.

—Es justo lo que pretendo decir —replicó Langdon—. La alegoría religiosa se ha convertido en parte del entramado de la realidad, y vivir en esa realidad ayuda a millones de individuos a salir adelante y a ser mejores personas.

—Pero ¡su realidad es falsa!

Langdon rio entre dientes.

—No más falsa que la de una criptógrafa matemática que cree en el número imaginario i, sólo porque le sirve para descifrar códigos.

Sophie frunció el ceño.

—Eso no es justo.

Transcurrió un momento.

—¿Cuál era tu pregunta? —quiso saber Langdon.

—No me acuerdo.

Él sonrió.

—Nunca falla.

CAPÍTULO 83

El reloj de Mickey Mouse en su muñeca marcaba casi las siete y media cuando Langdon emergió de la limusina Jaguar en Inner Temple Lane, con Sophie y Teabing. El trío se abrió paso a través de un laberinto de edificios hasta una pequeña plazoleta, delante de la iglesia del Temple. La piedra basta del suelo reverberaba bajo la lluvia y las palomas arrullaban en los nichos, sobre sus cabezas.

La antigua iglesia del Temple de Londres estaba hecha enteramente con piedra de Caen. La espectacular construcción circular, de espectral fachada, torreta central y protuberante nave en uno de los costados, parecía más un bastión militar que un lugar de culto. Consagrada el 10 de febrero de 1185 por Heraclio, patriarca de Jerusalén, la iglesia del Temple había resistido incólume ocho siglos de turbulencias políticas y había sobrevivido al gran incendio de Londres y a la Primera Guerra Mundial, pero resultó gravemente dañada por las bombas incendiarias de la Luftwaffe, en 1940. Después de la guerra, una restauración le devolvió su majestuosa grandeza original.

«La sencillez del círculo», pensó Langdon mientras admiraba el edificio por primera vez. La arquitectura era rústica y simple, más próxima al agreste Castel Sant'Angelo de Roma que al refinado Panteón. El anguloso anexo que sobresalía a la derecha era un desafortunado mazacote, pero no conseguía disimular la forma pagana original de la estructura primaria.

471

—Es temprano y es sábado —dijo Teabing mientras se acercaba cojeando a la entrada—, por lo que supongo que no nos encontraremos con ninguna misa.

El pórtico de la iglesia era un nicho de piedra, en cuyo interior se erguía una gran puerta de madera. A la izquierda, como un añadido totalmente fuera de lugar, había un tablón de anuncios cubierto de programas de conciertos e impresos con el horario de las misas.

Teabing frunció el ceño, leyendo los anuncios del tablón.

—No abren al público hasta dentro de un par de horas.

Se acercó a la puerta y probó a abrirla, pero ésta no se movió. Aplicó el oído a la madera y prestó atención. Al cabo de un momento, se apartó con cara de confabulador y señaló el tablón de anuncios.

—Robert, mira el horario de las misas, por favor. ¿Quién las celebra esta semana?

Dentro de la iglesia, un joven sacristán casi había terminado de pasar la aspiradora a los reclinatorios cuando oyó que llamaban a la puerta. No hizo caso. El reverendo Harvey Knowles tenía la llave y no iba a regresar hasta dos horas más tarde. El que había golpeado sería probablemente un turista curioso o un indigente. El sacristán siguió pasando la aspiradora, pero los golpes continuaron.

«¿Es que no saben leer?»

El cartel de la puerta anunciaba claramente que la iglesia no abría hasta las nueve y media los sábados. El sacristán siguió dedicado a sus tareas.

De pronto, los golpes se volvieron estruendosos, como si alguien estuviera aporreando la puerta con una barra de metal. El joven apagó la aspiradora y marchó con paso airado hasta la puerta. Quitó el pasador desde dentro y la abrió. Había tres personas en el pórtico.

«Turistas», gruñó para sus adentros.

—Abrimos a las nueve y media.

El hombre más corpulento, aparentemente el jefe, se adelantó andando sobre muletas metálicas.

—Soy sir Leigh Teabing —dijo con un acento británico de clase alta—. Como sin duda ya sabrá, vengo para acompañar al señor Christopher Wren IV y a su esposa.

Se apartó y señaló con un florido gesto a la atractiva pareja que tenía detrás.

La mujer era una criatura de rasgos finos y abundante cabellera rojiza. El hombre era alto, de pelo oscuro y facciones vagamente familiares.

El sacristán no supo cómo responder. Sir Christopher Wren era el benefactor más famoso de la iglesia, el que había financiado todas las restauraciones después del gran incendio de Londres. Por otro lado, llevaba muerto desde el siglo XVIII.

—Mmm... Es un... placer conocerlo.

El hombre de las muletas arrugó el entrecejo.

—Es una suerte que no se dedique usted a las ventas, buen hombre. Resulta muy poco convincente. ¿Dónde está el reverendo Knowles?

—Hoy es sábado. Viene más tarde.

El gesto de desprecio del inválido se intensificó.

—¡Vaya con la gratitud! Nos aseguró que estaría aquí para recibirnos, pero parece que tendremos que arreglarnos sin él. No nos llevará mucho tiempo.

El sacristán no apartó el cuerpo de la puerta.

—Disculpe, ¿qué es lo que no les llevará mucho tiempo?

El visitante fijó en él una mirada cortante mientras se inclinaba hacia delante para hablarle en susurros, como para ahorrarles a todos un mal trago.

—Usted debe de ser nuevo aquí. Todos los años, los descendientes de sir Christopher Wren traen un puñado de cenizas de su antepasado para esparcirlas por el santuario del Temple. Así lo dispuso sir Christopher en su testamento. A nadie le entusiasma particularmente hacer el viaje, pero ¿qué podemos hacer?

El sacristán llevaba un par de años trabajando en la iglesia y nunca había oído hablar de la costumbre.

—Sería mejor que esperaran hasta las nueve y media. La iglesia no está abierta todavía y yo aún no he acabado de limpiar.

El hombre de las muletas lo miró indignado.

—¡Si en este edificio queda algo para que usted pueda limpiarlo, jovencito, es gracias al caballero que esa señora lleva en el bolsillo!

—¿Perdón?

—Señora Wren —dijo el inválido—, ¿sería usted tan amable de enseñarle a este joven impertinente el relicario con las cenizas?

La mujer dudó un momento y, después, como si hubiera despertado de un trance, metió la mano en el bolsillo del jersey y sacó un cilindro pequeño, envuelto en una tela protectora.

—Ahí está, ¿lo ve? —ladró el hombre de las muletas—. Ahora puede usted respetar el deseo expresado por ese hombre en su lecho de muerte y dejarnos esparcir sus cenizas por el santuario, o bien esperar a que el señor Knowles se entere de cómo nos ha tratado.

El sacristán vaciló un instante, pues conocía bien el valor que para el señor Knowles tenían las tradiciones de la iglesia y, más importante aún, conocía el humor que se le ponía cuando algo arrojaba sobre su antiguo templo una luz que no fuera enteramente favorable. Quizá el señor Knowles simplemente había olvidado la visita de esos miembros de la familia del benefactor. De ser así, era mucho más arriesgado echarlos que dejarlos pasar. «Después de todo, han dicho que sólo les llevará un minuto. ¿Qué daño pueden hacer?»

Cuando se apartó de la puerta para dejar pasar a los tres visitantes, el sacristán habría jurado que el señor y la señora Wren parecían igual de desconcertados que él por toda la historia. Sin saber muy bien qué pensar, volvió a sus tareas, sin dejar de mirarlos con el rabillo del ojo.

Langdon no pudo reprimir una sonrisa mientras los tres se adentraban en la iglesia.

—Leigh —susurró—, ¡mientes demasiado bien!

Hubo un destello en los ojos de Teabing.

—Club de teatro de Oxford. Mi Julio César aún se recuerda. Estoy seguro de que nadie ha interpretado nunca con más empeño que yo la primera escena del tercer acto.

Su amigo lo miró extrañado.

—¿No está muerto César en esa escena?

Teabing le dedicó una sonrisita.

—Sí, pero se me abrió la toga al caer y tuve que quedarme media hora tendido en el escenario con todo el instrumento fuera. Aun así, no moví un músculo. Estuve brillante, te lo aseguro.

Langdon rio para sus adentros. «¡Qué pena habérmelo perdido!»

Mientras el grupo atravesaba el anexo rectangular en dirección al pasaje abovedado que conducía a la iglesia principal, Langdon observó con asombro la desnuda austeridad del templo. Aunque la disposición del altar era similar a la de una capilla cristiana tradicional, el mobiliario era sobrio y frío, sin la ornamentación habitual.

—Desolado —murmuró.

Teabing soltó una risita.

—Es la Iglesia de Inglaterra. Los anglicanos se beben su religión a palo seco, sin nada que los distraiga de sus padecimientos.

Sophie avanzó hacia la vasta abertura que daba acceso a la sección circular del templo.

—Lo de ahí dentro parece una fortaleza —susurró.

Langdon le dio la razón.

Incluso desde su punto de vista, los muros parecían inusualmente robustos.

—Los templarios eran guerreros —les recordó Teabing, mientras el aluminio de sus muletas despertaba ecos que reverberaban en el espacio del templo—. Formaban una sociedad entre religiosa y militar. Sus iglesias eran sus bastiones y sus bancos.

—¿Sus bancos? —preguntó Sophie, levantando la vista hacia él.

—¡Por todos los santos, claro que sí! Los templarios inventaron el concepto de la banca moderna. Para la nobleza europea, viajar con oro encima era peligroso; por eso, los templarios permitían a los nobles que depositaran oro en la iglesia del Temple más cercana, para después retirarlo en otra iglesia del Temple, en la otra punta de Europa. Lo único que necesitaban era la documentación adecuada. —Hizo un guiño—. Y una pequeña comisión. Fueron los primeros cajeros automáticos.

Teabing señaló una vidriera donde se refractaba el sol del alba a través de un caballero vestido de blanco, a lomos de un corcel rosa.

—Alanus Marcel —dijo—, maestre del Temple a comienzos del siglo XIII. Sus sucesores y él mismo ocuparon el escaño parlamentario correspondiente al *primus baro Angliae*.

—¿Al primer barón del reino? — Langdon se sorprendió.

Teabing asintió.

—El maestre del Temple, según sostienen algunos, era más influyente que el propio rey.

Mientras llegaban a la entrada de la cámara circular, Teabing echó una mirada sobre el hombro al sacristán, que pasaba la aspiradora a lo lejos.

—¿Sabe? —le susurró a Sophie—. Se cuenta que en una ocasión el Santo Grial pasó una noche en esta iglesia, mientras los templarios lo trasladaban de un escondite a otro. ¿Se imagina las cuatro arcas de documentos del Sangreal aquí, junto al sarcófago de María Magdalena? Sólo de pensarlo, se me pone la carne de gallina.

También a Langdon se le puso la carne de gallina cuando entraron en la cámara circular. Siguió con la vista el perímetro de piedra clara de la cámara, observando con atención los relieves de gárgolas, demonios, monstruos y rostros humanos desfigurados por el dolor, todos ellos orientados hacia el interior. Bajo los relieves, un único banco de piedra se extendía por toda la circunferencia de la sala.

—Un teatro circular —susurró.

Teabing levantó una muleta, para señalar primero la izquierda del recinto y después la derecha. Langdon ya los había visto.

«Diez caballeros de piedra, cinco a la izquierda y cinco a la derecha.»

Las figuras de tamaño natural reposaban en actitud serena en el suelo, boca arriba. Los caballeros estaban representados con sus armaduras, escudos y espadas, y era tal el realismo de las imágenes que Langdon tuvo la desagradable sensación de que alguien se había colado en el recinto y había vertido escayola sobre los hombres mientras dormían. Todas las figuras estaban muy desgastadas, pero conservaban su singularidad. Las piezas de las armaduras eran diferentes; los brazos y las piernas estaban en distintas posiciones, y había claras diferencias en los rasgos faciales y los símbolos de los escudos.

«En Londres, por un papa sepultado...»

Langdon sintió que le temblaban las piernas mientras se adentraba en la sala circular.

Ése tenía que ser el sitio.

CAPÍTULO 84

En un callejón sembrado de basura, cerca de la iglesia del Temple, Rémy Legaludec detuvo la limusina Jaguar detrás de una hilera de contenedores de residuos industriales. Apagó el motor y miró a su alrededor. La calle estaba desierta. Se apeó del coche, fue hacia la parte trasera y entró en la cabina principal del vehículo, donde estaba el monje.

Al sentir la presencia del mayordomo, el monje al fondo de la limusina emergió de un trance de oración, con más curiosidad que temor en sus ojos rojos. Durante toda la noche, la capacidad del hombre atado para mantener la calma había impresionado a Rémy. Después de la lucha inicial en el Range Rover, el monje parecía haber aceptado su suerte y puesto su destino en manos de una voluntad superior.

Tras aflojarse la pajarita, Rémy se desabrochó el cuello alto y almidonado y sintió como si pudiera respirar por primera vez en varios años. Se acercó al mueble bar y se sirvió un vodka Smirnoff, que se bebió de un solo trago, antes de servirse el segundo.

«Muy pronto podré llevar una vida de ocio.»

Rebuscando en el bar, encontró un sacacorchos clásico y desplegó la pequeña cuchilla afilada, que normalmente se usaba para cortar los precintos de metal de las botellas, pero que en esa ocasión serviría para un propósito más espectacular. Se volvió y miró a Silas, con la cuchilla resplandeciente en la mano.

En los ojos rojos del monje se encendió un chispazo de miedo.

Sonriendo, Rémy avanzó hacia el fondo de la limusina. El albino intentó echarse atrás, mientras se debatía para soltarse de las ataduras.

—Quieto —susurró Rémy, levantando la hoja.

Silas no podía creer que Dios lo hubiera abandonado. Incluso había transformado en ejercicio espiritual el dolor físico de estar atado, pidiendo a Dios que el palpitar de los músculos sin riego sanguíneo le recordara los padecimientos de Cristo.

«He rezado toda la noche por la liberación.»

En ese momento, mientras la cuchilla descendía, Silas apretó con fuerza los párpados.

Un latigazo de dolor le desgarró los omóplatos. Gritó, sin poder creer que su destino fuera morir allí, en el fondo de aquella limusina, incapaz de defenderse. «Estaba haciendo la Obra de Dios. El Maestro me aseguró que me protegería.»

Sintió que un calor mordiente se le difundía por la espalda y los hombros, e imaginó su propia sangre derramándose sobre la piel. Entonces, un dolor punzante le atravesó los muslos, y Silas sintió el comienzo de la familiar corriente de desorientación, que era el mecanismo de defensa del cuerpo contra el dolor.

Mientras el doloroso calor le desgarraba los músculos, apretó aún más los párpados, decidido a que la última imagen de su vida no fuera la de su asesino. En lugar de eso, visualizó al obispo Aringarosa, más joven, delante de una pequeña iglesia en España, la misma que Silas y él habían construido con sus propias manos.

«El comienzo de mi vida.»

Silas sintió que todo su cuerpo ardía.

—Bebe —susurró el hombre del esmoquin, con acento francés—. Te ayudará a restablecer la circulación.

Silas abrió de pronto los ojos sorprendido. Una imagen borrosa se inclinaba sobre él, ofreciéndole un vaso con un líquido. Un montón de cinta americana desgarrada yacía en el suelo, junto a una cuchilla sin el menor rastro de sangre.

El monje sintió que la feroz palpitación de dolor empezaba a transformarse en simple hormigueo. El vodka sabía a rayos, pero se lo bebió agradecido. El destino le había reservado una buena dosis de mala suerte esa noche, pero Dios lo había resuelto todo con un giro milagroso de los acontecimientos.

«Dios no me ha abandonado.»

Sabía cómo llamaría a eso el obispo Aringarosa: «Intervención divina».

—Habría querido soltarte antes —se disculpó el mayordomo—, pero era imposible. Con la policía en el Château Villette y después en el aeródromo de Biggin Hill, éste ha sido el primer momento en que me ha sido posible. Lo entiendes, ¿verdad, Silas?

Él se echó atrás sorprendido.

—¿Sabes mi nombre?

El mayordomo sonrió.

Silas se incorporó, frotándose los músculos entumecidos, mientras experimentaba un confuso torrente de incredulidad, agradecimiento y desconcierto.

—¿Eres... el Maestro?

Rémy negó con la cabeza, riendo ante la idea.

—¡Ojalá fuera tan poderoso! No, no soy el Maestro. Como tú, estoy a su servicio. Pero el Maestro habla muy bien de ti. Me llamo Rémy.

Silas estaba estupefacto.

—No lo entiendo. Si trabajas para el Maestro, ¿por qué llevó Langdon a tu casa la clave de bóveda?

—A mi casa, no. A la casa del principal experto del mundo en la historia del Grial, sir Leigh Teabing.

—Pero tú también vives allí. Las probabilidades de que...

Rémy sonrió, sin que al parecer le produjera ninguna extrañeza la aparente coincidencia del escondite elegido por Langdon.

—Todo fue extremadamente predecible. Robert Langdon tenía la clave en su poder y necesitaba ayuda. ¿Qué refugio podía ser más lógico que la casa de Leigh Teabing? Mi empleo en la mansión fue la razón por la que el Maestro se acercó a mí. —Hizo una pausa—. ¿Cómo crees que el Maestro sabe tanto acerca del Grial?

Asombrado, Silas lo comprendió. El Maestro había reclutado a un mayordomo que tenía acceso a toda la investigación de sir Leigh Teabing. ¡Era brillante!

—Tengo que contarte muchas cosas —dijo Rémy mientras le entregaba la Heckler & Koch cargada; después, tendió la mano a través del tabique divisorio abierto y sacó de la guantera un revólver tan pequeño como la palma de su mano—. Pero antes, tú y yo tenemos un trabajo que hacer.

El capitán Fache bajó de su avión de transporte en Biggin Hill y escuchó con incredulidad la explicación del inspector jefe de la policía de Kent sobre lo sucedido en el hangar de Teabing.

—Yo mismo registré el avión —le insistió el inspector—, y no había nadie dentro. —Su tono se volvió despectivo—. Además, si ahora sir Leigh Teabing presenta acusaciones contra mí, entonces...

—¿Interrogó al piloto?

—Claro que no. Es francés, y nuestra jurisdicción exige...

—Lléveme al avión.

Al llegar al hangar, Fache no necesitó más de sesenta segundos para localizar una mancha anómala de sangre en el pavimento, cerca del sitio donde había estado estacionada la limusina. Se dirigió al avión y golpeó con fuerza el fuselaje.

—Soy capitán de la policía judicial francesa. ¡Abra la puerta!

Aterrorizado, el piloto abrió la escotilla y bajó la escalera.

Fache subió. Tres minutos después, con la ayuda de la pistola, había conseguido una confesión completa, que incluía la descripción del monje albino maniatado. Además, se enteró de que el piloto había visto que Langdon y Sophie dejaban algo en la caja fuerte de Teabing: una especie de cofre de madera. Aunque el piloto dijo no saber lo que guardaba el cofre, admitió que su contenido había acaparado toda la atención de Langdon durante el vuelo a Londres.

—Abra la caja fuerte —ordenó Fache.

El piloto parecía aterrado.

—¡No conozco la combinación!

—¡Qué pena! Por un momento pensé en permitirle que conservara su permiso de vuelo.

El piloto se retorció los dedos de las manos.

—Conozco a algunos empleados de mantenimiento del aeródromo. Quizá puedan perforarla...

—Tiene media hora.

El piloto se acercó a la radio de un salto.

Fache fue a la cola del avión y se sirvió una copa de algo fuerte. Era temprano, pero como todavía no se había ido a dormir, nadie podía acusarlo de beber antes del mediodía. Se sentó en una butaca mullida, cerró los ojos e intentó hacer un balance de lo que estaba sucediendo. «La pifia de la policía de Kent podría costarme muy cara.» Para entonces, todos estaban buscando una limusina Jaguar negra extralarga.

Sonó el teléfono y Fache deseó poder tener un segundo de paz.

—¿Diga?

—Voy de camino a Londres. —Era el obispo Aringarosa—. Llegaré dentro de una hora.

Fache se incorporó sorprendido.

—Pensé que iría a París.

—Estoy muy preocupado; he cambiado de planes.

—No debería haberlo hecho.

—¿Tiene a Silas?

—No. Sus captores eludieron a la policía local antes de que yo aterrizara.

La cólera de Aringarosa resonó en su voz.

—¡Me aseguró que detendría ese avión!

Fache bajó la voz.

—Considerando su situación, le recomiendo que no ponga a prueba mi paciencia en el día de hoy. Encontraré a Silas y a los demás cuanto antes. ¿A qué hora está prevista su llegada?

—Un momento. —Aringarosa tapó un instante con la mano el teléfono y después siguió hablando—. El piloto está intentando que le permitan aterrizar en Heathrow. Soy su único pasajero, pero el cambio de destino no estaba programado.

—Dígale que venga al aeródromo privado de Biggin Hill, en Kent. Le conseguiré el permiso para aterrizar. Si no estoy aquí cuando llegue, tendrá un coche esperándolo.

—Se lo agradezco.

—Como ya le dije cuando hablamos por primera vez, ilustrísima, haría bien en recordar que usted no es el único que está a punto de perderlo todo.

CAPÍTULO 85

«Buscad la esfera que en su tumba falta...»

Cada uno de los caballeros esculpidos en la iglesia del Temple yacía boca arriba, con la cabeza en una almohada rectangular de piedra. Sophie sintió un escalofrío. La referencia a la «esfera» del poema conjuraba en su mente imágenes de aquella noche en el sótano de su abuelo.

«*Hierós gamos*. Las esferas.»

Se preguntó si alguna vez se habría celebrado el ritual en el santuario donde se encontraban. La sala circular parecía especialmente construida para ese tipo de ritos paganos. Un banco de piedra rodeaba la desnuda extensión de suelo del centro. «Un teatro circular», lo había llamado Robert. Sophie imaginó esa misma cámara por la noche, llena de gente enmascarada que entonaba una salmodia a la luz de las antorchas, testigos de una «sagrada comunión» en el centro del recinto.

Haciendo un esfuerzo para expulsar la imagen de su mente, avanzó con Langdon y Teabing hacia el primer grupo de caballeros. Pese a la insistencia de Teabing en que la investigación debía ser meticulosa, Sophie se les adelantó, ansiosa, e hizo una rápida revisión de los cinco caballeros de la izquierda.

En su escrutinio de las cinco primeras tumbas, observó las similitudes y las diferencias. Todos los caballeros yacían boca arriba, pero tres de ellos tenían las piernas estiradas, mientras que dos las tenían cruzadas. No le pareció, sin embargo, que ese pequeño detalle arrojara ninguna luz sobre la esfera ausente. Examinando la ropa, observó que dos de los caballeros lucían sobrevesta sobre la armadura, mientras que los otros tres vestían túnica hasta las rodillas. Tampoco ese pormenor le pareció útil. Concentró entonces la atención en la otra diferencia evidente: la posición de las manos. Dos de los nobles caballeros aferraban una espada, otros dos rezaban y el quinto tenía las manos a los lados. Después de una larga y atenta observación, Sophie se encogió de hombros, ya que no conseguía distinguir el menor indicio de una esfera que hubiese desaparecido.

Sintiendo el peso del críptex en el bolsillo de su jersey, volvió la vista hacia Langdon y Teabing. Los hombres se movían lentamente y aún no habían pasado del tercer caballero, pero tampoco parecía que hubieran sacado nada en limpio. Como no estaba de humor para esperar, les dio la espalda y se dirigió al segundo grupo de caballeros. Mientras atravesaba el espacio abierto, recitó en voz baja el poema, que después de leer tantas veces ya se sabía de memoria.

Yace en Londres, por un papa sepultado,
caballero inspirador de odio sagrado.
Buscad la esfera que en su tumba falta;
de un vientre fecundo y una piel rosada habla.

Cuando llegó al segundo grupo de caballeros, observó que se parecía mucho al primero. Todos los nobles yacían en diferentes posturas, con sus armaduras y sus espadas.

Todos, excepto el décimo, en la última tumba.

Se acercó apresuradamente y bajó la vista.

«Ni almohada, ni armadura, ni túnica, ni espada.»

—¡Robert! ¡Leigh! —llamó, despertando ecos en la cámara vacía—. Aquí falta algo.

Los dos hombres levantaron la cabeza y empezaron a atravesar la sala, hacia ella.

—¿Una esfera? —preguntó Teabing entusiasmado, mientras sus muletas marcaban un rápido *staccato* a través del recinto—. ¿Falta una esfera?

—No exactamente —dijo Sophie, contemplando la décima tumba con expresión grave—. Me parece que falta todo el caballero.

Al llegar a su lado, los dos hombres miraron la tumba desconcertados. En lugar de presentar la figura de un caballero yacente, la décima tumba era un simple sarcófago de piedra cerrado, de forma trapezoidal, más fino hacia los pies y más ancho en la parte superior, con tapa en pico.

—¿Por qué no se ve el caballero? —preguntó Langdon.

—Fascinante —dijo Teabing, mientras se acariciaba la barbilla—. Se me había olvidado este detalle. Hace muchos años que no visitaba este lugar.

—Este ataúd —señaló Sophie— parece esculpido en la misma época y por el mismo artista que las otras nueve tumbas. Entonces ¿por qué el caballero está dentro del sarcófago y no a la vista, como los otros?

Teabing meneó la cabeza.

—Es uno de los misterios de esta iglesia. Hasta donde yo sé, nadie ha sabido explicarlo.

—Disculpen —dijo el sacristán, entrando en la sala con gesto preocupado—. No quiero parecer grosero, pero me dijeron que iban a esparcir unas cenizas y parece que están haciendo turismo.

Teabing le lanzó una mirada de desdén y se volvió hacia Langdon.

—Señor Wren, se diría que la filantropía de su familia ya no es suficiente para que pueda visitar reposadamente esta iglesia, por lo que quizá convenga sacar las cenizas y acabar cuanto antes. —Luego se volvió hacia Sophie—. Señora Wren, si le parece...

Interpretando su papel, Sophie sacó del bolsillo el críptex envuelto en el pergamino.

—Y ahora —dijo Teabing, volviéndose hacia el sacristán—, ¿nos concede un poco de intimidad?

El joven no se movió. No le quitaba la vista de encima a Langdon.

—Su cara me resulta familiar.

Teabing resopló.

—¿No será porque el señor Wren visita la iglesia todos los años?

«O quizá —empezaba a temer Sophie— porque el año pasado vio a Langdon por televisión en el Vaticano.»

—No había visto nunca al señor Wren —declaró el sacristán.

—Se equivoca —repuso Langdon en tono amable—. Creo que nos vimos de pasada, hace un año. El señor Knowles no llegó a presentarnos formalmente, pero yo lo reconocí a usted en cuanto entramos. Me doy cuenta de que para usted esto es una intrusión, pero le ruego que nos conceda unos minutos más. He viajado mucho para esparcir las cenizas entre estas tumbas.

Langdon recitó sus líneas con una convicción digna de Teabing.

Sin embargo, la expresión del sacristán se volvió aún más escéptica.

—Éstas no son tumbas.

—¿Disculpe? —preguntó Langdon.

—¡Claro que son tumbas! —proclamó Teabing—. ¿Qué quiere decir?

El sacristán negó con la cabeza.

—Las tumbas contienen cadáveres. Éstas de aquí son efigies, homenajes de piedra a hombres reales. No hay ningún cuerpo debajo de esas figuras.

—Pero ¡esto es una cripta! —protestó Teabing.

—Sólo en los libros de historia sin actualizar. Todos creían que era una cripta, pero durante las obras de restauración de los años cincuenta se descubrió que no era así. —Se volvió hacia Langdon—. Imagino que el señor Wren lo sabrá perfectamente, considerando que fue su familia la que lo descubrió.

Se hizo un silencio incómodo, quebrado a los pocos instantes por el ruido de una puerta que se abría y se cerraba en el anexo.

—Debe de ser el señor Knowles —dijo Teabing—. ¿No debería ir a ver?

El sacristán pareció dudar un momento, pero se dirigió al anexo mientras Langdon, Sophie y Teabing se miraban entre sí con expresión sombría.

—¿No hay cadáveres, Leigh? —susurró Langdon—. ¿De qué está hablando?

Teabing parecía consternado.

—No lo sé; siempre había creído... ¡Éste tiene que ser el lugar! Ese hombre no sabe lo que dice. ¡No tiene sentido!

—¿Me enseñas otra vez el poema? —pidió Langdon.

Sophie sacó el críptex del bolsillo y se lo entregó con cuidado.

Él desplegó el pergamino y, con el cilindro en la mano, se puso a estudiar el poema.

—Sin embargo, esto menciona explícitamente una tumba, no una efigie.

—¿No podría estar equivocado el poema? —preguntó Teabing—. ¿No podría haber cometido Jacques Saunière el mismo error que yo?

Langdon lo pensó un momento y luego negó con la cabeza.

—Leigh, tú mismo lo has dicho. Esta iglesia fue construida por los templarios, el brazo militar del priorato. Algo me dice que el gran maestre del priorato debía de saber muy bien si había caballeros enterrados en este templo.

Teabing estaba atónito.

—Pero ¡este lugar es perfecto! —Se volvió y observó de nuevo a los caballeros—. ¡Seguro que se nos escapa algo!

Al entrar en el anexo, el sacristán se sorprendió de encontrarlo vacío.

—¿Señor Knowles?

«Estoy seguro de haber oído la puerta», pensó, al tiempo que seguía avanzando hasta ver el pasillo de entrada.

Junto a la puerta había un hombre delgado, vestido de esmoquin, que se rascaba la cabeza y parecía desorientado. El sacristán dejó escapar un resoplido de irritación, al recordar que había olvidado cerrar la puerta con pasador después de dejar pasar a los otros visitantes. Ahora se le había colado un imbécil, que por la pinta parecía estar buscando el local de alguna boda.

—Lo siento —dijo el sacristán, mientras pasaba junto a una gruesa columna—. La iglesia está cerrada.

Oyó un susurro de tela a su espalda y, antes de que pudiera volverse, la cabeza se le fue violentamente hacia atrás, mientras una mano poderosa le tapaba la boca para amortiguar su grito. La mano que tenía sobre la boca era blanca como la nieve y olía a alcohol.

El hombre flaco del esmoquin sacó con toda calma un revólver diminuto que apuntó directamente a la frente del sacristán.

El joven sintió algo caliente en la entrepierna y se dio cuenta de que se había orinado.

—Presta atención —le dijo en un murmullo el hombre del esmoquin—. Vas a salir en silencio de esta iglesia y vas a correr. Y no vas a parar. ¿Lo has entendido?

El sacristán asintió lo mejor que pudo, pese a que la mano le seguía tapando la boca.

—Si llamas a la policía... —el hombre del esmoquin le apoyó el cañón del arma contra la piel—, te encontraré.

Antes de que pudiera darse cuenta, el joven sacristán estaba corriendo por la plazoleta, sin ningún plan de parar mientras le aguantaran las piernas.

CAPÍTULO 86

Como un fantasma, Silas se movió silenciosamente hasta su objetivo. Cuando Sophie Neveu sintió su presencia, ya era tarde. Antes de que pudiera volverse, el albino le hincó el cañón de la pistola contra la columna vertebral y le rodeó el pecho con un brazo robusto mientras la atraía contra su cuerpo enorme. Cuando ella dejó escapar un grito de sorpresa, Teabing y Langdon se volvieron al unísono, con expresión de miedo y asombro.

—¿Qué...? —Teabing se atragantó con las palabras—. ¿Qué le has hecho a Rémy?

—Usted sólo debe preocuparse de que yo salga de aquí con la clave —dijo Silas tranquilamente.

La misión de recuperación, tal como la había descrito Rémy, debía ser limpia y simple: «Entrar en la iglesia, coger la clave y salir, sin que haya forcejeos ni muertes».

Sujetando a Sophie con firmeza, Silas bajó la mano desde el pecho hasta la cintura de la mujer y se puso a rebuscar en los bolsillos del jersey. Percibía la fragancia suave de su pelo a través del olor a alcohol que impregnaba su propio aliento.

—¿Dónde está? —susurró.

«Antes tenía la clave en el bolsillo. ¿Dónde estará ahora?»

—La tengo yo.

La voz profunda de Langdon resonó en la otra punta de la sala. Silas se volvió y vio que Langdon sostenía el críptex negro con

490

el brazo extendido, balanceándolo de un lado a otro, como habría hecho un torero para citar a un necio animal.

—Déjelo en el suelo —le ordenó Silas.

—Primero deja salir de la iglesia a Sophie y a Leigh —replicó Langdon—. Esto lo podemos arreglar tú y yo solos.

Silas apartó a Sophie de un empujón y dirigió la pistola a Langdon mientras avanzaba hacia él.

—No des ni un paso más —advirtió Langdon— hasta que ellos hayan salido del edificio.

—No está en posición de poner condiciones.

—Discrepo. —Langdon levantó el críptex por encima de su cabeza—. No dudaré en arrojar esto al suelo para que se rompa el frasco que hay dentro.

Aunque en apariencia Silas despreció la amenaza con un gesto de desdén, por dentro sintió un fogonazo de pavor. No se lo esperaba. Apuntó la pistola a Langdon y mantuvo la voz tan firme como la mano.

—Usted nunca rompería la clave. Está tan empeñado como yo en encontrar el Santo Grial.

—Te equivocas; tú lo estás mucho más que yo. Ya has demostrado que estás dispuesto a matar para conseguirlo.

A doce metros de distancia, mientras observaba la escena desde los bancos del anexo, junto al pasaje abovedado, Rémy Legaludec sentía crecer la alarma. La operación no había salido según lo planeado, e incluso a esa distancia podía ver claramente que Silas no sabía cómo manejar la situación. Por orden del Maestro, Rémy le había prohibido que disparara la pistola.

—Deja que se vayan —volvió a pedirle Langdon mientras sostenía el críptex muy por encima de la cabeza y miraba fijamente el arma de Silas.

Los ojos rojos del monje se llenaron de ira y frustración, y

Rémy empezó a temer cada vez más que Silas disparara a Langdon aunque éste tuviera el cilindro en la mano.

«¡El críptex no puede caer!» Era el pasaporte de Rémy a la libertad y la fortuna. Poco más de un año atrás, antes, no era más que un simple sirviente de cincuenta y cinco años que vivía entre los muros del Château Villette, atendiendo los caprichos de sir Teabing, ese inválido insufrible. Pero había recibido una proposición extraordinaria. Su asociación con sir Leigh Teabing, el principal historiador del Grial del mundo, iba a abrirle las puertas de todo lo que había soñado en su vida. Desde entonces, cada instante transcurrido en el Château Villette había sido una antesala de ese preciso momento.

«¡Qué cerca estoy!», se dijo Rémy con la mirada vuelta hacia el santuario de la iglesia del Temple y la clave de bóveda que Robert Langdon tenía en la mano.

Si la dejaba caer, todo se iría al garete.

«¿Estoy dispuesto a dar la cara?» El Maestro se lo había prohibido tajantemente. Rémy era el único que conocía su identidad.

—¿Está seguro de que quiere que Silas se encargue de esta misión? —le había preguntado menos de media hora antes, cuando recibió la orden de robar la clave de bóveda—. Puedo hacerlo yo.

El Maestro no lo dudó.

—Silas nos hizo un buen servicio con los cuatro miembros del priorato; él recuperará la clave. Tú debes permanecer en el anonimato porque, si alguien te ve, habría que eliminarlo, y ya ha habido demasiadas muertes. No reveles tu rostro.

«Me cambiaré la cara —pensó Rémy—. Con lo que ha prometido pagarme, me convertiré en un hombre completamente nuevo.» La cirugía podía cambiarle hasta las huellas dactilares, según le había explicado el Maestro. Pronto sería libre. Otra cara anónima y bien parecida, tomando el sol en la playa.

—De acuerdo —contestó—; ayudaré a Silas desde la sombra.

—Para tu conocimiento, Rémy —le había dicho el Maestro—,

la tumba en cuestión ni siquiera está en la iglesia del Temple, así que no temas. Están buscando en el sitio equivocado.

Él se sorprendió.

—¿Y usted sabe dónde está la tumba?

—Por supuesto. Más adelante te lo diré. De momento, tienes que actuar con rapidez. Si los otros averiguan la verdadera localización de la tumba y salen de la iglesia antes de que tengáis el críptex, podríamos perder el Grial para siempre.

A Rémy le importaba un comino el Santo Grial, pero el Maestro le había dicho que no le pagaría mientras no lo encontraran. Cada vez que pensaba en el dinero que pronto se embolsaría, sentía que la cabeza le daba vueltas. «La tercera parte de veinte millones de euros. Más que suficiente para desaparecer para siempre.» Imaginaba las playas de la Costa Azul, donde pensaba pasar el resto de su vida tostándose al sol y dejando que otros lo sirvieran, para variar.

Pero allí, en la iglesia del Temple, ante la amenaza de Langdon de estrellar la clave de bóveda contra el suelo, el futuro de Rémy estaba en peligro. Incapaz de soportar la idea de haber estado tan cerca para luego perderlo todo, decidió pasar a la acción. El arma que llevaba en la mano era una Medusa de calibre muy pequeño, pero a escasa distancia podía ser mortífera.

Saliendo de las sombras, entró en la cámara circular y apuntó el revólver directamente a la cabeza de Teabing.

—Llevaba mucho tiempo queriendo hacer algo así.

A sir Leigh Teabing prácticamente se le paró el corazón cuando vio que Rémy lo encañonaba con un arma. «¿Qué está haciendo?»

Reconoció el diminuto revólver Medusa. Era suyo; lo llevaba por seguridad en la guantera de la limusina.

—¡Rémy! —exclamó, sin salir de su asombro—. ¿Qué significa esto?

Langdon y Sophie parecían igualmente estupefactos.

El mayordomo dio un rodeo para situarse detrás de Teabing y le apoyó el cañón del arma en la espalda, arriba y a la izquierda, justo detrás del corazón.

Teabing sintió que los músculos se le agarrotaban de terror.

—¡Rémy, no...!

—Se lo diré de una manera muy simple, para que me entienda —dijo él, mientras miraba a Langdon por encima del hombro de Teabing—. Si no deja la clave en el suelo, aprieto el gatillo.

Por un momento, Langdon quedó paralizado.

—La clave no tiene ningún valor para ustedes —tartamudeó—. No pueden abrirla.

—¡Idiotas arrogantes! —soltó Rémy con una mueca de desprecio—. ¿No se han dado cuenta de que estuve escuchando toda la noche, mientras hablaban de esos poemas? Todo lo que he oído se lo he transmitido a otros..., a otros que saben mucho más que ustedes. Ni siquiera están buscando en el sitio correcto. ¡La tumba que buscan ni siquiera está aquí!

Teabing sintió pánico. «¿Qué está diciendo?»

—¿Para qué quieren el Grial? —preguntó Langdon—. ¿Para destruirlo antes del fin de los tiempos?

Rémy llamó al monje.

—Silas, quítale la clave al señor Langdon.

Mientras el monje avanzaba, Langdon dio un paso atrás y levantó la clave por encima de la cabeza, aparentemente dispuesto a arrojarla al suelo.

—Prefiero romperla —dijo—, antes que verla en manos indignas.

Teabing sintió entonces una oleada de terror. Era como si todo el trabajo de su vida estuviera a punto de evaporarse ante sus ojos, como si todos sus sueños pudieran estrellarse contra el suelo.

—¡No, Robert! —exclamó—. ¡No lo rompas! ¡Es el Grial! Rémy jamás me dispararía. Nos conocemos desde hace diez...

Rémy apuntó al techo y disparó el revólver. La explosión fue impresionante para un arma tan pequeña, como si hubiera estallado un trueno en el interior de la cámara de piedra.

Todos congelaron el movimiento.

—Esto no es un juego —dijo Rémy—. La próxima bala le perforará la espalda. Dele la clave a Silas.

Renuente, Langdon tendió la mano con el críptex, y el albino se adelantó para recibirlo. Sus ojos rojos brillaban con la autocomplacencia de la venganza. Mientras se guardaba la clave en el bolsillo del hábito, empezó a retroceder, sin dejar de apuntar a Langdon y a Sophie con la pistola.

Teabing sintió que el brazo de Rémy le rodeaba con fuerza el cuello mientras el sirviente retrocedía también para salir del edificio, arrastrando consigo a su antiguo patrón, con el revólver apretado contra su espalda.

—Suéltelo —exigió Langdon.

—Nos llevamos al señor Teabing a dar un paseo —dijo Rémy sin dejar de retroceder—. Si llaman a la policía, morirá. Si hacen cualquier cosa que nos moleste, morirá. ¿Queda claro?

—Llévenme a mí —pidió Langdon, la voz quebrada por la emoción—. Suelten a Leigh.

Rémy se echó a reír.

—¿Por qué? El señor Teabing y yo tenemos mucho en común. Además, todavía puede sernos útil.

Silas también estaba retrocediendo, sin dejar de apuntar a Langdon y a Sophie con el arma, mientras Rémy tiraba de Leigh hacia la salida, con las muletas arrastrando tras él por el suelo.

Cuando Sophie habló, su voz fue firme.

—¿Para quién trabajan?

La pregunta arrancó una mueca de la cara de Rémy, que ya se marchaba.

—Se sorprendería si lo supiera, mademoiselle Neveu.

CAPÍTULO 87

El fuego en el salón del Château Villette se había apagado, pero Collet seguía yendo y viniendo delante de la chimenea, mientras leía los faxes enviados por la Interpol.

No eran las noticias que esperaba.

Según los registros oficiales, André Vernet era un ciudadano modelo, sin antecedentes policiales, ni siquiera una multa de tráfico. Había estudiado en las mejores escuelas y en la Sorbona, y se había licenciado con honores en finanzas internacionales. La Interpol decía que el nombre de Vernet había aparecido varias veces en la prensa, pero siempre bajo una luz favorable. Por lo visto, el hombre había contribuido a diseñar el protocolo que mantenía el liderazgo del Banco Depositario de Zúrich en el mundo ultramoderno de la seguridad electrónica. Los registros de sus tarjetas de crédito revelaban debilidad por los libros de arte, los vinos caros y los álbumes de música clásica (sobre todo Brahms), que aparentemente escuchaba en un sistema de audio de altísima gama adquirido varios años antes.

«Cero», suspiró Collet.

El único dato interesante enviado esa noche por la Interpol guardaba relación con un juego de huellas dactilares, que al parecer pertenecía al empleado de Teabing. El investigador principal de la UCICT estaba leyendo el informe, sentado en un confortable sofá, en la otra punta del salón.

Collet lo miró.

—¿Hay algo?

El investigador se encogió de hombros.

—Las huellas pertenecen a Rémy Legaludec, un hombre con antecedentes de delitos menores. Nada grave. Parece ser que lo expulsaron de la universidad por alterar el cableado telefónico para no pagar las llamadas. Después participó en varios hurtos. Entraba en las casas para robar. Y una vez se fue de un hospital sin pagar una traqueotomía que le habían practicado de urgencia. —Levantó la vista, riendo—. Es alérgico a los cacahuetes.

Collet asintió, recordando la investigación policial de un restaurante, cuya dirección había omitido indicar en la carta que una de sus salsas picantes contenía aceite de cacahuete. Un cliente desprevenido había muerto en la misma mesa, a consecuencia de un choque anafiláctico, después de dar un solo bocado.

—Probablemente, Legaludec había aceptado trabajar de interno en esta casa para eludir a la justicia. —El investigador parecía divertido—. No ha sido su noche de suerte.

Collet suspiró.

—Muy bien, envíe todo eso al capitán Fache.

El investigador salió, al tiempo que otro agente de la UCICT irrumpía en el salón.

—¡Teniente! Hemos encontrado algo en las cuadras.

Por la expresión ansiosa del agente, Collet imaginó que sólo podía tratarse de una cosa.

—¿Un cadáver?

—No, señor. Algo más... —Vaciló un momento—. Algo más inesperado.

Restregándose los ojos, Collet siguió al agente hasta las cuadras. Mientras entraban en el cavernoso espacio que olía a moho, el agente señaló el centro del recinto, donde una escalera manual de madera ascendía hasta las vigas del techo y se apoyaba contra el borde del henil, en el piso superior.

—Esa escalera no estaba ahí —dijo Collet.

—No, señor; la he puesto yo. Estábamos buscando huellas cerca del Rolls-Royce cuando vi la escalera en el suelo. No le habría prestado atención, de no haber sido porque los peldaños estaban desgastados y cubiertos de barro. Pensé que la usarían a menudo y me fijé en que, por su altura, servía para subir al henil, de modo que la puse ahí y subí, para echar un vistazo.

Collet siguió con la vista la empinada pendiente de la escalera, hasta el henil, situado a una altura considerable.

«¿Alguien sube a este sitio a menudo?»

Desde abajo, el henil parecía una plataforma vacía; sin embargo, el teniente reconoció que, desde donde él estaba, la mayor parte del recinto quedaba fuera de la vista.

Un oficial de la UCICT apareció en lo alto de la escalera, mirando hacia abajo.

—Aquí hay algo que seguramente querrá ver, teniente —dijo, mientras hacía señas a Collet con la mano enfundada en un guante de látex.

Asintiendo con gesto cansado, el policía se acercó al pie de la vieja escalera de madera y se agarró a los travesaños. La escalera era de un modelo antiguo, de los que se estrechan hacia arriba, por lo que se volvía cada vez más angosta a medida que el teniente subía. Cuando ya estaba cerca de su objetivo, estuvo a punto de perder pie en uno de los peldaños más estrechos. Parecía como si las cuadras giraran debajo de él. Prestando más atención, siguió adelante y finalmente llegó a lo más alto de la escalera. El agente que ya estaba arriba le tendió la mano, ofreciéndole la muñeca. Collet se agarró y de ese modo consiguió efectuar la incómoda transición hasta la plataforma.

—Está ahí —le dijo el agente, señalando un punto en el interior del henil inmaculadamente limpio—. Sólo hemos encontrado un juego de huellas dactilares. Dentro de poco tendremos la identificación.

Collet forzó la vista para distinguir algo en la penumbra, sobre la pared más alejada.

«¿Qué demonios...?»

Contra la pared del fondo, había un completo equipo informático: dos CPU en torre, un monitor de pantalla plana con altavoces, varios discos duros externos y una consola de audio de canales múltiples que parecía tener una fuente independiente de alimentación.

«¿Por qué diablos iba a querer alguien venir a trabajar aquí arriba?»

Collet se acercó al material.

—¿Han examinado el sistema?

—Es un puesto de escucha.

El teniente se volvió.

—¿De espionaje?

El agente asintió.

—De espionaje muy avanzado. —Señaló una mesa alargada, cubierta de componentes electrónicos, manuales de instrucciones, cables, soldadores y otros aparatos—. Aquí hay alguien que sabe muy bien lo que tiene entre manos. Muchos de estos chismes son tan avanzados como los nuestros: micrófonos miniaturizados, células fotoeléctricas de recarga, chips con gran capacidad de memoria RAM... Incluso tiene uno de esos discos duros con nanotecnología incorporada.

Collet estaba impresionado.

—Aquí tiene un sistema completo —añadió el agente, mientras le enseñaba un aparato no más grande que una calculadora de bolsillo.

Del aparato colgaba un cable de unos treinta centímetros, con un trozo de papel de aluminio del tamaño de un sello postal pegado en un extremo.

—La base es un disco duro de alta capacidad, con sistema de grabación y batería recargable. Este trozo de aluminio en el extremo del cable es a la vez micrófono y célula fotoeléctrica de recarga.

Collet los conocía bien. Esos micrófonos con célula fotoeléctrica semejantes a una fina lámina de aluminio habían sido un gran avance en los últimos años. Desde que se habían adoptado, era posible disimular una grabadora con disco duro detrás de una lámpara, por ejemplo, con el micrófono de aluminio amoldado al contorno de la base y pintado del mismo color. Mientras el micrófono estuviera situado de tal manera que recibiera unas pocas horas de luz solar al día, las células fotovoltaicas seguían alimentando el sistema. Esos chismes podían funcionar indefinidamente.

—¿Cuál es el método de recepción? —preguntó Collet.

El agente señaló un cable aislado que recorría la parte trasera del ordenador, subía por la pared y se perdía por un orificio en el techo del establo.

—Simples ondas de radio. Han colocado una antena pequeña en el techo.

Collet sabía que esos sistemas de grabación, instalados por lo general en despachos, se activaban con la voz para ahorrar espacio del disco duro y grababan fragmentos de conversación durante el día, que después transmitían durante la noche, en forma de archivos de audio comprimidos, para eludir la detección. Después de transmitir, el disco duro se borraba automáticamente y se preparaba para empezar de nuevo al día siguiente.

La mirada de Collet se desplazó entonces hacia una estantería donde había varios cientos de casetes de audio apiladas, todas ellas etiquetadas con fechas y números.

«Alguien ha estado muy ocupado.»

Se volvió hacia el agente.

—¿Tiene idea de cuál es el objeto de las escuchas?

—Verá... —dijo el agente, mientras se acercaba al ordenador y abría un programa—. Hay algo muy extraño, teniente.

CAPÍTULO 88

Langdon se sentía completamente exhausto mientras seguía a Sophie, que estaba empujando un torniquete en la estación de metro de Temple, para adentrarse en el sucio laberinto de túneles y andenes. La culpa lo desgarraba. «Metí en esto a Leigh y ahora su vida está en peligro.»

La implicación de Rémy había sido una sorpresa, pero tenía sentido. Los que iban detrás del Grial, fueran quienes fuesen, habían reclutado a alguien de dentro. «Se acercaron a Teabing por la misma razón que yo.» A través de la historia, las personas en posesión de conocimientos acerca del Grial siempre habían atraído como un imán tanto a los estudiosos como a los ladrones. El hecho de saber que Teabing había estado en la mira desde el principio podría haber aliviado el sentimiento de culpa de Langdon, pero no fue así. «Tenemos que encontrar a Leigh y ayudarlo, lo antes posible.»

Siguió a Sophie hasta el andén de la línea District and Circle en dirección oeste, donde ella se dispuso a llamar a la policía de inmediato, pese a las advertencias de Rémy de que no lo hiciera. Mientras tanto, Langdon se sentó en un mugriento banco cercano, lleno de remordimientos.

—La mejor manera de ayudar a Leigh —le reiteró Sophie mientras marcaba el número— es involucrar cuanto antes a la policía de Londres. Confía en mí.

Al principio, él no había estado de acuerdo, pero a medida que habían avanzado en la elaboración de su plan, el punto de vista de Sophie había empezado a parecerle lógico. De momento, Teabing estaba a salvo. Aunque Rémy y los otros supieran dónde se encontraba la tumba del caballero, aún necesitaban la ayuda de Teabing para descifrar la referencia a la esfera. Lo que preocupaba a Langdon era lo que sucedería después de que hallaran el mapa del Grial. «Leigh se convertirá en una carga y un peligro para ellos.»

Si quería tener alguna posibilidad de ayudar a Leigh o de volver a ver alguna vez la clave, era esencial que antes encontrara la tumba. «Por desgracia, Rémy nos lleva mucha ventaja.»

Ralentizar su avance era la misión de Sophie, y encontrar la tumba correcta, la de Langdon.

Ella quería convertir a Rémy y a Silas en fugitivos de la policía de Londres, lo que los obligaría a esconderse o, mejor aún, los haría caer en las redes de las autoridades. El plan de Langdon era menos definido. Pensaba ir en metro al King's College, famoso por su base de datos electrónica sobre teología. «El útil definitivo de investigación —había oído decir—, capaz de ofrecer respuestas instantáneas a cualquier pregunta sobre historia de las religiones.»

Se preguntaba qué diría la base de datos sobre «un caballero por un papa sepultado». Se puso de pie y empezó a ir y venir por el andén, deseando que el tren llegara pronto.

En la cabina telefónica, Sophie finalmente consiguió línea con la policía de Londres.

—División de Snow Hill —respondió una voz en la centralita—. ¿Con qué departamento quiere hablar?

—Quiero denunciar un secuestro. —Sophie sabía ser concisa.

—¿Su nombre, por favor?

Hubo un breve silencio.

—Agente Sophie Neveu, de la policía judicial francesa.

La mención a su cargo obró el efecto deseado.

—Ahora mismo la pongo al habla con un inspector.

Mientras esperaba a que entrara la llamada, Sophie empezó a preguntarse si la policía se creería su descripción de los secuestradores de Teabing. «Un hombre de esmoquin.»

¿Podía haber una manera más sencilla de identificar a un sospechoso? Aunque Rémy se cambiara de ropa, iba acompañado de un monje albino. «Imposible no verlo.» Además, llevaban un rehén y no podían usar el transporte público. Sophie se preguntó cuántas limusinas Jaguar extralargas habría en Londres.

El establecimiento de la conexión con el inspector de policía parecía tardar siglos.

«¡Vamos, aprisa!»

Los chasquidos y zumbidos que se oían en la línea hacían pensar que estaban pasando la llamada.

Transcurrieron quince segundos.

Finalmente, se oyó la voz de un hombre.

—¿Agente Neveu?

Estupefacta, Sophie reconoció de inmediato el tono áspero.

—¿Agente Neveu? —insistió Bezu Fache—. ¿Dónde demonios se encuentra?

Sophie estaba sin habla. Por lo visto, el capitán Fache había pedido a la centralita de la policía de Londres que lo alertaran si ella llamaba.

—Escúcheme —dijo Fache, hablando sucintamente en francés—. Anoche cometí un error terrible. Robert Langdon es inocente; se han retirado todos los cargos que pesaban sobre él. Aun así, tanto Langdon como usted corren grave peligro. Tienen que venir aquí.

Boquiabierta, Sophie no supo qué responder. Fache no era un hombre que se disculpara por nada.

—No me dijo que Jacques Saunière era su abuelo —prosiguió él—. Estoy dispuesto a pasar por alto su insubordinación de anoche, teniendo en cuenta que se encontraba en estado de estrés emocional. Pero ahora es preciso que Langdon y usted busquen refugio en la comisaría más próxima de la policía de Londres.

«¿Sabe que estoy en Londres? ¿Qué más sabe Fache?» Sophie oía el ruido de un taladro u otra máquina semejante al fondo, así como unos chasquidos extraños en la línea.

—¿Está intentando localizar la llamada, capitán?

La voz de Fache sonó firme.

—Usted y yo tenemos que colaborar, agente Neveu. Los dos tenemos mucho que perder. Intentemos perder lo menos posible. Anoche cometí varios errores de juicio, y si esos errores tienen como resultado la muerte de un profesor estadounidense y de una criptógrafa de la DGPJ, será el fin de mi carrera. Mi único propósito, durante las últimas horas, ha sido traerlos a un lugar seguro.

Una ráfaga de aire caliente recorrió la estación, impulsada por la entrada de un tren que se acercaba retumbando. Sophie tenía toda la intención de abordarlo, lo mismo que Langdon, que ya se estaba acercando a ella.

—El hombre al que busca es Rémy Legaludec —dijo Sophie—, el mayordomo de Teabing. Acaba de secuestrar a Teabing en la iglesia del Temple y...

—¡Agente Neveu! —exclamó Fache mientras el tren irrumpía atronando en la estación—. ¡No debemos tratar este tema en una línea abierta! ¡Venga ahora mismo con el profesor, por su propio bien! ¡Es una orden!

Sophie colgó el teléfono y corrió con Langdon para subir al tren.

CAPÍTULO 89

La inmaculada cabina del Hawker de Teabing estaba sembrada de virutas metálicas y olía a aire comprimido y a propano. Bezu Fache había despedido a todo el mundo y estaba solo, con una copa en la mano y con el cofre de madera hallado en la caja fuerte de Teabing.

Tras repasar con un dedo la rosa taraceada, levantó la ornamentada tapa y encontró en el interior un cilindro de piedra en el que destacaban unos discos con letras grabadas. Los cinco discos estaban alineados de tal manera que formaban la palabra «Sofía». Fache se quedó un buen rato mirándola y después levantó el cilindro de su almohadillado recipiente y lo examinó centímetro a centímetro. A continuación, tiró lentamente de los extremos y consiguió que una de las puntas se deslizara y cayera. El cilindro estaba vacío.

Fache volvió a guardarlo en el cofre y se puso a mirar con expresión ausente por la ventana del reactor, en el hangar, pensando en su breve conversación con Sophie y en la información enviada por la UCICT desde el Château Villette. El sonido de su teléfono lo despertó de su ensoñación.

Era la operadora de la DGPJ, que le habló en tono de disculpa. El presidente del Banco Depositario de Zúrich había llamado varias veces, y aunque siempre le decía que el capitán estaba en Londres por motivos de trabajo, seguía llamando. De mala gana, Fache le contestó que le pasara la llamada.

—Monsieur Vernet —dijo antes de que el hombre pudiera abrir la boca—, siento mucho no haberlo llamado antes. He estado muy ocupado. Tal como le prometí, el nombre de su banco no ha aparecido en las noticias. ¿Qué le preocupa ahora, exactamente?

La voz de Vernet era de angustia, mientras le contaba a Fache que Langdon y Sophie habían sacado un pequeño cofre de madera de las cajas del banco y después lo habían convencido para que los ayudara a escapar.

—Cuando escuché en la radio que eran criminales —prosiguió Vernet—, los conminé a que devolvieran el cofre, pero me atacaron y robaron el furgón.

—Le preocupa un cofre de madera... —dijo Fache, mientras contemplaba una vez más la rosa taraceada de la tapa y la abría, dejando al descubierto el cilindro blanco—. ¿Puede describirme su contenido?

—¡El contenido es lo de menos! —exclamó Vernet—. Lo que me preocupa es la reputación de mi banco. Nunca nos han robado, jamás. Si no conseguimos recuperar la propiedad de nuestro cliente, será nuestra ruina.

—Antes dijo que la agente Neveu y Robert Langdon disponían de una llave y una contraseña. ¿Qué le hace pensar que robaron el cofre?

—¡Mataron a varias personas anoche, entre ellas al abuelo de Sophie Neveu! Obviamente, se apoderaron de forma ilícita de la llave y la contraseña.

—Monsieur Vernet, mis hombres han estado investigando sus antecedentes y sus intereses. Por lo visto, es usted un hombre refinado y de gran cultura. Imagino que también será un hombre de honor, como lo soy yo. Dicho esto, le doy mi palabra de honor, como capitán de la policía judicial, de que su cofre, lo mismo que la reputación de su banco, no podría estar en manos más seguras.

CAPÍTULO 90

Encima de las cuadras, en el henil del Château Villette, Collet miraba la pantalla del ordenador sin salir de su asombro.

—¿Este sistema está realizando escuchas en todos esos sitios?

—Así es —respondió el agente—. Parece que lleva poco más de un año reuniendo información.

Collet volvió a leer la lista estupefacto.

COLBERT SOSTAQUE - Director del Consejo Constitucional
JEAN CHAFFÉE - Conservador del Musée du Jeu de Paume
ÉDOUARD DESROCHERS - Archivista principal de la biblioteca Mitterrand
JACQUES SAUNIÈRE - Conservador del museo del Louvre
MICHEL BRETON - Director de la DAS (servicio francés de inteligencia)

El agente señaló la pantalla.

—El número cuatro es de evidente interés para nosotros.

Collet asintió con expresión ausente. Lo había advertido de inmediato. «Jacques Saunière era objeto de escuchas.»

Repasó una vez más el resto de la lista. «¿Cómo es posible que alguien consiga espiar a esta gente tan importante?»

—¿Ha oído los archivos de audio?

—Algunos. Éste es uno de los más recientes.

El agente pulsó varias teclas del ordenador y los altavoces crepitaron y cobraron vida.

—*Capitaine, un agent du Département de Cryptographie est arrivé.*

Collet no daba crédito a sus oídos.

—Pero ¡si ése soy yo! ¡Es mi voz!

Recordó que había llamado por radio a Fache desde el escritorio de Saunière, para anunciarle la llegada de Sophie Neveu.

El agente asintió.

—Si a alguien le interesaba nuestra investigación de anoche en el Louvre, pudo oír una gran parte.

—¿Ha enviado a algún hombre para que localice el micrófono?

—No hace falta. Sé exactamente dónde está.

El agente fue hasta una pila de notas y planos antiguos, amontonados en la mesa de trabajo. Escogió una hoja y se la pasó a Collet.

—¿Le resulta familiar?

El teniente estaba atónito. Tenía en las manos la fotocopia de un antiguo diagrama esquemático, que representaba una máquina rudimentaria. Aunque no entendía las leyendas manuscritas en italiano, supo de inmediato lo que era: un plano para construir un caballero medieval francés totalmente articulado.

«¡El caballero sentado al escritorio de Saunière!»

La mirada de Collet se deslizó hasta los márgenes, donde alguien había garabateado unas notas sobre la fotocopia, con rotulador rojo. Las notas estaban en francés y parecían ser ideas acerca de la mejor manera de acoplar un dispositivo de escucha en la estructura del caballero.

CAPÍTULO 91

Silas estaba sentado en el asiento contiguo al del conductor, en la limusina Jaguar aparcada cerca de la iglesia del Temple. Sentía las manos húmedas sobre el cilindro de piedra, mientras esperaba a que Rémy terminara de atar y amordazar a Teabing en la parte trasera del vehículo, con la cuerda que había encontrado en el maletero.

Finalmente, Rémy salió de la cabina trasera de la limusina, recorrió la distancia por fuera y se acomodó en el asiento del conductor, junto a Silas.

—¿Ha quedado bien atado? —preguntó el albino.

Rémy rio entre dientes, mientras se sacudía la lluvia y miraba por encima del hombro, a través del tabique divisorio abierto, la figura irregular de Teabing, que apenas se distinguía entre las sombras del fondo.

—No va a ir a ninguna parte.

Oyendo las protestas amortiguadas de Teabing, Silas comprendió que Rémy había usado parte de la cinta americana vieja para amordazarlo.

—*Ferme ta gueule!* —le gritó Rémy por encima del hombro.

Tendió la mano hacia un panel de control en el complicado tablero de mando del automóvil y pulsó un botón. Se levantó entonces tras ellos un tabique opaco, que los aisló por completo de la parte trasera del vehículo. Teabing desapareció y su voz quedó silenciada. Rémy miró a Silas.

—Llevo demasiado tiempo oyendo sus patéticos gemidos.

Unos minutos después, mientras la limusina Jaguar circulaba por las calles, sonó el teléfono móvil de Silas.

«Es el Maestro.»

—¿Diga? —contestó emocionado.

—¡Silas! —dijo el Maestro con su familiar acento francés—. ¡Qué alivio oír tu voz! Eso significa que estás a salvo.

Para Silas también fue un alivio oír al Maestro. Habían pasado muchas horas y la operación se había apartado terriblemente de lo planeado. Pero ahora, por fin, todo parecía volver a su cauce.

—Tengo la clave.

—¡Qué magnífica noticia! —dijo el Maestro—. ¿Está contigo Rémy?

A Silas le sorprendió que el Maestro mencionara el nombre de su acompañante.

—Sí. Rémy me liberó.

—Tal y como yo le ordené. Sólo siento que hayas tenido que sufrir durante tanto tiempo el cautiverio.

—Los padecimientos físicos no significan nada. Lo importante es que la clave es nuestra.

—Así es. Necesito tenerla cuanto antes. Es esencial actuar con rapidez.

El monje parecía ansioso por conocer al Maestro personalmente.

—Sí, señor. Para mí será un honor llevársela.

—No. Quiero que me la traiga Rémy.

«¿Rémy?» Fue un golpe para Silas. Después de todo lo que había hecho por el Maestro, pensaba que le correspondía a él poner la clave en sus manos.

«¿El Maestro prefiere a Rémy?»

—Percibo tu decepción, por lo que deduzco que no me has entendido. —El Maestro bajó la voz hasta convertirla en un susurro—. Debes creerme que preferiría recibir la clave de manos de un hombre de Dios como tú y no de un delincuente como Rémy, pero es preciso darle su merecido. Ha desobedecido mis órdenes y ha cometido un grave error que ha puesto en grave peligro toda nuestra misión.

Con un escalofrío, Silas miró brevemente a Rémy. El secuestro de Teabing no había sido parte del plan, y su presencia planteaba un nuevo problema.

—Tú y yo somos hombres de Dios —murmuró el Maestro—. Nadie puede apartarnos de nuestro objetivo. —Se hizo un silencio siniestro en la línea—. Sólo por esta razón, le pediré a Rémy que me traiga personalmente la clave. ¿Lo entiendes?

Silas percibía cólera en la voz del Maestro, y le sorprendió que no se mostrara más comprensivo. «No pudo evitar revelar su cara —pensó Silas—. Rémy hizo lo que tenía que hacer para salvar la clave.»

—Lo entiendo —consiguió decir.

—Bien. Por tu seguridad, tienes que salir del coche cuanto antes. Muy pronto la policía empezará a buscar la limusina y no quiero que te atrapen. El Opus Dei tiene una residencia en Londres, ¿verdad?

—Por supuesto.

—¿Puedes refugiarte allí?

—Me recibirán como a un hermano.

—Entonces ve allí y procura que no te vea nadie. Te llamaré en cuanto la clave esté en mi poder y haya solucionado el problema que me preocupa.

—¿Está usted en Londres?

—Haz lo que te digo y todo saldrá bien.

—Sí, señor.

El Maestro inspiró profundamente, como si lo que tuviera que hacer a continuación fuera tremendamente lamentable.

—Es hora de que hable con Rémy.

Silas le pasó el teléfono, con la sensación de que ésa podía ser la última llamada que recibía Rémy Legaludec.

Cuando Rémy cogió el teléfono, se dijo que el pobre monje enajenado no imaginaba la suerte que le esperaba, ahora que había cumplido su cometido.

«El Maestro te ha utilizado, Silas, y tu obispo no es más que un peón.»

La capacidad de persuasión del Maestro aún maravillaba a Rémy. El obispo Aringarosa confiaba plenamente en él, cegado por su propia desesperación. «Aringarosa estaba demasiado ansioso por creerle.» Aunque el Maestro no le caía particularmente bien, Rémy estaba orgulloso de haberse ganado su confianza y de haberlo ayudado de manera tan sustancial. «Me he ganado mi recompensa.»

—Escúchame bien —dijo el Maestro—. Lleva a Silas a la residencia del Opus Dei, pero déjalo a un par de calles de distancia. Después, ve a Saint James's Park, junto al Mall. Puedes aparcar la limusina en la Horse Guards Parade. Allí hablaremos.

Y con eso, terminó la comunicación.

CAPÍTULO 92

El King's College, fundado por el rey Jorge IV en 1829, tiene su Departamento de Teología y Estudios Religiosos en una sede cedida por la Corona, junto al Parlamento. El Departamento de Religión del King's College no sólo puede enorgullecerse de sus ciento cincuenta años de experiencia en la enseñanza y la investigación, sino también de haber creado en 1982 el Instituto de Investigación de Teología Sistemática, que posee una de las bibliotecas de investigación sobre religión más completas y electrónicamente avanzadas del mundo.

Langdon aún estaba conmocionado cuando Sophie y él pasaron de la lluvia al interior de la biblioteca. La sala principal de investigación era tal como Teabing la había descrito: un espectacular recinto octogonal, dominado por una enorme mesa redonda, en la que el rey Arturo y sus caballeros se habrían sentido como en casa, de no haber sido por la presencia de doce terminales de ordenador de pantalla plana. En el otro extremo de la sala, una bibliotecaria acababa de preparar el té y se disponía a iniciar una nueva jornada de trabajo.

—Deliciosa mañana —comentó en tono jovial, dejando la tetera para ir al encuentro de los visitantes—. ¿En qué puedo ayudarlos?

—Buenos días —replicó Langdon—. Mi nombre es...

—Robert Langdon —dijo ella con una sonrisa—. Lo conozco.

Por un momento, Langdon temió que Fache también hubiera difundido su imagen por la televisión inglesa, pero la sonrisa de la bibliotecaria le despejó las dudas. Todavía no estaba acostumbrado a esos momentos de inesperada fama. Por otro lado, si había alguien en el mundo que pudiera reconocer su cara, tenía que ser la bibliotecaria de una institución de estudios religiosos.

—Yo soy Pamela Gettum —dijo la mujer, tendiéndole la mano.

Tenía una expresión inteligente, de persona erudita, y su voz era agradable y fluida. Las gafas de pasta que le colgaban del cuello eran de cristales gruesos.

—Encantado —dijo Langdon—. Le presento a mi amiga Sophie Neveu.

Las dos mujeres se saludaron y luego Gettum se volvió de inmediato hacia él.

—No esperaba su visita.

—Nosotros tampoco pensábamos venir. Si no es demasiada molestia, le agradeceríamos mucho que nos ayudara a encontrar cierta información.

Gettum pareció dudar.

—Por lo general, sólo atendemos solicitudes con cita previa; a menos, naturalmente, que vengan como invitados de algún miembro del King's College.

Él negó con la cabeza.

—Me temo que hemos venido sin anunciarnos. Un amigo mío siempre me habla muy bien de usted. Sir Leigh Teabing... —Langdon sintió una punzada de dolor al pronunciar el nombre de su amigo—. El real historiador de la Corona británica.

El rostro de la mujer se iluminó con una carcajada.

—¡Ah, sí! ¡Qué personaje! ¡Un auténtico fanático! Cada vez que viene, repite siempre la misma búsqueda: el Grial, el Grial, el Grial... ¡Antes morir que renunciar a la búsqueda! —Hizo un guiño—. El tiempo y el dinero permiten darse esos lujos, ¿no creen? ¡Un verdadero quijote, ese hombre!

—¿Hay alguna probabilidad de que pueda ayudarnos? —preguntó Sophie—. Es bastante importante.

Gettum miró la biblioteca vacía a su alrededor y volvió a guiñar un ojo.

—Supongo que no me creerían si les digo que estoy demasiado ocupada. Siempre que dejen sus datos, no creo que nadie se moleste mucho. ¿Qué buscan?

—Estamos tratando de localizar una tumba en Londres.

La bibliotecaria parecía dubitativa.

—Tenemos algo así como veinte mil. ¿Podrían ser más específicos?

—Es la tumba de un caballero. No sabemos su nombre.

—Un caballero. Eso acota la búsqueda considerablemente. Mucho menos corriente.

—No tenemos mucha información sobre el caballero que estamos buscando —dijo Sophie—, pero aquí está lo que sabemos.

Sacó una hoja de papel, donde había escrito solamente las dos primeras líneas del poema.

Reacios a enseñar todo el poema a una persona ajena a su pesquisa, Langdon y Sophie habían decidido revelar únicamente los dos primeros versos, los que identificaban al caballero. «Criptografía compartimentada», llamaba a eso Sophie. Cuando un servicio de inteligencia interceptaba un código que contenía información delicada, lo dividía en varias partes, que distribuía entre diferentes criptógrafos. De ese modo, cuando conseguían descifrar el código, ninguno poseía el mensaje completo.

En ese caso, la precaución probablemente era excesiva, porque aun cuando la bibliotecaria leyera el poema completo, identificara la tumba del caballero y localizara la esfera ausente, toda la información era inservible sin el críptex.

Gettum percibió la urgencia en la mirada del famoso profesor estadounidense, como si encontrar esa tumba cuanto antes fuera un asunto de importancia crítica. La mujer de ojos verdes que lo acompañaba también parecía ansiosa.

Intrigada, la bibliotecaria se puso las gafas y examinó el papel que Sophie acababa de entregarle.

Yace en Londres, por un papa sepultado,
caballero inspirador de odio sagrado.

Miró a sus visitantes.

—¿Qué es esto? ¿Una búsqueda del tesoro organizada por los estudiantes de Harvard?

La risa de Langdon sonó forzada.

—Sí, algo así.

Gettum guardó silencio por un momento, convencida de que le ocultaban algo. Aun así, la curiosidad pudo más, y se puso a estudiar las dos líneas detenidamente.

—Según estos versos, un caballero hizo algo que le atrajo la ira de Dios pero, aun así, un papa tuvo la deferencia de enterrarlo en Londres.

Langdon asintió.

—¿Le suena de algo?

La mujer se acercó a uno de los terminales.

—Así, de pronto, no. Pero veamos si consigo encontrar algo en la base de datos.

Durante los veinte años anteriores, el Instituto de Investigación de Teología Sistemática del King's College había utilizado software de reconocimiento óptico de caracteres, combinado con herramientas de traducción automática, para digitalizar y catalogar una colección enorme de textos: enciclopedias de religión, biografías de santos, textos sagrados en docenas de idiomas, historias, cartas del Vaticano, diarios de sacerdotes y todos los escritos que de algún modo guardaran relación con la espiritualidad humana. Puesto que la extensa colección estaba almacenada en una vasta memoria informática y no en páginas físicas, los datos eran infinitamente más accesibles.

Gettum se sentó frente a uno de los terminales, echó un último vistazo al papel y empezó a teclear.

—Para empezar, haremos una búsqueda booleana directa, con las palabras clave más evidentes, y veremos qué pasa.

Gettum escribió tres palabras:

LONDRES, CABALLERO, PAPA

Cuando pinchó el botón de «Buscar», sintió el zumbido de la enorme computadora del sótano, que procesaba datos a razón de quinientos megabytes por segundo.

—Le estoy pidiendo al sistema que nos muestre todos los documentos cuyo texto completo contenga estas tres palabras clave. Nos dará más resultados de los que necesitamos, pero será un buen punto de partida.

En la pantalla ya aparecía el primero de los resultados.

Pintar al papa. Los retratos de sir Joshua Reynolds
London University Press

La bibliotecaria negó con la cabeza.

—Evidentemente, esto no es lo que buscan.

Pasó al siguiente resultado.

Los escritos londinenses de Alexander Pope,
por G. Wilson Knight*

Gettum volvió a menear la cabeza.

A medida que el sistema seguía procesando datos, los resulta-

* Los apellidos Pope y Knight significan en inglés, respectivamente, «papa» y «caballero». (*N. de las t.*)

dos empezaron a aparecer más rápidamente de lo que era habitual. Aparecieron en pantalla docenas de textos, muchos de ellos relacionados con Alexander Pope, escritor inglés del siglo XVIII, cuya poesía antirreligiosa, de burlón carácter épico, contenía al parecer abundantes referencias a caballeros, así como a la ciudad de Londres.

La mujer echó un breve vistazo al campo numérico al pie de la pantalla. Calculando el número de resultados ya obtenidos y multiplicándolo por el porcentaje de la base de datos que aún quedaba por analizar, el programa ofrecía un cálculo estimativo de la información total que se obtendría al final del proceso. Por lo visto, esa búsqueda en particular iba a producir un número extraordinariamente elevado de resultados.

Número estimado de resultados totales: 2.692

—Tenemos que acotar un poco más los parámetros —dijo Gettum, deteniendo la búsqueda—. ¿Esto es todo lo que saben de la tumba? ¿No hay nada más que podamos utilizar?

Langdon miró a Sophie Neveu con gesto dubitativo.

«Esto no es ninguna búsqueda del tesoro», se dijo Gettum.

Había oído rumores acerca de la experiencia de Robert Langdon en Roma, el año anterior. El estadounidense había tenido acceso a la biblioteca más selecta y vigilada del planeta: los archivos secretos del Vaticano. Se preguntó qué clase de secretos habría conocido en su interior, y si su búsqueda desesperada de una misteriosa tumba en Londres tendría algo que ver con la información adquirida en el Vaticano. Gettum llevaba suficiente tiempo de bibliotecaria para saber cuál era la principal razón por la que la gente iba a Londres a buscar caballeros.

«El Santo Grial.»

Sonrió y se acomodó las gafas.

—Son amigos de Teabing, están en Inglaterra e intentan localizar a un caballero. —Entrelazó las manos—. La única conclusión posible es que están buscando el Santo Grial.

Langdon y Sophie se miraron alarmados.

La bibliotecaria se echó a reír.

—Amigos míos, esta biblioteca es el campamento base de los buscadores del Grial, entre ellos Leigh Teabing. ¡Ojalá tuviera un chelín por cada búsqueda que he hecho de la rosa, María Magdalena, el Sangreal, los merovingios, el priorato de Sion y todo lo demás! —Se quitó las gafas y los miró—. Necesito más información.

En el silencio, Gettum notó que el deseo de discreción de sus visitantes estaba siendo rápidamente superado por la ansiedad de obtener resultados.

—Muy bien —dijo de pronto Sophie—, esto es todo lo que sabemos.

Pidió un bolígrafo prestado a Langdon y escribió las otras dos líneas del poema en el papel, antes de devolvérselo a la mujer.

Buscad la esfera que en su tumba falta;
de un vientre fecundo y una piel rosada habla.

La bibliotecaria sonrió para sus adentros.

«¡Claro que se refiere al Grial!», pensó, reparando en las alusiones a la rosa y al vientre fecundo.

—Creo que puedo ayudarlos —dijo, levantando la vista del papel—. ¿Puedo preguntarles dónde encontraron esos versos? ¿Y qué esfera tienen que buscar?

—Por supuesto que puede preguntar —respondió Langdon con una sonrisa—, pero es una historia muy larga y tenemos muy poco tiempo.

—Parece una forma cortés de decir: «Ocúpese de sus asuntos».

—Le quedaremos eternamente agradecidos, Pamela —dijo Langdon—, si consigue averiguar quién es el caballero y dónde está enterrado.

—Muy bien —replicó ella, disponiéndose a teclear otra vez—, los ayudaré. Si se trata de un asunto relacionado con el Santo Grial, lo mejor será cruzar sus claves con las claves más habituales del Grial. Añadiré un parámetro de proximidad y eliminaré la búsqueda entre títulos. De ese modo, los resultados sólo mostrarán los textos donde las palabras clave aparezcan cerca de un término relacionado con el Santo Grial.

Buscar:
Caballero, Londres, Papa, Tumba

A menos de 100 palabras de distancia de:
Grial, Rosa, Sangreal, Cáliz

—¿Cuánto tiempo llevará? —quiso saber Sophie.

—¿Varios cientos de terabytes, con múltiples campos de referencias cruzadas? —Los ojos de Gettum resplandecieron mientras pinchaba el botón de «Buscar»—. Unos quince minutos, nada más.

Langdon y Sophie no dijeron nada, pero la bibliotecaria notó que les parecía una eternidad.

—¿Té? —preguntó, antes de ponerse de pie y dirigirse hacia la tetera que había preparado hacía un rato—. A Leigh le encanta mi té.

CAPÍTULO 93

La sede del Opus Dei en Londres es un modesto edificio de ladrillo, en el número 5 de Orme Court, que domina el North Walk y los jardines de Kensington. Silas no la conocía, pero experimentó la creciente sensación de estar próximo a un refugio o a un asilo, mientras se acercaba a pie al edificio. Pese a la lluvia, Rémy lo había dejado a varias calles de distancia, para no entrar con la limusina en las avenidas principales. A Silas no le importaba caminar. La lluvia era purificadora.

Siguiendo el consejo de Rémy, había limpiado la pistola con un pañuelo y la había arrojado a través de la reja de una alcantarilla. Se alegraba de haberse deshecho del arma; se sentía más ligero. Todavía le dolían las piernas, por el tiempo que había pasado atado, pero era capaz de resistir padecimientos mucho mayores. Se preguntaba, sin embargo, cómo estaría Teabing, a quien Rémy había dejado atado en la parte trasera de la limusina. El británico debía de estar experimentando para entonces un dolor considerable.

—¿Qué harás con él? —le había preguntado a Rémy mientras circulaban por las calles.

Rémy se había encogido de hombros.

—El Maestro decidirá.

Había una extraña determinación en el tono de su voz.

Ahora, mientras Silas se acercaba a la sede del Opus Dei, la lluvia empezó a caer con más fuerza y le empapó el pesado hábito, que le rozaba dolorosamente las heridas del día anterior. Estaba listo para dejar atrás los pecados de las últimas veinticuatro horas y purificar su alma. Su obra estaba terminada.

Tras atravesar el pequeño patio de la entrada, no se asombró al ver que la puerta no estaba cerrada con llave. La abrió y entró en el vestíbulo minimalista. Una amortiguada campanilla electrónica sonó en el piso de arriba, en cuanto Silas pisó la alfombra. Era un tipo de timbre corriente en esos centros, donde los residentes pasaban la mayor parte de la jornada recluidos en sus habitaciones, rezando. El monje oyó movimiento en la planta alta, por el crujido de las tablas del suelo.

Un hombre con un manto echado sobre los hombros bajó la escalera.

—¿Puedo ayudarlo en algo?

—Sí, gracias. Me llamo Silas. Soy numerario del Opus Dei.

—¿Estadounidense?

Él asintió.

—Estaré en la ciudad sólo por hoy. ¿Puedo descansar aquí?

—No hace falta que lo pregunte. Hay dos habitaciones vacías en el tercer piso. ¿Quiere que le lleve té y un poco de pan?

—Sí, gracias.

Silas estaba hambriento.

Subió la escalera, hasta una modesta habitación con una ventana, donde se quitó el hábito mojado y se arrodilló para rezar en paños menores. Al rato oyó que su anfitrión se acercaba y le dejaba una bandeja del lado de fuera de la puerta. Cuando terminó sus oraciones, comió y se acostó para dormir.

Tres pisos más abajo, sonó un teléfono. Contestó la llamada el numerario del Opus Dei que había recibido a Silas.

—Policía de Londres —dijo una voz—. Estamos buscando a

un monje albino y nos informan de que podría estar ahí. ¿Lo ha visto?

El numerario se sorprendió.

—Sí, está aquí. ¿Hay algún problema?

—¿Está ahí ahora?

—Sí, arriba, rezando. ¿Qué sucede?

—Procure que no se mueva de donde está —le ordenó el oficial—, y no hable de esto con nadie. Ahora mismo envío a mis agentes.

CAPÍTULO 94

Saint James's Park es un mar de verdor en medio de Londres, un parque público que limita con los palacios de Westminster, Buckingham y Saint James. Vallado por el rey Enrique VIII y bien abastecido de ciervos para la caza, hoy en día está abierto a todos los visitantes. Las tardes de sol, los londinenses meriendan bajo los sauces y dan de comer a los pelícanos residentes del lago, cuyos antepasados fueron un regalo del embajador de Rusia al rey Carlos II.

Ese día, el Maestro no vio ningún pelícano, pero el tiempo tormentoso había llevado gaviotas desde el mar. La hierba estaba cubierta de gaviotas: cientos de cuerpos blancos, orientados todos en la misma dirección, soportando pacientemente el viento húmedo. Pese a la niebla matinal, el parque ofrecía una vista espléndida del Parlamento y el Big Ben. Al otro lado de las pendientes cubiertas de hierba, más allá del estanque de los patos y de las delicadas siluetas de los sauces llorones, el Maestro podía ver las esbeltas torres del edificio que albergaba la tumba del caballero, la verdadera razón por la que había citado a Rémy en ese punto de la ciudad.

Al ver que el Maestro se acercaba a la puerta delantera de la limusina aparcada, por el lado del acompañante, Rémy se inclinó sobre el asiento y la abrió. Antes de entrar, el Maestro bebió un trago de coñac de la petaca que llevaba encima. Después, se secó la boca, se deslizó para sentarse junto a Rémy y cerró la puerta.

Rémy sostenía la clave de bóveda como un trofeo.

—Casi la perdemos.

—Lo has hecho bien —dijo el Maestro.

—Lo hemos hecho bien —replicó Rémy, mientras depositaba la clave en las manos ansiosas del hombre.

El Maestro la admiró un momento, sonriendo.

—¿Y el revólver? ¿Has limpiado las huellas?

—Lo he devuelto a la guantera donde lo encontré.

—Excelente. —El Maestro bebió otro sorbo de coñac y le pasó la petaca a Rémy—. Brindemos por nuestro éxito. El final está cerca.

Rémy aceptó la petaca agradecido. El coñac le supo salado, pero no le preocupó. El Maestro y él ya eran verdaderos socios. Sentía que había ascendido a una posición superior en la vida. «Nunca volveré a ser un sirviente.» Contemplando el muelle del estanque de los patos, Rémy pensó que el Château Villette estaba más lejos que nunca.

Bebió otro trago de la petaca y sintió que el coñac le calentaba la sangre, aunque el calor en la garganta no tardó en convertirse en un ardor incómodo. Se aflojó el nudo de la pajarita, con un desagradable sabor arenoso en la boca, y le devolvió la petaca al Maestro.

—Creo que ya he bebido suficiente —consiguió articular con voz débil.

Mientras cogía la petaca, el Maestro dijo:

—Rémy, como ya sabes, eres la única persona que conoce mi rostro. He depositado toda mi confianza en ti.

—Así es —dijo él, sintiendo un calor febril que lo obligó a aflojarse todavía más la pajarita—. Y le aseguro que me llevaré su identidad la tumba.

El Maestro guardó silencio un largo rato.

—Te creo.

Se guardó la petaca y la clave de bóveda en el bolsillo, tendió la mano hacia la guantera y sacó el diminuto revólver Medusa. Por un momento, Rémy sintió una oleada de pánico, pero el Maestro simplemente se lo guardó en un bolsillo de los pantalones.

«¿Qué hace?»

De pronto, Rémy se encontró bañado en sudor.

—Ya sé que te prometí la libertad —dijo el Maestro, en un tono que parecía apesadumbrado—, pero considerando tus circunstancias, esto es lo mejor que puedo ofrecerte.

La hinchazón de la garganta le llegó a Rémy como un terremoto, y él se arqueó sobre el volante, agarrándose el cuello y adivinando el sabor a vómito en la tráquea que se le iba estrechando. Dejó escapar un gemido sofocado que quería ser un grito, pero que ni siquiera se oyó fuera de la limusina. Entonces comprendió por qué sabía salado el coñac.

«¡Me están asesinando!»

Con incredulidad, se volvió para mirar al Maestro, que estaba sentado tranquilamente a su lado, mirando al frente, a través del parabrisas. Se le nubló la vista y tuvo que hacer un esfuerzo para respirar. «¡He hecho todo lo posible por él! ¿Cómo puede hacerme esto?» Nunca sabría si el Maestro había planeado matarlo desde un principio, o si le había perdido la confianza por su proceder en la iglesia del Temple. Lo invadieron el terror y la rabia. Intentó abalanzarse sobre el hombre, pero su cuerpo rígido apenas podía moverse. «¡Confiaba enteramente en él!»

Intentó levantar los puños apretados para hacer sonar el claxon, pero en lugar de eso resbaló hacia un costado y rodó por el asiento, hasta quedar tumbado de lado junto al Maestro, agarrándose la garganta. Para entonces, llovía con más fuerza. Rémy ya no veía nada, pero su cerebro privado de oxígeno todavía se esforzaba por aferrarse a las últimas briznas de lucidez. Mientras su mundo caía lentamente en la negrura, Rémy Legaludec podría haber jurado que oyó el suave rumor de las olas en una playa de la Costa Azul.

El Maestro salió de la limusina y se alegró al ver que nadie estaba mirando en su dirección. «No he tenido más remedio —se dijo, sorprendido por lo poco que le remordía la conciencia lo que acababa de hacer—. Rémy selló su propio destino.» Desde el principio había temido que fuera preciso eliminar a Rémy cuando la misión estuviera cumplida; pero al mostrarse abiertamente en la iglesia del Temple, él mismo había precipitado su fin. Para el Maestro, la inesperada visita de Robert Langdon al Château Villette había sido un golpe de suerte, que a la vez le había planteado un complicado dilema. Langdon había llevado la clave de bóveda directamente al corazón de la operación, lo que había sido una agradable sorpresa, pero a la vez había llevado consigo a la policía. Las huellas de Rémy estaban por todo el Château Villette, así como en el puesto de escucha de las cuadras, donde el mayordomo desempeñaba sus funciones de espionaje. El Maestro se alegraba de haber puesto tanto cuidado en evitar cualquier conexión entre las actividades de Rémy y las suyas propias. Nadie podía implicar al Maestro, a menos que Rémy hablara, y eso ya no podía preocuparlo.

«Todavía queda otro cabo suelto por atar —pensó, mientras se dirigía a la puerta trasera de la limusina—. La policía nunca sabrá lo sucedido, y no quedarán testigos vivos que puedan contarlo.»

Echando un vistazo para comprobar que nadie lo miraba, abrió la puerta y entró en el espacioso compartimento trasero.

Unos minutos después, el Maestro atravesaba Saint James's Park. «Ahora sólo quedan dos personas: Langdon y Neveu.» Ellos eran más complicados, pero no planteaban ningún problema insuperable. De momento, sin embargo, el Maestro tenía que ocuparse del críptex.

Mirando triunfalmente a través del parque, vio su destino. «Yace en Londres, por un papa sepultado...» En cuanto oyó el poema, adivinó la respuesta. Pero no le sorprendió que los otros no la supieran. «Juego con ventaja», se dijo. Llevaba varios meses escuchando las conversaciones de Saunière y ocasionalmente había oído al gran maestre mencionar a ese famoso caballero y expresar por él una estima comparable a la que sentía por Da Vinci. La referencia al caballero era terriblemente simple en cuanto uno la veía, lo que era mérito del ingenio de Saunière. Aun así, todavía quedaba por ver de qué forma revelaría la tumba la contraseña final.

«Buscad la esfera que en su tumba falta...»

El Maestro recordaba vagamente haber visto fotos de la famosa tumba y, en particular, de su característica más destacada: un magnífico globo del mundo. El orbe instalado en lo alto de la tumba era casi tan grande como el sarcófago. La presencia de la esfera se le antojaba al Maestro a la vez alentadora y problemática. Por un lado, parecía una señal; sin embargo, según el poema, la pieza necesaria para completar el rompecabezas era una esfera que «faltaba» en la tumba, no una que ya estaba allí. Esperaba que una inspección más detenida de la tumba le permitiera descubrir la respuesta.

La lluvia estaba arreciando, y el Maestro se guardó el críptex en el fondo del bolsillo derecho para protegerlo de la humedad. Conservaba en la mano izquierda, fuera de la vista, el pequeño revólver Medusa. Al cabo de unos minutos, entró en el callado santuario del edificio de novecientos años de antigüedad, el más majestuoso de Londres.

En el instante en que el Maestro se guarecía de la lluvia, el obispo Aringarosa salía a la intemperie. Sobre el pavimento mojado del aeropuerto para ejecutivos de Biggin Hill, Aringarosa asomó por la escotilla del pequeño avión, recogiéndose la sotana para que no se le mojara. Esperaba ser recibido por el capitán Fache, pero en su lugar se le acercó un joven oficial de la policía británica, con un paraguas.

—¿El obispo Aringarosa? El capitán Fache tuvo que marcharse, pero me pidió que lo atendiera. Me indicó que lo llevara a Scotland Yard, donde cree que estará usted más seguro.

«¿Más seguro?» Aringarosa bajó la vista y reparó en el pesado maletín de bonos del Vaticano que llevaba en la mano. Casi lo había olvidado.

—Sí, gracias.

Subió al coche de la policía, preguntándose dónde estaría Silas. Unos minutos después, la respuesta crepitó por el altavoz de la radio.

«Número 5 de Orme Court.»

Reconoció la dirección al instante.

«La sede del Opus Dei en Londres.»

Se volvió hacia el conductor.

—¡Lléveme a esa dirección ahora mismo!

CAPÍTULO 95

Langdon no había apartado los ojos de la pantalla del ordenador desde el comienzo de la búsqueda.

«Cinco minutos. Sólo dos resultados y ambos irrelevantes.»

Empezaba a preocuparse.

Pamela Gettum estaba en la habitación contigua, preparando las bebidas calientes. Langdon y Sophie habían tenido la mala idea de preguntarle si tenía café, además del té que acababa de ofrecerles, y ahora, por el ruido del microondas en la sala adyacente, Langdon sospechaba que su solicitud estaba a punto de ser satisfecha con Nescafé instantáneo.

Por fin, sonó un esperado «bip» en el ordenador.

—Parece que hay otro resultado —comentó la bibliotecaria desde la habitación contigua—. ¿Cuál es?

Alegoría del Grial en la literatura medieval:
Tratado sobre sir Gawain y el Caballero Verde

—Una alegoría del Caballero Verde —contestó Langdon.

—No nos interesa —repuso ella—. No hay muchos gigantes mitológicos verdes enterrados en Londres.

Hubo otros dos resultados dudosos, pero Langdon y Sophie siguieron aguardando pacientemente delante de la pantalla. Cuando sonó otro «bip», la propuesta fue inesperada.

—¿Las óperas de Wagner? —preguntó Sophie.

Gettum se asomó por la puerta con un sobre de café instantáneo en la mano.

—Me parece extraño ese resultado. ¿Era caballero Wagner?

—No —dijo Langdon repentinamente intrigado—, pero se sabe que era masón.

«Lo mismo que Mozart, Beethoven, Shakespeare, Gershwin, Houdini y Disney.»

Se habían escrito volúmenes enteros acerca de la relación entre los masones, los templarios, el priorato de Sion y el Santo Grial.

—Quiero echarle un vistazo a ese libro —pidió Langdon—. ¿Qué hago para ver todo el texto?

—No le hace falta ver el texto completo —respondió Gettum desde la otra sala—. Pinche el enlace hipertextual del título. El programa le mostrará en pantalla las palabras clave de la búsqueda, con el término precedente y los tres sucesivos, para dar contexto.

El profesor no entendió muy bien lo que la bibliotecaria decía, pero pinchó el enlace.

Se abrió una ventana nueva.

... mitológico **caballero** llamado Parsifal que...

... del **Grial**, búsqueda metafórica por...

... Filarmónica de **Londres**, en 1855...

... Rebecca **Pope**, en su antología...

... la **tumba** de Wagner en Bayreuth...

—No es el papa que buscamos* —dijo Langdon decepcionado.

---

* El apellido «Pope» significa «papa» en inglés. (*N. de las t.*)

Aun así, le sorprendió la facilidad de uso del sistema. Las palabras clave situadas en su contexto fueron suficientes para recordarle que la ópera *Parsifal* de Wagner era un tributo a María Magdalena y a la estirpe de Jesús, a través de la historia de un joven caballero en busca de la verdad.

—Tengan paciencia —les recomendó Gettum—. Es un juego de grandes números. Dejen que la máquina trabaje.

A lo largo de los minutos siguientes, el ordenador produjo varias referencias más al Grial, incluido un texto sobre *troubadours*, los famosos juglares franceses, comparables a los *minstrels* ingleses. Langdon sabía que no era coincidencia que las palabras *minstrel* y *ministro* tuvieran la misma raíz etimológica. Los trovadores eran los siervos ambulantes, los «ministros» de la Iglesia de María Magdalena, y utilizaban la música para difundir la historia de la deidad femenina entre el pueblo llano. Los trovadores aún cantaban canciones que exaltaban las virtudes de su «señora», una bella y misteriosa mujer, a la que juraban servir para siempre.

Ansiosamente, comprobó el enlace hipertextual, pero no encontró nada.

Se oyó otro «bip».

CABALLEROS, SOTAS, PAPAS Y PENTÁCULOS:
LA HISTORIA DEL SANTO GRIAL A TRAVÉS DEL TAROT

—No me sorprende —le dijo Langdon a Sophie—. Algunas de nuestras palabras clave también son nombres de naipes. —Tendió la mano hacia el ratón para pinchar un enlace—. No sé si tu abuelo te lo diría cuando jugabas con él al tarot, Sophie, pero la baraja es un «catecismo en fichas» para recordar la historia de la esposa perdida y de su sometimiento por parte de la malvada Iglesia.

Sophie lo miró con expresión de incredulidad.

—No lo sabía.

—Ésa es la idea. Al enseñar mediante un juego de metáforas,

los seguidores del Grial disimulaban su mensaje ante los vigilantes ojos de la Iglesia.

Langdon se preguntaba a menudo cuántos de los modernos jugadores de cartas imaginarían que los cuatro palos de la baraja francesa (picas, corazones, tréboles y diamantes) eran símbolos relacionados con el Grial, directamente derivados de los cuatro palos de la baraja del tarot: espadas, copas, bastos (o cetros) y oros (o pentáculos).

Las picas eran las espadas, y la espada, el símbolo masculino.

Los corazones eran las copas, y el cáliz, el símbolo femenino.

Los tréboles eran los cetros o bastos, símbolo del linaje real y del cayado que florece.

Los diamantes eran los pentáculos u oros, símbolo de la diosa, la mitad femenina de lo sagrado.

Cuatro minutos después, cuando Langdon ya empezaba a temer que no encontrarían lo que habían ido a buscar, el ordenador arrojó otro resultado.

La gravedad del genio:
Biografía de un caballero moderno

—*¿La gravedad del genio?* —le preguntó Langdon a Gettum, que seguía en la otra habitación—. *¿Biografía de un caballero moderno?*

La bibliotecaria asomó la cabeza por la esquina.

—¿Cómo de moderno? Por favor, no me diga que es su Rudy Giuliani. Personalmente, no me ha parecido muy bien que lo nombraran *sir*.

A Langdon también le rechinaba un poco el nuevo título de sir Mick Jagger, pero no creía que fuera el mejor momento para debatir los aspectos políticos de las modernas órdenes de caballería británicas.

—Echemos un vistazo.

Hizo que aparecieran en pantalla las palabras clave, situadas en contexto.

... honorable **caballero** sir Isaac Newton...
... en **Londres**, en 1727 y...
... su **tumba** en la abadía de Westminster...
... Alexander **Pope**, amigo y colega...

—Supongo que «moderno» es un término relativo —le respondió Sophie a Gettum—. Es un libro antiguo, sobre sir Isaac Newton.

La mujer negó con la cabeza desde la puerta.

—No, no es lo que buscamos. Newton fue sepultado en la abadía de Westminster, sede del protestantismo inglés. Es imposible que un papa católico estuviera presente. El café, ¿con leche y azúcar?

Sophie asintió.

Gettum esperó un momento.

—¿Robert?

Langdon sentía el corazón desbocado. Levantó los ojos del monitor y se puso de pie.

—Sir Isaac Newton es nuestro caballero.

Sophie permaneció sentada.

—¿De qué hablas?

—Newton está enterrado en Londres —dijo él—; su obra abrió las puertas de nuevas ciencias que suscitaron la ira de la Iglesia, y fue gran maestre del priorato de Sion. ¿Qué más necesitamos?

—¿Qué más? —Sophie señaló el poema—. ¿Quizá un caballero «por un papa sepultado»? Ya has oído lo que ha dicho la señora Gettum. Newton no pudo haber sido enterrado por un papa católico.

Langdon tendió la mano hacia el ratón.

—¿Quién ha dicho nada de un papa católico?

Pinchó en el enlace hipertextual de la palabra «papa» y apareció la frase completa.

Al funeral de sir Isaac Newton asistieron
monarcas y nobles, y fue presidido
por Alexander Pope, su amigo y colega,
que pronunció un emotivo discurso, antes
de esparcir tierra sobre la tumba.

Langdon miró a Sophie.

—El segundo resultado ya nos había dado el papa correcto: Alexander Pope.

«Yace en Londres, por un papa sepultado...»

Sophie se puso de pie aturdida.

Jacques Saunière, el maestro de los juegos de palabras, había demostrado una vez más ser un hombre terriblemente ingenioso.

CAPÍTULO 96

Silas se despertó sobresaltado.

No sabía qué lo había despertado, ni cuánto tiempo llevaba durmiendo.

«¿Estaría soñando?»

Sentado en su jergón, prestó atención a la callada respiración de la residencia del Opus Dei, una quietud sólo interrumpida por el suave murmullo de una persona que rezaba en voz alta, en una habitación del piso de abajo. Eran sonidos familiares, que deberían haberlo reconfortado.

Y, sin embargo, sintió una repentina e inesperada aprensión.

Se puso de pie, sin más vestimenta que la ropa interior, y se acercó a la ventana. «¿Me habrán seguido?» El patio delantero estaba vacío, exactamente tal como lo había visto al llegar. Aguzó el oído. Silencio. «¿Por qué, entonces, esta desazón?»

Mucho tiempo antes, Silas había aprendido a confiar en su intuición. La intuición le había permitido sobrevivir durante la infancia en las calles de Marsella, mucho antes de la cárcel, mucho antes de renacer de la mano del obispo Aringarosa. Mirando por la ventana, distinguió el tenue contorno de un coche al otro lado del seto. Tenía una sirena de policía en el techo. Se oyó el crujido de una tabla del suelo en el vestíbulo. Un pestillo se movió.

Reaccionando por instinto, cruzó la habitación y se situó detrás de la puerta, justo cuando ésta se abría de par en par. Irrumpió entonces el primer agente de policía, moviendo el arma de izquierda a derecha, ante lo que parecía ser una habitación vacía. Antes de que el agente descubriera a Silas, el monje había empujado la puerta con el hombro, aplastando al segundo oficial, que ya se disponía a entrar en el cuarto. Cuando el primero iba a disparar, Silas se abalanzó sobre sus piernas. El arma cayó y la bala pasó rozando por encima de la cabeza del monje, en el instante en que éste entraba en contacto con las espinillas del policía y, con el impulso, lo hacía caer y golpearse la cabeza contra el suelo. Cuando el segundo agente consiguió ponerse de pie, en la puerta, Silas le propinó un rodillazo en la entrepierna, y después pasó por encima del cuerpo que se retorcía en el suelo, en dirección al pasillo.

Semidesnudo, se lanzó escalera abajo. Sabía que alguien lo había traicionado, pero ¿quién? Cuando llegó al vestíbulo, vio que entraban más policías por la puerta delantera. Se volvió en la otra dirección y se adentró en las entrañas de la residencia. «Tengo que buscar la entrada de las mujeres. Todos los edificios del Opus Dei la tienen.»

Recorrió varios pasillos estrechos y atravesó una cocina, donde había gente trabajando que huyó aterrorizada para evitar al albino semidesnudo, que en su loca carrera tiró al suelo ollas y vajilla. Irrumpió después en un vestíbulo oscuro, cerca del cuarto de las calderas, y entonces vio la puerta que buscaba, marcada por el brillo de una luz de emergencia.

Corriendo a toda velocidad, atravesó la puerta y salió a la lluvia. Bajó de un salto los pocos escalones de la entrada, sin ver al policía que llegaba en dirección contraria, hasta que fue demasiado tarde. Los dos hombres chocaron, y un ancho hombro desnudo de Silas se incrustó contra el esternón del otro, con fuerza demoledora. El agente cayó de espaldas sobre el pavimento, con el monje encima. El arma que llevaba el policía rodó por el suelo. Silas oyó que se aproximaban más hombres por el pasillo de la residencia. Rodó sobre sí mismo y se apoderó del arma perdida, justo en el instante en que los hombres aparecían por la puerta. Sonó un disparo en la escalera y Silas sintió un dolor desgarrador bajo las costillas. Lleno de rabia, abrió fuego contra los tres oficiales, que lo salpicaron con su sangre.

Una sombra oscura surgió a su espalda, como salida de la nada. Las manos encolerizadas que lo agarraron por los hombros desnudos parecían imbuidas del poder del mismísimo demonio. El hombre le aulló al oído:

—¡Silas, no!

El monje se volvió y disparó. Sus miradas se encontraron. Silas ya estaba gritando de horror cuando el obispo Aringarosa cayó al suelo derribado.

CAPÍTULO 97

Más de tres mil personas están sepultadas en la abadía de Westminster o tienen allí un monumento recordatorio. El colosal interior de piedra alberga los restos mortales de infinidad de reyes, estadistas, científicos, poetas y músicos. Sus tumbas, apiñadas en cada nicho y rincón disponible, varían en majestuosidad, desde el más suntuoso de los mausoleos (el de la reina Isabel I, cuyo sarcófago bajo palio tiene capilla propia en el ábside), hasta los sepulcros más modestos, que no pasan de ser simples losas en el suelo cuyas inscripciones se han borrado tras muchos siglos de tránsito de pasos, dejando librada a la imaginación de cada uno la identidad de la persona que reposa debajo.

Diseñada al estilo de las grandes catedrales de Amiens, Chartres y Canterbury, la abadía de Westminster no está considerada como una catedral ni como una iglesia parroquial. Se la clasifica como *royal peculiar*, es decir, un lugar de culto sujeto únicamente a la potestad del soberano. Desde que albergó la coronación de Guillermo el Conquistador, el día de Navidad de 1066, el deslumbrante santuario ha sido testigo de una interminable sucesión de ceremonias reales y de Estado, desde la canonización de Eduardo el Confesor hasta la boda del príncipe Andrés con Sarah Ferguson, así como de los funerales de Enrique V, la reina Isabel I y la princesa Diana.

Sin embargo, en ese momento Robert Langdon no sentía ningún interés por la historia de la antigua abadía, con excepción de un único acontecimiento: el funeral del caballero británico sir Isaac Newton.

«Yace en Londres, por un papa sepultado, caballero inspirador de odio sagrado.»

Cuando entraron a toda prisa por el gran pórtico del transepto norte, Langdon y Sophie fueron recibidos por guardias, que cortésmente los hicieron pasar a través de la adquisición más reciente de la abadía: un gran detector de metales, como el que puede verse en la mayoría de los edificios históricos de Londres. Ambos atravesaron el aparato sin que saltara la alarma y prosiguieron hacia la entrada.

Al cruzar el umbral de la abadía de Westminster, Langdon sintió que el mundo exterior se evaporaba en una repentina quietud. Se habían desvanecido el estruendo del tráfico y el chapoteo de la lluvia, y sólo resonaba un silencio ensordecedor que parecía reverberar, como si el edificio hablara consigo mismo en susurros.

Los ojos de Langdon y Sophie, como los de casi todos los visitantes, se desplazaron inmediatamente hacia arriba, donde el gran abismo de la abadía parecía estallar en las alturas. Grises columnas de piedra ascendían como secuoyas hacia las sombras; después se arqueaban con grácil elegancia sobre un espacio de increíble amplitud, y caían otra vez a pico sobre el suelo de piedra. Por delante, la amplia avenida del transepto norte se extendía como un profundo desfiladero, flanqueada por abruptos acantilados de vidrios de colores. Los días soleados, el suelo de la abadía era un multicolor mosaico de luz. Esa mañana, la lluvia y la oscuridad conferían al colosal recinto un aura fantasmagórica, más a tono con su verdadero carácter de cripta.

—Está prácticamente vacía —susurró Sophie.

Para Langdon, fue una decepción. Esperaba que hubiera mucha más gente. «Un lugar más público.» No le apetecía repetir la experiencia anterior en la desierta iglesia del Temple. Había confiado en gozar de cierta seguridad en ese popular destino turístico, pero los recuerdos que conservaba de una abadía bien iluminada e inundada de visitantes correspondían a la temporada alta del calendario turístico estival, y no a una lluviosa mañana de abril como ésa. En lugar de multitudes y vitrales resplandecientes de sol, Langdon sólo veía hectáreas de suelo desnudo y tenebrosos rincones vacíos.

—Hemos pasado por un detector de metales —le recordó Sophie, que había percibido su inquietud—. Si hay alguien aquí dentro, no puede estar armado.

Él asintió, pero seguía intranquilo. Habría querido llevar consigo a la policía de Londres, pero el temor de Sophie a que también allí hubiera personas implicadas les había hecho descartar todo nuevo contacto con las autoridades.

—Tenemos que recuperar el críptex —había insistido Sophie—. Es la clave de todo.

Tenía razón, por supuesto.

«La clave para rescatar a Leigh con vida, para encontrar el Santo Grial, para descubrir quién está detrás de todo esto...»

Por desgracia, su única posibilidad de recuperar el cilindro estaba en ese lugar y en ese momento, en la tumba de sir Isaac Newton. La persona que tuviera la clave en su poder, quienquiera que fuese, tenía que visitar la tumba para descifrar la pista final y, a menos que ya hubiese llegado y se hubiese marchado, Sophie y Langdon tenían intención de interceptarla.

Se dirigieron hacia la izquierda, rehuyendo el espacio abierto, y entraron en una nave lateral oscura, detrás de una hilera de columnas. Langdon no podía quitarse de la cabeza la imagen de Leigh Teabing en cautiverio, probablemente atado en la parte trasera de su propia limusina. La persona que había dado la orden de matar a los miembros más destacados del priorato, fuera quien fuese, no dudaría en eliminar a otros, si se interponían en su camino. Parecía una cruel ironía que Teabing, un moderno caballero británico, fuera un rehén en la búsqueda de su compatriota sir Isaac Newton.

—¿Dónde está? —preguntó Sophie, mirando a su alrededor.

«La tumba.» Langdon no lo sabía.

—Deberíamos buscar un guía y preguntarle.

Era absurdo vagar sin rumbo por el amplio recinto. Él sabía que la abadía de Westminster era un enmarañado laberinto de mausoleos, cámaras y nichos. Como la Gran Galería del Louvre, tenía un único punto de entrada, la puerta por la que acababan de pasar. Era muy fácil entrar, pero casi imposible encontrar la salida.

«Literalmente, una trampa para turistas», la había llamado una vez un perplejo colega de Langdon. Manteniendo la tradición arquitectónica, la planta de la abadía tenía forma de gigantesco crucifijo. Sin embargo, a diferencia de muchas iglesias, no tenía la entrada al fondo de la nave central, en un nártex, sino en un costado. Contaba además con una serie de claustros añadidos. Bastaba adentrarse unos pasos por el pasillo equivocado para perderse en un laberinto de galerías exteriores, rodeadas de muros altos que impedían orientarse.

—Los guías van de rojo —dijo Langdon mientras se acercaba al centro de la iglesia.

Mirando a un costado, al otro lado del inmenso altar dorado, en el otro extremo del transepto sur, vio a varias personas que iban por el suelo a cuatro patas. Esa curiosa forma de peregrinaje, corriente en el llamado «rincón de los poetas», no era tan devota como parecía. «Deben de ser turistas calcando las inscripciones de las lápidas.»

—No veo ningún guía —repuso Sophie—. ¿No podríamos encontrar la tumba solos?

Sin añadir ni una palabra, Langdon la condujo unos pasos más allá, en dirección al centro de la abadía, y la hizo mirar a la derecha.

Sophie sofocó una exclamación de asombro cuando, al mirar a

lo largo de la nave central, percibió la amplitud de la abadía en toda su magnitud.

—Ya veo —dijo—. Busquemos un guía.

En ese preciso instante, a unos cien metros de distancia en esa misma nave, oculta por la tribuna del coro, la majestuosa tumba de sir Isaac Newton tenía un visitante solitario. El Maestro llevaba unos diez minutos estudiando el monumento.

La tumba de Newton consistía en un enorme sarcófago de mármol que servía de base a una estatua de sir Isaac con atavíos grecorromanos, orgullosamente reclinado sobre una pila de libros suyos: *Divinidad, Cronología, Óptica* y *Philosophiae naturalis principia mathematica*. A sus pies había dos querubines alados con un pergamino, y a su espalda se erguía una austera pirámide. Aunque ésta en sí misma ya era una rareza, lo que más llamó la atención del Maestro fue el gigantesco cuerpo geométrico montado sobre la mitad de la misma.

«Una esfera.»

El Maestro consideró una vez más el fascinante enigma de Saunière: «Buscad la esfera que en su tumba falta...».

La voluminosa esfera que sobresalía de la cara de la pirámide tenía grabados en bajorrelieve toda clase de objetos celestes: constelaciones, signos del zodíaco, cometas, estrellas y planetas. Encima, había una imagen de la diosa Astronomía, bajo un campo de estrellas.

«Infinidad de esferas.»

El Maestro había supuesto que una vez hallada la tumba sería fácil descubrir cuál era la esfera ausente, pero ya no estaba tan seguro. Tenía ante sí un complicado mapa del cielo. ¿Faltaría un planeta? ¿Alguna esfera astronómica habría sido omitida en una constelación? No lo sabía. Aun así, no podía evitar la sospecha de que la solución debía de ser ingeniosamente sencilla, como la del «caballero por un papa sepultado».

«¿Qué esfera estoy buscando?»

Estaba seguro de que no se necesitaban conocimientos avanzados de astrofísica para encontrar el Santo Grial.

«De un vientre fecundo y una piel rosada habla.»

El Maestro perdió la concentración al notar que se acercaban varios turistas. Volvió a guardarse el críptex en el bolsillo y miró con desconfianza mientras los visitantes se aproximaban a una mesa cercana, dejaban un donativo en la hucha y se reabastecían con los suministros para calcar inscripciones que la abadía ofrecía gratuitamente. Armados con carboncillos frescos y gruesas hojas de papel, se encaminaron al frente de la abadía, probablemente al popular rincón de los poetas, para rendir homenaje a Chaucer, Tennyson y Dickens, frotando furiosamente las leyendas de sus sepulcros.

Cuando se quedó solo otra vez, se acercó un poco más a la tumba y la estudió detenidamente, empezando por abajo, desde las patas con garras del sarcófago, hacia arriba, a través de la figura de Newton, sus libros, los dos querubines con su pergamino con símbolos matemáticos, la cara de la pirámide, la esfera gigantesca de las constelaciones y, finalmente, el dosel del nicho, cuajado de estrellas.

«¿Qué esfera debería estar presente... pero falta?» Tocó el críptex que llevaba en el bolsillo, como si de algún modo el mármol tallado de Saunière fuera a revelarle la respuesta. «Sólo cinco letras me separan del Grial.»

Mientras iba y venía nerviosamente junto a la esquina de la tribuna del coro, hizo una inspiración profunda y miró a lo largo de la nave central, en dirección al altar mayor, que se veía a lo lejos. Desde lo alto del altar dorado, su mirada recayó en un guía de uniforme rojo, al que estaban haciendo señas dos personas que le resultaron muy familiares.

Langdon y Neveu.

Sin perder la calma, el Maestro retrocedió dos pasos y volvió a quedar oculto detrás de la tribuna del coro.

«¡Qué rapidez!» Había previsto que Langdon y Sophie descifraran tarde o temprano el significado del poema y acudieran a la tumba de Newton, pero lo habían conseguido mucho antes de lo esperado. Tras inspirar profundamente, consideró sus opciones. Estaba habituado a sortear imprevistos.

«El críptex es mío.»

Se metió la mano en el bolsillo y acarició el otro objeto que alimentaba su confianza: el revólver Medusa. Como era de esperar, el detector de metales de la abadía había hecho sonar la alarma cuando el Maestro lo atravesó con el arma escondida. Sin embargo, como también era de esperar, los guardias lo habían dejado pasar en cuanto él les había enseñado, con expresión indignada, el documento que lo identificaba. Su rango siempre inspiraba respeto.

Aunque inicialmente el Maestro había esperado descubrir sin ayuda la contraseña del críptex, evitando así nuevas complicaciones, en ese momento pensó que la inesperada llegada de Langdon y Neveu era una sorpresa positiva. Considerando el escaso éxito que estaba teniendo con la referencia a la esfera, quizá pudiera aprovechar los conocimientos de los recién llegados. Después de todo, si Langdon había descifrado el poema y localizado la tumba, era razonable esperar que también supiera algo a propósito de la esfera. Y en cuanto Langdon conociera la contraseña, sólo sería preciso someterlo a la presión adecuada.

«Aquí no, por supuesto. En privado.»

El Maestro recordó un pequeño cartel que había visto al entrar en la abadía, y de inmediato pensó que aquél era el lugar perfecto para llevar a Langdon y a Sophie.

Sólo tenía que pensar qué señuelo iba a utilizar.

CAPÍTULO 98

Langdon y Sophie se movían lentamente por la nave norte, sin salir de las sombras arrojadas por las anchas columnas que la separaban de la nave central. Pese a haber recorrido más de la mitad de la nave, todavía no veían con claridad la tumba de Newton, cuyo sarcófago se encontraba en un nicho abierto en el muro, apenas visible desde ese ángulo.

—Por lo menos no parece que haya nadie —susurró ella.

Langdon asintió aliviado. Toda la sección de la nave central en torno a la tumba de Newton estaba vacía.

—Iré yo —murmuró él—. Tú deberías quedarte escondida, por si alguien...

Sophie había salido de las sombras y ya avanzaba por el espacio abierto.

—... estuviera vigilando.

Langdon suspiró y se apresuró a alcanzarla.

Mientras atravesaban en diagonal la enorme nave central, ambos guardaron silencio, a medida que el complejo sepulcro se revelaba ante sus ojos en todos sus fascinantes detalles: un sarcófago de mármol negro..., una estatua de Newton reclinado sobre unos libros..., dos querubines alados... una pirámide inmensa..., y una esfera enorme.

—¿Sabías que estaba ahí? —dijo Sophie, con expresión de sorpresa.

Él negó con la cabeza, embargado también por el asombro.

—Parece que tiene constelaciones grabadas —añadió la joven.

Mientras se acercaban al nicho, Langdon experimentó una profunda sensación de zozobra. La tumba de Newton estaba cubierta de esferas: estrellas, cometas, planetas... ¿Cuál era la «esfera que en su tumba falta»? Iba a ser como buscar una brizna de hierba faltante en un campo de golf.

—Cuerpos celestes —describió Sophie con gesto de preocupación—, en grandes cantidades.

Langdon frunció el entrecejo. La única conexión entre los planetas y el Grial que podía imaginar era el pentáculo de Venus, y ya había probado la contraseña «Venus» mientras se dirigían a la iglesia del Temple.

Sophie fue directamente hacia el sarcófago, pero él se quedó unos pasos rezagado, sin perder de vista el movimiento en la abadía, a su alrededor.

—*Divinidad* —dijo Sophie, con la cabeza inclinada para leer los títulos de los libros sobre los cuales se apoyaba Newton—, *Cronología, Óptica, Philosophiae naturalis principia mathematica...* —Se volvió hacia él—. ¿Te dicen algo?

Langdon se acercó un poco más y consideró los títulos.

—*Principia mathematica*, por lo que puedo recordar, tiene algo que ver con la atracción gravitatoria de los planetas..., que evidentemente son esferas, aunque la conexión me parece un poco endeble.

—¿Qué me dices de los signos del zodíaco? —sugirió ella, mientras señalaba las constelaciones de la esfera—. Antes hablaste de piscis y acuario, ¿no?

«El fin de los tiempos», pensó Langdon.

—El fin de la era de piscis y el comienzo de la de acuario era supuestamente el momento histórico elegido por el priorato para revelar al mundo los documentos del Sangreal.

«Sin embargo, el cambio de milenio vino y se fue, sin incidentes, y los historiadores siguen preguntándose cuándo llegará la verdad.»

—Es posible —dijo Sophie— que los planes del priorato de revelar la verdad guarden relación con la última línea del poema.

«De un vientre fecundo y una piel rosada habla.»

Langdon sintió un estremecimiento. Hasta ese momento, no había considerado de ese modo ese verso del poema.

—Antes me has dicho —prosiguió ella— que el momento señalado por el priorato para revelar la verdad sobre el vientre fecundo de la rosa guardaba relación directa con la posición de los planetas..., que son esferas.

Él asintió y tuvo la sensación de que las primeras hebras de una posible solución comenzaban a materializarse. Aun así, la intuición le decía que la astronomía no era la clave. Todas las soluciones anteriores del gran maestre se habían caracterizado por una elocuente relevancia simbólica: la *Mona Lisa*, *La Virgen de las rocas*, «Sofía». Esa elocuencia faltaba notoriamente en el concepto de las esferas planetarias o el zodíaco. Hasta ese momento, Jacques Saunière había demostrado ser un meticuloso cifrador de códigos, y Langdon se sentía obligado a creer que su contraseña final —las cinco letras que abrían la puerta al secreto más importante del priorato— no sólo sería simbólicamente adecuada, sino también clara y transparente como el agua. Si su solución se parecía un poco a las demás, les sería increíblemente evidente en cuanto la vieran.

—¡Mira! —dijo Sophie asombrada, sin alzar la voz, interrumpiendo los pensamientos de Langdon al agarrarlo por el brazo.

Por la sensación de miedo que le transmitió su contacto, él creyó que se acercaba alguien, pero cuando se volvió hacia ella, vio que tenía la mirada fija en lo alto del sarcófago de mármol negro.

—Alguien ha estado aquí —susurró Sophie, señalando un punto en el sarcófago, cerca del pie derecho de Newton.

Langdon no entendió su inquietud. Un turista descuidado había dejado un trozo de carboncillo para calcar las inscripciones de las tumbas sobre la tapa del sarcófago, cerca del pie de Newton. «No es nada.»

Tendió la mano para recogerlo, pero cuando se inclinaba hacia el sarcófago, la luz cambió sobre la pulida losa de mármol negro y la sangre se le heló en las venas. De pronto, comprendió el miedo que sentía Sophie.

Garabateado sobre la tapa del sarcófago, a los pies de Newton, reverberaba un mensaje apenas visible, escrito con carboncillo:

> Tengo a Teabing.
> Pasen por la casa capitular y vayan
> al huerto por la salida sur.

Langdon leyó las palabras dos veces, sintiendo que el corazón se le salía del pecho.

Sophie se volvió y recorrió la nave central con la mirada.

Pese a la tremenda inquietud que se había apoderado de él al ver las palabras, el profesor se dijo que era una buena noticia. «Leigh está vivo.» Pero se podía sacar también una segunda conclusión.

—Todavía no conocen la contraseña —susurró.

Sophie asintió. De lo contrario, ¿para qué iban a revelar su presencia?

—Tal vez quieran ofrecernos a Leigh a cambio de la contraseña.

—O quizá sea una trampa.

Él negó con la cabeza.

—No lo creo. El huerto está fuera de los muros de la abadía; es un lugar totalmente público.

Langdon había visitado una vez ese huerto, el famoso College Garden, un pequeño jardín de árboles frutales y hierbas aromáticas, reliquia de los tiempos en que los monjes cultivaban sus propios productos medicinales. Tenía los árboles frutales más viejos de Gran Bretaña y era una atracción para los turistas, que podían visitarlo sin necesidad de entrar en la abadía.

—Creo que citarnos fuera es una muestra de buena fe, por lo que podemos ir tranquilos.

Sophie no parecía convencida.

—¿Fuera? ¿En un lugar donde no hay detectores de metales?

Langdon hizo una mueca. No lo había pensado.

Volviendo la vista hacia la tumba plagada de esferas, lamentó no haber descifrado ya la contraseña del críptex, porque de ese modo habría tenido algo que ofrecer.

«Yo metí a Leigh en esto y haré todo cuanto pueda para ayudarlo.»

—La nota dice que pasemos por la casa capitular para llegar a la salida sur —dijo Sophie—. ¿Crees que desde la puerta se verá el huerto? Si es así, podríamos estudiar la situación, antes de salir y exponernos al peligro.

La idea era buena. Langdon recordaba vagamente que la casa capitular era una amplia sala octogonal donde se reunía inicialmente el Parlamento británico, antes de que existiera el edificio actual. Hacía varios años que la había visitado, pero recordaba que estaba en algún lugar, al otro lado del claustro. Se apartó unos pasos de la tumba y miró por detrás de la tribuna del coro, a su derecha, hacia el lado de la nave central opuesto a aquel por el que habían llegado.

Vio un amplio pasillo de techo abovedado, con un cartel que indicaba el camino a varios lugares de interés:

CLAUSTROS

DECANATO

SALA COLEGIAL

MUSEO

CÁMARA DE LAS MONEDAS

CAPILLA DE LA SANTA FE

CASA CAPITULAR

Langdon y Sophie pasaron prácticamente corriendo por debajo del cartel, tanto que no repararon en el pequeño aviso que anunciaba el cierre por obras de algunas áreas y pedía disculpas por las molestias.

Desembocaron de inmediato en un patio descubierto rodeado de muros altos, donde caía la lluvia matinal. Sobre sus cabezas, el viento aullaba a través del hueco del patio con un zumbido grave, como si alguien estuviera soplando por el pico de una botella. Al entrar en el corredor estrecho y de techo bajo que bordeaba el perímetro del patio, Langdon experimentó la familiar sensación de incomodidad que siempre le producían los espacios cerrados, y comprobó con inquietud que aquel claustro en particular hacía honor a su relación etimológica con la palabra «claustrofobia».

Concentró la mente en el final del pasillo, siguiendo los signos que conducían a la casa capitular. La lluvia se había vuelto más intensa; hacía frío y el suelo estaba empapado por las ráfagas cargadas de lluvia que se colaban por la columnata, la única fuente de luz del claustro. Otra pareja se cruzó con ellos en sentido contrario, andando apresuradamente para guarecerse de un tiempo cada vez más inclemente. Para entonces, los claustros estaban desiertos, porque el viento y la lluvia los convertían en ese momento en el área menos atractiva de la abadía.

Cuarenta metros más adelante por el claustro oriental, apareció a su izquierda un arco que daba paso a un segundo corredor. Era la galería que estaban buscando, pero estaba acordonada y tenía un cartel de aspecto oficial, donde podía leerse:

CERRADO POR OBRAS

CÁMARA DE LAS MONEDAS

CAPILLA DE LA SANTA FE

CASA CAPITULAR

Al otro lado del cordón, el largo corredor desierto estaba sembrado de andamios cubiertos de telas protectoras. Justo al principio de la zona acordonada, Langdon vio las entradas a la cámara de las monedas y a la capilla de la Santa Fe, a la derecha y a la izquierda respectivamente. La entrada a la casa capitular, en cambio, estaba mucho más adelante, en la otra punta del largo pasillo. Pero incluso desde esa distancia, pudo distinguir la pesada puerta de madera abierta y el espacioso interior octogonal, bañado por la grisácea luz del día, que entraba por los enormes ventanales orientados al College Garden.

«Pasen por la casa capitular y vayan al huerto por la salida sur.»

—Acabamos de salir del claustro oriental —señaló Langdon—; por tanto, la salida sur al huerto debe de estar por allí, a la derecha.

Sophie ya estaba pasando por encima del cordón para seguir adelante.

En cuanto se internaron por el pasillo oscuro, los ruidos del viento y de la lluvia en el claustro se desvanecieron a sus espaldas. La casa capitular era una especie de satélite, un anejo independiente al final de un largo pasillo para asegurar la tranquilidad de los parlamentarios, cuando celebraban allí sus debates.

—Parece grandísimo —susurró ella mientras se acercaban.

Langdon había olvidado las enormes dimensiones de la sala. Incluso desde fuera, podía recorrer con la mirada la vasta expansión de suelo, hasta llegar a los colosales ventanales al otro lado del octógono, que alcanzaban una altura de cinco pisos hasta el techo abovedado. Desde la sala se veía claramente todo el huerto.

Al franquear el umbral, tanto Langdon como Sophie tuvieron que entornar los ojos. Después de los claustros sombríos, la casa capitular parecía un solárium. Ya se habían adentrado por lo menos tres metros en la sala, buscando la pared sur, cuando se dieron cuenta de que la salida prometida no existía.

Se encontraban en un enorme callejón sin salida.

El crujido de la pesada puerta a sus espaldas los hizo volverse, justo en el instante en que la hoja se cerraba de un sonoro portazo. El hombre solitario que había estado esperando detrás de la puerta parecía conservar la calma mientras los apuntaba con un pequeño revólver. Era corpulento y se apoyaba en un par de muletas de aluminio.

Por un momento, Langdon creyó estar soñando.

Era Leigh Teabing.

CAPÍTULO 99

Sir Leigh Teabing experimentó cierto remordimiento al mirar a Robert Langdon y a Sophie Neveu por encima del cañón de su revólver Medusa.

—Amigos míos —dijo—, desde el instante en que entraron anoche en mi casa he hecho todo lo posible por ahorrarles un mal trago, pero su persistencia me ha colocado en una posición difícil.

Veía la expresión de traicionado asombro en los rostros de Sophie y Langdon, pero confiaba en que pronto los dos entenderían la sucesión de acontecimientos que los había empujado a los tres a esa improbable encrucijada.

«¡Tengo tantas cosas que contaros..., tantas cosas que todavía no sabéis!»

—Créanme, por favor —dijo Teabing—, que no era mi intención implicarlos. Ustedes vinieron a mi casa. Ustedes me buscaron a mí.

—Leigh —consiguió articular finalmente Langdon—, ¿qué demonios estás haciendo? Creíamos que estabas en peligro. ¡Hemos venido aquí para ayudarte!

—Sí, estaba seguro de que vendrían —respondió él—. Tenemos mucho de que hablar.

Langdon y Sophie parecían incapaces de desviar las miradas asombradas del revólver que los estaba apuntando.

—Es sólo para estar seguro de que van a prestarme toda su

atención —les explicó Teabing—. Si hubiese querido hacerles daño, ya estarían muertos. Cuando vinieron anoche a mi casa, lo arriesgué todo para salvarles la vida. Soy un hombre de honor y, en lo profundo de mi conciencia, juré sacrificar únicamente a aquellos que han traicionado al Sangreal.

—¿De qué estás hablando? —dijo Langdon—. ¿Quién ha traicionado al Sangreal?

—Descubrí una verdad terrible —declaró Teabing con un suspiro—. Averigüé por qué no se habían dado a conocer al mundo los documentos del Sangreal. Me enteré de que el priorato había decidido no hacer pública la verdad. Por eso pasó el cambio de milenio sin ninguna revelación. Por eso no ocurrió nada cuando llegó el fin de los tiempos.

Langdon abrió la boca para protestar.

—El priorato —lo interrumpió Teabing— tenía el sagrado deber de difundir la verdad. Tenía la responsabilidad de dar a conocer los documentos del Sangreal cuando llegara el fin de los tiempos. Durante siglos, hombres como Da Vinci, Botticelli y Newton lo arriesgaron todo para proteger los documentos y cumplir con su deber. Pero cuando se acercaba el momento culminante de la verdad, Jacques Saunière cambió de idea. El hombre que había sido honrado con la responsabilidad más elevada de la historia del cristianismo faltó a sus obligaciones. Decidió que no era el momento oportuno. —Teabing se volvió hacia Sophie—. Traicionó al Grial, al priorato y a la memoria de todas las generaciones que habían trabajado para hacer posible ese momento.

—¿Fue usted? —dijo ella, levantando por fin la vista, sus ojos verdes llenos de ira al comprender la verdad—. ¿Usted es el culpable del asesinato de mi abuelo?

Teabing hizo un gesto de desdén.

—Su abuelo y sus senescales traicionaron al Grial.

Sophie sintió crecer la furia en su interior. «¡Miente!»

La voz de Teabing era implacable.

—Su abuelo se vendió a la Iglesia. Es evidente que la Iglesia lo presionó para que callara la verdad.

Ella sacudió la cabeza.

—¡La Iglesia no tenía ninguna influencia sobre mi abuelo!

El inglés rio con frialdad.

—Querida, la Iglesia tiene dos mil años de experiencia en silenciar a los que amenazan con revelar sus mentiras. Desde la época de Constantino, la Iglesia ha ocultado con éxito la verdad sobre María Magdalena y Jesús. No deberíamos sorprendernos si ahora, una vez más, ha encontrado la manera de mantener al mundo en la ignorancia. Quizá ya no envía cruzados a masacrar infieles, como en el pasado, pero no por ello su influencia es menos persuasiva, ni menos insidiosa. —Hizo una pausa, como para destacar lo que iba a decir a continuación—. Señorita Neveu, desde hacía cierto tiempo, su abuelo se proponía contarle a usted la verdad acerca de su familia.

Sophie estaba perpleja.

—¿Cómo lo sabe?

—Mis métodos son irrelevantes. Lo importante es que ahora entienda una cosa. —Hizo una profunda inspiración—. Las muertes de su madre, de su padre, de su abuela y de su hermano no fueron accidentales.

Sus palabras despertaron un torbellino de emociones en Sophie, que abrió la boca para hablar, pero no fue capaz de articular palabra.

Langdon negó vigorosamente con la cabeza.

—¿Qué estás diciendo?

—¡Así se explica todo, Robert! Todas las piezas encajan. La historia se repite. La Iglesia ya ha matado cuando ha tenido que silenciar la verdad sobre el Sangreal. Ante la inminencia del fin de los tiempos, el asesinato de los seres más queridos del gran maestre fue un mensaje inequívoco: «Mantén la boca cerrada, o Sophie y tú seréis los próximos».

—Fue un accidente de tráfico —balbució ella, sintiendo que el dolor de la infancia volvía a crecer en su interior—. ¡Un accidente!

—¡Cuentos de hadas para proteger su inocencia! —replicó Teabing—. Piense que sólo dos miembros de la familia sobrevivieron: el gran maestre del priorato y su nieta, la pareja perfecta para proporcionar a la Iglesia un control total sobre la hermandad. Sólo puedo imaginar el terror que la Iglesia debió de infundir en su abuelo todos estos años, amenazando con matarla a usted si él se atrevía a revelar los secretos del Sangreal, amenazando con terminar el trabajo comenzado, a menos que Saunière utilizara su influencia sobre el priorato para anular su misión ancestral.

—Leigh —intervino Langdon, visiblemente irritado—, no tienes ninguna prueba de que la Iglesia tuviera algo que ver con esas muertes, ni de que influyera sobre la decisión del priorato de guardar silencio.

—¿Pruebas? —Teabing se indignó—. ¿Quieres pruebas de que el priorato sufrió manipulaciones? ¡Ha llegado el nuevo milenio y el mundo sigue sumido en la ignorancia! ¿No te parece prueba suficiente?

Pero las palabras de Teabing habían despertado en Sophie el eco de otra voz: «Princesa, debo contarte la verdad sobre tu familia». Se dio cuenta de que estaba temblando. ¿Sería ésa la verdad que quería contarle su abuelo? ¿Que su familia había sido asesinada? ¿Qué sabía ella en realidad del accidente de tráfico que se había llevado a su familia? Sólo unos pocos detalles. Incluso los artículos de la prensa lo habían descrito en términos muy vagos. ¿Un accidente? ¿Cuentos de hadas? La joven recordó de pronto la actitud sobreprotectora de su abuelo y su renuencia a dejarla sola cuando era pequeña. Incluso cuando Sophie creció y se fue a estudiar a la universidad, siguió teniendo la sensación de que su abuelo la vigilaba. Se preguntó si los miembros del priorato la habrían estado cuidando en secreto, durante toda su vida.

—Sospechabas que estaba siendo manipulado —dijo Langdon, mirando a su amigo con incredulidad—. ¿Y por eso lo asesinaste?

—Yo no apreté el gatillo —respondió Teabing—. Saunière había muerto varios años antes, cuando la Iglesia le robó a su familia. Estaba maniatado. Ahora ya no sufre ese dolor, ni padece la vergüenza de no haber sido capaz de cumplir su misión sagrada. ¿Qué alternativa había? Era preciso hacer algo. ¿Debíamos permitir que el mundo permaneciera para siempre sumido en la ignorancia? ¿Debíamos dejar que la Iglesia siguiera llenando de mentiras nuestros libros de historia por siempre jamás? ¿Debíamos permitir que siguiera manipulando a la gente mediante el asesinato y la extorsión? ¡No, había que hacer algo! Y ahora vamos a cumplir la misión de Saunière, para corregir un terrible error. —Hizo una pausa—. Y lo haremos los tres. Juntos.

Sophie sólo podía sentir incredulidad.

—¿Cómo puede concebir siquiera la idea de que vayamos a ayudarlo?

—Porque usted, querida, es la razón de que el priorato no haya hecho públicos esos documentos. El cariño que su abuelo sentía por usted le impidió enfrentarse a la Iglesia. Su miedo a las represalias contra la única familia que le quedaba lo paralizó. No tuvo ocasión de contarle la verdad porque usted lo rechazó, lo que lo ató de pies y manos, y lo obligó a esperar. Ahora, usted le debe al mundo la verdad, y se la debe también a la memoria de su abuelo.

Robert Langdon había renunciado a encontrar sentido a la situación. Pese al torrente de preguntas que le inundaban la mente, sabía que sólo una cosa importaba: sacar de allí a Sophie con vida. Toda la culpa que erróneamente había sentido antes por implicar a Teabing se había desplazado hacia ella.

«Yo la llevé al Château Villette. Soy responsable de lo que pueda pasarle.»

No creía que Leigh Teabing fuera capaz de matarlos a ambos a sangre fría, allí, en la casa capitular y, sin embargo, era evidente que Teabing había participado en el asesinato de otras personas, durante esa búsqueda enfermiza. Langdon tenía la desagradable sensación de que nadie oiría el ruido de los disparos entre los gruesos muros de esa alejada sala, sobre todo con una lluvia como la que estaba cayendo. «Y Leigh acaba de confesarnos su culpa.»

Miró a Sophie, que parecía profundamente alterada. «¿Habrá matado la Iglesia a su familia para silenciar al priorato?»

Langdon estaba convencido de que la Iglesia moderna no cometía asesinatos. Tenía que haber otra explicación.

—Deja ir a Sophie —indicó de pronto, mirando fijamente a Leigh—. Deberíamos discutir esto a solas, tú y yo.

Teabing dejó escapar una risa forzada.

—Me temo que ésa es la única demostración de buena fe que no puedo permitirme. Sin embargo, puedo ofrecerte otra cosa.

Se irguió completamente sobre sus muletas, sin dejar de apuntar a Sophie con el revólver, y sacó la clave de bóveda del bolsillo. Se tambaleó un poco, al tendérsela a Langdon.

—Una muestra de confianza, Robert.

Receloso, él no se movió. «¿Leigh nos devuelve el críptex?»

—Cógelo —ofreció Teabing, mientras se lo alargaba con gesto torpe.

Langdon sólo podía imaginar una razón para que Leigh estuviera dispuesto a devolverlo.

—Ya lo has abierto y has sacado el mapa.

Teabing negó con la cabeza.

—Si hubiera resuelto la clave, Robert, me habría ido a buscar el Grial y os habría dejado a los dos al margen de todo esto. No, no conozco la respuesta, y lo admito abiertamente. Un auténtico caballero aprende a ser humilde ante el Grial y a obedecer los signos que se le presentan. Cuando os vi entrar en la abadía, lo comprendí. Estabais aquí por una sola razón: para ayudar. Yo no voy en pos de la gloria personal; sirvo a un amo mucho mayor que mi propio orgullo: la verdad. La humanidad merece saber la verdad. El Grial nos ha encontrado a todos y ahora nos suplica que lo revelemos. Tenemos que trabajar juntos.

Pese a las proclamas de cooperación y confianza de Teabing, su arma no dejó de apuntar a Sophie, mientras Langdon daba un paso al frente para aceptar el frío cilindro de mármol. El vinagre en el interior hizo un ruido de chapoteo cuando Langdon lo cogió y volvió a retroceder. Los discos seguían desordenados y el críptex aún estaba cerrado.

Langdon miró a Teabing.

—¿Cómo sabes que no voy a estrellarlo ahora mismo contra el suelo?

La risa satisfecha del inglés despertó un eco espectral.

—Debería haberme dado cuenta de que tu amenaza de romperlo en la iglesia del Temple no iba en serio. Robert Langdon jamás rompería la clave de bóveda. Eres un historiador, Robert. Tienes en la mano la clave para comprender dos mil años de historia: la llave perdida del Sangreal. Sientes las almas de todos los caballeros que murieron en la hoguera para proteger el secreto. ¿Permitirás que su muerte haya sido en vano? ¡No! Querrás vengarlos. Te unirás a las filas de los grandes hombres que admiras: Da Vinci, Botticelli, Newton... Todos ellos se sentirían honrados de estar hoy en tu lugar. El contenido de la clave de bóveda nos está llamando. ¡Anhela la libertad! Ha llegado la hora. El destino nos ha conducido hasta este momento.

—No puedo ayudarte, Leigh. No sé cómo abrirla. Sólo he estado un momento en la tumba de Newton. Además, aunque supiera la contraseña... —Se interrumpió, consciente de que había hablado demasiado.

—¿No me la dirías? —Teabing dejó escapar un suspiro—. Me decepciona y me sorprende, Robert, que no aprecies hasta qué punto estás en deuda conmigo. Mi tarea habría sido mucho más simple si Rémy y yo os hubiéramos eliminado en cuanto llegasteis al Château Villette. Pero, en lugar de eso, lo puse todo en peligro para seguir un camino más noble.

—¿Llamas noble a esto? —preguntó Langdon, con la vista en el arma.

—La culpa es de Saunière. Sus senescales y él mintieron a Silas. De lo contrario, habría obtenido la clave de bóveda sin complicaciones. ¿Cómo iba a imaginar que el gran maestre era capaz de llegar a tales extremos para engañarme y dejar en herencia la clave de bóveda a una nieta con la que ni siquiera se hablaba? —Teabing volvió a mirar a Langdon—. Por fortuna, Robert, te viste envuelto en esto y fuiste mi salvación. En lugar de dejar que la clave de bóveda quedara guardada para siempre en el banco depositario, la sacaste y la trajiste a mi casa.

«¿A qué otro sitio podía huir? —pensó Langdon—. La comunidad de historiadores del Grial es reducida, y Teabing y yo teníamos mucho en común.»

De pronto, la actitud del inglés se volvió arrogante.

—Cuando me enteré de que Saunière te había dejado un mensaje al morir, imaginé que tendrías información valiosa sobre el priorato. No sabía si se trataría de la propia clave o de información sobre la manera de encontrarla. Pero, con la policía siguiendo vuestro rastro, tuve la corazonada de que ibais a llamar a mi puerta.

Langdon lo miró con furia.

—¿Y si no lo hubiéramos hecho?

—Estaba preparando un plan para ofrecerte mi ayuda. De un modo u otro, la clave tenía que ir al Château Villette. El hecho de que tú mismo la hayas puesto en mis manos es la prueba de que mi causa es justa.

—¿Qué? —exclamó Langdon.

—Se suponía que Silas tenía que entrar en el Château Villette para robaros la clave, lo que os habría eliminado de la ecuación, sin causaros ningún daño, y me habría exonerado a mí de toda sospecha de complicidad. Sin embargo, cuando vi lo enrevesados que eran los códigos de Saunière, decidí manteneros un poco más en la búsqueda y hacer que Silas os robara la clave más adelante, cuando supiera lo suficiente para seguir solo.

—¡En la iglesia del Temple! —dijo Sophie, estremecida por el horror de la revelación.

«Empiezan a entender», pensó Teabing. La iglesia del Temple era el lugar perfecto para robarles la clave de bóveda a Langdon y a Sophie, y su aparente relación con el poema volvía creíble la estratagema. Las órdenes de Rémy habían sido claras: tenía que permanecer fuera de la vista mientras Silas recuperaba la clave. Por desgracia, la amenaza de Langdon de estrellar la clave de bóveda contra el suelo de la capilla le había producido pánico.

«¡Si Rémy no se hubiera mostrado! —pensó Teabing apesadumbrado, recordando su fingido secuestro—. Él era el único vínculo conmigo, ¡y tuvo que presentarse a cara descubierta!»

Por fortuna, Silas ignoraba la verdadera identidad de Teabing, y fue fácil engañarlo para que lo sacara de la iglesia y para que después se quedara mirando ingenuamente mientras Rémy fingía atar a su rehén en la parte trasera de la limusina. Una vez levantado el tabique divisorio insonorizado, Teabing pudo llamar por teléfono a Silas, que viajaba en el asiento delantero, hablarle con el falso acento francés del Maestro e indicarle que fuera directamente a la sede del Opus Dei. Un simple soplo anónimo a la policía fue todo cuanto hizo falta para eliminarlo de la escena.

«Un cabo suelto atado.»

El otro cabo suelto fue más problemático. «Rémy.»

A Teabing le costó mucho tomar la decisión, pero Rémy había demostrado ser un riesgo añadido. «Toda búsqueda del Grial requiere sacrificio.» La solución más sencilla le saltó a la vista a Teabing en el mueble bar de la limusina: una petaca, un poco de coñac y una lata de cacahuetes. El polvo del fondo de la lata sería más que suficiente para desencadenar en Rémy una reacción alérgica mortal. Cuando estacionó el vehículo en la Horse Guards Parade, Teabing salió de la parte trasera, abrió la puerta delantera del lado del acompañante y se sentó junto a Rémy. Unos minutos después, bajó del coche, entró de nuevo en la parte trasera para borrar todas las pruebas y, finalmente, salió una vez más, dispuesto a llevar a cabo la última fase de su misión.

El trayecto hasta la abadía de Westminster había sido un paseo corto, y aunque los bitutores de sus piernas, las muletas y el revólver habían disparado la alarma del detector de metales, los guardias no habían sabido cómo proceder. «¿Le pedimos que se quite los aparatos ortopédicos y atraviese el detector arrastrándose? ¿Le cacheamos el cuerpo deforme?» Teabing les ofreció una solución mucho más sencilla: una tarjeta grabada en relieve que lo identificaba como caballero de la Orden del Imperio Británico. Los pobres guardias prácticamente se pelearon entre sí para ayudarlo a entrar.

En ese momento, mirando las caras asombradas de Langdon y Neveu, tuvo que reprimir el impulso de revelarles la brillante maniobra con que había implicado al Opus Dei en la conjura que pronto causaría el derrumbamiento de toda la Iglesia. Eso tendría que esperar, porque aún les quedaba trabajo por hacer.

—*Mes amis* —dijo Teabing en un impecable francés—, *vous ne trouvez pas le Saint-Graal, c'est le Saint-Graal qui vous trouve.* —Sonrió—. Nuestros caminos están unidos y no podrían ser más claros. El Grial nos ha encontrado.

Se hizo un silencio.

Teabing siguió hablando en un tono que era un susurro.

—Escuchen. ¿Lo oyen? El Grial nos habla a través de los siglos. Nos suplica que lo salvemos de la insensatez del priorato, y yo les imploro a los dos que valoren esta oportunidad. Es imposible reunir en este momento a tres personas más capaces de descifrar el código final y abrir el críptex. —Hizo una pausa, con fuego en la mirada—. Tenemos que hacer un juramento. Tenemos que jurarnos lealtad entre nosotros y asumir como caballeros el compromiso de descubrir la verdad y darla a conocer.

Sophie miró a Teabing a los ojos y le habló en un tono grave y acerado.

—Nunca haré ningún juramento al asesino de mi abuelo, excepto que haré lo posible para enviarlo a la cárcel.

Teabing sintió un profundo pesar, que no tardó en convertirse en determinación.

—Siento mucho que ésa sea su respuesta, mademoiselle.

Después, apuntó el arma hacia Langdon.

—¿Y tú, Robert? ¿Estás conmigo o contra mí?

CAPÍTULO 100

El cuerpo del obispo Manuel Aringarosa había soportado muchas formas de dolor, pero el calor desgarrador de la bala que le hirió el pecho le produjo una sensación profundamente extraña, una sensación honda y grave que no se parecía a una herida de la carne, sino más bien del alma.

Abrió los ojos e intentó ver algo, pero la lluvia en la cara le nublaba la vista. «¿Dónde estoy?» Sentía unos brazos poderosos que lo sostenían y que transportaban su cuerpo flácido como un muñeco de trapo, con la sotana negra ondeando al viento.

Levantó un brazo con cuidado, se enjugó los ojos y vio que el hombre que lo sujetaba era Silas. El albino enorme avanzaba con dificultad por una acera sumida en la niebla, clamando por un hospital, con una voz que era un doloroso gemido de agonía. Tenía los ojos rojos fijos en el camino y las lágrimas le surcaban la cara pálida, salpicada de sangre.

—Hijo mío —susurró Aringarosa—, estás herido.

Silas bajó la vista, con la cara desfigurada por la angustia.

—Lo siento mucho, padre.

Parecía como si el dolor casi le impidiera hablar.

—No, Silas —replicó el obispo—, soy yo quien lo siente. Ha sido mi culpa.

«El Maestro me había prometido que no habría muertes y yo te ordené que lo obedecieras en todo.»

—Estaba demasiado ansioso. Tenía demasiado miedo. Los dos hemos sido engañados.

«El Maestro nunca nos dará el Santo Grial.»

Sostenido por los brazos del hombre a quien había acogido tantos años antes, el obispo Aringarosa sintió que retrocedía en el tiempo. Volvió a sentirse en España, en la época de sus modestos comienzos, cuando construyó una pequeña iglesia en Oviedo, con Silas. Y más adelante, en Nueva York, donde había proclamado la gloria de Dios desde la enorme sede del Opus Dei, en Lexington Avenue.

Cinco meses antes, Aringarosa había recibido una noticia devastadora. La obra de su vida estaba en peligro. Recordaba con todos sus vívidos detalles la reunión en Castelgandolfo que había cambiado su vida y la noticia que había puesto en marcha toda esa gran calamidad.

Había entrado en la Biblioteca Astronómica de Castelgandolfo con la cabeza erguida, esperando recibir el aplauso de docenas de manos agradecidas por su excelente misión de representación de la Iglesia católica en Estados Unidos.

Pero sólo había tres personas presentes: el secretario del Vaticano, obeso y severo, y dos cardenales italianos de alto rango, de porte altivo y desdeñoso.

—¿Usted por aquí, secretario? —había dicho Aringarosa desconcertado.

El corpulento encargado de los asuntos jurídicos le estrechó la mano y le señaló la silla de enfrente.

—Póngase cómodo, por favor.

Aringarosa se sentó, con la sensación de que algo iba mal.

—No soy buen conversador, ilustrísima —dijo el secretario—, por lo que iré al grano y le hablaré directamente de la razón de su visita.

—Sí, por favor. Dígame lo que tenga que decirme.

Aringarosa echó un vistazo a los dos cardenales, que parecían estar midiendo sus reacciones con arrogante expectativa.

—Como bien sabe —prosiguió el secretario—, su santidad y otras personas en Roma llevan cierto tiempo preocupados por las consecuencias políticas que puedan tener las prácticas más controvertidas del Opus Dei.

Aringarosa sintió de inmediato una creciente irritación. Ya había hablado de eso en numerosas ocasiones con el nuevo pontífice, que, para gran contrariedad del obispo, había resultado ser un molesto partidario de un cambio liberal en la Iglesia.

—Le aseguro —añadió rápidamente el secretario— que su santidad no pretende modificar en modo alguno su manera de desarrollar su misión pastoral.

«¡Sólo faltaría! Pero, entonces, ¿para qué estoy aquí?»

El hombre rollizo suspiró.

—Verá, no sé cómo decírselo con delicadeza, así que voy a decírselo sin rodeos. Hace dos días, el Consejo del Secretariado votó por unanimidad la revocación del respaldo que el Vaticano ha concedido al Opus Dei.

Aringarosa estaba seguro de haber entendido mal.

—¿Disculpe?

—Dicho en términos sencillos, dentro de seis meses, el Opus Dei dejará de ser una prelatura del Vaticano. Serán ustedes una Iglesia autónoma. La Santa Sede suspende las relaciones con el Opus Dei. Su santidad está de acuerdo y los documentos oficiales ya se están redactando.

—Pero ¡eso es imposible!

—Al contrario, es perfectamente posible y, además, necesario. Su santidad ve con inquietud sus agresivos métodos de reclutamiento y sus prácticas de mortificación corporal. —Hizo una pausa—. Tampoco aprecia su política respecto a las mujeres. A decir verdad, el Opus Dei se ha convertido en una carga y un motivo de bochorno.

El obispo Aringarosa estaba estupefacto.

—¿De bochorno?

—No creo que esto lo tome por sorpresa.

—¡El Opus Dei es la única organización católica que está creciendo! ¡Tenemos más de mil cien sacerdotes!

—Cierto. Es un problema para todos nosotros.

Aringarosa se irguió como impulsado por un muelle.

—¡Pregúntele a su santidad si el Opus Dei fue un motivo de bochorno en 1982, cuando ayudamos al Banco Vaticano!

—El Vaticano siempre le estará agradecido por eso —dijo el secretario en tono conciliador—. Sin embargo, todavía hay quien cree que su largueza financiera de 1982 fue la única razón por la que les fue concedido el estatuto de prelatura.

—¡No es verdad!

La insinuación ofendió profundamente al obispo.

—Sea como fuere, queremos actuar de buena fe. Estamos redactando unas condiciones de separación que incluyen el reembolso de esos fondos, que serán abonados en cinco cuotas.

—¿Pretende comprarme? —preguntó Aringarosa—. ¿Quiere pagarme para que me vaya sin hacer ruido? ¡Cuando el Opus Dei es la única voz de la razón que aún queda!

Uno de los cardenales levantó la vista.

—¿De la «razón», ha dicho?

Aringarosa se inclinó sobre la mesa y respondió con voz cortante:

—¿De verdad se preguntan por qué están abandonando la Iglesia los católicos? ¡Mire a su alrededor, cardenal! La gente ha perdido el respeto. Los rigores de la fe han desaparecido. La doctrina se ha convertido en un bufet libre: abstinencia, confesión, comunión, bautizo, misa... ¡Elijan lo que quieran! ¡Escojan la combinación que más les guste y olviden el resto! ¿Qué clase de guía espiritual está ofreciendo la Iglesia?

—Las leyes del siglo III —dijo el segundo cardenal— no pueden aplicarse a los modernos seguidores de Cristo. Esas reglas no son aplicables a la sociedad de hoy.

—¡En el Opus Dei funcionan!

—Obispo Aringarosa —dijo el secretario en tono concluyente—, por respeto a la relación de su organización con el papa anterior, su santidad concederá al Opus Dei seis meses para romper voluntariamente su relación con el Vaticano. Sugiero que hagan públicas sus diferencias de opinión con la Santa Sede y que se establezcan como una organización cristiana autónoma.

—¡Me niego! —declaró Aringarosa—. ¡Y se lo diré personalmente a su santidad!

—Me temo que su santidad ya no quiere recibirlo.

El obispo se puso de pie.

—¡No se atreverá a abolir una prelatura personal establecida por el pontífice anterior!

—Lo siento. —Los ojos del secretario ni siquiera parpadearon—. «El Señor me lo dio y el Señor me lo quitó.»

Aringarosa había salido de la reunión con las piernas temblando, desconcertado y presa del pánico. De regreso a Nueva York, pasó días enteros contemplando desilusionado la línea de los rascacielos, abrumado de tristeza por el futuro de la cristiandad.

Sin embargo, varias semanas después, recibió una llamada que lo cambió todo. Su interlocutor tenía acento francés y se identificó como «el Maestro», un título corriente en la prelatura. Dijo saber que el Vaticano planeaba retirarle el apoyo al Opus Dei.

«¿Cómo puede saberlo?», se había preguntado Aringarosa. Esperaba que sólo un puñado de personas influyentes del Vaticano estuvieran al corriente de la inminente ruptura con el Opus Dei, pero parecía que el rumor se había extendido. En lo tocante a la contención de rumores, no había muros más porosos que los que rodeaban la Ciudad del Vaticano.

—Tengo oídos en todas partes, ilustrísima —susurró el Maestro—, y con esos oídos, me he enterado de algunas cosas. Con su ayuda, puedo descubrir el lugar donde está escondida una reliquia sagrada que le otorgará un poder enorme, un poder suficiente para que el Vaticano se incline ante usted, un poder suficiente para salvar la fe. —Hizo una pausa—. Y no sólo para el Opus Dei, sino para todos nosotros.

«El Señor me lo dio y el Señor me lo quitó.»

El obispo sintió un glorioso rayo de esperanza.

—Cuénteme su plan.

Aringarosa estaba inconsciente cuando las puertas automáticas del Saint Mary's Hospital se abrieron con un susurro. Silas entró tambaleándose, delirante de agotamiento. Cayó de rodillas sobre el suelo embaldosado y clamó pidiendo ayuda. Todos los presentes en la recepción quedaron boquiabiertos de asombro al ver a un albino semidesnudo con un clérigo ensangrentado en brazos.

El médico que ayudó a Silas a acomodar al obispo herido en una camilla pareció preocupado tras tomarle el pulso a Aringarosa.

—Ha perdido mucha sangre. Hay pocas esperanzas.

Los ojos del obispo se encendieron y, por un momento, Aringarosa recobró la consciencia y buscó a Silas con la mirada.

—Hijo mío...

El alma del albino retumbaba de dolor y remordimiento.

—Padre, aunque me lleve la vida entera, encontraré al que nos ha engañado y lo mataré.

Aringarosa meneó la cabeza con expresión de profunda tristeza, mientras el camillero lo preparaba para llevárselo.

—Silas..., si no has aprendido otra cosa de mí..., por favor..., aprende lo que voy a decirte. —Apretó con fuerza la mano de monje—: El perdón es el mayor don de Dios.

—Pero, padre...

El obispo cerró los ojos.

—Silas, tienes que rezar.

CAPÍTULO 101

Bajo la alta cúpula de la casa capitular desierta, Robert Langdon miraba fijamente el cañón del arma de Teabing.

«¿Y tú, Robert? ¿Estás conmigo o contra mí?»

Las palabras del real historiador resonaban como un eco en el silencio de la mente de Langdon.

No había una respuesta viable, y lo sabía. Si respondía que estaba con él, traicionaría a Sophie. Si respondía que estaba en contra, Teabing no tendría más opción que matarlos a los dos.

En los muchos años transcurridos en las aulas, Robert Langdon no había adquirido ninguna habilidad útil para enfrentarse con un enemigo a punta de pistola, pero había aprendido a dar respuesta a las preguntas paradójicas. «Cuando una pregunta no tiene una contestación correcta, sólo hay una respuesta honesta.»

La zona gris entre el sí y el no.

«El silencio.»

Con la mirada fija en el críptex que sostenía, Langdon decidió simplemente alejarse. Sin levantar la vista, retrocedió y se adentró en el vasto espacio de la sala vacía. «En terreno neutral.»

Esperaba que su atención concentrada en el cilindro le indicara a Teabing que quizá estuviera abierto a la colaboración, y que su silencio le dijera a Sophie que no la había abandonado.

«Y mientras tanto, ganaré tiempo para pensar.»

Sospechaba que eso era precisamente lo que Teabing pretendía: hacerlo pensar. «Por eso me dio el críptex, para que sintiera el peso de mi decisión.» El historiador británico esperaba que el contacto con el críptex del gran maestre hiciera sentir a Langdon la verdadera magnitud de su contenido y que espoleara su curiosidad académica hasta hacer que ésta superase todo lo demás, obligándolo a comprender que, si no abrían la clave de bóveda, la pérdida para la historia sería irreparable.

Con Sophie encañonada por el revólver de Teabing al otro lado de la sala, Langdon sentía que el descubrimiento de la esquiva contraseña del críptex era su última esperanza para negociar la libertad de su compañera. «Si consigo sacar el mapa, Teabing se avendrá a negociar.» Forzando la mente en esa crítica tarea, se acercó lentamente a los lejanos ventanales, dejando que inundaran su pensamiento las numerosas imágenes astronómicas de la tumba de Newton.

Buscad la esfera que en su tumba falta;
de un vientre fecundo y una piel rosada habla.

Dando la espalda a los otros dos, fue hacia los altísimos ventanales y buscó inspiración en los mosaicos multicolores de las vidrieras. No la encontró.

«Ponte en el lugar de Saunière —se dijo mientras observaba el huerto del College Garden—. ¿Qué esfera pensaría él que debería estar en la tumba de Newton, pero falta?»

Imágenes de estrellas, cometas y planetas titilaron en la lluvia, pero Langdon no les prestó atención. Saunière no era un hombre de inclinación científica, sino más bien humanística. Le fascinaban las artes, la historia... «La deidad femenina..., el cáliz..., la rosa..., la proscrita Magdalena..., la caída de la diosa..., el Santo Grial.»

La leyenda siempre había pintado al Grial como una amante cruel, que danzaba en la penumbra justo fuera de la vista y susurraba al oído de quienes la buscaban, obligándolos a dar un paso más, para confundirse luego con la niebla.

Contemplando los árboles del College Garden, Langdon sintió la traviesa presencia del Grial. Los signos estaban en todas partes. Como si su figura hubiera emergido de la niebla sólo para desafiarlo, las ramas del manzano más antiguo de Gran Bretaña aparecían cargadas de flores de cinco pétalos, todas ellas relucientes como Venus, el lucero del alba. La diosa estaba en el jardín y danzaba bajo la lluvia, entonando canciones antiguas mientras se asomaba por detrás de las ramas cargadas de brotes tiernos, como si quisiera recordarle a Langdon que el fruto del árbol del saber crecía sólo un poco más allá de su alcance.

Al otro lado de la sala, sir Leigh Teabing observaba confiado al profesor, mientras éste miraba por la ventana, como en trance.

«Tal como esperaba —pensó Teabing—. Me ayudará.»

Desde hacía un tiempo, sospechaba que Langdon podía tener la clave para acceder al Grial. No era coincidencia que hubiera puesto en marcha su plan la misma noche en que estaba citado para reunirse con Jacques Saunière. Por el contenido de las escuchas, Teabing estaba seguro de que la ansiedad del conservador por reunirse con Langdon en privado sólo podía significar una cosa: «Su misterioso manuscrito ha despertado la alarma en el priorato. Langdon ha descubierto una verdad y Saunière teme que la dé a conocer». Teabing estaba convencido de que el gran maestre lo había llamado para hacerlo callar.

«¡Ya se ha silenciado demasiado tiempo la verdad!»

El inglés sabía que debía actuar con rapidez. El ataque de Silas lograría dos objetivos: evitaría que Saunière persuadiera a Langdon de guardar silencio y aseguraría la presencia del profesor estadounidense en París, por si Teabing lo necesitaba cuando tuviera la clave de bóveda en su poder.

Organizar el mortal encuentro entre Silas y Saunière había sido casi demasiado fácil. «Debo reconocer que disponía de infor-

mación privilegiada sobre los temores profundos de Saunière.»
La tarde anterior, Silas había telefoneado al conservador del
Louvre, haciéndose pasar por un sacerdote con problemas de
conciencia.

—Discúlpeme, señor Saunière, pero tengo que hablar con usted cuanto antes. En otras circunstancias, jamás quebrantaría el
secreto de confesión pero, en este caso, lo considero mi deber.
Acabo de escuchar en confesión a un hombre que dijo haber matado a miembros de su familia.

Saunière pareció sorprendido, pero su tono fue cauteloso.

—Mi familia murió en un accidente. El informe de la policía
fue concluyente al respecto.

—Sí, un accidente de coche —dijo Silas, agitando el señuelo—.
El hombre con el que hablé dijo haber empujado el coche de la
carretera a un río.

El anciano conservador guardó silencio.

—Monsieur Saunière, jamás habría pensado en hablar con usted directamente, si no fuera porque ese hombre hizo un comentario que me hace temer por su seguridad. —Hizo una pausa—.
También aludió a su nieta, Sophie.

La mención del nombre de Sophie fue el catalizador. El conservador se puso en acción. Le indicó a Silas que se reuniera con él de
inmediato, en el lugar más seguro que conocía: su despacho del
Louvre. Después, telefoneó a Sophie para avisarla de que podía
estar en peligro. La idea de tomar una copa con Robert Langdon
quedó inmediatamente abandonada.

Allí, en la casa capitular, con Langdon al otro lado de la estancia y apartado de Sophie, Teabing sintió que había conseguido separar a los dos compañeros. Sophie Neveu seguía desafiante, pero
era evidente que Langdon contemplaba la situación con más flexi-
bilidad. Estaba intentando descifrar la contraseña.

«Ha comprendido la importancia de encontrar el Grial y de
salvarla a ella.»

—No lo abrirá para usted —dijo Sophie con frialdad—, aunque pueda.

Teabing miraba a Langdon mientras apuntaba a la joven con el arma. Para entonces, estaba bastante seguro de que iba a tener que usarla. La idea lo inquietaba, pero sabía que no vacilaría ni un segundo, si llegaba el momento. «Le he dado todas las oportunidades posibles para que hiciera lo correcto. El Grial es más importante que cualquiera de nosotros.»

En ese momento, Langdon se volvió, dando la espalda a la ventana.

—La tumba... —dijo de pronto, mirándolos con un tenue brillo de esperanza en los ojos—. Sé lo que hay que buscar en la tumba de Newton. ¡Sí, creo que puedo encontrar la contraseña!

Teabing sintió que se le aceleraba el corazón.

—¿Dónde, Robert? ¡Dímelo!

Sophie parecía horrorizada.

—¡Robert, no! No irás a ayudarlo, ¿verdad?

Langdon se acercó a ellos con paso firme, sosteniendo delante el críptex.

—No —dijo, y su mirada se tornó más dura al volverse hacia Leigh—, no lo ayudaré mientras no te deje ir.

Un nubarrón oscureció el optimismo de Teabing.

—¡Estamos muy cerca, Robert! ¡No te atrevas a jugar conmigo!

—Esto no es ningún juego —replicó Langdon—. Déjala ir y te llevaré a la tumba de Newton. Abriremos el críptex juntos.

—Yo no voy a ningún sitio —declaró Sophie, entornando los ojos de rabia—. Ese críptex es la herencia que me dejó mi abuelo. No os corresponde a vosotros abrirlo.

Langdon se volvió hacia ella con expresión temerosa.

—¡Sophie, por favor! Estás en peligro. ¡Estoy intentando ayudarte!

—¿Cómo? ¿Revelando el secreto que mi abuelo trató de proteger con su vida? Él confiaba en ti, Robert. Y yo también.

Para entonces, los ojos azules de Langdon traslucían pánico. Teabing no pudo reprimir una sonrisa al ver que ambos se enfrentaban. El intento del profesor de comportarse como un caballero le parecía más que nada patético. «Está a punto de descubrir uno de los mayores secretos de la historia y se preocupa por una mujer que ha demostrado no estar a la altura de la búsqueda.»

—Sophie —suplicó Langdon—, por favor, tienes que irte.

Ella negó con la cabeza.

—No me iré, a menos que me des el críptex o lo arrojes al suelo.

—¿Qué? —exclamó él desconcertado.

—Robert, mi abuelo habría preferido que su secreto se perdiera para siempre, antes que verlo en manos de su asesino.

La joven parecía a punto de llorar, pero las lágrimas no acudieron a sus ojos. En lugar de eso, miró a Teabing con frialdad.

—Dispáreme, si tiene que hacerlo. No pienso dejar el legado de mi abuelo en sus manos.

«De acuerdo.»

Teabing apuntó el arma.

—¡No! —gritó Langdon, mientras levantaba el brazo y suspendía el críptex en precario equilibrio sobre el duro suelo de piedra—. Inténtalo, Leigh, y lo dejo caer.

Teabing se echó a reír.

—Ese farol funcionó con Rémy, pero conmigo no. Te conozco, Robert.

—¿Me conoces?

«Claro que sí. Necesitas mejorar esa cara de póquer, amigo mío. Me llevó unos segundos comprenderlo, pero ahora sé que estás mintiendo. No tienes la menor idea de dónde mirar en la tumba de Newton para encontrar la respuesta.»

—Claro que sí. ¿Sabes en qué lugar de la tumba buscar?

—Lo sé.

La vacilación en la mirada de Langdon fue fugaz, pero Leigh la captó. Estaba mintiendo. Era una última estratagema desesperada y patética para salvar a Sophie. Teabing se sintió profundamente decepcionado con Robert Langdon.

«Soy un caballero solitario, rodeado de almas indignas, y tendré que descifrar la clave de bóveda sin ayuda.»

Langdon y Neveu no eran más que una amenaza para él, y también para el Grial. Por muy dolorosa que fuera la solución, sabía que era capaz de llevarla a cabo con la conciencia tranquila. El único problema era convencer a Langdon para que soltara el críptex, de modo que Teabing pudiera resolver el enigma sin correr ningún riesgo.

—Quiero una muestra de buena fe —dijo bajando el revólver—. Deja el cilindro en el suelo y entonces hablaremos.

Langdon supo que su intento de echarse un farol había fracasado.

Veía la oscura determinación en el rostro de Teabing, y se dio cuenta de que había llegado el momento. «Cuando deje el críptex en el suelo, nos matará a los dos.» Incluso sin mirar a Sophie, sentía los silenciosos ruegos de su corazón desesperado: «Robert, este hombre no es digno del Grial. Por favor, no dejes que caiga en sus manos, cueste lo que cueste».

Langdon ya había tomado su decisión varios minutos antes, mientras estaba solo junto a la ventana que dominaba el College Garden.

«Tengo que proteger a Sophie.

»Tengo que proteger el Grial.»

Casi podría haber gritado de desesperación.

«Pero ¡no sé cómo hacerlo!»

Los oscuros momentos de zozobra habían llevado consigo una claridad mental como nunca había experimentado. «Tienes la verdad delante de los ojos, Robert. —Sin que supiera de dónde, había llegado la epifanía—. El Grial no se está burlando de ti; está llamando a un alma digna.»

En ese momento, inclinándose como un súbdito varios metros delante de Leigh Teabing, bajó el críptex hasta situarlo a pocos centímetros del suelo de piedra.

—Muy bien, Robert —susurró Teabing, apuntándolo con el arma—. Déjalo ahí.

Langdon levantó los ojos al cielo, en dirección al vasto espacio vacío de la cúpula que coronaba la casa capitular. Se agachó un poco más y bajó la vista hacia el revólver de Teabing, que lo apuntaba directamente.

—Lo siento, Leigh.

Con un solo movimiento fluido, saltó, impulsó el brazo hacia arriba y arrojó el críptex hacia las alturas de la cúpula sobre sus cabezas.

Leigh Teabing no sintió que su dedo apretara el gatillo, pero el revólver se disparó con una explosión atronadora. La figura de Langdon, que un momento antes estaba agachada, se había vuelto vertical, casi aérea, y la bala estalló junto a sus pies. La mitad del cerebro de Teabing intentó ajustar la puntería y volver a disparar, pero la otra mitad, más poderosa, arrastró su mirada hacia lo alto de la cúpula.

«¡La clave de bóveda!»

El tiempo pareció congelarse, trastocado en un sueño a cámara lenta, mientras el mundo entero de Teabing se concentraba en el críptex que volaba por el aire. Lo vio subir hasta la culminación de su ascenso..., quedar suspendido un instante en el vacío... y después caer, girando sobre sí mismo, en dirección al suelo de piedra.

Todos sus sueños y sus esperanzas se estaban desplomando desde lo alto de la cúpula.

«¡No debe golpear el suelo! ¡Puedo atraparlo!»

El cuerpo de Teabing reaccionó por instinto. Soltó el arma y saltó hacia delante, dejando caer las muletas y tendiendo las suaves manos perfectamente manicuradas. Estiró cuanto pudo dedos y brazos, y atrapó al vuelo la clave de bóveda.

Pero, mientras se desplomaba de bruces con el críptex triunfalmente sujeto en la mano, se dio cuenta de que su caída había sido demasiado rápida. Sin nada que detuviera su trayectoria, el brazo extendido fue lo primero en golpear el suelo, y el críptex se estrelló con fuerza contra la superficie de piedra.

En su interior se oyó un espantoso ruido de cristales rotos.

Durante un segundo, Teabing contuvo la respiración. Tirado en el suelo frío, mirando fijamente sus propios brazos extendidos y el cilindro de mármol en las manos desnudas, pidió al cielo que el recipiente de cristal del interior hubiera resistido. Pero entonces, el olor acre del vinagre impregnó el aire y Teabing sintió que el líquido frío se derramaba entre los discos, sobre la palma de su mano.

Un pánico salvaje se apoderó de él.

«¡No!»

El vinagre fluía del interior del críptex y Teabing imaginó el frágil papiro disolviéndose dentro.

«¡Robert, idiota! ¡El secreto se ha perdido!»

Se dio cuenta de que estaba llorando incontrolablemente.

«El Grial se ha esfumado, todo se ha perdido.»

Temblando de incredulidad ante la acción de Langdon, intentó abrir por la fuerza el cilindro, con la esperanza de captar al menos una fugaz visión de la historia, antes de que se disolviera para siempre. Para su sorpresa, cuando tiró de los extremos de la clave de bóveda, el críptex se abrió.

Contuvo la respiración y miró dentro. Estaba vacío, excepto por unos cuantos añicos de cristal mojado. No había ningún papiro en disolución. Se volvió y miró a Langdon. Sophie estaba a su lado, y ahora apuntaba a Teabing con el revólver.

Desconcertado, volvió a mirar el cilindro y entonces lo vio. La alineación de los discos ya no era aleatoria, sino que formaba una palabra de cinco letras: MALUS, «manzana» en latín.

—La esfera que probó Eva, aun a riesgo de suscitar la ira de Dios —dijo Langdon fríamente—. El pecado original, el símbolo de la caída de la deidad femenina.

Teabing sintió que la verdad lo aplastaba con su austeridad casi dolorosa. La esfera que faltaba en la tumba de Newton sólo podía ser la roja manzana que cayó del cielo, lo golpeó en la cabeza y le inspiró la obra de su vida, el fruto que lo conectaba con Eva, la madre de vientre fecundo.

—¡Robert —tartamudeó el inglés, abrumado—, lo has abierto! ¿Dónde... dónde está el mapa?

Sin parpadear, Langdon se llevó la mano al bolsillo delantero de la americana de *tweed* y, con cuidado, extrajo un delicado papiro enrollado. A pocos metros de donde yacía Teabing, lo desplegó y lo miró. Después de un largo rato, una sonrisa cómplice le iluminó la cara.

«¡Lo sabe!» El corazón de Teabing ansiaba ese conocimiento. El sueño de su vida estaba ante sus ojos.

—¡Dímelo! —rogó—. ¡Por favor! ¡Dios mío, te lo suplico! ¡No es demasiado tarde!

Al oír un ruido de pasos que retumbaban por el pasillo en dirección a la casa capitular, Langdon enrolló con calma el papiro y volvió a guardárselo en el bolsillo.

—¡No! —gritó Teabing, intentando en vano ponerse de pie.

Cuando las puertas se abrieron de par en par, Bezu Fache irrumpió en la sala como un toro en el ruedo y se puso a buscar con ojos feroces al objeto de su pesquisa, Leigh Teabing, al que encontró indefenso en el suelo. Con un suspiro de alivio, se enfundó el revólver Manurhin y se volvió hacia Sophie.

—Agente Neveu, no sabe cuánto me alegro de que el señor

Langdon y usted estén a salvo. Deberían haber venido cuando se lo pedí.

Después de Fache entraron en la casa capitular los agentes de la policía británica, que detuvieron al prisionero y lo esposaron.

Sophie parecía sorprendida de ver a Fache.

—¿Cómo nos ha encontrado?

El capitán señaló a Teabing.

—Cometió el error de enseñar su identificación cuando entró en la abadía. Los guardias escucharon un boletín de la policía y se enteraron de que lo estábamos buscando.

—¡Está en el bolsillo de Langdon! —gritaba Teabing como un enajenado—. ¡El mapa para encontrar el Santo Grial!

Mientras lo levantaban y se lo llevaban, echó atrás la cabeza y aulló:

—¡Robert! ¡Dime dónde está escondido!

Cuando Teabing pasó por su lado, Langdon lo miró a los ojos.

—Sólo encuentran el Grial quienes lo merecen, Leigh. Tú mismo me lo enseñaste.

CAPÍTULO 102

La niebla había descendido sobre los jardines de Kensington cuando Silas llegó cojeando a un rincón apartado, fuera de la vista de todos. Arrodillado en la hierba mojada, sintió fluir un tibio reguero de sangre de la herida abierta por la bala, bajo las costillas. Aun así, no bajó la vista.

Rodeado por la bruma, se sentía como en el cielo.

Levantó las manos ensangrentadas para rezar y vio que la lluvia le acariciaba los dedos y les devolvía su blancura. Mientras las gotas caían cada vez con más fuerza sobre su espalda y sus hombros, sintió que su cuerpo se desvanecía poco a poco en la niebla.

«Soy un fantasma.»

La brisa susurró a su lado, cargada del olor húmedo y terroso de la vida nueva. Con cada célula viva de su cuerpo roto, el monje rezó. Rezó por el perdón y la misericordia y, por encima de todo, rezó por su mentor, el obispo Aringarosa. Le rogó a Dios que no se lo llevara antes de tiempo.

«¡Aún le queda tanto por hacer!»

La niebla comenzó a arremolinarse a su alrededor. Silas se sintió tan ligero que pensó que los torbellinos acabarían por llevárselo. Cerró los ojos y pronunció su última oración.

Desde algún lugar, entre la niebla, la voz de Manuel Aringarosa le susurró: «Nuestro Señor es un Dios bueno y misericordioso».

Silas sintió por fin alivio del dolor y supo que el obispo tenía razón.

CAPÍTULO 103

Era ya bien avanzada la tarde cuando el sol de Londres se abrió pasó entre las nubes y empezó a secar la ciudad.

Profundamente cansado, Bezu Fache salió de la sala de interrogatorios y fue a llamar un taxi. Sir Leigh Teabing había proclamado a voz en grito su inocencia; sin embargo, a juzgar por su incoherente perorata sobre el Santo Grial, unos documentos secretos y una hermandad misteriosa, Fache sospechaba que el sagaz historiador estaba preparando el terreno para que sus abogados adujeran locura en su defensa.

«¡Una locura muy racional, la suya!», se dijo el capitán.

Teabing había hecho gala de una ingeniosa precisión para formular un plan que a cada paso protegía su inocencia. Había manipulado para sus fines al Vaticano y al Opus Dei, dos grupos que habían demostrado ser completamente inocentes. Había logrado que un monje fanático y un obispo desesperado le hicieran el trabajo sucio, sin saberlo. Con sagacidad aún mayor, Teabing había instalado su puesto de espionaje electrónico en el único sitio al que no podía acceder un hombre aquejado de secuelas de la poliomielitis. Las escuchas propiamente dichas habían corrido a cargo de su sirviente, Rémy, la única persona que conocía su verdadera identidad y que para entonces había muerto de una conveniente reacción alérgica.

«No puede decirse que sea la obra de una persona con las facultades mermadas», pensó Fache.

La información enviada por Collet desde el Château Villette indicaba que el ingenio de Teabing llegaba a tales extremos que el propio Fache habría hecho bien en aprender de él. Para esconder micrófonos en los despachos de algunas de las personas más poderosas de París, el historiador británico había tomado ejemplo de los griegos: «Caballos de Troya».

Algunos de los objetivos de Teabing recibieron generosos donativos de obras de arte, mientras que otros compraron en subastas lotes específicos, que el inglés había puesto a la venta. En el caso de Saunière, el conservador había sido invitado a cenar al Château Villette, para hablar de la posibilidad de que Teabing financiara un ala nueva del Louvre dedicada a Da Vinci. La invitación enviada a Saunière contenía una posdata aparentemente inofensiva, donde sir Leigh expresaba fascinación por un caballero robótico que, según se rumoreaba, Saunière había construido. «Tráigalo a cenar», le había sugerido. Por lo visto, Saunière había atendido su solicitud y había dejado al caballero sin vigilancia el tiempo suficiente para que Rémy Legaludec le acoplara un añadido prácticamente invisible.

Ahora, sentado en el asiento trasero del taxi, Fache cerró los ojos. «Sólo me queda una cosa más por hacer, antes de volver a París.»

La sala de convalecientes del Saint Mary's Hospital era soleada.

—Nos ha impresionado a todos —dijo la enfermera, sonriéndole—. Ha sido casi milagroso.

El obispo Aringarosa le respondió con una débil sonrisa.

—He recibido muchas bendiciones de Dios.

La enfermera terminó lo que estaba haciendo y dejó solo al obispo, que sintió el calor del sol como una agradable caricia en la cara. La noche anterior había sido la más oscura de su vida.

Con profundo dolor, pensó en Silas, cuyo cadáver había sido hallado en un parque.

«Perdóname, hijo mío.»

Había querido que Silas formara parte de su glorioso plan. Sin embargo, la noche anterior, la llamada de Bezu Fache para interrogarlo por su posible conexión con el asesinato de una monja en Saint-Sulpice había hecho comprender al obispo que los acontecimientos estaban dando un giro espeluznante. La noticia de otros cuatro asesinatos había transformado su preocupación en aterrorizada angustia. «¡Silas! ¿Qué has hecho?» Ante la imposibilidad de comunicarse con el Maestro, Aringarosa comprendió que lo habían dejado solo: «Me han utilizado».

La única manera de detener la terrible cadena de acontecimientos que había contribuido a poner en marcha era confesárselo todo a Fache. A partir de ese momento, él y el capitán habían hecho todo lo posible por atrapar a Silas, antes de que el Maestro lo utilizara para volver a matar.

Completamente exhausto, el obispo cerró los ojos y escuchó la noticia televisada del arresto de un importante historiador británico, sir Leigh Teabing.

«El Maestro, revelado ante los ojos del mundo.»

Teabing se había enterado de los planes del Vaticano de romper con el Opus Dei y había elegido a Aringarosa como el peón perfecto para su plan. «Después de todo, ¿quién podía estar más dispuesto a saltar ciegamente en pos del Santo Grial que un hombre como yo, a punto de perderlo todo? El Grial habría otorgado un poder enorme a cualquiera que lo poseyera.»

Leigh Teabing había ocultado su identidad con astucia, fingiendo acento francés y un corazón devoto, y pidiendo como pago lo único que no necesitaba: dinero. Aringarosa estaba demasiado ansioso para sospechar. El precio de veinte millones de euros le había parecido exiguo, en comparación con la recompensa de conseguir el Grial; además, con el dinero que el Vaticano había ofrecido por la ruptura, las finanzas no habían planteado ningún problema.

«El ciego sólo ve lo que quiere ver.»

La maniobra definitiva de Teabing había sido pedir el pago en bonos del Vaticano; de ese modo, si algo salía mal, todos los indicios apuntarían a Roma.

—Ilustrísima, me alegro de encontrarlo repuesto.

Aringarosa reconoció la voz áspera, pero el rostro no era como lo había imaginado: rasgos marcados y severos, pelo negro y liso peinado hacia atrás y un cuello musculoso que parecía a punto de reventar en el traje oscuro.

—¿Capitán Fache? —preguntó el obispo.

La compasión y la preocupación que el policía había demostrado la noche anterior por sus padecimientos lo habían hecho imaginar unas facciones mucho más delicadas.

Fache se acercó a la cama y depositó sobre una silla un pesado maletín negro de aspecto familiar.

—Creo que esto le pertenece.

Aringarosa miró el maletín lleno de bonos y de inmediato apartó la vista, incapaz de sentir nada más que vergüenza.

—Sí, gracias... —Hizo una pausa mientras repasaba con los dedos el borde de la sábana, y finalmente continuó—: Capitán, he estado pensando mucho, y necesito pedirle un favor.

—Desde luego.

—Las familias de esas personas de París que Silas... —Se interrumpió, intentando no dejarse llevar por la emoción—. Me doy cuenta de que ninguna suma podría pagar su dolor; sin embargo, si tuviera usted la amabilidad de dividir el contenido de este maletín entre... las familias de los fallecidos...

Los ojos oscuros de Fache lo estudiaron un buen rato.

—Ese gesto lo honra, ilustrísima. Me ocuparé personalmente de que se cumplan sus deseos.

Un pesado silencio cayó entre los dos.

En la televisión, un delgado policía francés estaba ofreciendo una rueda de prensa, delante de una inmensa mansión. Al ver quién era, Fache concentró la atención en la pantalla.

—Teniente Collet —dijo con severidad una reportera de la BBC—, anoche su capitán acusó públicamente de asesinato a dos personas inocentes. ¿Cree que Robert Langdon y Sophie Neveu pedirán cuentas de lo ocurrido a su departamento? ¿Piensa que este error le costará el cargo al capitán Fache?

La sonrisa del teniente Collet traslucía cansancio, pero era serena.

—Por mi experiencia, sé que el capitán Bezu Fache no suele equivocarse. Todavía no he hablado con él al respecto, pero conociendo su manera de trabajar, sospecho que su persecución pública de la agente Neveu y el señor Langdon fue una estratagema para hacer morder el anzuelo al verdadero asesino.

Los periodistas intercambiaron miradas de asombro.

Collet prosiguió:

—No sé si el señor Langdon y la agente Neveu estaban al corriente de su papel en la operación. El capitán Fache suele aplicar la máxima discreción a sus métodos más creativos. Lo único que puedo confirmarle en este momento es que el capitán ha conseguido arrestar con éxito al culpable y que el señor Langdon y la agente Neveu, ambos inocentes, se encuentran bien y están completamente a salvo.

Fache tenía una leve sonrisa en los labios cuando se volvió hacia Aringarosa.

—Un buen hombre, ese Collet.

Pasaron unos minutos y, por fin, Fache se pasó la mano por la frente y se alisó el pelo hacia atrás, mientras miraba a Aringarosa.

—Antes de volver a París, hay un último punto que me gustaría tratar: su improvisado vuelo a Londres. Sobornó a un piloto para cambiar de rumbo y, al hacerlo, quebrantó una serie de leyes internacionales.

Aringarosa bajó la cabeza.

—Estaba desesperado.

—Así es. También lo estaba el piloto cuando mis hombres lo interrogaron.

Fache se metió la mano en el bolsillo y sacó un anillo con una amatista violeta y la familiar mitra engarzada.

El obispo sintió que se le llenaban los ojos de lágrimas mientras aceptaba el anillo y volvía a deslizárselo en el dedo.

—Ha sido muy amable. —Tendió la mano y cogió la de Fache—. Muchas gracias.

El capitán se encogió de hombros, como quitando importancia a su gesto, se acercó a la ventana y se puso a contemplar la ciudad. Era evidente que sus pensamientos estaban muy lejos de allí. Cuando se volvió, había incertidumbre en su rostro.

—¿Adónde piensa ir ahora, ilustrísima?

Aringarosa se había hecho la misma pregunta al salir de Castelgandolfo la noche anterior.

—Sospecho que mi camino es tan incierto como el suyo.

—Sí. —Fache hizo una pausa—. Supongo que pediré la jubilación anticipada.

El obispo sonrió.

—Un poco de fe puede obrar milagros, capitán. Un poco de fe.

CAPÍTULO 104

La capilla de Rosslyn, también llamada la «catedral de los códigos», se encuentra unos diez kilómetros al sur de Edimburgo, en el emplazamiento de un antiguo templo mitraico. Construida por los templarios en 1446, presenta una increíble cantidad de símbolos grabados, que remiten a las tradiciones judía, cristiana, egipcia, masónica y pagana.

Sus coordenadas geográficas coinciden exactamente con el meridiano que pasa por Glastonbury. Esa longitudinal «línea de la rosa» constituye el tradicional indicador de la isla de Ávalon, la isla del rey Arturo, y está considerada como el principal pilar de la geometría sacra de Gran Bretaña. De hecho, la sagrada línea de la rosa ha dado su nombre a la capilla: Rosslyn, cuya grafía original era «Roslin».

Las atormentadas torres de Rosslyn ya proyectaban las alargadas sombras del crepúsculo cuando Robert Langdon y Sophie Neveu detuvieron el coche de alquiler en una zona de aparcamiento, que en realidad era un prado al pie del promontorio donde se erguía la capilla. El breve vuelo de Londres a Edimburgo había sido tranquilo, aunque ninguno de los dos había podido dormir, pensando en lo que los aguardaba. Cuando Langdon levantó la vista para contemplar el severo edificio, enmarcado en un cielo barrido por las nubes, se sintió como Alicia cayendo por la madriguera del conejo.

«Debe de ser un sueño.»

Sin embargo, el texto del mensaje final de Saunière no podía ser más específico.

Bajo la antigua Roslin el Grial espera...

Langdon había fantaseado con que el «mapa del Grial» de Saunière fuera un diagrama: un dibujo con una X que marcara el lugar buscado pero, en cambio, el secreto final del priorato les había sido revelado por el mismo medio que el gran maestre había elegido desde el principio para hablarles: «En versos sencillos». Eran cuatro líneas explícitas que apuntaban sin el menor género de dudas a ese sitio concreto. Además de mencionar Rosslyn por su nombre, los versos hacían referencia a varios rasgos arquitectónicos famosos de la capilla.

Pese a su claridad, la revelación final de Saunière había dejado a Langdon más intrigado que iluminado. En su opinión, Rosslyn era un lugar demasiado obvio. Durante siglos, la capilla de piedra había resonado con ecos de la presencia del Santo Grial, y lo que en un principio habían sido susurros se había transformado en gritos cuando en las últimas décadas las prospecciones con radar habían revelado la existencia de una estructura sorprendente debajo de la capilla: una colosal cámara subterránea. La profunda bóveda era mucho mayor que la capilla, y no parecía tener entrada ni salida. Los arqueólogos solicitaron autorización para horadar la roca con explosivos y poder llegar así a la misteriosa cámara, pero el patronato de Rosslyn prohibió expresamente toda excavación en el lugar sagrado. Lógicamente, eso no hizo más que alimentar las especulaciones. ¿Qué intentaba ocultar el patronato?

Para entonces, Rosslyn se había convertido en un centro de peregrinaje de los aficionados a los misterios. Algunos decían sentirse atraídos por el poderoso campo magnético que emanaba inexplicablemente de esas coordenadas, y otros acudían para inspeccionar la ladera en busca de la entrada oculta de la cámara subterránea; pero la mayoría simplemente visitaba el lugar para empaparse de la tradición del Santo Grial.

Aunque Langdon nunca había estado en Rosslyn, siempre reía entre dientes cuando alguien mencionaba la capilla como localización actual del Santo Grial. En su opinión, era posible que lo hubiera sido antes, pero ciertamente ya no lo era. La capilla había suscitado demasiada atención en las últimas décadas y era inevitable que tarde o temprano alguien diera con la manera de entrar en la bóveda.

Los verdaderos estudiosos del Grial estaban de acuerdo en que Rosslyn era un falso reclamo, uno de los ingeniosos callejones sin salida que con tanta habilidad preparaba el priorato. Esa noche, sin embargo, tras haber leído el poema guardado en el interior del críptex, que apuntaba directamente a ese lugar, Langdon ya no estaba tan seguro. Durante todo el día, una pregunta le había estado dando vueltas en la cabeza: «¿Por qué se habrá tomado tanto trabajo Saunière para guiarnos hasta un lugar tan evidente?».

Sólo parecía haber una respuesta lógica: «Hay algo que aún no hemos entendido a propósito de Rosslyn».

—¿Robert? —Sophie ya había salido del coche y lo miraba—. ¿Vienes?

Tenía en las manos el cofre de palisandro, que el capitán Fache le había devuelto. En el interior, los dos críptex volvían a estar uno dentro del otro, tal como los habían encontrado. El papiro con los versos también estaba en su interior, aunque sin el frasco roto de vinagre.

Mientras subían por el largo sendero de grava, Langdon y Sophie pasaron junto al famoso muro occidental de la capilla. Los visitantes poco informados suponían que aquella pared curiosamente sobresaliente correspondía a una parte inconclusa de la capilla. La verdad, según podía recordar Langdon, era mucho más fascinante.

«El muro de las lamentaciones del templo de Salomón.»

Los templarios habían diseñado la capilla de Rosslyn como una réplica arquitectónica exacta del templo de Salomón en Jerusalén, con su muro de las lamentaciones, un estrecho santuario rectangular y una bóveda subterránea semejante al sanctasanctórum del templo donde los nueve caballeros originales habían hallado su invalorable tesoro. Langdon tuvo que reconocer una curiosa simetría en la idea de que los templarios hubieran construido un moderno templo para el Grial, semejante al lugar donde originariamente estaba escondido.

La entrada de la capilla era más modesta de lo que había esperado. La pequeña puerta de madera tenía dos bisagras de hierro y una sencilla inscripción grabada en roble:

ROSLIN

La grafía antigua, según le explicó Langdon a Sophie, aludía al meridiano de la línea de la rosa, sobre el cual se encontraba la capilla o, mejor aún, como preferían creer los estudiosos del Grial, a la otra «línea de la rosa», el linaje ancestral de María Magdalena.

La capilla estaba a punto de cerrar, y cuando Langdon tiró de la puerta para abrirla, una tibia ráfaga de aire escapó del interior, como si al final del día el antiguo edificio exhalara un suspiro de cansancio. Los arcos del pórtico estaban decorados con una profusión de flores de cinco pétalos.

«Rosas... El vientre de la diosa.»

Al entrar, sintió que su mirada se abría para abarcar todo el famoso santuario. Aunque había leído descripciones de los extraordinarios relieves y esculturas de piedra de la capilla, verlos directamente fue una experiencia abrumadora.

«El paraíso de la simbología», había dicho de Rosslyn un colega suyo.

No había superficie de la capilla donde no hubiera símbolos tallados: crucifijos cristianos, estrellas judías, sellos masónicos, cruces templarias, cornucopias, pirámides, signos astrológicos, vegetales, hortalizas, pentáculos y rosas. Los templarios, maestros en el arte de tallar la piedra, habían erigido iglesias en toda Europa, pero Rosslyn se consideraba su obra más sublime de amor y veneración. Los maestros masones no habían dejado una sola piedra sin tallar. La capilla de Rosslyn era un santuario de todas las religiones, de todas las tradiciones y, por encima de todo, un lugar de culto a la naturaleza y a la diosa.

El templo estaba vacío, excepto por un puñado de visitantes que escuchaban las explicaciones de un joven en la última visita guiada de la jornada. El joven guía los conducía en fila india a lo largo de una conocida ruta: una línea invisible que conectaba seis puntos arquitectónicos de importancia clave dentro del santuario. Varias generaciones de visitantes habían recorrido esas líneas rectas que unían los puntos de interés, y sus innumerables pasos habían grabado en el suelo un símbolo enorme:

«La estrella de David —pensó Langdon—. No es ninguna coincidencia.» El hexagrama, también conocido como «estrella de Salomón», había sido el símbolo secreto de los sacerdotes astrólogos y, más adelante, había sido adoptado por los reyes israelitas: David y Salomón.

El guía vio entrar a Langdon y a Sophie y, aunque ya se aproximaba la hora del cierre, les dedicó una amplia sonrisa y les indicó con un gesto que podían visitar libremente la capilla.

Langdon inclinó la cabeza en señal de agradecimiento y empezó a adentrarse en el templo; pero Sophie parecía clavada en el umbral, con expresión de desconcierto.

—¿Qué te pasa? —preguntó él.

Su compañera dirigió la vista al interior de la capilla.

—Creo... que ya he estado aquí.

Langdon se sorprendió.

—Pero ¡si ni siquiera habías oído hablar de Rosslyn!

—Es cierto. —Sophie contempló el santuario con mirada inquisitiva, llena de dudas—. Mi abuelo debió de traerme cuando era pequeña. No lo sé. Me resulta familiar.

A medida que sus ojos recorrían el templo, su convicción parecía ir en aumento.

—Sí —dijo, señalando al frente—. Esos dos pilares... Los he visto antes.

Langdon contempló el par de intrincadas columnas en el otro extremo del santuario. Sus complicados relieves blancos parecían arder con un fulgor rojizo, iluminados por la última luz del día, que se derramaba por la ventana occidental. Los pilares, situados en el lugar que normalmente habría correspondido al altar, componían una pareja muy curiosa. La columna de la izquierda estaba tallada con sencillas líneas verticales, mientras que una ornamentada espiral florecida embellecía el pilar de la derecha.

Sophie ya se estaba acercando. Langdon se apresuró a seguirla y juntos llegaron a los pilares, mientras la joven asentía con incredulidad.

—¡Sí, estoy segura de haberlos visto antes!

—No lo dudo —dijo él—, pero no necesariamente aquí.

Ella se volvió.

—¿Qué quieres decir?

—Esas dos columnas son las estructuras más copiadas de la historia de la arquitectura. Hay réplicas en todo el mundo.

—¿Réplicas de Rosslyn? —preguntó ella con escepticismo.

—No. De las columnas. ¿Recuerdas que antes te dije que la propia Rosslyn es una copia del templo de Salomón? Esas dos columnas son réplicas exactas de los dos pilares que se levantaban al frente del Templo.

Langdon señaló el pilar de la izquierda.

—Ése se llama Boaz, el pilar del maestro cantero; el otro es Jachin, el pilar del aprendiz. —Hizo una pausa—. Prácticamente todos los templos masónicos del mundo tienen dos columnas como ésas.

Anteriormente ya le había explicado a Sophie los fuertes lazos históricos de los templarios con las modernas sociedades secretas masónicas, cuyos grados originales (aprendiz, compañero y maestro) remitían a la época de los antiguos templarios. Los versos finales de Saunière hacían referencia directa a los maestros masones que habían adornado Rosslyn con sus ofrendas artísticas, y aludían también al techo de la nave mayor de la capilla, ornamentado con relieves de estrellas y planetas.

—Nunca he estado en un templo masónico —repuso Sophie, contemplando todavía las columnas—. Estoy casi segura de haber visto aquí estos pilares.

Se volvió hacia la capilla, como buscando algo que le refrescara la memoria.

Para entonces, el resto de los visitantes ya se estaban marchando, y el joven guía atravesaba la capilla para ir al encuentro de Langdon y Sophie, con una amable sonrisa. Era un apuesto pelirrojo de entre veinticinco y treinta años, con un fuerte acento escocés.

—Estoy a punto de cerrar. ¿Necesitan que los ayude a encontrar alguna cosa?

«Sí, el Santo Grial», le habría gustado decir a Langdon.

—¡El mensaje cifrado! —exclamó de pronto Sophie, como movida por una repentina revelación—. ¡Aquí hay un mensaje cifrado!

Su entusiasmo pareció agradar al guía.

—Así es.

—¡Está en el techo! —dijo ella, volviéndose hacia la pared de la derecha—. Más o menos... por allí.

El hombre sonrió.

—Veo que no es su primera visita a Rosslyn.

«El mensaje cifrado», pensó Langdon.

Había olvidado esa leyenda. Entre los numerosos misterios de Rosslyn, había un pasaje abovedado, en el que cientos de bloques de piedra sobresalían de una superficie curiosamente multifacética. Cada bloque o caja tenía un símbolo grabado aparentemente al azar, lo que confería al conjunto el aspecto de un descomunal mensaje en clave. Algunos creían que el código revelaba la manera de entrar en la bóveda subterránea de la capilla, y otros, que contaba la verdadera leyenda del Grial. En cualquier caso, los criptógrafos llevaban varios siglos intentando descifrar su significado, y el patronato de Rosslyn ofrecía una generosa recompensa a quien pudiera descubrir el mensaje secreto, pero el código seguía siendo un misterio.

—Con mucho gusto les enseñaré...

Sophie dejó de oír la voz del guía.

«Mi primer mensaje cifrado», pensó, mientras se dirigía sola, como en trance, hacia el pasaje abovedado donde se encontraba el código. Había dejado el cofre de palisandro en manos de Langdon y sentía que por un momento podía olvidarse de todo lo referente al Santo Grial, el priorato de Sion y los misterios de la víspera. En cuanto estuvo bajo el techo cubierto de símbolos del pasaje abovedado, la inundaron los recuerdos. Recordó su primera visita al lugar y, curiosamente, su memoria se tiñó de una tristeza inesperada.

Era una niña, quizá un año después de la muerte de su familia. Su abuelo la había llevado a pasar unas breves vacaciones a Escocia. Habían ido a ver la capilla de Rosslyn, antes de volver a París. Eran las últimas horas de la tarde y la capilla estaba cerrada, pero ellos aún estaban dentro.

—¿Podemos volver ya, *grand-père*? —le suplicó Sophie cansada.

—Muy pronto, cielo, muy pronto. —La voz de su abuelo parecía melancólica—. Todavía me queda una última cosa que hacer aquí. ¿Por qué no me esperas en el coche?

—¿Tienes que hacer otra cosa más de persona mayor?

Su abuelo asintió.

—Me llevará muy poco tiempo, te lo prometo.

—¿Puedo ir otra vez a ver el mensaje en código bajo los arcos? Fue divertido.

—No lo sé. Yo tengo que salir de la capilla. ¿No tendrás miedo si te quedas aquí sola?

—¡Claro que no! —respondió ella con cara de sorpresa—. ¡Si ni siquiera ha oscurecido!

El hombre sonrió.

—Entonces, puedes quedarte —replicó, y la condujo hasta el pasaje abovedado que le había enseñado antes.

De inmediato, Sophie se tumbó boca arriba sobre el suelo de piedra y levantó la vista hacia las piezas del rompecabezas que se ofrecía ante ella.

—¡Descifraré el código antes de que vuelvas!

—De acuerdo. ¡Haremos una carrera! —Su abuelo se inclinó, la besó en la frente y se dirigió a la cercana puerta lateral—. Estaré aquí mismo. Dejaré la puerta abierta; si me necesitas, llámame.

Salió a la suave luz de la tarde.

Sophie se quedó acostada en el suelo, contemplando el mensaje cifrado. Sentía los párpados pesados; al cabo de unos minutos, los símbolos se volvieron confusos, y después de un momento, desaparecieron.

Cuando despertó, sintió el frío del suelo.

—*Grand-père?*

No hubo respuesta. Se incorporó y se sacudió el polvo de la ropa con las manos. La puerta lateral seguía abierta. Estaba anocheciendo. Salió y enseguida vio a su abuelo, de pie en el porche de una casa de piedra cercana, justo detrás de la iglesia. Estaba hablando en voz baja con una persona que casi no se veía, oculta detrás de una puerta de malla metálica.

—*Grand-père!* —lo llamó.

Su abuelo se volvió, la saludó con la mano y le indicó con un gesto que esperara sólo un minuto más. Después, lentamente, dijo unas últimas palabras a la persona que estaba dentro de la casa y envió un beso en dirección a la puerta. Cuando volvió, tenía lágrimas en los ojos.

—¿Por qué lloras, *grand-père*?

El hombre la levantó en sus brazos y la estrechó contra su pecho.

—Sophie, tú y yo hemos tenido que despedirnos de muchas personas este último año. Ha sido muy difícil.

La niña pensó en el accidente y se dijo que habían tenido que despedirse de su madre y de su padre, de su abuela y de su hermano pequeño.

—¿Te estabas despidiendo ahora de alguien más?

—De una amiga muy querida —replicó él con la voz cargada de emoción—. Y temo que no volveré a verla durante mucho tiempo.

Acompañado del guía, Langdon llevaba un rato repasando los muros de la capilla con la creciente sensación de aproximarse a un callejón sin salida. Sophie se había alejado para contemplar el mensaje cifrado y lo había dejado con el cofre de palisandro, cuyo mapa del Grial no parecía resultar muy útil. Aunque el poema de Saunière aludía con toda claridad a Rosslyn, Langdon no sabía muy bien qué hacer, ahora que estaban allí. El poema hacía referencia a «la espada y el cáliz», que Langdon no veía por ninguna parte.

Bajo la antigua Roslin el Grial espera;
la espada y el cáliz guardan su puerta.

Una vez más, Langdon sintió que aún quedaba por revelar alguna faceta del misterio.

—No me gusta inmiscuirme —dijo el guía, mirando el cofre de

palisandro en manos de Langdon—, pero ese cofre... ¿Puedo preguntarle cómo lo ha conseguido?

Él soltó una risita cansada.

—Es una historia muy larga.

El joven vaciló, sin poder quitar la vista de la caja.

—Es muy raro, pero mi abuela tiene un cofre exactamente igual que ése, un joyero. La misma madera pulida de palisandro, la misma rosa taraceada..., ¡hasta las bisagras son iguales!

Langdon estaba seguro de que el joven se equivocaba. El cofre que sostenía entre las manos era único, porque había sido fabricado especialmente para contener la clave de bóveda del priorato.

—Puede que se parezcan, pero...

La puerta lateral se abrió de un golpe y los dos miraron en esa dirección. Sophie había salido sin decir palabra y para entonces bajaba por la ladera, en dirección a una casa de piedra cercana. Langdon la siguió con la mirada.

«¿Adónde va?»

Se había estado comportando de forma extraña desde que entraron en el templo. Langdon se volvió hacia el guía.

—¿Sabe de quién es esa casa?

El hombre asintió, sorprendido también de que Sophie se dirigiera hacia allí.

—Es la rectoría. Allí vive la cuidadora de la capilla, que también es la directora del patronato. —Hizo una pausa—. Y además es mi abuela.

—¿Su abuela es la directora del patronato de Rosslyn?

El joven asintió.

—Vivo con ella en la rectoría y la ayudo a mantener en buen estado la capilla y a organizar las visitas guiadas. —Se encogió de hombros—. Siempre he vivido aquí. Mi abuela me crio en esa casa.

Preocupado por Sophie, Langdon atravesó la capilla y fue hacia la puerta, para llamarla. Sólo había recorrido la mitad del camino cuando se paró en seco. Algo que acababa de decir el joven despertó un eco en su mente:

«Mi abuela me crio».

Miró a Sophie, en la ladera, y después bajó la vista hacia el cofre de palisandro que tenía en la mano.

«Imposible.»

Lentamente, Langdon se volvió hacia el guía.

—¿Ha dicho que su abuela tiene un cofre igual que éste?

—Prácticamente idéntico.

—¿De dónde lo sacó?

—Se lo hizo mi abuelo. Murió cuando yo era un bebé, pero mi abuela habla mucho de él. Dice que era un genio con las manos, que era capaz de fabricar cualquier cosa.

Langdon vislumbró una red inimaginable de conexiones, que emergía poco a poco.

—Ha dicho que su abuela lo crio. ¿Le importa que le pregunte qué fue de sus padres?

El joven parecía sorprendido.

—Murieron cuando yo era pequeño. —Hizo una pausa—. El mismo día que mi abuelo.

Langdon sintió palpitar el corazón.

—¿En un accidente de coche?

El guía se sobresaltó y sus ojos verdes traslucieron un profundo desconcierto.

—Sí, en un accidente de coche. Toda mi familia murió ese día. Perdí a mi abuelo, a mis padres y...

Dudó un momento, bajando la vista al suelo.

—Y a su hermana —apuntó Langdon.

Fuera, en el promontorio, la casa de piedra era exactamente tal como Sophie la recordaba. Estaba cayendo la noche y la casa desprendía un aura cálida y acogedora. El aroma a pan se filtraba a través de la puerta de malla metálica, y una luz dorada brillaba en las ventanas. Cuando se acercó, Sophie distinguió el sonido de unos sollozos contenidos.

A través de la puerta mosquitera, vio a una mujer mayor en el vestíbulo. Estaba de espaldas a la puerta, pero se notaba que estaba llorando. Tenía una larga cabellera plateada, que evocó en la mente de Sophie un inesperado retazo de recuerdo. Atraída, subió los peldaños del porche. La mujer sostenía la fotografía enmarcada de un hombre y acariciaba su rostro con amorosa tristeza.

Un rostro que Sophie conocía muy bien.

«*Grand-père.*»

Obviamente, la mujer se había enterado de la triste noticia de su muerte la noche anterior.

Una tabla crujió bajos los pies de Sophie, y la anciana se volvió lentamente, hasta que su mirada triste encontró los ojos de la joven. Sophie habría querido huir, pero se quedó paralizada. Sin apartar ni un segundo la ferviente mirada de su rostro, la mujer dejó la fotografía y se acercó a la puerta mosquitera. Pareció transcurrir una eternidad, mientras las dos mujeres se miraban a través de la fina malla metálica. Después, como en la lenta transformación de una ola antes de romper en la orilla, el rostro de la mujer pasó de la incertidumbre... a la incredulidad..., a la esperanza... y, finalmente, a la dicha incontenible.

Abrió la puerta y salió al exterior, tendiendo las suaves manos para rodear con ellas la cara de asombro de Sophie.

—¡Niña querida! ¡Eres tú!

Sophie no la reconoció, aunque sabía quién era esa mujer. Intentó hablar, pero se dio cuenta de que ni siquiera podía respirar.

—Sophie. —La anciana sollozó, mientras le besaba la frente.

Las palabras de Sophie fueron un susurro ahogado.

—Pero... *grand-père* dijo que estabas...

—Lo sé. —La mujer le apoyó las delicadas manos sobre los hombros y la miró con unos ojos que a Sophie le resultaron familiares—. Tu abuelo y yo nos vimos obligados a decir muchas cosas. Hicimos lo que creímos correcto. Lo siento. Lo hicimos por tu seguridad, princesa.

Al oír esa última palabra, Sophie pensó de inmediato en su abuelo, que durante tantos años la había llamado de esa manera. El sonido de su voz parecía despertar ecos en las antiguas piedras de Rosslyn, ecos que hacían resonar la tierra y reverberaban en los desconocidos ámbitos subterráneos.

La mujer estrechó a Sophie entre sus brazos, hecha un mar de lágrimas.

—Tu abuelo habría querido contártelo todo, pero las cosas no eran fáciles entre vosotros. Hizo lo que pudo. Hay mucho que explicar, ¡tantas cosas! —Volvió a besar a Sophie en la frente y después le susurró al oído—: Ya no habrá más secretos, princesa. Es hora de que sepas la verdad sobre tu familia.

Sophie y su abuela estaban sentadas en los peldaños del porche, en lloroso abrazo, cuando el joven guía fue corriendo hacia ellas por la hierba, con los ojos brillantes de esperanza e incredulidad.

—¿Sophie?

A través de las lágrimas, ella asintió, poniéndose de pie. No reconoció la cara del joven, pero cuando se abrazaron, sintió la fuerza de la sangre que corría por sus venas..., la sangre que ahora estaba segura de compartir con él.

Cuando Langdon atravesó la extensión de hierba para reunirse con ellos, Sophie apenas podía creer que sólo un día antes se hubiera sentido completamente sola en el mundo. En ese momento, en esa tierra extranjera, rodeada de tres personas que acababa de conocer, sintió que por fin había vuelto a casa.

CAPÍTULO 105

Había caído la noche sobre Rosslyn.

Robert Langdon estaba solo en el porche de la casa de piedra, disfrutando del ruido de las risas y la conversación, que se filtraba a través de la puerta de malla metálica, a su espalda. La taza de café brasileño muy cargado que tenía en las manos le había aliviado por un momento el creciente cansancio, pero ya empezaba a sentir que el alivio sería pasajero. La fatiga le calaba hasta los huesos.

—Se ha marchado sin decir nada —dijo una voz detrás de él.

Se volvió. La abuela de Sophie salió de la casa, con la plateada cabellera brillando en la noche. Se llamaba Marie Chauvel, o al menos ése había sido su nombre durante los últimos veintiocho años.

Langdon le dedicó una sonrisa cansada.

—Me parecía justo conceder a su familia un poco de tiempo a solas.

Por la ventana, veía a Sophie hablando con su hermano.

Marie se le acercó y se quedó de pie a su lado.

—Señor Langdon, cuando me enteré de la muerte de Jacques, sentí pánico por Sophie. Verla esta noche en mi puerta ha sido el mayor alivio de mi vida. No tengo palabras para agradecérselo.

Él no supo qué decir. Aunque su propósito había sido marcharse desde el principio para que Sophie y su abuela pudieran hablar a solas, Marie le había pedido que se quedara y escuchara lo que tenían que decirse.

—Obviamente, mi marido confiaba en usted, señor Langdon —le había dicho—, y yo también confío.

Así pues, Langdon se había quedado con Sophie y había escuchado asombrado, en silencio, la historia que les contó Marie acerca de los padres de la joven, ya fallecidos. Increíblemente, los dos procedían de familias merovingias. Ambos eran descendientes directos de Jesús y María Magdalena. Por razones de seguridad, los padres y los antepasados de Sophie se habían cambiado los apellidos, que originalmente eran Plantard y Saint-Clair. Sus hijos eran los herederos más directos del linaje real, por lo que el priorato los custodiaba con la mayor atención. Cuando los padres de Sophie murieron en un accidente de coche cuya causa no se pudo establecer, el priorato temió que la identidad de la estirpe real se hubiera descubierto.

—Tu abuelo y yo —explicó Marie con la voz ahogada de dolor— tuvimos que tomar una decisión muy grave en el instante en que recibimos esa llamada telefónica. Acababan de encontrar el coche de tus padres en el río. —Se enjugó las lágrimas—. Habíamos planeado viajar los seis en el coche aquella noche, incluidos vosotros dos, nuestros nietos. Por fortuna, cambiamos de idea en el último momento y tus padres salieron solos. Cuando nos enteramos de lo sucedido, Jacques y yo no pudimos averiguar qué había pasado realmente, ni si de verdad había sido un accidente. —Marie miró a Sophie—. Teníamos el deber de proteger a nuestros nietos e hicimos lo que nos pareció mejor. Jacques dijo a la policía que tu hermano y yo también viajábamos en el coche, para que pensaran que nuestros cuerpos habían sido arrastrados por la corriente. Después, tu hermano y yo empezamos una vida secreta con la ayuda del priorato. Al ser un hombre importante, Jacques no podía darse el lujo de desaparecer. Nos pareció lógico que Sophie, siendo la mayor, se quedara en París para que Jacques la criara y la educara, cerca del corazón del priorato y de su protección. —Su voz se convirtió en un susurro—. Separar a la familia fue lo más difícil que hemos tenido que hacer. Jacques y yo nos veíamos muy rara vez, y siempre en el mayor de los secretos, bajo la protección del priorato. Hay algunas ceremonias a las que la hermandad siempre ha permanecido fiel.

Langdon había sentido que aún quedaba mucho por decir, pero había comprendido también que no le correspondía a él escucharlo. Por eso había salido al porche. Contemplando desde allí las delgadas torres de Rosslyn, no pudo sustraerse al atractivo del misterioso enigma del santuario.

«¿Verdaderamente estará el Grial aquí? Y, si es así, ¿dónde estarán la espada y el cáliz que Saunière menciona en su poema?»

—Démela —dijo Marie, tendiendo una mano hacia él.

—Ah, sí, gracias.

Langdon le alargó la taza de café vacía.

Ella lo miró.

—Me refería a la otra mano, señor Langdon.

Él bajó la vista y se dio cuenta de que estaba sosteniendo la hoja de papiro de Saunière. La había sacado nuevamente del críptex, con la esperanza de descubrir algo que se le hubiera escapado antes.

—Por supuesto. Le pido disculpas.

Marie tenía una expresión divertida cuando cogió la hoja.

—Sé de un hombre en un banco de París que estará muy ansioso por ver de nuevo este cofre de palisandro en el lugar que le corresponde. André Vernet era un amigo muy querido de Jacques, y Jacques confiaba plenamente en él. Estoy segura de que habría hecho cualquier cosa por proteger este cofre en su nombre.

«Incluso dispararme», recordó Langdon, decidido a no mencionar que probablemente le había roto la nariz.

Al pensar en París, le vinieron otra vez a la mente los tres senescales que habían sido asesinados la noche anterior.

—¿Y el priorato? ¿Qué pasará ahora?

—Los engranajes se han puesto en movimiento, señor Langdon. La hermandad ha resistido muchos siglos y podrá soportar este golpe. Siempre hay gente dispuesta a ascender en la jerarquía y emprender la reconstrucción.

Durante toda la velada, Langdon había sospechado que la abuela de Sophie tenía estrechos vínculos con las operaciones del priorato. Después de todo, la hermandad siempre había tenido mujeres en sus filas, incluidas cuatro grandes maestras. Los senescales (los «guardianes») tradicionalmente eran hombres, pero las mujeres gozaban de una elevada consideración dentro del priorato y podían acceder a los puestos más elevados, prácticamente desde cualquier rango inicial.

Langdon recordó a Leigh Teabing en la abadía de Westminster. Parecía como si hubiera transcurrido toda una vida desde entonces.

—¿Estaba presionando la Iglesia a su marido para que no hiciera públicos los documentos del Sangreal en el fin de los tiempos?

—¡No, por Dios! El fin de los tiempos es una leyenda para mentes paranoicas. No hay nada en la doctrina del priorato que fije una fecha para revelar los secretos del Grial. De hecho, la hermandad siempre ha mantenido que el Grial no debe revelarse nunca.

—¿Nunca?

Langdon estaba atónito.

—No es el Grial, sino el misterio y la maravilla las fuerzas que mueven nuestras almas. La belleza del Grial reside en su naturaleza etérea. —Marie Chauvel levantó la vista hacia Rosslyn—. Para algunos, el Grial es un cáliz que les dará la vida eterna. Para otros, es la búsqueda de unos documentos perdidos y una historia secreta. Para la mayoría, el Santo Grial es simplemente una idea espléndida, un tesoro glorioso e inalcanzable que incluso en el mundo caótico de hoy, de alguna manera, nos sigue inspirando.

—Pero si los documentos del Sangreal permanecen ocultos, la historia de María Magdalena se perderá para siempre —dijo Langdon.

—¿Eso cree? Mire a su alrededor. El arte, la música y los libros cuentan su historia, y la cuentan cada vez más, día a día. El péndulo está oscilando. Empezamos a percibir los peligros de nuestra historia y del camino de destrucción que hemos emprendido. Comenzamos a sentir la necesidad de recuperar el lado femenino de lo sagrado. —Hizo una pausa—. Ha dicho que está escribiendo un libro sobre los símbolos de la deidad femenina, ¿verdad?

—Así es.

La anciana sonrió.

—Acábelo, señor Langdon. Entone la canción de la diosa. El mundo necesita trovadores modernos.

Él guardó silencio, sintiendo el peso del mensaje de Marie. A través de los espacios abiertos, una luna nueva asomaba sobre la línea de los árboles. Volviendo los ojos hacia Rosslyn, Langdon sintió unas ansias infantiles de conocer sus secretos.

«No preguntes —se dijo—. No es el momento.»

Miró la hoja de papiro que Marie sostenía en las manos y volvió otra vez la vista hacia Rosslyn.

—Pregunte, señor Langdon —dijo ella, con expresión divertida—. Se lo ha ganado.

Él sintió que se le encendían las mejillas.

—Quiere saber si el Grial está aquí, en Rosslyn, ¿verdad?

—¿Puede decírmelo?

La mujer suspiró con fingida exasperación.

—¿Por qué los hombres no pueden dejar tranquilo el Grial? —Se echó a reír, visiblemente divertida—. ¿Por qué cree que está aquí?

Langdon señaló con un gesto el papiro en su mano.

—El poema de su marido habla específicamente de Rosslyn. Sin embargo, menciona un cáliz y una espada que custodian el Grial, pero ahí dentro no he visto ninguno de los dos símbolos.

—¿La espada y el cáliz? —preguntó ella—. ¿Qué aspecto deberían tener exactamente?

Langdon pensó que quizá se estuviera burlando de él, pero le siguió la corriente y le hizo una rápida descripción de los símbolos.

Una expresión de vago reconocimiento iluminó el rostro de la mujer.

—Ah, sí, por supuesto. La espada representa lo masculino. Creo que se dibuja así, ¿no?

Con el dedo índice, trazó la forma sobre la palma de la mano.

$$\triangle$$

—Así es —dijo Langdon.

Marie había dibujado la forma «cerrada» de la espada, menos corriente que la abierta, aunque él conocía el símbolo en las dos versiones.

—Y su opuesto —prosiguió ella, trazando otro dibujo sobre la palma— es el cáliz, que representa lo femenino.

$$\triangledown$$

—En efecto —confirmó Langdon.

—¿Me está diciendo que, entre los cientos de símbolos que hay en la capilla de Rosslyn, estas dos formas no aparecen por ningún sitio?

—Yo no las he visto.

—Si se las enseño, ¿podrá conciliar por fin el sueño?

Sin esperar a que Langdon respondiera, Marie Chauvel bajó los peldaños del porche y se encaminó hacia la capilla. Langdon se apresuró a seguirla. Al entrar en el antiguo edificio, Marie encendió las luces y señaló el centro del suelo del santuario.

—Ahí los tiene, señor Langdon: la espada y el cáliz.

Langdon fijó la vista en el suelo de piedra gastada. No había ningún símbolo.

—No hay nada...

Marie suspiró y empezó a recorrer la famosa ruta que las huellas de los visitantes habían marcado en el suelo de la capilla, el mismo camino que Langdon había visto recorrer a los turistas unas horas antes, esa misma tarde. Mientras su visión se acomodaba para distinguir el símbolo gigantesco en el suelo, seguía sin comprender.

—Pero si ésa es la estrella de Da...

Langdon se interrumpió, mudo de asombro, porque acababa de verlo.

«La espada y el cáliz fundidos en un solo símbolo: la estrella de David, unión perfecta de los principios masculino y femenino; el sello de Salomón, que marcaba el lugar del sanctasanctórum, donde se creía que habitaban las deidades masculina y femenina, Yahvé y Shejiná.»

Tardó unos minutos en recuperar el habla.

—Entonces, es cierto que el poema apunta aquí, a Rosslyn. Totalmente.

—Eso parece. —Marie sonrió.

Las implicaciones de la constatación hicieron estremecer a Langdon.

—Entonces ¿el Santo Grial está en la bóveda subterránea?

La mujer se echó a reír.

—Sólo en espíritu. Una de las misiones más antiguas del priorato ha sido la de devolver algún día el Grial a su tierra francesa, para que pudiera reposar allí por toda la eternidad. Durante siglos, fue preciso trasladarlo de un sitio a otro de una manera muy poco decorosa, por motivos de seguridad. Cuando Jacques asumió la dignidad de gran maestre, se comprometió a devolver el Grial a Francia y construirle un sepulcro digno de una reina.

—¿Y lo consiguió?

La expresión de Marie se volvió grave.

—Señor Langdon, considerando todo lo que ha hecho por mí esta noche, yo, en mi calidad de directora del patronato de Rosslyn, le aseguro que el Grial ya no se encuentra aquí.

Langdon decidió insistir.

—Pero se supone que la clave de bóveda señala el lugar donde el Santo Grial está escondido en este momento. ¿Por qué apunta entonces a Rosslyn?

—Quizá no haya interpretado bien su significado. Recuerde que el Grial puede ser engañoso, como también podía serlo mi marido.

—¿Acaso se puede hablar con más claridad? —repuso él—. Nos encontramos sobre una bóveda subterránea marcada con la espada y el cáliz, bajo un techo cuajado de estrellas y rodeados del arte de los maestros masones. Todo en el poema habla de Rosslyn.

—Muy bien, veamos esos misteriosos versos.

Marie desenrolló el papiro y leyó el poema en voz alta, en un tono cargado de intención.

Bajo la antigua Roslin el Grial espera;
la espada y el cáliz guardan su puerta.
Por maestros ornado con amoroso esmero,
reposa por fin bajo estrellado cielo.

Cuando terminó, se quedó inmóvil unos segundos, y finalmente una sonrisa cómplice nació en sus labios.

—¡Ah, Jacques!

Él la miró expectante.

—¿Entiende el significado?

—Como ha podido comprobar en el suelo de esta capilla, profesor, las cosas simples pueden verse de muchas maneras diferentes.

Langdon se esforzó por comprender. Todo lo relacionado con

Jacques Saunière parecía tener más de un significado, pero él no conseguía ver más allá de las palabras.

Marie no pudo reprimir un bostezo de cansancio.

—Le confesaré algo, señor Langdon. Oficialmente, nunca he estado al tanto de la localización actual del Santo Grial. Pero, claro, estaba casada con una persona de enorme influencia... y mi intuición femenina es poderosa.

Él empezó a hablar, pero la mujer lo interrumpió:

—Siento mucho que después de tanto trabajo tenga que irse de Rosslyn sin ninguna respuesta concreta. Sin embargo, algo me dice que finalmente encontrará lo que busca. Algún día, la verdad aparecerá ante sus ojos. —Sonrió—. Y cuando eso ocurra, confío en que usted, más que ninguna otra persona, sabrá guardar el secreto.

Se oyó el ruido de alguien que llegaba al portal.

—Desaparecisteis los dos —dijo Sophie, entrando en la capilla.

—Yo ya me iba —replicó su abuela, dirigiéndose hacia la puerta, donde estaba Sophie—. Buenas noches, princesa. —Le dio un beso en la frente—. No entretengas al señor Langdon hasta muy tarde.

Langdon y Sophie se quedaron mirando a la abuela de la joven, que se alejaba en dirección a la casa de piedra. Cuando Sophie se volvió hacia él, sus ojos traslucían una profunda emoción.

—No es exactamente el final que esperaba.

«Yo pienso igual», se dijo él.

Se daba cuenta de que Sophie estaba abrumada. Las noticias que había recibido esa noche habían cambiado su vida por completo.

—¿Te sientes bien? Tienes mucho que asimilar.

Ella sonrió serenamente.

—Tengo una familia. Empezaré por ahí. Ya pensaré más adelante quiénes somos y de dónde venimos.

Langdon guardó silencio.

—Después de esta noche, ¿te quedarás con nosotros? —preguntó Sophie—. ¿Al menos por unos días?

Él suspiró; era lo que más deseaba.

—Necesitas estar un tiempo a solas con tu familia, Sophie. Regresaré a París por la mañana.

La joven parecía decepcionada, pero en el fondo sabía que era lo mejor. Ninguno de los dos habló por un buen rato. Finalmente, ella le dio la mano y lo llevó fuera de la capilla. Caminaron hasta una pequeña elevación en el promontorio. Desde allí, el campo escocés se extendía ante ellos, impregnado de una pálida luz lunar que se filtraba a través de las nubes pasajeras. Permanecieron en silencio, con las manos entrelazadas, combatiendo el creciente cansancio que los invadía.

Las estrellas aún estaban apareciendo, pero había un punto de luz al oeste que resplandecía más brillante que cualquier otro. Langdon sonrió al verlo. Era Venus. La antigua diosa los iluminaba con su luz paciente y constante.

La noche era cada vez más fresca, al influjo de la brisa cortante que subía desde el valle. Al cabo de un rato, Langdon miró a Sophie. Tenía los ojos cerrados y sus labios dibujaban una serena sonrisa satisfecha. Él también sentía los párpados pesados. Con cierta renuencia, le apretó la mano para despertarla.

—¿Sophie?

Lentamente, ella abrió los ojos y se volvió hacia él. Su cara era muy hermosa a la luz de la luna. Le dedicó una sonrisa adormilada.

—Hola.

Langdon sintió una tristeza inesperada al darse cuenta de que iba a volver a París sin ella.

—Quizá me marche antes de que despiertes. —Hizo una pausa, sintiendo que se le formaba un nudo en la garganta—. Lo siento, pero no soy muy bueno en esto de...

Sophie le tendió una mano y la apoyó en un costado de su cara.

Después, se inclinó hacia delante y le dio un cariñoso beso en la mejilla.

—¿Cuándo te veré de nuevo?

Por un instante, Langdon se perdió en la inmensidad de sus ojos.

—¿Cuándo? —Hizo una pausa, intrigado por saber si ella imaginaba que él también se había estado preguntando lo mismo—. Mmm, bueno, el mes que viene presentaré una ponencia en un congreso en Florencia. Pasaré allí una semana, sin mucho que hacer.

—¿Es una invitación?

—Viviremos a cuerpo de rey. Me han dado habitación en el Brunelleschi.

Sophie sonrió con expresión juguetona.

—Presupone usted demasiado, señor Langdon.

Él se dio cuenta entonces de lo equívoco que había podido parecer su comentario.

—Lo que quería decir...

—Me encantará reunirme contigo en Florencia, Robert, pero con una condición. —Su tono se volvió grave—. Nada de museos, ni de iglesias, ni de tumbas, ni de arte, ni de reliquias.

—¿En Florencia? ¿Durante una semana? ¡Si no hay nada más que hacer!

Sophie se inclinó una vez más hacia delante y volvió a besarlo, esta vez en los labios. Sus cuerpos se acercaron, primero suavemente y después con más intensidad. Cuando ella se apartó, sus ojos rebosaban de promesas.

—Muy bien —consiguió decir Langdon—. Nos veremos en Florencia.

EPÍLOGO

Robert Langdon despertó sobresaltado. Había estado soñando. El albornoz junto a su cama tenía el monograma del Ritz de París. Vio que una luz tenue se filtraba a través de las persianas.

«¿Será el alba o el crepúsculo?», se preguntó.

Su sensación era de tibieza y de profundo bienestar. Había dormido casi dos días seguidos. Se sentó lentamente en la cama y recordó de pronto lo que lo había despertado: una idea extrañísima. Llevaba varios días intentando procesar una montaña de información, pero de pronto se encontró concentrado en algo que no había considerado antes.

«¿Será posible?»

Pasó un buen rato sin moverse.

Finalmente, se levantó y se dirigió a la ducha de mármol. Al entrar, dejó que los potentes chorros le masajearan los hombros. La idea lo seguía fascinando.

«Imposible.»

Veinte minutos después, salió del hotel Ritz, a la place Vendôme. Estaba anocheciendo. Los días de sueño lo habían dejado desorientado, pero sentía una extraña lucidez mental. Se había prometido parar en el bar del hotel y tomar un café con leche para aclararse las ideas, pero en lugar de eso, las piernas lo llevaron directamente al exterior, a la incipiente noche parisina.

Andando hacia el este por la rue des Petits Champs, sintió que se le aceleraba el pulso. Giró al sur por la rue Richelieu, donde endulzaba el aire el perfume de los jazmines en flor de los majestuosos jardines del Palacio Real.

Siguió hacia el sur, hasta que vio lo que estaba buscando: los famosos pórticos reales, una reluciente extensión de pulido mármol negro. Se acercó y se puso a estudiar la superficie bajo sus pies. En pocos segundos, encontró lo que sabía que estaba allí: varios medallones de bronce incrustados en el suelo, en perfecta línea recta. Cada disco medía unos doce centímetros de diámetro y tenía grabadas las letras N y S.

«Norte y sur.»

Se volvió al sur, trazando con la vista la prolongación de la línea recta formada por los medallones, y se puso en marcha otra vez, siguiendo la pista con la mirada fija en el pavimento. Cuando llegó a la esquina de la Comédie Française, otro medallón de bronce pasó bajo sus pies.

«¡Sí!»

Desde hacía años, Langdon sabía que las calles de París estaban adornadas con 135 de esos indicadores, incrustados en aceras, patios y calzadas, a lo largo de un eje que atravesaba la ciudad de norte a sur. En una ocasión había seguido la línea desde el Sacré-Cœur, al norte del Sena, hasta el antiguo observatorio de París. Allí descubrió el significado del camino sagrado que trazaba: «El primer meridiano original de la Tierra, la primera longitud cero del mundo, la antigua línea de la rosa, en París».

En ese instante, mientras caminaba apresuradamente por la rue de Rivoli, sintió que su destino estaba al alcance de la mano. A menos de una manzana de distancia.

Bajo la antigua Roslin el Grial espera...

Para entonces, las revelaciones lo asaltaban en oleadas: la grafía antigua que Saunière había utilizado para Roslin..., la espada y el cáliz..., el monumento adornado con esmero por maestros...

«¿Por eso quería hablar Saunière conmigo? ¿Porque sin darme cuenta había adivinado la verdad?»

Aceleró el paso casi hasta correr, sintiendo que la línea de la rosa bajo sus pies lo guiaba y lo empujaba hacia su destino. Al entrar en el largo túnel del passage Richelieu, sintió que el pelo del cuello se le erizaba de expectación. Sabía que al final del túnel se erguía el más misterioso de los monumentos de París, concebido y encargado en los años ochenta por la Esfinge en persona: François Mitterrand, un hombre que según los rumores se movía en círculos secretos, y cuyo legado final a París había sido un lugar que Langdon había visitado unos días antes.

«Aunque parece que ha transcurrido toda una vida.»

Con un último impulso, emergió del túnel en el conocido patio y se detuvo. Sin aliento, levantó los ojos lentamente, con escepticismo, hacia la estructura reluciente que tenía delante.

«La pirámide del Louvre.»

Brillante en la oscuridad.

La admiró sólo un momento, más interesado en lo que había a su derecha. Se volvió y sintió que sus pies trazaban de nuevo el camino invisible de la antigua línea de la rosa, para llevarlo a través del patio, hasta el Carrousel du Louvre, el enorme círculo de hierba rodeado de un perímetro de setos minuciosamente podados que había sido en el pasado el centro del culto a la naturaleza en París, la sede de los jubilosos ritos de homenaje a la fertilidad y a la diosa.

Langdon sintió como si entrara en otro mundo cuando pasó por encima de los setos para adentrarse en la extensión de hierba interior. Ese terreno sagrado albergaba uno de los monumentos más inusuales de la ciudad. Allí, en el centro, hundida en la tierra como un abismo de vidrio, se abría la gigantesca pirámide invertida de cristal que había visto unas noches antes, cuando entró en el entresuelo subterráneo del Louvre.

«La pyramide inversée.»

Temblando, caminó hasta el borde y se asomó al extenso complejo subterráneo del museo, que relucía con un fulgor ámbar. Su mirada no sólo se concentró en la colosal pirámide invertida, sino también en algo situado justo debajo. Allí, en el suelo de la cámara, había una estructura minúscula, que Langdon había mencionado en su manuscrito.

Sintió entonces que se le abrían los ojos ante la fascinación de una posibilidad casi impensable. Levantó la vista hacia el Louvre y tuvo la sensación de que las enormes alas del museo lo envolvían, con sus salas rebosantes del mejor arte del mundo.

Da Vinci, Botticelli...

Por maestros ornado con amoroso esmero...

Con el corazón palpitante, Langdon volvió a bajar la vista para ver a través del cristal la pequeña estructura que había debajo.

«¡Tengo que bajar!»

Salió del círculo y atravesó apresuradamente el patio, de regreso a la enorme pirámide de la entrada del Louvre. Los últimos visitantes de la jornada se acercaban en pequeños grupos al museo.

Langdon empujó la puerta giratoria y bajó la escalera curva en dirección a la pirámide, sintiendo que el aire se volvía más frío. Cuando llegó al pie de la escalera, entró en el largo túnel que se extendía desde el patio del Louvre hasta la pirámide invertida.

El túnel desembocaba en una amplia cámara, y justo encima de su cabeza, suspendida en lo alto, vio resplandecer la pirámide invertida, una enorme figura de cristal en forma de V.

«El cáliz.»

Su mirada siguió el estrechamiento de la figura hasta el vértice, a menos de dos metros del suelo. Allí, justo debajo, se encontraba la diminuta estructura.

Era una pirámide en miniatura, de apenas un metro de alto, la única estructura del colosal complejo construida en una escala tan reducida.

En su manuscrito, Langdon mencionaba al pasar la modesta pirámide, en la sección dedicada a la importante colección de arte inspirado por la diosa que poseía el Louvre.

«La minúscula estructura sobresale del suelo como la punta de un iceberg, como el ápice de una enorme bóveda piramidal sumida en las profundidades, a modo de cámara secreta.»

A la luz de la tenue iluminación del entresuelo desierto, las dos pirámides se señalaban entre sí, con los cuerpos perfectamente alineados y los vértices casi en contacto.

El cáliz arriba y la espada abajo.

... la espada y el cáliz guardan su puerta.

Langdon volvió a oír las palabras de Marie Chauvel: «Algún día, la verdad aparecerá ante sus ojos».

Se encontraba bajo la antigua línea de la rosa, rodeado de obras maestras. «¿Qué mejor lugar para que Saunière cumpliera su labor de guardián?»

En ese momento sintió que por fin comprendía el verdadero significado de los versos del gran maestre. Levantó la vista al cielo y, a través del cristal, vio un glorioso firmamento cuajado de estrellas.

... reposa por fin bajo estrellado cielo.

Como un murmullo de espíritus en la oscuridad, resonó el eco de unas palabras olvidadas: «La búsqueda del Santo Grial es el empeño de ir a arrodillarse ante los huesos de María Magdalena, es un viaje para rezar a los pies de la proscrita».

Con un repentino impulso de veneración, Robert Langdon cayó de rodillas.

Por un momento creyó oír una voz de mujer —la sabiduría de los siglos—, que le susurraba desde lo más profundo de la tierra.

AGRADECIMIENTOS

En primer lugar quiero dar las gracias a Jason Kaufman, mi amigo y editor, por trabajar con tanto ahínco en este proyecto y por entender a la perfección de qué trata este libro. Y a la incomparable Heide Lange, defensora infatigable de *El código Da Vinci*, agente extraordinaria y amiga leal.

No hay bastantes palabras para expresar mi gratitud al excepcional equipo de Doubleday, por su generosidad, su fe y sus sabios consejos. Muchísimas gracias a Bill Thomas y Steve Rubin, que creyeron en este libro desde el principio. Asimismo, gracias a mi grupo inicial de defensores, encabezados por Michael Palgon, Suzanne Herz, Janelle Moburg, Jackie Everly y Adrienne Sparks, así como al talentoso Departamento de Ventas de Doubleday.

Mi más sincero agradecimiento al equipo completo de Transworld Publishers, Londres, y en particular a Bill Scott-Kerr y Judith Welsh. Gracias también a Abner Stein por reunirnos a todos.

Por su generosa ayuda en las labores de investigación de este libro, me gustaría expresar mi reconocimiento al museo del Louvre, al Ministerio de Cultura francés, al Proyecto Gutenberg, a la Biblioteca Nacional de Francia, a la Biblioteca de la Sociedad Gnóstica, al Departamento de Estudios Pictóricos y al Servicio de Documentación del Louvre, a la organización Catholic World News, al Real Observatorio de Greenwich, a la London Record Society, a la Colección de Archivos de la abadía de Westminster, a

John Pike y a la Federación de Científicos Norteamericanos, así como a los cinco miembros del Opus Dei (tres activos y dos antiguos miembros) que relataron sus historias, tanto positivas como negativas, con respecto a su experiencia dentro de dicha institución.

También me gustaría dar las gracias a la librería Water Street Bookstore por localizar tantos de los libros que he utilizado para documentarme; a mi padre, Richard Brown, por su ayuda en lo tocante al número phi y la divina proporción; a Michael Windsor, Stan Planton, Sylvie Baudeloque, Peter McGuigan, Margie Wachtel, Andre Vernet y Ken Kelleher, de Anchorball Web Media; Cara Sottak, Karyn Popham, Esther Sung, Miriam Abramowitz, William Tunstall-Pedoe, Simon Edwards y Griffin Wooden Brown.

Por último, en una novela tan en deuda con la deidad femenina, sería un descuido por mi parte no mencionar a dos mujeres extraordinarias que han marcado mi vida: en primer lugar mi madre, Connie Brown, escritora, educadora, música y modelo de conducta; y en segundo lugar mi esposa, Blythe, historiadora del arte, pintora, versátil editora y, sin lugar a dudas, la mujer con más talento que he conocido en mi vida.

DAN BROWN

REGRESA CON *EL ÚLTIMO SECRETO*, UNA NUEVA Y TREPIDANTE AVENTURA DE ROBERT LANGDON

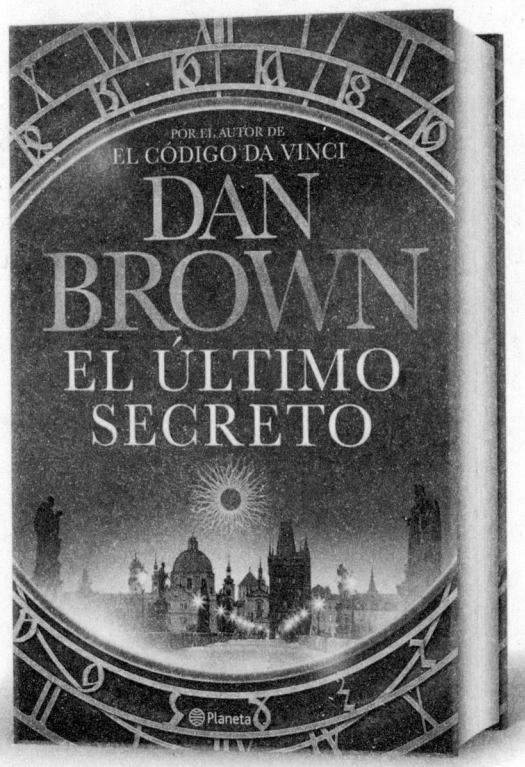

Planeta